西岭雪一回一回解红楼

【上】

西岭雪 著

陕西新华出版传媒集团
陕西人民美术出版社

图书在版编目（CIP）数据

西岭雪一回一回解红楼. 上 / 西岭雪著. -- 西安 : 陕西人民美术出版社, 2019.3
ISBN 978-7-5368-3542-9

Ⅰ. ①西… Ⅱ. ①西… Ⅲ. ①《红楼梦》研究 Ⅳ. ①I207.411

中国版本图书馆CIP数据核字(2019)第001807号

责任编辑：卫春怡
封面设计：哲　峰

西岭雪一回一回解红楼（上、下）
西岭雪　著

出版发行	陕西新华出版传媒集团 陕西人民美术出版社
地　　址	陕西省西安市雁塔区曲江街道登高路1388号
邮　　编	710061
经　　销	新华书店
印　　刷	陕西天丰印务有限公司
开　　本	700mm×1000mm　1/16
印　　张	45
字　　数	752 千字
版　　次	2019年3月第1版　2019年3月第1次印刷
印　　数	1-5000
书　　号	ISBN978-7-5368-3542-9
定　　价	128.00元
发行电话	029-81205258　029-81205300

编者按

西岭雪的红楼之路，走得扎实而精彩。她本身是一位小说家，创作中天马行空，游刃有余，在畅销书作家榜上占有一席之地。她的“西探”“西续”红楼系列，是从作家角度，去推测曹公“草蛇灰线，伏线千里”的构思；是从红楼文字出发，从小说的写作方式和规律来探佚和还原其原貌。任何的猜测都建立在对原著文字的系统解读和细节关注上，自然显得顺理成章，甚至令人有水到渠成之叹。

2014 年后，西岭雪将工作的重心转移到了私塾教育和戏剧编剧上，将自己对古典文化的热爱和深厚的古诗词功底，在新的领域辟出新的天地——这是作家文化人生的合理转型，但对于广大“雪粉”来说，三四年的等待足以令人焦灼。于是，应红迷朋友们的要求，西岭雪开始了解读红楼的微信讲座，陆陆续续大约讲了一年时间，将原著前八十回一回一回地娓娓道来，不仅有对红学大命题的见解，更挖掘出新颖的小话题，比如北静王的三件礼物的含义，贾链有没有真爱，金派女儿的寡妇命，秦钟、贾芸与林黛玉的相同点，鸳鸯爱情的秘密，王夫人的七宗罪，妙玉与惜春的命运交集……展现了女性作家特有的敏感细腻，以小说家对情节和文字的感知力，从新的角度再次带领红迷们重读经典。本书即是对这一讲座内容整理而成。

红楼版本诸多，各有所长，为方便读者参考和理解，我们在编辑过程中，有关原著文字部分，主要以甲戌、己卯、庚辰本为主，也有戚序、蒙府、列藏本为参考，引用脂评则广泛参考了各评本，文字上力求保留原汁原味。所有举例，皆是为作者表达思想观点作一证耳，孰正孰误，无非字句之差，其影响暂不为虑。作为西岭雪“西探”红楼系列之一，本书的解读运用轻松直白的文字，既摆脱了书面化的涩重，也摒弃了过度口语化的冗繁，从而营造出一种面对面交流般的阅读体验。

目　录

第　一　回　甄士隐梦幻识通灵　贾雨村风尘怀闺秀

通灵宝玉什么色　/001

一株草的心愿　/007

英莲与娇杏　/010

第　二　回　贾夫人仙逝扬州城　冷子兴演说荣国府

王熙凤与冷子兴　/014

从贾雨村看曹家被抄　/018

贾雨村与林黛玉　/023

第　三　回　贾雨村夤缘复旧职　林黛玉抛父进京都

黛玉进贾府时多少岁　/027

贾赦、贾政为何不见林黛玉　/032

宝黛初见的第一次流泪　/037

第　四　回　薄命女偏逢薄命郎　葫芦僧乱判葫芦案

黛玉的替身——真应怜　/041

宝钗进京的真实目的　/045

第　五　回　游幻境指迷十二钗　饮仙醪曲演红楼梦

宝黛的两小无猜时光　/048

宝玉的春梦　/050

第　六　回　贾宝玉初试云雨情　刘姥姥一进荣国府

刘姥姥与巧姐儿　/056

王熙凤的阴功　/060

第　七　回　送宫花贾琏戏熙凤　宴宁府宝玉会秦钟

十二花容色最新　/063

爬灰与养小叔子　/066

第　八　回　比通灵金莺微露意　探宝钗黛玉半含酸

宝黛钗的第一次斗法　/070
茜雪与枫露茶　/073

第　九　回　恋风流情友入家塾　起嫌疑顽童闹学堂

薛蟠的龙阳之好　/079

第　十　回　金寡妇贪利权受辱　张太医论病细穷源

可叹“金寡妇”　/084
尤氏为何不入十二钗正册　/087
贾府问病　/091

第十一回　庆寿辰宁府排家宴　见熙凤贾瑞起淫心

贾府第一罪人贾敬　/095
王熙凤，风流不下流　/099

第十二回　王熙凤毒设相思局　贾天祥正照风月鉴

贾瑞死得冤不冤　/103

第十三回　秦可卿死封龙禁尉　王熙凤协理宁国府

秦可卿淫丧天香楼　/109
凤姐与可卿的闺密情　/114

第十四回　林如海捐馆扬州城　贾宝玉路谒北静王

王熙凤的极盛时光　/119
暗藏机锋的鹡鸰珠　/123

第十五回　王凤姐弄权铁槛寺　秦鲸卿得趣馒头庵

铁槛寺与水月庵　/127
贾敬与秦可卿的丧事对比　/131

第十六回　贾元春才选凤藻宫　秦鲸卿夭逝黄泉路

凤姐与贾琏的恩爱时光　/134
秦钟、贾芸和黛玉　/136

第十七回　大观园试才题对额　怡红院迷路探深幽

贾政与宝玉的父子之情　/139
元春省亲时有多大　/142

第十八回　林黛玉误剪绣香囊　贾元春归省庆元宵

薛林在省亲对试的表现　/146
养家班与闺门旦　/149
元春点戏的隐喻　/152

第十九回　情切切良宵花解语　意绵绵静日玉生香

袭人回娘家　/157
红楼梦是自传吗　/159

第二十回　王熙凤正言弹妒意　林黛玉俏语谑娇音

镜中的麝月　/164
上不得台盘儿的赵姨娘　/167

第二十一回　贤袭人娇嗔箴宝玉　俏平儿软语救贾琏

黛玉和袭人的相爱相杀　/172
宝钗与袭人的同心同盟　/177
平儿与贾琏的青丝债　/180

第二十二回　听曲文宝玉悟禅机　制灯谜贾政悲谶语

宝玉的第一次觉悟　/184
元宵灯谜伏了哪些谶语　/188

第二十三回　西厢记妙词通戏语　牡丹亭艳曲警芳心

三春过后大观园　/195
宝黛试情的第一道分水岭　/198
黛玉与《西厢记》　/201
黛玉与《牡丹亭》　/205

第二十四回　醉金刚轻财尚义侠　痴女儿遗帕惹相思

贾芸借贷　/209
凤姐的敛财与败家　/212

怀才不遇的林红玉　/217

第二十五回　魇魔法姊弟逢五鬼　红楼梦通灵遇双真

引狼入室的五鬼　/225

彩云、彩霞与贾环　/227

第二十六回　蜂腰桥设言传心事　潇湘馆春困发幽情

小红谋爱亦谋生　/233

贾兰射鹿　/239

第二十七回　滴翠亭杨妃戏彩蝶　埋香冢飞燕泣残红

宝钗扑蝶　/243

黛玉葬花　/244

第二十八回　蒋玉菡情赠茜香罗　薛宝钗羞笼红麝串

北静王的三件礼物　/250

琪官与袭人的红绿牵巾　/253

第二十九回　享福人福深还祷福　痴情女情重愈斟情

清虚观拈戏　/257

宝黛情感的试探期　/260

第 三 十 回　宝钗借扇机带双敲　龄官划蔷痴及局外

端午礼和宝钗落选　/267

龄官画蔷　/270

第三十一回　撕扇子作千金一笑　因麒麟伏白首双星

晴雯撕扇　/274

金麒麟会说话　/279

史湘云爱过宝玉吗　/285

第三十二回　诉肺腑心迷活宝玉　含耻辱情烈死金钏

宝玉为何不肯见贾雨村　/289

宝黛定情：妹妹，你放心　/291

金钏儿之死　/293

第三十三回　手足耽耽小动唇舌　不肖种种大承笞挞

琪官的真实身份　/298
贾环真坏　/302

第三十四回　情中情因情感妹妹　错里错以错劝哥哥

宝玉为什么给黛玉送帕子　/305
佛心情种贾宝玉　/309

第三十五回　白玉钏亲尝莲叶羹　黄金莺巧结梅花络

白玉钏的莲叶羹　/313
呖呖莺声溜滴圆　/316
傅秋芳，青春老大守空闺　/319

第三十六回　绣鸳鸯梦兆绛芸轩　识分定情悟梨香院

宝钗对宝玉的感情怎么样　/322

第三十七回　秋爽斋偶结海棠社　蘅芜苑夜拟菊花题

海棠诗社　/326
怡红院的喁喁闲话　/328

第三十八回　林潇湘魁夺菊花诗　薛蘅芜讽和螃蟹咏

美轮美奂的螃蟹宴　/332
鸳鸯心底的秘密　/335

第三十九回　村姥姥是信口开合　情哥哥偏寻根究底

李纨的酒后失态　/342
雪下抽柴　/344

第 四 十 回　史太君两宴大观园　金鸳鸯三宣牙牌令

刘姥姥的三大优点　/348
刘姥姥游大观园　/351

第一回
甄士隐梦幻识通灵　贾雨村风尘怀闺秀

通灵宝玉什么色

探佚红楼，一定要兼备四个方面的知识：第一自然是熟读原著之外，对于基础红学，包括版本学、曹学等皆有了解；第二是对于清代历史背景、社会风俗礼仪要熟知；第三要有充分的诗词和戏曲知识储备，否则无法体会书中的诸多暗喻；第四是探佚者本人要有丰富的小说创作经验，这样才更能从创作角度去想象曹雪芹的思维方式与布局可能。

我个人探佚红楼的优势在于，除了是一个著书七十余部的小说家之外，还是一位昆曲编剧和诗词老师，之前因为创作“大清三部曲”等作品，对于“清三代”的历史做过很长时间的研究，这就仿佛是一种宿命：在我所有的创作和学习中，似乎每一步都指向红楼，更接近太虚幻境的牌坊，几乎是逼着我去叩响大观园的门扉，走进海棠诗社，为十二钗磨墨洗砚，旁听她们的吟风弄月，怜惜她们的花飞水流。

探佚之前，我们要先弄清几个简单的概念，首先是对于通行本与脂批本的了解。

《红楼梦》通行本共计一百二十回，后四十回为高鹗、程伟元续编，所以通常又称为“程高本”，是发行量最大、影响最广的版本。我小时候看的也是这个版本，从九岁到十五岁，看了五六遍，心里存了很多疑惑。

后来才知道原来后四十回是伪续，这使我豁然开朗，也怅痛不已。张爱玲说程高本是“狗尾续貂成了附骨之疽，因为甩不掉”，刻薄是刻薄了些，但也真形象。程高二位的可恨之处在于，不仅续貂后四十回，还对前文做了很多编辑删改工作，使得真相越发扑朔迷离。

其实，原著在传抄的过程中，在印刷本出现之前就有过很多不同版本，再加上通行本的影响，这就造成了很多概念上的混淆。比如林黛玉进贾府时到底多少岁？秦可卿死在哪一年？元春过世时有多大？还有，贾宝玉和他与生俱来的那块通灵玉究竟是什么关系？与林黛玉前世结缘的，究竟是石头还是神瑛侍者？

这些答案，只能在再三熟读脂批本后剥茧抽丝。

所谓脂批本，就是在印刷本出现之前的《石头记》手抄本。曹雪芹成书过程中，是一边创作一边交人誊抄的，这誊写的人中有朋友也有专门的抄书匠，这就难免会出现誊写错误。而且曹雪芹边写边改，每次交出的版本都与前面的版本有所不同，这抄写本自然也就不同，而抄写本流传出去后，又有人将不同抄本再汇总重抄，又称“过录本”。更如脂砚斋等主力抄本队员，还喜欢边抄边批，将自己的读后感题于书上，而后人在抄录时，会把这些批语也一并抄上。题写批语的人中有脂砚斋、畸笏叟等人，其中以脂砚斋最多，所以这些带有批语的抄本，我们统称为“脂批本”。

脂批最重要的价值在于：脂砚斋等人既是曹雪芹的朋友，又主要负责誊写汇总，所以对全书后半部的布局走向了然于胸，并且看到过遗失的原稿，所以批语中往往于感叹今昔时透露出人物的大结局，这种“剧透”对于我们探佚红楼有着莫大的裨益。

以石头为例，在通行本中，神瑛侍者和石头似乎是一回事，正如同绛珠仙草修成人形，遂转世为林黛玉一样；程高本经过增删校改，也把石头点化成仙，提拔为神瑛侍者，再投胎做了贾宝玉，就此混淆了“神瑛”与“石头”的概念。然而在早期脂批本《石头记》中，这两件事却是分得很清楚的。

我们先说这石头的由来，原为女娲炼石所遗。典出《淮南子·览冥训》：

> 往古之时，四极废，九州裂，天不兼覆，地不周载，火爁炎而不灭，水浩洋而不息，猛兽食颛民，鸷鸟攫老弱。于是女娲炼五色石以补苍天，断鳌足以立四极，杀黑龙以济冀州，积芦灰以止淫水。苍天补，

四极正，淫水涸，冀州平，狡虫死，颛民生。

在这里，最需要注意的一个词是“五色石”。所以神话故事里说，每天黄昏时我们看到西方彩霞满天，那便是女娲修补过的地方。

而宝玉那块玉的来历，也正是被弃而未用的这么一块“五色石”。

迄今发现的最早的红楼版本也就是甲戌本中，在开篇第一回有一大段交代石头变形记的文字，被后人删掉了，是说石头因无材补天，被弃于青埂峰下，日夜悲号惭愧，忽一日见到一僧一道远远而来，遂行求告。原文作：

一日，正当嗟悼之际，俄见一僧一道远远而来，生得骨格不凡，丰神迥异，说说笑笑来至峰下，坐于石边高谈快论。先是说些云山雾海神仙玄幻之事，后便说到红尘中荣华富贵。此石听了，不觉打动凡心，也想要到人间去享一享这荣华富贵；但自恨粗蠢，不得已，便口吐人言，向那僧道说道：“大师，弟子蠢物，不能见礼了。适闻二位谈那人世间荣耀繁华，心切慕之。弟子质虽粗蠢，性却稍通；况见二师仙形道体，定非凡品，必有补天济世之材，利物济人之德。如蒙发一点慈心，携带弟子得入红尘，在那富贵场中、温柔乡里受享几年，自当永佩洪恩，万劫不忘也。”二仙师听毕，齐憨笑道：“善哉，善哉！那红尘中有却有些乐事，但不能永远依恃，况又有‘美中不足，好事多魔’八个字紧相连属，瞬息间则又乐极悲生，人非物换，究竟是到头一梦，万境归空，倒不如不去的好。”这石凡心已炽，那里听得进这话去，乃复苦求再四。二仙知不可强制，乃叹道：“此亦静极思动，无中生有之数也。既如此，我们便携你去受享受享，只是到不得意时，切莫后悔。”石道：“自然，自然。”那僧又道：“若说你性灵，却又如此质蠢，并更无奇贵之处，如此也只好踮脚而已。也罢，我如今大施佛法助你助，待劫终之日，复还本质，以了此案。你道好否？”石头听了，感谢不尽。那僧便念咒书符，大展幻术，将一块大石登时变成一块鲜明莹洁的美玉，且又缩成扇坠大小的可佩可拿。

在这里，一僧一道显然是做广告的高手，深谙包装之道，既然应承了要带那石头去人间历练，却又嫌它“质蠢”，于是先施幻术为它整形，变成“一块鲜明莹洁的美玉，且又缩成扇坠大小的可佩可拿”，又特地在上面镌了几句广告语，并且卖了个关子，不肯告诉石头上面写的是什么字。但我们却从后文可知，那就是宝玉出世时所衔的通灵玉上的“莫失莫忘，仙寿恒昌”。

且说这段描写，有问有答，有因有果，将石头想下世受享的一点凡心，以及僧道施展幻术为其变形的整个过程描写得极为生动。但是不知为何，自庚辰本开始，便将整段删去，直接让一僧一道“来至石下席地而坐长谈，见一块鲜明莹洁的美玉，且又缩成扇坠大小的可佩可拿”——石头的通灵成了自发的过程，没有僧道什么事了。

为什么会有这样的删改呢？是曹雪芹觉得过程太冗长，对话太烦琐，故而在“披阅十载，增删五次”中删掉了这段吗？但是后面接着说几世几劫后，空空道人来至青埂峰时，见到的仍是一块历历有述的巨石，正应了前面仙师与石头说的“待劫终之日，复还本质”的约定，若是曹雪芹删改，应该不会照应不到，可见此处删节绝非作者原意。

石头再出现时，书只翻了几页，时间却已过了几劫，已经是在甄士隐的梦中了。一僧一道出场时的形象仍是衔接开篇，说说笑笑远远而来，“且行且谈”地讲起了一个故事，这真是梦中有梦，不愧为“女娲炼石已荒唐，又向荒唐演大荒”。

这个故事，说的就是绛珠仙草与神瑛侍者了。

僧人说得非常清楚，西方灵河岸三生石畔有绛珠草，赤瑕宫神瑛侍者每天灌以甘露，使其得延岁月，修成女体，因为想着要报恩，五内郁结着一段缠绵不尽之意。听说这神瑛侍者要下凡造历，便决意跟随前往，立誓说：“但把我一生所有的眼泪还他，也偿还得过他了。”

在这段描写中，世界被分为了三个层次：

第一层是三生石畔的绛珠草与神瑛侍者，第二层是甄士隐梦里的茫茫大士渺渺真人，第三层才是甄士隐的俗世肉身，以及他马上就要从梦中醒来后遇见的贾雨村。

在甄士隐的梦里，僧人讲完故事后说：“你且同我到警幻仙子宫中，将这蠢物交割清楚。”甄士隐遂上前请教蠢物为何物。僧人从袖中拿出石头递与他，笑着说：“若问此物，到有一面之缘。”

这时候，石头上刻的字已经揭了一半谜底：“原来是块鲜明美玉，上面字迹分明，镌着‘通灵宝玉’四字，后面还有几行小字。”

此时，石头与甄士隐都在第二层世界，也就是甄士隐的梦里。

在梦里，甄士隐与石头有一面之缘，但对于绛珠与神瑛，却只有听的份儿。同时一僧一道提起石头时，是称之为“蠢物”的，因为那是经了他们的幻术点化才有机会下世历劫的一块“废材”而已；但对于神瑛侍者，他们的口气却是充满敬意，不敢小觑的。

况且，从僧人的话中我们得知，这时候神瑛侍者已经“在警幻案前挂了号”，而石头，则还要等着一僧一道“将这蠢物交割清楚”，即便从这一点说，石头和神瑛侍者也不可能是同一个人。

梦在这时候醒了，甄士隐回到了第三层世界——俗世，再次见到了一僧一道。

幻境里的一僧一道“生得骨格不凡，丰神迥异”，俗世中的一僧一道，却是“那僧则癞头跣脚，那道则跛足蓬头”，妙的是仍然“疯疯癫癫，挥霍谈笑而至”——这一僧一道三次出场，行头虽然大相径庭，姿势倒是从来不换的。

僧道去后，甄士隐遇到了贾化也就是贾雨村，于是“真事隐去，假语存焉”，接下来的故事便随着“假话”的脚跟儿进行下去了。于是我们跟着贾雨村去扬州盐政见了林黛玉，又跟他一起护送林黛玉进了贾府，见到了贾宝玉和他的玉。

同僧道的身份相反，石头在幻境里被称为“蠢物”，到了俗世，却成了“命根子”。

这同娇杏与英莲在出场时是一仆一主，不久命运却调了个过儿一样，令人唏嘘。

接着石头下凡，第一次提及是在第二回里冷子兴对着贾雨村演说荣国府奇事之时，说贾宝玉“一落胎胞，嘴里便衔下一块五彩晶莹的玉来，上面还有许多字迹，就取名叫作宝玉”。

这是全书第一次交代石头的下落，也是第一次提到玉的颜色，乃是“五彩晶莹”，正合了女娲补天的五色石之说。

这时候已经理得很清楚了：神瑛侍者下凡后，投胎贾府，成为公子贾宝玉；而石头，则是他从胎里带来的那块通灵宝玉，是沾光跟着神瑛侍者一起混入凡间的。

后来黛玉第一次见宝玉时，心下诧异，觉得十分面善，而宝玉也说“这个妹妹我曾见过的”，便是因了神瑛侍者的甘露前缘，却不是因为绛珠草和那块石头有什么过节。

石头，最多是在一僧一道的袖子里偷听过“还泪”仙缘，并在今世见证了这段公案，因此，当它劫满之后回到青埂峰，便重新变回一块大石，字迹分明，记下了整个离合悲欢、炎凉世态的故事，聊供空空道人抄写罢了。

换言之，石头就是个见证者、抄写板，虽有灵性，却非人类，就算提拔到顶格儿，也就相当于一面知生死、辨是非的“风月宝鉴”罢了，是怎么都不能与宝黛二人比肩的。

在宝黛初见时，书中第一次出现了已经化身通灵宝玉的石头，并借黛玉之眼形容宝玉“项上金螭璎珞，又有一根五色丝绦，系着一块美玉”，点明“五色丝绦”，却没有说玉是什么颜色。

直到第八回《比通灵金莺微露意　探宝钗黛玉半含酸》，宝钗跟宝玉讨了玉来托在掌上细看，书中才有了一段正面描写：“只见大如雀卵，灿若明霞，莹润如酥，五色花纹缠护。”

这种比较写法很是漂亮，因为黛玉注重的是宝玉这个人，不是他的玉，所以大名鼎鼎的通灵宝玉在她眼中就只是“一块美玉”而已，却不会细打量；但是宝钗就不同了，她惦记着“金玉姻缘”的大使命，对宝玉这个人虽诸多不满，对于他戴的这块玉可是极为重视的，恨不得用放大镜辨认清楚了，所以就写得十分详细，从形状到颜色到质地到装饰都一一提及，完全是收藏家见到老古董的眼神心劲儿。

这段描写跟开篇一僧一道施展幻术时变出的宝玉模样是前后呼应的，只是把“扇坠”的形容换成了“雀卵”，把“鲜明莹洁”分解为“灿若明霞，莹润如酥”。

“明霞”是什么颜色？往简单里形容应该是绯红，复杂些则是神话故事里的“五色”。可以想象，宝玉的通灵美玉不是翠，而是翡，即红色美玉，光照下呈现五色，灿若明霞。

后来莺儿替宝玉打络子，宝钗出主意："倒不如打个络子把玉络上呢。"宝玉问："只是配个什么颜色才好？"宝钗说："若用杂色断然使不得，大红又犯了色……"

什么叫"犯色"呢？就是说同色相配，互为犯色。换言之，那块玉的主色调是红色，如果络子也用红色，就犯色了。

综上分析，我们可以清楚地分辨出：首先，石头既然已经幻化成通灵玉被贾宝玉衔在口中带入红尘，自然不可能再分身变成贾宝玉这个人。程高本说石头修炼成仙，变成神瑛侍者下凡，将两者合二为一，完全说不通。可是因为发行多，够普及，便已经成了很多人心目中的红楼常识，这是最让人痛心的。

其次，宝玉的那块玉是以红色为主的五色石，而不可能是影视剧中常常选用的白玉或翠玉。女娲炼五色石以补天，留下这第三万六千五百零一块，怎么也不可能是块绿石头吧？倘如此，我们现在见到的晚霞，可也就跟着变成了绿色的天了。

很多读者被影视剧和连环画影响了心态，想当然地认为美玉就应该是翠玉或羊脂玉，对于"红玉"的说法乍一听很难接受。

但是这里还有几个辅证：宝玉前身为赤瑕宫神瑛侍者，赤即红，瑕为"玉小赤也，又玉有病也"（脂批语），这也明确点出了他转世后口里衔的那块玉应该是红色。所以宝玉住的地方叫作"怡红院"，曹雪芹批书的地方叫"悼红轩"，而宝玉素来有一个"爱红的毛病儿"。加上绛珠仙草的"绛"也是红的意思，"绛珠"即为红泪，所以宝玉书房名为"绛芸轩"——无论怎么看，通灵玉都只能是红的。

也正因为石头是红色，所以《石头记》诞生历练的地方，自然便是怡红院、悼红轩了。

一株草的心愿

林黛玉的第一次出场在什么时候？

受影视剧影响，大多数人对黛玉的第一印象就是她的初入贾府，“不肯轻易多说一句话，多行一步路，惟恐被人耻笑了他去”，并借宝玉眼光浓墨重彩形容其神情样貌，给了一个很惊艳的亮相，详见于书中第三回。

那是全书的第一场重头戏，不但上演了“宝黛初见”这样的大关目，还借黛玉的眼光脚步细写了荣国府的辉煌鼎盛。所以不但很多影视剧以此为开篇，就连一些白话缩水版红楼书也是从这里开始，这就给很多读者和观众造成误解，以为这就是林黛玉的第一次出场。

但其实早在第一回故事开篇，书中就借着甄士隐的梦境郑重介绍了林黛玉的根基来历。只不过，那时候她还不叫林黛玉，而只是一株草，绛珠仙草。

古代的大户人家，房子前一定会有照壁，不使人直见内院；同样地，一位真正闺秀的出场，又怎能揭帘直见？非但要千呼万唤，更需要层层铺垫。

黛玉在作者的心目中太高贵、太清灵了，以至于不敢直呼其名，直出其人，而要借助一个梦来介绍她。那么美丽柔弱的女子，也只能出现在世人的梦里吧？

这还不算，即使在甄士隐的梦里，他也不是直接见到了她，而只是听见一僧一道讲述她的故事，真是虚之又虚，幻之又幻。

在梦里，一僧一道且行且说：

> 只因西方灵河岸上三生石畔，有绛珠草一株，时有赤瑕宫神瑛侍者，日以甘露灌溉，这绛珠草始得久延岁月。后来既受天地精华，复得雨露滋养，遂得脱却草胎木质，得换人形，仅修成个女体，终日游于离恨天外，饥则食蜜青果为膳，渴则饮灌愁海水为汤。

多么空灵虚幻却又郑重华丽的出场！难怪甲戌本在此有侧批：“饮食之名奇甚，出身履历更奇甚，写黛玉来历自与别个不同。”

前世今生轮回之说原出自佛教。这使我想起另一个佛经故事来：传说孔雀王有五百个妻子，却只钟爱青雀一个。因为青雀喜欢喝甘露，吃蜜果，孔雀王便每早采来奉养，就像差役那样甘为隶使，以致为猎人所乘，设陷阱捉了它献给国王。

这么巧，绛珠草也曾得甘露灌溉，且以蜜青果为食，却多饮了灌愁海的水，以致郁结缠绵，多愁善感，与青雀的命运刚刚相反——孔雀王是因为青雀而误堕红尘的，绛珠草却是跟随神瑛侍者而入世历劫。

> 恰近日这神瑛侍者凡心偶炽，乘此昌明太平朝世，意欲下凡造历幻缘，已在警幻仙子案前挂了号。警幻亦曾问及，灌溉之情未偿，趁此倒可了结的。那绛珠仙子道：“他是甘露之惠，我并无此水可还。他既下世为人，我也去下世为人，但把我一生所有的眼泪还他，也偿还得过他了。”

这段话说得极为婉约动人，几乎替天下痴情女儿说出了心里话，翻译成大白话就是：我上辈子欠了你的，所以今生来还债，为你伤心，为你流泪，都是我心甘情愿的，无怨无悔。

——后来，她果然为他流了一世的泪，并且“至死不干，万苦不怨”（蒙府本批语）。

程高本的一百二十回《红楼梦》里，让林黛玉临死前咬牙切齿地喊着“宝玉你好……”咽了气，有些读者会觉得够惨烈，够煽情，是续书里的精彩篇章。

但是从情感上说，把“万苦不怨”改成“死不瞑目”，这个境界显然低了很多个档次。

黛玉为报恩而来，焉得衔恨而去？这岂非成了以怨报德？

原本凄美空灵的“三生石畔旧精魂”的木石仙缘，变成了一场“痴心女子负心汉”的俗世苦情戏，表面是同情黛玉，其实是亵渎仙子，完全违背了绛珠草“把我一生所有的眼泪还他”的初衷了。

即使从写作手法上来讲，续书里一边是宝玉成婚，一边是黛玉丧命，也实在太戏剧化，全不符合前八十回惯用的迂回婉转的白描手法。

且说那一僧一道讲故事的时候，原有两个听众：一个是甄士隐，另一个是石头。

石头后来也跟着神瑛侍者下了凡，成为宝玉口中衔着的通灵玉，从头至尾旁观了整个“还泪”的因果，之后仍回到青埂峰下，变回一块大石头，“复还本质，以了此案”。但是与石头有一面之缘的甄士隐呢，出家之后是否另有作为？与宝黛二人又有过什么样的遇合？八十回后遗失，令我们不得而知，因此便有了众多猜想，莫衷一是。

但可以肯定的是，梦里僧人在讲完这个“三生石畔旧精魂”的故事后曾叹息：“因此一事，就勾出多少风流冤家来，陪他们去了结此案。”

此前两人亦曾对话，僧曰：“如今现有一段风流公案正该了结，这一干风流冤家，尚未投胎入世。”

道曰：“原来近日风流冤孽又将造劫历世去不成？但不知落于何方何处？”

其后僧又道：“想这一干人入世，其情痴色鬼，贤愚不肖者，悉与前人传述不同矣。”

最后又道：“你且同我到警幻仙子宫中，将蠢物交割清楚，待这一干风流孽鬼下世已完，你我再去。如今虽已有一半落尘，然犹未全集。”

——这里说得很清楚，正因为这段“还泪”公案，才勾出了众多风流冤家跟着下世陪同，所以很明显，神瑛与绛珠的因缘，便是整部《石头记》的根本。

可笑近年来红学家多有为“谁是红楼第一女主”的问题打破头的，有的说是史湘云，有的说是王熙凤，还有的甚至说成是昙花一现的秦可卿——然而在僧道历述木石前缘的梦境中，史、王、秦踪影何在？不过是“又将造劫历世”的“一干风流冤家”“情痴色鬼”中的一员罢了，又怎么可以同神瑛与绛珠相提并论呢？

悲哀的是，甄士隐在梦中听到这一番对话时，并不知自己的女儿甄英莲，也是其中的一个“风流孽鬼”，属于“已有一半落尘”中间的一个，犹自向一僧一道再三打探典故，真不愧名唤“应怜”矣！

英莲与娇杏

红楼第一回中，“甄士隐”（真事隐）与“贾雨村”（假语存）两个大男人言行相对，而“英莲”（应怜）与“娇杏”（侥幸）这一对小女儿也恰恰命运相照。

书中开篇甄士隐抱着英莲上街，那癞僧看见了便大哭道：“你把这有命无运、累及爹娘之物，抱在怀内作甚？”

“有命无运”，便是对英莲一生命运的断词。

此时,英莲还是个粉妆玉琢的三岁女娃儿,万千宠爱,娇生惯养;而娇杏呢,只是甄家的一个丫头。

僧道去后，甄士隐正在发呆，贾雨村走了过来，赔笑施礼，没话找话地套近乎道：“老先生倚门伫望，敢是街市上有甚新闻否？”这是书中贾雨村与甄英莲的第一次照面。

甄士隐“便令人送女儿进去,自与雨村携手来至书房中”。于是,英莲退场,娇杏上场，而且这娇杏的第一次亮相相当惊艳，颇有杨玉环“回眸一笑百媚生”的范儿——

这里雨村且翻弄书籍解闷。忽听得窗外有女子嗽声，雨村遂起身往窗外一看，原来是一个丫鬟，在那里撷花，生得仪容不俗，眉目清明，虽无十分姿色，却亦有动人之处。雨村不觉看的呆了。那甄家丫鬟撷了花，方欲走时，猛抬头见窗内有人，敝巾旧服，虽是贫窘，然生得腰圆背厚，面阔口方，更兼剑眉星眼，直鼻权腮。这丫鬟忙转身回避，心下乃想：“这人生的这样雄壮，却又这样褴褛，想他定是我家主人常说的什么贾雨村了，每有意帮助周济，只是没甚机会。我家并无这样贫窘亲友，想定是此人无疑了。怪道又说他必非久困之人。”如此想来，不免又回头两次。雨村见他回了头，便自为这女子心中有意于他，便狂喜不尽，自为此女子必是个巨眼英雄，风尘中之知己也。一时小童进来，雨村打听得前面留饭，不可久待，遂从夹道中自便出门去了。

看红楼的人都记得王熙凤出场时“未见其人，先闻其声”，却原来早在第一回里，娇杏已经用了这样的身段：先用“嗽声”吸引了雨村的注意，再以“撷花”展现了美丽的姿态，宛如一幅画般，难怪贾雨村会“看得呆了”。

这还不算，她发现贾雨村看她，乍惊还避，欲去还羞，一边转身回避，一边却又频频回头，完全是李清照词中的调调儿：“见客入来，袜刬金钗溜。和羞走，倚门回首，却把青梅嗅。”

这般姿容做派，怎不让身处困境的穷秀才自作多情，留念存想呢？

从此，那贾雨村对娇杏念念不忘，只因她回顾他两次，便以为娇杏对自己有情，“自为是个知己，便时刻放在心上”，中秋夜对月抒怀，还吟了两句诗。

后来，他接受甄士隐资助的五十两银子，进京赶考中了举，做了知府，乌帽猩袍地回来游街；而甄士隐却十分可怜，不但丢了女儿，遭了火灾，投靠岳丈又被百般奚落，终于随道士出家去了。

两个人的命运调了个过儿，恰是一个侥幸，一个应怜。

这时候贾雨村和娇杏重逢了。

> 这日，那甄家大丫鬟在门前买线，忽听街上喝道之声，众人都说新太爷到任。丫鬟于是隐在门内看时，只见军牢快手，一对一对的过去，俄而大轿抬着一个乌帽猩袍的官府过去。丫鬟倒发了个怔，自思这官好面善，倒象在那里见过的。于是进入房中，也就丢过不在心上。至晚间，正待歇息之时，忽听一片声打的门响，许多人乱嚷，说：“本府太爷差人来传人问话。”封肃听了，唬得目瞪口呆，不知有何祸事。

第一回至此而终，卖了个关子。第二回接着细说封肃跟了公差去见贾雨村，回来说明缘故：

> 原来本府新升的太爷姓贾名化，本贯胡州人氏，曾与女婿旧日相交。方才在咱门前过去，因见娇杏那丫头买线，所以他只当女婿移住于此。我一一将原故回明，那太爷倒伤感叹息了一回；又问外孙女儿，我说看灯丢了。太爷说：“不妨，我自使番役务必探访回来。”说了一回话，临走倒送了我二两银子。

这时候贾雨村还在惺惺作态，似乎找了封肃去只为叙旧，还特意打听了甄家妻子女儿的近况，说了几句现成安慰话儿。但是到第二天，就露出真意来了，“遣人送了两封银子、四匹锦缎，答谢甄家娘子，又寄一封密书与封肃，转托问甄家娘子要那娇杏作二房”。

——原来，报恩是假，好色是真。所有的造作，就只为了要娇杏做妾。

可以想象，如果贾雨村是个知恩图报的君子，既然得了甄士隐的好处，那么一旦中举，第一件事就该回姑苏阊门仁清巷去找到甄家，还银谢恩；即使甄士隐一家已经投靠岳丈迁了居，也不难打听下落。

但是贾雨村根本没想过要报恩，书中说他八月十五得了甄士隐的银子后，“十六日便起身入都，至大比之期，不料他十分得意，已会了进士，选入外班，今已升了本府知府”。这中间，从赶考到放榜，选班到升迁，已经过去三年有余，他早把甄家忘诸脑后——事实上，如果不是看到娇杏，唤起色欲，他大概这辈子都不想再见到甄家的人。

这一点，从他后来打发门子的手法就看得出来。那门子本是葫芦庙小沙弥，深知雨村出身的，给贾雨村出了个馊主意乱判了薛冯争婢案，原指望从此得到重用，然而贾雨村却“恐他对人说出当日贫贱时的事来，因此心中大不乐业。后来到底寻了个不是，远远的充发了他才罢”。

知他旧时贫贱的不只有门子，更有曾助他五十两银子的甄士隐，他又怎么会乐意看见甄家的人呢？之所以还会跟封肃废话，不过是为了娶人家丫头罢了。那封肃原是个势利小人，巴不得去奉承，自是一力撮合，“乘夜只用一乘小轿，便把娇杏送进去了”。

书中说那娇杏：“谁想他命运两济，不承望自到雨村身边，只一年便生了一子；又半载，雨村嫡妻忽染疾下世，雨村便将他扶侧作正室夫人了。”

就此完结了一篇大团圆的娇杏传，并依照说书的标准格式用一句诗作结：

正是：偶因一着错，便为人上人。

第二回
贾夫人仙逝扬州城　冷子兴演说荣国府

王熙凤与冷子兴

第二回开篇有一首回前诗：

一局输赢料不真，香销茶尽尚逡巡。
欲知目下兴衰兆，须问旁观冷眼人。

这个“冷眼人”三字颇堪玩味，既是字面上的冷眼旁观之人，又特指冷子兴演说荣国府。

脂砚斋在此有一行眉批“故用冷子兴演说”再次提醒看官：冷子兴即是“冷眼人”，而这“冷眼人”乃是预知贾府兴衰的关键人物。可见，他不仅仅是在这一回中演说荣宁二府渊源的人，也是将来见证荣宁衰落之人，甚至，有可能就是引发衰落的一根引线。

《金陵十二钗》的册子中，关于王熙凤的那一页，画着一片冰山，上面有一只雌凤。其判曰：

凡鸟偏从末世来，都知爱慕此生才。
一从二令三人木，哭向金陵事更哀。

“凡鸟”合起来即是一个“凤”字，立在冰山之上，是冰雪将融，大厦将倾的意思，也就是诗中说的“末世”；凤姐之才干超群是毋庸置疑的，所以第二句也很好解释；然而第三句“一从二令三人木”，却是红学课题上的一道不解之谜。

有人说，这是指王熙凤婚姻生活的三个阶段：初而贾琏对她言听计从，后来反向她发号施令，最终把她休了。“人木”两个字，合起来是个“休”字，也就是脂批所说的“拆字法”。

也有人说，二令合成一个“冷”字，指柳湘莲，因为回目里有“冷二郎一冷入空门”的说法；王熙凤是被柳湘莲杀死的，为的是替秦可卿报仇，至于怎么绕到这个题目上的，说起来太过复杂，不作引论。

还有人说，“三人木”是指三个木头人，即王夫人、李纨、迎春，还有说板儿的，因为“板”是木头做的……

总之，众说纷纭，迄今无定论。

但是，我却认为，此“二令”合成一个“冷”字，只能是指冷子兴。要知道，在整个荣宁府的关键人物中，唯王熙凤与冷子兴是真正有过交集的。

王熙凤这个人物的第一次出场，是在“冷子兴演说荣国府”时向贾雨村做出一番言简意赅的介绍：

> 若问那赦公，也有二子，长名贾琏，今已二十来往了。亲上作亲，娶的就是政老爹夫人王氏之内侄女，今已娶了二年。这位琏爷身上现捐的是个同知，也是不肯读书，于世路上好机变，言谈去的，所以如今只在乃叔政老爷家住着，帮着料理些家务。谁知自娶了他令夫人之后，倒上下无一人不称颂他夫人的，琏爷倒退了一射之地：说模样又极标致，言谈又爽利，心机又极深细，竟是个男人万不及一的。

这一回中，是王熙凤第一次暗出，却是冷子兴这个人物在全书八十回中的唯一一次正面出场。

而在第七回“送宫花贾琏戏熙凤”中，冷子兴有过一次暗出，却是王熙凤的明出。周瑞家的替薛姨妈给各房送宫花，她女儿忽然找了来，说女婿惹了官司，被人告到衙门里，要递解还乡：

> 原来这周瑞的女婿，便是雨村的好友冷子兴，近因卖古董和人打官司，故教女人来讨情分。周瑞家的仗着主子的势利，把这些事也不放在心上，晚间只求求凤姐儿便完了。

寥寥数语，收拾了一小段插曲。此后再未见冷子兴其人，因此红学家们也都把他忘记了，忘了他比柳湘莲更有资格来担当这个“冷”字的代言人。如果说柳湘莲有冷二郎之称就是冷，那么尤氏也说过惜春“可知你是个心冷口冷心狠意狠的人”，岂不也是冷字了？妙玉自然更冷，而宝钗亦有冷美人之称，岂不都比柳湘莲更有说服力？

然而冷子兴，却是明明白白，全书独一无二姓“冷”的人，并且是与王熙凤真正有过交集的。要注意的是，冷子兴辗转向王熙凤求助，是因他被判“递解还乡”，还的是哪个乡？自然是金陵，因为开篇已经交代了这冷子兴亦是金陵人氏，在都中开古董行。且惹了官司后，他是仗着王熙凤的出手相助而幸免于难，得以留在都中的。

而王熙凤的最终结局是什么呢？

判词最后一句写：“哭向金陵事更哀”。她最后竟离开都中，回到了金陵，同冷子兴调了个过儿。

这两个人的命运之线，真是遥相呼应，互为首尾。

很有可能，王熙凤“哭向金陵”的原因与冷子兴有关。会是什么原因呢？

尤氏打趣王熙凤时曾说过：“我看着你……弄这些钱那里使去！使不了，明儿带了棺材里使去。”脂批说：“此言不假，伏下后文短命。”可见凤姐之死与钱财有关。

钱财招祸的原因，可能有三点：一是贪污受贿，害死人命；二是设贷获利；这两点都是前文明写的，而第三点，则是我的推测，更是惹祸的关键，即当卖犯官财物。

元春省亲时，点的第一出戏就是《豪宴》，庚辰本有双行夹批：“《一捧雪》中伏贾家之败。”说明贾家的败落与一件古董有关。

而冷子兴，正是开古董行的。

第七十二回中，凤姐说到贾母生日，王夫人无钱送礼，还是凤姐提议，把后楼上现有些没要紧的大铜锡家伙当了四五箱子，弄了三百银子搪羞。贾琏也撺掇鸳鸯拿贾母眼面前用不着的东西去当，还曾惹得邢夫人大说闲话，显然，以后再要腾挪银两时，贾母这条路已经走不通了。那么，再有了大事用钱，最现成也最可能的捷径就是将甄家藏在贾家的财物偷偷拿去当了。

事实上，历史上曹家被抄的重罪之一，正是曾替雍正的政敌塞思黑收藏了一对金狮子，而曹家自己也在事败前偷偷转移家产，这些史实真相正是元春点戏《一捧雪》的寓意所在。

而这些“真事”是注定要在书中的“甄家”身上发作出来。甄家藏匿财物之事露白，很可能便是贾府被抄的导火索，而这个导火索，又由贾府大管家王熙凤亲手点燃，是非常合理的。

第二十二回《听曲文宝玉悟禅机　制灯谜贾政悲谶语》中，所有人都只注意到宝钗点了一支《寄生草》解与宝玉听，却忽略了凤姐点的是《刘二当衣》，焉知不寓含深意呢?

倘若果然是凤姐偷当甄家的财物，那甄家已经获罪，财物属违禁品，不可能在京中出手，这时候冷子兴这个人物就派上用场了。他是专门从京中贩了古董往金陵去卖的，正可替王熙凤跑腿。古董案便在他身上发作出来，王熙凤罪责难逃。

那么，这“一从二令三人木”的“从冷休”意思就很容易理解了，是说王熙凤乃至整个贾府的命运，是从冷子兴这个小人物身上开始败落的，这个“休”字，可以有两种解释：一是“休妻”的休，二是“万事皆休”的休。

很可能贾琏最终休了王熙凤，因为尤二姐死后，他曾发誓要查出真凶来替她报仇；张华并没有死，胡太医也只是暂时避风头去了，这两个人很有可能将来会把凤姐害死尤二姐的真相托出，并向官府翻案，加上邢夫人一直不喜欢凤姐，很可能撺掇贾琏休妻。

脂批告诉我们，王熙凤曾淹蹇于狱神庙中，原因可能是被囚，也可能是被休后无家可归，只得寄宿庙中。而无论是被囚后“递解还乡”，还是被休后独自回娘家，都堪称“哭向金陵事更哀”了。

但她是不是安全地回到了金陵呢？

第十五、十六回中，王熙凤在铁槛寺收了净虚老秃尼的银子，枉送了张金哥与守备儿子一双情人的小命后，甲戌本有双行夹批：

> 一段收拾过阿凤心机胆量，真与雨村是一对乱世之奸雄。后文不必细写其事，则知其乎生之作为。回首时，无怪乎其惨痛之态，使天下痴心人同来一警，或可期共入于恬然自得之乡矣。脂砚。

“回首”这个词，正文中出现过两次，一次是在元春诗谜中提到“一声震得人方恐，回首相看已化灰”，另一次是在第五十四回，宝玉回房时，正遇见袭人同鸳鸯聊天，道：“我也想不到能够看父母回首。太太又赏了四十两银子，这倒也算养我一场，我也不敢妄想了。”

由此可见，“回首”在这里特指“死”。脂批中说熙凤“回首时，无怪乎其惨痛之态”，可能是判解还乡时病死途中，凄惶之至，故而才有“哭向金陵事更哀”的“惨痛之态”。

可感慨的是，书中第二回中冷子兴第一次出场，便出计谋划，送了贾雨村进京，而他自己则差点递解还乡；到了最后，又很可能引发王熙凤哭向金陵，这才真叫天道循环，事非偶然呢！

从贾雨村看曹家被抄

书中第二回写明，那贾雨村也确是个有真才实学的，别过甄士隐后，进京赶考，轻松中了进士，选了外班，升了本府知府，于是鸣锣开道大显威风，还称心如意娶了娇杏。

但不上一年，便因“贪酷之弊”“恃才侮上”被参了一本，说他“生情狡猾，擅纂礼仪，且沽清正之名，而暗结虎狼之属，致使地方多事，民命不堪”。

我们要注意这几句评语，每一句都是有其特殊意义的。“贪酷之弊”是从古至今所有犯事官员最常有的罪名，“恃才侮上”几乎是其必然结果。而“且沽清正之名，暗结虎狼之属”是雍正朝最恨之事，结党营私，杀无赦，至于“地方多事，民命不堪”既是必有之事，也是历史影射。

这几句话，同时也是曹家当年败落的根本原因。

书中介绍林如海时说他“乃是前科的探花，今已升至兰台寺大夫，本贯姑苏人氏，今钦点出为巡盐御史”。

这“兰台寺大夫”旁边有甲戌眉批：“官制半遵古名亦好。余最喜此等半有半无，半古半今，事之所无，理之必有，极玄极幻，荒唐不经之处。”点出“兰台寺大夫”原是虚构之衔，然而接下来的“巡盐御史”却是实实在在的历史，脂砚斋偏偏没有批语了，可见以幻遮实。

曹雪芹祖父曹寅曾任苏州织造，两淮巡盐御史，四次驻跸接驾，这是曹家最辉煌的往事，却也是一切衰败的根本。

正如甲戌本第十六回总批中，脂砚斋批：“借省亲事写南巡，出脱心中多少忆昔感今！”

忆昔，乃指曹寅在江宁织造署四次接驾的荣耀往事；感今，是说如今子弟流散，潦倒沧桑之悲惨现状。

而曹家的潦倒，正是因为接驾落下了巨大亏空，被朝廷追逼欠款所致，真是最辉煌成绩，最怅恨罪名。所以，作者在这一回中借赵嬷嬷之口假说甄家事：

> 还有如今现在江南的甄家，嗳哟哟，好势派！独他家接驾四次。若不是我们亲眼看见，告诉谁谁也不信的。别讲银子成了土泥，凭是世上所有的，没有不是堆山塞海的，“罪过可惜”四个字竟顾不得了。”凤姐道：“常听见我们太爷们也这样说，岂有不信的。只纳罕他家怎么就这么富贵呢？”赵嬷嬷道：“告诉奶奶一句话，也不过是拿着皇帝家的银子往皇帝身上使罢了！谁家有那些钱买这个虚热闹去？

在这段话中，脂砚斋接连批下数条沉痛之批，再三提醒读者着眼：真是“拿着皇帝家的银子往皇帝身上使”么？事实远不是那么简单。

康熙五十一年，《内务府奏详核乌罗图查算西花园工程用银不实应予议处折》称曹寅在西花园修建房屋、挖河、堆泊岸等项工程用银十一万余两，修建房屋、亭子、船只、雨搭、帘子等项，用银七万七千余两。所以康熙在第一次驻跸后曾发出元春之叹：“奢靡太过了”，并在李煦奏折上朱批道：“朕自九月二十五日自陆路看河工，去尔等三处，千万不可如前岁伺候。”

第二回中贾雨村说旧年曾游金陵石头城：“大门前虽冷落无人，隔着围墙一望，里面厅殿楼阁，也还都峥嵘轩峻；就是后一带花园子里面树木山石，也还都有蓊蔚洇润之气，那里像个衰败之家？”

在“后一带花园子里”旁边，甲戌本侧批：“后何不直用西字？”又自问自答或可能是朋友间问答曰：“恐先生堕泪，故不敢用西字。”

这正是因为“西花园”实是曹家为接驾而扩建，也就为了建这西花园，曹家才欠下了巨大亏空，遭人弹劾，蕴下大祸，贻祸子孙。

康熙一则袒护曹家，二则也知曹家亏空巨大，曹寅早逝，后继无人，因此命曹頫过继袭位。不过曹頫的能力才干实在一般般，非但没有什么补天之才，而且屡屡犯错。在康熙五十二年的奏折中，曹頫说：

> 窃奴才父寅去年身故，荷蒙万岁天高地厚洪恩，怜念奴才母子孤寡无依，钱粮补欠未完，特命李煦代任两淮盐差一年，将所得银共五十八万六千两所以织造各项钱粮及代商完欠，李煦与奴才眼同具已解补清完，共五十四万九千六百余两。

似乎已经通过自己与舅舅李煦连续当差把债还了。可是康熙五十五年，又发现还有曹寅在世时所欠债务计二十六万三千余两。康熙五十六年，李煦再度出任巡盐御史，据其七月十三日奏折称：“两织造衙门共补过五十四万二千两，但仍有亏欠二十八万八千两另。”

这时候，参奏曹頫、李煦的折子已经很多，但是康熙一再偏袒，不肯重治，只是屡屡下旨，促其清还：

> 风闻库帑亏空者甚多，却不知尔等作何法补完？留心，留心，留心，留心，留心！

两淮弊情多端，亏空甚多，必要设法补完，任内无事方好，不可疏忽。千万小心，小心，小心，小心！

亏空太多，甚有关系，十分留心，还未知后来如何，不要看轻了。

即便是皇上有心偏袒，但是情面要讲，法理也要讲，所以康熙一再提醒曹家留心、小心、不要看轻了。

可惜的是，曹頫仍未小心，继续犯错。康熙驾崩，雍正上台后，辣手治理，清查亏欠，再不留情，共查出李煦亏空库帑四十五万两，曹頫为四万五千余两。

但到了这个时候，雍正仍然没有直接下旨查抄，而是循父皇所为再加宽限，允其三年还清。

雍正二年，曹頫上了一道请安折子，内容极简单："江宁织造奴才曹頫跪奏：恭请万岁圣安。"

然而雍正的朱批回复却极详细：

朕安。你是奉旨交与怡亲王传奏你的事的，诸事听王子教导而行。你若自己不为非，诸事王子照看得你来；你若作不法，凭谁不能与你作福。不要乱跑门路，瞎费心思力量买祸受。除怡亲王之外，竟可不用再求一人，拖累自己。为什么不拣省事有益的做，做费事有害的事？因你们向来混账风俗贯了，恐人指称朕意撞你，若不懂不解，错会朕意，故特谕。你若有人恐吓诈你，不妨你就求问怡亲王，况王子甚疼怜你，所以朕将你交与王子。主意要拿定，少乱一点，坏朕声名，朕就要重重处分，王子也救你不下了，特谕。

这道朱批慈威并重，情意殷殷，是雍正难得的真情流露的一道谕旨。

同时，我们可以从这道朱批推测出几件事来：

一是此时曹頫已经"犯了事"；

二是有官员或宿敌趁机向曹頫施压、恐吓、敲诈、纳贿；

三是曹頫四处托门路脱罪，又或是转移财物，正如书中江南甄家犯事后偷运箱笼至贾家的情形；

四是雍正指派怡亲王处理曹家事，并且怡亲王对曹頫甚为眷顾。

直到这个时候，曹頫如果能做到“眼前无路想回头”，或许也还为时未晚。可是他却偏偏“身后有余忘缩手”，又做了一件大错事。

雍正宽限的三年期已过，曹頫非但仍未补上亏欠，而且所经管的织造处交到皇宫的绸料多次出现质量问题，有料质轻薄以及落色等种种弊病，这件事说大不大说小不小，但至少也是个玩忽职守。

因此雍正亲自参与了这些事件的督察处理，中间还考虑到是否有人“有意挑选落色缎匹，陷害织造官员”，仍是想过为曹頫开脱的。可就在这时，又发生了曹頫家奴在山东长清等处勒索驿站案；更有甚者，还传出曹頫暗移家产事。这才真正犯了雍正的大忌：好啊，你藏起财宝不还款，还天天哭穷，朕再三开脱你，你倒变本加厉蒙朕，岂能饶恕？

当此时，雍正痛下决心，于雍正五年十二月下旨查抄：

> 江宁织造曹頫，行为不端，织造款项亏空甚多。朕屡次施恩宽限，令其赔补。伊倘感激朕成全之恩，理应尽心效力；然伊不但不感恩图报，反而将家中财物暗移他处，企图隐蔽，有违朕意，甚属可恶！

抄家，封门，捉捕，曹家就此败落。

我们细看这段历史，是否正如贾雨村所犯之错：“贪酷之弊”“恃才侮上”“生情狡猾，擅纂礼仪，且沽清正之名，而暗结虎狼之属，致使地方多事，民命不堪”。

因此，曹雪芹的身份一直有人怀疑不是曹寅正脉，因其不在族谱。有可能他只是曹家一个远亲，比如贾蔷这样的穷亲戚，但一荣俱荣，一损俱损，也受了池鱼之殃。作为家族一员，曹雪芹对于曹寅家事也是非常清楚的。同时，他对于曹頫以及曹家权贵的作为颇为不满，所以文中据实而书，语含讽诫，也不是没有可能的。

要特别提醒的是，在曹家抄没之先，早在雍正元年，曹氏姻亲李煦已经先被革职抄家，这很可能就是书中甄家被抄的影射。主持清查的，正是怡亲王允祥。这也是我在红楼续书中让忠顺府与北静府同时清查的缘故，因为有很多专家指出，北静王的原型，正是怡亲王允祥。

李煦虽与曹頫先后被抄，但罪名不同。李煦获罪是因为政治上站错了队，“谗附阿其那”，处以斩刑，后从宽被发往打牲乌拉；而曹頫则是“行为不端，亏欠甚多”，只是抄家。后来似乎还有过一段小阳春的阶段，可惜子孙无为，到底还是二次败落了。

贾雨村与林黛玉

前文说到，早在第一回时，甄士隐已于梦中闻知绛珠仙子与神瑛侍者的一段“还泪前缘”，这算是黛玉的第一次暗出；到了第二回，黛玉的故事又由贾雨村口中再次带出，但仍是暗出；直到第三回黛玉进荣国府，才借着宝玉的眼睛让林黛玉清清楚楚有了第一次正面亮相，足见身份之隆。

贾雨村戏份虽不多，却是书中非常重要的一个人物。因为整部《红楼梦》就是一部“假语村言”么。

他在开篇第一回里就念了一句联：

玉在椟中求善价　钗于奁内待时飞

上联典出《论语》，子贡问，如果你有一块美玉的话，是希望标价卖掉还是长久收藏，孔子回答说要藏起来，遇到肯出好价钱的人才卖；下联说的是仙女送给汉武帝一支钗子，他收在匣子里，后来却化成白燕飞走了。

从字面来说，这里是引用了两个典故来表达雨村等待机遇渴望飞升的心态，所以甄士隐听了此联赞叹：“雨村兄真抱负不浅也！”

联系本书来讲，则无疑“玉”和“钗”都有所指。

甲戌本侧批：“表过黛玉则紧接上宝钗。”又有夹批：“前用二玉合传，今用二宝合传，自是书中正眼。”

明确指出上联说黛玉，下联说宝钗。

因为“价”与“贾”相通，“时飞”又是贾雨村的字，于是就有人联想到宝钗将来会改嫁贾雨村，这未免牵强，因为“山中高士晶莹雪”断不致如此败行，而且“致使锁枷扛”的贾雨村大概也等不到那会儿。

其实不必想得那么久远，因为这两句诗很可能只是指眼下即将发生的事——贾雨村得了甄士隐的银子，进京赶考中举是接下来就做到了的；同样地，林黛玉和薛宝钗的出场也离此不远了。

所以第二回里贾雨村便做了黛玉的蒙师，接着又因审理葫芦案带出薛家，在书中一直起着牵引的作用。“玉”与“钗”所等的，不过就是贾时飞的报幕揭帘而已。

贾雨村只教了黛玉一年，贾敏就亡故了，甲戌本有眉批：“上半回已终，写‘仙逝’正为黛玉也。故一句带过，恐闲文有妨正笔。”

正笔是什么呢？自然是黛玉，还有宝玉。

不过到这时，书中仍未正面描写黛玉，只是在贾雨村路遇冷子兴时，说起林黛玉的与众不同，而我们也是第一次了解落入凡尘后的绛珠仙草与神瑛侍者的近况：

> 雨村拍案笑道：“怪道这女学生读至凡书中有‘敏’字，皆念作‘密’字，每每如是；写字遇着‘敏’字，又减一二笔，我心中就有些疑惑。今听你说的，是为此无疑矣。怪道我这女学生言语举止另是一样，不与近日女子相同，度其母必不凡，方得其女，今知为荣府之孙，又不足罕矣，可伤上月竟亡故了。”子兴叹道：“老姊妹四个，这一个是极小的，又没了。长一辈的姊妹，一个也没了。只看这小一辈的，将来之东床如何呢？”雨村道：“正是。方才说这政公，已有衔玉之儿，又有长子所遗一个弱孙。这赦老竟无一个不成？”

这段对话不仅从侧面写出了黛玉清越绝尘的性情做派，而且自然引出了“只看这小一辈的将来之东床如何”的设问。

“东床”的典故出自《晋书·王羲之传》，说的是太尉郗鉴选女婿，年轻才俊们人人拘谨，只有王羲之坦腹东床，泰然自若，于是就被选中了。从此人们就以“东床”指代“女婿”。

这里雨村刚说完林黛玉的故事，冷子兴就感慨地说不知道这一辈的小姐们将来会嫁些什么人，而贾雨村又接口说起贾政的衔玉之子贾宝玉来，这三句话接起来就是：黛玉——东床——宝玉！

——可叹宝黛两个还不曾见面，倒在贾冷二人的对话里先遥遥映照了。

倘或故事真能如此顺理成章，该是多么好啊。可惜《红楼梦》说的就是“美中不足，好事多魔”，总不脱此尘网。

贾雨村见了冷子兴后回去，第二天即与林如海谈论进京事宜，并且得偿所愿，拿了如海的荐书，另乘一只船，依附着黛玉的大船一块儿进京了。

之后，书中再没有关于贾雨村与林黛玉的正面交集。然而第十六回《贾元春才选凤藻宫 秦鲸卿夭逝黄泉路》，还有一段很重要的描写：

> 且喜贾琏与黛玉回来，先遣人来报信，明日就可到家，宝玉听了，方略有些喜意。细问原由，方知贾雨村亦进京陛见，皆由王子腾累上保本，此来后补京缺，与贾琏是同宗弟兄，又与黛玉有师从之谊，故同路作伴而来。林如海已葬入祖坟了，诸事停妥，贾琏方进京的。本该出月到家，因闻得元春喜信，遂昼夜兼程而进，一路俱各平安。

原来，不仅第一次黛玉进京是由贾雨村护送的，这第二次进京，还是与贾雨村做伴。而且既然特地点出雨村因与黛玉有“师从之谊”，才会同路做伴，那么其间两人见面也是不会特别避忌的。正相反，黛玉听说老师来了，出于尊重，也是要特地面见行礼的。

后文说宝玉与黛玉小别重逢，“心中品度黛玉，越发出落的超逸了”。这段话，也等于写了雨村的心理。这贾雨村自送了女学生进京后，总有五六年未见了，重逢之际必然也会“心中品度”，暗加赞叹的。

宝玉品度过黛玉之后，不知道怎么表达这份思念爱慕之心才好，特地将北静王赠的鹡鸰香念珠珍重相赠，然而黛玉却看不上，说“什么臭男人拿过的！”掷而不取。脂砚斋在此处批语“略一点黛玉性情，赶忙收住，正留为后文地步”，显然这段还有余波。

而雨村品度过黛玉之后，知其越发超逸，将来又会如何将她视作奇货可居，寻机献宝权贵呢？

这接连的两段文字，先写了贾雨村与贾琏做伴，护送黛玉回京；又写了宝玉将北静王所赠之物转赠黛玉被拒，遥遥地把贾雨村、贾琏——林黛玉——贾宝玉——北静王几个人联系了起来。

那么，这几个人之间，还会有戏吗？后文再叙。

第三回
贾雨村夤缘复旧职　林黛玉抛父进京都

黛玉进贾府时多少岁

金陵十二钗中，贾雨村眼见的第一个女子乃是副册之首甄英莲，早在她三岁时就已经从她父亲甄士隐的怀中见过面；而他见到的第二个女子，便是正册之首林黛玉了，且堂而皇之做了黛玉的启蒙师父，还教得不错。

但他只教了一年，黛玉即因母丧而辍学。贾雨村路遇冷子兴时，曾轻描淡写提起黛玉的与众不同，而冷子兴也是第一次提起宝玉的种种奇事来，说他“如今长了七八岁，虽然淘气异常，但其聪明乖觉处，百个不及他一个”。

这番对话告诉我们，贾宝玉这年七八岁，那么林黛玉小他一岁，正值六七岁，与贾雨村游历的时间“我自革职以来，这两年遍历名省”，及教授黛玉的时间“看看又是一载的光阴”，刚好相符。

另外，通过甄英莲的故事，也可以侧面厘清：

在第一回里英莲出场时三岁，是个赤日炎炎的夏日午后，她被抱在父亲怀里，见了贾雨村一面；接着写中秋夜，甄士隐请贾雨村吃酒并赠银；接着是次年元宵节英莲丢失，这一年，她四岁。

甄士隐夫妻思女成疾，先后得病，偏又因三月十五庙里炸供失火受了株连，致使家财散尽，只得投靠老丈人封肃。

封肃欺负女婿是读书人，共哄半赚，给了他些薄田朽屋度日。甄士隐勉强支撑一二年，越发穷了下去，心灰意冷间挨满三劫，到底唱着《好了歌》随道人去了。这时，英莲有五六岁。

等到贾雨村成了新知府，耀武扬威来讨娇杏做妾时，封肃说甄士隐“今已出家一二年”了。英莲已有七八岁。

再下来，贾雨村“不上一年，便被上司寻一个空隙，作成一本”，将他奏了下来。那雨村不以为意，安顿了家小，自己担风袖月，游山玩水去了。不久，来至淮扬，托朋友之力谋得西席一职，教盐政林如海的女儿黛玉读书去了。这就又是一两年过去，英莲该有八九岁了。

而黛玉的名字这才第一次出现，书里明明白白说她年方五岁，也就是说英莲比黛玉大了三四岁。

从贾雨村的履历行踪来看，这道算术是说得过去的。

但因书中有袭人“年纪本又比宝玉大两岁”，又说袭人与宝钗、香菱同庚的话，所以很多红学研究者在习惯上都认为宝钗比宝玉大两岁，比黛玉大三岁。其实这是不确切的，因为甄士隐梦中听闻绛珠草故事的时候，英莲已经三岁，而宝黛两个和石头都还没有下凡，所以甄英莲理当比宝玉大三岁，比黛玉大四岁。即便她与宝钗同年，也应当比宝钗大个半年数月的。

贾雨村只教了黛玉一年，贾敏病逝，这年黛玉是六岁。贾雨村对冷子兴说贾敏“上月亡故”，接下来便写林如海令雨村护送女儿进京投靠贾府，“已择了出月初二日小女入都”，也就是下月初。再接着便是“有日到了京都”，这“有日”再长，也长不过数月吧。

换言之，黛玉进京这年，不过六岁多，而宝玉则是七八岁。

但是为什么有些专家却黛玉说是十三岁呢？

第三回末是造成歧误的大关键，这回说的是黛玉入府，当晚为宝玉摔玉哭了一场后，紧接着下段就是：

> 次日起来，省过贾母，因往王夫人处来，正值王夫人与熙凤在一处拆金陵来的书信看，又有王夫人之兄嫂处遣了两个媳妇来说话的。黛玉虽不知原委，探春等却都晓得是议论金陵城中所居的薛家姨母之子姨表兄薛蟠，倚财仗势，打死人命，现在应天府案下审理。如今母舅王子腾得了信息，故遣他家内的人来告诉这边，意欲唤取进京之意。

这一回到这里就完了。感觉上，宝钗进府的动议，跟黛玉进府只差了一天，脚赶脚儿来的。这跟后来第二十回里宝黛两个拌嘴时，宝玉说的“亲不间疏，先不僭后”的道理分明不符。宝玉因黛玉恨他“见了姐姐就忘了妹妹”，苦口劝说：“头一件，咱们是姑舅姊妹，宝姐姐是两姨姊妹，论亲戚，他比你疏；第二件，你先来，咱们两个一桌吃，一床睡，长的这么大了，他是才来的，岂有个为他疏你的？”

这段话分明说两人一起过了好几年，宝钗才进府的；而且用到了“一桌吃，一床睡”这样的说法，也不会是十二三岁大孩子的所为。

张爱玲在《红楼梦魇》中曾猜测作者每回修改增删原稿时，为了装订方便，总是尽量在每一回的开头结尾处动笔，所以歧误也都往往出在开头结尾。

从这第三回末看来，这个猜测十分可能——想来第三回黛玉进府后，原本还有更多情节，但在抄传过程中遗失，于是修订者便随意写了句“次日起来”胡乱接上，就此制造了一场三百年悬案。

接下来就是第四回《薄命女偏逢薄命郎　葫芦僧乱判葫芦案》，文中说贾雨村补授了应天府接的第一个案子，就是两家争买一婢。

这两家，是薛蟠与冯渊，这一婢，就是不幸的甄英莲，在这一回里，她无名无姓，只是无主孤雏。但是门子却明确地提到了她的年龄：

> 当日这英莲，我们天天哄他顽耍，虽隔了七八年，如今十二三岁的光景，其模样虽然出脱得齐整好些，然大概相貌，自是不改，熟人易认。况且他眉心中原有米粒大小的一点胭脂痦（记），从胎里带来的，所以我却认得。

原来英莲离家已有七八年，被卖时已有十二三岁了。而且要注意的是，这还不是指当下的时间，因为冯渊的家人禀告雨村说：“凶身主仆已皆逃走，无影无踪，只剩了几个局外之人。小人告了一年的状，竟无人作主。”换言之，雨村判案距离案发已经一年，英莲现今该有十三四岁了，这离我们前面推断的时间，又过了三四年。

也就是说，如果黛玉进京是六岁，那么她比英莲小四岁，这年英莲该有九岁或十岁了，中间三四年时间过去了。第三回末这句“次日起来”之前，竟然失掉了近三四年的光阴。林黛玉这一觉睡得可真长。

即便退一万步讲，贾雨村一进京就得了官，林黛玉十三岁进贾府的说法也不可能成立——因为贾雨村送了黛玉进府后才做成这个应天府尹，也才审理英莲的案子，如果英莲才十三四岁，黛玉又怎么可能已经满十三岁了呢？

更何况，书中原文说：“这贾政最喜读书人，礼贤下士，济弱扶危，大有祖风；况又系妹丈致意，因此优待雨村，更又不同，便竭力内中协助。题奏之日，轻轻谋了一个复职候缺，不上两个月，金陵应天府缺出，便谋补了此缺，拜辞了贾政，择日上任去了。”

这里衔接得再紧凑，也还需要几个月时间，况且贾雨村断完了薛蟠的案子后，先要写信给王子腾表功，之后王子腾才遣人来告诉这边，意欲唤取薛家进京，而黛玉也才能听到这个消息——这中间，又过去了不知多少时日，如何她只不过进府一夜，“次日起来”，就直接跨越时光，提前听说了案子结果呢？

即使从行文语气上说，“次日起来，省过贾母，因往王夫人处来”，如此轻车熟路，也不像是刚进府第二天的样子。唯一的解释就是：第三、四回之间黛玉进府后的描写丢失了一大截，“次日起来”之前必定有更多的篇章，是我们今天无法见到的。

那么黛玉十三岁进府的说法是怎么来的呢？

这说法只出现于己卯本和梦稿本两个版本中，在第三回黛玉进贾府时，凤姐一连串的问题中插入了一句“黛玉答道十三岁了”。但在己卯本中，这句话是被朱笔用符号删去的。而以己卯本为母本的庚辰本已经没了这句。可见三百年前已经有人看出其不合理处。

其实真相不难分辨——在第二十二回关于宝钗的年龄有个非常明确的纪年。

> 谁想贾母自见宝钗来了，喜他稳重和平，正值他才过第一个生辰，便自己蠲资二十两，唤了凤姐来，交与他置酒戏。

——点明是宝钗来京后的第一个生日，而且是及笄之年，也就是十五岁。虽然从行文看，中间又是可卿之死，又是建造大观园，又是元妃省亲，似乎过了不止一年的样子，但是这句话却同第二十回里宝玉劝黛玉时说的“他（宝钗）是才来的”相吻合。

而且凤姐同贾琏商量为宝钗过生日时，贾琏曾说过：“往年怎么给林妹妹过的，如今也照依给薛妹妹过就是了。”这句话分明透露出，黛玉此前已经在贾府过过不止一次生日了，所以才会有例；而宝钗才是第一个生日。所以两个人进府的时间，不可能紧密相连，中间至少隔了几年。

宝钗生日后不久，元春就下令让众姑娘与宝玉搬进大观园去住了。书中在引用宝玉所作的四时即事诗时，特地说明：“当时有一等势利人，见荣府十二三岁的公子作的，录出来各处称颂。”

宝玉比宝钗小了两三岁的样子，所以这时候是十二三岁，很合理。而且宝钗与英莲同庚，那么宝钗进府时既然是十四岁，英莲自然也是十四岁。距之前门子见到英莲时说她“如今十二三岁了”，再加上冯家说的“告了一年的状”，如今该是十三四岁，时间刚好吻合。

可见薛宝钗、甄英莲是在十四岁时抵京的，所以宝钗次年才过了十五岁生日。但起程的时候要更早些，因为薛蟠是抢了英莲便上京的，冯家告了一年状，贾雨村才上任，而薛家也才到京来。所以薛家在途中至少耽搁了一年多，宝钗有可能在路上已经过了一个生日，然后才到贾府的。甲戌本写明薛蟠夺英莲时十五岁，又说比宝钗大两岁，粗算是合理的。

而黛玉比英莲小四岁，在宝钗进府时刚满十岁，所以即便真是跟宝钗同年进府的，也不可能十三岁。

《红楼梦》的时间表是最令读者头疼的一个迷宫，前后矛盾处不计其数，有时很难对其较真儿，正如众钗结社时所说：“连他们自己也不能细细分晰，不过是‘弟、兄、姊、妹’四个字随便乱叫。”

作者下笔时动辄一两年过去，弹指春秋，难以细论；但是十三岁进府还是六岁进府，失误如此之大，却不可能是“笔误”，而只会是“失传”了。

贾赦、贾政为何不见林黛玉

关于林黛玉初进贾府时，贾赦、贾政两位身为至亲舅父却都托辞不见，很多人都发文指摘，斥责贾府人情冷暖，世态炎凉，瞧不起黛玉这个孤女；并举出薛家为例，说贾家对薛家的迎接有多热络重视，可见趋炎附势，厚此薄彼。

流传甚广的越剧电影《红楼梦》里，索性还给丫鬟加了一段台词，让她们大声议论说薛家进府时有多少箱笼家伙，不像那个林姑娘，赤手空拳地就进来了，真是寒酸。

然而实情是怎么样的呢?

书中说，黛玉进京那日，“弃舟登岸时，便有荣国府打发了轿子并拉行李的车辆久候了”，可见并无冷淡之意。而且进府之时，贾母与邢、王二夫人都一早等在堂上，连丫鬟见了黛玉来都是“三四人争着打起帘子”，抢着回话：“林姑娘到了。”可见贾母等待之殷。

黛玉进来，贾母是被两个人搀着离了座直迎上来的，不等黛玉行礼，已经将她一把搂在怀中，“心肝儿肉”地叫着大哭起来。贾母如此动情，绝非做作，也犯不着，这是一位老祖母想念外孙女的最正常反应。而贾府里的人都是看着贾母眼睛眉毛行事的，贾母如此看重黛玉，王熙凤固然使尽浑身解数应酬讨好，“亲为捧茶捧果”，贾赦、贾政两个做儿子的又怎么会怠慢她呢?

而且书中写明，是贾母亲自下令“命两个老嬷嬷带了黛玉去见两个母舅”的，赦政二人就算看不上一个小姑娘，难道对母命也不给面子吗?

当然不是这样，从贾政对贾雨村的态度，我们已经可以确定这政公的为人：

> 进入神京，雨村先整了衣冠，带了小童，拿着宗侄的名帖，至荣府的门前投了。彼时贾政已看了妹丈之书，即忙请入相会。见雨村相貌魁伟，言语不俗，且这贾政最喜读书人，礼贤下士，济弱扶危，大有祖风；况又系妹丈致意，因此优待雨村，更又不同。

说句不恭的大俗话：打狗还得看主人。贾政对贾雨村如此厚待，全是看在林如海面上，爱屋及乌——“况又系妹丈致意，因此优待雨村”——贾政因看重妹丈，对其雇用的家庭教师都这样礼遇，且“即忙请入相会”，又怎么会对其亲生女儿、自己的亲外甥女刻薄冷淡呢？

更何况，林家四代列侯，林如海乃前科探花，又是钦定的巡盐御史、兰台寺大夫，“虽系钟鼎之家，却亦是书香之族”，官衔比贾政高不说，还是个钦差，还轮不到贾赦、贾政瞧他不起呢。

那么贾赦、贾政到底为什么不见黛玉呢？

其实，为的是个“礼”字。

钟鼎之家行的是孔孟之道，在《孟子》语录里，连“嫂溺，援之以手”这样显而易见的事都要拿出来讨论到底合不合礼法，还要圣贤孟子来拿主意，并特地解释说：男女授受不亲，但是嫂子掉水里快淹死了，小叔子出手救她，是权宜之计。

换言之，要是没到生死关头的大事，那么“男女授受不亲”就还是天条。

古时大富之家，贵公子拜会朋友，先得拜会对方母亲、妻子，但只是口里说着拜见，人却往往只到对方阁楼下行礼致意即回，无须真的见面。《水浒传》里武松能面见潘金莲，一是因为武大家宅狭窄，小户人家，讲不起这些礼法；二则也是潘金莲不尊重，存了心思要勾引小叔子。

但那林黛玉是写“敏”字都要减一笔的闺秀，深谙礼法，却必会另一番行事了。这在曹雪片的年代原是常识，所以作者只是白描手法平平写来，并不需额外加注；但是在清朝小说《歧路灯》里，我们可以找到一段旁证，帮助我们更好地理解这件事。

书中说谭绍闻往堂兄谭绍衣府上拜访，提出要向嫂嫂请安。谭绍衣道：

> 吾弟差矣。咱家南边祖训：从来男女虽至戚不得过通音问。姻亲往来庆贺，男客相见极为款洽，而于内眷，不过说“禀某太太安”而已。内边不过使奉茶小厮禀道“不敢当”，尊行辈，添上“谢问”二字。虽叔嫂亦不过如此。从未有称姨叫妗，小叔外甥，穿堂入舍者。

这便是大家之风了。

同样地，黛玉进贾府时，依礼先随邢夫人去拜见贾赦，行“禀安”之礼；但贾赦命家人传话说：“连日身上不好，见了姑娘彼此倒伤心，暂且不忍相见。”是为“谢问”。黛玉站着听过，告辞回去，又要去拜见贾政。先是等在东耳房里，王夫人却命人传话说“太太说，请林姑娘到那边坐罢”，只得往正房里来。来了后，王夫人才说：“你舅舅今日斋戒去了，再见罢。”就此全了礼。

这些场景闲闲道来，就像今人写小说，两人见面问句“吃了吗？”原是中国人从前最常见的问候语，虽然在今天已经不大听到了，可若谁写了这情节，也不会特意解释说：我其实并不关心他是不是真的吃了，只不过礼貌上这样问一句而已，是个俗礼。

当然贾政去斋戒也可能是实情，因为下文接着说到宝玉：“今日因庙里还愿去了，尚未回来。”宝玉这时候才七八岁，不会是独自出门，很可能父子俩是一道去的。

现在我们再回头来看薛家进府的情形：

> 过了几日，忽家人传报：“姨太太带了哥儿姐儿，合家进京，正在门外下车。”喜的王夫人忙带了女媳人等，接出大厅，将薛姨妈等接了进去。姊妹们暮年相会，自不必说悲喜交集，泣笑叙阔一番。忙又引了拜见贾母，将人情土物各种酬献了。合家俱厮见过，忙又治席接风。薛蟠已拜见过贾政，贾琏又引着拜见了贾赦、贾珍等。贾政便使人上来对王夫人说：“姨太太已有了春秋，外甥年轻不知世路，在外住着恐有人生事。咱们东北角上梨香院一所十来间房，白空闲着，打扫了，请姨太太和姐儿哥儿住了甚好。”王夫人未及留，贾母也就遣人来说“请姨太太就在这里住下，大家亲密些”等语。……从此后薛家母子就在梨香院住了。

乍一看，贾家待薛家确似比接待黛玉时热情多了。然而细看却别有道理，一则黛玉只是小女孩儿，贾母和邢、王二夫人俱是长辈，却一早等候多时，可见隆重；而薛姨妈合宅来见，不过是亲姐姐王夫人接了进去，然后才引着拜见贾母，分明亲疏有别。第二，这里写得分明，拜见贾政、贾赦、贾珍的人乃是薛蟠，可没说薛宝钗也跟着拜会了。

须知赦政二人乃是黛玉的舅舅，却是薛蟠、宝钗的姨父，关系隔了一层，故而宝钗不便拜会男性长辈，只有薛蟠被贾琏引着一人来拜。而黛玉与贾政虽有男女之别，但却是至亲舅甥关系，故而在黛玉则非拜见不可，在贾政却是能不见则不见为礼。

所以，贾母是命两个老嬷嬷引着黛玉去拜见两位母舅，可没有指派贾琏去，因为贾琏与黛玉也仍然存在着“授受不亲”的男女关系，而两个老嬷嬷不过是陪着黛玉走一遭，明知道不可能见到赦政二人的。这就是个过场礼仪，贾府人人深知的。

可记得第一回中，甄家丫鬟娇杏在花园撷花，见到贾雨村看她，急忙回避？何况这是荣府之家，黛玉行为自然礼数更加周到。

后文贾府里元宵猜灯谜，贾政特地备了酒席彩头前来凑趣，这是一次合家团圆宴，无须太过避讳，但贾政也只与贾母、宝玉同席，钗、黛、湘等另置一席，这还是晚辈，跟自家女儿一样；至于儿媳妇李纨与侄媳妇凤姐因为已是人妻，则干脆在里间另设一席。当贾政问及贾兰时，还要婆子特地进里屋同李纨传话，李纨虽是站着回话，也仍然隔着屏。即便如此，钗黛等也都守礼缄默不言，因此贾政只是略盘桓一会儿，贾母便撵他离去了。

又有过中秋讲笑话，贾母与贾赦、贾政等同席，姑娘们则在屏风后设席。贾母因觉得冷清，叫姑娘们共坐，也只是叫过迎春、探春、惜春这几位至亲孙女来与赦、政同席，而并未叫黛玉、湘云；直等贾赦、贾珍等都散了，才撤去屏风，两席相并，礼数之严，一丝不苟。但是又为什么没人会猜疑贾母只把迎春姐妹当孙女，却懒见黛玉、湘云呢？

最明显的一处照应，还在宝黛葬花读西厢一节，两人正收拾落花，袭人忙忙地来告诉：“那边大老爷身上不好，姑娘们都过去请安。老太太叫打发你去呢。”于是宝玉匆匆去了，黛玉听说众姊妹都不在房，就有些闷闷的。

“大老爷”自然是指贾赦，“姑娘们”则指迎、探、惜姐妹，这里不会包括宝钗、黛玉，因为不是近亲，须回避，所以不用去请安。这时候黛玉在贾府已经住久了，不比新来时要礼节周到，所以下人不会要她白走这一遭；但是迎、探、惜姐妹们却是不能失礼的，所以还要劳动一番，其实见不见得到贾赦，也仍是未知之数呢。

种种细节，写足贾府规矩森严，即使亲舅舅外甥女，亦有男女大妨，亲疏有别，能不见则不见的。

《红楼梦》里与男亲戚不避嫌疑，“小叔外甥，穿堂入舍者”，唯有王熙凤一人。故而贾琏抱怨她：“他防我像防贼的，只许他同男人说话，不许我和女人说话；我和女人略近些，他就疑惑，他不论小叔子侄儿、大的小的，说说笑笑，就不怕我吃醋了。以后我也不许他见人！”平儿道：“他醋你使得，你醋他使不得。他原行的正走的正；你行动便有个坏心，连我也不放心，别说他了。”

这是平儿在替熙凤向贾琏分辩，也是向读者解释：凤姐是当家人，见男亲是不得已而为之，但她“行的正走的正”，不算违规。

又如第十三回《秦可卿死封龙禁尉　王熙凤协理宁国府》，贾珍来上房请凤姐理事，人报：“大爷进来了。”唬得众婆娘呼的一下往后藏之不迭，独凤姐款款站了起来。

在这一句中间，有朱笔旁批“素日行止可知”，这是说贾珍素日之不遵情礼，“把宁国府竟翻了过来”。宁国府的礼节一向疏松，贾蓉与二尤调笑一场更是着重描写。只有贾珍这种又不遵礼节又是族长的人物才敢想去哪儿就去哪儿，也不管上房里坐的是谁。因此才唬得众婆娘藏之不迭；而王熙凤因是管家，平素里与本家爷们儿并不避讳，故而独有她不躲不避，“款款站了起来”。这是一处反衬。

但是这些女人中倘若有宝钗、黛玉、湘云等，就非得“藏之不迭”了。虽然听起来好像不够从容大方，但是姑娘家见到亲戚大哥，不躲出去，还要“款款站了起来”，就很不合适。这同宝玉因深得贾母溺爱故自小在内帏厮混是两回事。

红楼有很多谜，有一些是作者故意设陷，有一些是因遗失之憾，但也有一些，如这“谢问”之礼，则只是因为古今礼数不同而已，今人大可不必胡乱猜疑，妄加解释。

宝黛初见的第一次流泪

虽然绛珠仙子下凡是为了“还泪”，然而真当宝玉和黛玉见面时，先哭的人却是宝玉。

这一点被很多红迷忽略了，永远记得黛玉多愁善感，一次次地为宝玉而落泪，却忘了一见黛玉即触动伤心事的，却是宝玉。

这段描写以退为进，层层渲染，非常好看：先是让宝玉去庙里还愿，没来得及参加黛玉的接风宴，只通过王夫人的描述来形容其做派：“我不放心的最是一件：我有一个孽根祸胎，是家里的‘混世魔王’，今日因庙里还愿去了，尚未回来，晚间你看见便知了。你只以后不要睬他，你这些姊妹都不敢沾惹他的。”又说，“他嘴里一时甜言蜜语，一时有天无日，一时疯疯傻傻，只休信他。”——这番话，倒有些像和尚的谶言：不见外姓人，不许闻哭声。

因有王夫人这番铺垫，黛玉便误信为真，当丫鬟笑着说“宝玉来了”时，黛玉还在腹诽：“这个宝玉，不知是怎生个惫懒人物，懵懂顽童？”

这段话后面原本还有句：“倒不见那蠢物也罢了。”然而“蠢物”特指“石头”，黛玉怎知如此称呼？所以我认为这句原为批语，被抄写者疏忽混入正文中了。

接着书中用一大段溢美之词细写宝玉穿戴面貌，不啻翩翩浊世佳公子，非但不是什么“惫懒人物”，还极俊秀风流的；最重要的，是黛玉一见，便吃了一大惊，心下想道：“好生奇怪！倒像在那里见过一般，何等眼熟到如此！”

古往今来的一见钟情，必先取决于心有灵犀，黛玉所思，也正是宝玉所想。不同的是，黛玉只在心里吃惊，宝玉却是很肯定地说了出来：“这个妹妹我曾见过的。”被贾母质疑“胡说”后，自己大概也无法解释，只好说：“虽然未曾见过他，然我看着面善，心里就算是旧相识，今日只作远别重逢，亦未为不可。”

三生石畔灌溉之恩，距此时已是七八年过去，更是前世之事，可不正是“远别重逢”，又怎能不“吃一大惊”？

宝玉视黛玉与众不同，不仅因其美，因其才，因其弱，更因了这份亲。

于是他凑上去问人家读什么书，又问人家叫什么名，再问表字。因黛玉说无字，宝玉便卖弄学问："我送妹妹一妙字，莫若'颦颦'二字极妙。"

少时读这段只觉有趣，并不以为有什么大不了的特别之处。然而后来读《礼记·曲礼》说："男子二十，冠而字……女子许嫁，笄而字。"

蓦然间再想起宝黛初见，宝玉赠字"颦颦"，忽觉云垂海立，心惊意动。

宝玉彼时只有七八岁，自然绝想不到这句"笄而字"，然而"郎骑竹马来，绕床弄青梅"，两人的宿世姻缘，却早在那一刻已经印证；更令人感慨的是，众人也都未作异议，后来还跟着宝玉唤黛玉"颦儿"。不但宝钗、探春等跟着叫，连贾母派菜时，也会吩咐"这一碗笋和这一盘风腌果子狸给颦儿宝玉两个吃去"。

小小孩儿随口的一句玩笑，大家居然都认了真，这就好比后来"大观园试才题对额"，贾政命宝玉题名对联，原本只是考核他的功课才情，后来却也当真錾在石柱廊楣上，正式成为大观园题名。可见红楼竟无一废语。

宝玉见黛玉，问名又许字，这过程若合符契，很像是"六礼"中第二礼，即男方遣媒至女家询问姓名生辰，之后便可以合八字了。

接下来，宝玉又问了第三个问题："可也有玉没有？"黛玉答："我没有那个。想来那玉是一件罕物，岂能人人有的。"

这下子可捅了马蜂窝，宝玉登时狂病发作，不但摔了玉，还大哭起来，满面泪痕地道："什么罕物，连人之高低不择，还说'通灵'不'通灵'呢！我也不要这劳什子了！"又说，"家里姐姐妹妹都没有，单我有，我说没趣；如今来了这么一个神仙似的妹妹也没有，可知这不是个好东西。"吓得众人抢之不迭。

——以此来看，宝玉对这"蠢物"并没多重视，只不过世人当它是"命根子"罢了。然在神瑛侍者眼中，石头只是石头，不过"劳什子"而已。

问了字，又鉴证过信物之后，就该"安床"了。

贾母吩咐，将黛玉安置在碧纱橱里，让宝玉出来跟自己住套间暖阁。宝玉不愿意，只想同黛玉亲近些，央告说："好祖宗，我就在碧纱橱外的床上很妥当，何必又出来闹的老祖宗不得安静。”

彼时宝黛两个都只是七八岁小孩子，所以纵居一室，也无甚不妥，因此贾母想了想说：“也罢了。”

那什么是“碧纱橱”呢？

通常指清代南方建筑内屋中的隔断，类似落地长窗，也有叫隔扇门或格门的。因为富贵人家常在格心上糊青白二色绢纱，绢纱上画画、题词，所以又叫“碧纱橱”。简单来说，就是卧室里的隔间。纱格之内，只有一张床和不大的空间供人起居坐卧，既加强了房屋的纵深感和层次感，也加强了“寝床”的私密感，其实是很科学的布局。

比如书中第四十二回，贾珍等引着王太医来给贾母把脉，贾母穿着青皱绸一斗珠的羊皮褂子端坐在榻上，“两边四个未留头的小丫鬟都拿着蝇帚漱盂等物；又有五六个老嬷嬷雁翅摆在两旁，碧纱橱后隐隐约约有许多穿红着绿戴宝簪珠的人。王太医便不敢抬头，忙上来请了安”。

因为女眷不能轻易让男人看见，所以外间只有未留头的小丫鬟和老嬷嬷，而小姐与有身份的大丫鬟如鸳鸯等，便站在碧纱橱里，既表示了对贾母的关心与陪伴，又不使自己抛头露面，真是绝佳的安排。

如今黛玉睡在这碧纱橱里，宝玉就在纱格外设了张床，因此两个人等于同室而居，而且还颇持续了一段日子，所以宝玉后来才会说“咱们两个一桌吃，一床睡，长的这么大了”。

当晚，王嬷嬷与鹦哥陪侍黛玉在碧纱橱内，李嬷嬷与袭人陪侍宝玉在外面大床上。袭人卸了妆，就进来找黛玉说话，笑问：“姑娘怎么还不安息？”

鹦哥笑道：“林姑娘正在这里伤心，自己淌眼抹泪的说：‘今儿才来，就惹出你家哥儿的狂病，倘或摔坏了那玉，岂不是因我之过！’因此便伤心，我好容易劝好了。”

——这才是林黛玉为宝玉流的第一滴眼泪。

蒙府本在这一回末批道：

补不完的是离恨天，所余之石岂非离恨石乎。而绛珠之泪偏不因离恨而落，为惜其石而落。可见惜其石必惜其人，其人不自惜，而知己能不千方百计为之惜乎？所以绛珠之泪至死不干，万苦不怨。所谓‘求仁得仁又何怨’，悲夫！

这段批语非常重要，因为它直接告诉了我们八十回后黛玉之死的真相：“至死不干，万苦不怨。”

黛玉的死是不可更改的悲剧事实，但究竟为何而死，又会不会临死前还咬牙切齿恨骂“宝玉你好”呢？这一段明确告诉我们：不可能！

黛玉为还泪而来，一生之泪，都为了爱玉惜玉而落，并且是“千方百计为之惜”，所以黛玉之死，也只会因为爱玉惜玉而死，绝不可能恨怨而终。

以为黛玉小性子，认定她至死都会怨恨宝玉的人，是不知黛玉为何人，亦不知情为何物之人啊。

第四回
薄命女偏逢薄命郎　葫芦僧乱判葫芦案

黛玉的替身——真应怜

开卷第一回，先写了一段神的故事，关于五色石与一僧一道的来历；接着是人神共处的故事——甄士隐在梦中与一僧一道相遇，听说了神瑛侍者与绛珠仙草的还泪奇缘；然后才是人的故事——甄士隐醒来，遇见凡间的僧道，一番对谈后，更与贾雨村邂逅。故事到这里才算是真正接了地气，也开始了书中第一个薄命女儿的悲剧——真应怜！

很多读者曾问：林黛玉是书中第一女主角，为什么先出场的却是甄英莲呢？

其实二人之间有着大干系。且看书中交代甄士隐来历时，是这样写的：

> 当日地陷东南，这东南一隅有处曰姑苏，有城曰阊门者，最是红尘中一二等富贵风流之地。这阊门外有个十里街，街内有个仁清巷，巷内有个古庙，因地方窄狭，人皆呼作葫芦庙。庙旁住着一家乡宦，姓甄，名费，字士隐。嫡妻封氏，情性贤淑，深明礼义。家中虽不甚富贵，然本地便也推他为望族了。因这甄士隐禀性恬淡，不以功名为念，每日只以观花修竹、酌酒吟诗为乐，倒是神仙一流人品。只是一件不足：如今年已半百，膝下无儿，只有一女，乳名唤作英莲，年方三岁。

这段话，直接影射了后文贾雨村的新东家林如海：

这林如海姓林名海，表字如海。乃是前科的探花，今已升至兰台寺大夫，本贯姑苏人氏，今钦点出为巡盐御史，到任方一月有余。……虽系钟鼎之家，却亦是书香之族。只可惜这林家支庶不盛，子孙有限，虽有几门，却与如海俱是堂族而已，没甚亲支嫡派的。今如海年已四十，只有一个三岁之子，偏又于去岁死了。虽有几房姬妾，奈他命中无子，亦无可如何之事。今只有嫡妻贾氏，生得一女，乳名黛玉，年方五岁。

两段描写如出一辙，很显然这甄英莲就如同林黛玉的一个引子，以小见大，如水见月。

因此，要想探索林黛玉在八十回后的终极命运，就一定要先了解甄英莲的完整故事。

甄士隐在梦里听说了绛珠草的故事后，梦醒回到真实世界里来，一睁眼，即见奶妈抱了女儿英莲过来——于是故事从黛玉转到了英莲——甄士隐抱了女儿上街看热闹，重逢了梦中的一僧一道，但这两人再不是幻境中丰神迥异的神仙模样，而是蓬头跣足，十分邋遢，致使甄士隐这样的高人也看走了眼。

那僧人见了英莲，便向甄士隐大哭道："舍我罢，舍我罢！"又念了四句诗：

惯养娇生笑你痴，菱花空对雪澌澌。
好防佳节元宵后，便是烟消火灭时。

这首诗预言得太确切了，不仅指出元宵节后便是大难来时，还断言她会嫁给一个姓"雪"（薛）的人，并且改名叫"菱"。

这再次照应了林黛玉后来的遭遇。

黛玉初进贾府时，曾向贾母说起过自己小时候的一段经历：

那一年我三岁时，听得说来了一个癞头和尚，说要化我去出家，我父母固是不从。他又说："既舍不得他，只怕他的病一生也不能好的了。若要好时，除非从此以后总不许见哭声；除父母之外，凡

有外姓亲友之人，一概不见，方可平安了此一世。”疯疯癫癫，说了这些不经之谈，也没人理他。

又是在三岁时，又是癞头和尚要求父母“舍我罢”，又是化缘不成便下了番断言——英莲与黛玉的命运相吻合，一至于斯！

甄士隐不肯舍了英莲让和尚带走，于是在元宵节那天丢了女儿，让她落入拐子之手，历尽辛酸；而林如海亦不肯让黛玉出家，而且没有遵从和尚的叮嘱，给她请了个外人做老师，让她见到了贾雨村，所以注定无法“平安了此一世”。

贾雨村只教了黛玉一年，因贾敏病逝，林如海遂令女儿投靠贾府——这又和甄士隐的命运若即若离了。只不过，甄士隐是丢了女儿，受难后偕妻子一同投靠岳丈；而林如海则是死了妻子，令女儿自己去投靠外祖母罢了。

贾雨村无疑是个忘恩负义的小人。在葫芦庙，他得了甄士隐资助的银两进京，得官后却并不思报恩，只是因为见到娇杏买线，才想起旧时心结，召唤封肃进府打了赏，要娶这娇杏过门。彼时他听说了英莲失踪的消息，还曾假惺惺向封氏许诺：“不妨，我自使番役务必探访回来。”

而当他后来做了应天府尹，终于知道恩公之女下落时，非但没有将她送回封氏身边，反而恩将仇报，把英莲推进火坑，由得她跟了薛蟠这个混世魔王。

那么他得了林如海的举荐，再次进京谋官，并且一路飞黄腾达后，又会不会回报东家之恩，善待黛玉呢？

正如同绛珠与神瑛的前缘由一僧一道在谈笑中道出，英莲与冯渊间电光石火的短暂因缘，也只由门子与贾雨村的对话里揭开。

据门子说，这冯渊乃是乡绅之子，父母早亡，又无兄弟，单身守些薄产过日子，日子颇过得。今年刚十八九岁，正是好年龄，又是绝风流人品，却不近女色，只好男风，是个同性恋。然而他见到拐子卖英莲，却一见倾心，性情大变，不但决心要娶英莲进门，还下决心说以后都不结交男子，也绝不娶第二个了。

既然不打算再娶第二个，那么英莲进门后便是原配，为何不直接娶其为妻，却说是“买来作妾”呢？

乃因这冯渊本是乡绅之子，也算有些身份的，娶妻大事，须得明媒正娶，又怎可从人贩子手上“买来”？富贵人家，向来只有买妾的，何曾听说“买妻”？

因此冯渊只可先买了香菱作妾。且过得一二年，待她生儿育女，再为其扶正，也就顺理成章了。

可叹英莲却不比娇杏，竟无此福分。就因为冯渊对英莲太过看重，所以不肯直接买回家，却议定三日后过门。

而祸端也就出在这三日之期里。

正如同后文里形容宝黛二人的八个字：“求全反毁，不虞之隙”。冯渊毁就毁在这求全上了。

英莲显然也是中意冯渊的，在这宗交易定下后，曾自叹息说：“我今日罪孽可满了。”因听说三日后方能成亲，却又愁烦，有不祥之感。

书中虽未正写英莲情形，却通过门子的描述让我们清楚地看到了一个薄命女儿的形象：柔弱多愁，泪光点点，眉间一点胭脂痣，我见犹怜。因此连世故的门子也不忍心，命妻子去开解她，使其“略解忧闷，自为从此得所”。

最伤心便是这“自为从此得所”六字，薄命女儿甄英莲自小被拐卖，命运堪怜，这次“相逢”（香、冯）本是她难得的一次得救机会，谁知道又起风波，偏遇到拐子无义，薛蟠无德。

英莲的美梦做了不到一日，只在第二日便又被拐子偷卖与薛家，遂引发“两家争买一婢”的大案。薛蟠诨名“呆霸王”，可想其人品德行，“最是天下第一个弄性尚气的人”。他不但呼喝手下“将冯公子打了个稀烂，抬回家去三日死了”，且“把个英莲拖去，如今也不知死活”。

从这句“拖去”可看，英莲对薛蟠是没好感，而且不愿意的，远不是对冯渊“自为从此得所”的心意。但她被迫嫁了他，也只得随波逐流，逆来顺受，最终被欺凌至死——虽然在原著里并未来得及交代香菱之死，但她一直到第八十回都有戏份，最后的描写是说她被夏金桂驱逐，随了宝钗去，每日“对月伤悲，挑灯自叹”，“内外折挫不堪，竟酿成干血之症，日渐羸瘦作烧，饮食懒进，请医诊视服药亦不效验”。虽然未及终局，却可知命不久矣。

读者们多半喜欢大团圆，于是程高本狗尾续貂地加了段金桂误食毒药而死，香菱被扶了正，完全是“三言二拍”的传奇格局，做不得准。

且说贾雨村在听了门子讲述的故事后，曾给了两句评语：“这正是梦幻情缘，恰遇着一对薄命儿女。”

这两句话，说的是冯渊与香菱，却也正可以形容宝玉同黛玉。他们的木石前盟，可不也是一段“梦幻情缘”么?

黛玉位居《金陵十二钗》正册之首，香菱则位居副册之首，她的判词中说:

根并荷花一茎香，平生遭际实堪伤。
自从两地生孤木，致使香魂返故乡。

莲与菱都可谓“根并荷花”，而黛玉占花名时拈了枝芙蓉，所以是荷花。

很显然，香菱原是黛玉的一个替身儿，因此进了大观园，第一件事就是溯本求源，拜了林黛玉为师。“慕雅女雅集苦吟诗”一回中，探春喊她“菱姑娘”，直与“林姑娘”相应。

既然香菱的命运与黛玉的命运处处相照，那么害了香菱一生的贾雨村，又会对黛玉做些什么呢？他是黛玉的启蒙老师，但将黛玉送至贾府后，再没见过几面，却次次来府上都要见宝玉，真不知“葫芦僧”的葫芦里卖的什么药。

宝钗进京的真实目的

第四回中，薛宝钗第 次出名，乃由贾雨村判案引入。

从葫芦案说到护官符，而后薛家正式露面，先来一段小传，写明薛蟠十五岁，胞妹宝钗，比他小两岁，读书识字却较之高十倍。随母进京，原为的是备册待选。

近因今上崇诗尚礼，征采才能，降不世出之隆恩，除聘选妃嫔外，凡仕宦名家之女，皆亲名达部，以备选为公主郡主入学陪侍，充为才人赞善之职。……薛蟠素闻得都中乃第一繁华之地，正思一游，便趁此机会，一为送妹待选，二为望亲，三因亲自入部销算旧帐，再计新支，——其实则为游览上国风光之意。

这么着，薛家一门三口便浩浩荡荡进了京都，住进了贾家。说是暂住，可是一待数年，完全没有搬迁的意思，连薛蟠娶亲，都仍然在贾府之内。并且“金玉良姻”的传言愈来愈盛，到了薛宝钗协理大观园，“小惠全大体”的时候，几乎已经以宝二奶奶自居了。

那么，宝钗是从什么时候知道自己入宫无望，转而向宝二奶奶的宝座发起进攻的呢？书中没有明写。但我怀疑，早在进贾府之前，宝钗就已经落选了。

因为书中说薛蟠打死冯渊后一走了之：“这薛公子原是早已择定日子上京去的，头起身两日前，就偶然遇见这丫头，意欲买了就进京的，谁知闹出这事来。既打了冯公子，夺了丫头，他便没事人一般，只管带了家眷走他的路。”

可见薛蟠早就动身了，可是那冯家告了一年的状，贾雨村审案时，薛家还没进府，这路上竟然走了一年多，岂不怪哉？

有种可能是，薛蟠打死了人，虽然不在乎，却也不好扛个人命案子在身去投靠亲友，而且薛姨妈也羞见亲友，于是进京后先暂且安顿了，一边打发妹子待选，一边慢慢等案子了结。因为不好意思见人，就瞒住了进京的消息，直到贾雨村断结案子，王子腾又来信“唤取进京”，这才从容亮了相。

同时，宝钗进京既然是为了“待选”，说明那选秀的日期也不会太久，没听说宫里降了旨，待选才人们要提前三四年就往京里候着的。所以很可能就在这消失在空中的一年时间里，薛宝钗已经得了落选的信儿，但合家进京，就这么空手回去，也太憋屈了。况且宝钗已经十四岁，年纪不小，既然入不了宫，就得早做打算，赶紧在京城找好下一个户头。而贾府无疑是最佳靠山，贾宝玉便是现成的人选。

所以，薛家便打定主意，大张旗鼓地到贾府拜会来了，且住下就不走了——因为根本就没打算走。

且看书中薛家进府一段描写：

那时王夫人已知薛蟠官司一事，亏贾雨村维持了结，才放了心。又见哥哥升了边缺，正愁又少了娘家的亲戚来往，略加寂寞。过了几日，忽家人传报：“姨太太带了哥儿姐儿，合家进京，正在门外下车。”喜的王夫人忙带了女媳人等，接出大厅……

这里说明王夫人早知道案子，而且也颇担心，所以听说了结后才放心。侧面证明了那薛蟠虽然自己不把打死人当回事，却不得不考虑亲戚的感想脸色。

而且薛家合家进京，偌大阵仗，如何之前竟连一丝信息皆无？

那黛玉进京时，一上岸即有轿子来接，进了府，贾母等已在大厅等候多时。这薛家进京这么大事，却是突然袭击，直接上了门，都在门前下车了，王夫人才得了信儿，忙接了出来，现命人治席接风——这不是太奇怪了吗？

因此我猜那薛家进京已经有些时日，暂住在驿站等地，待落实了各种消息，完成了各种计划后，才有备而来，造访贾府的。

也因此书中第一次正写宝钗，便写其正病着，周瑞家的询病闲话，说起冷香丸的缘故来。薛姨妈拿了十二枝宫花让周瑞家的带回去送给贾府的姑娘们：“这是宫里头的新鲜样法，拿纱堆的花儿十二支。昨儿我想起来，白放着可惜了儿的，何不给他们姊妹们戴去。”

这十二枝宫花，很可能是宝钗落选的安慰奖，宝钗看了难过，白放着又可惜，所以不如送别人戴去。

再之后就是宝玉探病，金莺说起金锁的典故来，明指金锁、宝玉“是一对儿”——这样细推了去，未免薛家的心思太深细了些，倒也叫人心惊。

第五回
游幻境指迷十二钗　饮仙醪曲演红楼梦

宝黛的两小无猜时光

宝黛木石前盟，缘定三生，在今世初见时，都有点恍惚。一个在心里想：“倒像在那里见过一般！”一个则直白说：“这个妹妹我曾见过的。”这真是最最朴实明白的心有灵犀。

不过前世的记忆太朦胧，他们这时候只是有感觉，却谈不到感情。他们在人世间的相知相爱，并不是一帆风顺，而是要走过一段漫长而曲折的历程。

很多读者将宝黛的悲剧归结于黛玉的小心眼儿，爱吃醋。然而黛玉并不是从一开始就小心眼儿的，也并不是一直吃醋到底。宝黛的情感在前八十回里是有发展、有深入、有调整、有平衡的，是高鹗的续书混淆了人物性情，把黛玉又打回到十二岁前不懂事的小孩子去了。

第五回开篇，书中有段文字很是提纲挈领的描写，将宝、黛、钗三人的微妙矛盾总结了一番：

> 如今且说林黛玉自在荣府以来，贾母万般怜爱，寝食起居，一如宝玉，迎春、探春、惜春三个亲孙女倒且靠后；便是宝玉和黛玉二人之亲密友爱处，亦自较别个不同，日则同行同坐，夜则同息同止，真是言和意顺，略无参商。不想如今忽然来了一个薛宝钗，年岁虽大不多，然品格端方，容貌丰美，人多谓黛玉所不及。而且宝钗行为豁达，随分从时，不比黛玉孤高自许，目无下尘，故比黛玉大得下人之心。便是那些小丫头子们，亦多喜与宝钗去顽。因此黛玉心

> 中便有些悒郁不忿之意，宝钗却浑然不觉。那宝玉亦在孩提之间，况自天性所禀来的一片愚拙偏僻，视姊妹弟兄皆出一意，并无亲疏远近之别。其中因与黛玉同随贾母一处坐卧，故略比别个姊妹熟惯些。既熟惯，则更觉亲密；既亲密，则不免一时有求全之毁，不虞之隙。这日不知为何，他二人言语有些不合起来，黛玉又气的独在房中垂泪，宝玉又自悔言语冒撞，前去俯就，那黛玉方渐渐的回转来。

这里写明宝黛即便在小时候，情感交往也要分成两个段落：前一段是黛玉初进贾府而宝钗没来之前。宝黛二人耳鬓厮磨，言和意顺，“略无参商”——参商二星永不相见，而这句便是形容两个人如胶似漆，你往东我也往东，你往西我跟着往西，所以处处和谐统一。

由于书中第三回末的大窟窿——“次日起来，省过贾母，因往王夫人处来，正值王夫人与熙凤在一处拆金陵来的书信看。”——造成了一个黛玉刚进京，宝钗脚跟脚儿就来了的错觉。事实上，两人的进府时间至少隔了三四年。而这句“略无参商”，便是形容这三四年间宝黛相处的第一个阶段。

他们相处的细节在书中并没有正面写足，因为宝钗第四回就进府了。但是通过后文里宝黛二人争辩时的回忆，每每提及旧时情景，让我们多少了解到那段青梅竹马、两小无猜的美好时光。

最集中的一次描写是在黛玉葬花后，宝玉慨叹：“既有今日，何必当初！”黛玉由不得要问：“当初怎么样？今日怎么样？”于是宝玉长篇大套地回忆起来：

> 当初姑娘来了，那不是我陪着顽笑？凭我心爱的，姑娘要，就拿去；我爱吃的，听见姑娘也爱吃，连忙干干净净收着等姑娘吃。一桌子吃饭，一床上睡觉。丫头们想不到的，我怕姑娘生气，我替丫头们想到了。我心里想着：姊妹们从小儿长大，亲也罢，热也罢，和气到了儿，才见得比人好。如今谁承望姑娘人大心大，不把我放在眼睛里，倒把外四路的什么宝姐姐凤姐姐的放在心坎儿上，倒把我三日不理四日不见的。

这里清楚见出，黛玉初来时，与宝玉的关系是“和气”的，一桌子吃饭，一床上睡觉，当真亲密无间。直到宝钗进了贾府，这种亲密才受到冲击，生出许多嫌隙来。

书中形容宝钗是“品格端方，容貌丰美，人多谓黛玉不及”。这是贾府人明明白白要把钗黛两个人比较，那黛玉不可能毫无感觉，全无妒意。而且这个“多谓黛玉不及”的人中，包不包括她的宝哥哥呢？是否在宝玉眼中，也觉得自己不如宝钗？如果她当真不在意不吃醋，那就不是林黛玉了。

同时，书中又分别给了宝钗和黛玉八字定评，一个是“行为豁达，随分从时”，另一个却是“孤高自许，目无下尘”，且说宝钗比黛玉“大得下人之心”。可是在喜欢黛玉的人看来，正是这“孤高自许”才使她可敬可爱呢！虽脂批谓之“此是黛玉缺处”，我倒觉得正为黛玉出色之处。这原是见仁见智之评，关键，就在于宝玉的心向了。

不过，这时候三个人的关系虽然时好时歹，但还都一派天真，远远上升不到“爱情”或“三角恋”的高度上去。

直到进入大观园后，宝黛读西厢、葬落花，方才情窦初开，感情升华，这到后文再叙。

不过，虽然说此时宝玉心中似乎并无伯仲之分，但是当林妹妹回扬州葬父时，宝玉却并不曾“见了姐姐便忘了妹妹”，而是“剩得自己孤恓，也不和人顽耍，每到晚间便索然睡了”。

这也直接影射了将来黛玉死后，宝玉并不曾弃爱移情，而是悬崖撒手，出家为僧。因为他心中只有黛玉，当黛玉在身边时，他是活泼完整的一个多情种子，不但对黛玉多情，也对天下所有美好事物多情；可是当黛玉离去，剩下他独自孤恓，却绝不会同别人玩耍，而宁可了断情缘，绝迹红尘。

那已经是后话了。

宝玉的春梦

第五回的回目在不同版本里有不同的说法，开列如下：

甲戌本：《开生面梦演红楼梦　立新场情传幻境情》

己卯本、庚辰本、杨藏本：《游幻境指迷十二钗　饮仙醪曲演红楼梦》

蒙府本、戚序本、舒序本：《灵石迷性难解仙机　警幻多情秘垂淫训》

梦觉本、程甲本、程乙本：《贾宝玉神游太虚境　警幻仙曲演红楼梦》

这是很重要的一个关目，既是本书又名《金陵十二钗》的由来，更预伏了十二钗及宁荣二府的命运。而这命运，是在宝玉梦中窥悉的，所以这个梦相当关键，为这场梦做的种种准备也就极为充分。

那么要准备些什么呢？

首先是时间准备：

正值冬日中午，因宁府梅花盛开，尤氏请贾母、邢夫人、王夫人等来赏花。小宴之后，宝玉倦怠，要睡午觉——这时候的宝玉大约十二岁左右，刚刚发育，正是既好动又贪睡的年纪。

在这句“梅花盛开”旁边，甲戌本有侧批“元春消息动矣”。意思是说，元春擢升贵妃的事情已经有了头绪，内阁早传出风声来了。因为给嫔妃提升位分是大事，不是皇上哪天早晨醒来想提就提的，得经过深思熟虑和再三权衡，这期间早有暗线会把消息偷偷泄露出来，所以贾家多半在这时候已经得了线索，焉知宁府之聚不是就此事而商讨促成大计呢？

虽然文字表面上写得稀松平常，不过是尤氏治酒请贾母赏梅，可是对应后文看，会发现贾母是不大愿意往宁府里来的，每次能推则推，像除夕祭典这样的大事推不掉，也会说身子乏了办完事立便就走。宁府风声不好，贾母未必不耳闻，她这样一个人，又怎么会轻易为了赏几枝梅花就劳动尊驾往宁府里来呢？

所以这个时间点，掌握得是极好的。

其次是人物准备：

宁国府里的女主人是尤氏、秦氏婆媳，尤氏要留下来陪贾母，但宝玉是贾母的心肝儿宝贝，未来的国舅爷，断不能随便指使个丫鬟婆子带了去睡觉，所以秦氏亲自出座笑道：“我们这里有给宝叔收拾下的屋子，老祖宗放心，只管交与我就是了。”秦氏是贾蓉之妻，年龄虽比宝玉大，辈分却小，所以十分妥当。

这是秦氏的第一次出场，就扮演了宝玉引路人的角色。

然后是环境准备：

这就见出宝玉的挑剔左性了。秦氏先带他来到了上房内间——前面所谓“给宝叔收拾下的屋子”位于“上房”，规格挺高了。但是宝玉不喜欢那布置：墙上一幅《燃藜图》，说的是励志故事，原不合他自由心性；对联写着“世事洞明皆学问；人情练达即文章”，更是酸腐市侩。于是宝玉立即说：“快出去！快出去！”

这下子秦氏犯愁了，预备好的上房都看不中，那去哪里好呢？客房、书房就更不行了。贾珍、尤氏的房间自然也不行，儿媳妇岂能擅自做主的？于是就领来自己的房间了。

文中用了大段笔墨极力渲染了秦可卿卧室的铺陈，用两个字形容就是：香、艳。

先是说刚到房门，“便有一股细细的甜香袭人而来”，令人眼饧骨软；接着看见墙上挂的是《海棠春睡图》，写的对联是：“嫩寒锁梦因春冷；芳气袭人是酒香”——这对联冒用秦观之名，却特地写成秦太虚，乃是为“太虚幻境”做引也。一图一联，正与方才那间正房内室相对应，如果彼为正大堂皇，这里可就足称风流淫逸了。

这样的房子肯定不是黛玉的吟诗处、宝钗的绣花房，亦不可比探春的书屋、惜春的画室，而只好用来睡觉、发梦罢了。

接着书中在这里一连用了七个人物典故：

案上设着武则天镜室中设的宝镜；

一边摆着飞燕立着舞过的金盘；

盘内盛着安禄山掷过伤了太真乳的木瓜；

上面设着寿昌公主于含章殿下卧的榻；

悬的是同昌公主制的连珠帐；

还有那西子浣过的纱衾；

红娘抱过的鸳枕……

上述物件，全借的是风流典故，香艳人物，极力铺陈秦可卿的性感迷人。

同时，也暗示了宝玉蠢蠢欲动的青春情怀。

因为这些东西若是去掉前面的形容词，不过是镜台上放个金盘，盘子里有几只木瓜，也就是水果盘嘛，很正常；软榻珠帐，原为大户人家常有，纱衾暖枕，更是必备之物。但是看在宝玉眼里，欲睡未睡似梦非梦之间，心思却已经飞出去，联想到了什么武则天的镜室，赵飞燕的舞蹈，西施的被子，红娘的枕头……总之所有物事都有了不同的含义，带了挑逗的意味。

这就是典型的春梦了。

也就是说，在宝玉睡着之前，因为一路跟着他这位欢颜笑语的侄媳妇找房间，潜意识里已经有了很多思慕缱绻之情了，所以进到对方卧室后，早已情愫暗生，缠绵动荡起来。只不过他还是个孩子，所以一切都只是朦朦胧胧含含糊糊的，只是潜意识的天马行空罢了。

然而他一睡着，潜意识就活动起来，那匹情欲的马儿真正腾空了。梦是现实情感的延续和夸张，所以他的梦魂仍然跟着秦氏在走，到了一个绿树青溪的逍遥所在，并且在梦中领略了闺中之乐。

书中写他被警幻带去绣阁之中，有一女子在内，"其鲜艳妩媚，有似乎宝钗；风流袅娜，则又如黛玉"。

——这又是一处标准的潜意识：因为整个贾府之内，宝玉心中最在意的两个女子，乃是宝钗、黛玉。日夜每思亲近，却终有隔阂。如今在梦里却没了那些拘束，可以尽情想象，便把两人想成了一个人，难解难分。

后来他在现实生活里要看宝钗戴的红麝串子，看见人家露出雪白一段酥臂，不觉动了羡慕之心，暗想："这个膀子要长在林妹妹身上，或者还得摸摸，偏生长在他身上。"这时候已是明意识了，但也是本能地把钗黛两个混为一谈。

若将这段描写与他的春梦结合来看，便不难理解可卿为何表字"兼美"，乃合钗黛二人之形象了。

要注意的是，宝玉在梦中所见的可卿与秦氏是两个人，因为他在最初入梦之时，还恍惚见到秦氏在前面引路；但随喜了薄命司，听完《红楼梦》十二支曲后，他进入闺房，看见里面坐的女子却并不认识，是警幻说这是自己的妹妹可卿。

而“可卿”又恰是秦氏的小名，且府中无人知道，连宝玉也并不知道——如此奇奇怪怪之文，越发让人云里雾里，真假难辨。

这种种幻笔，正是《红楼梦》的离奇之处。或许这位警幻的妹子位分虽尊，但来到红尘中正是为了布散相思，所以才“擅风情，禀月貌”，做了情孽（秦业）的女儿，情种（秦钟）的姐姐。

所以说，宝玉在可卿房里的一场春梦，重点写的是他性意识的初醒，而不是要暗示他跟秦氏有什么不轨之举，更不是说秦氏是什么太子之女，来贾府有何政治阴谋。

因为书中明写着，秦氏唤宝玉时原说：“嬷嬷姐姐们，请宝叔随我这里来。”跟在身后的有奶娘丫鬟一大堆人，那可卿又如何当着人面与宝玉不轨？即便到了她的闺房，众奶母服侍宝玉卧好后散去，身边也还是留下袭人、媚人、晴雯、麝月四个大丫鬟做伴；而可卿反而并不在屋里，出来廊檐下，吩咐小丫头好生看着猫儿狗儿，叫别打架吵了宝叔休息。

如此条理清晰，布局分明，偏有人不信，非说宝玉不仅在梦里见到了可卿，现实里也与秦氏发生了不伦之恋。大家试想，连袭人给宝玉穿衣裳，不小心摸到腿根精湿的一片，当着人也不敢多问，还是晚上回房后才细细算账，偷试一回的。那秦氏却又是什么时间与宝玉翻云覆雨的？

须知宁荣二府虽在一条街上，出入却要坐车，宝玉来宁国府是客，动静不小，随从不少，尤氏也须亲自接待的，却教他如何与可卿有染？所以此种猜测，实属无稽。

更有甚者，因了秦氏房中的种种布置，便认定是为了暗示其出身高贵，珍藏奢华，所以用的都是宫里的东西。这就更可笑了。所谓“安禄山掷过伤了太真乳的木瓜”，高贵在哪里？唐朝的木瓜留到今天，那得成啥样儿了？

更何况还有什么西子浣过的纱，红娘抱过的枕，那是什么样的纱？又是什么样的枕？西施浣纱时不过是个村姑，那纱又有何贵之有？红娘更是戏曲里的人物，谁见过她抱的枕是个什么样的枕头？

至于说上面的人物除了红娘外，都是宫里的人，那是因为传奇里的古代美女大多是皇后妃子，更何况宝玉每天读的书看的戏尽是这些香艳玩意儿，也不可能让他联想个烈女出来呀。

甲戌本明明白白在此处一再批示：

设譬调侃耳，若真以为然，则又被作者瞒过。

一路设譬之文，迥非《石头记》大笔所屑，别有他属，余所不知。

所以种种形容，不过是一种修辞手法，极力描写“香艳”二字，为宝玉入梦做铺垫罢了。引用典故本是古人行文铺陈的惯例,何必徒费心机枉做解释?

有趣的是，宝玉入梦前，先闻到可卿房中“有一股细细的甜香袭人而来”，又看见墙上对联写的是：“嫩寒锁梦因春冷；芳气袭人是酒香”。

这里接连两个“袭人”，一虚一实，着实乍眼。而后来宝玉醒了，与之共赴巫山、偷试云雨的，正是袭人。

梦里的可卿兼有钗黛之美，而现实里的袭人既是宝钗的影子，又偏偏与黛玉同辰。所以说，与袭人偷试云雨之文，仍是这个春梦的延续。既然已经有了袭人这个“兼美”，又何必非要补一秦氏呢?

但作者这样写，到底深意为何呢?

或许是为了暗示梦中是一个人，现实却是另一个人吧。宝玉在梦里与之缠绵的人是可卿，但是生活中不能实现，唯有寄望于袭人。

同样地，他心中真正爱的人是林黛玉，然而现实中娶的却是薛宝钗，“纵然是齐眉举案，到底意难平”。

这真真照应了他初入幻境时听的那首歌：“春梦随云散，飞花逐水流。寄言众儿女，何必觅闲愁。”

第六回
贾宝玉初试云雨情　刘姥姥一进荣国府

刘姥姥与巧姐儿

甲戌本第六回开篇有一段回前批：

> 此回借刘妪，却是写阿凤正传，并非泛文，且伏“二进”“三进”及巧姐之归着。

点明刘姥姥曾先后三进荣国府，然而前八十回中只写了“初进”与“二进”，并无“三进”。其中这“一进荣国府”虽泛泛而写，仅占一回，却已为巧姐儿的归宿埋下了伏笔；“二进”浓墨重彩，跨越了第三十九、四十、四十一回整整三回故事；想来“第三进”自然更为触目惊心，应该是后四十回的一个重要情节。

那么，“三进”将会在什么情况下发生，而巧姐儿的归宿又如何在这初进时草蛇灰线呢？且看本回蒙府本所题回前诗：

> 朝扣富儿门，富儿犹未足。
> 虽无千金酬，嗟彼胜骨肉。

来叩富儿门的人是刘姥姥，虽然凤姐不过是给了二十两银子，算不上“千金酬”，将来她却是以命相报，远胜至亲骨肉。

这首回前诗，可与第五回中巧姐儿在十二钗册中的判词对看，其册上画着“一座荒村野店，有一美人在那里纺绩”，其判词云：

势败休云贵，家亡莫论亲。
偶因济刘氏，巧得遇恩人。

“刘氏”，也有版本作“村妇”，但不论哪种的意思都很明显，乃指刘姥姥。“巧得”，亦有别本作“幸得”。两相比较我更赞成“巧得遇恩人”，因为“巧”在这里意思双关，既指她的名字“巧姐儿”，又有侥幸的意思。

诗中意思很简单：因为凤姐的偶发善心，接济了村妇刘姥姥，种善因得善果，将来贾府势败、巧姐儿落难时，亲戚们各自面孔不闻不问，唯有刘氏滴水之恩涌泉相报，救巧姐儿于水火，远胜至亲骨肉。正如刘姥姥替她取名时所说：“或一时有不遂心的事，必然是遇难成祥，逢凶化吉，却从这巧字上来。”

既然刘姥姥是这样一个翻过筋斗大智若愚的预言家，且让我们沿着她的足迹从头寻来：

在书中起笔开写刘姥姥：“千里之外，芥豆之微，小小一个人家，因与荣府略有些瓜葛，这日正往荣府中来。”后面有一句脂批：

略有些瓜葛，是数十回后之正脉也。真千里伏线。

点明刘姥姥家后来竟成了荣府的正脉，也就是正经亲戚。那只有一个途径，就是结亲。既然是“巧”遇恩人，那么只能是与巧姐儿结亲了。而与巧姐儿结亲的人更是呼之欲出，只能是板儿了。

我们先理一下刘姥姥与巧姐儿的关系：这家乃是姓王，祖上曾做过一个小小京官，与凤姐之祖、王夫人之父相识，便连了宗，认作侄儿。也就是说，王家祖上是王夫人之父的侄儿，和王夫人同辈，也只有王夫人之大兄、凤姐之父知道这回事，是门八竿子打不着的亲戚。如今这王家之祖已故，只有一子王成，近亦病故，也只有一子狗儿，狗儿则有一子名板儿。王家之祖既与王夫人同辈，也就是说王成与凤姐同辈，狗儿与巧姐儿同辈，板儿还小巧姐儿一辈。不过《红楼梦》中关系一向混乱，作者把自己套辈了也是有可能的，且不细论。

只说这因道同姓便扯上关系，认作宗亲，这与开篇贾雨村与贾府连宗的描写正相呼应。然而贾雨村发迹之后反手害惨了贾府，这王家后人却娶了贾府的女孩儿，正是鲜明对比。

且说刘姥姥上京来，未见其主，先书其仆。首先她寻的桥梁就是太太的陪房周瑞家的，而且便连周瑞家的也不能直接见到，还要先蹭到角门前赔着笑脸打听，那看门的“挺胸叠肚指手画脚，坐在大板凳上说东谈西”，看见刘姥姥爱搭不理。所谓“宰相门人七品官”，这看门的不过是贾府三等奴才，却已经眼睛生在额头上，害得刘姥姥问了半晌，还要故意诳她傻等，还是个年老门人实诚些，指点了路子。

于是刘姥姥又绕到后街来，又寻着一个孩子问路，这才找到了周瑞家的门首。这也就侧面写出了宁荣街的阵仗。而这太太的陪房周奶奶的气派可比刘姥姥大多了，自己本是下人，家里还另雇着小丫头，跑腿使唤端茶倒水之用。

之后姥姥进了荣国府，却仍然没有直写见凤姐，却先来一个平儿。这也是平儿的第一次出场，真个端庄有礼、仪态万方，让个没见识的刘姥姥差点拜了下去。如此一波三折，才终于写到凤姐出场，当真峰回路转，一步一景。

刘姥姥的第一次进府，并没有见到巧姐儿本人，却见了她的屋子。且看这段描写：

> 刘姥姥此时惟点头咂嘴念佛而已。于是来至东边这间屋内，乃是贾琏的女儿大姐儿睡觉之所。平儿站在炕沿边，打量了刘姥姥两眼，只得问个好让坐。……于是让刘姥姥和板儿上了炕，平儿和周瑞家的对面坐在炕沿上，小丫头子斟了茶来吃茶。

在“大姐儿睡觉之所”一句后，甲戌双行夹批云：“记清。”是让我们记清巧姐儿住在哪间屋吗？还是要提醒我们，那刘姥姥第一次进府，就和板儿两个一起坐在了大姐儿睡觉的炕上？

蒙府本侧批则道：“不知不觉先到大姐寝室，岂非有缘？”索性点明板儿与巧姐儿之后着。

其后，在刘姥姥向凤姐告贷的描写中，说她“未语先飞红的脸，欲待不说，今日又所为何来？只得忍耻说道……”，甲戌本在此又有重要眉批：“老妪有忍耻之心，故后有招大姐之事。”明言刘姥姥后文会招巧姐儿为孙媳。然而姥姥一介村妇，招巧姐儿为孙媳，哪怕是势败家亡后的巧姐儿，也仍然是高攀，又怎能说得上是“忍耻”呢？

原因只有一个：就是巧姐儿曾经沦落风尘，是被姥姥自勾栏里打捞了来，招入家中的。

问题是，是谁将她送进火坑，使之“流落在烟花巷”的呢？

若与红楼十二支曲中的《留余庆》结合起来看，就会发现大有玄机：

> 留余庆，留余庆，忽遇恩人；幸娘亲，幸娘亲，积得阴功。劝人生，济困扶穷，休似俺那爱银钱忘骨肉的狠舅奸兄！正是乘除加减，上有苍穹。

“济困扶穷”，指的是凤姐接济刘姥姥，然而“那爱银钱忘骨肉的狠舅奸兄”是谁呢？

所谓“舅”，自然是凤姐的兄弟，续书里派给了王仁，诸红学大家均无异议，这是因为书里面提到王家亲戚时，只有一个王仁可以算是凤姐的兄弟；然而我却认为还有一个可能，就是薛蟠，他是凤姐的姑舅兄弟，也可称为巧姐儿的舅舅。作者怕人忘记，还曾在六十七回中薛蟠偶遇贾琏时特意点了一笔，说那贾琏讲述自己娶尤二之事，又叮嘱薛蟠不可告诉家里，薛蟠笑道：“早该如此，这都是舍表妹之过。”

然而薛蟠虽“狠”，似乎不至于坏到要卖巧姐儿来换钱，但他生性混沌，不知进退，在浑浑噩噩中做出失德之事也是有可能的；前文让他买香菱，后文让他卖巧姐儿，亦有对照之韵；况且，让薛蟠做“狠舅”，总比前八十回中从未出场之王仁的可能性更大些。

而“奸兄”呢，高鹗的续书里派给了贾环和贾芸，则纯属胡说八道。那贾环和贾琏是同属玉字辈的，是叔不是舅，更不是兄；而贾芸，脂批里曾赞他“有志气，有果断”，又说他将来“有大作为”，自然不会是奸兄。

可以称得上兄的，属草字辈，除贾芸外，还有众多嫌疑，抛开只出过名字没有正传的人物不算，至少还有贾兰、贾菌、贾蓉、贾蔷、贾芹等人。

然而书中说贾菌“年纪虽小，志气最大”，应该不会是奸人；贾兰是要“胸悬金印”重振家风的，最多见死不救，还不至下贱到卖巧姐儿的地步——那便只剩下蓉、蔷、芹三个了。其中贾芹肯定是个坏人，又是赌钱，又是养老婆小子的，如果他来卖巧姐，是有犯罪动机的；贾蔷是往苏州买十二戏子的人，路头熟，既能买人，自然也能卖人——然而这两个，又不如贾蓉的嫌疑更大。

可记得贾蓉的第一次出场？

无巧不巧，正是在刘姥姥前来借贷之时，“只听一路靴子脚响，进来了一个十七八岁的少年，面目清秀，身材俊俏，轻裘宝带，美服华冠”，与寒酸羞窘的刘姥姥恰成鲜明对比。

他两个，一个来借屏风，一个来打秋风，无疑有云壤之别；然而到凤姐死后，却一个卖巧姐儿，一个救巧姐儿，前呼后应，恰成反比。这才正合了巧姐儿那句判词：“势败休云贵，家亡莫论亲。”“虽无千金酬，嗟彼胜骨肉。”

这个“骨肉”，便是指与刘姥姥同时出场的贾蓉了。

如此，巧姐儿在八十回里描写虽少，但决定其命运转捩的两个重要人物——“恩人”与“奸兄”，却早在第六回里已经同时出场，且两人的作为于回前诗里已经预先揭盅，也真是令人既叹且赞了。

王熙凤的阴功

有红学家评论凤姐是“曹孟德的女儿，李林甫的妹子”，还有人说她是“吕雉后身”，然而她可比曹操、吕雉活泼丰满多了，也有人情味多了。

其实，凤姐和宝黛二人一样，也都是早在正式出场前已经有过人物小传的，第二回，“冷子兴演说荣国府”之际，就曾如此形容：“模样又极标致，言谈又爽利，心机又极深细，竟是个男人万不及一的。”

第六回中，周瑞家的又对刘姥姥介绍：“这位凤姑娘年纪虽小，行事却比世人都大呢。如今出挑的美人一样的模样儿，少说些有一万个心眼子。再要赌口齿，十个会说话的男人也说他不过。”

两相比较，会发现周瑞家的说话与冷子兴十分相似，这很正常，因为冷子兴正是周瑞的女婿，他所了解的王熙凤人物性情，正是从岳父母口中得知。

所以接下来第七回中就提到周瑞家的向凤姐求告冷子兴之事，正是衔接巧妙，巧妙到稍不留意就被忽略了。

而王熙凤的行事又是怎样的呢？她的第一次出场亮相时，招呼林黛玉的种种表现自不必说了，一边逢迎新人，一边周旋贾母，间或还要回王夫人的话，真个面面俱到；那还是在当家人的面前，如今离了上司同僚们，不过应付个八百里外的穷苦老婆子，凤姐却也是毫不松懈，圆滑周到的。

先是她的态度，“满面春风的问好”，绝不怠慢，却也不轻易主张，而是安排刘姥姥吃饭，借空当儿让周瑞家的去请王夫人示下；待得了“不可简慢”的准信儿，才做出决定，打赏二十两银子。可是也不能太让人觉得无所谓，得了便宜还卖乖，所以苦话说在头里，先诉了“大有大的难处”，再说“太太给我的丫头们做衣裳的二十两银子”，让刘姥姥“暂且拿了去”。那意思是说你看我手上也没有闲银子，你把这笔钱拿走了，改天我还要从别处腾挪呢。一番话，抹墙弥缝，纹丝不乱。

而最难得的，是凤姐在这一回合里体现出的人性闪光点，体贴之处——在二十两银子之外，另给了刘姥姥一吊钱，言明“这串钱雇了车子坐罢”。因为银子是整的，姥姥轻易不会舍得破开，早晨也不知道是怎么一步一挨赶了路来的，估计回去还是要拉扯着孙子板儿一步一挨赶回去，倘或那银子再丢了，可怎么处？凤姐特地额外打赏车钱，是一片体贴之情。

正是这点人性之美，让凤姐的形象更加丰满也更加立体；也正是这点闪光之处，为她种下善因，为女儿铺路，“偶因济村妇，巧得遇恩人”。

这一回的回末说：“得意浓时易接济，受恩深处胜亲朋。”不啻警世钟鸣！

后文第二十九回《享福人福深还祷福　痴情女情重愈斟情》写清虚观打醮一段，由于人们往往为张道士给宝玉提亲之事所吸引，往往都忽略了凤姐在这里的重要言行：

> ……凤姐儿笑道：“张爷爷，我们丫头的寄名符儿你也不换去。前儿亏你还有那么大脸，打发人和我要鹅黄缎子去！要不给你，又恐怕你那老脸上过不去。”张道士呵呵大笑道：“你瞧，我眼花了，也没看见奶奶在这里，也没道多谢。符早已有了，前日原要送去的，

不指望娘娘来作好事，就混忘了，还在佛前镇着。待我取来。”说着跑到大殿上去，一时拿了一个茶盘，搭着大红蟒缎经袱子，托出符来。大姐儿的奶子接了符。张道士方欲抱过大姐儿来，只见凤姐笑道：“你就手里拿出来罢了，又用个盘子托着。”张道士道：“手里不干不净的，怎么拿？用盘子洁净些。”凤姐儿笑道：“你只顾拿出盘子来，倒唬我一跳。我不说你是为送符，倒像是和我们化布施来了。”众人听说，哄然一笑，连贾珍也掌不住笑了。贾母回头道：“猴儿猴儿，你不怕割舌头下地狱！”凤姐儿笑道：“我们爷儿们不相干。他怎么常常的说我该积阴骘，迟了就短命呢！”

这一段话，通常读者只做插科打诨忽略了去，即使注意到的，也只是说凤姐性格刚硬，没有忌讳，就如对净虚老尼说自己“从来不信什么是阴司地狱报应”是一样的意思。

然而如果我们把这段话和十二支曲中巧姐儿的那支《留余庆》结合起来看，就会发现，凤姐口中的“阴骘”，与巧姐儿曲中的“阴功”，都是一个意思，即死后留德。凤姐只得巧姐儿一个女儿，真是捧着含着，为她操碎了心，又是求神告佛，又是取名辟邪，然而他日惨死，又怎能顾全周到？

可幸的是，她曾经接济了刘姥姥，一分阴功，留得余庆。

第七回

送宫花贾琏戏熙凤　宴宁府宝玉会秦钟

十二花容色最新

第七回开篇，有一首回前诗：

十二花容色最新，不知谁是惜花人？
相逢若问名何氏？家住江南本姓秦。

为了这句“家住江南本姓秦”，后人杜撰了无数个惜花版本，刘心武更是大做文章，据此为证说可卿方为十二钗之首，以佐证自己的太子女之说。可是如果秦可卿真是太子女，那就不会是“家住江南”，而是“生自京城”了。即便以书中所写可卿身世，也没有说出身江南，但既列入“金陵十二钗”，或许指她前身来自太虚幻境，本当落凡金陵，却不知何故阴差阳错，辗转成了养生堂的一个孤女。

又因为本回中在秦钟出现时有脂批“未嫁先名玉，来时本姓秦”一句，后人更得出本诗为林黛玉而作的说法。黛玉不仅名玉，且有葬花之举，也确实当得起“惜花人”三字。可是林黛玉虽然家住江南，但怎么也扯不到“本姓秦”啊。

更有人衍发开去，认为此“秦”乃指宋代大词人秦观，字少游，一字太虚。这“太虚”二字不仅与“太虚幻境”紧密相关，而且可卿屋子中还挂着幅秦太虚的对联，由此引宝玉入梦。

秦观在诗中曾自述游太清经历：“曦发阳之阿，哺啜太和精。心将虚无合，身与元气并。陟降三境中，高真相送迎。”诗中说仙人谓他有慧根，引领其游太清，却因为尘根未了，重落凡尘。这过程与宝玉梦游太虚幻境如出一辙，很可能是曹雪芹的灵感来源。

再如秦观《雨中花》一词也写到自己梦游仙界之所看所思，更与书中描写处处吻合：

> 指点虚无征路，醉乘斑虬，远访西极。正天风吹落，满空寒白。玉女明星迎笑，何苦自淹尘域？正火轮飞上，雾卷烟开，洞观金碧。重重观阁，横枕鳌峰，水面倒衔苍石。随处有寄香幽火，杳然难测。好是蟠桃熟后，阿环偷报消息。在青天碧海，一枝难遇，占取春色。

曹雪芹熟读秦观诗，深受其影响，在行文中不自觉会蹈其步尘是很有可能的。

但这并不等于回前诗就真要把一个书外人扯进来，而恰恰可以证明，这首诗并非特指某人，而是泛指“家住江南”的金陵十二钗，“秦”在此处，只是借“情业”“情种”“情可情”三人名姓点明一个“情”字而已。

谁是惜花人？那十二个来自江南的情种是也。这首回前诗，乃是对第五回《金陵十二钗》册中人的一个总回顾。

任何一种对红楼推据的理论，都不应该是钻牛角尖的孤证，也就是说读红楼,不能孤立地就一言一语一诗一节来读,而要通读全书,联系上下文来思考。

以本回为例，这首回前诗后，接下来的内容就是周瑞家的去薛姨妈家找王夫人回话，以送宫花为由将第五回《金陵十二钗》册中人挨个考察一遍，就连副册中的香菱也不放过，可见是明明白白的一次金玉盘点，照应前文，提示观者。

我们且沿着周瑞家的足迹走一遍——

开篇即说“周瑞家的送了刘姥姥后，便上来回王夫人话”，这句写得行云流水，却大有文章。正如脂批说：“不回凤姐，却回王夫人，不交代处，正交代得清楚。”

周瑞家的是王夫人的陪房，她监督了凤姐招呼刘姥姥的全过程，是要回去向王夫人禀报的，而不需要再向凤姐交代什么，这是大家之礼。作者因是自然家常之事，不须特别说明，只顺笔写来；脂砚斋却出身不高，对此礼数了解而不会视为寻常，所以会再三玩味；今天，我们揣摩古代贵族生活，或许也写得出这般细节，但必定要着笔解释，说明原委。从这点看来，说《红楼梦》是自传确不为过，因其虽非照生活原态处处落实来写，但就细节而言，确实是作者写本家事，方有此顺理成章、不着痕迹之语。

因听说王夫人在薛姨妈处，周瑞家的便往梨香院来，这就有了薛宝钗的第一次正式出场，且是借周瑞家的眼光将其穿着面貌举止言谈做了一番概述，还引出个奇奇怪怪的“冷香丸”来，可谓一段宝钗正传。

这宝钗闲时每临绣窗坐，家常爱着旧衣裳，见了人满面堆笑，礼数周到。她发病时吃的药，乃是秃头和尚给的海上仙方，花蕊捣制，处处照应十二之数，但薛姨妈又特地点明她“从来不爱这些花儿粉儿的”。不爱花儿，却是群芳之首，何等奇思妙想？

十二钗正册之首宝钗表过，接下来便出场了副册之首香菱——这也是甄英莲自葫芦案暗出后的第一次亮相，书中偏不点明身份，直到下文看到周瑞家的与金钏儿对话，我们才知道香菱就是英莲，已经改了名。可怜香菱命苦，府中人人尽知她是那个“临上京时买的，为他打人命官司的小丫头子”，可想而知她在众人的指点和眼光下是怎么生存的。周瑞家的既提及“时常说”，想来府中闲言不少，薛姨妈也不得不避忌，所以香菱这里出现时还是个“才留了头的小女孩子”，也就是虽被薛蟠抢来，却未成亲，而被薛姨妈留在身边服侍，以堵众人之口。香菱被收房的事，是下文中借着贾琏和凤姐的对话交代的。可是命运实在不济，不但委人做妾，而且连父母籍贯一并都不记得，这又和第三回门子所说之话做了一番照应，一明一暗，首尾相和。

值得一提的是，形容香菱模样时，周瑞家的同金钏儿议论：“有些像咱们东府里蓉大奶奶的品格儿。”这就把正册十二钗之末与副册十二钗之首遥遥联系了起来，下面又让凤姐拿了四枝花，两枝转赠秦可卿，再点一笔，于是借着送宫花把可卿也圈了进来。

接下来周瑞家的送花，书中再次介绍黛玉地位尊贵，深得贾母之宠，和宝玉一起陪贾母住；三春却移至王夫人处，由李纨陪伴照管。

于是周瑞家的顺路先来王夫人处，送花与迎、探、惜三位姑娘，间不容发之际，还让惜春第一次表露出家之志，印证了一下册中宿命。这也是惜春在书中的第一句对白，居然开口便说："我这里正和智能儿说，我明儿也剃了头同他作姑子去呢，可巧又送了花儿来；若剃了头，可把这花儿戴在那里呢？"因而甲戌夹批云："闲闲一笔，却将后半部线索提动。"

最妙的是，三春出现之际，司棋、待书、入画三位大丫头也都随之出名，可见也是十二钗又副册中之人物。

之后周瑞家的继续前行，虽不便给寡妇李纨送花，但也特地让她经过李纨窗前，略带一笔；然后才往凤姐处来，又借凤姐赠花将秦可卿点出，还特地提到大姐儿正在睡觉；最后来至黛玉处，做一收束。

我们都知道，钗黛二人并列《金陵十二钗》正册之首，周瑞家的送宫花，以宝钗起，以黛玉收结，将两人性格言行做了一番鲜明对比；中间经过了迎、探、惜、李纨、凤姐、巧姐儿、可卿，又以宫花暗指宫中人元春，十二钗正册中，倒有十个出场游行一遍，只差不在贾府的妙玉和湘云没有出现，就连副册之首香菱都特地交代了下落，还能说这回描写只是泛泛闲文吗？此时再来重读回前诗，还不明白谁是那个"家住江南本姓秦"的惜花情种吗？

所以，谜底就是谜面，这沿路相逢的惜花人，正是"十二花容色最新"啊！

爬灰与养小叔子

第七回"宴宁府宝玉会秦钟"中，老仆焦大醉骂之际曾说："爬灰的爬灰，养小叔子的养小叔子。"而且特地说明是"亦发连贾珍都说出来"，可见这"爬灰的"不是别人，正是宁国府之大当家贾珍。

"爬灰"是民间俚语，特指公公与儿媳妇通奸，宁国府里唯一的公媳关系就是贾珍与秦可卿，矛头所指，自不待言。

但是"养小叔子"，指的是谁呢？

红迷们向有种种猜疑，综合各家之谈，嫌疑人有四组：

1. 秦可卿与贾宝玉

理由是宝玉在梦中有与警幻之妹可卿云雨之事。

然而书中已经明明白白说了是一个梦，况且旁边侍候的丫鬟尽多，两人怎么也不可能当着丫鬟的面颠鸾倒凤。这里面描写的仅仅是少年宝玉对成年美丽风情女子的一种向往之情，若因为一个梦就说二人果真有肌肤之亲，未免想多了。

秦可卿应该是宝玉在爱情史上的第一个暗恋对象，也就是书里说的“意淫”。这在梦中借警幻之语已经说得很明白，实不必再暗示什么暧昧关系。也正因如此，当宝玉突闻可卿之死，竟然吐了一口血出来。

关于这口血，众人又有过许多猜测。其实这正是本书主旨，前言及批语中一再说本书原为血泪书成，而秦可卿是十二钗中第一个赴死之人，身为第一情种的宝玉，怎不为之泣血？所以，这口血，原为的是“千红一哭，万艳同悲”。

而且，秦可卿是贾蓉之妻，与宝玉乃是叔叔与侄媳妇的关系，也不能称之为“养小叔子”。所以，这种说法是第一个行不通的。

2. 凤姐与宝玉

理由是这两个人的关系的确是叔嫂，而且宝玉听到“爬灰”之说向凤姐询问时，凤姐嗔怒，可见心虚。

这就更加荒唐了。这时候宝玉尚小，虽然已经初试云雨，但还不至雨露均沾至此，连自己的嫂子也不放过。果然如此，那宝玉何曾还是警幻所推崇的“意淫”，竟是实实在在的“皮肤滥淫”了。况且，即使二人之间有什么，也还轮不到一个宁国府的老仆来过问荣国府主子的事。他们俩应该不在焦大的醉骂范围之内，所以也可以排除。

3. 凤姐与贾蓉

这两个人似乎是有些暧昧的，但二人是婶子和侄儿的关系，也不叫“养小叔子”，所以焦大骂的应该不是凤姐，而且凤姐与贾蓉只是共谋同党，并无男女暧昧的关系。

4. 秦可卿与贾蔷

这是唯一的一种可能性了。因为在整个宁国府里，只有秦可卿和贾蔷这两个主子之间称得上是叔嫂关系。焦大所指，只能是这两个人。

冷子兴演说荣国府时，曾给贾雨村完整地讲述了宁荣二府的人脉图，在提到“宁公居长，生了四个儿子”之后，甲戌本有侧批：“贾蔷、贾菌之祖，不言可知矣。”确立了贾蔷是宁国公之后，贾府的正经主子。

接下来的第九回“起嫌疑顽童闹学堂”中亦说：

> 原来这一个名唤贾蔷，亦系宁府中之正派玄孙，父母早亡，从小儿跟贾珍过活，如今长了十六岁，比贾蓉生的还风流俊俏。他弟兄二人最相亲厚，常相共处。宁府人多口杂，那些不得志的奴仆们，专能造言诽谤主人，因此不知又有什么小人诟谇谣诼之词。贾珍想亦风闻得些口声不大好，自己也要避些嫌疑，如今竟分与房舍，命贾蔷搬出宁府，自去立门户过活去了。

“正派玄孙”，再次肯定贾蔷地位，不比贾芹、贾芸这些旁支；又特地提出他比贾蓉俊俏，这却是以谁的眼光来评判？又是跟谁亲厚，常相共处？真如字面所说只是与贾蓉相契吗？那么小人的“诟谇谣诼之词”又会是什么呢？贾珍又听了什么“口声”，要避什么“嫌疑”？

不难想象，那些“造言诽谤”应该就是指秦可卿养小叔子即与贾蔷有不轨之事，而这件事又必定牵扯出贾珍来，故而他不得不避些嫌疑，且也吃味儿，故分与贾蔷房舍，令其搬出府另过了。

那金荣与秦钟斗嘴闹事，贾蔷看了动气，却不便自己出面，于是挑唆茗烟进去，说“连他爷宝玉都干连在内”，自己却趁机躲了。书中说“他既和贾蓉最好，今见有人欺负秦钟，如何肯依？”其实真相却是“他既和可卿有染”，岂能看着人欺负秦钟？却不好自己出面，于是才要借刀杀人，挑唆茗烟来闹事。

宁府内帏混乱，书中虽写得含蓄，却并不隐秘，而是一再重复点醒的。早在第三回“冷子兴演说荣国府”时，就曾提及：

> 如今敬老爹一概不管。这珍爷那里肯读书，只一味高乐不了，把宁国府竟翻了过来，也没有人敢来管他。

而柳湘莲更是明白刻薄地对宝玉说过：

> 你们东府里除了那两个石头狮子干净，只怕连猫儿狗儿都不干净。

尤三姐死后，也曾向尤二姐托梦说：

> 你虽悔过自新，然已将人父子兄弟致于麀聚之乱，天怎容你安生。

这里的父子兄弟，指的是贾珍、贾琏、贾蓉，尤二姐同这三个人俱有不妥关系。可见这“父子兄弟麀聚”竟是宁国府的传统，尤二姐并不是第一个。秦可卿才是开拓者。

宁国府中，除了贾敬好仙、搬进道观另居不算，能算得上男主子的只有三个，一是贾家族长贾珍，二是贾珍的独子贾蓉，三是自小父母早亡、由贾珍抚养长大的贾蔷。

而贾珍、贾蓉、贾蔷这两代三位主子，竟都与秦可卿有染，也就难怪可卿曲子里说：“擅风情，秉月貌，便是败家的根本”了。

第八回

比通灵金莺微露意　探宝钗黛玉半含酸

宝黛钗的第一次斗法

《红楼梦》第八回的回目有多个版本，如甲戌本《薛宝钗小恙梨香院　贾宝玉大醉绛芸轩》，戚序本《拦酒兴李奶母讨厌　掷茶杯贾公子生嗔》，我最喜欢的是己卯本的说法：《比通灵金莺微露意　探宝钗黛玉半含酸》，因为只有这个回目把宝、黛、钗三个人都说到了，充分显示出这是三人间的第一次小聚或者说斗法。

虽然早自宝钗进府后的第五回开篇，即提到了宝、黛、钗之间的微妙关系，说宝黛两个本是“言和意顺，略无参商。不想如今忽然来了一个薛宝钗，年岁虽大不多，然品格端方，容貌丰美，人多谓黛玉所不及。……因此黛玉心中便有些悒郁不忿之意，宝钗却浑然不觉。”但之后并未实写三人相处情形，却接入贾宝玉游太虚，刘姥姥进荣府，周瑞家的挨户送宫花——这才把宝钗和黛玉遥遥牵到了一处，并将两人的待人处世做了一番鲜明对比。

那宝钗见了人是满面堆笑，有问必答的，而黛玉呢？周瑞家的送花来时，黛玉正在宝玉房中解九连环玩呢——像不像她与宝玉之间的关系，解不开，扭不断——听说送花来，便问：“还是单送我一人的，还是别的姑娘们都有呢？”周瑞家的道：“各位都有了，这两枝是姑娘的了。”黛玉就不高兴了，冷笑说：“我就知道，别人不挑剩下的也不给我。”

——这在后来的诸多评论文章里，一直被当成黛玉小性子的头条罪证。

但那时宝钗刚来，还没过十五岁生日，黛玉也就才十岁多一点，还是个小孩子；更重要的是，那时候黛玉的父亲林如海还健在，仍然是位高权重的巡盐御史，林黛玉在贾府的身份是客人，心理上有优越感，但同时又觉得是别人家里，总是不满意，从进府的处处小心渐渐变成小心眼儿，可能还常常想着要回苏州找爹呢。所以脾气大点，心眼儿小点，很正常。

到了林如海病逝，黛玉二次从姑苏回来，性格已经发生了变化。所有的小心眼儿小性子只是向宝玉一个人使，却极少对外人显露锋芒。因为这时候她已经深知自己成了孤女，寄人篱下，一草一纸都要向贾家支取，幸有老祖宗宠爱与宝玉知心，这世上的风刀霜剑中还有几丝温暖，倘若宝玉不能成为终身之靠，她便只有死路一条。在这种心结下，黛玉的情绪不可能不抑郁，心思不可能不纠结，但是种种怄气和第十六回之前的小孩子闹脾气已经迥然不同了。

但在这第七回时，黛玉还正骄傲着呢。况且，即便从客居礼数上来看，周瑞家的送了十二枝宫花，顺序依次是迎、探、惜、凤姐、黛玉，也的确不合理。因为黛玉是客人，理应第一个挑选；之后是迎春姐妹们，最后是凤姐这位独得四枝的嫂子，这样就合理了。所以就算黛玉小性子挑理儿，也挑得没错。也所以那周瑞家的才“一声儿不言语”，因为理亏。

这一段，虽然见出黛玉尖酸伶俐，但也看出她心思细密，态度明朗，有话一定要说出来，不会藏着掖着，是个活得很真的翰林千金。

也正因为送宫花，宝玉方得知宝钗卧病的消息，于是打发了丫头去请安，接着就有了这第八回小宴梨香院的锦绣文章。

这也是宝玉和宝钗的第一场对手戏，而且是重头戏，因为宝钗见识了通灵玉，宝玉也欣赏了金锁片，并且宝钗的丫鬟莺儿还明确地点出了“是一对儿”。

有人说莺儿在旁边的插嘴并非无心之语，而是早已演就好了的套数。未必没有道理。如果联合下文来看，我们会知道莺儿后来还认了茗烟的妈做干妈。阖府里那么多仆佣，莺儿如何独独取中了宝玉心腹小厮的妈，这颇值得玩味。而且从宝钗笼络袭人的手段看，分明是四面八方给宝玉设了埋伏，在内有袭人做眼线，在外有茗烟当耳报神，那宝玉的一言一行岂不都掌握在了宝钗手中？

如此看来，莺儿那恰到好处的几句点睛之语，就很可能是早有深意了。

且说赏玩过金锁，宝玉又向宝钗打听她熏的什么香，听说是“冷香丸”的香，便要讨一丸来吃，被宝钗嗔笑：“又混闹了，一个药也是混吃的？”——这番对话，相当亲昵，而且肯定是被黛玉听见了，所以后来她与宝玉独处时，才会找补前文，开起什么“冷香”“暖香”的玩笑来。

且说黛玉进来，说的第一句话原是：“嗳哟，我来的不巧了！”接着又说：“早知他来，我就不来了。”

——这两句话颇可玩味，不禁让人想起《枉凝眉》所唱：“若说没奇缘，今生偏又遇着他；若说有奇缘，如何心事终虚化？”

真是“既生瑜，何生亮？”相见争如不见了。

因了这些小心眼儿，黛玉在席间一直闹别扭，借着雪雁送手炉来狠狠地调侃了宝玉：“我平日和你说的，全当耳旁风；怎么他说了你就依，比圣旨还快些！”

但是看到宝玉跟奶母赌气不快，她又立刻心疼起来，那奶母哪壶水不开提哪壶，为了阻止宝玉喝酒，竟然抬出老爷来：“你可仔细老爷今儿在家，提防问你的书！”黛玉见宝玉不自在，放下酒垂了头，哪里忍得住，忙说：“别扫大家的兴！”又哄宝玉：“别理那老货，咱们只管乐咱们的。”又帮腔抬杠，挤兑奶母说：“往常老太太又给他酒吃，如今在姨妈这里多吃一口，料也不妨事。必定姨妈这里是外人，不当在这里的也未可定。”弄得李奶母又急又笑，无话可说。

从进门至此，黛玉一句是一句，句句语带双关，却又偏能自圆其说，真正伶牙俐齿，妙语连珠。而这一段文章更是花团锦簇，好看非常。

需要注意的是，黛玉虽然貌似小心眼儿，但实际上一直是个体贴的好闺密。因她前日与宝玉解九连环时，听周瑞家的说了宝钗正在卧病。当时她嘴里不饶人，给了周瑞家的几句软钉子碰；心上却留了意，记着宝钗生病的事，今儿特地冒雪前来探望，可见姐妹情意之深。却偏偏在此碰见了宝玉，于是一番好意变醋意，满天花腔要得人眼花缭乱，竟使人忘了黛玉前来的初衷是多么温暖真诚的了。

吃过饭，黛玉问宝玉：“你走不走？”宝玉说：“你要走，我和你一同走。”

这句话不能深想，要是看完了全书再回头想，真叫人直欲掩面痛哭。

她那么在意他，怜他受奶母的气不能尽兴喝酒，恼他没打招呼独自来了梨香院，气他不听自己的话却听宝钗的，更妒他的玉和宝钗的锁是一对儿……但是最终他嫌丫鬟不会戴斗笠时，她却立刻捐弃前嫌，体贴地亲手给他戴，又邀了他一道走。

虽不能同来，却可以同归，这一回合，她貌似赢了。

然而事实上，后来她早早地归了离恨天。她走了，他却未能同她一道走；他留了下来，娶了宝钗，金玉良缘，举案齐眉——她终究还是输了。

不是输给感情，甚至不是输给宝钗，而是输给了命。

茜雪与枫露茶

《红楼梦》第八回中，宝玉大醉之下，糊里糊涂地丢了一个丫鬟：茜雪。且看原文：

> 接着茜雪捧上茶来。……宝玉吃了半碗茶，忽又想起早起的茶来，因问茜雪道："早起沏了一碗枫露茶，我说过，那茶是三四次后才出色的，这会子怎么又沏了这个来？"茜雪道："我原是留着的，那会子李奶奶来了，他要尝尝，就给他吃了。"宝玉听了，将手中的茶杯只顺手往地下一掷，豁啷一声，打了个粉碎，泼了茜雪一裙子的茶。又跳起来问着茜雪道："他是你那一门子的奶奶，你们这么孝敬他？不过是仗着我小时候吃过他几日奶罢了。如今逞的他比祖宗还大了。如今我又吃不着奶了，白白的养着祖宗作什么！撵了出去，大家干净！"说着便要去立刻回贾母，撵他乳母。
>
> 原来袭人实未睡着，不过故意装睡，引宝玉来怄他顽耍。先闻得说字问包子等事，也还可不必起来；后来摔了茶钟，动了气，遂连忙起来解释劝阻。……宝玉听了这话，方无了言语，被袭人等扶至炕上，脱换了衣服。不知宝玉口内还说些什么，只觉口齿缠绵，眼眉愈加饧涩，忙伏侍他睡下。

一场醉酒风波至此结束，后文并未再提。然而茜雪这个人，却从此失踪，直到第十九回《情切切良宵花解语　意绵绵静日玉生香》中，才借李嬷嬷之口提及其去处："打量上次为茶撵茜雪的事我不知道呢。"

——原来茜雪已经离开了绛芸轩，如何读者不知？

庚辰本在此有双行夹批："照应前文，又用一撵，屈杀宝玉，然在李媪心中口中毕肖。"

这个"照应前文"，自然说的是第八回醉酒一节，然而说用"撵"字是"屈杀宝玉"，可见此中有冤案，只是"李媪心中口中"的真相罢了。

那么，宝玉究竟有没有撵茜雪呢？茜雪离开的真相究竟为何？

书中没有写，脂砚斋却知道是一段冤案，缘何？

我猜当年在曹家，作者身边是真有这样一个老奶妈子，真有这么一个茜雪丫头的，"掷杯骂茶"原是一段真实故事，所以脂砚斋会知道真相。

但要特别说明的是，借鉴生活原型，并不代表直写生活真相。

书中的李嬷嬷，形象鲜明，平日里居功自傲，倚老卖老，张口"我的血变的奶，吃的长这么大，如今我吃他一碗牛奶，他就生气了？"闭口"把你奶了这么大，到如今吃不着奶了，把我丢在一旁，逞着丫头们要我的强"。

然而宝玉这年也大不过十二三岁，断奶也不超过十年的工夫。何以李嬷嬷就老态龙钟如此？

王夫人撵人时，曾说过贾兰的奶母"十分的妖调"，如今兰哥儿不吃奶了，不如将奶母撵了去。可见奶母还很年轻，有妖调的资本。而宝玉比贾兰大不了几岁，奶母李嬷嬷却怎么会是个已经有了孙子、拄着拐棍的老人呢？就算她驻颜有术，贾府也不会用一个四十岁的奶母为心肝儿宝贝的宝玉哺乳，更何况这李嬷嬷还老得厉害。

可能性只有一个，就是这个李嬷嬷根本不是宝玉的奶母，而是曹雪芹在生活中见到的这么一个原型，因其个性突出，不忍舍弃，而在文中借用了一下。

作此书时曹雪芹已有三十多岁，生活贫困，不可能还供养着老奶妈子。然而他的朋友中多有比自已年长而富贵的，倘若奶母尚在，算起来年龄该在五六十岁上下，正是书中李嬷嬷的年纪。很可能是作者在某位王孙好友家遇到的老奶妈子，又颟顸又啰唆的。甚或雪芹还亲眼遇见奶母找茬怄气，一如宝钗黛玉劝李嬷嬷般，客串过一回和事佬。

这样想，就很可以理解李嬷嬷这个人物的由来了。同时也可以看出，曹雪芹写人物故事，是东借一点题材，西凑一点掌故，小说毕竟是小说，而并不是什么自传。

了解这一点，再回头来看茜雪这个人，就觉得很多谜团迎刃而解了。

除了“枫露茶”一案外，茜雪在前文就只出现过一次，事见第七回“送宫花”一节：

宝玉便问道：“周姐姐，你作什么到那边去了。”周瑞家的因说：“太太在那里，因回话去了，姨太太就顺便叫我带来了。”宝玉道：“宝姐姐在家作什么呢？怎么这几日也不过这边来？”周瑞家的道：“身上不大好呢。”宝玉听了，便和丫头说：“谁去瞧瞧？只说我和林姑娘打发了来请姨太太姐姐安，问姐姐是什么病，现吃什么药。论理我该亲自来的，就说才从学里来，也着了些凉，异日再亲自来看罢。”说着，茜雪便答应去了。周瑞家的自去，无话。

这是茜雪的头次出场，乃是奉宝玉之命去见薛宝钗，“雪”“薛”相逢；而茜雪的受责，又正是因为宝玉在宝钗处喝醉了酒回来，殃及无辜。

此雪与彼雪，究竟有些什么过节呢？这样的安排，又预示着怎样的孽缘？实在不得而知。但是已经可以看出茜雪原是绛芸轩有头有脸的大丫鬟，所以才有资格代表宝玉去梨香院探病，也正如后文中秋纹代宝玉送梅花与王夫人的情形。

后文鸳鸯为抗婚向平儿表白心事时，曾经说过：“这是咱们好，比如袭人、琥珀、素云、紫鹃、彩霞、玉钏儿、麝月、翠墨，跟了史姑娘去的翠缕，死了的可人和金钏，去了的茜雪，连上你我，这十来个人，从小儿什么话儿不说？什么事儿不作？这如今因都大了，各自干各自的去了，然我心里仍是照旧，有话有事，并不瞒你们。”

这里一连点了十几个丫鬟的名字，有茜雪而没有琴、棋、书、画，可见这茜雪的资格相当之老，是可以和鸳鸯、袭人、紫鹃这些贾母房中老牌丫鬟相比肩的。

这样的一个丫鬟，可不是宝玉说撵就可以撵的，非得请示上头得到许可才行。

这从宝玉撵晴雯一节中便可以看得出来。宝玉与晴雯斗嘴，气得浑身发抖，遂发狠说：“不如回太太，打发你去吧。”袭人劝道：“便是他认真的要去，也等把这气下去了，等无事中说话儿回了太太也不迟。这会子急急的当作一件正经事去回，岂不叫太太犯疑？”可见撵丫鬟也不是那么容易的，还得先想好理由找机会回了太太才行。

若是三四等的小丫鬟也还容易些，比如坠儿偷金，被晴雯知道了，便直接叫进宋嬷嬷来领人，但也要打着主子的旗号：“宝二爷才告诉了我，叫我告诉你们，坠儿很懒，宝二爷当面使他，他拨嘴儿不动，连袭人使他，他背后骂他。今儿务必打发他出去，明儿宝二爷亲自回太太就是了。”——可见过后也还是要回明白的。

后来王夫人撵了晴雯、芳官等人去，也要假“痨病”为由回禀贾母。

然而茜雪的被撵，文中并未有一言半语提及宝玉回贾母或王夫人的记述。况且，那本是宝玉醉中之语，一则茜雪本来无错，二则宝玉也并没有说要撵茜雪，即使在盛怒中，也只是要撵他奶母，三则宝玉酒醒之后，压根不会再提这件事，更不至于错杀无辜。

从头至尾，“撵茜雪”一说，也只在李嬷嬷口中出现。在第二十回中，李嬷嬷再次借故闹事，黛玉、宝钗二人赶来劝慰，“李嬷嬷见他二人来了，便拉住诉委屈，将当日吃茶，茜雪出去，与昨日酥酪等事，唠唠叨叨说个不清”。

这是又一次将“吃茶”与“茜雪出去”连在了一起。然而，茜雪确是“去了”，但到底是不是因为“吃茶”呢？

庚辰本在此又有眉批：“茜雪至狱神庙回方呈正文。袭人正文标目曰‘花袭人有始有终’，余只见有一次誊清时，与‘狱神庙慰宝玉’等五六稿，被借阅者迷失，叹叹！丁亥夏。畸笏叟。”

此处透露，茜雪到了后文还有出场，并且是一场“狱神庙慰宝玉”的大戏，只是稿件迷失不见了，真是令人顿足！

同样的批语，在第二十六回又出现过一次。那是红玉同佳蕙两个谈心事，红玉道：“也不犯着气他们。俗语说的好，‘千里搭长棚，没有个不散的筵席’，谁守谁一辈子呢？不过三年五载，各人干各人的去了。那时谁还管谁呢？”

甲戌本有两条眉批：“红玉一腔委屈怨愤，系身在怡红不能遂志，看官勿错认为芸儿害相思也。己卯冬。”“狱神庙红玉、茜雪一大回文字惜迷失无稿。”

——再一次提到了狱神庙，提到了茜雪。这茜雪出去后，非但不怨宝玉，还在他落难狱神庙时，有大作为，大安慰。是茜雪以德报怨，还是宝玉原本就不曾愧对于她?

看来，正如脂砚斋所说，李嬷嬷说宝玉撵茜雪，是“屈杀宝玉”了！那茜雪的离去，虽然距离“枫露茶”事件不远，但必不与吃茶相关，而大约是有什么别的缘故辞工离开，却被李嬷嬷东拉西扯，硬牵扯成一桩事了。

倘若“狱神庙”一稿不曾流失，关于这件前情必有补叙，只可惜我们看不到了。

最后，说一下关于枫露茶的故事。在宝玉祭晴雯时，特地点明有一味“枫露之茗”，可见这枫露茶是怡红院的常备饮品。

那么，什么是枫露茶呢?

有人认为这只是一样杜撰的物事，取其“逢怒”谐音；而且枫为红，露指泪，枫露茶与“千红一窟”相呼应，红泪，亦即绛珠，所以不必强求真相。

但也有人喜欢较真儿，刨根问底地搜罗了关于“枫露茶”可能的几种备选：

首先是枫露点茶，乃取香枫嫩叶，入甑蒸之，滴取其露，与后文宝玉挨打时喝的木樨清露相类。将枫露点入茶汤中，即成枫露茶。然而这与宝玉说的“三四次后才出色的”不相符，点茶只能饮用一回，怎么要泡个三四道才见色呢?

同时，这句“三四次后才出色”的前提，也排除了绿茶和红茶的可能性，而只能是岩茶、白茶或普洱茶。

因为绿茶不禁泡，再好的绿茶泡个三四次，而且从早晨留到晚上，也不足取了；而红茶是第一道出汤就艳丽红亮的，否则也算不上好茶。

岩茶比如大红袍倒是禁泡的，而且“大红袍”的名字也很合乎宝玉“爱红的毛病儿”。但是岩茶耐泡不耐放，如果早起泡了放到晚上喝，会发苦发涩，不宜饮用了。所以，岩茶的可能性也排除了，只剩下白茶和普洱两个选择。

我更倾向的是普洱。

因为西双版纳的普洱茶正是清朝时宫廷指定贡茶，连普洱府的名字都是皇帝取的，从书中提到林之孝家的叮嘱袭人等沏普洱给宝玉消食来看，荣国府是经常饮用普洱茶的，连管家都很熟悉。而普洱茶，正是要经过三四道后才最出色，而且适合焖泡。普洱茶汤色红亮，香味高扬，与宝玉的脾性很相投，而且这碗茶早晨沏了留到晚上喝，也最是时候。

沏一壶普洱，重读红楼，不亦快哉？

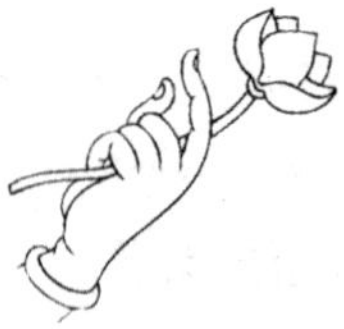

第九回
恋风流情友入家塾　起嫌疑顽童闹学堂

薛蟠的龙阳之好

书中第九回说宝玉和秦钟进了私塾，与两个相貌娇美的男同学香怜、玉爱不清不楚，还搞出些争风吃醋的勾当来，显然学堂中风气混乱。尤其提到薛蟠时，更是明确写出这位纨绔子弟的同性之癖：

> 原来薛蟠自来王夫人处住后，便知有一家学，学中广有青年子弟，不免偶动了龙阳之兴，因此也假来上学读书，不过是三日打鱼，两日晒网，白送些束脩礼物与贾代儒，却不曾有一些儿进益，只图结交些契弟。谁想这学内就有好几个小学生，图了薛蟠的银钱吃穿，被他哄上手的，也不消多记。

薛蟠上学的目的很单纯，就是为了在“同学”中寻找“同志”，并且还找到了不少，不仅有香怜、玉爱，还有金荣。

金荣与宝玉、秦钟大闹了一场，回家后说给母亲听，母亲胡氏反劝他：“你这二年在那里念书，家里也省好大的嚼用呢。省出来的，你又爱穿件鲜明衣服。再者，不是因你在那里念书，你就认得什么薛大爷了？那薛大爷一年不给不给，这二年也帮了咱们有七八十两银子。”

这“七八十两银子”可不是白给的，乃因其原是薛蟠的相好换来的，其母未必不知，但因为贪利，便只装聋作哑罢了。

这些都是虚写或侧写的，还不算突出。书中关于薛蟠“好男色”最精彩的一段，还要属与柳湘莲的对手戏。见于第四十七回《呆霸王调情遭苦打 冷郎君惧祸走他乡》。

> 因其中有柳湘莲，薛蟠自上次会过一次，已念念不忘。又打听他最喜串戏，且串的都是生旦风月戏文，不免错会了意，误认他作了风月子弟，正要与他相交，恨没有个引进，这日可巧遇见，竟觉无可不可。且贾珍等也慕他的名，酒盖住了脸，就求他串了两出戏。下来，移席和他一处坐着，问长问短，说此说彼。那柳湘莲原是世家子弟，读书不成，父母早丧，素性爽侠，不拘细事，酷好耍枪舞剑，赌博吃酒，以至眠花卧柳，吹笛弹筝，无所不为。因他年纪又轻，生得又美，不知他身分的人，却误认作优伶一类。

“优伶一类”，自然指的是琪官这样的戏子了。那琪官原是忠顺王府座前承欢的人，却深得北静王信任，他的大红汗巾子就是北静王赠的，他又转赠了宝玉的。可以想象，琪官对于忠顺王而言肯定扮演的是男宠的角色，即对北静王也很可能有断袖承欢之事，他能逃离忠顺府很可能是借助北静王的帮助。

宝玉挨了打，众人疑是薛蟠弄舌，薛蟠气得向母亲妹子分辩道：“你只会怨我顾前不顾后，你怎么不怨宝玉外头招风惹草的那个样子！别说多的，只拿前儿琪官的事比给你们听：那琪官，我们见过十来次的，我并未和他说一句亲热话；怎么前儿他见了，连姓名还不知道，就把汗巾子给他了？难道这也是我说的不成？”

这番话说得醋意十足，琪官是伶人，理当供人玩乐的。只因其靠山是忠顺府，所以薛蟠不敢怎么样，但是宝玉竟然与其私相授受，这就让薛蟠极其不爽了，正如学堂子弟惧他威势不敢对香怜玉爱下手，看见秦钟后来居上便大吃其醋是一样的道理。

如今他垂涎的这位柳湘莲，却是位正儿八经的公子哥儿，只因为会串戏，是位“票友”，就被他误会了，以为也是伶人的性情，可以供他调戏引诱的。遂许下做官发财种种彩头，恨不得立刻与其亲热。

这可就捅了马蜂窝了，被柳湘莲引到郊外痛揍了一顿，狠狠地饱以老拳。

而柳湘莲引诱他的话也很好玩，说的是："等坐一坐，我先走，你随后出来，跟到我下处，咱们替另喝一夜酒。我那里还有两个绝好的孩子，从没出门。你可连一个跟的人也不用带，到了那里，伏侍的人都是现成的。"

谓"两个绝好的孩子"，指的是娈童，也就是男妓，而且是"从没出门"的雏妓。柳湘莲可谓投其所好，难怪薛蟠会上当了。

关于娈童，书中还有一段更加浓重详细的描写。第七十五回《开夜宴异兆发悲音　赏中秋新词得佳谶》，贾珍在府中开局聚赌，尤氏躲在窗外偷看。第一眼就看见"其中有两个十六七岁娈童以备奉酒的，都打扮的粉妆玉琢"——这是明写"娈童"登场了。

一时薛蟠赢了邢大舅，便搂着一个娈童吃酒，又命将酒去敬邢大舅。傻舅因为输了钱，借酒骂两个娈童出气，说他们只赶着赢家不理输家，因骂道："你们这起兔子，就是这样专洑上水。天天在一处，谁的恩你们不沾，只不过我这一会子输了几两银子，你们就三六九等了。难道从此以后再没有求着我们的事了！"

——"兔子"，是对"娈童"的蔑称。众人见他酒醉，都插科打诨，让娈童来敬酒赔罪。

> 两个娈童都是演就的局套，忙都跪下奉酒，说："我们这行人，师父教的不论远近厚薄，只看一时钱势就亲敬；便是活佛神仙，一时没了钱势了，也不许去理他。况且我们又年轻，又居这个行次，求舅太爷体恕些我们就过去了。"说着，便举着酒俯膝跪下。邢大舅心内虽软了，只还故作怒意不理。众人又劝道："这孩子是实情话。老舅是久惯怜香惜玉的，如何今日反这样起来？若不吃这酒，他两个怎样起来。"邢大舅已撑不住了，便说道："若不是众位说，我再不理。"说着，方接过来一气喝干了。

"怜香惜玉"都用上了，可见这些人不觉堕毁，还挺自为风雅的。娈童自称"居这个行次"，显然是职业的。贾府里设赌局，要特地找娈童来陪酒，这规矩也就跟冯紫英宴请薛蟠宝玉等，请了妓女芸儿来弹曲一样，都是职业化的行为。

而尤氏只笑看啐骂却不以为意，更可以看出宠幸娈童的行为在达官贵人间有多么平常了。

但是从香菱到夏金桂再到宝蟾的故事，都告诉我们薛蟠并不是同性恋，这是怎么回事呢？

这就要从中国式同性恋“断袖之风”的由来说起了。典出《汉书·佞幸传》：“常与上卧起。尝昼寝，偏藉上袖，上欲起，贤未觉，不欲动贤，乃断袖而起。”

这说的是西汉时候，汉哀帝因爱慕郎官董贤的美貌，十分宠眷，出则同乘，入则同榻。有一天两个人睡午觉时，哀帝先醒了，想起身却发现自己的袖子压在董贤身下，为了不影响董贤酣睡，汉哀帝竟然切断袖子再起身——对董贤的怜爱一至于斯！

从此，人们就把男性之恋称为“断袖”，又称“断臂”，电影《断背山》的片名，即由此而来。

类似的典故还有“分桃”“余桃”“龙阳君”等，也都是男同性恋的代名词，可见断袖之历史悠久，并且来自宫廷，上行下效，民间自然就更不当一回事了。

到了明清时候，断袖成风，龙阳盛行，尤其王孙公子间更是视若等闲，只要不是过分迷恋，家长们也不会太过干涉，因为都是打这么过来的。

以《红楼梦》而论，书中的男人大多有此癖好，贾珍、贾琏也都是此道中人。

其实，明清时期，对同性恋爱详加描写的小说有很多。以《金瓶梅》为例，西门庆这个天下第一色魔，拥有娇妻美妾无数，不时还要嫖娼狎妓，勾引人家老婆，从贵妇到民妇概不放过——如此色欲熏心，应该是个标准的异性恋了吧？然而他与家里书童也有一腿，大中午在书房里偷行后庭之乐。

再如《弁而钗》《宜春香质》《龙阳逸史》等专以同性恋为题材的明清小说，因为一味宣扬娈童之恋，并且充斥大量色情描写，屡次被禁；但是公开印行的纪昀《阅微草堂笔记》、李渔的《十二楼》、冯梦龙和凌濛初的“三言二拍”里，也多有表现龙阳之恋的故事，且纪昀还是位深得皇帝信任的大学士，可见表现断袖并不算错，只要不过分宣扬就好了。

晚清小说《品花宝鉴》是这类题材中的佼佼者，主要描写了青年公子梅子玉和男伶杜琴言之间的忠贞爱情，并称为“情之正者”。但这也不妨碍梅子玉娶妻生子，而其妻对杜琴言也以礼相待。作者陈森是位落第举子，所以文采颇为清秀，其情在今人眼中虽然多少有些难以理解，其书却是文通句顺辞赋皆精的，被称为“同人版红楼梦”也毫不为过。

不过时移事易，古时候盛行的风俗于今天未必合宜，所以事事有分寸，读者能够明确地分辨出读书的道理与现实的规范就好，本文也只是帮助读者朋友们更好地理解《红楼梦》成书年代的社会风俗和思想观点，并没有特别立场。

第十回

金寡妇贪利权受辱　张太医论病细穷源

可叹“金寡妇”

《红楼梦》说的是“金玉姻缘”的故事，一场 “悲金悼玉”的大悲剧，所以其中凡是配“金”戴“玉”者，必有深意。

若将书中所有女子分为金玉两派，那么金派女子无疑是以掌门薛宝钗之金锁为祭旗之物，故而最大标志就是首饰配件，比如史湘云的金麒麟。

黛玉曾经讽刺宝钗：“他在别的上还有限，唯有这些人带的东西上越发留心。”的确如此。除了“金麒麟”，宝钗还曾留意过邢岫烟戴的“碧玉佩”，询问之下，才知是探春所赠。这就界定了探春与邢岫烟的玉派身份。

迎春贵为贾府第二艳，在书中的戏码却实在少得可怜，上回目更是只有两次，其中一次便是“懦小姐不问累金凤”，故而她也就成了立场明确的“金派”。

至于那乘坐“金顶金黄绣凤版舆”而来的皇妃元春，如此豪奢尊贵，自然更是金派。

王熙凤出场也是一身的“彩绣辉煌”，头上戴着金丝八宝攒珠髻，项上戴着赤金盘螭璎珞圈，又是红楼中第一贪金好利之人。其心腹丫鬟平儿，虽名字中有“平分秋色”之意，但在标志配饰上，却戴着一对虾须镯，亦且入了回目“俏平儿情掩虾须镯”，故而也是金派。

依此类推，那偷金的坠儿自然也是金派，而偷玉的良儿，便是玉派了。

这可真是无独有偶，有一个金，便必有一个玉来配，就连有个偷金的，也定要找个窃玉的对应。真个是势均力敌，绝不落空了。

除了以饰物做标志外，“金派”的第二个标志是姓名。

第一个是莺儿，这是宝钗的头号心腹，贴身丫鬟，原名黄金莺；再如夏金桂，这是宝钗之嫂；切身相关者，都是金派。

还有为宝玉跳井的金钏儿，多有红学家认为是黛玉的替身儿，并因此认定黛玉将来也是死在水里的。然而原著八十回中，何尝见过曹雪芹所写关于金钏儿与黛玉有半点联系？

那金钏儿的第一次出场在第七回“送宫花贾琏戏熙凤”一节中，周瑞家的去梨香院回王夫人话，看见金钏儿与香菱在院门前玩儿，然后周瑞家的进去，同宝钗聊了一回冷香丸之事，出来又与金钏儿说了一回香菱身世。

这里的金钏儿与香菱，恰是宝钗和黛玉两人分别的化身。金钏儿的头次出场，即在宝钗窗外。

金钏儿死于一句戏谑：“金簪子掉在井里头，有你的只是有你的。”一语成谶，金簪子当真掉在井里头了。

而金钏儿死后，用来装裹的，正是宝钗的衣裳，明明白白地点出了两人一体，这暗示何等清楚？

和金钏儿相对的，自然是玉钏儿。而《白玉钏亲尝莲叶羹 黄金莺巧结梅花络》，是又一种组合的金玉相对。宝玉见了莺儿，十分欢喜，待看见玉钏儿也来了，便又丢下金莺儿，来讨好这玉钏儿，正好像他对钗黛两个的情形。

除了金钏儿，书里投水而死的还有一个人，就是与张金哥相爱的守备之子——又是一个“金”。虽然金哥死于自缢，她的恋人却是跳河死的。

红学家们认为黛玉沉湖，有个依据就是中秋联句中的“寒塘渡鹤影，冷月葬花魂”之句，可是那说出“寒塘渡鹤”的人是史湘云而非林黛玉，即使这句话是谶语，代表投水而死，那死的也该是湘云，与黛玉何干呢？

而史湘云，正是那个“挂金麒麟的姐儿”。

所以，沉水而死的金钏儿、恋人投水而死的张金哥，还有说出“寒塘渡鹤影”的湘云，恰恰都是金派。

还有一个姓金的人，是鸳鸯，金鸳鸯。曹雪芹生怕我们忽略了这个人，不但在回目里大书明书“金鸳鸯三宣牙牌令”，且借邢夫人之口劝她：“俗语说的，‘金子终得金子换’，谁知竟被老爷看重了你。如今这一来，你可遂了素日志大心高的愿了。”明白提醒：这是个真真正正的“金子”。

"鸳鸯女誓绝鸳鸯偶"，她注定了是一世孤独的，这点也像宝钗。

说到命运，最触目惊心的是另一个姓金的人，即"起嫌疑顽童闹学塾"一回中的金荣，那个与宝玉、秦钟闹气争执的小学生。

——这有点令人莫名其妙。金荣，小小一个角色，原著八十回中只出现这一回，并无第二次出场，何以给了这样敏感辉煌的一个姓氏呢？《阿Q正传》问得好：你也配姓金？

但是翻到第十回《金寡妇贪利权受辱 张太医论病细穷源》，答案就豁然了。

书中说金荣因惧宝玉威势，被贾瑞强着不得已给秦钟磕了头，回家后嘀嘀咕咕地生闷气，他母亲胡氏听见了，就劝了他一大篇话：

> 你又要争什么闲气？好容易我望你姑妈说了，你姑妈千方百计的才向他们西府里的琏二奶奶跟前说了，你才得了这个念书的地方。若不是仗着人家，咱们家里还有力量请的起先生？况且人家学里，茶也是现成的，饭也是现成的。你这二年在那里念书，家里也省好大的嚼用呢。省出来的，你又爱穿件鲜明衣服。再者，不是因你在那里念书，你就认得什么薛大爷了？那薛大爷一年不给不给，这二年也帮了咱们有七八十两银子。你如今要闹出了这个学房，再要找这么个地方，我告诉你说罢，比登天还难呢！你给我老老实实的顽一会子睡你的觉去，好多着呢。

这里只提到母亲姓胡，但是金荣既姓金，可见母亲嫁与了姓金的男人，其夫已故，所以称胡氏为"金寡妇"。

书中接着写道："且说他姑娘，原聘给的是贾家玉字辈的嫡派，名唤贾璜。但其族人那里皆能像宁荣二府的富势，原不用细说。"

"璜"通"黄"，乃金之色，故曰"璜大奶奶"，这和金莺原姓"黄"是同一道理。没提璜大奶奶姓什么，但既然说是来"瞧瞧寡嫂并侄儿"的，可见姓金。但是贾璜这时候还活得好好的，所以"金寡妇"指的是胡氏而非这位戏份挺多的璜大奶奶。

第十回前半章的重头戏本是璜大奶奶欲向宁国府大兴问罪之师，却在尤氏一番言语下把火气吓了个烟消云散，但是回目中却偏不提及，只强调“金寡妇贪利权受辱”。这位金家的寡嫂在全书中只出场了这一次，除了开篇不到两页纸的一小段文字，再无言语，名字却堂而皇之出现在了回目中，为的无非是要引人注意，提醒我们注意那三个谶语般的字：金寡妇!

如此，便道出了“金派”女儿的第三个标志：宿命。

换言之，“寡妇”二字，便是“金派”女子的命运大走向。已成定局的李纨，和宿命难逃的薛宝钗、夏金桂、史湘云，都将脱不了这个命运。既然“金玉姻缘”终究落空，那个伴着宝钗的黄金莺，也注定是明珠暗投，命运多舛了。

因此，在第八回“宝玉识金锁，宝钗赏通灵”之际，有一首评诗：

女娲炼石已荒唐，又向荒唐演大荒。
失去幽灵真境界，幻来亲就臭皮囊。
好知运败金无彩，堪叹时乖玉不光。
白骨如山忘姓氏，无非公子与红妆。

这里说的本是女娲补天所遗五色石堕落尘劫之境况，然甲戌本有侧批：“又夹入宝钗，不是虚图对得工。二语虽粗，本是真情，然此等诗只宜如此，为天下儿女一哭。”可见此金特指宝钗，此玉特指宝玉。

为了提示这一点，后文提及鸳鸯抗婚时，作者还特地给鸳鸯之父安了个很出色的名字，叫金彩。

正如区区金荣也姓金，不过是为了突出“金寡妇”三个字一样，这连出场机会都没有的金彩竟有此好名好姓，也不过是为了反语强调“金无彩”罢了。

尤氏为何不入十二钗正册

第十回“金寡妇贪利权受辱”一节，堪称是宁国府女主人尤氏最光彩亮丽的一段脱口秀。

书中说，那贾璜之妻金氏好斗使气，为了侄儿金荣的事怒冲冲跑到宁府向尤氏告状，本欲大兴问罪之师，然而方才问出一句：“今日怎么没见蓉大奶奶？”尤氏就说了一大车子话，绵里藏针，连消带打，让金氏“把方才在他嫂子家的那一团要向秦氏理论的盛气，早吓的都丢在爪洼国去了”。

最难得的，是尤氏从头到尾并没有辩白一句，而是柔中带刚，先说秦氏之病，说自己对儿媳妇的看重与疼爱，明车明马摆明立场，然后又主动提起学塾中事，却故意说秦钟不懂事：“看见他姐姐身上不大爽快，就有事也不当告诉他，别说是这么一点子小事，就是你受了一万分的委曲，也不该向他说才是。谁知他们昨儿学房里打架，不知是那里附学来的一个人欺侮了他了。里头还有些不干不净的话，都告诉了他姐姐。”

——言明是别人欺负了秦钟，还说了不干不净的话，这就已经为案件本身定了性；接着又说其后果严重，那秦氏“听见有人欺负了他兄弟，又是恼，又是气。恼的是那群混账狐朋狗友的扯是搬非、调三惑四那些人；气的是他兄弟不学好，不上心念书，以致如此学里吵闹。他听了这事，今日索性连早饭也没吃”。

——秦氏竟是因为秦钟被欺负的事而病得越发重了，这罪过谁敢担当？

然而尤氏并不问罪，却接下来话锋一转，忽然反问起金氏来：“婶子，你说我心焦不心焦？况且如今又没个好大夫，我想到他这病上，我心里倒像针扎似的。你们知道有什么好大夫没有？”

这番说辞虚虚实实，暗藏机关，开门见山先说“不知是那里附学来的一个人”，然后才洋洋洒洒地发挥。然而秦钟既来向姐姐告状，又怎会不说明白是谁欺负了他？况且前回茗烟闹塾之际已经明确说了金荣的身份：“他是东胡同子里璜大奶奶的侄儿。那是什么硬正仗腰子的，也来唬我们。璜大奶奶是他姑娘。你那姑妈只会打旋磨子，给我们琏二奶奶跪着借当头。我眼里就看不起他那样的主子奶奶。”还曾出主意说：“爷也不用自己去见，等我到他家，就说老太太有说的话问他呢，雇上一辆车拉进去，当着老太太问他，岂不省事？”秦钟听得明白，焉有不记在心里、告诉姐姐之故？

可见尤氏早就知道是“璜大奶奶的侄儿”欺侮了秦钟，再见金氏怒气冲冲地走来，怎会不知道缘故？却故意不等她开口，便抢占先机，先发制人，口才之机辩，心思之缜密，绝不在凤姐之下。

然而在第六十八回“酸凤姐大闹宁国府”一节中，凤姐却骂尤氏说：“你又没才干，又没口齿，锯了嘴子的葫芦，就只会一味瞎小心图贤良的名儿。”

——这固然是因为凤姐自视极高，目中无人，却也是因为尤氏为人低调，轻易不肯显露锋芒，而更擅以退为进罢了。

这就又说到一个问题：凤姐是荣国府贾琏之妻，尤氏是宁国府贾珍之妻，两人都是府里的内当家，而尤氏还是族长夫人，其地位该比凤姐还高才对，为什么却没有进入《金陵十二钗》正册呢？

原因当然不是凤姐说的“没才干，没口齿”，第四十三回《闲取乐偶攒金庆寿　不了情暂撮土为香》中，庚辰本有双行夹批：

> 尤氏亦可谓有才矣。论有德比阿凤高十倍，惜乎不能谏夫治家，所谓“人各有当”也。

明明白白给了尤氏一句定评：论“有德”比凤姐还高，且亦可谓“有才”，只是输在不能劝谏丈夫、管束家人罢了，第七回焦大的醉骂可见一例。

论才干，凤姐逞技的极盛表演在于“协理宁国府”，尤氏亦有“独艳理亲丧”之举，以可卿之死遥映贾敬之死，正是旗鼓相当，而尤氏之行事妥当，连贾珍也赞赏不绝；荣国府上下人等的生日都是凤姐打理，而她自己的生日，却是尤氏代为操持，安排得井井有条，热闹非凡，园内外上下各个称赞；薛姨妈取中岫烟，贾母请尤氏做主亲，命她“不可太啬也不可太费，把他两家的事周全了回我”，尤氏虽知邢夫人不好相与，却也周旋得妥妥帖帖；宫中老太妃安陵，宁荣阖府随祭，因家内无主，因此大家商议着报了尤氏产育，将她腾挪出来协理两府事，可见确可为一家之主，堪当重任；贾母庆寿，她白日帮忙待客，晚间陪贾母玩笑，又帮着凤姐料理出入大小器皿以及收放赏礼事务，连夜里也不回宁府去，就宿在园中李纨处，更是劳苦功高。

论德行，尤氏从未盛气凌人，对小姑子惜春也是处处避让。梨香院解散时，王夫人说：“这学戏的倒比不得使唤的，他们也是好人家的儿女，因无能卖了做这事，装丑弄鬼的几年。如今有这机会，不如给他们几两银子盘缠，各自去罢。”尤氏在一旁细心补足：“如今我们也去问他十二个，有愿意回去的，就带了信儿，叫上父母来亲自来领回去，给他们几两银子盘缠方妥。若不叫上他父母亲人来，只怕有混帐人顶名冒领出去又转卖了，岂不辜负了这恩典。”尤见本性良善。

然则，这样一个有才有德，地位比凤姐犹高的宁府当家女主人，在第六十八回“酸凤姐大闹宁国府”一节中，却大败于熙凤，被揉搓得一点刚气儿也无，为何？

乃是因为输了一个“理”字。

正如凤姐所说：“国孝一层罪，家孝一层罪，背着父母私娶一层罪，停妻再娶一层罪。”

贾琏犯了这样的弥天大罪，贾珍、贾蓉两父子乃是助火之人，而尤氏既是男方的嫂子，又是女方的姐姐，自然也跟着担罪名的。

那凤姐无理还要搅三分的人，如今捏着满理在手，焉有不尽情发挥的？因此进了宁府，一见了尤氏，便“照脸一口吐沫”，啐骂了半日，“把个尤氏揉搓成一个面团，衣服上全是眼泪鼻涕，并无别语”。

——可见，再好的口才，也抬不过一个“理”字去。

也就是在这一回中，凤姐骂贾蓉的一席话侧面泄露了尤氏的身份：“天雷劈脑子五鬼分尸的没良心的种子！不知天有多高，地有多厚，成日家调三窝四，干出这些没脸面没王法败家破业的营生。你死了的娘阴灵也不容你，祖宗也不容，还敢来劝我！”

凤姐既然说贾蓉“死了的娘阴灵”，可见尤氏并非贾蓉生母。

又有第七十六回《凸碧堂品笛感凄清　凹晶馆联诗悲寂寞》中，因贾母催尤氏回家团圆，尤氏笑道：“老祖宗说的我们太不堪了。我们虽然年轻，已经是十来年的夫妻，也奔四十岁的人了。况且孝服未满，陪着老太太顽一夜还罢了，岂有自去团圆的理。”

此处尤氏自称已嫁与贾珍十几年。而第六回中贾蓉第一次出场时，已借刘姥姥之眼写出是一个十七八岁的少年，到此回怎么也有二十好几了。

以贾蓉的行止身份，怎么看也不像是庶出，况且贾珍身为长子又是族长，也不至于那么晚婚。可见贾珍原有嫡妻，因为早亡，故而续娶尤氏。换言之，那尤氏乃是填房。这也就解释了为什么她出身低微，却可以嫁入宁国府，成为族长夫人之故。

那贾珍“只一味高乐不了，把宁国府竟翻了过来，也没有人敢来管他”。

尤氏虽然能干，却不能钳制他，就是因为自己并非原配，又无嫡子，所以说话不响亮。这和荣国府邢夫人身为续弦故不能相夫教子，只一味纵容贾赦是一样的心理。

另外，尤老娘也是拖着两个油瓶女儿嫁给尤氏父亲做填房的，尤氏并不是老娘的亲生女儿，和尤二、尤三不是亲姐妹，所以既管不了她们和自己的丈夫不清不楚，更管不了尤二姐嫁贾琏。

《红楼梦》排座次最重出身，这尤氏虽然才干不差，戏份不少，但只因身为“续弦”，遂输给了自己的儿媳妇秦可卿，入不了十二钗正册。不过倘若副册有录，或许尤氏三姐妹可以共登其榜，如此，正册有四春，副册有三尤，也未尝不是一件趣事！

贾府问病

《红楼梦》中写医诊的情节不少，药方更多，第十回“张太医论病细穷源”尤为详细，不但药方明白，而且脉理清楚，甚至连诊治过程的礼仪琐事也细说分详。

书中说宁国府中常走动着好几个大夫，一日轮流着四五遍来看脉，弄得秦可卿一天折腾几次起来换衣裳。

但这件事有点奇怪，因为那时候淑媛贵妇看病，都是垂下帐子的，只伸一只手出来搭在枕上由医生听脉，连晴雯尚且如此，如何宁国府女主人倒要抛头露面？后来贾珍请了张友士来，也是登堂入室直接进了贾蓉居室，面见秦氏本人，且向贾蓉说道：“这就是尊夫人了？”——见得太容易了！

第五十一回里晴雯因感了风寒，鼻塞声重，宝玉命请大夫胡君荣来问诊。晴雯不过是个丫鬟，看病的规矩排场却不小，不但垂下绣幔，而且有婆子侍候，胡庸医对着她一对长指甲多看了几眼，婆子都要赶紧拿手帕子遮了。

后来胡大夫出园后开了方子，因婆子说恐我们爷啰唆还有话问，胡大夫问：“方才不是小姐，是位爷不成？那屋子竟是绣房一样，又是放下幔子来的，如何是位爷呢？”婆子笑道：“那屋子是我们小哥儿的，那人是他屋里的丫头，倒是个大姐，那里的小姐？若是小姐的绣房，小姐病了，你那么容易就进去了？”

原来这样的阵仗都还是最廉宜的，算不得规矩大。若小姐们病了，大夫进绣房都是难的，更何况是府中正经女主子的卧房了。

如此看来，宁府问病大不合情理。但是联系到后文贾珍宴客以娈童侍酒，尤氏竟能跑到门外偷听，可知宁国府一向没什么规矩，女主人更不懂得自重，这处也就容易理解了。

当然，还有另一个可能，就是宁国府的故事是从另一本书《风月宝鉴》中移植过来的，原身只是个普通的富贵人家，而非公门侯府，规矩相对松弛。

且说张友士按了右手按左手，出来细说了病源病征，明确指出："大奶奶是个心性高强聪明不过的人；聪明忒过，则不如意事常有；不如意事常有，则思虑太过。此病是忧虑伤脾，肝木忒旺，经血所以不能按时而至。"点明是心病，而且是妇科病，药方更写得清楚明白，展现出作者精通医理的一面。

同时这段也侧写了可卿的性格与心结——越是薄宦人家的女儿攀了高枝，就越在乎面子活儿，注重外表。却唯独忘了，真正自重身份不在于穿戴华丽，而是深居简出，爱惜颜面。

后文"王熙凤协理宁国府"，说到对牌一事，秦钟问："你们两府里都是这牌，倘或别人私弄一个，支了银子跑了，怎样？"这段正与可卿的行为相照应，秦钟说的是孩子话，也是寒酸话。因为秦钟没经过大阵仗，脑子里只有小算盘，居安思危原是贫寒子弟的本能思维定式。

姐弟俩在一样的环境中长大，但可卿后来开了眼界，思虑会更深远忧虑些。所以才有魂托凤姐一段描写，娓娓道出对于贾府未来的忧患，这种保全良方由经过贫寒上位的可卿道出，十分合理。正如脂批所赞："的是安富尊荣坐享人不能想得到处。"

可叹的是，张友士的药方未救得了可卿的命，秦可卿的良计也同样救不了贾府的难。

且说宁国府就医过程如是，那么荣国府的规矩又是怎样的呢？

第四十二回里，贾母因带了刘姥姥游园，略感风寒。府里请了太医来，嬷嬷们请贾母进幔子去坐。贾母道："我也老了，那里养不出那阿物儿来，还怕他不成！不要放幔子，就这样瞧罢。"

——这里说得非常明确，照规矩贾母也是要坐在里面，隔着帐幔让太医诊脉的，不过贾母年岁已高，辈分更高，也就不必太讲究男女之别了。

一时只见贾珍、贾琏、贾蓉三个人将王太医领来。王太医不敢走甬路，只走旁阶，跟着贾珍到了阶矶上。早有两个婆子在两边打起帘子，两个婆子在前导引进去，又见宝玉迎了出来。只见贾母穿着青皱绸一斗珠的羊皮褂子，端坐在榻上，两边四个未留头的小丫鬟都拿着蝇帚漱盂等物；又有五六个老嬷嬷雁翅摆在两旁，碧纱橱后隐隐约约有许多穿红着绿戴宝簪珠的人。王太医便不敢抬头，忙上来请了安。

这段写得特别细致，王太医乃是朝中六品供奉，进荣府时尚且循规蹈矩，战战兢兢；而贾母自己虽说不用垂帐，但是众女眷包括鸳鸯等有身份的大丫鬟，却都躲在屏风后面，只留下嬷嬷和未留头的小丫鬟在前面侍候——规矩体统之严，与宁国府的混乱随便形成鲜明对比。

接着细写了王太医诊脉、断症、开药，又顺便给大姐儿看了病，方才辞去。荣府里一老一小，写得繁简相宜，相映成趣。

轮到宝玉自己得病又如何呢？

第五十七回宝玉被紫鹃一句话顶出了呆病来，府里请的也是王太医。王夫人、薛姨妈、宝钗等女眷都避到里间去，宝玉是位爷，自然不用隔帐幔什么的，贾母早就说过自己不避嫌疑了，因此也端坐在宝玉身旁陪着。妙的是因为宝玉拉着紫鹃的手不放，所以紫鹃也无法回避，只得待在外面。

王太医是知道规矩的，又一向谨慎，进来后先请了贾母的安才给宝玉诊症，看到紫鹃站在旁边，不禁觉得奇怪，因为荣国府里哪怕丫鬟也是不肯轻易让人见的。书中轻描淡写一句“那紫鹃少不得低了头。王大夫也不解何意”，让人又好笑又感叹。

而第六十九回的尤二姐瞧病，就更值得玩味了。

那尤二姐也是来自宁国府的，但只因嫁入了荣国府，规矩便也不同了。

贾琏请的太医是给晴雯看症的虎狼医生胡君荣。诊过脉，说经水不调，要大补。贾琏说她三个月没来月经，又常呕酸，不会是怀孕吧？胡君荣听了，复又命老婆子们请出手来再看看，诊了半天脉听不明白，又要求看看气色，然一见了尤二姐的花容月貌，竟发起花痴来，“魂魄如飞上九天，通身麻木，一无所知”，哪里还懂什么诊脉。于是乱开了方子，遂导致尤二姐堕胎。

——抛开这胡庸医是否收了别人的黑钱来谋害尤二姐不算，只这里诊了两次脉又要求看面相，便知他医术平庸。而贾琏因为“无法”，才勉为其难让人把帐子掀起一条缝来，露出尤二姐脸来，可见尤二姐在宁国府时虽然同贾珍贾蓉父子鬼混得无法无天，来了荣国府却是恪守妇道的。而且胡君荣还特地说“医生要大胆”，可见要求亲睹女眷面容竟是一件“大胆”的事。那宁国府中一天四五次来问病的医生，又何以如此大胆呢？

倒真让人怀疑，那些大夫是来问病的，还是来看美人的？

另一个与可卿问病形成鲜明对比的，是林黛玉。

黛玉本是书中第一个“多愁多病身”，先天不足，从吃饭起便吃药。但是书中关于她的病以及治病的药虽然屡屡提及，却总是轻描淡写，不肯着墨太多。正如作者每每不厌其烦写凤姐宝钗等人装束，及至黛玉却往往一笔带过；写诸人诊病时巨细靡遗，而写到黛玉也总是笼统言之，烟云模糊。

因为，真正的美人儿，是连看都不让你看的。

第十一回
庆寿辰宁府排家宴　见熙凤贾瑞起淫心

贾府第一罪人贾敬

第十一回宁府宴开篇便道：

话说是日贾敬的寿辰，贾珍先将上等可吃的东西，稀奇些的果品，装了十六大捧盒，着贾蓉带领家下人等与贾敬送去，向贾蓉说道："你留神看太爷喜欢不喜欢，你就行了礼来。你说：我父亲遵太爷的话未敢来，在家里率领合家都朝上行了礼了。"贾蓉听罢，即率领家人去了。

寥寥数语，写出了贾敬、贾珍、贾蓉三代人的不同性情与态度。

这是贾敬在全书中的第一场"戏目"，虽然他本人并未真正出场，却以他的生日为炮捻子，引出了后文无数烟火好戏来，让人眼花缭乱。

其实，这捻线儿扯得挺长，早在第十回中，已经通过尤氏与贾珍的对话提出贾敬生日将至，贾珍说道：

我方才到了太爷那里去请安，兼请太爷来家来受一受一家子的礼。太爷因说道："我是清净惯了的，我不愿意往你们那是非场中去闹去。你们必定说是我的生日，要叫我去受众人些头，莫过你把我从前注的《阴骘文》给我令人好好的写出来刻了，比叫我无故受众人的头还强百倍呢。倘或后日这两日一家子要来，你就在家里好好的款待他们就是了。也不必给我送什么东西来，连你后日也不必来；你要心中不安，你今日就给我磕了头去。倘或后日你要来，又跟随多少人来闹我，我必和你不依。”如此说了又说，后日我是再不敢去的了。且叫来升来，吩咐他预备两日的筵席。

从贾珍的态度看来，世家子孙的大样儿不走，还是很尊重老子的。如果贾敬肯好好教导，一如贾政之教宝玉，或许贾珍不至于变得那样坏。但是贾敬心里除了“道”之外一无所思，一不问子孙贤孝，二不管两府事务，只让人把《阴骘文》好好地写出来刻了，就以为自己积了功德了。后来第十一回中写贾蓉送礼去玄真观，贾敬也是再三命把《阴骘文》急急地刻出来，印一万张散人，可谓照应严密。

《阴骘文》全名《文昌帝君阴骘文》，是道家经文，主旨在于劝人多积阴功阴德，为善不扬名，独处不作恶，这样就会得到庇佑，赐予福禄寿。

——然而贾珍作了那么多恶，光凭抄刻一万张经文散人，就能积德了吗？贾敬的不理家事，不教子孙，本身已是作恶，又怎么能积得了阴骘呢？

开篇“冷子兴演说荣国府”时，曾介绍贾敬其人与宁国府大略：

宁公死后，贾代化袭了官，也养了两个儿子：长名贾敷，至八九岁上便死了，只剩了次子贾敬袭了官，如今一味好道，只爱烧丹炼汞，余者一概不在心上。幸而早年留下一子，名唤贾珍，因他父亲一心想作神仙，把官倒让他袭了。他父亲又不肯回原籍来，只在都中城外和道士们胡羼。这位珍爷倒生了一个儿子，今年才十六岁，名叫贾蓉。如今敬老爹一概不管。这珍爷那里肯读书，只一味高乐不了，把宁国府竟翻了过来，也没有人敢来管他。

初看上去，贾敬也没做什么坏事，只不过痴迷道术，不管家事而已。

但问题就出在这里，他本是一族之长，如今却不务正业，把官让儿子贾珍袭了；又不肯好好教儿子，由得贾珍胡闹，“把宁国府竟翻了过来，也没有人敢来管他”——也管不了他。因为唯一能管贾珍的人就是甩手大爷贾敬。

子不教，父之过。贾敬最大的错处就是不理家事，不教儿孙。

这对于小户人家来说，也是一个不合格的老子，将来儿子作奸犯科，人们也要首先指责他老子不懂管教；对于宁国府这样的公侯之家，就更是大事，因为贾珍袭的乃是将军之职——大将军也好随便让贤，由着不肖子拿去玩闹的？将祖荫如此糟蹋，就是对皇廷的至大不忠，对祖宗的头等不孝。

宋徽宗并没做什么坏事，还多才多艺，书画双绝，但是千秋万代都称其为“昏君”，就是因为他身为九五之尊而不务正业，不理朝政，是亡国之君；贾敬本人虽然没出什么大坏，然而他身为两府族长，却一味好道，不理家事，致使祖风败坏，丧灭伦常，就是他最大的罪过了。

因此第五回“饮仙醪曲演红楼梦”中，关于秦可卿的判曲《好事终》里才会唱道：

箕裘颓堕皆从敬，家事消亡首罪宁。

把整个贾府之败都推在了贾敬头上，这罪名还真是不小。

所谓“箕裘”二字，箕指扬米去糠的竹器，或者畚箕之类；裘指冶铁用来鼓气的风裘。两个字合在一起，则表示管理家务。

《礼记·学记》中说：“良冶之子，必学为裘；良弓之子，必学为箕。”因此，“箕裘”又代指传统家风。

有个成语叫作“克绍箕裘”，比喻继承祖业。昆曲名剧《精忠记》里有唱词：“休夸琴瑟调宜，愿百年奕叶传芳，好儿孙箕裘相继。”就是这个意思了。

而《好事终》的曲子里恰好相反，却说是“箕裘颓堕”，则指家风败坏，荡然无存。所以宁府会弄到这步田地，都是因为贾敬；而整个贾家的事业消亡，首先要怪罪宁国府。

那么，贾敬的生日到底伏了多少罪孽，才会得出这么严重的指摘呢？

细读第十一回，可以发现这场生日宴上已经至少写了两件大恶事：熙凤探可卿——可卿之死，是贾珍的头一件大罪孽；这还不算，凤姐从可卿处出来，又遇见了贾瑞——又一个奸淫之徒，不久也被凤姐害死了。宁国府首开两宗“死罪”，都与滥情有关，故称“情孽”。

把“庆寿辰”和“起淫心”同回描写，这本身就大有深意：表面上贾敬满口道义超脱，私底下宁府到处男盗女娼，却刻那《阴骘文》作甚？

贾敬在庙里修行，贾珍、贾瑞等子孙却在家中尽行不孝不义之事，这可不正是“箕裘颓堕”么，不怪贾敬又怪谁？！

难怪凤姐点戏时，饶有深意地点了《还魂》和《弹词》，且说：“现在唱的这《双官诰》唱完了，再唱这两出，也就是时候了。”

《双官诰》说的是此时宁荣二府富贵荣华之状，《还魂》借杜丽娘死后还魂来预示不久之后的秦可卿死后托梦，《弹词》讲的是安史之乱后宫廷乐师李龟年流落民间唱说天宝旧事，这里暗示贾府抄没之后子孙流落，回首无限伤痛之情。

而这一切命运，早都伏在贾敬这个族长的生日宴上，正如同十二钗的命运都伏在宝玉的生日宴上一样。

全书中的第一场生日描写，写的是贾敬；第一场发丧描写，写的是可卿；这都是在暗示宁国府的种种罪孽。

然而秦可卿淫丧天香楼这么大事，仍未能警醒混沌好道的宁府族长贾敬——孙媳妇年纪轻轻就死了，而且死得如此蹊跷，贾敬身为一家之主，却“因自为早晚就要飞升，如何肯又回家染了红尘，将前功尽弃呢，因此并不在意，只凭贾珍料理”。不闻不问，既不思索这孙媳妇到底是怎么死的，也不关照一句这丧事该如何办理，只由得儿孙胡闹。

于是接下一段明明白白说：“贾珍见父亲不管，亦发恣意奢华。”不但用了块僭越的板子给可卿做寿材，还“恨不能代秦氏之死”，出尽丑态。

甲戌本回前评曰：“贾珍尚奢，岂有不请父命之理？因敬（炼丹）要紧，不问家事，故得恣意放为。”点明所有贾珍恣意行为之源，乃为贾敬放纵不问。

到此，宁国府的丧钟已经敲响了。可叹贾敬不理箕裘，不闻不问，即使过年回家祭祖，也只略待几日，“于后十七日祖祀已完，他便仍出城去修养。便这几日在家内，亦是静室默处，一概无听无闻，不在话下”。

这是贾敬唯一的一次回府，还无听无闻，没有台词。再出现便是他的死期了，接入第六十三回《寿怡红群芳开夜宴 死金丹独艳理亲丧》。

而这次丧事，又直接引出了红楼二尤的故事，也引出了柳湘莲形容宁府的那句经典语："除了那两个石头狮子干净，只怕连猫儿狗儿都不干净。"

接下来，贾琏身负国孝家孝两重孝，却在服丧期间偷娶尤二姐；而贾珍更是犯大忌，邀众聚赌，"临潼斗宝"一般，更足可引发抄家的罪名了。

蒙府本第六十五回有回末总评云：

房内兄弟聚麀，棚内两马相闹；小厮与主母饮酒，小姨与姐夫同床。可见有是主必有是奴，有是兄必有是弟，有是姐必有是妹，有是人必有是马。

何等混乱至此！岂非皆因贾敬撒手之故？

第七十五回《开夜宴异兆发悲音　赏中秋新词得佳谶》又有回前批云：

贾珍居长，不能承先启后，丕震家风。兄弟问柳寻花，父子呼幺喝六，贾氏宗风，其坠地矣。安得不发先灵一叹！

再次点出箕裘颓堕之实，可知灭顶之灾近矣。

所以秦可卿的判词中写道：

情天情海幻情身，情既相逢必主淫。
漫言不肖皆荣出，造衅开端实在宁。

明确指出祸端在宁国府里。这个祸端，就是贾珍；而贾珍之过，又在贾敬。所以说贾敬是两府第一罪人，一点也不为过。

王熙凤，风流不下流

《红楼梦》的前身有相当重要的一部分内容来自《风月宝鉴》，而王熙凤显然就是"风月"女主角，书中关于"见熙凤贾瑞起淫心""贾天祥正照风月鉴”“变生不测凤姐泼醋”“贾二舍偷娶尤二姨”“情小妹耻情归地府”等章回的描写，显然都是来自《风月宝鉴》，所以时间上有种种不接榫处，是两书合成时留下的纰漏。

在八十回的回目中，提及王熙凤的足有十一回之多，比宝、黛、钗的出场率还高。脂批中透露出来的后四十回唯一完整回目，还是《薛宝钗借词含讽谏　王熙凤知命强英雄》，可见此人的重要性，堪称作者用心刻画的第一风流人物。

凤姐的第一次出场是在黛玉进贾府时，未见其人，先闻其声，活脱脱刻画出一个凤辣子，言辞便给，手挥目送，极得贾母欢心。书中对林黛玉的穿着打扮从无刻意描写，只在“琉璃世界白雪红梅”一回中简略提到她的披风与靴子，然而对王熙凤，却从来不惜笔墨，精雕细琢，一出场就备细描写，“彩绣辉煌，恍若神妃仙子”，尤其“一双丹凤三角眼，两弯柳叶吊梢眉，身量苗条，体格风骚。粉面含春威不露，丹唇未启笑先闻”几句，真把个凤美人儿画活了。

丹凤眼，却是三角；柳叶眉，竟然吊梢。不但美，更加媚，还带着一丝阴狠和邪气。这样的眉眼，这样的穿戴，将她与迎、探、惜等姐妹彻底区分开来，绝无混淆。

到了第六回，书中借刘姥姥的视角，再度对凤姐举止装扮浓墨重彩，写她戴着貂鼠皮的昭君套，灰鼠皮的石青缂丝披风，银鼠皮的大红洋绉裙子。有专家考据，特地点明“秋板貂鼠皮昭君套”，是指绒毛没长全的亮黄色锋毛，而不是绒毛厚密的冬板紫黑貂毛。所以凤姐这一身打扮是黄帽，桃红上衣大红裙子，外罩石青披风，而且一身鼠皮，层次分明，分为黄、灰、银三色，轻暖亮丽，彩凤辉煌。

虽然小说不设年代，但我们都知道曹雪芹写作于清朝，而清代妇女尤其是命妇的服装对于颜色有严格的规制，以石青最为贵重。所以这凤姐的一身装扮，可谓既贵且重，富丽而又不失风骚。

之后，作者又借贾瑞之眼之心，再次形容了凤姐的瑰丽璀璨，连尤二姐初见凤姐时，也为她的气度风华深深折服，可见这是多么光彩夺目的一只凤凰。

倘若《风月宝鉴》原稿保留，可以想象关于王熙凤的风月描写必有很多，但是移至《红楼梦》后，为了人物形象的独立完整，几经增删，只保留了她的心机手段，给读者留下一个“身量苗条，体格风骚”的倩影，却删去所有关乎床帏秘事的细节描写。仅在第七回“送宫花贾琏戏熙凤”中，山峦隐现，让周瑞家的隔窗听见贾琏笑声，又看见平儿拿着大铜盆出来，叫丰儿舀水，正所谓可知不可见，真正令人遐思。

然而王熙凤是《风月宝鉴》的主要人物，并不代表她在《红楼梦》里就是个风流轻浮的人物，更不能将她与贾蓉的关系简单化，肌肤化。

也许要怪凤姐太喜欢穿鼠貂，结果程高本续貂中就将她改写成了一个春心荡漾行为不端的主儿，加了些她见贾蓉无端“把脸一红”之类的描写，故意引人想歪了去。其实书中写得很明白，她作为荣府女当家，和贾蓉这个宁府小当家，是有着很多家务往来的，少不了商议筹谋，来往频密些。因此当她惩治贾瑞时，会找贾蓉、贾蔷兄弟帮忙，为什么是两个人而不是一个呢？就因为避嫌，这不是凤姐和贾蓉两人间的秘密，而是婶子拜托自己两个信任的侄儿摆平麻烦，合情合理。

所以贾蓉求凤姐为贾蔷说话时，凤姐便向贾琏力推；而当贾蓉提出让贾蔷帮凤姐办些私货答谢，凤姐骂道：“别放你娘的屁！我的东西还没处撂呢，希罕你们鬼鬼祟祟的？”义正词严，完全是当家人教训晚辈子侄的口吻，绝无私欲。

凤姐既是当家，少不了与宁府往来，但她很小心地只招募晚辈子侄听令，比如贾蓉、贾蔷、贾芸等；而当贾瑞这个同辈兄弟向她献媚时，无关家政，只为风情，便犯了凤姐的大忌，必要置之死地而后快。这事做得虽然毒辣，但只能说明凤姐之狠，绝不能代表凤姐之淫。

正如“送宫花贾琏戏熙凤”一段，脂砚斋评曰：

> 妙文奇想！阿凤之为人，岂有不着意于“风月”二字之理哉？若直以明笔写之，不但唐突阿凤身价，亦且无妙文可赏；若不写之，又万万不可。故只用“柳藏鹦鹉语方知”之法，略一皴染，不独文字有隐微，亦且不至污渎阿凤之英风俊骨。

这段话明确指出，阿凤乃是“英风俊骨”，不可唐突。其“风月”之文也仅限于正式夫妻之间，虽有“白昼宣淫”之类的小过，却无“男女大防”的硬伤。

她口才便给，心思深沉，十个男人绑在一起也不如她。贾母游大观园，众女眷好好坐船，她独站起身来要撑船篙；贾府过元宵节，小厮们放炮仗，她同尤氏说：“等散了，咱们园子里放去，我比小厮们还放得好呢。”贾珍说她自小杀伐决断。可见她一直是有男孩性子的，好动又好胜，同男人斗勇斗智斗手段，一样也不输人。若说要卖弄风情笼络人？只怕凤哥儿还看不上呢。

至于第十一回“见熙凤贾瑞起淫心”，想吃天鹅肉的可怜蛤蟆贾天祥一见凤姐误终身，竟至丢了性命。有人说“王熙凤毒设相思局”太毒了些，然而所有祸端乃是贾瑞咎由自取，已经病入膏肓，还要做白日梦，不肯听道士的话，非要正照风月鉴，到底被收了魂魄——从始至终，凤姐并不曾动过他一指头，她整治贾瑞的一套手段，比之尤三姐用酒色“哄的男子们垂涎落魄”不知高明多少倍。

贾瑞的出场，完全是为凤姐的浓墨重彩做了一个陪衬，如果没有这样一个人，读者如何见得出凤姐美貌的杀伤力？又如何得知她的艳若桃李，冷若冰霜？

这就好比真正的好画不是满纸金粉，而要适当留白；真正的性感不是春光尽泄，而要半抱琵琶；真正的美色并非万紫千红，而是一枝红杏；真正的风流，则既不是娇羞扭捏，也不是淫声浪语，而是糅风情与机智于一身，熔冶艳与刚烈于一炉，除了“擅风情，禀月貌”之外，更要知分寸，有进退，守德行，点到即止。

如此可知，王熙凤才是真正的十二钗第一风流人物！然而风流，却绝不下流！

书中为了强调这一点，还特地借平儿与贾琏分辩之语说出：“他醋你使得，你醋他使不得。他原行的正走的正，你行动便有个坏心，连我也不放心，别说他了。”

所以，平儿才是凤姐的真心腹，真知己；而以凤姐行为不端者，则如贾琏贾瑞之心胸，行动便有坏心，方会以己度人。

第十二回

王熙凤毒设相思局　贾天祥正照风月鉴

贾瑞死得冤不冤

（一）

《红楼梦》开卷第一回便说过，此书有别名《风月宝鉴》，乃东鲁孔梅溪所题。其下脂批又有红笔注明：“雪芹旧有《风月宝鉴》之书，乃其弟棠村序也。今棠村已逝，余睹新怀旧，故仍因之。”

点明在《红楼梦》之前，曹雪芹在更年轻时曾写过另外一本书，叫作《风月宝鉴》。这书应该已经写完了，所以还正经八百地请表弟还是堂弟棠村给写了个序。

可见《红楼梦》并非一气呵成，而是由《风月宝鉴》《情僧录》《金陵十二钗》《石头记》等书稿穿插编辑，增补删订而来。

其中《风月宝鉴》的笔墨，颇有《金瓶梅》之风，是明清时期的一大类型小说；而《金陵十二钗》之文，则相对雅致香艳，有似《镜花缘》，开篇是仙界故事，末尾则开列了一张“情榜”，这也是彼时小说的惯例，如《封神榜》《水浒传》皆是如此；再如《情僧录》，想来亦如《醒世姻缘传》《歧路灯》之类，是为劝世小说，终极思想无非是一“悟”字。

纨绔子弟历尽风月繁华，最终却人去楼空，悬崖撒手，并非《红楼梦》独家首创，之前“三言二拍”中此类故事俯拾即是。但《红楼梦》最伟大之处，在于作者“披阅十载，增删五次，纂成目录，分出章回”，竟将这三四部书合为一部，且使得故事人物看上去浑然一体，虽然细审之下漏洞众多，然而整体文脉却是出人意表，首尾连贯。真不知要耗费作者多少心血，所谓“都云作者痴，谁解其中味”？

其中，《风月宝鉴》的原著最为完整，意象也最清晰，乃是一面正反两照的镜子，始出于本书第十二回。

但是故事埋线却很早。自第七回宝玉会秦钟，议同窗，便已埋下了伏笔。

书中说秦业寻思送秦钟求学附读，“又知贾家塾中现今司塾的是贾代儒，乃当今之老儒，秦钟此去，学业料必进益，成名可望”。

可叹这秦业固然望子成龙，但事与愿违；便是贾代儒也是枉负家风严肃，却偏偏教出个不成才的浪荡种子。真堪为天下父母一大哭。

第九回中秦钟、香怜因被金荣欺侮了，走来向贾瑞告状，书中如此交代：

原来这贾瑞最是个图便宜没行止的人，每在学中以公报私，勒索子弟们请他；后又附助着薛蟠，图些银钱酒肉，一任薛蟠横行霸道，他不但不去管约，反助纣为虐讨好儿。

这是贾瑞第一次亮相，也是薛蟠打死冯渊、投奔贾府后的第一次出名。那薛蟠横行霸道、无法无天的形象早已有之，而贾瑞身为代掌塾，非但不加管束，竟还要附助此人，可想其德行卑劣，比薛蟠犹不如。

也正是因为他德行如此低下，所以李贵身为奴仆，也敢当面相驳，婉转训诫：“不怕你老人家恼我，素日你老人家到底有些不正经，所以这些兄弟才不听。就闹到太爷跟前去，连你老人家也是脱不过的。还不快作主意撕罗开了罢。”

口口声声称着“你老人家”，可是语气中没有半点恭敬，左一句“到底有些不正经”，右一句“还不快作主意”，完全是大人训小孩儿的口吻。

李贵如此腰硬气粗，固然是因为服侍宝玉的大仆人原比别人体面；更重要的是因为占了个理字，让“瑞大爷”也不得不俯首帖耳。

贾瑞戏熙凤的故事自第十一回正式开幕，蒙府本于此回有回前诗：

幻境无端换境生，玉楼春暖述乖情。

闹中寻静浑闲事，运得灵机属凤卿。

首句点出“幻境”，与“太虚幻境”暗合，这也是作者后来能将《风月宝鉴》与《金陵十二钗》完美融合的大前提，让这面窥探人心的魔镜和诸仙子都归属于警幻座下。

同时，这首诗点明本回乃凤姐正文，虽然内容直指“毒设相思局”，语意中却并无贬斥，倒有赞赏之意，以为其“运得灵机”。

换言之，凤姐设局，是灵机一动；贾瑞招祸，乃咎由自取。

贾瑞这个人，在书中非但有名有姓，有根基有来历，而且有始有终，有因有果，也算得上一号人物了，而且他还是死在凤姐手上的第一条人命。

关于贾瑞身世，直到第十二回中才补叙说明：

原来贾瑞父母早亡，只有他祖父代儒教养。那代儒素日教训最严，不许贾瑞多走一步，生怕他在外吃酒赌钱，有误学业。

可见贾瑞的家教本是很好的，学问应该也不会很差，且是贾府的正派嫡孙。虽然难得在荣宁两府耀武扬威，到底是经常走动，进得厅堂坐得台面的，这才有机会在宁国府遇见了王熙凤。

贾府是讲究阶级体面的，那贾瑞虽然言行无度，凤姐也还要给他三分薄面，假意应酬，称一声“瑞大爷”。只可惜贾瑞给脸不要脸，完全没有分寸，不知进退，是典型的对自己缺乏正确认识、才疏志大以己度人的小人心态。

园中相遇时，凤姐原非单身，乃是“带领跟来的婆子丫头并宁府的媳妇婆子们”，前呼后拥一大帮子人绕进园子来。贾瑞猛然从假山石后走出请安，张口“也是合该我和嫂子有缘”，闭口“不想就遇见嫂子也从这里来，这不是有缘么”，摆明了是调戏，一面越发露骨地说着：“我要到嫂子家里去请安，又恐怕嫂子年轻，不肯轻易见人。”一面“拿眼睛不住地觑着凤姐儿”，“那神情光景亦发不堪难看了”，直到被凤姐打发了去，犹自“身上已木了半边，慢慢的一面走着，一面回过头来看”。

这种种表现，可是当着宁荣两府婆子丫头一大帮子人呢。这时候凤姐就要怒也只得自重身份，留点情面，因此只能假意含笑兜搭，心里却已暗自发了狠："这才是知人知面不知心呢，那里有这样禽兽的人呢。他如果如此，几时叫他死在我的手里，他才知道我的手段！"

这是两人第一次交手，凤姐已经暗动杀机，但想的还是"他如果如此"，换言之，若是贾瑞及时收手，不来自投罗网，凤姐是不会主动去找他麻烦的。

可恨贾瑞完全没有自知之明，当真三番五次上门去自讨其辱，惹得平儿诧异："这瑞大爷是因什么只管来？"待听了凤姐说明园中光景，就连最为平和良善的平儿也忍不住骂道："癞蛤蟆想吃天鹅肉，没人伦的混账东西，起这个念头，叫他不得好死！"

连平儿尚且咒骂"叫他不得好死"，也就难怪那贾天祥死期近了！

（二）

凤姐在会芳园路遇贾瑞是在九月半，之后"贾瑞到荣府来了几次，偏都遇见凤姐儿往宁府那边去了"，直到大年初二方才得遇。这四五个月间，凤姐并未着意贾瑞，若非平儿提起，大约已经把此人忘了，偏是贾瑞不知死活，自投罗网，一再登门找死。

这日见了凤姐，又是觑着眼看荷包，又是问嫂子戴的是何戒指，眼迷口涎，种种不堪。若换作旁人贤淑女子，必当严词警告，委以大义。但这是王熙凤，岂肯照常理出牌？受此奇辱，势必要设计报复出一番气才肯罢手的。

于是凤姐决意小施手段，给贾瑞一点教训。最初的招数倒也简单，不过是虚与委蛇，不加阻劝，反做引诱，约他在西穿堂幽会，关他一夜，喂饱了一顿西北风。

> 这屋内又是过门风，空落落；现是腊月天气，夜又长，朔风凛凛，侵肌裂骨，一夜几乎不曾冻死。

贾瑞在凤姐这里吃了亏不算，回到家又被贾代儒盘问教训，挨了三四十板子，被罚饿着肚子跪在院里读文章，其苦万状，狠受了一回教训。

倘若就此收手，这段冤孽原可就此了结，不算什么大事。无奈可怜之人必有可恨之处，那贾瑞不知死活，不肯收手，竟然还要再次上门讨死。

这才有了第十二回《王熙凤毒设相思局　贾天祥正照风月鉴》。凤姐痛下杀招，点兵布将，暗伏了贾蓉、贾蔷两名喽啰，让贾瑞人财两空，非但受冻受惊吓，还受了一桶屎尿，背了一身债务，又招了贾代儒一顿责罚，这才病倒下来。

因太医说需喝独参汤，贾代儒遂往荣府来讨参，王夫人交由凤姐处理。凤姐岂肯相帮，只说没有——至此，“凤姐毒设相思局”的招数已然出尽：一是将计就计，二是蒙骗敲诈，三是见死不救。

但这并不等于凤姐直接害死了贾瑞。因为直到这时候，贾瑞虽然已在向死亡步步迈进，但是凤姐只是诱因，而非直接凶手；即便凤姐是主谋，直接致死人命的帮凶也至少有三方：一是贾蓉贾蔷不断上门索债，二是贾代儒的重重惩罚，三是贾瑞自己仍然惦记着凤姐不忘，“指头儿告了消乏”。

这三方面中，贾代儒不消说是他最亲的爷爷，贾蔷、贾蓉的行为也并非凤姐所命，而他自己的色心不死色胆包天才是致死关键。书中说种种病症“不上一年都添全了”，又道是“倏又腊尽春回，这病更又沉重”。可见事发后又一年过去了，这一年中，贾瑞不思休养生息，仍然执迷不悟，真是不死也难。

他虽已酿成重病，但并非没有转机——风月宝鉴于此时隆重登场，跛足道人说得明白：

> 这物出自太虚幻境空灵殿上，警幻仙子所制，专治邪思妄动之症，有济世保生之功。所以带他到世上，单与那些聪明杰俊、风雅王孙等看照。千万不可照正面，只照他的背面，要紧，要紧！三日后吾来收取，管叫你好了。

到此时，天赐灵方，且说明三日得救。这镜子一面是凤姐笑如春风，一面是骷髅当头棒喝，寓意非常明了，无非“红粉骷髅”之意。倘若贾瑞能就此醒悟，或者从此做出一番事业也未可知。

奈何贾瑞不听劝诫，明知山有虎，偏向虎山行，硬是要照那镜子正面，“只见凤姐站在里面招手叫他。贾瑞心中一喜，荡悠悠的觉得进了镜子，与凤姐云雨一番，凤姐仍送他出来。到了床上，嗳哟了一声，一睁眼，镜子从手里掉过来，仍是反面立着一个骷髅。贾瑞自觉汗津津的，底下已遗了一滩精”。

此时贾瑞已经受了教训，也尝了甜头。但有一点觉悟，也该就此收手。偏偏他明知故犯，“心中到底不足，又翻过正面来，只见凤姐还招手叫他，他又进去。如此三四次”。

便是一个精壮大汉，如此纵欲无度，也免不了精尽人亡，况是久病之人？所以说那贾瑞完全是自寻死路，不知悔改，而且就是在大限来临，被无常套了铁锁拉了就走时，还仍然叫着：“让我拿了镜子再走。”——到死的那一刻，犹未悔改！

既然不悔，自然无怨。他怨不了别人，别人又岂有理由怨凤姐呢？

正如蒙府本批语道：

> 这是作书者之立意，要写情种，故于此试一深写之。在贾瑞则是求仁而得仁，未尝不含笑九泉，虽死亦不解脱者，悲矣！

原来这也是“情种”之一种，也就是警幻仙子所言之“皮肤滥淫之情”，且将皮肉之欢追求到了极致，虽死不得解脱。

求仁得仁，死得不冤。

这时再回头重看蒙府本回前诗，也就越发明了：

> 反正从来总一心，镜光至意两相寻。
> 有朝敲破蒙头瓮，绿水青山任好春。

这诗与其说评的是本回故事，不如说是形容风月鉴、风流事，也是在说这本书的读法：任何事都有正反两面，宛如镜中之像，假作真时真亦假。身陷其中者如瓮蒙头，不能自悟，若有朝一日打破蒙头瓮，看破实相，才知处处都是好风光，不再沉迷于混沌污浊之中。

只可惜，那贾天祥至死迷恋镜中假象，又怎肯打破蒙头瓮呢？

为天下身陷瓮中而不能自知者一叹！

第十三回
秦可卿死封龙禁尉　王熙凤协理宁国府

秦可卿淫丧天香楼

（一）

情天情海幻情身，情既相逢必主淫。
漫言不肖皆荣出，造衅开端实在宁。

这是《金陵十二钗》册子中秦可卿的判词，画上则是一个美人在华楼中悬梁自尽，直指第十三回的原本回目“秦可卿淫丧天香楼”。

这回的总批中说：

> 秦可卿淫丧天香楼，作者用史笔也。老朽因有魂托凤姐贾家后事二件，岂是安富尊荣坐享人能想得到者？其事虽未行，其言其意则令人悲切感服，姑赦之，因命芹溪删去“遗簪”“更衣”诸文，是以此回只十页，删去“天香楼”一节，少去四五页也。

这段批语既透露了原回目，又点明删去的情节是关于在天香楼上发生的事情真相，而且删去的内容有四五页之多。

通过焦大醉骂的“爬灰的爬灰”，通过贾珍如丧考妣的恣意妄为，通过十二钗册中的画面与判词，更通过这段批语和书中未删净的只言片语，我们不难推测秦可卿的真实死因：可卿与贾珍爬灰，事情败露，连尤氏也有所耳闻，致使自尊心极强的可卿再无颜苟活，唯有于天香楼悬梁自尽。

可卿死后，宁府里请了一百单八众禅僧念咒作法，超度亡灵；另设一坛于天香楼上，请九十九位全真道士打四十九日解冤洗业醮——这冤业还真是够深的！

甲戌本于此处有侧批："删却，是未删之笔。"

这种种小地方都清楚表明可卿自缢之处乃在天香楼上，而且这里不仅是可卿弃世之地，也很可能是她与贾珍的幽会之地，诀别之地，还曾经发生了"遗簪""更衣"两件细事。

对于秦可卿和贾珍的私情，从道德层面上讲肯定是不伦之恋，但曹雪芹对于情事的判断从不做简单的褒贬，也绝对没想过刻意把秦可卿塑造成一个荡妇淫娃或受苦娼妓的形象。

她就是她，一个"情天情海幻情身"的情种，来自太虚幻境，身份奇特，相貌俊美，体态妖娆，风流妩媚。是她第一次唤醒了宝玉的性意识，在宝玉的梦中，可卿集钗黛优点于一身，是完美的女体："其鲜艳妩媚，有似乎宝钗，风流袅娜，则又如黛玉。"

对于世人，她也是这样，人见人爱的"情之化身"，柔情似水，是千娇百媚风华绝代的一个女体。贾蓉出场时才不过十七八岁，性情未定，必然满足不了她；而贾珍却是两府族长，威风凛凛的世袭三品爵威烈将军，身强力壮，在宁府里说一不二，至高无上。抛开他是否以权胁迫不谈，论其本身，对可卿也不是没有吸引力的。而在可卿死后，贾珍的种种表现固然无礼，却非无情，不但极度靡费，"尽我所有"，而且哀毁欲绝，"恨不能代秦氏之死"，可见两人是动过真情的。

作者对于贾珍和秦可卿的一段情未必赞同，却也并不严加贬斥。或许在他的少年生活中，曾经真的出现过这么一位千娇百媚的成年女子，完成了他最初最美的性幻想。而这女子确实风流成性，死于非命，但作者对她的相貌、性情、谈吐见地仍是赞美有加的。

警幻仙姑派了众仙子下凡布散相思，而可卿作为警幻之妹，正是太虚幻境的情天情海里幻化出来的一个完美肉身，最擅引诱世人相思，也最可警诫痴人情孽的，这其实非常合理。

作者为她安排了一个来历不明的养生堂抱养身份，从情上说正合乎秦可卿云遮雾掩的幻笔，从理上说也越发突出了贾珍不顾体统随心所欲的骄纵。

（二）

秦可卿死后，侍奉她的两个丫鬟：瑞珠触柱而亡，宝珠自誓守灵。

大多红学家对此的看法是因为二人撞破真相，遭贾珍淫威相逼，不得已而为之，87版电视剧且将这一猜测真实演绎了出来。

但我怀疑有另一种可能：从前的主仆关系之亲密远非今人可以想象，可卿与贾珍的事瞒得了别人，瞒不了贴身侍婢，这从凤姐和平儿的关系就可以看得出来。凤姐坏事做绝，欺上瞒下，却从不瞒着平儿，就连收利银子这种事也是平儿帮忙遮掩。可卿，很可能也是这样。

瑞珠和宝珠很可能本来就是珍秦秘事的知情者，甚至正如《西厢记》之红娘，是为两人传书递简乃至把门望风的协助者。所以，逼迫她们的一定不会是贾珍。以贾珍的恣意妄为，且在可卿死后伤心欲绝，“过于悲痛”到都要拄拐行走了，根本顾不上或者说不在乎保不保得了密这种小事，二珠如此选择，要么出于内因忧虑：主母已死，前途无望；要么出于外因胁迫——但不是因为贾珍，而只能是尤氏。

尤氏称病不出，存心给贾珍难堪。但她怨气如此之深，是不是只有这样一招消极的报复呢？还有没有另外的出气行径呢？她不敢对贾珍怎样，还不敢对可卿的两个丫鬟下手吗？所以，即便二珠真是因为惧畏，畏的也是尤氏而非贾珍。

当然，也有可能是惶愧——事情为什么会败露？尤氏为什么能撞破？自然是因为两个丫鬟失职，直接导致主母之死，那么，无论是内疚还是惧罪，都足以逼两个丫鬟走上绝境了。

可卿出场在第五回，到宝玉会秦钟时还好端端的言笑晏晏，再出场时就病了，焦大醉骂很可能就是引子。也就从这一回起，老祖宗贾母渐渐绝迹宁国府，每逢宴请总是托辞不去，元宵节也只稍停即去，焉知不是因为听说了风声呢？

我们不妨这样推测整个故事：焦大醉骂让贾珍与可卿爬灰的奸情公之于众，宁府上下议论纷纷，可卿因为风声鹤唳而日夜忧心，渐渐病倒下来。然而照尤氏的言谈来看，似乎仍不知情，所以可卿的忧虑也就没有成真。可是纸里包不住火，越是得过且过，就越是让可卿觉得剑悬颈上，命不久长，因此与凤姐谈话时会说“治了病治不了命”。

之后，因为瑞珠、宝珠的失误，可卿到底被尤氏抓住了实在把柄，自觉再无生理，于是在天香楼与贾珍诀别后悬梁自尽。因此可卿一死，尤氏便说犯了胃病旧疾，睡在床上不起。

而在这样的情况下，宝珠、瑞珠自然也再无出路，遂只好一个自尽，一个守灵了。

（三）

要特别说明的是，《红楼梦》因为是几部题材各自成书，在整合时问题也就特别多。比如贾瑞戏熙凤、二尤故事等，很明显便是移植于《风月宝鉴》，所以这两处在时间上特别混乱，留下许多编辑漏洞。

且看蒙府本回前诗：

一步行来错，回头已百年。
古今风月鉴，多少泣黄泉！

这首诗极有可能就是《风月宝鉴》一书要旨。因为只是贾瑞之死还谈不上“多少泣黄泉”，须得加上秦可卿、秦钟、多姑娘乃至“红楼二尤”等众人的死，才能凑足“多少”之数。因为这些人，个个都死于“情孽”。

贾瑞与二尤之死的两段描写，除了情节过于紧凑完整，不似红楼惯有的“草蛇灰线，伏脉千里”的写法之外，还有一个共同特点，就是时间上的突兀。

贾瑞初见熙凤是秋天，王熙凤去宁府探可卿之际。然后好好地写着可卿患病一事，平插进来贾瑞被熙凤调理的宗宗倒霉事，说他“二十来岁之人，尚未娶亲，迩来想着凤姐，未免有那‘指头告了消乏’等事；更兼两回冻恼奔波，因此三五下里夹攻，不觉就得了一病：心内发膨胀，口内无滋味，脚下如绵，眼中似醋，黑夜作烧，白昼常倦，下溺连精，嗽痰带血。诸如此症，不上一年，都添全了”。

这就一年过去了。接着又说“倏又腊尽春回，这病更又沉重。代儒也着了忙，各处请医疗治，皆不见效”。然后才是“这日有个跛足道人来化斋，口称专治冤业之症”，遂给了贾瑞一面镜子，言明三日后来取。谁知贾瑞不听劝，非要照镜子正面，不到三日便一命呜呼了。

这个故事至此算是讲完了，回末偏又添一蛇足：“谁知这年冬底，林如海的书信寄来，却为身染重疾，写书特来接林黛玉回去。”

无端又一年过去了。接下来，才是第十三回《秦可卿死封龙禁尉　王熙凤协理宁国府》。秦可卿死在两年后，而且并非张太医说的春天。

这里就有了混乱：秦可卿到底死在什么时候？若说是隔了两年，肯定有问题；若说是当年冬天，也就是凤姐秋天探病之后，没隔上两月可卿便死了，那么她们俩的故事算是顺上了，贾瑞这一年又跑到哪里去了呢？凤姐忙着料理宁国府还不够，又哪来的时间跟贾瑞磨牙斗智？贾蓉刚死了老婆，也断无道理跟贾蔷两个装神弄鬼，敲诈贾瑞一笔“赌账”。

更混乱的是林黛玉回京的时间，第十二回末明明说林如海是冬天写书来接了黛玉回去的，到了第十四回“林如海捐馆扬州城”，又说昭儿从苏州回来，禀告凤姐道：“二爷打发回来的。林姑老爷是九月初三日巳时没的。二爷带了林姑娘同送林姑老爷灵到苏州，大约赶年底就回来。二爷打发小的来报个信请安，讨老太太示下，还瞧瞧奶奶家里好，叫把大毛服带几件去。”

——这又给弄回到秋天去了。到底也不知道林老爷是什么时候死的，秦可卿又是什么时候死的？

唯一解释就是——贾瑞这场戏，是后来强加进荣宁二府故事中的。在原来的《风月宝鉴》里，收拾贾瑞的另有其人，至曹雪芹作了《红楼梦》后，边写边改边整理，改名换姓，把《风月宝鉴》的女主与凤姐合为一人，生生插在可卿之死的故事中间，造成了时间上的混乱。

同样的，贾琏与多姑娘一段色情描写，也是时间上出现了大漏洞，并且文字淫荡艳冶，与通稿大不同，显然也是来自《风月宝鉴》。

书中说灯节已过，元春省亲回宫且放下赏赐来，接着大姐儿发痘，凤姐请医问药不迭，因供奉痘疹娘娘，忌煎炒性事，因此两人分房。

贾琏正是在此种情形下，与多姑娘偷期密约，结下一段“青丝缘”。

十二日后送了娘娘，贾琏方仍搬进卧室。

如此算来，怎么也是正月底了。可是凤姐却与贾琏商量起宝钗生日来，说“二十一是薛妹妹的生日”，后文又有袭人劝宝玉的话，说是“好好的大正月里娘儿们姐妹们都喜喜欢欢的”，可见是正月二十一。

这日子可是怎么也算不过来了！

可见贾琏与多姑娘的故事也是来自《风月宝鉴》，后来编入《石头记》中的，因此文风上俗艳泼辣，时间上自相矛盾。

而这些时间上的黑洞也给可卿之死制造了更多的扑朔迷离，为红学家制造了更多的想象空间。

读红研红，亦如风月宝鉴，从来都是有两面的啊！

凤姐与可卿的闺密情

（一）

秦可卿托梦凤姐，盛赞她是“脂粉队里的英雄”。这是对凤姐最高也最中肯的评价；而凤姐也的确没有辜负秦可卿的推崇，紧接着就隆重上演了一出“协理宁国府”的好戏，真正担起“脂粉英雄”的美誉。正如书末赞评：“金紫万千谁治国？裙钗一二可齐家。”

秦可卿，堪谓是王熙凤的闺中知己！

关于凤姐与可卿的闺密情，书中着墨颇多。第七回“宴宁府宝玉会秦钟”中，平儿打点送秦钟的礼物，“知道凤姐与秦氏厚密，虽是小后生家，亦不可太俭，遂自作主意，拿了一匹尺头、两个‘状元及第’的小金锞子，交付与来人送过去。凤姐犹笑说太简薄等语”。

这里“尺头”是布料的意思，“状元及第的小金锞子”指小金锭，和市面流通的金锭不同，讲究工艺，还刻着吉祥话儿，表现出财富与身份以及美好祝福，在清代时是馈赠亲友的最佳礼品，其重量与形状不等，但大多一两左右。秦钟是读书上学的小孩子，所以平儿做主，送了一匹衣料，两个写着“状元及第”祝福语的金锞子，这礼物送得相当体面。而凤姐仍然笑说“简薄”，可见与可卿情厚。

这也难怪，凤姐是荣国府的内当家，尤氏、秦可卿是宁国府的内当家，地位相当，两府里走动平常，来往颇多，免不了时常聚在一起商议些祭祀礼仪诸事。比如贾敬生日，贾琏、贾蔷要先来看座次，与贾珍、贾蓉的交往必然很多，所以珍琏两兄弟交情甚厚，无话不谈；凤姐与尤氏婆媳也是一样，尤其凤姐又是贾母的喉舌，往来两府的机会更多，关系自然亲密。

但是尤氏身为续弦，出身卑微，地位远远不及凤姐，年龄又偏大；可卿虽然也出身贫寒，却是贾蓉明媒正娶的原配嫡妻，正经主子，又与凤姐年龄相仿，所以情分不同。

而且凤姐虽然能干，却自幼娇生惯养，未谙世事；秦可卿出身虽低，却饱经世故，冷眼旁观，颇有忧患意识。这从她魂托凤姐一回中就可以看出。

可卿的见识，连批书人也为之感服，叹息“安富尊荣坐享人”不能想得到。可卿能在死后魂托家事，那在生前的日常交往中，必也常有过人见解，凤姐自是佩服的，这也就不难理解二人的亲厚之情了。

马瑞芳老师曾提出，凤姐和宝玉做客宁国府，出门时听见焦大醉骂“爬灰的爬灰”，宝玉不解，凤姐连哄带吓不许他多问，其实正是因为深知醉语真情的；也正因为知道贾珍与秦可卿的私情，当第十一回探病时，才会故意支开贾蓉与宝玉，“劝解了秦氏一番，又低低的说了许多衷肠话儿”。这番衷肠话儿的内容想必是半明半昧，含而不露，虽然知情却不能说破，唯有绕着弯儿说话，无非是劝病人放宽心罢了。

也正因此，可卿才会叹息“任凭神仙也罢，治得病治不得命”。此时，两人心照不宣，其实都明白这个死结是解不开的，凤姐的劝慰也只是尽人事，可卿的支撑也只是挨日子而已。

不过，凤姐虽以可卿为知己，但是对于可卿与贾珍的不伦之恋却必不以为然，这从她治死贾瑞的行为就可以看得出来，对于私情苟合有多么厌恶。

当可卿的死讯终于传来，凤姐并未伤心大哭，却是吃了一惊，“吓了一身冷汗，出了一回神”。

此时的凤姐在想些什么呢？以她的聪明才智，不难猜到可卿含耻自尽的真相，却不知该如何自处，遂要出神思索一回，而后才忙忙穿衣，来王夫人处见机行事。

之后，尤氏托病撂挑子，存心给贾珍难堪；宝玉向贾珍推荐凤姐。明面上说：“那凤姐素日最喜揽事办，好卖弄才干，虽然当家妥当，也因未办过婚丧大事，恐人还不伏，巴不得遇见这事。”但是在凤姐的真心里，也未尝不是想为好友办好身后大事，酬谢知己之情。

可卿托梦时说：“婶婶好睡！我今儿回去，你也不送我一程。”

至此，凤姐是好好地送了她一程了！

（二）

第五回中“贾宝玉梦游太虚境”，原是警幻仙子存大用意，发慈悲心，希望“以情欲声色等事警其痴顽”。不料宝玉误堕迷津，被夜叉海鬼拖入红尘，完全辜负了警幻的一番心思。

第十二回“贾天祥正照风月鉴”中，跛足道人送镜子与贾瑞，嘱其只照背面，望他看破“红粉骷髅”的真相，得求解脱。可是贾瑞宁死不悟，非要照那镜子的正面，到底自取灭亡。

到了第十三回，可卿梦托凤姐，已是第三次提醒乐极生悲、瞬息繁华，登高必跌重，若不能早做筹划，只怕应了那“树倒猢狲散”的老话，虚称了一世的诗书旧族。

此时贾府腐朽已尽窥无余，正如“冷子兴演说荣国府”所说：“如今生齿日繁，事务日盛，主仆上下，安富尊荣者尽多，运筹谋划者无一，其日用排场费用，又不能将就省俭，如今外面的架子虽未甚倒，内囊却也尽上来了。”

然而红楼痴人个个醉梦沉酣，都是听不进劝的，凤姐在梦中虽觉震动，醒来却抛在脑后，仍然是辜负了这番警醒。

而且悲哀的是，正因为可卿之死，凤姐得以协理宁国府，威风权势一时无两，也从此滋长了她目中无人的脾性，越来越沉迷于弄权的快乐。可卿魂托凤姐，为的是给贾家留步；而凤姐从此的作为，却是加速了贾家之败。宁不悲夫？

且说凤姐最初接掌协理之权时，还是兢兢业业，小心翼翼的。然而初战告捷，威名既立，便让她越来越骄纵起来。

五七正五日这天，佛僧开方破狱，道士伏章申表，宁府里放焰口，摆道场，十分热闹。凤姐知道今日来客必定不少，于是着意准备，卖力表演，隆重演出了一场哭灵秀。

书中说，凤姐寅正即起，更衣洗漱毕，已是卯正二刻，众仆婢侍候已久：

> 凤姐出至厅前，上了车，前面打了一对明角灯，大书“荣国府”三个大字，款款来至宁府。大门上门灯朗挂，两边一色戳灯，照如白昼，白汪汪穿孝仆从两边侍立。请车至正门上，小厮等退去，众媳妇上来揭起车帘。凤姐下了车，一手扶着丰儿，两个媳妇执着手把灯罩，簇拥着凤姐进来。宁府诸媳妇迎来请安接待。凤姐缓缓走入会芳园中登仙阁灵前，一见了棺材，那眼泪恰似断线之珠，滚将下来。院中许多小厮垂手伺候烧纸。凤姐吩咐得一声：“供茶烧纸。”只听一棒锣鸣，诸乐齐奏，早有人端过一张大圈椅来，放在灵前，凤姐坐了，放声大哭。于是里外男女上下，见凤姐出声，都忙忙接声嚎哭。

往日里，凤姐每天卯正二刻来宁府办公，必定是走侧门才得方便；但是今天是正日子，凤姐一则代表荣国府当家，二则也要显示自己的威风，特地走了正门，而且排场极大。

凤姐见棺材时珠泪无声滚落，乃是真情流露。但到有人端过张大圈椅来，她坐定了“放声大哭”，却是当众表演，一声令下。而家下人也果然如得号令，见凤姐出声，才忙忙“接声嚎哭”。

哭过之后，凤姐照旧来到抱厦点名议事，抓住有人迟到大做文章，不但重打二十板子，还革去一月钱粮，如此重罚，不过是为了杀鸡立威，再次彰显自己的威风八面。

因此说，凤姐哭灵，与其说是对秦可卿的礼仪周到，不如说是对自己威权的一次检验。

（三）

扬威宁国府的凤姐渐渐得意忘形，初接权时还处处小心，此时却是“也不把众人放在眼内，挥霍指示，任其所为，目若无人”。

如果说凤姐哭灵时对可卿尚有余哀，到送灵时已经完全淡忘了。书中说铁槛寺“原是贾府家庙，阴阳两宅俱备”，“即今秦氏之丧，族中诸人皆权在铁槛寺下榻，独有凤姐嫌不方便，因而早遣人来和馒头庵的姑子净虚说了，腾出两间房子来作下处”。

众人皆可便宜行事，只有凤姐唯我独尊，横生枝节，可见其骄纵尚奢，此时已经不在意众人口舌。

而就在这借宿馒头庵的短暂缝隙里，凤姐和老秃尼净虚贪赃枉法，仗势欺人，生生拆散了张金哥与守备儿子的大好姻缘；同时，秦钟也与小尼姑智能儿偷情云雨，酿成后祸，终致早夭。

这两个人，一个是可卿的闺中密友，一个是心心念念的娘家兄弟，却哪个也没把她的死当回事儿，不等亡人骨寒，就已经忙着贪钱偷欢，可叹秦氏在棺材里，又怎能闭得上眼呢？

可卿之死本是为宁荣两府敲响一记警钟，奈何众人睡在梦里，此时的凤姐更是兴头得眼高于顶，目空一切，哪里还懂得未雨绸缪，退步抽身的道理？此前的一点点谨慎也荡然不见，语气大过天，“凭是什么事，我说要行就行”，何等张扬狂妄！冒丈夫贾琏之名给节度使密函授令，为三千两银子害了一对薄命儿女，真正胆大妄为，失德败行。如此造孽，怎不“运光”？

宁府造衅，由此开端，其后更一发不可收拾。“自此凤姐胆识愈壮，以后有了这样的事，便恣意的作为起来。”

可卿，是白白地托付了。

而此后秦钟从病到死，更是未见凤姐过问一句。只有宝玉，在拜经时怕人多秦钟受了委屈，拉他来凤姐处小坐；发引路上自己去到哪里，也急命仆人请秦钟去到哪里；在秦钟病中，更是时时探望，刻刻忧心，于他死后许久还郁郁寡欢，亲姐姐元春做了贵妃这么大事也不能令他解颜。

所以，只有宝玉，才是真正重情重义的第一情种！

第十四回
林如海捐馆扬州城　贾宝玉路谒北静王

王熙凤的极盛时光

（一）

王熙凤协理宁国府，作者将凤姐之心机手段放笔一写，极致刻画了她的英勇、缜密、决断与骄纵。

但是凤姐并不是一开始就这样，贾珍向王夫人求情时，王夫人向凤姐犹疑道："你可能么？"凤姐答得很得体："有什么不能的。外面的大事已经大哥哥料理清了，不过是里头照管照管，便是我有不知道的，问问太太就是了。"

这时候的凤姐虽然急于展才，却还谨慎，当贾珍取了宁国府对牌出来，不敢就接，只看着王夫人。直到王夫人说"你哥哥既这么说，你就照看照看罢了"，才由宝玉接了强递与凤姐的。

但当凤姐真个在宁国府做了主，却完全不是"协理"的派头，而是威风八面，大行家法，完全把自己当了正牌主子。她得令之后，不急行事，且先往抱厦坐定，凝思一回，条分缕析，提出宁府五弊：

> 头一件是人口混杂，遗失东西；第二件，事无专执，临期推委；第三件，需用过费，滥支冒领；第四件，任无大小，苦乐不均；第五件，家人豪纵，有脸者不服钤束，无脸者不能上进。此五件实是宁国府中风俗……

批书人在此几度痛哭，说：

旧族后辈受此五病者颇多，余家更甚。三十年前事见书于三十年后，令余悲痛血泪盈面。

读五件事未完，余不禁失声大哭，三十年前作书人在何处耶？

可见，此五弊不独宁国府，而是世家大族多犯的，甚至国家朝政莫不如是。因此脂批又云：

五件事若能如法整理得当，岂独家庭，国家天下治之不难。

先分析利弊，再有的放矢，凤姐确实有头脑，有方法，有步骤，更有执行力。只见她思虑停当，次日在宁府升帐训话，将众仆婢按花名册一一点兵派任，先按人头各司其职，接着说明上工时间安排，最后点明奖惩制度。一一说明清楚，这才按数分发财物。

众人领了去，也都有了投奔，不比先时只拣便宜的做，剩下的苦差没个招揽。各房中也不能趁乱失迷东西。便是人来客往，也都安静了，不比先前一个正摆茶，又去端饭，正陪举哀，又顾接客。如这些无头绪、慌乱、推托、偷闲、窃取等弊，次日一概都蠲了。

威重令行，果然能干！

（二）

第十四回开篇，各脂批本在“凤姐即命彩明定造簿册”一句前后都有多处批语，而且互相矛盾，打起笔仗来。例如：

宁府如此大家，阿凤如此身份，岂有使贴身丫头与家里男人答话交事之理呢？此作者忽略之处。

彩明系未冠小童，阿凤便于出入使令者。老兄并未前后看明是男是女，乱加批驳。可笑。

且明写阿凤不识字之故。壬午春。

有读者提出，此处并未见到彩明与男人答话交事，何出此言？或是批者以为既要造册必有对答吧。

但是正如另一条批语说的，不但故事要看前后文，批评也要联系前后文。

彩明的名字第一次出现在第七回，周瑞家的往凤姐处送宫花，平儿拿了两枝出来，命彩明送与宁府小蓉大奶奶——因彩明是男童，出入方便，才可派往宁府传递东西，若是丫鬟，去趟宁府不免抛头露面，可就麻烦得多了。

但是彩明这人的特殊作用，到这回才真正显现，为的是凤姐不识字，身边丫鬟自然也不识字，于是特地选拔了个识字小童在身边使唤，听候吩咐。比如这回中的念花名册、念账单、登记财物。宝玉催问夜书房之事，凤姐也是让彩明查册子给他看。

再之后，到第二十四回中，贾芸得了差事，写了领票来领对牌，命人通报进去，也是彩明走了出来，“要了领票进去，批了银数年月，一并连对牌交与了贾芸”——这便是脂批说的“与家里男人答话交事”了。

丫鬟小红与贾芸对答时，是含羞侧身的；彩明出来进去的态度虽未直写，却显然落落大方，便因是男童之故。

再后来第四十二回中，刘姥姥说巧姐儿获病，许是撞客了，凤姐便叫平儿拿出《玉匣记》着彩明来念，再三点出彩明效用，乃是补凤姐不识字之弊。

彩明在书中的最后一次出现，是在第四十五回说到前日凤姐生日上，周瑞家的小儿子犯了错，撒了一院子馒头，凤姐打发彩明去说他，他倒骂了彩明一顿。

可见彩明这个人虽然出现次数不多，也没有一笔正面描写其形容态度，身份故事却是统一的，就是自始至终扮演着一个识字小童的角色，为凤姐念字记账，并与爷们儿交接答应。只可惜，没有一出正戏，倘若八十回后内容尚在，不知另有安排否？

（三）

凤姐分派职务之际，有几个细节需要特别注意。比如她话中提到的：“素日跟我的人，随身自有钟表。不论大小事，我是皆有一定的时辰。横竖你们上房里也有时辰钟，卯正二刻我来点卯。”

先说这个卯正二刻。古时一个时辰等于现在的两个小时，每小时分为四刻，也就是一刻等于十五分钟。卯正二刻，也就是现在的六点半。这已经很早了，何况在点卯之前凤姐就要起床，更衣洗漱，再从荣国府赶到宁国府来，怎么也需要半个时辰，也就是说五点多钟就要起床，着实辛苦。

再说这句“素日跟我的人，随身自有钟表”。从刘姥姥初进贾府的情节看，那时自鸣钟还是稀罕物儿，乡下人刘姥姥只听说过没看见过；而随身配带的钟表自然更加稀罕了。如果只是凤姐贾琏等人随身带着块儿怀表，也倒还不算什么，可是连跟随凤姐的下人，都“随身自有钟表”，这是什么身份？

而且凤姐说“横竖你们上房里也有时辰钟”，也就是她深知宁府仆人是没有怀表的，就连自鸣钟也不是每房皆有，还要到上房里去看。这时候再联系第六回贾蓉去凤姐处借炕屏，就很可以理解了。倒并不是王家比贾家富有，或是真像凤姐说的：“也没见你们，王家的东西都是好的不成？你们那里放着那些好东西，只是看不见，偏我的就是好的。”而是因为王家经管海运。凤姐曾说过祖上接驾事：“我们王府也预备过一次。那时候我爷爷单管各国进贡朝贺的事，凡有的外国人来，都是我们家养活。粤、闽、滇、浙所有的洋船货物都是我们家的。”

因为有此便利，所以王家颇多新鲜玩意儿，奇货可居，连凤姐常用的贴头疼的膏药“依弗哪”都是西洋货，宝玉也要特地来讨的。

另外，从凤姐分派职务来看，二十人一班单管倒茶，二十人单管本家亲戚茶饭，四十人单管灵前上香添油，随起举哀，四个人管杯碟茶器，四个人单管酒饭器皿，八个人管监收祭礼，八个人管各处灯油、蜡烛、纸札，三十人轮流上夜……这就已经一百三十四人了，还有剩下的按各房分开，某人守某处。也就是说，那些有头有脸的各房大丫鬟还不在此列。如此算来，宁国府的仆婢至少也要二百多人，还不包括外边随侍的男丁小厮们。

宁国府如此，荣国府自然也是如此，难怪宝玉会说：“如今单我家里，上上下下，就有几百女孩子呢。”

荣府里人口如此繁多，事情自然冗杂，而王熙凤竟能料理得头头是道，也是着实不易。

而她的病根也由此深种。昭儿回复贾琏送林姑娘回苏州事，凤姐打点完毕，已是四更将尽，也就是近凌晨三点才睡下，因为忙碌过度又走了困，不觉天明，五点钟就又赶着梳洗了过宁府来。之后一边要协理宁府之事，一边荣府中千头万绪也都要打点，“刚到了宁府，荣府的人又跟到宁府；既回到荣府，宁府的人又找到荣府”。

而且除了两府中事，还有各公侯亲眷处也须照应，书中只略点了几笔，已经看出大气象、大头绪：

> 目今正值缮国公诰命亡故，王邢二夫人又去打祭送殡；西安郡王妃华诞，送寿礼；镇国公诰命生了长男，预备贺礼；又有胞兄王仁连家眷回南，一面写家信禀叩父母并带往之物；又有迎春染病，每日请医服药，看医生启帖、症源、药案等事，亦难尽述。又兼发引在迩，因此忙的凤姐茶饭也没工夫吃得，坐卧不能清净。

小小一段文字，正是天花乱坠，人仰马翻，贾府与各大公侯伯爵家应酬往来原是常情，作者偏偏在此处点写一笔，又把迎春染疾与可卿发引写在一处，读得人都觉心累。而那凤姐为了逞能，绝不偷安，“日夜不暇，筹画得十分的整肃。于是合族上下无不称叹者”。

有人称赞，也必有人妒恨嫌忌。凤姐如此操劳，又怎么可能不坐下病来呢？

但是这时候的凤姐沉迷于弄权的快乐，无论是对自己的身体还是整个贾府的未来，都是只顾眼下威风，不思长远忧患，秦可卿的叮嘱更是早已抛至脑后了。

可怜前后对照，正如可卿预言：“登高必跌重”，竟是一语成谶！

暗藏机锋的鹡鸰珠

（一）

第十四回末“贾宝玉路谒北静王”一节，是北静王在全书中唯一的一次正面出场，书中几乎用尽了赞美之词。说他“年未弱冠，生得形容秀美，情性谦和”，虽然身高位重，却“并不妄自尊大”，可谓是个完人，而且是一位不到二十岁的完美王子。

这位王子因贾府出殡而来设路祭，贾赦、贾政、贾珍等两府首脑都赶紧趋前跪拜，他却开口即问："那一位是衔玉而诞者？几次要见一见，都为杂冗所阻，想今日是来的，何不请来一会？"如此礼遇垂青，实是给贾府极大的面子。

因此贾政听了，忙令宝玉脱了孝服来叩见，而宝玉也早就听说北静王"是个贤王，且生得才貌双全，风流潇洒，每不以官俗国体所缚"，巴不得能得一见。

而后转入第十五回，从宝玉眼中正写这北静王形象：

> 话说宝玉举目见北静王水溶头上戴着洁白簪缨银翅王帽，穿着江牙海水五爪坐龙白蟒袍，系着碧玉红鞓带，面如美玉，目似明星，真好秀丽人物。

书中虽未写明年代背景，然而从这段穿戴可见，北静王与贾府同属正白旗，这和现实中的曹雪芹的家族是一致的。

北静王又向贾政道："小王虽不才，却多蒙海上众名士凡至都者，未有不另垂青目，是以寒第高人颇聚。"并邀请宝玉常去王府走走，谈会谈会。

——结党营私，这在历朝都是相当犯忌的。北静王府不但广揽人才，而且还远及海外，几乎有小朝廷之嫌，表面上只是朋友雅会，实际上到底能做些什么，却无人可知；即使什么也没做，但皇上听说了会不会引为猜忌？

须知，正白旗最早的领导人正是清朝开国功臣、摄政王多尔衮，与书中所说"原来这四王，当日惟北静王功高"正相符合。因为清军入关时，顺治只是个孩子，多尔衮才是真正意义上的开国皇帝。但是顺治不甘心只做傀儡皇上，一直待机亲政。后来，多尔衮交结朝鲜甚至私往联姻，与朝鲜使者密会时，却突然"堕马"身亡。多尔衮之死从此成为清朝历史上的一个谜。

这位劳苦功高的摄政王死后，顺治先是将其风光大葬，追尊为懋德修道广业定功安民立政诚敬义皇帝，庙号成宗。然而不到三个月，便派了他许多罪名，削爵号，撤庙享，黜宗室，籍财产入官，其兄弟近戚悉遭株连，更是清初惨案之一。多尔衮的亲哥哥、英亲王阿济格，就是因此下狱，并被顺治赐死的。阿济格之女觉罗氏嫁与纳兰明珠为妻，也就是清代第一词人纳兰容若的生母；而曹雪芹最好的朋友敦诚、敦敏，则正是阿济格的孙子。

这种祸起萧墙的宫廷疑案，在当时一定流传着很多个版本，我们今天已经无法得知。乾隆曾认为《石头记》写的是明珠家事，这只不过是一家之言，但是曹家故事多影射多尔衮、阿济格一家人命运，却未必是空穴来风。

甲戌本在这回前接连就此事评了三条批语：

宝玉谒北静王辞对神色，方露出本来面目，迥非在闺阁中之形景。

北静王问玉上字果验否，政老对以未曾试过，是隐却多少捕风捉影闲文。

北静王论聪明伶俐，又年幼时为溺爱所累，亦大得病源之语。

如此郑重，这使得宝玉见北静王这段描写几乎有如“子见南子”般寓意无限，先肯定了宝玉在应对礼仪方面的大方得体，接着赞赏了作者删繁就简的写作手法，最后又感慨了纨绔子弟多因溺爱所累的痼病，这就使得我们越发不能对这段描写掉以轻心了。

（二）

只就书论书而言，这次初见，至少伏下了三条线索：

第一，北静王看了宝玉的玉，以及玉上的字，便问贾政：“果灵验否？”贾政回答说：“虽如此说，只是未曾试过。”

脂批说“是隐却多少捕风捉影闲文”，可见关于通灵玉的故事在坊间传说甚广。后来，宝玉和凤姐因受马道婆之咒入了魔道，生命垂危，一僧一道赶来相救，握玉持诵，使其复原。这也是前八十回中通灵玉唯一的一次展示神通，到底“试过”这玉的“灵验”了。

第二，北静王邀请宝玉以后常去王府走走，而宝玉也确实这样做了，并且走得光明正大且很频繁。甚至凤姐生日他偷偷去祭金钏儿，回来都拿北静王搪塞，说是：“北静王的一个爱妾昨日没了，给他道恼去。他哭的那样，不好撇下就回来，所以多等了一会子。”——能撒这样的谎，自然是因为走惯了北静王府，贾府的人也都习以为常，所以就算他撒谎也不会有所猜疑，当然更不能登门对质。

第三，北静王送了宝玉一串鹡鸰香的念珠。

鹡鸰典出《诗经·小雅·常棣》：“脊令在原，兄弟急难。”从此就以“鹡鸰”比喻兄弟。那么这里会不会就有着“兄弟急难”的寓意呢？

多尔衮既死，其兄阿济格牵连在狱；而《红楼梦》四大家族原说的是“一荣俱荣，一损俱损”，宛如兄弟连枝，日后被难之时，北静王可肯施以援手？

另外，念珠原是佛教徒诵经时用来计算次数的臂挂。而我们都知道，宝玉最终的结局是出家做和尚。北静王早早赏赐的这串念珠，是否就有了某种“伏线千里”的含意呢？换言之，北静王对于宝玉出家的大结局，是起了什么样的作用呢？

事情到这里还没完。第十六回黛玉回京后，宝玉又将那鹡鸰香串“珍重取出来转赠黛玉”，却被黛玉掷而不取，且说：“什么臭男人拿过的！我不要他。”

这“臭男人”固然不是说宝玉，而是此前拥有此珠串的人，是谁呢？是将珠串赠给宝玉的北静王，还是将珠串赐给北静王的当今圣上？

己卯本在这段后有句批：“略一点黛玉性情，赶忙收住，正留为后文地步。”

那将是什么样的后文呢？这寓意不凡的“鹡鸰珠”到底隐藏着一段什么样的故事？我们后文再叙。

第十五回

王凤姐弄权铁槛寺　秦鲸卿得趣馒头庵

铁槛寺与水月庵

（一）

贾瑞因恋风流而命落黄泉，引出了两个重要名词：一是风月鉴，二是铁槛寺。

这是书中荣宁两府里第一个住进铁槛寺的人，庚辰本夹批：

> 所谓“铁门限”是也。先安一开路道之人，以备秦氏仙柩有方也。

这“开路”指的应该不只是贾府族人停灵处，更是死于风月的痴男怨女的黄泉路。

这也再次点出贾瑞本是有身份有脸面的。贾代儒身为掌塾，又是两府里代字辈硕果仅存的老人；贾瑞作为代儒唯一的孙子，自幼承其教诲，若肯自珍羽毛，本是得人敬重的。所以他才有机会坐上宁国府的席面，被贾蓉、贾蔷捉了现形还满口叫着“好侄儿”，死后还可停灵铁槛寺，住进贾府家庙，且贾家众人齐来吊问，贾赦、贾政、贾珍都赠银二十两，丰丰富富完了丧事，可见地位之尊。

但是另一面，贾瑞因其行为不端，不知自重，连李贵这样的大仆人也敢教训他。这也看出他虽然有些脸面，比起宁荣两府嫡派子孙毕竟还是不可同日而语。

可惜他不能分辨形势，没有自知之明，处身于这样一个尴尬的位置而不自知。得了三分颜色就想开染坊，坐上宁国府的席面，就以为上得了荣国府的炕头，竟连凤姐也调戏起来。却不想想，纵然凤姐不出手，此事若被贾琏知道，是何了局？

所以，自打贾瑞动了邪念的一刻，已经注定是个死。凤姐不弄死他，贾琏也有理由置他于死地，纵然贾琏凤姐都不动手，他自己也有本事把自己累死。

贾瑞停灵铁槛寺不过是轻提一笔，到了可卿发引时，便写得隆重多了：

> 那贾珍因见发引日近，亲自坐车，带了阴阳司吏，往铁槛寺来踏看寄灵所在。又一一嘱咐住持色空，好生预备新鲜陈设，多请名僧，以备接灵使用。

两个为慕色贪情而死的风流种子脚跟脚儿地住进了铁槛寺，住持却偏偏叫作“色空”，这可真是绝妙的讽刺！

接着书中写贾珍因天晚不得进城，在净室胡乱歇了一夜。次日早进城来料理出殡之事，一面又派人先往铁槛寺连夜另外修饰停灵之处，并厨茶等项接灵人口坐落。

直到这一回才有关于铁槛寺的详细介绍：

> 原来这铁槛寺原是宁荣二公当日修造，现今还是有香火地亩布施，以备京中老了人口，在此便宜寄放。其中阴阳两宅俱已预备妥贴，好为送灵人口寄居。……即今秦氏之丧，族中诸人皆权在铁槛寺下榻，独有凤姐嫌不方便，因而早遣人来和馒头庵的姑子净虚说了，腾出两间房子来作下处。原来这馒头庵就是水月庵，因他庙里做的馒头好，就起了这个诨号，离铁槛寺不远。

关于“铁门槛”与“土馒头”，在古人常识中均有约定俗成的含义，前者指苦心经营之家业，后者指坟墓。

唐代诗人王梵志有诗两首，分别咏之：

世无百年人，强作千年调。
打铁作门限，鬼见拍手笑。

城外土馒头，馅草在城里。
一人吃一个，莫嫌没滋味。

宋朝范成大合两诗为一句，在《重九日行营寿藏之地》中写道：

家山随处可行楸，荷锸携壶似醉刘。
纵有千年铁门限，终须一个土馒头。
三轮世界犹灰劫，四大形骸强首丘。
蝼蚁乌鸢何厚薄，临风拊掌菊花秋。

第六十三回“寿怡红群芳开夜宴”中，宝玉因得了妙玉“槛外人”的拜帖，不知如何回应，遂向邢岫烟请教。岫烟转述妙玉的话说：“他常说‘古人中自汉晋五代唐宋以来皆无好诗，只有两句好：纵有千年铁门槛，终须一个土馒头。’所以他自称‘槛外之人’。”

“宝玉听了，如醍醐灌顶，嗳哟了一声”，笑道：“怪道我们家庙说是‘铁槛寺’呢，原来有这一说。”明确点出这寺名的出处。

而水月庵别名馒头庵，且离铁槛寺不远，寓意荣华富贵与生死无常原是紧密相依的。

这回中，也的确伏下了两件紧密相依的祸事：一是凤姐为贪图三千两银子贿赂，害死了张金哥与守备之子一对年轻爱侣；二是秦钟私会智能儿，非但误了智能儿终生，自己不久也病逝——此时越是张扬放纵，彼时却愈加流离落魄。

凤姐说“我是不信什么阴司报应的”，无奈报应不爽，谁能逃过？

（二）

第十五回之后，铁槛寺的名字仍常常提起，如第五十八回“杏子阴假凤泣虚凰”中写道：

> 可巧这日乃是清明之日，贾琏已备下年例祭祀，带领贾环、贾琮、贾兰三人去往铁槛寺祭柩烧纸。宁府贾蓉也同族中几人各办祭祀前往。因宝玉未大愈，故不曾去得。

宝玉未去铁槛寺烧纸，却在园中撞见了藕官烧纸，且随后向芳官获知了藕官与药官、蕊官的一段故事。芳官、藕官与蕊官，正是将来出家水月庵、地藏庵之人。

而那水月庵的智通劝说王夫人准她们出家，为的是“巴不得又拐两个女孩子做活使唤”，可见无一丝善念。

此后水月庵不复提起，倒是续书中提到贾芹“水月庵里管尼僧”。但是前八十回里只提到贾芹将二十四个小道士、小和尚带出来送往庙中，按月发放月例银子，后来贾珍教训他时也只提及他在家庙里管和尚道士们，并未提到水月庵管尼姑：“你在家庙里干的事，打谅我不知道呢。你到了那里自然是爷了，没人敢违拗你。你手里又有了钱，离着我们又远，你就为王称霸起来，夜夜招聚匪类赌钱，养老婆小子。”

家庙里居然可以养老婆小子，聚匪赌钱，这铁槛寺还真是没干过什么好事。

（三）

铁槛寺的再次隆重出场是在第六十三回“死金丹独艳理亲丧”，贾敬食丹而死，尤氏将其装殓，“一面看视这里窄狭，不能停放，横竖也不能进城的，忙装裹好了，用软轿抬至铁槛寺来停放……寿木已系早年备下寄在此庙的，甚是便宜。三日后便开丧破孝”。

连活人的棺木也早早寄放在了铁槛寺，果然“便宜”。

贾珍到了都门，先奔入铁槛寺，从大门外便跪爬进来，至棺前稽颡泣血，直哭到天亮喉咙都哑了方住，一边打发贾蓉回府打理停灵事宜。之后又将棺材从铁槛寺弄回宁国府停放，然后供奠举哀地折腾了好几天，再又送回铁槛寺，百日后再想办法弄回原籍。

铁槛寺的用处实在不小。

（四）

全书八十回中，最后一个住进铁槛寺的人本是尤二姐。书中说她吞金死后，贾琏“回了王夫人，讨了梨香院停放五日，挪到铁槛寺去”。

王夫人原本允了。偏偏凤姐跑去贾母面前搬弄了一番话，于是事情又起变故：

> 贾母遂说：“信他胡说，谁家痨病死的孩子不烧了一撒，也认真的开丧破土起来。既是二房一场，也是夫妻之分，停五七日抬出来，或一烧或乱葬地上埋了完事。”……贾琏自在梨香院伴宿七日夜，天天僧道不断做佛事。贾母唤了他去，吩咐不许送往家庙中。贾琏无法，只得又和时觉说了，就在尤三姐之上点了一个穴，破土埋葬。那日送殡，只不过族中人与王信夫妇、尤氏婆媳而已。

一方面贾母承认二姐是贾琏的二房夫人，另一面却不许她进家庙、入祖坟。可怜尤二姐，生前枉为贾家人，死后难为贾家鬼，到底是没能进入贾府家庙，竟同未嫁而夭的妹妹一样，葬入无主荒坟，变成孤魂野鬼了。

凤姐之毒，由此可见一斑，竟是连死人也不放过。

难怪脂批会说她“回首时，无怪乎其惨痛之态”，只怕将来凤姐玉殒之时，也是没有机会送入家庙铁槛寺的吧？

贾敬与秦可卿的丧事对比

经常有读者问：秦可卿作为一个重孙媳，出身低微，葬礼却如此隆重，比贾敬的葬礼还要排场，这不正说明了秦氏的出身内含隐情吗？

其实就书论书，真相远没有那么复杂。

秦可卿是十二钗正册中第一个薄命早逝之人，死于全书第十三回，故事刚刚开始，大观园尚未建成，作者还在极力铺叙宁荣府的排场，这位宁国府的当家女主人倒已经谢幕了。这也是第一次正面描写贾府出殡大礼，自然繁细备至，浓墨重彩，而且借这个机会，正好大书特书宁国府的上下情形，渲染烈火烹油之势，同时也是为了极力表现贾珍的恣意妄为，豪奢无度。

两府之祖宁国公、荣国公都是公爵之位，到了贾代化时，乃是世袭一等神威将军，贾珍则是世袭三等威烈将军，而贾蓉，却不过是个黉门监，也就是国子监的挂名监生，这要是写在秦氏灵幡上可就太没面子了，而且仪仗也不好看。

那贾珍一则为了面子风光，二则“恨不能代秦氏之死”，一心想要“尽我所有”来办好这场丧事，于是急吼吼地给儿子捐了个官，乃是“五品龙禁尉”。这么着，秦可卿就得了份死后哀荣，升级成了五品诰命夫人了。照旧制，五品夫人应称“宜人”，但是死者为尊，照例可以在灵牌上升一格，于是五品的“宜人”又变成了四品的“恭人”，可卿的送葬队伍阵容排场立刻强大了起来，两面朱红销金字牌上分别大书“防护内廷紫禁道御前侍卫龙禁尉”，僧道对坛榜文上则写着“世袭宁国公冢孙妇、防护内廷御前侍卫龙禁尉贾门秦氏恭人之丧”，好不煊赫威风！

但是说到底，都只是表面风光，作者着笔多，也不过是些文字铺陈，并不代表真的就隆重到惊世骇俗的地步，更不能和爷爷贾敬的葬仪相比。

贾敬死于第六十三回《寿怡红群芳开夜宴　死金丹独艳理亲丧》。死因与其生平爱好一脉相承，乃为好道而死。文中说尤氏惊闻公公死讯，先命人到玄真观里把道士锁了，命人飞马报信，等贾珍来发放；又命人将贾敬装裹了，用软轿抬至铁槛寺停放。

之后，书中难得地正面写了一段朝廷对答，点明贾敬之丧是上达朝廷，由皇上御笔亲批其规格仪范的。不但指出“令其子孙扶柩由北下之门进都，入彼私第殡殓”这样的细节，还特别恩赐“着光禄寺按上例赐祭”，且“朝中由王公以下准其祭吊”。这是何等的哀荣！只不过因为已经不是贾府第一次葬礼，就不做长篇大论重复笔墨了。

重要的是，皇上为一国之尊，死个臣子还要亲自过问礼数，定其规格；贾敬作为家长，死了孙媳妇却不闻不问，两者也构成了鲜明对比，就更加看出宁国府的没规矩，僭越妄为了。

至于说为什么秦可卿出殡，北静王等都给面子设路祭，那不是因为秦可卿，而是因为元春。早在第五回开篇写宁府梅花盛开，甲戌本就有侧批说：“元春消息动矣。”

这句话的意思就是说，早在这年初春，元春要晋升贵妃的消息已经有信儿了。贾府里的人还不知道，但宫中贵戚早有耳闻。到了秦可卿死时，元春的事应该已经落听了，圣旨虽然未下，北静王等人如何不知？新宠嫔妃的家人最是王公争相亲近的对象，因此众人就借着这个宁府出殡的机缘，大行外交手段了。

这原写的是官场常情，只因书中太过隐晦，才造成了今人的诸多附会。因为秦可卿若当真是贾府匿藏的太子女，被逼得要上吊自尽来保全家，贾府不悄没声儿地埋了去，还大张旗鼓闹得天惊地动；而诸王不躲得远远的以示清白，还要设路祭自认是太子党，不是存心跟皇上对着干吗？

若说皇上是为了面子故意放贾家一马，众王公也是不知深浅要对太子表一下忠诚，也太把当时官员低了。

而且，早在第十一回秦可卿未死之前，先写贾敬过生日，特地借贾蓉跟尤氏的汇报已经点了一笔宁府太爷身份之尊：

> 方才南安郡王、东平郡王、西宁郡王、北静郡王四家王爷，并镇国公牛府等六家，忠靖侯史府等八家，都差人持了名帖送寿礼来，俱回了我父亲，先收在帐房里了。

后来可卿死时，也有过一次类似的点名，因为刘心武的一冉强调而格外引人注意，却忽视了其中名字早在此回已经出现过了，诸王侯与贾府早有联络，红白喜事送礼并不是什么特别了不起的大事。

而且秦可卿魂托凤姐时说过：“眼下不日又有一件非常喜事，真是烈火烹油、鲜花着锦之盛。”指的正是元春受封之事。这么大的事情，秦可卿的魂儿知道，各王府里又怎么会不知道呢？

第十六回
贾元春才选凤藻宫　秦鲸卿夭逝黄泉路

凤姐与贾琏的恩爱时光

关于凤姐判词中的“一从二令三人木”，多数研究者们都认为是形容贾琏对凤姐态度的三个阶段：起初千依百顺无所不从，继而吆三喝四冷面相令，最终寻衅生事绝情休妻。

也有一种拆字法，则认为是“从冷休”，将“二令”组成一个冷字。且不论这句话究竟该做何解，关于贾琏和王熙凤这对年轻夫妻曾经有过三种不同变化却是肯定的。

两人相处最初的阶段必定是和睦恩爱的。这从第七回“送宫花贾琏戏熙凤”中即可以看出。

琏凤二人白昼宣淫，在大家族里是有伤风化的。张爱玲的小说中写大家族里老太太午睡醒来，众妯娌要赶着请安立规矩，头发略毛了点就要挨骂，而且骂得很不好听，无非是说为了讨男人喜欢怎么都肯，是贱。

贾琏和凤姐大中午的在家做爱，还被王夫人的陪房周瑞家的撞个正着，事后肯定会向王夫人学舌。因此当王夫人见了绣春囊，便一门心思认定是凤姐所有，上门来兴师问罪，劈头便骂：“自然是那琏儿不长进下流种子那里弄来。你们又和气。当作一件顽意儿，年轻人儿女闺房私意是有的，你还和我赖！幸而园内上下人还不解事，尚未拣得。倘或丫头们拣着，你姊妹看见，这还了得。不然有那小丫头们拣着，出去说是园内拣着的，外人知道，这性命脸面要也不要？”

这罪名太大了，而且难听，因此凤姐那样刚强的人也扛不住，“又急又愧，登时紫涨了面皮，便依炕沿双膝跪下”，含泪诉辩。幸好凤姐口才好，有理有节，辩得王夫人渐渐信了，若换成迎春那样的闷葫芦受此大辱，只怕唯有以死明志了。

但是这也侧面写出凤姐与贾琏年轻火热，原是一对恩爱夫妻，府里面人人尽知的。

马瑞芳老师甚至还猜测两人本来就是青梅竹马。这从贾珍说凤姐的话“从小儿大妹妹顽笑着就有杀伐决断”可以看出，贾王两家小儿女在幼时就有过亲密往来的。但是贾珍与凤姐年龄相差较大，多半只是相处而没有真正一块儿玩耍，倒是与凤姐更加年貌相当的贾琏，才是最佳好玩伴。

第十三回中贾琏送林黛玉回扬州，凤姐儿“心中实在无趣，每到晚间，不过和平儿说笑一回，就胡乱睡了。这日夜间，正和平儿灯下拥炉倦绣，早命浓薰绣被，二人睡下，屈指算行程该到何处”。情意殷殷，不胜思念。这正是年轻恩爱夫妻常有之态。

及至第十六回中，贾琏千里归来，凤姐早备酒菜，曲意逢迎，笑道：“国舅老爷大喜！国舅老爷一路风尘辛苦。小的听见昨日的头起报马来报，说今日大驾归府，略预备了一杯水酒掸尘，不知赐光谬领否？”真正诙谐风趣，春情盎然。贾琏便也转起文来，笑道：“岂敢岂敢，多承多承！”两人调笑之态如闻如见，活色生香，满室春风。

且书中说“凤姐便命摆上酒馔来，夫妻对坐。凤姐虽善饮，却不敢任兴，只陪侍着贾琏”，可见此时凤姐虽然威风，但仍然遵循着“夫为妻纲”的传统，自处“陪侍”之位，“不敢任兴”，而且媚夫有术，便对丈夫的奶妈也是尊重有加，至少比宝玉对李嬷嬷好多了。

凤姐让赵嬷嬷喝酒时，赵嬷嬷说：“我喝呢，奶奶也喝一盅，怕什么？只不要过多了就是了。”由此可以侧面看出凤姐的收敛，还是很讲规矩和妇德的，喝酒也非常节制。这段赵嬷嬷劝酒和宝玉的奶母李嬷嬷阻兴对看，更觉凤姐的八面玲珑、机巧百出。

但是凤姐的醋意也是一贯制的，因为贾琏的拈花惹草是自始至终的。早在第十四回中小厮昭儿回来禀报二爷行程时，凤姐便警告不许“勾引他认得混帐老婆”，活画出贾琏处处生事之面目，而到这时候，夫妻俩还没有一句正式对白呢。

而贾琏一到家，夫妻方一交手，正在你侬我侬之际，便借着说香菱惹出凤姐一顿调侃来：“嗳！往苏杭走了一趟回来，也该见些世面了，还是这么眼馋肚饱的。你要爱他，不值什么，我去拿平儿换了他来如何？”

这段描写是书中罕有的贾琏与凤姐这对年轻夫妻的旖旎时光，却已经给贾琏下了一句定评：眼馋肚饱。

事实上，凤姐也真没冤枉了贾琏，因贾琏着实不争气，“离了凤姐便要生事”。这两人一个好色一个善妒，互为因果，简直是无解之毒。

第二十一回“俏平儿软语救贾琏”第一次正面写贾琏偷腥，但因平儿遮掩，未被凤姐发现。虽然此时琏凤二人仍有“小别胜新婚”之昵，遇事也肯有商有量，但是已经看出贾琏对凤姐的心怀不满，以及凤姐对贾琏的日渐生分。

> 贾琏道：“你不用怕他，等我性子上来，把这醋罐打个稀烂，他才认得我呢！他防我像防贼的，只许他同男人说话，不许我和女人说话；我和女人略近些，他就疑惑，他不论小叔子侄儿，大的小的，说说笑笑，就不怕我吃醋了。以后我也不许他见人！”平儿道：“他醋你使得，你醋他使不得。他原行的正走的正；你行动便有个坏心，连我也不放心，别说他了。”贾琏道：“你两个一口贼气。都是你们行的是，我凡行动都存坏心。多早晚都死在我手里！”

这番话虽是赌气发狠，但是左一句“把这醋罐打个稀烂”，右一句“多早晚都死在我手里”，已是恶毒之极，令人发冷。不过两人真正闹翻，日渐疏冷，同床异梦，至第四十四回“变生不测凤姐泼醋”才是真正的分水岭。

后文再叙。

秦钟、贾芸和黛玉

秦钟死前，诸般心事放不下，最奇怪的一件，莫过于“记挂着父亲还有留积下的三四千两银子”。

既云秦业有三四千两银子家产，为何送儿子去读书时，连二十四两贽见礼都备不起，要“东拼西凑”了来呢？莫不是哭穷装幌子？

宝玉带了跟随往秦府探望时，因见门首悄无一人，“遂蜂拥至内室，唬的秦钟的两个远房婶母并几个弟兄都藏之不迭”。

甲戌本于此侧批：“妙！这婶母兄弟是特来等分绝户家私的，不表可知。”

分绝户家私有何妙可言？莫不是脂砚斋赞叹作者文有所指，不表可知？

第十七回开篇，说秦钟既死，“贾母帮了几十两银子，外又另备奠仪，宝玉去吊纸。七日后便送殡掩埋了，别无述记”。

为何要帮衬银子才得发葬？秦家留下的三四千两银子哪儿去了？

这答案，似乎可以参照贾芸的故事来得到。

贾芸为了在大观园中谋一职位，向舅舅卜世仁求助，想赊些冰片麝香给凤姐送礼，却被卜世仁排揎了一顿。

贾芸笑道：“舅舅说的倒干净。我父亲没的时候，我年纪又小，不知事。后来听见我母亲说，都还亏舅舅们在我们家出主意，料理的丧事。难道舅舅就不知道的，还是有一亩地两间房子，如今在我手里花了不成？巧媳妇做不出没米的粥来，叫我怎么样呢？还亏是我呢，要是别个，死皮赖脸三日两头儿来缠着舅舅，要三升米二升豆子的，舅舅也就没有法呢。”

卜世仁听了这话，却不肯接茬解释，反顾左右而言他，啰唆起三房里老四贾芹的威风了。可见贾芸话里有话，并没有冤枉他——自己年幼丧父之时，家中那一亩地两间房子的财产，是被舅舅卜世仁借料理丧事给霸占了去，这才使自己落得一贫如洗。

打着帮助外甥办丧事的旗号，谋了外甥祖上的遗产，这故事好不熟悉，却暗射了谁呢？

答案呼之欲出，自然是小说第一女主人公林黛玉。

我们都知道，林如海乃是前科的探花，兰台寺大夫，巡盐御史。其祖曾经袭过列侯，业经五世。正乃是钟鼎之家，书香世族。膝下只有黛玉一个女儿，所遗万贯家财俱是她的。然而黛玉为什么却会同宝钗感叹，说：“你如何比我？你又有母亲，又有哥哥，这里又有买卖地土，家里又仍旧有房有地。你不过是亲戚的情分，白住了这里，一应大小事情，又不沾他们一文半个，要走就走了。我是一无所有，吃穿用度，一草一纸，皆是和他们家的姑娘一样，那起小人岂有不多嫌的。”

推算起来，林家世袭五代而人丁不旺，积下的财产不知凡几，远不止“有房有地”这么简单，甚至可能超过荣宁二府。而林如海殁后，是贾琏带着黛玉回去奔丧，替她料理丧事，又带了黛玉一同回来的。

当其时，正是荣国府兴建大观园的时候，银子花得堆山积海。此前荣国府的财政状况已经是入不敷出了，突然增加一大笔支项，竟然也应付有余，连元春都感慨“奢靡太过”，是哪里来的横财？

后来贾琏受太监勒索，周转不灵时，曾感叹“这会子再发个三二百万的财就好了”。听话听音儿，此前必是曾经发过一笔二三百万的横财的。只怕就是林如海的那笔遗产了。

这样的内幕，作者“为尊者讳”，往往不会写在明处，但是小时候毕竟是经过的，所以在写秦钟、写贾芸、写黛玉时，便不由自主表现了出来，也是极为可能的。

第十七回
大观园试才题对额　怡红院迷路探深幽

贾政与宝玉的父子之情

通常人们泛读红楼，总留下一个贾政对宝玉极其严苛冷淡的感觉，每次见面非打即骂，张口“畜生”，闭口“业障”，全无父子之情。

但是事实上，严父只是明清小说中惯有形象，昆曲《绣襦记》中《打子》一折堪谓典型：郑元和落第返乡，不敢回家，沦为歌郎谋生。郑家老家人看到后，引其回家，郑父觉得他不务正业，有辱门楣，竟将他活活打死。这就是君臣父子夫妻的纲常伦理常态，不足为奇。

故而脂批说：“大家严父风范，无家法者不知。”

事实上，贾政对宝玉这个儿子还是相当怜爱的，从第十七回“大观园试才题对额”中即清晰可见。

宝玉在园中玩耍，正碰着贾珍告诉他说老爷就来了，吓得他带着奶娘小厮们一溜烟就出园来，谁知一转弯就迎头遇见了，避之不及，只得一旁侍立。

贾政若果然嫌弃这个儿子，必然是又教训他几句白日闲逛便置之不理的，可是书中说贾政“近日因闻得塾掌称赞宝玉专能对对联，虽不喜读书，偏倒有些歪才情似的，今日偶然撞见这机会，便命他跟来”。

从这段话看来，首先，贾政是很关心儿子学业的，所以才会常向掌塾打听宝玉的功课进境；其次，贾政对宝玉擅长属对是有些得意的，所以才会命他随同入园，顺便考核。而且游园时，乃是“命贾珍在前引导，自己扶了宝玉”，身体语言相当亲密，和现在的中国好爸爸们搂着儿子逛街差不多了。

初命宝玉题“曲径通幽处”时，众人盛赞，贾政笑道：“不可谬奖。他年小，不过以一知充十用，取笑罢了。”语气里满是得意宠爱。接着众人游至亭边，有客取名“翼然”，贾政却题“泻玉”，宝玉批评粗陋，这是把老爹也不放在眼里了。然而贾政仍是笑着鼓励：“诸公听此论若何？方才众人编新，你又说不如述古；如今我们述古，你又说粗陋不妥。你且说你的来我听。”这已经很纵容儿子了。而当宝玉拟名“沁芳”时，贾政拈髯点头不语，是极其赞赏之情，所以众人也都忙跟着迎合。

贾政又命宝玉作联：绕堤柳借三篙翠；隔岸花分一脉香。

这对联采用香奁体，的确香艳工整，因此贾政仍是“点头微笑”，众人自然“称赞不已”。

这时候如果宝玉是个懂事的，就该一再奉承诸老先生，然后自己再奉命为题。可是他不，他毕竟是十二三岁的小孩子，虽然平时怕极了贾政，但是这会儿得了三分颜色就要开染坊了，难得被亲爹夸奖几句，给了点儿好脸色，立刻张狂起来，老先生们说一个名字他批评一个，左一句“板腐”，右一个“不妥”，也不等贾政命令，就急于批评议论起来，逞才炫技，更索性将贾政也批评起来，长篇阔论，指手画脚，批评他不懂天然为何物，气得贾政暴喝“出去！”

虽则宝玉在此的表现是聪明可喜的，但是举止态度却失于轻狂，长幼无序。贾政若不出言教训，反而是没道理没家教了。但是贾政内心并不是真的生宝玉的气，所以刚说了“出去”，又立刻改口“回来”，还是舍不得儿子离开，虽恐吓一句“若不通，一并打嘴！”其实并不会真的为此打他。

而宝玉“新涨绿添浣葛处；好云香护采芹人”一联，典出《诗经》，引用娴熟，自然顺利过关。贾政虽不便再如从前那般不时拈须点首微笑，太纵容了儿子，而是连批“不好”“胡说”，却也分明是满意的。

于是宝玉没隔一会儿便又得意忘形起来，在蘅芜苑大肆卖弄起学问来，让贾政不得不再次喝止，阻他妄言。

如果因为贾政连番喝阻就认为他对宝玉疾言厉色，那就大错特错了。因为贾政的言行不过是严父管儿子，在众人面前不使他失态失礼罢了，整体上对儿子是相当满意的。

这番心思，连跟贾政的小厮们也瞒不过，待宝玉一出院子，即上来抱着腰讨彩头，说：“老太太打发人出来问了几遍，都亏我们回说喜欢；不然，若老太太叫你进去，就不得展才了。人人都说，你才那些诗比世人的都强。今儿得了这样的彩头，该赏我们了。”

这段话里又接连透露了三层意思：一是贾母已经听说宝玉被贾政耳提面命之事，生怕他受委屈，打发人来问了几次，想找理由把他叫进去避祸；二是小厮们跟随贾政日久，察言观色，深知贾政脾气，故而阻拦了贾母所派之人，回说老爷喜欢呢；第三则深知宝玉大展奇才，此番游园是得了彩头的，这和贾政命“出去”又立改“回来”的用意是一致的，不愿意埋没了宝玉展才的机会。

倘若读者竟未能猜测贾政爱子一番苦心，那是连小厮的见识也不如了。

且说贾政一行到了玉石牌坊处，因与太虚幻境入梦处相类，宝玉若有所思，贾政见他呆头呆脑，反而不敢多责，只冷笑说：“你这畜生，也竟有不能之时了。也罢，限你一日，明日若再不能，我定不饶。”自己给儿子搬了个台阶下。

游园的最后，贾政诸人是在怡红院歇脚的。此处安排极为得体。因为大观园此时虽系空园，将来我们知道各院各馆都是有主儿的，倘若贾政一干“臭男人”竟在潇湘馆、蘅芜苑打尖儿，未免荼毒了薛林二位，因此只有在自己儿子未来住处怡红院歇脚最为合宜。

《红楼梦》就是这种小地方最见分寸气度。

到了第七十五回中秋节，众人赏月，贾政命宝玉等作诗，贾母忙欲阻止，贾政却说：“他能的。”分明是对儿子的本事很了解也很放心。

可惜这段诗没有录出来，脂砚斋说“缺中秋诗，俟雪芹”，是说想等雪芹诗写好了再补出来，因此使我怀疑这一回文字不尽然是原稿，而是脂砚斋等人在草稿基础上补缀而出，所以贾敬之语有极不妥之处。但这是题外话，此文且不论用。

需要特别注意的是下面一段文字：

近日贾政年迈，名利大灰，然起初天性也是个诗酒放诞之人，因在子侄辈中，少不得规以正路。近见宝玉虽不读书，竟颇能解此，细评起来，也还不算十分玷辱了祖宗。就思及祖宗们，各各亦皆如此，虽有深精举业的，也不曾发迹过一个，看来此亦贾门之数。况母亲溺爱，遂也不强以举业逼他了。所以近日是这等待他。又要环兰二人举业之余，怎得亦同宝玉才好，所以每欲作诗，必将三人一齐唤来对作。

看来，到了《红楼梦》第七十八回，贾政已经不指望儿子走仕途经济之路了，于是开始正视起作诗的本领来，而不以举业相逼了。程高本后来把这段话删了，因为与其续写的宝玉中举相矛盾。

但是事实上，第七十八回这段描写与第十七回游大观园对看，会发现贾政的心思是相当统一的。在刚刚进园时，贾政就说过："你们不知，我自幼于花鸟山水题咏上就平平；如今上了年纪，且案牍劳烦，于这怡情悦性文章上更生疏了。"进了稻香村，更是说："此时一见，未免勾引我归农之意。"

可见贾政虽不擅长吟风咏月，心中未尝不曾向往，刘禹锡"无丝竹之乱耳，无案牍之劳形"的境界，陶渊明"不为五斗米折腰"归园田居的气节，是符合贾政内心的审美趋向的。

全书八十回中，贾政最后一次考校宝玉，是让他写《姽婳词》，宝玉的表现更是令人叹为观止。一篇长歌行写完，众人一边念一边赞，念完了"都大赞不止，又都从头看了一遍"。

贾政笑道："虽然说了几句，到底不大恳切。"——既然是"笑道"，可见已经很满意，自觉在众人面前有了光彩，于是对三个学生说："去罢。"

对于贾政来说，没有骂，就是夸，能笑一下，那已经是无上之誉。

到这时候，父子俩已经取得了相当程度的理解与共识，天伦之情令人动容。同时可见，宝玉不仅才情过人，而且旁学杂收，学问渊博，如果读者仅从他"潦倒不通世务，愚顽怕读文章"，就以为他不读书没学问，"腹内原来草莽"，可就真是"混帐话"了。

元春省亲时有多大

程高本在续书里写元春之死时，说她死于甲寅年十二月二十九，存年四十三岁。于是2010版电视连续剧里，便找了个中年女演员来扮演元春，导演且坚持说元春省亲时就应该是三四十岁。

但我们都知道后四十回为高鹗续作，所言根本做不得准，用后四十回的内容反推前八十回的做法，是以错纠正，完全没道理的。

虽然说书中写到元春对宝玉口传手教，在进宫前是宝玉启蒙老师，起到了长姐如母的作用，但这也不代表元春真的年龄大到足可以做宝玉的母亲。

那么，元春省亲时到底该多少岁呢？

这要先从清朝选秀女的规矩讲起，不同的文档上对于选秀女的年龄限制有不同记录，有说十二到十六岁的，有说十三到十六岁的。总之最大上下限就是十二到十六岁之间。书中说：

> 当日这贾妃未入宫时，自幼亦系贾母教养。后来添了宝玉，贾妃乃长姊，宝玉为弱弟，贾妃之心上念母年将迈，始得此弟，是以怜爱宝玉，与诸弟待之不同。且同随贾母，刻未暂离。那宝玉未入学堂之先，三四岁时，已得贾妃手引口传，教授了几本书、数千字在腹内了。

也就说，宝玉三四岁时，元春还在贾府中；而宝黛初见时，宝玉是七八岁年纪，此时元春已进宫，所以宝玉八岁时是元春进宫的最后时限。

由此得出，元春进宫的时间，大约在宝玉四到八岁之间的某一年。

倘若是在宝玉四岁时元春进宫，而元春那年十二岁，就是比宝玉大了八岁；如果元春命运不济，老到十六岁才进宫，则比宝玉大了十二岁。

倘若是在宝玉七八岁时元春进宫，元春那年十二岁的话，就比宝玉大个四五岁；如果元春十六岁的话，比宝玉大了八九岁。

总之，元春与宝玉的年龄差，两头的极限就在四岁到十二岁之间。

元春省亲的故事写在《红楼梦》第十七、十八两回，回目为《大观园试才题对额 荣国府归省庆元宵》，这写的是正月十五的故事；接着第二十二回《听曲文宝玉悟禅机 制灯谜贾政悲谶语》，则写的是宝钗于正月二十一庆祝十五岁生日，而宝玉比宝钗小三岁，可知大约是十二岁。

不久，元春下旨令众人搬进大观园，书中录了宝玉写的四首即事诗，且明确点出乃是“荣府十二三岁的公子作的”，一丝不乱，再次确定了宝玉的年龄，正与前面的推论相符合。

也就是说，元春省亲的时候，贾宝玉不会超过十三岁。那么比宝玉大了四至十二岁的贾元春，这年也就是二十上下，最小不会低于十七岁，最大不会超过二十五岁。正是桃红李艳的时候。

贾宝玉梦游太虚幻境时，曾看到《金陵十二钗》中有一首判词：

二十年来辨是非，榴花开处照宫闱。
三春争及初春景，虎兔相逢大梦归。

关于“二十年来”的解释，自古就有很多说法。但是算清元春省亲的年龄后，则想到这可能是极为简单的一个道理：就是元春晋封为妃的这一年，刚好二十岁。或者说是宝玉梦游太虚翻开册子的这一年，元春二十岁。

因为“榴花开处照宫闱”显然是件大喜事，很可能指的就是“贾元春才选凤藻宫”，前两句合起来，也就是说宝玉看到薄命司元春判词的这一年，元春刚好二十岁，不久，元春便晋封为妃了。

还有另一个可能性，就是以元春进宫的年龄下限来算，这一年元春十七岁，那么接下来红楼纪元共写了三年的故事，八十回后如果紧接着写元妃大薨，则刚好二十岁。也就是说，她死于双十年华，用生命来辨了一场是非成败转头空。

接下来的每句也都是后来的预言：“二十年来”指的是当下的时间，“榴花开处”指的是不日晋封，“照宫闱”明确了地点；“三春争及初春景”点明人物；“虎兔相逢大梦归”则是结局，也有版本作“虎兕相逢”，前者喻强弱相逢，后者喻两霸相争。但不管是哪种，结局都是死亡。

那么，元春又是怎么死的呢？

我们不妨再来看一遍元春的判曲《恨无常》：

喜荣华正好，恨无常又到。眼睁睁，把万事全抛；荡悠悠，把

芳魂消耗。望家乡，路远山高。故向爹娘梦里相寻告：儿命已入黄泉，天伦呵，须要退步抽身早！

脂砚斋在此有一句夹批：“悲险之至！”

“悲”是很好理解的，但为何“险”，又何为“险”？

“喜荣华正好，恨无常又到。”可见元春死于意外，正是在最得意的时候突遭变故，芳魂消逝。而且她并不是死在宫里，而是野外，“望家乡，路远山高”。

如果元春死于宫中，那么皇宫就在京城，王夫人每月还有两次可以探访的，算不得“路远山高”，所以这个山，很可能是冯紫英提及的铁网山。

宫中妃子出远门进山，只能是伴驾出游，最常见的就是春狩。因为清朝在马上得天下，为示不忘本，每年一春一秋，都有围场打猎之事。前文冯紫英提到被鹰捎了一翅子，而且出的公差，去铁网山挨苦，只可能是伴驾狩猎，不然不会把打猎说成公事，这便是一处伏笔。

刘心武用了几部书讨论“日派”与“月派”之战，推论元春为柳湘莲等义军阵前逼死，脑洞开得太大。如果仅因为一句“乞巧伏元春之死”，就将元春与杨贵妃生套活塞，那么，《牡丹亭》亦“伏黛玉之死”，难道黛玉便要死后还魂再与宝玉团圆不成？况且曹雪芹在全书开篇一再申明无干政治，“大旨谈情”，不敢伤时骂世，非议朝廷，虽是掩人耳目之言，但可想而知书中不至涉及“叛乱”“逼宫”之类重大宫廷事件，不然就与红楼笔法有违了。

元春在伴驾春狩时猝死，无论是意外还是人为，总之元春一死，贾府的靠山也就倒了，若再不知进退，不久便会大难临头，因此元春会在梦里向王夫人示警——故向爹娘梦里相寻告：儿命已入黄泉，天伦呵，须要退步抽身早！

第十八回
林黛玉误剪绣香囊　贾元春归省庆元宵

薛林在省亲对试的表现

元春与黛玉、宝钗只有一次照面，但是后来的态度却明显厚钗而薄黛，这是什么原因呢？是黛玉得罪了元春，还是王夫人在她面前说了些什么？

书中没有明写的事情，我们只能猜测；但是写明的故事，却不妨细推。

元春与钗黛在全书中唯一的一次照面，也是元春在全书里唯一的一次出场，即在第十七、十八回“荣国府归省庆元宵”——

> 贾妃因问：“薛姨妈、宝钗、黛玉因何不见？”王夫人启曰：“外眷无职，未敢擅入。”贾妃听了，忙命快请。一时，薛姨妈等进来，欲行国礼，亦命免过，上前各叙阔别寒温。

这是元春第一次看见钗黛二人，并没有做任何表示，而钗黛此前既然从未见过元春，自然也无“阔别寒温”可叙，因此可想而知，叙话的大约是薛姨妈与王夫人。

然而接下来的一段话却峰回路转：

> 贾政又启：“园中所有亭台轩馆，皆系宝玉所题；如果有一二稍可寓目者，请别赐名为幸。”元妃听了宝玉能题，便含笑说：“果进益了。”贾政退出。贾妃见宝、林二人亦发比别姊妹不同，真是姣花软玉一般。因问：“宝玉为何不进见？”

此前元春看见钗黛时，并未有所表示。这会儿说了一番家常话，情绪稳定下来，又听见贾政说宝玉能题，十分高兴，按理接下就应该立刻宣宝玉进见才对。却不急着下旨，而是突然想起重新观察起钗黛二人来，看见她们“姣花软玉一般”，并无夸赞，又转身问起宝玉来。真正一波三折，忽东忽西，初看大不合情理，细想却颇有趣味。

是否可以做这样的推测呢？——元春听说宝玉“果进益了”，高兴之余，自然想起弟弟的终身大事来。遂着意观察两位表妹，心中未尝没有代弟择媳之意。看了一番，十分满意，难抉高下，这才又想起要召见弟弟，比量一番。

接下来，元春令众姐妹及宝玉作诗。看后称赏一番，笑道：“终是薛林二妹之作与众不同，非愚姊妹可同列者。”

这里可以看出，元春对钗黛的才学是认可的，且将两人相提并论，仍然难分轩轾。

倘若故事就到这里顿住，那么元春、宝钗、黛玉、宝玉四个人的故事就不会横生枝节，余韵不止。然而元春偏偏命宝玉连作四首五言律，“使我当面试过，方不负我自幼教授之苦心”。

于是，宝钗和黛玉在自己交了卷之后，看到宝玉苦思不已，便都代他着急，都想帮忙，其表现却是完全不同的，正是“一样关心，两种态度”，写得相当传神。

先看宝钗的表现，她看到宝玉草稿内有“绿玉春犹卷”一句，便提醒说：“他因不喜‘红香绿玉’四字，改了‘怡红快绿’；你这会子偏用‘绿玉’二字，岂不是有意和他争驰了？”而后又指点他用“绿蜡”之典。及宝玉满口道谢之时，又笑说：“还不快作上去，只管姐姐妹妹的。谁是你姐姐，那上头穿黄袍的才是你姐姐！你又认我这姐姐来了。”又怕说笑耽误他工夫，抽身走开了。

——何等体贴，何等细心，更重要的是，何等敬上！

而黛玉呢，却因未得展才，怏怏不快。因见宝玉独作四律，大费神思，就干脆替他吟成一首，命他打小抄。

对于黛玉代作的这首诗，元春是赞誉有加的，指其为四首之冠——自然，那时她并不知道宝玉作弊。

回銮前，元春命人颁下赏赐，贾母的自然是头等，邢夫人、王夫人减了一等，“宝钗、黛玉诸姊妹等，每人新书一部，宝砚一方，新样格式金银锞二对。宝玉亦同此”。

至此，元春对钗黛两个还是一视同仁的，赏赐也视如诸姐妹一般。

然而事隔不久的端午节赏赐，二人就忽然有了高下之分，变成宝钗和宝玉同等，而黛玉则与众姐妹一样，降了一等了。对此，宝玉的第一个反应是“传错了”，而袭人说，“都是一份一份的写着签子”的，不会错。

那么元春究竟为何错点鸳鸯呢？她在省亲时明明对钗黛两个同等对待的，从什么时候起突然偏心了呢？

有一个可能是在王夫人后来进宫探访时，不住向元春提起外甥女宝钗，说起宝钗的诸般好处与黛玉的多愁多病，怂恿贵妃女儿为宝玉赐婚；另一个可能，则是黛玉帮宝玉打小抄的行为，后来被元春知道了，从而厌黛喜钗，变了方向。

有个辅证，第七十六回《凸碧堂品笛感凄清　凹晶馆联诗悲寂寞》中，湘云夸奖“凸碧”和“凹晶”两个字用得好，黛玉说：

> 实和你说罢，这两个字还是我拟的呢。因那年试宝玉，因他拟了几处，也有存的，也有删改的，也有尚未拟的。这是后来我们大家把这没有名色的也都拟出来了，注了出处，写了这房屋的坐落，一并带进去与大姐姐瞧了。他又带出来，命给舅舅瞧过。谁知舅舅倒喜欢起来，又说：“早知这样，那日该就叫他姊妹一并拟了，岂不有趣。”所以凡我拟的，一字不改都用了。

同“省亲”隔了近六十回，竟忽然补出这么一段“后传”来，真正意外之文字。而这段文字，仅仅是为了再次描写园中景象布局吗？还是借这段话重新点出《大观园试才题对额　荣国府归省庆元宵》一段，提醒读者留意，黛玉不仅曾替宝玉作诗，还曾替宝玉拟名？

到这时，大观园已是悲剧揭幕，大势将去了，黛玉还在得意“大姐姐”对自己眼光的肯定，丝毫没有排斥之意，可见其天真。然而她没有想想：为何凡她拟的，“一字不改都用了”呢？果然只是因为她的才分高卓么？或者，正是元春“见外”的表现？

此前在园中时，元春看匾额是有批改习惯的。比如“蓼汀花溆”只留“花溆”二字，“红香绿玉”改成“怡红快绿”，“杏帘在望”题名“浣葛山庄”后又改回“稻香村”等。然而贾政将诸姐妹拟的名色送进宫后，元春问起都系何人所拟，得知某些出自黛玉手笔，出于嫌忌，却只能有两种表现：要么一字不用，要么一字不改。

元春的体度和涵养，让她选择了后者。

很有可能，彼时元春已经借由太监、宫女之口了解到宝钗、黛玉二人在省亲作诗时的不同表现了——那宝钗在帮着宝玉之余，顾及的乃是长姐的心思；而黛玉，却是恃才傲物，逞自己之才干，把别人当傻子，完全越俎代庖，替宝玉做枪手蒙混过关，这不是“教唆”“欺君”么？这是明摆着把自己当成宝玉的亲姐妹，却把人家亲姐姐当外人了。

当时元春虽然高高在上，太监、宫女可是黑压压站了一屋子的，那些人每天在宫里做的是什么，不就是“察言观色，吹毛求疵”么，宝、黛、钗的这些小把戏小动作，怎么可能逃得脱他们的“眼观六路，耳听八方”呢？

脂批说“黛玉一生是聪明所误”，这次题诗，可见一斑。

养家班与闺门旦

（一）

《红楼梦》里除了“十二钗”，还有“十二官”，另一番脂粉香浓，风月情重。

她们是戏子，但因为只属于某官府豪门的家养之优，并不会在勾栏瓦舍里公开表演，所以自抬身份，并不愿承认自己是戏子。这叫“家班”。

养家班的规矩，最早兴于明朝万历年间，士大夫们纷纷蓄养戏子组成家班，在宴会上飨以亲友，彼此较艺。有些痴迷于此道者，还会亲自执笔写戏、教戏、导戏。

比如汤显祖的名剧《牡丹亭》，就是由明朝万历年间首富王锡爵的家班首先演出的。确立了明清传奇创作规范的沈璟之所以能写出《南九宫十三调曲谱》，也是因为有着养家班的丰富经验。

明末贰臣阮大铖，因投靠阉党，为东林党人所不耻，孔尚任在《桃花扇》

中便借李香君之口对他大骂不绝。然而阮大铖养的家班却很出名，他自己本人也是个剧作家，曾写过一个本子，叫作《燕子笺》。张岱就曾评价阮家班说：“阮圆海中家优，讲关目，讲情理，讲筋节，与他班孟浪不同。然其所打院本，又皆主人自制，笔笔勾勒，苦心尽出，与他班鲁莽者不同。故所搬演，本本出色，脚脚出色，出出出色，句句出色，字字出色。”

曹雪芹的祖父曹寅为江宁织造，不但养过家班，还写过剧本。洪昇到江宁时，曹寅曾在家中大摆宴席，遍请南北名流，连续三天，全本演出洪昇名剧《长生殿》。可见曹雪芹的家学渊源。这也帮助我们清楚理解了《红楼梦》中为什么会有那么详细的十二官的故事。

在元春省亲、赏赐龄官一段文章后，庚辰本有双行夹批：

按近之俗语云：“宁养千军，不养一戏。”盖甚言优伶之不可养之意也。大抵一班之中此一人技业稍出众，此一人则拿腔作势、辖众恃能种种可恶，使主人逐之不舍责之不可。虽欲不怜而实不能不怜，虽欲不爱而实不能不爱。余历梨园弟子广矣，个个皆然，亦曾与惯养梨园诸世家兄弟谈议及此，众皆知其事而皆不能言。今阅《石头记》至“原非本角之戏，执意不作”二语，便见其恃能压众、乔酸娇妒，淋漓满纸矣。复至“情悟梨香院”一回更将和盘托出，与余三十年前目睹身亲之人现形于纸上。使言《石头记》之为书，情之至极、言之至恰，然非领略过乃事、迷蹈过乃情，即观此，茫然嚼蜡，亦不知其神妙也。

从这段话中，尽可看出彼时贵族“养家班”风气之盛。

而脂砚斋说“余三十年前目睹身亲”一句，令很多红学家以为脂砚斋亦同曹雪芹一样，只在三十年前经历过好时光，后来家败，便再也无缘亲近梨园风月了。

其实不然，真实原因应该是雍正二年，即1724年，朝廷下令“禁外官蓄养优伶”，从此废除养家班制。既然“家班”没了，脂砚斋又往哪里去见识呢？故曰“三十年前”，也就是雍正二年以前经历的事，这与曹雪芹《石头记》中记述的时间也刚好吻合。

同时，这段话从侧面也足以证明：脂砚斋不可能是女人。因为一位闺秀是不会大肆讨论戏子可不可养的问题的，更谈不上对他们怜或不怜，爱或不爱。而且这脂砚斋三十年前已经目睹身亲梨园优伶，此时至少也有四五十岁了。而曹雪芹死时也还不过四十岁，所以“脂砚斋为雪芹表妹即史湘云说”更不能成立。

至于“余历梨园弟子广矣”，又“曾与惯养梨园诸世家兄弟谈论及此”，更足以证明脂砚斋是一个经惯花丛的纨绔子弟，贾珍、贾蔷、柳湘莲之类，又或是清客门人，单聘仁、詹光一类，但绝不可能是女子，更不会是曹雪芹的红颜知己。

书中林黛玉因为有人将她的容貌与戏子作比，便勃然变色，当作奇耻大辱；那么生活中的曹氏红颜，可能会津津乐道地跟一帮男人大谈养伶之乐吗？

（二）

家班的女伶在身份上很特殊，一方面她们的社会地位比奴婢还低，所以赵姨娘说：“不过娼妇粉头之流！我家里下三等奴才也比你高贵些的！”芳官立刻大哭起来，委屈地辩解：“我便学戏，也没往外头去唱。我一个女孩儿家，知道什么是粉头面头的！”

但是另一面，因为小女伶们学过戏登过台，毕竟比一般女孩子见过些世面享过些风光，所以又会有种心理优势，自视颇高。比如书中的龄官，性子比小姐还傲，就是典型表现。

龄官的第一次出色亮相是在元春省亲之际，因其演得好，元春额外赏赐，并特意加点两出戏。贾蔷命她做《游园》《惊梦》，龄官认为不是本角之戏，执意不做，坚持要唱《相约》《相骂》。连贾蔷也拗她不过，只好由她。

庚辰本在这段描写后有双行夹批：“《钗钏记》中总隐后文不尽风月等文。”

那么《钗钏记》说的是一个什么故事呢？

原来，富家小姐史碧桃与家道中落的书生皇甫吟有婚约，但因史父嫌贫爱富，有意退婚，逼女另嫁。碧桃不肯，命丫鬟云香约皇甫吟于八月十五晚上前来花园相会，赠送钗钏金银以作聘礼。不料云香前去“相约”时，皇甫吟不在家，云香便将来意告诉其母李氏。皇甫吟好友韩时忠听说后，便起了歹意，冒名赴约骗取金银。碧桃等不见皇甫吟前来迎娶，便又让云香前去询问，李氏却否认儿子曾经拿过什么金钗银两，遂有“相骂”一出，又名“讨钗”。史碧桃听到云香回报，又羞又愤，遂投江自尽。幸被张御史所救，其后久经辗转，终与皇甫吟团聚。

抛开这个大团圆模式的结尾不言，这出戏的前因颇像“王熙凤弄权铁槛寺”一回里的张金哥一案：那金哥原与守备之子有婚约，也正是因为父亲毁婚另聘，悬梁自尽，弄得守备之子也跟着投河了。

戏里戏外的两个故事相像至此，不能不让人觉得曹雪芹选这出戏必有所指。

更巧合的是，《钗钏记》的戏目，正隐了“宝钗”与“金钏”的名字在内，就更令人玩味了。

很多读者因为龄官美丽而病弱，脾气又骄，颇有黛玉之风，便本能地认为她在台上扮演的一定是杜丽娘、史碧桃之类的大小姐，其实是个大大的误会。

因为《游园》《惊梦》都出自《牡丹亭》，主角杜丽娘的“行当”属于“闺门旦”，又叫“五旦”；而丫鬟春香在这两出戏中只是配角，龄官觉得这不是自己的本角戏，说明她在戏里扮的是春香而非杜丽娘；而《相约》《相骂》出自《钗钏记》，主角是丫鬟云香，才是她的正戏。

可见龄官的行当是“贴旦”，专攻丫鬟戏，也叫“六旦”。

这可真是俗话儿说的：小姐的身子丫鬟的命了。

元春点戏的隐喻

（一）

《红楼梦》中有大量与戏曲相关的情节，这就要提及曹雪芹的家学渊源了。

江宁织造曹寅曾是一个文武兼修、痴迷昆曲的热心票友。痴迷到什么程度呢？不但喜欢听，喜欢看，还喜欢写，有文字流传的剧本就有三部：《北红拂记》《续琵琶》《太平乐事》。

《北红拂记》并非曹寅完全的原创，而是对凌初成的三部脚本的合成与编辑。明代文豪凌初成曾经关于红拂、李靖、虬髯客，各写了一个本子，每个本子一个主角，这是很不适合演出的。于是曹寅在泛舟江南时，就增删添减，撰成十出脚本，杂以苏白，成为一个适合演出的舞台剧本《北红拂记》。

后人对这个剧的评价很高，称其“曲律逼真元人，介白简雅生动，使观听者如食哀家梨，萧爽松快。”其中第四出《私奔》、第六出《客店》尤为精彩。

《续琵琶》是曹寅的又一部剧作。书中第五十四回《史太君破陈腐旧套 王熙凤效戏彩斑衣》中，贾母对众人说：“我像他这么大的时节，他爷爷有一班小戏，偏有一个弹琴的凑了来，即如《西厢记》的《听琴》，《玉簪记》的《琴挑》，《续琵琶》的《胡笳十八拍》，竟成了真的了，比这个更如何？”

此处虚构与现实完全混淆了，很明显贾母就是孙氏，而“他爷爷”就是曹寅。

焦循《剧说》卷四载：“曹楝亭曰：‘吾作曲多效昌龄，比于临川之学董解元也。’”可见曹寅深谙曲律之道，爱戏也懂戏，会看更会听，所以会有特别的玩法，借着古琴高手来串戏，将《琴挑》等名折竟弄成了真的。这里举了三个例子，前面的《西厢记》和《玉簪记》都是常演名戏，而这《续琵琶》远远不能与前者并列，何以同侪？就因为这《续琵琶》乃曹寅所作，身价自然不同。

在这里，不仅是戏里戏外如真如幻，“竟成了真的了”，书里书外也迷其所在，“竟成了真的了”。

而元春省亲时所点四戏，伏大关键、大过节的《长生殿》作者洪昇，与曹寅的交往就更加令人感慨。

曹寅爱戏，自然也敬爱擅戏之人，写成《太平乐事》时，曾寄给洪昇求指正；而洪昇来到江宁时，曹寅在家中大摆宴席，遍请南北名流，连续三天，全本演出洪昇名剧《长生殿》。这也是洪昇一生中唯一一次完整地看到自己的戏。

从织造府离开不久，洪昇就带着曹寅送给他的银子和酒，失足落水死在了乌镇。曹寅得知后，痛失知己，亲为立碑作祭，祭文曰：“陆海潘江，落文星于水府；风魂雪魄，赴曲宴于晶宫。”

上述种种，加之书中众多关于家班小戏的描写，关于众戏子伶人的故事，处处都可以看出曹雪芹对戏曲的谙熟与喜爱。而对昆曲的了解，也给我们多了一把打开红楼之门的钥匙。

（二）

元春省亲时亲点的四出戏，脂砚斋批语清楚地告诉我们其中所含的重大隐喻意义：

第一出《豪宴》；《一捧雪》中伏贾家之败。

第二出《乞巧》；《长生殿》中伏元妃之死。

第三出《仙缘》；《邯郸梦》中伏甄宝玉送玉。

第四出《离魂》；《牡丹亭》中伏黛玉死。

所点之戏剧伏四事，乃通部书之大过节、大关键。

这里清楚地说明后文中会有四件大事，即“贾家败、元妃死、甄宝玉送玉、黛玉死”，等于向我们揭示了一个《红楼梦》结局的大走向。

关于元春省亲，早在甲戌本第十六回总批中，脂砚斋已经明确评说：“借省亲事写南巡，出脱心中多少忆昔感今。”

曹家的潦倒，正是因为接驾落下了巨大亏空，被朝廷追逼欠款所致，真是最辉煌成绩，最怅恨罪名。所以，作者借赵嬷嬷之口假说甄家盛事之际，脂砚斋接连批下数条沉痛之批：

甄家正是大关键、大节目，勿作泛泛口头语看。

点正题正文。

极力一写，非夸也，可想而知。

真有是事，经过见过。

最要紧语。人苦不自知。能作是语者吾未尝见。

再三抒发，生怕读者不明白，这才是作者要出脱的心中感想。

这感想便是：曹家之亏空，乃是“拿着皇帝家的银子往皇帝身上使”所造成，如今惨况，实为冤案！

所以，元春省亲一回，是作者巨笔写真的大关目，每个细节都不可放过。

而元妃点戏时所点四出，更是贯通全著——“所点之戏剧伏四事，乃通部书之大关键、大过节”。

因为这句脂批，使得研红之人一时间都成了戏迷。然而每部戏都有其繁杂的起承转合，发生、发展、高潮、结束，不可能把某件事完整地套用在某一部戏剧上。所以元春点的只是一个曲段，照应的也只是某个细节，或者某种暗示。

脂砚斋好心地点明了四场戏的出处及所伏之事，本来可以省了红学家们许多搜寻资料的工夫，却偏偏事与愿违，变成带红学家们走了许多胶柱鼓瑟的弯路——因为《乞巧》来自《长生殿》，且“伏元妃之死”，于是红学家们便认定元春也是像杨贵妃那样因“三军停驻马不前”，而被皇帝下令勒死的——这样的照本宣科，岂不成了贾宝玉嘲笑的禄蠹，哪有一点儿灵气和变通可言？

其实脂砚斋已经说得很清楚，那“通部书之大过节、大关键”并不是这四部戏，而是它们所伏的四件事，即“贾家之败”“元妃之死”“甄宝玉送玉”与“黛玉死”。

这一段话，从故事到批语，本身是谜面，也是谜底，就像“元、迎、探、惜”暗伏“原应叹息”之意一样，话已说尽，根本无须再做更多的推敲了，更不必把戏曲故事当成红楼框架，一板一眼地往人物身上硬套，只会闹笑话。

其实，这种错误很容易就能发现：倘若《乞巧》伏元妃死便指元春要被皇上赐死的话，那么《离魂》伏黛玉死岂不是说黛玉会死而复生，并与宝玉幽媾？这可能吗？

除却点戏与命诗，元春临别时的一幕也写得极为感人：

> 众人谢恩已毕，执事太监启道：“时已丑正三刻，请驾回銮。”贾妃听了，不由的满眼又滚下泪来。却又勉强堆笑，拉住贾母、王夫人的手，紧紧的不忍释放，再四叮咛：“不须挂念，好生自养。如今天恩浩荡，一月许进内省视一次，见面是尽有的，何必伤惨。倘明岁天恩仍许归省，万不可如此奢华靡费了！”

庚辰本于此有双行夹批：

妙极之谶，试看别书中专能故用一不祥之语为谶？今偏不然，只有如此现成一语，便是不再之谶，只看他用一“倘”字便隐讳，自然之至。

可见自此之后，元春并未有过第二次省亲。这绝无仅有的惊鸿一瞥，就是她在书中唯一的一次正面描写了。其后即使有照应元春言行的文字，也必然都是虚笔、侧笔，诸如宫中传出端午节赏赐或元宵节灯笼谜之类。

然而这省亲的后遗症却从此种下了，此后她做了两件大事：一是将大观园赐予诸姐妹和宝玉居住；二是令众人往清虚观打醮三天，并赏了端午节的礼，“金玉姻缘”由此揭开序幕。

可叹的是，大观园是宝玉的青苹果乐园，“金玉”之说却是黛玉的催命符，这两件事竟然都由元春发端，正是另一个版本的“喜荣华正好，恨无常又到”了。

第十九回
情切切良宵花解语　意绵绵静日玉生香

袭人回娘家

《红楼梦》中擅写大小家宴，更擅轻重对比。比如一次黄钟大吕的元春省亲之后，会接上一段西皮流水的袭人省亲，两相对照，隆重的格外庄严，妩媚的更觉风流。

袭人是宝玉身边最亲近的人，所以她每次回娘家，对宝玉来说都是大事。前八十回里，袭人回娘家不止一次，最浓墨重笔来写的有两次。

第一次便是这一回，袭人的名字上了回目，且与黛玉相对，可见其重要。这一回正是第十七、十八回元春省亲的余波，还在灯节下，所以宁国府会有戏文，而袭人的母亲回了贾母，来接袭人家去吃年茶。

> 偏这日一早，袭人的母亲又亲来回过贾母，接袭人家去吃年茶，晚间才得回来。因此，宝玉只和众丫头们掷骰子赶围棋作戏。正在房内顽的没兴头，忽见丫头们来回说："东府珍大爷来请过去看戏、放花灯。"宝玉听了，便命换衣裳。才要去时，忽又有贾妃赐出糖蒸酥酪来；宝玉想上次袭人喜吃此物，便命留与袭人了。自己回过贾母，过去看戏。

这时候距"偷试云雨情"不远，宝玉和袭人还正在新婚燕尔之际，最是情浓意惬的时节。所以袭人只不过回家半天，宝玉便觉得"顽的没兴头"，看见一碗糖蒸酥酪，也要给袭人留着，缠绵柔情之至，不语可知。

接着写他去宁国府看戏，因为不堪热闹太过，独自往小书房闲逛，却碰见茗烟正与宁府的一个小丫头在偷欢，“行那警幻所训之事”。

这里的代名词很是好玩，形容偷情有一百个说法，宝玉却偏只想到“警幻所训之事”，这直接反映了他的潜意识，就是看见茗烟的作为，便联想到自己梦游太虚，包括在梦里与梦醒后的情形。于是，很顺理成章地，他想到了袭人，并主动向茗烟提出：“依我的主意，咱们竟找你花大姐姐去，瞧他在家作什么呢。”——思路相当明显，而他这时候对袭人的想念和爱慕都是极其真诚的，这也符合一个十二三岁初尝禁果的少年心性。

后文详细描写了宝玉造访花家的经过和情形：

> 袭人拉了宝玉进去。宝玉见房中三五个女孩儿，见他进来，都低了头，羞惭惭的。花自芳母子两个百般怕宝玉冷，又让他上炕，又忙另摆果桌，又忙倒好茶。袭人笑道：“你们不用白忙，我自然知道。果子也不用摆，也不敢乱给东西吃。”一面说，一面将自己的坐褥拿了铺在一个炕上，宝玉坐了；用自己的脚炉垫了脚；向荷包内取出两个梅花香饼儿来，又将自己的手炉掀开焚上，仍盖好，放与宝玉怀内；然后将自己的茶杯斟了茶，送与宝玉。彼时他母兄已是忙另齐齐整整摆上一桌子果品来。袭人见总无可吃之物，因笑道：“既来了，没有空去之理，好歹尝一点儿，也是来我家一趟。”说着，便拈了几个松子穰，吹去细皮，用手帕托着送与宝玉。

前回元春说：“田舍之家，虽齑盐布帛，终能聚天伦之乐；今虽富贵已极，骨肉各方，然终无意趣！”这一回，就借着袭人回家团圆，得聚天伦之乐，来形成一个鲜明的对比了。正是“王子与庶民同乐”，各有风光。

尤其袭人的一连四个“自己的”，越发衬托出她与宝玉间不同寻常的关系，不仅是周到，更是亲昵。而对于探佚者来说，最有价值的还是在“总无可吃之物”后面的一段夹批：

> 补明宝玉自幼何等娇贵，以此一句留与下部后数十回“寒冬噎

酸齏，雪夜围破毡”等处对看，可为后生过分之戒。叹叹！

后数十回中会有一段关于贾宝玉“寒冬噎酸齏，雪夜围破毡”的描写，这太重要了！那自然是在家败后发生的事情，但那会是生活常态还是偶然遭遇呢？宝玉彼时又同谁在一起？

第一回里甄士隐的《好了歌》注释中，有一句“金满箱，银满箱，展眼乞丐人皆谤”，甲戌本有侧批：“甄玉、贾玉一干人。”

——甄宝玉和贾宝玉竟然殊途同归，后来双双做了乞丐？！

我们无法想象宝玉会长久并且有意识地乞讨为生，所以我猜测那只能是一种非常态情形，是在宝玉遭遇了某种不测后偶然经历的一小段生活插曲，而且他正是在此情况下与甄宝玉终于面对面的，并埋下了后文“甄宝玉送玉”的伏笔。具体的情形在我的续书《宝玉传》中会有详细叙述，但续写毕竟是再创作，不能与探佚混为一谈，就不在这里过多讨论了。

这次袭人回娘家以及从娘家回来借机劝宝玉的种种余波，承上启下地暗伏了三件事：

第一是借此“补出袭人幼时艰辛苦状”（脂批语），完成袭人前传，也让花家人见识了宝袭二人间的“那般景况”，都心中有数且是“意外之喜”，再不提赎回袭人的话，只安心等着她将来做姨娘了。

第二是袭人同宝玉约法三章，补出许多前文未写之事以及宝玉素日陋习，诸如毁僧谤道、批评禄蠹、爱红的毛病等。

第三是宝玉和袭人的一番剖白，在袭人是说“你若果都依了，便拿八人轿也抬不出我去了”，在宝玉则是“你在这里长远了，不怕没八人轿你坐”。两人的对话都相当露骨，点明了欲结白头之意——只可惜事与愿违，“堪羡优伶有福，谁知公子无缘”，到了儿未能如愿，但这是后话了。

红楼梦是自传吗

“《红楼梦》为自传小说，是曹雪芹根据自身及自家经历而写成，贾宝玉就是曹雪芹”——此种说法一直充斥市场，为大多数读者所接受。

其原因无外乎有二：

一是曹雪芹之祖曹寅曾为江宁织造，在任时曾将织造署修为康熙南巡之行宫，并亲自接驾四次。脂批于第十六回开篇说：“借省亲事写南巡，出脱心中多少忆昔感今。”此一句是书中大关目，也直接引出了研究者以小说为自传的说法，认为若不是曹雪芹亲历过这样的盛况，很难揣写出来。

二是《石头记》边写边批的特色，使读者同作者不自觉地有一个交流，并时不时地从书中走出来，去想象一下作者生活的本貌，从而把作者与主人公混为一谈。这与脂砚斋的批语中动不动“余”一下不无关系。试举一例：文中写宝玉躲贾政一段，脂批云：“余初看之，不觉怒焉，盖谓作者形容余幼年往事，因思彼亦自写其照，何独余哉？信笔书之，供诸大众同一发笑。”

这就让人觉得，似乎作者写的事都有所本，故而脂砚斋在批注的时候，总是从中寻找熟悉的人情世故。

然而这同时也恰恰证明了，贾宝玉不是曹雪芹，因为连脂砚斋都一时错觉他可能写的是自己，后来又想明白其实可以是任何人。这不正说明雪芹作文，只是在借鉴真实材料，而并未照本宣科吗？

固然书中会有曹家的影子，很多人物会在原型上进行再塑造，然而古今小说，哪一部不是这样诞生的呢？可以凭借这一点，就说小说是自传吗？

康熙六次南巡，其中在扬州和南京都是驻跸曹家，由曹寅接驾四次，银子花得堆山填海，这直接导致了曹家的破产。

书中赵嬷嬷说：“咱们贾府正在姑苏扬州一带监造海舫，修理海塘，只预备接驾一次，把银子都花的淌海水似的！”凤姐跟嘴儿说：“我们王府也预备过一次。”正写的是曹寅与李煦在扬州和南京轮流接驾的史实。

这些的确是曹家历史上最荣耀也最悲痛的真实经历。因此脂批说：“借省亲事写南巡，出脱心中多少忆昔感今。”

但同时，赵嬷嬷又说：“还有如今现在江南的甄家，好势派！独他家接驾四次。”虚陪一个“甄家”，正是要告诉读者，书中有真有假，“真事隐”在“假语”后面。表面上写的这个贾家以及贾宝玉的故事，不过是虚晃一枪，真正的故事脉络则穿插在那个神龙见首不见尾的“甄家”故事中。

也就是说，《红楼梦》主体是一部小说，但借用了很多真事，不过这并不代表所有故事都取材真实，而是真假结合，将真事部分用甄家线索来讲的。书中的“甄宝玉”很像“贾宝玉”，也就是说贾宝玉身上确实有很多特征经历是借用了真实，但这绝不代表他就是“真宝玉”。如同镜花水月，有相似，有不同，有真实，有杜撰，不可同日而语，更不能将宝玉看成是曹雪芹本人，把本书看成是曹家自传。

曹雪芹其实并不能算曹寅的亲孙子。曹寅生平只得一子曹颙，曾继承父衔，任织造之职。不多年，因病猝逝，康熙深怜曹家孤寡无依，眼看没有后人继承大业，遂下旨，命其侄曹頫过继为子，成为曹家第三任织造。这便是曹雪芹的父亲。也有种说法，曹雪芹为曹颙的遗腹子，但两种说法都无据可考。

曹頫继任时年纪尚小，经验不足，其职实由舅舅李煦监管。但到了雍正继位后，先是李煦以亏空库帑之罪被查抄究办，流放“打牲乌拉”，冻饿而死；接着曹寅的妹夫傅鼐（原是雍正做皇子时的侍从护卫），也于雍正四年五月被革职流放；然后是曹寅的长婿、平郡王纳尔苏是年七月被削爵，在家圈禁；至于曹頫一家，自然亦未能逃脱抄家的命运，于雍正五年被革职枷号，虽不曾伤及性命，却也“忽喇喇似大厦倾”，“树倒猢狲散”了。

——上述四家，是否就是小说中的“一荣俱荣，一损俱损”的“贾、王、史、薛”四大家族呢？

四家中，身份最显贵的就要算纳尔苏了。他是礼亲王代善的五世孙，而代善则是努尔哈赤长子、皇太极之兄，世称“大阿哥”，乃是清朝历史上举足轻重的人物。因此，纳尔苏可算是真正的天潢贵胄，皇家血脉。

也正因为此，遂有人推测元春的故事，即源于这位嫁给纳尔苏的曹家大姑娘。

然而这里有一个很简单的推理：倘若平郡王妃即元春原型，那么纳尔苏岂不成了皇帝？这不是谋反么？曹雪芹怎敢如此大胆？况且一个平郡王福晋的归宁，也远不如元春省亲那样大的阵仗。曹雪芹尚不至于这样夸大其词，“捡颗芝麻当西瓜”吧？

而曹家历史上既然没有出现过一个像元春这样的人物，那么元春的塑造，便只能是为小说虚拟的一个背景人物，同时又在她身上不自觉地寄托着某些历史真实的影子。

在第十九回中，宝玉于小书房撞破茗烟好事后，脂砚斋有一段很长的批文：

> 按此书中写一宝玉，其宝玉之为人是我辈于书中见而知有此人，实未目曾亲睹者。又写宝玉之发言每每令人不解，宝玉之生性件件令人可笑，不独不曾于世上亲见这样的人，即阅今古所有之小说奇传中亦未见这样的文字。于颦儿处更为甚。其囫囵不解之中实可解，可解之中又说不出理路，合目思之，却如真见一宝玉真闻此言者，移至第二人万不可，亦不成文字矣。余阅《石头记》中至奇至妙之文，全在宝玉颦儿至痴至呆囫囵不解之语中，其诗词雅迷酒令奇衣奇食奇玩等类固他书中未能，然在此书中评之，犹为二着。

接着袭人回家来，百般激将，宝玉遂说出“我不过是赞他好，正配生在这深堂大院里，没的我们这种浊物倒生在这里”。脂砚斋遂又大发议论：

> 此皆宝玉心中意中确实之念，非前勉强之词，所以谓今古未有之一人耳。听其囫囵不解之言，察其幽微感触之心，审其痴妄委婉之意，皆今古未见之人，亦是今古未见之文字。说不得贤，说不得愚，说不得不肖，说不得善，说不得恶，说不得光明正大，说不得混账恶赖，说不得聪明才俊，说不得庸俗平□，说不得好色好淫，说不得情痴情种，恰恰只有一颦儿可对，令他人徒加评论，总未摸着他二人是何等脱胎、何等心臆、何等骨肉。余阅此书，亦爱其文字耳，实亦不能评出此二人终是何等人物。后观《情榜》评曰宝玉“情不情”，黛玉“情情”，此二评自在评痴之上，亦属囫囵不解，妙甚！

这两段批语离得很近，反复说明宝玉、黛玉这两个形象有多么难得，生平未见。脂砚斋不但从没有目睹过宝玉、黛玉这样的人，就是连想也想不到，解也解不得。

既然没见过，又怎能说雪芹就是贾宝玉、脂砚斋就是史湘云呢？

况且《红楼梦》原是由《风月宝鉴》《情僧录》《金陵十二钗》《石头记》等书稿穿插缀成。这样浩大的一个增删修订的工程中，尽管作者会不由自主地根据自己的生活经历补缀些真实的情节甚至人物，但又怎么可能是完整的自传呢？

第二十回
王熙凤正言弹妒意　林黛玉俏语谑娇音

镜中的麝月

王夫人曾经说过：“宝玉房里常见我的只有袭人麝月，这两个笨笨的倒好。”

而袭人在晴雯被逐后，也曾自辩道：“太太只嫌他生的太好了，未免轻佻些。在太太是深知这样美人似的人必不安静，所以恨嫌他，像我们这粗粗笨笨的倒好。”

但是后文证明，麝月非但不笨，而且口才相当之好。不过相貌，大抵就只是平平了。

第二十回灯节夜“篦头”一段，是宝玉同麝月最缠绵的一场戏，也是前八十回中二人唯一的亲热戏，更是麝月正面出场的第一出重头戏。

书中说宝玉回房时，“见袭人朦朦睡去”，晴雯、绮霰、秋纹、碧痕都寻热闹耍戏去了，“独见麝月一个人在外间房里灯下抹骨牌”。此时宝玉欲睡嫌早，既然麝月在此，正该做伴玩笑才是，却是问他怎不同别人玩去，及麝月答说“没有钱”，便又说：“床底下堆着那么些，还不够你输的？”

> 麝月道：“都顽去了，这屋里交给谁呢？那一个又病了。满屋里上头是灯，地下是火。那些老妈妈子们，老天拔地，伏侍一天，也该叫他们歇歇；小丫头子们也是伏侍了一天，这会子还不叫他们顽顽去。所以让他们都去罢，我在这里看着。”宝玉听了这话，公然又是一个袭人。因笑道：“我在这里坐着，你放心去罢。”麝月道：

“你既在这里，越发不用去了，咱们两个说话顽笑岂不好？”宝玉笑道：“咱两个作什么呢？怪没意思的，也罢了，早上你说头痒，这会子没什么事，我替你篦头罢。”麝月听了便道：“就是这样。”说着，将文具镜匣搬来，卸去钗钏，打开头发，宝玉拿了篦子替他一一的梳篦。只篦了三五下，只见晴雯忙忙走进来取钱。一见了他两个，便冷笑道：“哦，交杯盏还没吃，倒上头了！”宝玉笑道：“你来，我也替你篦一篦。”晴雯道：“我没那么大福。”说着，拿了钱，便摔帘子出去了。宝玉在麝月身后，麝月对镜，二人在镜内相视。宝玉便向镜内笑道：“满屋里就只是他磨牙。”麝月听说，忙向镜中摆手，宝玉会意。忽听唿一声帘子响，晴雯又跑进来问道：“我怎么磨牙了？咱们倒得说说。”麝月笑道：“你去你的罢，又来问人了。”晴雯笑道：“你又护着。你们那瞒神弄鬼的，我都知道。等我捞回本儿来再说话。”说着，一径出去了。这里宝玉通了头，命麝月悄悄的伏侍他睡下，不肯惊动袭人。

这一段写得风光旖旎，但是宝玉表现实在奇怪，三番五次只是催麝月出去玩，当麝月说你来了我们两个说会儿话吧，宝玉又道：“咱两个作什么呢，怪没意思的。”可见对麝月一向无感，单独在一起时竟然无话可说，没意思。想来，这若是袭人与他单独相处会如何？换作晴雯又会如何？

由此可见，那麝月虽然心里明白，口才了得，相貌却称不上拔尖儿。但她最大的好处是守礼不争，体贴周到，而又不卑不亢。

正如陈其泰《桐花阁评红楼梦》中所说：“写麝月自有麝月体段，不是袭人，亦不是晴雯，却兼有二人之才。”

宝玉说她“公然又是一个袭人”，素知她与袭人最是亲厚；然而她与晴雯的关系也很不错。《红楼梦》人物画里关于晴雯的取材主要有两种：一是撕扇，二是补裘。前者喻其娇憨，后者赞其忠勇，都给人留下了极深刻的印象。然而我们可有留意到，这两个场面中，麝月都是最佳配角？

晴雯撕扇时，是她经过其旁，叹了声“少作些孽罢”，宝玉抢了她的扇子拿给晴雯去撕，又让她把扇匣子搬出来让晴雯撕，麝月道：“我可不造这孽。他也没折了手，叫他自己搬去。”

晴雯补裘，也是因她说了一句："孔雀线现成的，但这里除了你，还有谁会界线？"又帮着在一旁拈线，直到晴雯补完了，她还没有睡，帮着检查一遍，肯定说："这就很好，若不留心，再看不出的。"

只是在画面中，却往往没有她的身影——麝月，竟是那么容易被忽略的一个人物。

脂砚斋在此有一段很长的批语，泄露天机：

闲闲一段儿女口舌，却写麝月一人。袭人出嫁之后，宝玉、宝钗身边还有一人，虽不及袭人周到，亦可免微嫌小弊等患，方不负宝钗之为人也。故袭人出嫁后云'好歹留着麝月'一语，宝玉便依从此话。

后一回宝玉因与袭人有隙，故意重用四儿，脂批又道：

宝玉有此世人莫忍为之毒，故后文方有"悬崖撒手"一回。若他人得宝钗之妻、麝月之婢，岂能弃而为僧哉？此宝玉一生偏僻处。

从这两段批注中，我们明确地得知，在袭人另嫁、宝玉娶亲后，麝月仍然留在身边为婢，只可惜，那时候多半已不在大观园中了。

原来柔情蜜意的金闺细事下，竟是暗藏玄机：宝玉替麝月篦头，且说要替晴雯也篦一篦，晴雯却道："我没那么大福。"一语成谶，她果然是没这福分；而宝玉与麝月在镜内相视而笑，何等温馨动人，却终究是镜花水月罢了——她偏偏又叫作麝月。

而宝玉的四季即景诗中又有"窗明麝月开宫镜，室霭檀云品御香"的句子，再次将麝月与镜子联系起来；后来宝玉做梦看见甄宝玉，醒来看见镜中自己的影子，又是借麝月之口点破："怪道老太太常嘱咐说小人屋里不可多有镜子。小人魂不全，有镜子照多了，睡觉惊恐作胡梦。如今倒在大镜子那里安了一张床。有时放下镜套还好；往前去，天热困倦不定，那里想的到放他，比如方才就忘了。自然是先躺下照着影儿顽的，一时合上眼，自然是胡梦颠倒；不然如何得看着自己叫着自己的名字？不如明儿挪进床来是正经。”

——凡此种种，都写出了麝月与宝玉原是一场镜花缘。

宝玉看了《南华经》后，偶然顿悟，曾续了一段文字，开篇便云：“焚花散麝”。又道是：“彼钗、玉、花、麝者，皆张其罗而穴其隧，所以迷眩缠陷天下者也。”这里将麝月与宝钗、黛玉、袭人相提并论，俱为与自己有大情分之人。

“开到荼蘼花事了。”群芳凋谢之时，唯有麝月还留在宝玉身边，终于等到自己独自开放的时刻。

然而又怎样呢？春天，已经过去了。

上不得台盘儿的赵姨娘

赵姨娘的人生哲学，是先立定了“这屋里的人都踩下我的头去了”的前提论调，然后再寻找论据没完没了地惹是生非，并且越惹事就越生气，也越坐实了全世界都在欺负她的疑似表象。

但是实际上，全文八十回，除了凤姐对她要么视而不见要么威言厉色外，真是没什么人敢明着欺负她，即连宝、黛、钗等人见了她也都是客客气气，赶紧起身问礼的。她是贾政之妾，又生了探春、贾环这一双儿女，辈分原高，功劳又大，且似乎很得贾政之宠，地位更在平儿、袭人一干人之上，只是没有管事权而已。但能安分守己，自己尊重一点，断不至落得跟小丫头一般狼狈。

赵姨娘母子在书中第一次正面出场乃在第二十回“王熙凤正言弹妒意”，贾环因与莺儿赌骰子输了，就哭起来，发出人物的第一句台词：“我拿什么比宝玉呢？你们怕他，都和他好，都欺负我不是太太养的。”

——真是不通之至！猥琐之至！人家到底是怕宝玉呢还是喜欢宝玉？这个他不想考虑，他只是先认定了人人都在欺负他轻视他，因为他不是嫡出。先抱定这个“受害者”的立场，再摆出一副自暴自弃的无赖相，无理对抗——这种人在今天也很多，是典型的被害妄想症，以此来逃避自强自立——泥鳅滚在烂泥里虽然不堪，只要有吃喝，总比鲤鱼跳龙门来得省力，何况还有个现成的

“你们欺负我不曾生为鲤鱼”的充分理由。

这般口角观念自是深得乃母真传，耳濡目染学来的。所以贾环回房后，仍是一脸受气相，赵姨娘未免问起缘故。这问也问得奇怪，不是说“你怎么了？”而是张嘴就问：“又是那里垫了踹窝来了？”这便是赵姨娘在书中的第一句开场白了。

——这好算“知子莫若母”呢，还是“丑人多作怪”？怎么知道儿子不高兴就一定是“垫了踹窝”？

真是一句话说明两件事：一是贾环向来多事，自取其辱，所以其母见怪不怪；二是赵姨娘更是多事之人，非但不知教导，还喜欢火上浇油，惯以挤兑儿子来惹是生非，且张嘴便骂：“谁叫你上高台盘去了？下流没脸的东西！那里顽不得？谁叫你跑了去讨没意思！”

把自己儿子定位成“下流没脸的东西”，那还争什么脸面志气呢？且贾环好歹也算主子，如何就“下流”了？又因何而“没脸”？想来赵姨娘的理论也是：因为我是姨娘，我自己是下流没脸之人，你是我儿子，当然也下流没脸。我这个当娘的没资格去找正主儿小姐玩去，你倒想上高台盘儿了？呸，也不看看是谁的种儿！

这并不是诋毁她。事实上赵姨娘后来每每给探春难堪，凭借的就是“你是我肠子里爬出来的”，把自己的不争气强加在两个儿女头上，也摁着他们不许出头，然后再理直气壮地哭诉母子三人不得重视，似乎只有这样才可以掩饰自己的卑微。

凤姐是最了解她这种心理的，也是最瞧不上的，因此从窗外经过听见，便正言厉色，给了她好大一番教训：“环兄弟小孩子家，一半点儿错了，你只教导他，说这些淡话作什么！凭他怎么去，还有太太老爷管他呢，就大口啐他！他现是主子，不好了，横竖有教导他的人，与你什么相干！”

这番话搁在现在听来很刺耳：人家是亲母子，骂儿子两句又怎么了，就是打也打得，轮不到外人插嘴，怎么是不相干呢？明明跟你不相干才是。

然而彼时有彼时的规矩门风，阶级礼数：母亲是妾室，虽然辈分高，身份上仍是奴才；但是她生的儿女因为是同老爷生的，所以是主子，吃奶妈的奶，听师长的教，由丫鬟婆子们服侍长大，除了血缘关系外，同生母已是主仆有别。所以回目里才会说凤姐是“正言弹妒意”，可见这一番大道理才是正经礼数。

但这也正是赵姨娘最恨的道理，也是制造了她矛盾心理的根本原因：一方面因为她明知自己身份卑微，所以非要同袭人等争个高低；另一方面她自己当不成主子，便也不愿意看到亲生儿女得势，因为怕他们瞧不起自己，所以巴不得他们和自己一样卑微才好，所以探春当家时，她几次三番当众给她没脸，一是提醒众人自己可是三姑娘的亲妈，二是连亲生女儿也要妒恨，不能忍受这种“主仆有别”的大家礼数。

搁在今天，可以说赵姨娘有反抗精神，有叛逆性格，不在沉默中灭亡就在压迫中爆发；但是搁在古时的荣国府里，赵姨娘的言行就是标准的庸人自扰，不知进退，故而第五十五回“辱亲女愚妾争闲气”，清楚地给她定位“愚妾”，而注明了她所争的乃是“闲气”。

值得思索的是，那凤姐教训赵姨娘母子时，左一句“狐媚子霸道的”，右一句“下流狐媚子”，且说“自己不尊重，要往下流走，安着坏心，还只管怨人家偏心”——这都说的是谁呢？

凤姐是王夫人的侄女，言行口气代表的乃是王夫人，这赵姨娘是贾政的侍妾，凤姐对之只能有两种态度：要么看贾政的面子敬重其妾，好歹也是长辈么；要么站在王夫人立场深恶其为人，逮着机会就要踩两脚，因为要替姑妈出气。

——很显然，凤姐采取的是后一种态度。那就可想而知，王夫人素日有多么厌恶赵氏。

第二十五回贾环故意推灯油烫了宝玉，王夫人特地叫了赵姨娘来骂：“养出这样黑心不知道理下流种子来，也不管管！几番几次我都不理论，你们得了意了，越发上来了！”可见厌恨不是一日两日。

那么这仇是怎么结下的呢？

这就要从赵姨娘如何嫁给贾政说起了。从书中赵姨娘的言行来看，这个人横看竖看都是不受人待见的，纵使有人觉得她可怜，大概也没什么人觉得她可爱吧？但是这么一个人，居然做了堂堂荣国府二老爷贾政的爱妾，还为他生下一儿一女。

贾政怎么就会娶了这么一个妾呢？这先要考虑一下贾家妾室的来源，通常不外乎“内外”两种途径。

先说外因。第一是外面买来的，比如香菱之于薛蟠，嫣红之于贾赦；第二是官宦人家的相互赠送，古时奴隶也可以当作财物来送礼，亦为常事。但是从赵姨娘的兄弟赵国基跟贾环上学，她的侄子钱槐一家也都是贾府奴才来看，她应是贾府的家生子，也就是内因。

而奴才跟了主子，又有三种可能。第一是兴儿说的：“我们家的规矩，凡爷们大了，未娶亲之先都先放两个人伏侍的。”如袭人之于宝玉。不过替爷们性启蒙的丫鬟通常都比爷的年龄要大，比如袭人就比宝玉大了两三岁，比黛玉更大。而探春的年龄比宝玉还小，比贾珠、元春自然更要小得多，可见赵姨娘的年龄不可能比王夫人大，所以不会是王夫人进门前就在贾政房中的。

第二种可能是父母赏赐，比如秋桐之于贾琏。那赵姨娘从哪方面看都不可能是贾母挑中的，所以要赏给贾政，也只能是死去的老太爷贾代善的主意。不过代善要赏人给儿子，未必不过问夫人的意见，贾母会同意吗？

第三种是夫人的陪房丫头。比如平儿之于贾琏，宝蟾之于薛蟠，中山狼孙绍祖将迎春丫鬟尽行淫遍，连宝玉都对紫鹃说“若共你多情小姐同鸳帐，怎舍得叫你叠被铺床”。但陪房没理由连兄弟侄子都带来，且陪送的丫头都是小姐心腹，从王赵的言行看来，实在不像有深厚情谊的样子。虽然探春提到赵国基时，曾说过“他是太太的奴才”，但那只是泛泛而言，因为探春是女儿，奉王夫人的命来管家，总不能说“他是老爷的奴才，我办得好，他领老爷的恩去”吧。

第四种可能则简单了，是贾政自己挑中的。古时候三妻四妾是常理，王夫人贤也好妒也好，都不能禁止丈夫娶妾，连王熙凤出了名的醋缸，也不得不把平儿许了贾琏来充脸面，何况王夫人？王夫人先后生下三个儿女，当她怀孕不能服侍丈夫时，又或是死了长子后多年不育，不得不为子嗣着想时，都会主动或被动地为贾政选妾。而贾政可能自己提出要娶赵氏为妾，王夫人为着贤良名声，即便不愿意也只得应承。邢夫人待贾赦固然百依百顺，肯舍了老脸来贾母面前求鸳鸯；王夫人又怎能拒绝丈夫的要求，忤逆夫意呢？

综上所述，我猜测赵姨娘会成为贾政之妾最可能的原因就是：趁着王夫人顾不到的时候，比如贾珠过世之后，王夫人可能大病一场，而赵姨娘就趁这时机私情勾引，装狐媚子，引诱了贾政，做成事实；待贾母、王夫人收拾了痛失珠儿的心情之后，考虑贾政既然无子，必定首先要考虑的就是为其纳妾，而贾政也就主动提出要娶赵姨娘；当此时，或许贾母王夫人尚未深知赵姨娘为人德行，又或是明明知道也不好驳回贾政的面子，只得同意，但是之后却怎么也不会喜欢了。

第二十一回
贤袭人娇嗔箴宝玉　俏平儿软语救贾琏

黛玉和袭人的相爱相杀

第三回中，黛玉进京当晚，书中第一个与她有过正面对话的贾府丫鬟就是袭人。那时黛玉和宝玉住在同一房内，袭人服侍宝玉睡下，因见里面黛玉和鹦哥犹未歇息，遂进来笑问："姑娘怎么还不安息？"

黛玉初来乍到，年龄又小，还很拘谨，一口一个"姐姐请坐"，"姐姐们说的，我记着就是了"，十分谦逊；而袭人的态度却挥洒自如，甚至有些大大咧咧，不但随身便在床沿坐了，且听见黛玉问那通灵玉的来历，也不管宝玉已经睡下了，立时便说要"拿来你看"，还是黛玉忙止住了。

后文中莺儿往怡红院打络子时，那宝玉请她坐，莺儿再三不敢，袭人拿了个脚踏来，莺儿还不敢坐。

比较下来，莺儿往宝玉屋里做客，和袭人往黛玉屋里做客，身份、情形是完全一样的，但此处袭人的表现却截然不同。缘何？

就因为她根本不认为自己是客，而恰恰相反，是把自己当成这家的主人，而视黛玉为外来客人之故。

在黛玉进府之前，袭人该是宝玉身边心里最亲近的女子，可是宝玉见了黛玉之后，情形就不一样了。这不，刚见面就摔了玉，惹出一场风波来。这件事不大不小，黛玉为此伤心，袭人未必就不上心，故而才会走来探看，又热心地要拿玉给黛玉看，笑言"连一家子也不知来历"，完全以本家主人自居。这和宝玉去她家做客，她拿玉给众姐妹看，说"再瞧什么希罕物儿，也不过是这么个东西"，是一样的炫耀心理。

倘若把宝玉的心比作一块领地，那么袭人就是原住民，而黛玉则是外来者。先入为主这是袭人根深蒂固的意识。后来黛玉在府里住了那么多年，袭人的这点心理始终未改，故而才有第六十二回中众人说起黛玉的生日时，袭人脱口而出：“就只不是咱家的人。”——林黛玉是贾母嫡亲的外孙女，不是咱家的？她一个外来的奴才，倒是咱家的？

这心理的根据在于：袭人本是怡红院的一品大丫鬟，在她的势力范围内，只有宝玉一人是主，其余的都是奴，而她是奴才的头儿，典型的中层领导。

然而因为她和宝玉有肌肤之亲，是宝玉的第一个女人，所以就连宝玉，也须对她赔小心，低声下气。

无形中，她已经成了怡红院的头号领导，可以挟天子以令诸侯的。

那她是怎样得到这种优势的呢？

她和晴雯一样，都是贾母指给宝玉的，属于上头派下来的。正如贾府管家林之孝家的所说：“别说是三五代的陈人，现从老太太、太太屋里拨过来的，便是老太太、太太屋里的猫儿狗儿，轻易也伤他不的。”

来头这样大，派头自然也比别人大，所以她从来都有一种优越感，自觉比万人都强。尤其因为她是宝玉初试云雨的对象，是宝玉的第一个女人，这就更有了占山为王的一万个理。

湘云曾经向宝玉发脾气说：“大正月里，少信嘴胡说。这些没要紧的恶誓、散话、歪话，说给那些小性儿、行动爱恼的人、会辖治你的人听去！别叫我啐你。”——这一番话，本身就够“小性儿、行动爱恼、会辖治人”的了，偏偏湘云说得理直气壮，一点儿都不想想她自己这又算什么？

而看袭人嗔宝玉的几次表现，每每以退为进，撒娇撒痴，逼得宝玉说尽各种“没要紧的恶誓、散话、歪话”，就更适合这番话了。

第十九回“情切切良宵花解语”中，袭人先是故意说娘家哥哥要赎自己出去，而且不论宝玉怎样挽留都说得斩钉截铁必走无疑的样子，各种绝情话说尽，说得宝玉泪流满面，然后才打一巴掌给个甜枣地换了笑脸说：“这有什么伤心的，你果然留我，我自然不出去了。”逼着宝玉赌咒发誓地答应她三个要求，直到秋纹进来催促说“快三更了，该睡了”，这才肯罢手。惹得第二天早起头疼目胀，焉知不是心机太重之故？

有了这第一回的成功，袭人欲擒故纵的手段运用起来就越来越娴熟，到了第二十一回，招数戏份更又加码。因为湘云来了，宝玉清早去黛玉房中探望，没有回来梳洗，袭人便摔摔打打地给尽了脸子瞧，任凭宝玉百般探问求恕还是丧声歪气，没有一句好话，要脾气说：“从此后我只当哑子”“你心里还不明白，还等我说呢！”并且把这脾气一直持续到第二天早晨，刚看到宝玉有点好脸色，便又再次发作起来，不依不饶地排揎：“你睡醒了，你自过那边房里去梳洗，再迟了就赶不上。”软硬兼施，胡搅蛮缠，足要宝玉折了一根簪子，大清早的赌咒发誓的才算完。这可是一个奴婢该有的德行？

试问这番表现，比起黛玉如何？为何却人人只说黛玉小性子，反夸袭人大方贤良？而袭人更是如此，仗着自己是宝玉身边人，许她自己用种种手段来哄宝玉欺宝玉，却处处抱怨黛玉心眼小，和湘云两个打伙儿在背后说黛玉坏话，抬一个贬一个地拿宝钗和黛玉作比较。不但是非颠倒，而且主仆不分，可谓三姑六婆，欺人太甚！

然而黛玉对袭人怎么样呢？

从头细看，我们会发现黛玉对袭人真是诚心实意，远比宝钗之于袭人更加亲厚。

早在第二十回开篇，宝玉、宝钗正在黛玉房中调笑，忽听见宝玉房中一片嚷声——此时众人还未迁入大观园，宝玉、黛玉两个都跟着贾母住，是紧邻，所以听得见——大家侧耳细听了一回，知是李嬷嬷在找袭人麻烦。黛玉先就向宝玉笑道：“这是你妈妈和袭人叫嚷呢。那袭人也罢了，你妈妈再要认真排场他，可见老背晦了。”坚决地站在袭人立场上，一片回护之心。

而宝钗的表现却是拉住宝玉说：“你别和你妈妈吵才是，他老糊涂了，倒要让他一步为是。”——端庄周到，但也极客观淡然，对袭人并无特别关切。

而在宝玉心目中，也一直想当然地以为黛玉同袭人很亲近，所以才会在上学前叮嘱袭人：“你们也别闷死在这屋里，长和林妹妹一处去顽笑才好。”

宝玉是最知道黛玉心意的，倘若黛玉不喜欢袭人，宝玉断不至做如此建议去惹黛玉生烦。他可不知道，袭人的心里对黛玉可没那么满意，只不过彼时还未敢露在面上就是了。直到第二十一回，袭人恼怒宝玉早晨去黛玉房中梳洗，自觉领地被侵占，才到底发作起来。

但是单纯的黛玉对袭人的敌意毫无察觉，还是一门心思对袭人好。端午节时，宝玉同晴雯拌嘴，袭人也哭了，黛玉进来看见，拍着袭人的肩笑道：“好嫂子，你告诉我。必定是你两个拌了嘴了。告诉妹妹，替你们和劝和劝。”袭人忙说：“林姑娘你闹什么？我们一个丫头，姑娘只是混说。”黛玉笑道：“你说你是丫头，我只拿你当嫂子待。”

一口一个“嫂子”，虽是玩笑之言，却足见亲昵之意。袭人同宝玉之亲密，尽人皆知，鸳鸯因宝玉讨她嘴上胭脂吃，叫袭人道：“你跟他一辈子，也不劝劝，还是这么着。”怡红院丫头们私下议论时也说：“袭人那怕他得十分儿，也不恼他，原该的。说良心话，谁还敢比他呢？别说他素日殷勤小心，便是不殷勤小心，也拼不得。”——都知是坐定了姨娘身份。

宝钗、黛玉自然也都深知。宝钗因此早早开始外交政策，而黛玉则直接称袭人作嫂子，一派天然，亲热有加。

有些读者觉得这很难理解，因黛玉是深爱宝玉的，又向来小性儿，如何倒对袭人这样呢？

其实很简单，古人三妻四妾是常理，黛玉再专情，却并非不知理，她一心爱着宝玉，在内心早已笃定要跟他一生一世，绝无他想。所以她非常害怕宝玉娶别人为妻，自己痴心错投；但这不等于她反对宝玉纳妾，因为妾对于她是没有伤害性的。她对宝玉的心理是“你好我自好，你失我自失”，是将宝玉的利益置于自己之前的。所以，正因为她深爱宝玉，才会将宝玉的妾看成是自己人，在心理上有一种“亲”。

袭人回家时，黛玉会一直惦记着，向宝玉询问“袭人到底多早晚回来”，足见她对袭人的真心。固然，她关心袭人几时回来并不是为了袭人，而是担心宝玉没人照顾，但这同时也看出她对袭人的信任和倚重，巴不得袭人在宝玉身边，替自己好好照顾他。

她绝不会想到，袭人对她可不是一样的接纳，不但和湘云在背后说她坏话，还把她一状告到了王夫人跟前去。

第三十二回里，宝玉把她错当黛玉，剖心表白：“好妹妹，我的这心事，从来也不敢说，今儿我大胆说出来，死也甘心！我为你也弄了一身的病在这里，又不敢告诉人，只好掩着。只等你的病好了，只怕我的病才得好呢。睡里梦里也忘不了你！”

这是全书里宝玉最大胆的一次告白，却被袭人听见了。那袭人当下就立了主意：“自思方才之言，一定是因黛玉而起，如此看来，将来难免不才之事，令人可惊可畏。想到此间，也不觉怔怔的滴下泪来，心下暗度如何处治方免此丑祸。”

她以己度人，认定了宝黛间“将来难免不才之事”，于是立刻打定主意，“暗度如何处治”，这是已经狠了心要向黛玉宣战了。

因此见了王夫人，她先特地回说宝姑娘送了药来，给宝玉敷上后便好些了——不动声色地先把宝钗夸了一番，让王夫人深感其情。然后再层层铺垫，说出让宝玉搬出园子的话来，明白提出“如今二爷也大了，里头姑娘们也大了，况且林姑娘宝姑娘又是两姨姑表姊妹，虽说是姊妹们，到底是男女之分，日夜一处起坐不方便，由不得叫人悬心，便是外人看着也不像”。

这时候袭人已经把欲擒故纵以退为进欲诉还休的花招玩得相当圆熟了，这段对话先是步步诱引，让王夫人追问究竟，然后故意将钗黛提在一起，貌似一视同仁，但是此前已经先说过宝钗好话，况且宝钗又是王夫人的亲外甥女，出名的稳重，自然可以先排除了。那剩下来的，就只有一个林姑娘是众矢之的。“由不得叫人悬心，便是外人看着也不像”，说得冠冕堂皇，但分明暗示宝黛二人有“叫人悬心、看着不像”之事。

岂不知喊捉贼的正是做贼的。第一个与宝玉翻云覆雨有男女之私的人，正是她自己，如今倒悬心起二爷与别人“日夜一处起坐不方便”了。可见她所担心的并不是宝玉有什么“倘或不防，前后错了一点半点”，而是不愿意有别人分了宝玉的心啊。

尤其袭人这番话是说在听宝玉诉肺腑的当晚，动机明确，绝非无意之语。

偏偏这番话深得王夫人之心，脱口叫出“我的儿”，且说：“你今既说了这样的话，我就把他交给你了，好歹留心，保全了他，就是保全了我。我自然不辜负你。”

自此，花袭人踩着林黛玉，成功上位了。

可悲可叹啊，袭人与黛玉同一天生日，两个人本该是一个人才对。所以黛玉在心里把袭人当成自己人，偏偏袭人却喜钗厌黛，口口声声林姑娘“不是咱家的人”。

晴雯乃是黛玉的替身儿，晴雯灭在袭人之手，安知黛玉不是毁在袭人之口？

黛玉光风霁月如是，天真烂漫如是，人们却偏偏说她小心眼儿；而袭人心机深沉，手段繁复，却赚尽贤良之名，真真冤煞人也！

宝钗与袭人的同心同盟

第二十一回开篇，蒙府本有一段很长很重要的回前批，暗透后文：

> 按此回之文固妙，然未见后三十回犹不见此之妙。此回“娇嗔箴宝玉”“软语救贾琏”，后文“薛宝钗借词含讽谏，王熙凤知命强英雄”。今只从二婢说起，后则直指其主。然今日之袭人、之宝玉，亦他日之袭人、他日之宝玉也。今日之平儿、之贾琏，亦他日之平儿、他日之贾琏也。何今日之玉犹可箴，他日之玉已不可箴耶？今日之琏犹可救，他日之琏已不能救耶？箴与谏无异也，而袭人安在哉？宁不悲乎！救与强无别也，甚矣！但此日阿凤英气何如是也，他日之身微运蹇，亦何如是也？人世之变迁，倏忽如此！

这段批语的最重要处，是提供了后三十回里唯一一条完整的回目，并且透露了那一回的大致内容：

彼时，宝玉同宝钗已然成婚，但袭人不在他们身边，宝钗曾经苦劝宝玉，却再也劝不醒；

彼时，凤姐身微运蹇，却仍然逞强好胜，想以一己之力帮助丈夫，但却救不了贾琏。

以此回照彼回，当事之人，宁不悲夫？这一回，在全书中的地位真可谓重矣，尤其对于探佚红楼，就更是珍珠至宝。同时它清楚地告诉我们：在袭人离开之后，宝钗才嫁给宝玉，纵然实现了金玉姻缘，宝钗却终究得不到宝玉的心，在宝玉心中的地位甚至连袭人也不如。正如同十二钗曲子里《终身误》所唱的：

> 都道是金玉良姻，俺只念木石前盟。空对着，山中高士晶莹雪；终不忘，世外仙姝寂寞林。叹人间，美中不足今方信。纵然是齐眉举案，到底意难平！

书中塑造宝钗，一直是端庄守礼的大家闺秀。第八回《比通灵金莺微露意 探宝钗黛玉半含酸》中，是第一次正面描写宝玉同宝钗的相处情形：

> 宝玉掀帘一迈步进去，先就看见薛宝钗坐在炕上作针线，头上挽着漆黑油光的纂儿，蜜合色棉袄，玫瑰紫二色金银鼠比肩褂，葱黄绫棉裙，一色半新不旧，看去不觉奢华。唇不点而红，眉不画而翠，脸若银盆，眼如水杏。罕言寡语，人谓藏愚；安分随时，自云守拙。

这是从宝玉眼中看去的宝钗形象，穿着半旧家常衣裳做针线，素淡安分，标准的贤妻良母，正照应着太虚幻境十二钗正册首段判词“可叹停机德”，与初见黛玉形成鲜明对比。

“停机德”引的是《后汉书·列女传》中乐羊子妻的故事，是一个最能板起脸给丈夫讲大道理的贤妻。丈夫远行求学，因为想家，只过了一年就回来了。按说小别胜新婚，何等缠绵痴恋？可是这位贤妻却不开心，因为丈夫荒疏学业，半途而废，没有大出息。当时她正在织布，于是拿起剪子就把织布机上的绢剪断了，跟丈夫说：学业中断等于前功尽弃，就跟这机上的绢一样，白做了。乐羊子十分羞惭，于是就又出门而去了。

我们想象一下，丈夫大老远地回来，饭没吃水没喝，被妻子一顿教训，还冷着脸动刀动剪地直接把布都剪断了，直如劈头盖脸一巴掌般，这感觉肯定比大吵大闹还难受，偏偏妻子还占了个贤良的美名。我一直觉得，古时候举出这样的烈女典范来实在是有些变态的，说好听是规引丈夫入正道，说难听了就是不通情理，热衷功名，没有女人味儿，这贞节烈妇的理直气壮有时比泼妇醋坛子的无理取闹更让人无趣发寒。

而薛宝钗，就是这样一位乐羊子妻的化身，时时处处要提醒着宝玉，规诫着宝玉，教导着宝玉的。

书中表面上说宝钗“总远着宝玉”，不肯同他玩笑。但是宝钗却并非对宝玉无心，而且对情敌的防备比黛玉还更加周密。

书中提及“史大姑娘来了”时，宝玉是拔脚便走，宝钗叫住：“等我跟你一起去。”用黛玉的话说是：“亏得绊住，不然早飞了来了。”这是作者借黛玉之语给读者提个醒儿，因为黛玉是最关心宝玉的人，所以也是最能看清宝钗心思的人。

这时候大观园尚未启用，宝黛二人还是跟着贾母住，湘云小时候也是跟贾母住，所以再来时，便与黛玉同床。宝玉早晨起了床不等梳洗就急着过屋探望，因为都在一个院子里，甚至可能就是东西厢，趿着鞋就过来了。

宝玉腻在黛湘两个房中，讨人家洗脸的剩水，还缠着湘云给他梳头。这就让袭人大为吃味儿了。宝钗一大早来绛芸轩探望，正听见袭人抱怨：“姊妹们和气，也有个分寸礼节，也没个黑家白日闹的！”

这宝、黛、湘与贾母同院而居，小孩子玩心大，不避嫌疑，所以宝玉一大早去隔壁房中还是很可以理解的，但是宝钗住在外院，大清早地跨过半个荣国府跑到宝玉房里来可是干什么呢？所以袭人这句“姊妹们和气，也有个分寸礼节”，将宝钗也牵连在内了，相当无礼。

这如果是黛玉听见，少不得又要多心回避；然而以宝钗之老到，却立刻明白了袭人的态度立场，身份地位，非但不恼，反而坐下来同袭人攀谈起来，慢慢地套问袭人家底，刻意拉拢。接着宝玉回来了，宝钗原本明明是寻他来的，此时却急急避了出去，免得袭人吃醋。

宝钗对袭人的重视，也是从这一刻才正式开始的。而这时候，袭人心中对钗黛尚且无分彼此，宝玉问她：“怎么宝姐姐和你说的这么热闹，见我进来就跑了？”袭人顶一句“我那里知道你们的原故”，这是将钗、黛、湘一网打尽了。然而其后，宝钗频施手段，着意笼络，不但把湘云送给自己的绛纹戒指转赠袭人，还抽空儿帮她做手工，终于使得袭人感恩戴德，遂成为坚定的死忠钗粉。明里暗里没少说黛玉坏话，却为宝钗大开方便之门。

即便是午睡时分，宝钗直入怡红院，明明宝玉睡着，袭人也毫不以二人孤男寡女独处为忌，还借故躲出门去，给两人私密空间——这时的袭人，变得比谁都大方。因为她知道，即使宝玉娶了宝钗，心中也还会有自己的一席之地；但若是黛玉嫁了宝玉，只怕是要夺走他整个的心的，而这才是她最难承受的。

第三十二回中，袭人亲耳听到宝玉对黛玉的情感表白，又妒又怕，正在发愣之际，宝钗又走来同她说帮忙做针线的事。这真是一个天一个地，由不得袭人不坚定地站在了保钗弃黛的立场上，并在当晚就找机会于王夫人座前告了一状——其实婆子只是召唤怡红院里任意一个人去回话，但袭人听见，“想了一想”，决定亲自去回话——这时候她已经打定主意要趁机进言，“处治”宝黛二人了。

说到底，袭人远黛近钗，也只是因为“心中眼中只有一个宝玉”罢了。

从袭人的立场出发，她的选择和倒向不能算错，可叹的是，二宝成婚后，宝钗固然未能占住宝玉的心，而袭人枉费心机，自己却也未能留在宝玉身边，而是花落别家，嫁给了琪官为妻。十二钗册子中她的画页上是一簇鲜花，一床破席，而判词则说：“堪叹优伶有福，谁知公子无缘。”

公子自然是宝玉，优伶便指琪官了。占花名时，袭人拈到了桃花：“桃红又是一年春。”注定她生命里还有另一个春天。虽然袭人也入了薄命司，但比起晴雯来，可是幸福得多了，也远胜过“开到荼蘼花事了”的麝月，甚至要比终于嫁得宝玉为妻的宝钗都要好，因为不管钗袭二人如何用功，那宝玉却是一根筋，“空对着山中大士晶莹雪，终不忘世外仙姝寂寞林”。

如此可见，“机关算尽太聪明”的，又何止是凤姐呢？

平儿与贾琏的青丝债

平儿是《红楼梦》中我最欣赏的一个丫鬟。她的人生哲学是：“大事化为小事，小事化为没事，方是兴旺之家。若得不了一点子小事，便扬铃打鼓的乱折腾起来，不成道理。”

她能干、周到，心细、嘴利，不怕事，却不生事，而且事情来了总能四面周全，息事宁人。

平儿的第一次出场在第六回“刘姥姥一进荣国府”：

> 周瑞家的将刘姥姥安插在那里略等一等。自己先过了影壁，进了院门，知凤姐未下来，先找着凤姐的一个心腹通房大丫头名唤平儿的。周瑞家的先将刘姥姥起初来历说明，又说："今日大远的特来请安。当日太太是常会的，今日不可不见，所以我带了他进来了。等奶奶下来，我细细回明，奶奶想也不责备我莽撞的。"平儿听了，便作了主意："叫他们进来，先在这里坐着就是了。"周瑞家的听了，方出去引他两个进入院来。……平儿站在炕沿边，打量了刘姥姥两眼，只得问个好让坐。刘姥姥见平儿遍身绫罗，插金带银，花容玉貌的，便当是凤姐儿了。才要称姑奶奶，忽见周瑞家的称他是平姑娘，又见平儿赶着周瑞家的称周大娘，方知不过是个有些体面的丫头了。于是让刘姥姥和板儿上了炕，平儿和周瑞家的对面坐在炕沿上，小丫头子斟了茶来吃茶。

小小一段文字，已写清了平儿的身份——凤姐的心腹通房大丫鬟；平儿的行事——要想一想才拿主意让刘姥姥祖孙进来，可见是既慎重又有主张的；平儿的打扮——遍身绫罗，插金戴银；平儿的长相——花容月貌。

然而这还不是平儿的正戏。她的第一次真正有分量的戏目在第二十一回《贤袭人娇嗔箴宝玉　俏平儿软语救贾琏》。这里给了平儿一个考语：俏。除了形容其相貌外，也有俏皮、玲珑之意。

平儿替贾琏收拾行李，发现一缕头发——显然是哪个相好留下的春意信物。这时候她有几种选择：首先她是凤姐的忠实臂膀，当然可以向凤姐告密邀功的，但那样势必引起一场家庭内战，而这是她不想见到的；她也可以对贾琏献媚邀宠，可是当贾琏真要搂着求欢时，她却跑了。可见其意并不在媚主夺宠，而只是要平息事端。

也正因为她躲得及时，等凤姐走来时，她才可以理直气壮地说："屋里一个人没有，我在他跟前作什么？"凤姐讽刺道："正是没人才好呢。"平儿使性子道："别叫我说出好话来了。"也不打帘子，自己先摔帘子走了。

平儿何以会有这番表现？又会说出什么"好话"来呢？

直到第六十五回中通过小厮兴儿对尤家姐妹细说贾琏房中事，我们才可以细推前情：

……虽然平姑娘在屋里，大约一年二年之间两个有一次到一处，他还要口里掂十个过子呢，气的平姑娘性子发了，哭闹一阵，说："又不是我自己寻来的，你又浪着劝我，我原不依，你反说我反了，这会子又这样。"他一般的也罢了，倒央告平姑娘……这平儿是他自幼的丫头，陪了过来一共四个，嫁人的嫁人，死的死了，只剩了这个心腹。他原为收了屋里，一则显他贤良名儿，二则又叫拴爷的心，好不外头走邪的。又还有一段因果：我们家的规矩，凡爷们大了，未娶亲之先都先放两个人伏侍的。二爷原有两个，谁知他来了没半年，都寻出不是来，都打发出去了。别人虽不好说，自己脸上过不去，所以强逼着平姑娘作了房里人。那平姑娘又是个正经人，从不把这一件事放在心上，也不会挑妻窝夫的，倒一味忠心赤胆伏侍他，才容下了。

这番话充分说明了平儿嫁给贾琏的因由与情形：此前贾琏房中已有两个通房丫头，如袭人之于宝玉一般，然而凤姐嫁过来后都给打发了；凤姐自己带来的四个陪嫁丫头，也都被凤姐逼死逼嫁。但贾琏身为荣府管家爷们儿，连一个妾室都没有太不成样儿，于是凤姐逼着平儿嫁了贾琏，却又不许二人同房。只有身子不便时，才会求平儿去满足贾琏。事情完了又不甘心，嘴里不干不净地酸言醋语，每每让平儿难堪。便如第二十一回中，平儿躲出窗外说："难道图你受用一回，叫他知道了，又不待见我。"说的就是这种情形了。

如此想来，平儿在琏凤二人中间的周旋着实为难。正如宝玉所评："贾琏之俗，凤姐之威，他竟能周全妥贴。"

可见，宝玉才是真正体贴女儿之人。

李纨为平儿打抱不平时，曾向凤姐说："给平儿拾鞋也不配，你们两个只该掉一个过儿才是。"

——为了这句话，便有许多索隐之士认为后来贾琏休了凤姐，将平儿扶正，使两人的地位调了一个过儿。

然而果真这样，平儿便不能算作“命却平常”，更非宝玉说的“薄命比黛玉犹甚”了。

第二十一回中贾琏与平儿打情骂俏时发狠说过：“你两个一口贼气。都是你们行的是，我凡行动都存坏心。多早晚都死在我手里。”

虽是玩话，不无寒意。因为我们知道，后来王熙凤果然是死在了贾琏手里，“枉费了意悬悬半世心，好一似荡悠悠三更梦”。那么，平儿的结局又会怎样呢？

书中曾经明确下过“薄命”二字评点的黛玉、香菱、晴雯的结果都是早夭，想来平儿也不外如是吧。

因此我猜测，平儿的将来终究难逃一死，而且是死在贾琏的荼毒之下了。

第二十二回
听曲文宝玉悟禅机　制灯谜贾政悲谶语

宝玉的第一次觉悟

贾宝玉将来“悬崖撒手”、出家为僧的命运早已注定，然而他的第一次觉悟竟从十二三岁开始，却不能不称之为“早慧”。

第五回宝玉梦游太虚幻境时，警幻仙子曾说，所以引他来此，就是为了让他历些幻界风月，从此打破情关，证道觉悟。

然而事与愿违，宝玉却偏由此生感，因见了一副对联：“厚地高天，堪叹古今情不尽；痴男怨女，可怜风月债难偿。”心下寻思：“不知何为‘古今之情’，何为‘风月之债’？从今倒要领略领略。”只因这一个念头，便招些邪魔入了膏肓，再与可卿一番儿女情长，如胶似漆，从此堕入迷津，深陷于此。

梦醒之后，他与袭人云雨一回，愈加缠绵，这是他的初夜。袭人，既是给了他第一次真实性体验的女子，同时也是第一次触动他见空弃世之觉悟的人。这真是一个绝妙的安排。

那一日，因宝玉大早起来即往黛玉房中去看湘云、黛玉梳洗，惹得袭人娇嗔大发，赌气不与他说话，也不理他。宝玉无聊，只得自己看了回《南华经》舒闷，“说不得横心只当他们死了，横竖自然也要过的。便权当他们死了，毫无牵挂，反能怡然自悦”。

这天下第一情人赌起气来，竟然“权当他们死了”，真是无情之至！难怪庚辰本会有双行夹批：

此意却好，但袭卿辈不应如此弃也。宝玉之情，今古无人可比，固矣。然宝玉有情极之毒，亦世人莫忍为者，看至后半部则洞明矣。此是宝玉三大病也。宝玉有此世人莫忍为之毒，故后文方有“悬崖撒手”一回。若他人得宝钗之妻、麝月之婢，岂能弃而为僧哉？此宝玉一生偏僻处。

显然，宝玉这一回赌气，已经埋下了将来“悬崖撒手”的伏笔。

庄子主张“天道无为”，认为人们自作聪明，为了防小偷而给箱子加上锁匙，可是大盗来了会直接连箱扛走，所以聪明人做的一切岂不是为了大盗而准备并帮其守护财物吗？正如那些鼓吹“圣人之治”的人，也根本无法抵御窃国大盗。所谓“窃钩者诛，窃国者为诸侯”的名言就是出自这篇文章的。因此庄子呼吁回复原始面貌，使世无法治，人无妍丑，抛弃一切虚言道理。而宝玉在受到袭人的挤兑之后，深觉无趣，触机见文，便生出一大篇感慨来。且第一次以续庄子的形式写出了悟道的感想：

焚花散麝，而闺阁始人含其劝矣，戕宝钗之仙姿，灰黛玉之灵窍，丧减情意，而闺阁之美恶始相类矣。彼含其劝，则无参商之虞矣；戕其仙姿，无恋爱之心矣；灰其灵窍，无才思之情矣。彼钗、玉、花、麝者，皆张其罗而穴其隧，所以迷眩缠陷天下者也。

这只是他的初次觉悟，所以还停留在“因空见色”的初级阶段，只能领会到天下美女都是迷障缠陷之尘网这个皮毛道理，尚不能从心底里完全醒觉。而且第二天醒来也就忘了，所以文中也没有做过多的答辩，只用黛玉的一首小诗作为结论：

无端弄笔是何人？作践南华庄子因。
不悔自己无见识，却将丑语怪他人。

第二十一回的回目叫作《贤袭人娇嗔箴宝玉　俏平儿软语救贾琏》，袭人的这次赌气，原本是为了“箴”宝玉的，却种下了两个恶果：一是让宝玉由此触动了悟禅的那根神经，二是就在这次斗气里，宝玉提拔了四儿——这可真是搬起石头砸自己的脚啊！

后来四儿被撵，宝玉向袭人感慨：“四儿是我误了他，还是那年我和你拌嘴的那日起，叫上来作些细活，未免夺占了地位，故有今日。”

如果袭人早知道会有今日，还会同宝玉拌嘴么？

更悲哀的是，这件事还没完。隔了几天，正月二十一是宝钗生日，因宝钗迎合贾母心理，点了一出《西游记》，又点《鲁智深醉闹五台山》。宝玉说她“只好点这些戏”，又说“我从来怕这些热闹”。宝钗为了自辩，笑道：“要说这一出热闹，你还算不知戏呢。”又举出《山门》中一段《寄生草》来：

> 漫揾英雄泪，相离处士家。谢慈悲剃度在莲台下。没缘法转眼分离乍。赤条条来去无牵挂。那里讨烟蓑雨笠卷单行？一任俺芒鞋破钵随缘化！

这是鲁智深入山门的一段唱词，苍凉空灵，词曲尽美，且深含禅意，是北曲中难得的佳品，怎不让宝玉这样慧根夙重的人深有感触。

因为看戏，众人打趣那小旦相貌酷似黛玉，又引出宝玉、黛玉、湘云三个人的一场口角来，那宝玉左右为难，这一番委屈自然比受袭人气更来得深重，想起前日所看《南华经》，再想到今日戏文里唱的“赤条条来去无牵挂”，不禁大哭起来，提笔立占一偈云：

> 你证我证，心证意证。
> 是无有证，斯可云证。
> 无可云证，是立足境。

这一回，他已经不是在续庄子作文，而是认真在写偈子了。这明明是入了禅道，有些虚无看破的意味了。

难怪宝钗自责：“这些道书禅机最能移性。明儿认真说起这些疯话来，存了这个意思，都是从我这一支曲子上来，我成了个罪魁了。”

到底宝钗和袭人不同，看得深远，悟得周全。然而真真让人感慨的是：袭人是宝玉的第一个性伙伴，却偏偏是她第一次触动宝玉的禅机；宝钗是宝玉未来的妻子，丈夫最终走入空门竟然由她而起，这真是天下最大的悲剧。

宝玉的这一次觉悟，又是由黛玉来做结论的——前一次是她自己来找宝玉，翻见那段续文，留下一首诗离去；这次却是袭人将偈子与她看，而她找了宝钗、湘云同看，又不当一回事地笑道：“你们跟我来，包管叫他收了这个痴心邪话。”真是“特犯不犯”。

那黛玉见了宝玉，劈面问道：“宝玉，我问你：至贵者是‘宝’，至坚者是‘玉’。尔有何贵？尔有何坚？”宝玉哑口无言。三人拍手笑道：“这样钝愚，还参禅呢。”

这里已经明明白白地点出了“参禅”二字。可见宝玉确实有此心，有此悟，却被黛玉的当头棒喝给唤醒了，宝钗又比出“菩提本无树”的语录典故来一番苦口婆心，终于让他收了悟道的心。

> 黛玉笑道：“彼时不能答，就算输了，这会子答上了也不为出奇。只是以后再不许谈禅了。连我们两个所知所能的，你还不知不能呢，还去参禅呢。”宝玉自己以为觉悟，不想忽被黛玉一问，便不能答；宝钗又比出“语录”来，此皆素不见他们能者。自己想了一想：“原来他们比我的知觉在先，尚未解悟，我如今何必自寻苦恼。”想毕，便笑道：“谁又参禅，不过一时顽话罢了。”说着，四人仍复如旧。

这一回，宝玉“由空见色”的一番体悟，终于又在黛玉谈笑风生的趣语巧问间被打消洗灭了。可叹的是，将来黛玉香消玉殒之际，宝玉再次参禅弃世，却有谁会妙语解颐，令其回头呢？

后文宝玉同凤姐被五鬼所魇，癞僧跛道赶来相救，曾手执通灵玉念了一首偈子：

> 粉渍脂痕污宝光，绮栊昼夜困鸳鸯。
> 沉酣一梦终须醒，冤孽偿清好散场！

庚辰本于此有批："三次锻炼，焉得不成佛作祖？"

好一个"三次锻炼"，真真触目惊心，不能不让我们想起癞僧跛道在开篇第一回向甄士隐说的那番话：三劫后，于北邙山相会。后来甄士隐历经失女、火灾、倚仗岳父生活又饱经白眼等三劫，终于大彻大悟，跟随道士离去。

那么，宝玉的"悬崖撒手"，也自当经历类似的"失爱、失家、失意"之"三次锻炼"吧？

而第一劫，自然是痛失所爱——颦卿不再，宝玉只能"悬崖撒手"了。

元宵灯谜伏了哪些谶语

第二十二回是非常重要的一回，不仅是因为宝玉在此回第一次觉悟，埋下了"悬崖撒手"的伏笔；更因为借着贾政猜灯谜，将诸钗结局揭了一道帘儿，再次透露天机，其作用几乎有着与第五回《游幻境指迷十二钗　饮仙醪曲演红楼梦》同样的警示意义。

与这两回遥相呼应的，是第六十三回的"寿怡红群芳开夜宴"，占花名与猜灯谜一样，都暗伏了群钗的归宿，相映对照，不难推出八十回后各人的结局。

清代小说评论家哈斯宝在《新译红楼梦》中说："我读《金瓶梅》，读到给众人相面，鉴定终身的那一回，总是赞赏不已。现在一读本回，才知道那种赞赏委实过分了。《金瓶梅》中预言结局，是一人历数众人，而《红楼梦》中则是各自道出自己的结局。教他人道出，哪如自己说出？《金瓶梅》中的预言，浮浅；《红楼梦》中的预言，深邃。所以此工彼拙。"

可谓评价中允！

正如大观园之兴建是因元春而起一样，这场灯谜会也是由元春引起的。宝钗生日次日，也就是正月二十二日，元春差人送出一盏四角平头白纱灯来，专为灯谜而制，让众人猜了封进宫去，又让众人也都做一个。

这灯谜乃是：

能使妖魔胆尽摧，身如束帛气如雷。

一声震得人方恐，回首相看已化灰。

显然说是刚刚得势迅即消散，不能永寿之兆。“回首”为佛教用语，特指“临终”，如书中袭人说“我也想不到能够看着父母回首”。元宵灯谜写爆竹，本是十分应景，诗文也合乎元春身份，然而此物不吉，却是暗透天机了。

就诗谜本身而言，并不难猜，无论是诗还是物都无甚新意。以宝钗等人之智，都是一猜即中，却“少不得称赞，只说难猜，故意寻思”，然后才各自写了答案，又各作一首新诗，恭楷写了，挂在灯上。

当晚太监传谕：“前娘娘所制，俱已猜着，惟二小姐与三爷猜的不是。小姐们作的也都猜了，不知是否。”又将颁赐之物送与众人：每人一个宫制诗筒，一柄茶筅——正如庚辰本脂批所评“二物极微极雅”。

脂批对于诗筒的解释是明白的：“诗筒，身边所佩之物，以待偶成之句草录暂收之，其归至窗前不致有忘也。或茜牙成，或琢香屑，或以绫素为之不一，想来奇特事，从不知也。”

但在茶筅旁批语：“破竹如帚，以净茶具之积也。”却是大谬不然。宋徽宗《大观茶论》中注：“茶筅，以觔竹老者为之。”宋代以点茶为盛事，宋徽宗尤精此道。茶筅的确形如破帚，但从来都不是为了清洁茶具的，而是如今天的打蛋器一般，是用来搅拌茶末用的。以老竹劈成百余细枝，使茶末细腻均匀。日本人向宋人习得此道，迄今犹用于抹茶之中。

不过茶饮之道，讲究“唐煮宋点明泡”，在清朝时喝茶已是以冲泡为主，所以批书之人不识茶筅为何物，是可以理解的。

这两件赏赐，唯迎春与贾环不得。迎春自谓玩笑小事，并不介意，可见其心淳厚。且看后面她自己的谜语，清通深沉，可知虽不及钗黛聪慧，却不失千金本体；但贾环向来就是有受害狂想症的，便觉得没趣，大概心里还想着“欺负我不是太太养的”罢。

太监且说贾环这个做得不通，娘娘让问问是什么。众人看时，却是：

大哥有角只八个，二哥有角只两根。
大哥只在床上坐，二哥爱在房上蹲。

贾环自称答案是一个枕头，一个兽头。古时枕头通常为长方形，勉强可以说是八只角；但兽头指的是旧时建筑屋檐上装饰的两角兽，此处之角又变成实指，完全不符合谜语规则，所以非但文字粗俗，而且不通之至。

且说贾母因见元春这般，便也兴致起来，命速做一架小巧精致围屏灯来，设下香茶细果各色玩物，召了众人来猜谜作乐。贾政闻知，便也凑趣备了彩礼酒席来参会。贾母便命他："我便说一个你猜，猜不着是要罚的。"因道：

猴子身轻站树梢。打一果名。

谜底倒是简单，不过是"荔枝"（立枝）而已，寓意却大，乃暗指将来"树倒猢狲散"之家亡人散各自奔之预兆。当家人竟作此语，令人唏嘘。而且贾母最爱之两人：宝玉与凤姐，都是一再被形容成猴儿的，就更加不言而喻了。

而贾政的谜语则是砚台：

身自端方，体自坚硬，虽不能言，有言必应。打一用物。

这谜语原妙，也符合贾政端方身份，但是庚辰本夹批说"包藏贾府祖宗自身"却让索隐派们又考据了起来，遂有种说法是暗指曹玺与孙氏夫妻。故而此谜底其实应该是玉玺。而贾母之谜语中的"猢狲"则暗射孙氏之姓。此说虽无呼应，却也有趣，故记于此，姑妄听之。

另外，迎春的谜底也是有争议的：

天运人功理不穷，有功无运也难逢。
因何镇日纷纷乱，只为阴阳数不同。

贾政猜是算盘，迎春也应了。但有人以为这只是迎春的礼貌所致，其实贾政猜错了，但迎春不好驳辩。正如此前元春猜谜，书中说"也有猜着的，也有猜不着的，都胡说乱猜着了" 。很可能迎春诗谜的真正答案是"围棋"。

因为围棋的黑白子，比算盘更合“阴阳数不同”之语，算盘虽然也可谓之“镇日纷纷乱”，但又哪里扯得到什么阴阳呢？

细想之下，确有道理——琴棋书画四丫鬟的名字，原是对应了主人的癖好的。最明显的就是惜春的丫头名“入画”，其原因一目了然；探春的丫鬟名“待书”（又作“侍书”），虽然对于探春喜好书法的描写很含蓄，但是从宝玉赠送她的颜真卿墨迹及她房中布置可以看出来；元春带进宫的丫鬟叫“抱琴”，虽然关于弹琴之事没有正面描写，但那贾元春乃是“才选凤藻宫”的人物，琴棋书画必然都是有所涉猎的，文中看出诗技平平，大约琴艺是很高明的了。

剩下一个迎春，丫鬟叫“司棋”，而周瑞家的送宫花时，文中借周氏眼光一一写出诸女儿情态，写到迎春时，正遇上她与探春姐妹两个在下棋，可见迎春是颇好此道的。

迎春的屋中摆设虽然没有正面描写，但宝玉在第七十九回徘徊紫菱洲时写的那首伤怀诗中倒是提过两句：“不闻永昼敲棋声，燕泥点点污棋枰。”可以想见迎春的屋子里必是设着一副棋枰，而且从早到晚可以听到下棋声。

可见迎春的诗谜若作“围棋”解，似乎更加合理。

探春的诗谜与其判词是紧密相关的。

第五回贾宝玉梦游太虚幻境时翻至探春一页，画的是两个小孩子放风筝；而这一回中探春的谜底便是“风筝”：

阶下儿童仰面时，清明妆点最堪宜。
游丝一断浑无力，莫向东风怨别离。

这与册子中说的“清明涕送江边望，千里东风一梦遥”如出一辙，都点明了“清明”这个时间，谜语旁还有一句夹批：“此探春远适之谶也。”可见探春嫁信有期，当在清明无误。

但关于她嫁给了什么人，却一直远至第六十三回占花名时才有所暗示。探春抽中的乃是一枝杏花，写着“瑶池仙品”，诗云：“日边红杏倚云栽。”注云：“得此签者，必得贵婿。”

众人都笑道：“我们家已有了个王妃，难道你也是王妃不成。大喜，大喜。”

于是一齐来贺。——言明探春嫁的乃是“贵婿”，将来可能要做“王妃”的。

但是对于探春来说，如果嫁了王爷为妃，即使是庶妃，也算不得薄命，除非跟元春一样早夭了。但那样的话，两个人的故事就太重复了，不是曹雪芹的笔法。除非她像王昭君一样，远嫁海外僻乡，做和亲之王妃，才算得上薄命。

这在现在人的眼中有些难以理解，嫁到外国做王妃，巴不得的事儿，怎么能算薄命呢？然而在当时人的心目中，背井离乡，远离爹娘，一辈子再难回故土，就是女儿家最大的悲哀。所以《汉宫秋》才是十个古典悲剧之一。虽然可以如探春所愿，成就一番事业，然而“一番风雨路三千，把骨肉家园齐来抛闪”，毕竟是伤怀的。

贾府四艳中，惜春的结局通常是最无争议的，即出家为尼。在太虚幻境的册子中，关于惜春的那一页，画着“一所古庙，里面有一美人在内看经独坐”。其判词云：

堪破三春景不长，缁衣顿改昔年妆。
可怜绣户侯门女，独卧青灯古佛旁。

而惜春在全书中第一次开口说话是在第七回“送宫花贾琏戏熙凤”中，周瑞家的走去惜春处送宫花，只见惜春正与水月庵姑子智能儿一处玩笑，开口说的第一句台词就是“明儿也剃了头作姑子去”。

接着，第二十二回“制灯谜”一段，写明惜春的谜语：

前身色相总无成，不听菱歌听佛经。
莫道此生沉黑海，性中自有大光明。

庚辰本在此有双行夹批：“此惜春为尼之谶也。公府千金至缁衣乞食，宁不悲夫！”

可见，惜春出家为尼的结局无可置疑。至于她是在什么情况下出家的，又为什么会落得个“缁衣乞食”的惨状，我们后文详说。

对于元宵灯谜，早期脂本的内容多半就此为止了，庚辰本有朱笔眉批说："此后破失，俟再补。"其后又于下面空页上墨笔批道："暂记宝钗制谜云：……"（诗暂略，见后文），后又有："此回未成而芹逝矣，叹叹！丁亥夏。畸笏叟。"

首先，这三条批语告诉我们抄书人与曹雪芹确实是一直有着互动的，但同时又让我们知道其交往并不密切，因为抄书时发现诗谜部分因书稿破失而有所缺，要特别备注"俟雪芹"来提醒自己，可见与雪芹相见并不频密；而且最终也没有等到，"此回未补成而芹逝矣。"

但是空白处又附录了这么一首宝钗诗谜，在程高本里且把这谜移与黛玉，而给宝钗和宝玉另增加了两首诗，可见都是后人续补的。

> 朝罢谁携两袖烟，琴边衾里总无缘。
> 晓筹不用鸡人报，五夜无烦侍女添。
> 焦首朝朝还暮暮，煎心日日复年年。
> 光阴荏苒须当惜，风雨阴晴任变迁。

将此诗疑作黛玉所为的人，大约是赞叹此诗之工整伤感，以为最合黛玉身份性情；岂不知"琴边衾里总无缘"对黛玉而言近乎亵渎，因其"质本洁来还洁去"，既然未嫁而夭，根本不会发出衾里无缘之叹；倒是宝钗虽然得嫁宝玉为妻，但那宝玉"空对着山中大士晶莹雪，终不忘世外仙姝寂寞林"，最终更是出家为僧，只怕和宝钗是水月夫妻，"纵然是齐眉举案，到底意难平"，宝钗这才会感慨光阴虚度，空房独守，焦首朝朝暮暮，煎心日日年年。

所有之谜，尽皆不祥，这就难怪贾政伤悲感慨，心内自忖："娘娘所作爆竹，此乃一响而散之物；迎春所作算盘，是打动乱如麻；探春所作风筝，乃飘飘浮荡之物；惜春所作海灯，一发清净孤独。今乃上元佳节，如何皆作此不祥之物为戏耶？"

值得思索的是，此段贾政自忖之语过于直白，竟然把蕴含之意尽皆说出，大不像全书作风，或者同所补诗谜一样，是由抄书人在整理之际补写而成，也未可知。

至于程高续书所补宝玉诗"南面而坐，北面而朝。象忧亦忧，象喜亦喜。"

单纯作为诗谜来看是相当不错的，却不符合宝玉的性格，这里引经据典，且是宝玉最不擅长的《孟子》下部，倒更像是贾政作的。而且补续之文说贾政赞叹“好，好！如猜镜子，妙极！”这与贾政悲谶语之情境颇不相符，更与后文凤姐所说“适才我忘了，为什么不当着老爷，撺掇叫你也作诗谜儿”相悖，显然是续书人自鸣得意之作硬塞入原文的，却顾不得前后呼应与各人心性。而为宝钗作的《竹夫人》诗谜更是粗俗浅陋，有失身份。

因此，虽只是几首灯谜，也已经看出狗尾续貂之不可取了。

第二十三回
西厢记妙词通戏语　牡丹亭艳曲警芳心

三春过后大观园

大观园为省亲而建，元春因不忍花柳无颜，佳人落魄，遂使众姊妹搬进去住，又怕冷清了宝玉，使贾母王夫人愁虑，遂命他也进园居住。这就已经注定了大观园的不能久长——即使没有抄家，随着众姐妹的长大、出嫁，总会先后搬走的；而宝玉如今尚未戴冠，尚可与姐妹厮混，但终究住不了多久，年纪稍长时，就须顾虑男女大防，迁出园子的。

因此，最美大观园的存在本身就是最大的悲剧，是注定了的青春藩篱。

这一回中写明，群芳入园之期择于二月二十二日，时为省亲后一个月，“登时园内花招绣带，柳拂香风，不似前番那等寂寞了”。

接着书中抄录了宝玉的四时即事诗来形容其遂心如意之志，文字极尽香艳铺陈之能事。但这四首诗从细推来，很明显是一个文字游戏，作者自珍笔墨的炫技之作，其实当不得真。

宝玉二月二十二才迁入大观园，即景诗后方有三月中浣读《西厢》之事，不过一月之间，哪里倒过了四季呢？此其一。

绛芸轩本是他小时候的住处，此时倒又出现在诗中；而琥珀和玻璃都是贾母的丫鬟，亦不住在大观园中，可见这写的原是从前的生活。此其二。

“扫雪烹茶”之事在后文中是妙玉的一幕重头戏，诗中侍女倒已经深谙此道了，那妙玉又有何绝技可炫？可见这写的并不是宝玉的生活，而只是诗人自度而已。此其三。

从这三点看来，这首诗并不是在创作本书时为宝玉而写，或者是作者自己从前游戏笔墨的文字，因其香奁体风甚合宝玉，遂移于此；要么是作者此前某书稿如《金陵十二钗》或《情僧录》中的诗作，不舍丢弃，便又塞于此处，其实不合本回文意。

倒是诗后的一段文字颇为重要：

> 因这几首诗，当时有一等势利人，见是荣国府十二三岁的公子作的，抄录出来各处称颂；再有一等轻浮子弟，爱上那风骚妖艳之句，也写在扇头壁上，不时吟哦赏赞。因此竟有人来寻诗觅字，倩画求题的。宝玉亦发得了意，镇日家作这些外务。

这段文字，一则清楚交代了宝玉在这一年的年龄是十二三岁，二则直指下文中他在薛蟠寿宴上说自己所能唯有一诗一画之缘故，更重要的是，诗社建成后，他将诸钗文字流传出去，曾遭钗黛正色反对，但是想来不过亡羊补牢，已是迟了，早已被那等轻浮子弟题于扇头壁上，吟哦赏赞。说不定，正是黛玉遭祸之缘。此为后话。

如今且说宝玉静中生烦恼，忽一日不自在起来，进来进去的只是发闷，所谓少年维特之烦恼，原本无名。茗烟因此弄了许多传奇脚本与他解闷。

那一日正当三月中浣，宝玉便携了套《会真记》往沁芳桥边桃花树下细玩，因见桃花飞落，便想着要兜了桃花投入水中，谁知正遇着黛玉掮着花锄手执花帚而来——这是黛玉进大观园后的第一次亮相，竟然就是葬花。

这两个人的表现可谓大相径庭，却偏偏又心有灵犀，不但同为花怜，而且共看西厢。这是书中最美的画面之一，但正在情浓意惬时，宝玉被袭人叫走了，黛玉独自回房时，正听见梨香院小戏子在演练《牡丹亭》，遂起伤春之叹。为葬花而来，因叹曲而归，黛玉多愁善感如此，大观园岂不成了她眼泪的源泉，悲剧的舞台？

所以脂砚斋说：“观者则为大观园费尽精神，余则为若笔墨却只因一个葬花冢。”

书中有一段关于宝黛性情的分辨说明极妙：

林黛玉天性喜散不喜聚。他想的也有个道理，他说，“人有聚就有散，聚时欢喜，到散时岂不清冷？既清冷则生伤感，所以不如倒是不聚的好。比如那花开时令人爱慕，谢时则增惆怅，所以倒是不开的好。”故此人以为喜之时，他反以为悲。那宝玉的情性只愿常聚，生怕一时散了添悲；那花只愿常开，生怕一时谢了没趣；只到筵散花谢，虽有万种悲伤，也就无可如何了。

这形容得最妙，在宝玉眼中，大观园万事皆好，四时相宜，宛如神仙生涯；然而借黛玉的眼看去，却只见落花满地，只听哀曲动人，所有之良辰美景，不日便将作断壁颓垣，又何喜之有呢？

是所谓大观园之于林黛玉，恰如一个葬花冢矣。然而于宝玉，又何尝不是处处陷阱，危机四伏呢？

他于二月二十二迁入园子，三月中旬才和黛玉一同葬花，三月下旬就遭了赵姨娘和马道婆的魇魔法，养了一个多月方好。谁知刚过端阳节，又遭贾环进谗言，因为琪官与金钏儿的事情被父亲毒打。

悲哀的是，第二十三回“西厢记妙词通戏语”是他与黛玉第一次借戏言情，融洽之时却被袭人叫走；第三十二回“诉肺腑心迷活宝玉”，更是宝黛情感最真诚的一次表白，又被袭人偷听了去。而袭人更是当夜就向王夫人进言，建议让宝玉搬出大观园。

可怜宝玉第二十三回才搬进来，统共住了不到三个月，第三十四回时袭人就已经惦记着怎么想法儿让宝玉搬出来了。宝玉挨了父亲的打不算，如今又被母亲与爱妾合伙算计着，还蒙在鼓里一丝不知，只想着让晴雯给黛玉送帕子拭泪呢。在最快乐无忧的温柔乡里被亲人与爱人出卖，世间不幸事莫过于此。

既然大观园是宝玉的青苹果乐园，那么迁出乐园即意味着贬落红尘，从这个意义上说，大观园无疑成了一道藩篱，隔开青春与世故。由爱故生忧，由爱故生怖，当喜剧与悲剧有了明显的分界线的时候，那道界线，也就成了最大的悲剧。

宝玉住进大观园三个月，就已面临着搬出的潜在威胁。但事实上，我们知道他住了三年。

可卿梦托凤姐时曾道：“三春去后诸芳尽，各自须寻各自门。”

这个“三春”，很多红学家解释作“元、迎、探”三春，说的是元春和迎春死后，探春远嫁，不久贾府被抄，然后才是惜春的出家。至于为什么惜春不算春，而要归在“诸芳”里，则全无解释。

然而，元春判词中也有“三春争及初春景”的句子，这里的“三春”又该做何解释呢？难道是“迎、探、惜”三春？

惜春的判曲中又有“将那三春看破，桃红柳绿待如何？”这“三春”，又指的哪三位呢？莫非又重新变成了“元、迎、探”？难道可以这样随心所欲地解释与应用吗？

可见将“三春”解释作“四春”中的任何三位都是行不通的。所以我偏重“三春”为“三年”之说——这个三年，指的是大观园纪元，也就是以第十八回元春省亲为元年，这是第一个元宵节；第五十三回《宁国府除夕祭宗祠　荣国府元宵开夜宴》为第二年始，也是第二个元宵节；第七十回“林黛玉重建桃花社”是第三年，上来就写初春，略过了元宵，却重点写了中秋节。到第八十回末时，已经是腊月。

如果有后文，那么从第八十一回开始，也就进入了第四年，正是“三春过后”的第一个元宵节，可以想见第一个悲剧就是香菱之死，“好防元宵佳节后，便是烟消火灭时”。而其余诸芳的终局也都会接踵而来，面临“各自须寻各自门”的惨境。

大观园不会有机会好好度过第四个春天，所以大收场就在这一年了。想令诸芳一时去尽，或死或嫁是来不及的，所以“抄家”之事亦迫在眉睫。悲剧一个接着一个，后文的节奏相当紧凑而凄惨，难怪连上苍也不忍卒看，竟令后四十回佚失了。

宝黛试情的第一道分水岭

在前八十回里，宝黛的情感有四个发展阶段。

第一个阶段，是黛玉初进贾府而宝钗还未来之前。两人是耳鬓厮磨，亲密友爱，正如第五回开篇所说：“日则同行同坐，夜则同息同止，真是言和意顺，略无参商。”只不过“既熟惯，则更觉亲密；既亲密，则不免一时有求全之毁，不虞之隙。”

第二阶段，宝钗不比黛玉孤身投靠，她可不是一个人在战斗，而是拖家携眷带着她的金锁以及“金玉姻缘”的大命题旗帜高张地住进了贾府，林黛玉深深地觉得受到了威胁，大为忧戚，这才泪流不断，把吃醋当主食、把猜疑当佐料的。

此时的宝玉还只是个懵懂孩童，虽然对黛玉远较其他诸人亲密，却只是欣赏怜惜，并没有别的想法，“视姊妹兄弟皆出一意，并无亲疏远近之别”，便在游太虚做春梦时，见了秦可卿，也把她看成是宝钗、黛玉的结合体。

第八回“比通灵金莺微露意”是宝、黛、钗的第一次斗法，这回里宝玉和宝钗互换了金锁片、通灵玉来看，莺儿又点破上面的字“是一对儿”，这些话显然被刚刚走来的黛玉听见了，从此就时时刻刻放在心上。连开玩笑时也会对宝玉说：“你有玉，人家就有金来配你；人家有‘冷香’，你就没有‘暖香’去配？”

但到这时候也仍然停留在小孩子口角的阶段，湘云来时住在黛玉房里，为拿戏子比黛玉的事闹了别扭，宝玉赌气写偈子，黛玉看见了，立刻忘了昨天吵嘴的事，拿着字帖去与湘云、宝钗同看，再一同来找宝玉，辩得他哑口无言，打消执念。

四个人的表现到此都还是一派天真，无关爱情。即便黛玉小心眼儿，一会儿生湘云的气，一会儿吃宝钗的醋，都还是出自天然——“我为的是我的心”。

而宝玉劝黛玉的话，也只停留在小孩子间“谁跟谁关系更铁”的把戏上：“你这么个明白人，难道连‘亲不间疏，先不僭后’也不知道？我虽糊涂，却明白这两句话。头一件，咱们是姑舅姊妹，宝姐姐是两姨姊妹，论亲戚，他比你疏。第二件，你先来，咱们两个一桌吃，一床睡，长的这么大了，他是才来的，岂有个为他疏你的？”

姑舅姊妹也好，两姨姊妹也好，都是姊妹，不是情人。元春命宝玉同诸芳一起迁入大观园时，宝玉问黛玉想住哪里，黛玉说潇湘馆，宝玉拍手笑道：“正和我的主意一样，我也要叫你住这里呢。我就住怡红院，咱们两个又近，又都清幽。”

这时候大家都在贾母房中，宝玉不避嫌地说“咱俩最近”，可见心底无私。

直到住进大观园，宝黛两个一同葬花、看《西厢记》，这才情窦初开，心意缠绵，并且会说出“倾国倾城貌，多愁多病身”这样意味深长的玩笑来，已经几近调情了。

因此，从宝钗进府，到迁入大观园这段时间，是宝黛爱情的第二阶段。

第二十三回也是宝黛进入大观园的第一场重头戏，一次盛大的演出，是两人爱情故事的正式开启。

书中说宝玉读书之际，忽然一阵风来，那桃花片片吹落，满书满地皆是。宝玉要抖将下来，又怕脚步践踏了，踌躇一回，遂兜了花瓣来至池边，抖于水中。那花瓣浮浮荡荡，径自去了，正是“花落水流红，闲愁万种”。

这一段描写极美，极柔艳，极见宝玉之性情体贴。宝玉之体贴，不仅仅是对钗黛晴袭，而是对天下女儿；不仅是对天下女儿，而是对世间万物，一草一木，是见了飞鸟也感叹，对着游鱼也知己的。这才是天地毓秀钟灵的一个真正情种。

书中说他怕抖花落地被脚步践踏了，而后文黛玉《葬花吟》中正有“忍踏落花来复去”之语，黛玉才是宝玉的真知己，是灵犀相通志同道合的灵魂伴侣！

更难得的是，黛玉不仅仅和宝玉同出此心，更比宝玉棋高一着。宝玉的惜花只是触景生情，是偶然兴起，一时之念；而黛玉的惜花则早已是身体力行，由来已久，不仅有想法，更加有计划，有行动，有步骤的，是年复一年早就这样做了的。可见两人是真正灵魂相契的知己。

在灵魂上绝对共融之后，作者又借着“西厢记妙词通戏语”，将二人的情感窗户纸猛地戳破，瞬间提升。

宝玉的一句“我就是个‘多愁多病身’，你就是那‘倾国倾城貌’”，将两小无猜的兄妹情，霎时间移形换影，错位成了情投意合的才子佳人。宝玉这句话，显然自比张生，而将黛玉比作莺莺，借戏中人物喻示二人关系是情侣。

虽然这未必是宝玉的本心，却绝对是潜意识，因此黛玉大怒起来，又羞又恼，指着宝玉道：“你这该死的胡说！好好的把这淫词艳曲弄了来，还学了这些混话来欺负我。我告诉舅舅舅母去。”

虽然发作得这样严重，但是她的心里一定是又惊又喜的，因此宝玉随便说了几句讨好的话儿，她便笑了出来，且也用戏词“银样蜡枪头”来反讽宝玉。

这一接招，分明就是应了，落实了宝玉是张生的身份。

从此之后，宝黛的爱情故事正式开始了。

然而《红楼梦》不比一般风月小说，宝黛情也不比寻常才子佳人故事，不能春机乍动，一泻千里，须要有身份，要矜持婉转。所以此处两人春情初露端倪，便被袭人打断，说“那边大老爷身上不好，姑娘们都过去请安，老太太叫打发你去呢。”就此叫走了宝玉。

黛玉是客身，遵循授受不亲之礼，不便见贾赦；同时又在此居住已久，不必再走过场行“请安”“谢问”之礼，所以不用过去。她正与宝玉聊得亲热，忽然分开，又听说迎、探、惜等诸姐妹也都不在房中，便有些闷闷的。于是此处便又补了小戏子们习唱《牡丹亭》的一段余韵，让她为了几句“如花美眷似水流年”伤感起来，心动神摇，如醉如痴。

这是杜丽娘思春的经典，而黛玉此时之情，正是春心已动，恰如风吹皱一池春水，所有的敏感多情都被搅动起来了，从此幽怨婉约，再不仅仅是为了与宝玉间的“不虞之隙，求全之毁”，而是实实在在的男女相思，患得患失了。

故而庚辰本眉批云：“情小姐故以情小姐词曲警之，恰极当极！”

黛玉与《西厢记》

《西厢记》是黛玉的爱情启蒙读本，在书中所起的作用可谓大矣。

而她之所以能接触《西厢记》，正是由于有情人贾宝玉的推荐。

第二十三回中，宝玉舍不得那传奇脚本，偷带入园中，无人时自己密看。其中尤为喜欢《会真记》（即《西厢记》），特地拿到池边树下细读。正值黛玉前来葬花，问他读的什么书？宝玉起先藏之不迭，说“不过是《中庸》《大学》”。及至黛玉追问，便又笑道：“好妹妹，若论你，我是不怕的。你看了，好歹别告诉别人去。真真这是好书！你要看了，连饭也不想吃呢。”——宝黛二人是精神上的知己，有着共同的审美追求，所以他并不怕黛玉知道他看这些杂书，并且还主动向黛玉推荐，笃定黛玉会喜欢。

果然那黛玉“把花具且都放下，接书来瞧，从头看去，越看越爱看，不到一顿饭工夫，将十六出俱已看完，自觉词藻警人，余香满口。虽看完了书，却只管出神，心内还默默记诵”。

这段文字，也可以说是作者本人对《西厢记》曲词的赏评赞誉。“词藻警人，余香满口”，以这八个字来评价，可谓美矣。

但是说这本书是打开宝黛情书的宝钥，还不仅仅是因为他们花下共读，更是因为他们借着书中人物、故事、戏词，捅破了两人间朦朦胧胧的那层窗户纸，使两小无猜的友情向豆蔻花开的爱情迈进了一大步。

这层窗户纸，当然还是宝玉主动捅破的，他向黛玉笑道：“我就是个‘多愁多病身’，你就是那‘倾国倾城貌’。”自比张生，而将黛玉喻崔莺莺。

黛玉名门闺秀，面对宝玉的第一次情爱示意，又惊又羞，又恼又怕，这是少女本能的表现。只见她“竖起两道似蹙非蹙的眉，瞪了两只似睁非睁的眼，微腮带怒，薄面含嗔，指宝玉道：‘你这该死的胡说！好好的把这淫词艳曲弄了来，还学了这些混话来欺负我。我告诉舅舅舅母去。’”

口里说得这样严重，但其实她的心里是喜欢的，只是自己也不知道该怎么处理。所以当宝玉说出一番傻话来告饶，什么“掉在池子里教个癞头鼋吞了去”，又什么“往你坟上替你驮一辈子的碑去”，黛玉立刻就笑了，还借了句戏词说：“一般也唬的这个调儿，还只管胡说。呸，原来是‘苗而不秀，是个银样蜡枪头’。”

这一下，就更加写明两人本是同道中人，看同一本书——《西厢记》，做同一件事——葬花，所以说，共读西厢一段，是宝黛爱情路上的一座重要里程碑。

“多愁多病身”与“银样蜡枪头”是宝黛二人第一次读西厢并借戏词调笑，这之后，明里暗里，书中又提及《西厢记》故事及人物十数次，对情节起到直接推动作用的也有六七处之多。

比如第二十六回《蜂腰桥设言传心事　潇湘馆春困发幽情》，宝玉来潇湘馆时，正值黛玉刚刚午睡醒来，在床上一边伸懒腰，一边幽幽长叹：“每日家情思睡昏昏。”——这一句，仍是《西厢记》里崔莺莺的词儿。

宝玉听了，自然心痒痒的，于是看到紫鹃很解情趣地去倒茶时，就忍不住也借了张生的戏词说道：“好丫头，‘若共你多情小姐同鸳帐，怎舍得叠被铺床？’”

现代读者看了字面挺雅，便常常忽略了这句话的严重性，也不明白黛玉为什么那么易怒。但事实上，这句戏词确实很过分，原是张生冲着莺莺小姐的丫鬟红娘说的，宝玉用在这里，意思是说等将来娶了黛玉为妻，自然连紫鹃也一块儿娶了做妾——这种占便宜的话，搁在今天也是明明白白的调戏，怨不得黛玉大怒。而且她回思自己刚刚也说了句戏词，分明情思迤逗，有思春之意，这才被宝玉抓住把柄，占了便宜，真是又羞又怒，因此便哭了，且“一面哭着，一面下床来往外就走”——因宝玉说了那样过分的话，黛玉是再也不能待在床上了。

不过黛玉怒虽怒，心里却很认可宝玉把她比作崔莺莺，甚至自己也常常拿莺莺自比。

第三十五回《白玉钏亲尝莲叶羹　黄金莺巧结梅花络》开篇，林黛玉站在花荫下，远远看着众人一队队往怡红院去了，便又感慨起没有父母的苦楚来。回到潇湘馆时，看见地下竹影参差，苔痕浓淡，联想到《西厢记》中“幽僻处可有人行，点苍苔白露泠泠”二句，暗暗叹道：“双文，双文，诚为命薄人矣。然你虽命薄，尚有孀母弱弟；今日林黛玉之命薄，一并连孀母弱弟俱无。古人云‘佳人命薄’，然我又非佳人，何命薄胜于双文哉！”

“双文”乃是崔莺莺的字，这里黛玉已经承认了自己是崔莺莺，且认为自己比莺莺更加命薄。

其实，戏中的莺莺不仅比戏外的黛玉有福，更比黛玉大胆，敢于让红娘相助，抱了枕头去与张生私会相约——这样的事，黛玉是绝然做不出的。可是她这时候已经与宝玉互诉肺腑，题帕明志，认定了要跟宝玉在一起。想要在一起，就必须做出选择，哪怕委曲求全，也要用力一搏。

于是，就接连有了后文第四十、四十二回的转变。

第四十回《史太君两宴大观园　金鸳鸯三宣牙牌令》中，行酒令轮到黛玉时，黛玉接连念了两句《牡丹亭》《西厢记》的词：“良辰美景奈何天”“纱窗也没有红娘报”。别人听了都不理论，宝钗却暗暗将她看了两眼。

于是第四十二回《蘅芜君兰言解疑癖　潇湘子雅谑补余香》中，宝钗就私下找了黛玉来“审问”，并教训了一套大道理。

喜欢黛玉的人往往因此觉得宝钗虚伪，自己明明什么都读过，却道貌岸然地教训黛玉。但这真是错怪了宝钗，因为她说的“道理”是没有错的，闺中小姐的确是不作兴看这些淫词艳曲的，这就像今天的中学生，虽然什么都懂了，但是父母仍会禁止孩子看黄色书刊影视，这并不是装模作样。

《西厢记》曲词虽雅，故事却是走的“私相授受、后园幽会”一路，曾在清朝几度被禁，虽然戏台上仍有演出，但常常只是几个章节，是“删节本”的折子戏，比如元宵家宴上贾母点的《惠明下书》《听琴》两出戏，就是《西厢记》不同剧种中的两出。

而且就像俗话说的：“宁为人知，勿为人见。”园子里的姑娘都知道《西厢记》是一回事儿，公开在家宴上谈论背诵，甚至把戏词当诗词就是另一回事儿了。所以黛玉也自我反省“失于检点”，“羞得满脸飞红，满口央告”，“心下暗伏，只有答应‘是’的一字”……

这之后，黛玉对宝钗俯首倾心，见诚以待。《西厢记》不仅树起了宝黛爱情的里程碑，也标志了钗黛友情的转捩点。

连宝玉也觉得奇怪，在第四十九回《琉璃世界白雪红梅　脂粉香娃割腥啖膻》中，特地向黛玉询问：“我虽看了《西厢记》，也曾有明白的几句，说了取笑，你曾恼过。如今想来，竟有一句不解，我念出来你讲讲我听。”黛玉问他是哪句，宝玉笑道：“那《闹简》上有一句说得最好，‘是几时孟光接了梁鸿案？’这句最妙。‘孟光接了梁鸿案’这五个字，不过是现成的典，难为他这‘是几时’三个虚字问的有趣。是几时接了？你说说我听听。”

这是两人又一次借《西厢记》对话，黛玉因说了行酒令、送燕窝等事，宝玉笑道：“我说呢，正纳闷‘是几时孟光接了梁鸿案’？原来是从‘小孩儿口没遮拦’就接了案了。”

接着黛玉因说起宝琴，又叹起自己没有姐妹的苦来，流下泪来，宝玉劝时，黛玉道：“近来我只觉心酸，眼泪却像比旧年少了些的。心里只管酸痛，眼泪却不多。”

——唉，黛玉果然命薄，纵肯委曲，岂能求全？

故事到了这里，仍然还有余韵，第五十一回《薛小妹新编怀古诗　胡庸医乱用虎狼药》中，再次提到了《西厢记》，却不是由宝黛提起，而正是贾母曾暗示提亲的薛宝琴。

宝琴在怀古诗第九首《蒲东寺怀古》中写道：

小红骨贱最身轻，私掖偷携强撮成。
虽被夫人时吊起，已经勾引彼同行。

宝钗看了，自然又一贯道地批驳说：“前八首都是史鉴上有据的；后二首却无考，我们也不大懂得，不如另作两首为是。”

黛玉此前听从宝钗教训，此时却借了宝琴之事连忙拦劝说：“这宝姐姐也忒‘胶柱鼓瑟’，矫揉造作了。这两首虽于史鉴上无考，咱们虽不曾看这些外传，不知底里，难道咱们连两本戏也没有见过不成？那三岁孩子也知道，何况咱们？”

连最保守拘谨的李宫裁也说：“如今这两首虽无考，凡说书唱戏，甚至于求的签上皆有注批，老小男女，俗语口头，人人皆知皆说的。况且又并不是看了《西厢》《牡丹》的词曲，怕看了邪书。这竟无妨，只管留着。”

——可见诗社里人人都是知道这段故事的，甚或可能都偷偷读过这些书，只是未必如黛玉那般痴迷赞赏，熟极而流罢了。

黛玉与《牡丹亭》

《红楼梦》中多次提到戏曲，出现次数最频的就是《西厢记》和《牡丹亭》。《西厢记》的作用似乎重在言情，而《牡丹亭》的任务则在暗示人物。

元春省亲时，点了四部戏，压轴之作就是《离魂》，脂批说：“《牡丹亭》中，伏黛玉之死。”

可怜这时候的林黛玉还没看过几出戏，也没读过戏本子，而自己的悲剧命运倒已经早被暗伏在戏中了。

但也着实合理，那杜丽娘本是古今第一情小姐，用来形容“情情”林黛玉，正是贴切。

《牡丹亭》的故事广为流传，说的是太守小姐杜丽娘游园思春，归来后竟得一梦。在梦中，她邂逅了俊俏书生柳梦梅，并与其云雨缠绵，醒来后念念不忘，致患相思，一病而殁。

故事到这里本来是个悲剧，所幸两人的“梦幻情缘”得到了花神与判官的相助，花神护其肉身不朽，而判官则许其灵魂幽游。柳梦梅于太湖石下拾得了幅美人图，一见倾心，日夜呼唤，竟真将画中人叫了出来，于是柳杜之间又演出了一场“人鬼情缘”。

再后来就是常规的大团圆结局了，柳梦梅开棺，杜丽娘还魂，二人结为夫妻。起初杜太守不信这些生死之谈，还将柳梦梅囚禁，恰值状元放榜，柳梦梅高中榜首。这段情孽奇案一直闹到皇帝座前，终得御口赐婚，皆大欢喜。

《离魂》在昆曲演唱本中又叫《闹殇》，说的是杜丽娘临终前拜了爹娘，又嘱咐丫鬟春香，叫把自己葬在梅花树下，自绘的画像埋在太湖石底。戏中有一段《集贤宾》，唱道：

海天悠、问冰蟾何处涌？玉杵秋空，凭谁窃药把嫦娥奉？甚西风，吹梦无踪！人去难逢，须不是神挑鬼弄。在眉峰，心坎里别是一般疼痛。

这口吻形容，与黛玉可谓如出一辙。脂批说《离魂》“伏黛玉之死”，显然说这林黛玉同杜丽娘的命运有相似之处，都是为相思而死，而且是病死。但却不能生搬硬套地因此就把全本《牡丹亭》故事放在林黛玉身上，因为黛玉不可能死而复生，宝玉也不可能中了状元再得皇上赐婚。

黛玉对《牡丹亭》的第一次了解是在第二十三回，和宝玉共读《西厢》本是黛玉生平快事，偏偏宝玉被人叫走，黛玉回转途中即听见了梨香院十二个小戏子演唱《牡丹亭》：

只是林黛玉素习不大喜看戏文，便不留心，只管往前走。偶然两句吹到耳内，明明白白，一字不落，唱道是："原来姹紫嫣红开遍，似这般都付与断井颓垣。"林黛玉听了，倒也十分感慨缠绵，便止住步侧耳细听，又听唱道是："良辰美景奈何天，赏心乐事谁家院。"听了这两句，不觉点头自叹，心下自思道："原来戏上也有好文章。可惜世人只知看戏，未必能领略这其中的趣味。"想毕，又后悔不该胡想，耽误了听曲子。又侧耳时，只听唱道："则为你如花美眷，似水流年……"林黛玉听了这两句，不觉心动神摇。又听道："你在幽闺自怜"等句，亦发如醉如痴，站立不住，便一蹲身坐在一块山子石上，细嚼"如花美眷，似水流年"八个字的滋味。忽又想起前日见古人诗中有"水流花谢两无情"之句，再又有词中有"流水落花春去也，天上人间"之句，又兼方才所见《西厢记》中"花落水流红，闲愁万种"之句，都一时想起来，凑聚在一处。仔细忖度，不觉心痛神痴，眼中落泪。

庚辰本有眉批："情小姐故以情小姐词曲警之，恰极当极！己卯冬。"

这时候，戏里戏外的两位情小姐第一次相会了。这几句戏文对黛玉的打动可谓深矣，以至于后来行酒令时，黛玉脱口而出念了句"良辰美景奈何天"。

当然，还有一个可能是黛玉在读过《西厢记》后，一发不可收拾，听到这《牡丹亭》的戏中亦有好文章，过后遂向宝玉讨了本子来看。

这几处，《西厢记》与《牡丹亭》都是并在一起提的，就连"薛小妹新编怀古诗"中，也是两戏连写，第九首《蒲东寺怀古》取自《西厢记》；第十首《梅花观怀古》则指《牡丹亭》：

不在梅边在柳边，个中谁拾画婵娟。
团圆莫忆春香到，一别西风又一年。

因为这诗中有一句"不在梅边在柳边"，后人便以为这首诗是说宝琴，并猜测她未能如婚约所订嫁与梅翰林之子为妻，而是跟了姓柳的人家，比如柳湘莲。

然而事实上，这句诗根本就出自《牡丹亭》，是杜丽娘临死前自画像题诗，原诗作：

近者分明似俨然，远观自在若飞仙。
他年得傍蟾宫客，不在梅边在柳边。

可见，书中照搬原诗，只是为了点明出处。既然我们早已知道杜丽娘就暗合林黛玉，那么这首诗又怎么可能是写宝琴的命运呢？

除了这几处之外，在描写宝黛感情大转折的第三十二回，庚辰本于回前也曾引录一首汤显祖的诗：

无情无尽却情多，情到无多得尽么？
解到多情情尽处，月中无树影无波。

这三首诗，一首来自戏中人物，一首来自戏剧作者，一首却来自戏外观众、书里人物，却留给我们这些戏外、书外的看官们解不尽的谜题，并且打了三百年的闷葫芦，至今打不破。

而更可叹的是，《牡丹亭》中有皇上为丽娘赐婚，《红楼梦》里，却是元春点戏伏黛玉之死，赏赐端午节礼时，还特地使宝玉同宝钗等分，而将黛玉降了一等。

戏如人生，可惜人生，竟不如戏！

第二十四回
醉金刚轻财尚义侠　痴女儿遗帕惹相思

贾芸借贷

第二十四回的庚辰本与蒙府本俱有回前总批曰：

> 夹写“醉金刚”一回是书中之大净场，聊醒看官倦眼耳。然亦书中必不可少之文，必不可少之人。今写在市井俗人身上，又加一“侠”字，则大有深意存焉。

另外传说中的靖藏本，有段更重要的回前批：

> “醉金刚”一回文字，伏芸哥仗义探庵。余三十年来得遇金刚之样人不少，不及金刚者亦不少。惜不便一一注明耳。壬午孟夏。

本回中，贾芸第一次出场，但其事端，却发于第二十三回开篇。凤姐向贾琏要差使给贾芹，贾琏说：“西廊下五嫂子的儿子芸儿来求了我两三遭，要个事情管管。我依了，叫他等着，好容易出来这件事，你又夺了去。”

此回紧承上回，便写贾芸来寻贾琏打听事情可有下落，恰遇见宝玉，便借宝玉之眼为他画了幅像：容长脸儿，长挑身材，年纪十八九岁，生得斯文清秀。用宝玉的话说是：“倒像我的儿子。”

贾芸明明比宝玉大了四五岁，却被说成儿子。宝玉此言可谓托大。但是从辈分上讲，倒也并不为过，因为贾芸本来就是他的子侄辈。

宝玉向来只喜欢女孩儿，若是对哪个男子高看两眼，多半是这男子身上有女儿气，长相俊美。可见贾芸人物不俗；从后文的行为举止来看，手段才干也是相当不凡。

若论身世，贾芸的遭遇更是有点像林黛玉的：自幼丧父，家产被舅舅卜世仁借着帮忙办丧事之便贪没霸占，薄田房屋尽皆失去，家徒四壁。为了筹备礼物打点凤姐，只得向舅舅借贷。那卜世仁非但不帮，反而踩踏挤兑，拿外甥同贾芹作比，说："你但凡立的起来，到你大房里，就是他们爷儿们见不着，便下个气，和他们的管家或管事的人们嬉和嬉和，也弄个事儿管管。前日我出城去，撞见了你们三房里的老四，骑着大叫驴，带着五辆车，有四五十和尚道士，往家庙去了。他那不亏能干，这事就到他了！"

这真是伤心刺肺之语。且不说若非凤姐加塞，这管和尚道士的差使原本就是贾芸的，只说贾芸原是贾府正经子侄，同贾琏和宝玉都是可以对面过话的，如今却被舅舅说成连爷儿们都见不到，撺掇他向管家求情，真可谓"狗眼看人低"；而贾芹分管的二十四个小道士沙弥也被卜世仁翻倍说成了四五十个，又极力艳羡人家能干，真是成王败寇。最能踩踏自己人的，正是至亲至近之人，怎不让人寒凉？

舅舅如此，舅母更是连一餐饭都吝惜，世情凉薄，亲情冷漠，《红楼梦》中描写市井嘴脸，以此回为最！

但是贾芸原是有分寸有心机善言谈的人，他从贾琏处失意归来，并不抱怨赌气；被舅舅排揎一顿，也没有恶语相向，回家后更不向母亲提起一字，可见纯孝；而路遇醉金刚倪二时，一句："老二住手！是我冲撞了你。"斯文威严。而倪二转口称"原来是贾二爷"，亦可见贾芸平日在街上走动，也是深得人敬重，是有身份有威望的。

而他奉承凤姐的一番话，更可见其心机通透，言谈便给，每一句话都说到了凤姐心里。托言母亲昨晚惦记凤姐，说"婶子身子生的单弱，事情又多，亏婶子好大精神，竟料理的周周全全；要是差一点儿的，早累的不知怎么样呢"。不但夸赞了凤姐能干，更体贴了凤姐身弱，这也正是凤姐此阶段面临的真实境况，简直有知己之感，因此大为受用。

便是送礼，也不直说是送礼，而是说"也没个人配使这些""方不算遭塌这东西”，不但送礼恰恰送得人刚好适用，还送得不露痕迹，好像肯收礼是给了自己多大面子似的，让人家不收都不行。这就是会说话会送礼的能耐了。

所谓“世事洞明皆学问，人情练达即文章”，宝玉最不擅长的事，贾芸偏偏来得，而其相貌偏和宝玉有几分相似，又是一个“廊上的二爷”，正是于相似处见不同，仿佛是作者在贾芸身上寄予了一个俗世里更窘困，但也更机辩的宝玉，是宝玉在市井生活中保持纯厚天性的一个出口。

所以，贾芸会在困境中遇到醉金刚倪二这样的义侠，得其慷慨解囊。而后来宝玉身处困境，仗义相助、探他慰他的，也正是小红、茜雪这些不得志的怡红旧人。

正是“仗义每多屠狗辈，从来英雄出蒿莱”。

第二十六回“蜂腰桥设言传心事”，小红感慨“千里搭长棚，没有个不散的宴席”一段，甲戌本有两段批语：

> 红玉一腔委屈怨愤，系身在怡红不能遂志，看官勿错认为芸儿害相思也。己卯冬。
>
> 狱神庙红玉、茜雪一大回文字惜迷失无稿。

次回应答凤姐一番话后，庚辰本又有两段眉批：

> 奸邪婢岂是怡红应答者，故即逐之。前良儿，后篆儿，便是确证。作者又不得有也。己卯冬夜。
>
> 此系未见“抄没”“狱神庙”诸事，故有是批。丁亥夏。畸笏。

这两段话自相矛盾，自我修正，前一段应该是第一次看到此节时写下，而后一段则是第二次重看时更正前一段话的；又或者两段批语并非出自一人之手，畸笏叟是知悉红楼后文的，了解“抄没”“狱神庙”佚文之人，遂有批语指正前人之误。

另外，第十二回有一段批语虽然未提小红，却也与狱神庙有关，原文作：

茜雪至"狱神庙"方呈正文。袭人正文标目曰"花袭人有始有终"，余只见有一次誊清时，与"狱神庙慰宝玉"等五六稿，被借阅者迷失，叹叹！丁亥夏。畸笏叟。

这段话和前面"抄没""狱神庙"一段，在时间上完全一致，应该是畸笏叟在同一次翻阅时批下的。因丢失了五六回稿件，每次见到小红文字便感叹一回，可见"狱神庙"乃是小红正文。

而靖藏本回前批说"伏芸哥仗义探庵"，这"庵"与"庙"究竟是同一件事还是两处故事，不得而知。

几段话连起来，可以得到一段相对完整的故事情节：贾家被抄没之后，宝玉曾一度身陷狱神庙，小红和茜雪前来慰问——这般雪中送炭之情，正与前文倪二助贾芸相类同。

贾芸和小红，在书中俱属于"怀才不遇"型，而这正是作者"无才可去补苍天"的最大悲愤。作者在这二人身上是倾注了真感情的，所以才会给小红取了"林红玉"这么尊贵的名字，并选择她与贾芸成为自己的俗世化身，在他们的故事里寄予许多自己对生活的真实感慨。

细读小红与贾芸的故事，也许会让我们看到更加世故但也更加真实的贾宝玉与林黛玉。

凤姐的敛财与败家

王熙凤无疑是荣宁二府里最擅长敛财的女子，但同时也数这个当家人最会败家。

她的赚钱之道有两大法门，一是受贿，二是放贷。

第十五回"王熙凤弄权铁槛寺"是熙凤弄权敛财、罔顾人命的一次集中表现，为三千两银子就草率从事，害死张金哥与守备儿子两条人命。书中且说："自此凤姐胆识愈壮，以后有了这样的事，便恣意的作为起来，也不消多记。"可见这样的赃银还收了不知多少。

关于凤姐放高利贷赚体己银子，书中描写甚多，草蛇灰线，伏脉千里，是很有层次和连续性的。

第一次露头是在第十六回，贾琏从苏州回来，恰值旺儿媳妇送利银来，平儿连忙代凤姐打发了。回来向凤姐说："奶奶的那利钱银子，迟不送来，早不送来，这会子二爷在家，他且送这个来了。幸亏我在堂屋里撞见，不然时走了来回奶奶，二爷倘或问奶奶是什么利钱，奶奶自然不肯瞒二爷的，少不得照实告诉二爷。我们二爷那脾气，油锅里的钱还要找出来花呢，听见奶奶有了这个体己，他还不放心的花了呢。"

——这里只提了一笔"利钱银子"，并未细说来龙去脉。

到第三十六回时，又云里雾里提了一笔，王夫人说有人抱怨短了一吊钱，凤姐自然知道这告密的人准是赵姨娘无疑，立刻回答："姨娘们的丫头，月例原是人各一吊。从旧年他们外头商议的，姨娘们每位的丫头分例减半，人各五百钱，每位两个丫头，所以短了一吊钱。这也抱怨不着我，我倒乐得给他们呢，他们外头又扣着，难道我添上不成。这个事我不过是接手儿，怎么来，怎么去，由不得我作主。我倒说了两三回，仍旧添上这两分的。他们说只有这个项数，叫我也难再说了。如今我手里每月连日子都不错给他们呢。先时在外头关，那个月不打饥荒，何曾顺顺溜溜的得过一遭儿。"

到这时，因为凤姐分辩得清楚，看官也就如王夫人一样被轻轻蒙过，仍然不解其意。直到第三十九回，袭人找平儿问月钱为何迟放，平儿方细说缘由："这个月的月钱，我们奶奶早已支了，放给人使呢。等别处利钱收了来，凑齐了才放呢。"明明白白交代王熙凤是放高利贷去了。

我们这才知道，赵姨娘并未冤枉凤姐，果然是她扣着月钱不肯发放，为的是凑足银子放利。平儿同袭人说话回来，即命小厮去通知旺儿："就说奶奶的话，问着他那剩的利钱。明儿若不交上来，奶奶也不要了，就越性送他使罢。"可见凤姐一直是卡着时间来放贷的，利钱确实收得迟了，于是月银便也放得迟了。

平儿说这话是当着周瑞家的面，那周瑞家的岂能不向王夫人禀报？可见凤姐的事儿已经走了风，连王夫人也是默许了的。也因此平儿才敢告诉袭人——这位王夫人的新晋心腹。

有种可能性是，第三十六回王夫人询问欠缺月银时，凤姐当着薛姨妈的面虽搪塞过了，后来终究觉得不是长久之计，便索性半露半隐地找王夫人说了实话，当然会把原因推在家务艰难上，王夫人也无良方，只得首肯，所以凤姐益发大胆，平儿也不瞒人了。

平儿且说："这几年拿着这一项银子，翻出有几百来了。他的公费月例又使不着，十两八两零碎攒了放出去，单他体己利钱，一年不到，上千的银子呢。"

一年有上千的利息，这是什么概念呢？

我们看贾府里花销无度，会有种错觉：一千两银子似乎不值什么。但是看到第五十三回《宁国府除夕祭宗祠　荣国府元宵开夜宴》乌进孝送年礼一段，我们才会真正了解到两三千银子对贾府意味着什么。

贾珍嫌乌进孝租子交少了，说："我算定了你至少也有五千两银子来，这够作什么的！如今你们一共只剩了八九个庄子，今年倒有两处报了旱涝，你们又打擂台，真真是又教别过年了。"乌进孝道："爷的这地方还算好呢！我兄弟离我那里只一百多里，谁知竟大差了。他现管着那府里八处庄地，比爷这边多着几倍，今年也只这些东西，不过多二三千两银子，也是有饥荒打呢。"

原来荣国府里一年的田庄进项也不过二三千两银子。不但要应付上下老小的日常开销，还要筹备逢年过节的庆典盛筵，外有打点亲朋贵戚的礼品应酬，这就难怪凤姐一直叹息入不敷出了。

贾珍又说："（皇上）岂有不赏之理，按时到节不过是些彩缎古董顽意儿。纵赏银子，不过一百两金子，才值了一千两银子，够一年的什么？"

宫廷赏赐，田庄进奉，这两项便是贾府最主要的收入来源了。最多再加上贾政等人的俸禄，毕竟有限。可是看荣宁二府大手大脚的花费阵仗，倒像随手能拿出几万两银子的架势。

如此外强中干，就难怪王熙凤要广开财路，在意那年息一千两银子的放贷生意了。

府里众人只知按时领取月银，对进项既不清楚，对开销亦无概念，所以只管清高度日。但是王熙凤不一样，她是内管家，对于贾府的账目清清楚楚，排场比别人大，忧患意识也比别人强。

从理念上说，王熙凤要比众人眼光远，起步早，可谓生财有道；只是从做法上讲，却太重利薄情，比起草根阶层"轻财尚义侠"的醉金刚倪二，可就差得远了。

但是同时，凤姐一边敛财，又一边败家。敛财时比谁都贪，败家时比谁都大手大脚。

第二十三回中，贾芹因为母亲周氏善于向凤姐献媚，便得她相助谋了一个管和尚道士的肥差。

且说那十二个小沙弥和十二个小道士挪出大观园来，贾政本来是打算发到各庙分住的，并不费什么银两物力。但是凤姐因为喜奉承炫权力，应了周氏，便向王夫人说了一番闲话：

这些小和尚道士万不可打发到别处去，一时娘娘出来就要承应。倘或散了，若再用时，可是又费事。依我的主意，不如将他们竟送到咱们家庙里铁槛寺去，月间不过派一个人拿几两银子去买柴米就完了。说声用，走去叫来，一点儿不费事呢。

贾政和王夫人都是不管事的，便都听信了此言。然而后文写贾芹谋得差使，凤姐又作情央贾琏先支三个月银粮——“白花花二三百两”，这可和前头她说的“月间不过派一个人拿几两银子去买柴米”相差太大了。

第二十四回中贾芸求差也是这般，因求贾琏而不得，遂向倪二借了十五两银子去香铺买了些冰片麝香来送与凤姐，只为会说话，哄得凤姐高兴，便立刻得了种树的差使，写个领票批了二百两银子出来，只拿了五十两买树，后面带人进来种树，人工想必没多少银子的，于是一百五十两便净落了。

贾芹和贾芸还只是贾府远房子孙，好不容易才谋得一回差事的，此两回集中一写，以小见大，不难想象府中其他有职之人是如何中饱私囊的。正如贾蔷下苏州采办时，贾琏说的：“这其中花头可大。”显然贪污已经成了例，贾府上下向来都奉行的是逢十减半。而这歪风恶习，正是上行下效，从贾琏和凤姐这对当家人起的头。

第四十三回“闲取乐偶攒金庆寿”中，贾母提议众人凑份子给凤姐过生日，赖大之母说：“少奶奶们十二两，我们自然也该矮一等了。”贾母道：“这使不得。你们虽该矮一等，我知道你们这几个都是财主，分位虽低，钱却比他们多。”

庚辰本在此双行夹批：

惊魂夺魄只此一句。所以一部书全是老婆舌头，全是讽刺世事，反面春秋也。所谓“痴子弟正照风月鉴”，若单看了家常老婆舌头，岂非痴子弟乎？

为何“惊魂夺魄”？因为这说出一个可怖的事实，也是败家的根本：家奴们的财富往往比主子还丰厚，个个都是财主。

为何会这样？自然是公中侵吞，中饱私囊。给公家做一分的活，倒要叫上十分的苦，中间全是油水。而且这已经是公开的秘密。

因贾母怜恤李纨，凤姐卖乖说，李纨的一份自己代出了，过后却又私自扣下。尤氏追讨说：“昨儿你在人跟前作人，今儿又来和我赖，这个断不依你。我只和老太太要去。”凤姐笑道：“我看你利害。明儿有了事，我也丁是丁卯是卯的，你也别抱怨。”尤氏只得罢了，且将平儿的也还了，明言说：“只许你那主子作弊，就不许我作情儿。”之后越发连鸳鸯、彩云乃至周赵二姨娘的也都还了，且说：“凤丫头便知道了，有我应着呢。”

——既然互有把柄，谁也不干净，自然可以大方做人情，谁也别查谁的账！

这也和今天许多大公司的弊端是一样的，水至清则无鱼，那些坚不受贿的中层领导往往人缘不好，因为太干净了，让别人难做；而那些举报贪污的小喽啰往往下场惨淡，因为众人皆秽，容不下仗义执言者，甚至有些老板都不喜欢太正直的下属，因为拿不着你的把柄，也就不敢对你太拿捏颐指。

第四十四回中，鲍二家的自尽，贾琏给了二百两银子发送，之后命林之孝将那二百两入在流水账上，分别添补开销过去。

身为主子如此明目张胆地贪污做假账不说，最让人触目惊心的是他还需要管家给自己帮忙。这是反过来让下级捏了上司的把柄，那么这管家自然也免不了贪贿瞒赃种种手段了。

贾府主仆上下沆瀣一气贪赃瞒骗，贾府又怎么能不倒不败呢？

以第四十三、四十四两回遥映后面“欺幼主刁奴蓄险心”，更觉惊心。谁是刁奴呢？自然从赖大这首席管家算起，余者如并提的赖升、林之孝、单大良、吴新登等，也都是一般城府。以这些人在贾府的地位和影响力，可以起到的作用无异于翻云覆雨，凤姐力绌、探春远嫁后，谁还能震压众人？

因此探春说："可知这样大族人家，若从外头杀来，一时是杀不死的，这是古人曾说的'百足之虫，死而不僵'，必须先从家里自杀自灭起来，才能一败涂地！"

值得注意的是，第十六回中凤姐放贷的事是瞒着贾琏的，生怕他把"油锅里的钱找出来花"。但到了第七十二回"王熙凤恃强羞说病"的时候，已经当着贾琏的面公开谈论了：

> 凤姐忙道："……旺儿家的，你听见说了这事？你也忙忙的给我完了事来。说给你男人，外头所有的帐，一概赶今年年底下收了进来，少一个钱我也不依的。我的名声不好，再放一年，都要生吃了我呢。"旺儿媳妇笑道："奶奶也太胆小了，谁敢议论奶奶！若收了时，公道说，我们倒还省些事，不大得罪人。"凤姐冷笑道："我也是一场痴心白使了。我真个的还等钱作什么，不过为的是日用出的多，进的少。这屋里有的没的，我和你姑爷一月的月钱，再连上四个丫头的月钱，通共一二十两银子，还不够三五天的使用呢。若不是我千凑万挪的，早不知道到什么破窑里去了。如今倒落了一个放帐破落户的名儿。既这样，我就收了回来。我比谁不会花钱？咱们以后就坐着花，到多早晚是多早晚。"

如此明白地说出放贷之事，可见已经力绌途穷，捉襟见肘，犯不着再瞒贾琏了。脂批在凤姐说她做了一个被人"夺锦"的梦后批示："实家常触景闲梦必有之理，却是江淹才尽之兆也，可伤。"

凤姐才穷，贾府运尽矣，的确可伤！

怀才不遇的林红玉

（一）

《红楼梦》虽是一部情书，然而完整的爱情故事，除了宝玉情史之外，大概就只有三段，一是贾琏与尤二姐，二是柳湘莲与尤三姐，第三就是贾芸和小红了。其余的如张金哥与刘守备儿子，司棋与潘又安，甚至彩云、彩霞与贾环，不过是轻描淡写，有梗概而无细节，有片段而无始终。

而小红与贾芸却不同，从他们的邂逅、重逢、换帕、定情，以及两个人各自为事业前途的钻营、困顿、拔升，作者一一写来，纹丝不乱，只可惜未看到终局。

贾芸初遇小红是在宝玉的外书房绮霰斋，正等得不耐烦，只听门前娇声嫩语的一声“哥哥”，小红出场了。林之孝夫妻俱在贾府谋事，应该不只小红一个女儿，或者还有个儿子，作为家生子，也都只能是贾府的奴才，如李贵般担任宝玉的奴仆小厮之类，小红出来大约就是为了寻自己的亲哥哥。

文中借贾芸之眼看去，写出“是一个十六七岁的丫头，生的倒也细巧干净”。那丫头听茗烟说了贾芸身份，“方知是本家的爷们，便不似先前那等回避，下死眼把贾芸钉了两眼”。又告诉道：“他（宝玉）今儿也没睡中觉，自然吃的晚饭早。晚上他又不下来。难道只是耍的二爷在这里等着挨饿不成！不如家去，明儿来是正经。便是回来有人带信，那都是不中用的。他不过口里应着，他倒给带呢！”

既然是“下死眼钉了两眼”，可见心思；而书中说“贾芸听这丫头说话简便俏丽，待要问他的名字，因是宝玉房里的，又不便问”，分明也是有意的，而且一边走一边回头，“眼睛瞧那丫头还站在那里呢”。

一个回头，一个驻望，简直是一见钟情嘛。

这时候我们还并不知道小红的名字，只知其生得“细巧干净”，“说话简便俏丽”，是宝玉房里的丫头。

中间插过一段贾芸谋职成功的职场戏后，又写宝玉回房喝茶，偏众人都不在屋里，正要自己动手，背后有人道：“二爷仔细烫了手，让我们来倒。”——又是一个先声夺人。

这是又一次的绝妙亮相，宝玉一面吃茶，一面打量，只见她“穿着几件半新不旧的衣裳，一头黑鬒鬒的头发，挽着个纂，容长脸面，细巧身材，却十分俏丽干净”——就此“在玉兄处挂了号”。

这丫鬟回了芸儿的话，使我们知道她就是方才外书房的那丫鬟，并借宝玉之口问道：“你也是我这屋里的人么？”“你为什么不作那眼见的事？”

倘若二人有更多的时间相处，故事本来可以有进一步发展的。小红长得漂亮，说话又灵巧，只要入了宝玉的眼，即使不能晋升为袭人、晴雯那样的一品大丫鬟，但成为芳官、四儿那样受宠的二等丫鬟总是可以的吧？

设想一下，如果宝玉问：“你叫什么名字啊？”小红说：“我叫小红，原名林红玉，因为重了二爷和林姑娘的玉，改名叫小红了。”宝玉会作何感想呢？林红玉，林黛玉，只有一字之差。这样一个秀外慧中的小丫鬟，这样奇特鲜明的出场，难道不会在宝玉心上留下极深的印象么？

可惜的是，两人刚讲了几句话，还未来得及问名姓，大丫头秋纹、碧痕提着水桶嘻嘻哈哈地回来了。小红忙去接水，却被二人夹枪带棒地好一阵抢白，左一句“没脸的下流东西”，右一句“你也拿镜子照照，配递茶递水不配”，真真骂得小红心也灰了。

在宝玉房中偌些日子，竟然连名字都不知道，此处颇让人有“白头宫女话玄宗”之叹，益发觉得怡红院仿佛小朝廷了。

正缠搅不清，老嬷嬷进来说起贾芸明日带人进来种花树的事，众丫鬟难得听见园里发生新鲜事，也都兴奋，紧着打听是谁带人进来，问东问西，仍是禁宫女子少见男人必有之态。唯有小红心里明白就是那位“廊上的二爷”，便存了念头，“心中一动”——这念头转得也是够快的，果然是“玉在椟中求善价”的不安分之人。

直到此时，书中方详细交代小红身世为人，“原是荣国府中世代的旧仆，他父母现在收管各处房田事务”，却并未说明就是林之孝夫妻。又说：“这红玉虽然是个不谙事的丫头，却因他原有三分容貌，心内着实妄想痴心的向上攀高，每每的要在宝玉面前现弄现弄。只是宝玉身边一干人，都是伶牙利爪的，那里插的下手去。”

我们知道，书中凡名中有玉者必不平凡，这小红大名林红玉，只与林黛玉一字之差，何等特别？

《红楼梦》中，用字用意凡提到“红”的，几乎离不了贾宝玉，书中亦说他素有个“爱红的毛病儿”，可见“红”字对于宝玉之重要，不亚于“玉”。

而小红分入怡红院，竟是在群芳迁入大观园之前的事——莫非这小红才是怡红院的第一位主人？

宝玉第一次见到贾芸时，曾说“倒像我的儿子”，分明点出贾芸乃是自己的影射。他将住处题名“绛芸轩”当然不是说这里住着小红与芸二爷，那就只能暗藏林黛玉与宝二爷了。可见小红与贾芸乃是他二人的俗世化身，只因为宝玉、黛玉的身份太高，故事不能往俗里写，情感不能尽兴，便都寄托在替身儿贾芸与林红玉身上了。

所以，宝玉第一次在门额上贴“绛芸轩”三个字时，请了黛玉与自己同看，而那字，则是黛玉的另一替身儿晴雯替他贴上去的。

（二）

小红既是黛玉替身儿，宝玉自见了她，自然留心，次日起来还特地往院里寻找，假装看花东张西望，好不容易看见她倚在海棠花后出神，正自犹豫，碧痕偏来催他洗脸，只得进去。而袭人也就冲小红招手，命她：“我们这里的喷壶还没有收拾了来呢，你到林姑娘那里去，把他们的借来使使。”

——真是阴差阳错，失之交臂。是有意，还是无缘？

很可能，昨天小红和宝玉私处的事，秋纹和碧痕已向袭人报告了。前文写宝玉想唤小红来使唤，只怕袭人寒心，故而优柔寡断；而袭人对宝玉的心思了如指掌，看到他张望搜寻，又望着海棠花后的小红发呆，也就当机立断，双管齐下地一边令碧痕唤走宝玉，一边自己出来打发了小红，免得宝玉洗完脸再出来找她，自己又多一个强敌。

有个辅证：后文中小红借着一个为凤姐传话的机会，出色的才能终于得以显山露水。凤姐爱才，立刻决定将她收归旗下。而袭人对此分明是巴不得的，连面辞宝玉的机会也不给就把小红送走了，生怕小爷啰唆，事情有变。当晚宝玉回来，袭人只轻飘飘地说了句：“二奶奶打发人叫了红玉去了。他原要等你来的，我想什么要紧，我就作了主，打发他去了。”

可怜直到这一刻，宝玉都还不知道红玉就是那天为自己倒茶的丫头。他们之间的一点点可能性，至此彻底成了不可能。

悲哉小红，“怀才不遇”已经很惨了，还要被人处处设防，简直一点机会也不给，一点希望也没有。正如小红自己所忖：“宝玉身边一干人，都是伶牙利爪的，那里插的下手去。”

值得注意的是，这一段表面上写的似乎只是怡红细事，无关黛玉，可是袭人一句“你到林姑娘那里去”，便把黛玉也给牵扯进来了，这是一处暗示法——因为嫌忌小红而想找个借口把她支开，心里第一个想到的就是一直让她耿耿于怀的黛玉，这是一种潜意识外化的表现。此处袭人阻碍了宝玉与小红亲近，将来她也有可能会制造宝玉同黛玉之间的障碍。

且说小红因去潇湘馆取喷壶，走上翠烟桥时，远远看见贾芸坐在山子石上看着人种树，待要过去，又不敢——为何要过去呢？分明想有进一步行动；为何又不敢呢？只为一则不知贾芸心意，二则也碍于规矩礼法——女儿家自重身份，心里就算藏着一只歇不住的鸟儿，脚下却还得稳稳的一步不能错，只得怅望一回，闷闷不乐地取了壶回来，无精打采，已是害相思的症状。

第二十四回的小红害相思，是第二十三回的黛玉思春之后紧接着的一幕，所以小红的行止，也可以说是黛玉俗世化身的一个表现。

后来因宝玉魇魔法，贾芸带着小厮们坐更看守，小红也同众丫鬟日夜守着宝玉，两人多有见面机会，可是当着众人，仍然不便往来，由此可见那小红虽然春心萌动，却不失大体，终究是端庄谨慎着女儿家身份。

她看见贾芸手中的帕子很像自己丢的那条，想问又不好问，想丢又丢不下，心思渐重，终日懒洋洋的，也正如后文黛玉说的那句戏词：“每日家情思睡昏昏”。而这一回的题目，就叫作《蜂腰桥设言传心事　潇湘馆春困发幽情》，前半句写小红，后半句写黛玉。

作者生怕读者不留意，又特地借小丫头佳蕙之口劝小红：“林姑娘生的弱，时常他吃药，你就和他要些来吃，也是一样。”——等于再次明明白白地告诉读者：写红玉，即是写黛玉，是一样的。

林红玉与芸二爷的故事，活脱就是林黛玉和宝二爷的一场翻版，或说投影，镜中花，水中月。

但是，林红玉可是比林黛玉大胆主动得多了。

（三）

小红的勇敢与出色之处在于她虽然对宝玉死了心，却并没有对自己的前途放弃。这时候的小红，已经开始打定主意要与贾芸交结了，只是差一个机会。

及至这日因往宝钗处来取笔，路遇婆子说要带贾芸进来，她便故意在蜂腰桥上遥等——此处说“刚走至蜂腰桥门前，只见那边坠儿引着贾芸来了”——好一个精心设计的偶遇，既不说走，也不说不走，既没明写等，又实则在等。等到了，也故作无心，只和坠儿说话，却偷偷“把眼去一溜贾芸：四目恰相对时，小红不觉脸红了，一扭身往蘅芜苑去了”。

——这一招欲擒故纵、欲言又止、欲迎还退，犹抱琵琶半遮面，着实玩儿得漂亮。不仅有春意，亦且有身份。

李渔在《闲情偶记》中曾有一段记录，说有大富人家选妾，众女子林立，命“抬起头来”。一女子应声抬头，瞪大了眼睛让人看，是为不知羞耻；另一女子抬了一下头，又立刻低下，是为小家子气；第三个女子央之再三方将眼角一溜，徐徐抬起头来，眼帘却垂下了，瞬即又眼风一转，头向后俯，是为媚态，为会看。

会看的人，得“媚眼如丝”，眼睛似睁未睁，欲闭不闭，眼波流转，片刻不肯停定，却又偏偏不让你觉出她的灵活，她在看你。有个词叫作抛媚眼儿，就是说媚眼视人的动作应该是抛，是飞，是斜刺里穿出，而非直愣愣地看人，更不是眼珠乱转，而且不可以瞪大眼睛目光如炬地吓煞人，否则可就不叫媚眼儿啦。媚眼儿得像被烟迷了眼似的睁不开，有种迷蒙、迷离的感觉，有一种不确定性，所谓“烟视媚行”。

烟视媚行，是一种表情，更是一种态度。它代表着漫不经心，满不在乎。但是这“不经心”是刻意的，这“不在乎”也是用了心的。这就是女人的会看。

小红这一溜，瞬即脸红，接着扭身而去，无疑是一个“会看”的女子。

更有步骤有心机的是她的话。书中说她“只装着和坠儿说话”，却并没交代说什么，直到后文才补充，原来是小红曾见贾芸手上拿着块帕子像是自己丢失的，却不好问，于是此刻故意当着贾芸的面问坠儿，存心看对方接不接招。而那贾芸是有心之人，这一招自然接得无痕：

出了怡红院，贾芸见四顾无人，便把脚慢慢停着些走，口里一长一短和坠儿说话，先问他“几岁了？名字叫什么？你父母在那一行上？在宝叔房内几年了？一个月多少钱？共总宝叔房内有几个女孩子？”那坠儿见问，便一桩桩的都告诉他了。贾芸又道：“才刚那个与你说话的，他可是叫小红？”坠儿笑道：“他倒叫小红。你问他作什么？”贾芸道：“方才他问你什么手帕子，我倒拣了一块。”坠儿听了笑道：“他问了我好几遍，可有看见他的帕子。我有那么大工夫管这些事！今儿他又问我，他说我替他找着了，他还谢我呢。才在蘅芜苑门口说的，二爷也听见了，不是我撒谎。好二爷，你既拣了，给我罢。我看他拿什么谢我。”原来上月贾芸进来种树之时，便拣了一块罗帕，便知是所在园内的人失落的，但不知是那一个人的，故不敢造次。今听见红玉问坠儿，便知是红玉的，心内不胜喜幸。又见坠儿追索，心中早得了主意，便向袖内将自己的一块取了出来，向坠儿笑道：“我给是给你，你若得了他的谢礼，不许瞒着我。”坠儿满口里答应了，接了手帕子，送出贾芸，回来找红玉，不在话下。

由此看来，贾芸早知这帕子是园中人的，却故意成日拿在手上招摇，本来就是存心要寻找有缘人的。如今得知是小红的，“心内不胜喜幸”，必定想着“天赐良缘”这一类的事吧。于是借着坠儿还帕，却把自己的给了小红，一转一递，两人已经神不知鬼不觉地互换了帕子，相当于定情信物了。

我们知道，宝玉赠给黛玉的礼物中，最具深意的也是几条旧帕子，黛玉还在上面题了三首诗，呕心沥血，是深切感情的第一次明白流露。

帕子在书中的地位，可谓重矣！此处再次点出，芸红二人，乃是宝黛的俗世化身。

而作者唯恐读者不知，故而写到这里仍然不足，第二十七回中又插叙了一幕“宝钗扑蝶”的戏，让宝钗误打误撞来到滴翠亭上，恰听见坠儿与小红谈话：

宝钗在亭外听见说话，便煞住脚往里细听，只听说道：“你瞧瞧这手帕子，果然是你丢的那块，你就拿着；要不是，就还芸二爷去。”又有一人说话：“可不是我那块！拿来给我罢。”又听道：“你拿什么谢我呢？难道白寻了来不成。”又答道：“我既许了谢你，自然不哄你。”又听说道：“我寻了来给你，自然谢我；但只是拣的人，你就不拿什么谢他？”又回道：“你别胡说。他是个爷们家，拣了我的东西，自然该还的。我拿什么谢他呢？”又听说道：“你不谢他，我怎么回他呢？况且他再三再四的和我说了，若没谢的，不许我给你呢。”半晌，又听答道：“也罢，拿我这个给他，算谢他的罢。——你要告诉别人呢？须说个誓来。”又听说道：“我要告诉一个人，就长一个疔，日后不得好死！”又听说道：“嗳呀！咱们只顾说话，看有人来悄悄在外头听见。不如把这槅子都推开了，便是有人见咱们在这里，他们只当我们说顽话呢。若走到跟前，咱们也看的见，就别说了。”

故事写到这里，有头有尾，已经清楚交代了小红与贾芸的私相授受，暗订终身。于是小红的借代作用也就差不多结束了。故而后文紧接着便写她得到凤姐赏识，离开了怡红院。小红的红丝，从宝玉这里是彻底断了。

但她是那么聪明，那么心高气傲，那么善于把握机会，不但在事业上成功跳槽，在爱情上也瞬间移情，且从“狱神庙”批语看，是注定有所作为的。

贾芸虽非大富大贵，却毕竟是贾府嫡系，主子爷们儿。而且那小红识贾芸于未达之先，是慧眼识英雄的。《红楼梦》第一回里，甄家的丫头娇杏“只因一回顾，便为人上人”，做了贾雨村的夫人；而这小红，更比娇杏有才有貌，将来焉知不会“命运两济”，攀龙附凤呢？

第二十五回
魇魔法姊弟逢五鬼　红楼梦通灵遇双真

引狼入室的五鬼

近年来，新索隐派十分盛行，《魇魔法姊弟逢五鬼　红楼梦通灵遇双真》一节更是被引经据典，和清宫秘史紧密结合了起来。多尔衮、范文程、孝庄、顺治都被牵扯了进来；因为废太子胤礽曾经有过被巫诅魇魔的经历，而且也是缘于夺嫡之祸，也有说法为此处乃影射胤礽。

但我们还是坚持就书论书，把《红楼梦》当成一部小说看，单只从书中寻求立意。

书中说赵姨娘母子不忿凤姐、宝玉，久怀嫉妒之心，面上不敢露出来，却每每暗中算计，包藏祸心。

那赵姨娘每每出言冒状，贾环更是猥琐不堪，但是从不见贾政加以训导，反时时宿于赵氏房中，又听信贾环谗言对宝玉大行笞挞，可见酿祸之源在于贾政；而宝玉招祸是因为贾母偏宠，众人环护，如此贾母和众人又成祸源，岂非是贾府当家人再一次搬起石头砸自己的脚么？

尤其那马道婆进府，原是给贾母、王夫人请安，她能做宝玉的寄名干娘，自然也是出自贾母、王夫人的安排，这才有了下蛊诅咒的机会。马道婆对着宝玉装神弄鬼后，趁机在贾母面前云吹雾绕说了一大篇点灯传，还举出南安郡王太妃一天四十八斤油一斤灯草的大手笔来，及至看贾母低头思忖，猜测嫌多，便又立刻投其心意改口说点多了反折福，五斤七斤就好，如此让贾母权衡之后，定了每月五斤灯油供奉。马道婆小小一番口舌，就从贾母处领了张长期饭票，却并不知足感恩，这头拿了灯油答应为宝玉祈福，一转身倒又应了赵姨娘之请要谋害宝玉性命了。

书中很少见彻头彻尾的坏人，这马道婆堪称头一个。且不说她见人说人话，见鬼说鬼话，收两头钱，做昧心事；只说她本是宝玉寄名干娘，为了点银钱竟然翻脸无情，且不只是让宝玉吃点苦头就算完了，而是一心要害他性命，其心之狠毒令人发指。

曾经有人说马道婆既然是常在贾母面前奉承的人，且可以自由出入各院各房，闲逛一回，怎会看上赵姨娘这样不得志的妾室？

这要从两方面来说：一则人以群分，马道婆在众人面前奉承是要掩盖自己的一番险恶用心丑陋嘴脸的，但与赵姨娘却是狼狈为奸沆瀣一气，当然合得来，既合得来，便走动得频了；二则那马道婆是贪得无厌见钱眼开之人，苍蝇腿也是肉，赵姨娘的钱也是钱，不赚白不赚。从赵姨娘话中“前儿我送了五百钱去，在药王跟前上供”可见，她平日里也是常往马道婆处送钱的，马道婆岂肯怠慢了她？

而当她应了赵姨娘所请后，立时便向裤腰里掏摸出十几个纸铰的鬼来，可见这些巫蛊术数之物竟是随身携带的，也就越发令人可惊。

此人害人，不知凡几，而且是随时随地准备害人，可谓红楼第一恶人。

而她正与赵姨娘谋忖，王夫人的丫鬟却来找她，说“太太等你呢”，想来她去到王夫人屋里，又不知腾挪出怎样一番鬼话，捞摸出怎样一番好处。从而也看出，马道婆之所以得手，正是因为贾母、王夫人等人对其信作之故。如此看来，贾母、王夫人与赵姨娘又有何区别呢？

所谓祸福无门，唯人自招。凤姐与宝玉之灾，正是贾母和王夫人引狼入室；赵姨娘、贾环之恶，正是贾政姑息养奸。贾家焉得不败？

一僧一道说得明白，眼前所有祸患，乃是因为“如今被声色货利所迷”。

凤姐作恶多端，宝玉沉迷色欲，渐失本性，遂有此报。如此看来，此灾不仅是因为至亲之人宠惯所招，更是因为自身失德所致，正如古语所说：德不配位，必有灾殃。

那通灵玉自青埂峰幻化下凡，十三年来，终日陷于花柳繁华地，温柔富贵乡，日渐沉迷，未经锻炼，怎能不有此一跌？纵然没有赵姨娘马道婆之诅，必然他处也会有祸端令其警醒，所谓善恶有报，命数相当。

值得重视的是，脂批说："通灵玉除邪，全部百回只此一见，何得再言？僧道踪迹虚实，幻笔幻想，写幻人于幻文也。"可见此类文字点到即止，不可重复，续书中说通灵玉二次丢失，致使宝玉魔怔之文，可谓呆滞无文，不见幻笔之空灵，徒有续貂之笨拙，实属无谓。

至于黛玉那般"心较比干多一窍"之人，竟也有迷了性灵心窍之事，就更是不可忍耐。

续书之谬，再见一斑。

彩云、彩霞与贾环

王夫人的两个丫鬟彩云与彩霞，一而二，二而一，着实缠夹不清。

上房里的丫鬟名字往往成对出现，原本平常，比如鸳鸯与鹦鹉，珍珠与琥珀，麝月与檀云等，但是彩云与彩霞俱与贾环有情，就未免太奇了。若说是一个人呢，两人的名字常常并提；若说是两个人呢，命运又恁相似；若说是姐妹呢，书中又提到彩霞有个妹子叫小霞——真是一笔理不清的糊涂账。

更加理不清的，还有她们与贾环的孽缘。说是孽，是因为两人都为贾环伤了心，都所托非人，不得善果。

我们且从头细理这二人的出场镜头。

抛开各种毫无内容的大点名不算，真正有台词的第一个镜头是在第二十三回，宝玉入园前向贾政处领训，挨挨蹭蹭不敢入内，金钏儿拉着他调笑问吃不吃自己嘴上的胭脂，彩云推开金钏儿说："人家正心里不自在，你还奚落他。趁这会子喜欢，快进去罢。"

当时并列的丫鬟有金钏儿、玉钏儿、彩云、彩霞、绣鸾、绣凤等，正符合了红楼人物出双入对的取名习惯。

接着第二十五回中王夫人命贾环抄写《金刚咒》，那贾环得了意，拿腔作势的，"一时又叫彩云倒杯茶来，一时又叫玉钏儿来剪剪蜡花，一时又说金钏儿挡了灯影。众丫鬟们素日厌恶他，都不答理。只有彩霞还和他合的来，倒了一钟茶来递与他”。各花入各眼，也可谓奇情。

此处也是彩云和彩霞并提，分明是两个。而从表现来看，似乎彩云和贾环没什么，只有彩霞与他相好，还悄悄劝诫说：“你安些分罢，何苦讨这个厌那个厌的。”——此时，彩云也在“这个那个”之列。

而贾环的回答最妙：“我也知道了，你别哄我。如今你和宝玉好，把我不答理，我也看出来了。”

真是烂泥扶不上墙，一开口就惹人厌。那彩霞好言劝他，这里面又关着宝玉什么事？但在贾环心里，从不觉得自己言行有何失检点处，永远把自己放在宝玉的阴影下，有事没事先认定了宝玉是天字头一号敌人，世上他所有不如意的事都与宝玉相关，如果有人讨厌自己，那也是宝玉的错——因为宝玉勾引了别人，让人与他为敌。如果彩霞觉得他此刻的行为讨人厌，那自然也是因为彩霞爱上了宝玉，所以看不上自己了。

总之，自己是无辜可怜的受害者，所有的指责都来自别人对宝玉的趋炎附势，对自己“不是太太养的”这一事实的落井下石，与自己的为人品行没有半分关系。

这是贾环自我保护的大前提，也是他反守为攻的杀手锏，无往不利。

到这时，读者只记住了彩霞一个人。可是转眼到了第三十回，金钏儿同宝玉说：“我倒告诉你个巧宗儿，你往东小院子里拿环哥儿同彩云去。”

一句话，就坐实了彩云与贾环的隐情。

究竟是两人早就有意，还是贾环为了同彩霞闹别扭最近才勾搭了彩云呢？不得而知。

我猜想也许是后者，因为接下来贾环送蔷薇硝，也是送与彩云，兴兴头头地说：“我也得了一包好的，送你擦脸。你常说，蔷薇硝擦癣，比外头的银硝强。你且看看，可是这个？”

彩云看过，嗤地一笑，说：“这是他们哄你这乡老呢。这不是硝，这是茉莉粉。”

紧着送礼物给情人讨好卖情，正是蜜月中的相处情形。两人此时还正在热恋之中。彩霞倒很少出场，显然是和贾环有点冷了。

那玫瑰露是赵姨娘再三央告了彩云偷给贾环的，自然是因为看到宝玉有的吃心生嫉妒，便也要给贾环淘一份儿。

此前袭人向王夫人处取露时，书中便特地写明是彩云去取来的，可见钥匙收在彩云处，监守自盗甚是便利。

这彩云能看上贾环这么个无德无行的浪荡子，还要听信赵姨娘唆使偷主子的东西给他，事发后又抵死不认窝里斗地挤兑玉钏儿，非说是她偷的，弄得小事闹大不可收拾，显然也不是什么磊落明理之人。

但曹雪芹惯写人之两面，所以让她在平儿和宝玉的感召之下“羞恶之心感发”，说出实情，并自愿一力承担。

“众人听了这话，一个个都诧异，他竟这样有肝胆。”连宝玉也说：“彩云姐姐果然是个正经人。”

这份肝胆，这份正经，倒也未必是因为多么大义凛然。一则事实面前难以抵赖，二则也是深知贾环品性，自知让宝玉替自己应了反会横生枝节。因此再三说：“我干的事为什么叫你应，死活我该去受。”

她越是大胆，平儿反越着慌，只得实情说道：“不是这样说，你一应了，未免又叨登出赵姨奶奶来，那时三姑娘听了，岂不生气。竟不如宝二爷应了，大家无事，且除这几个人皆不得知道这事，何等的干净。”

——说到底，要维护的还是主子的面子。就算彩云有这胆量挨义气，也还是没资格的。

彩云也是深知这道理的，因此“低头想了一想，方依允”。

但是事情到了贾环这里，偏又无事生非起来。

那贾环最是心理阴暗，自卑多疑的，不说为自己牵连了彩云羞愧，反而先发制人，做大义灭亲状义正词严指责起彩云来，“将彩云凡私赠之物都拿了出来，照着彩云的脸摔了去，说：‘这两面三刀的东西！我不稀罕。你不和宝玉好，他如何肯替你应。你既有担当给了我，原该不与一个人知道。如今你既然告诉他，如今我再要这个，也没趣儿。’”

这和从前为彩霞劝他一句少惹人厌便立刻怀疑彩霞和宝玉有染是一样的惯性心理，本能回避罪魁祸首是自己的眼皮子浅不争气，逼得丫鬟替自己受辱，先弄个壳出来把自己藏好，再从壳里射支箭出来倒打一耙：“不看你素日之情，去告诉二嫂子，就说你偷来给我，我不敢要。你细想去。”

那彩云“急的发身赌誓，至于哭了，百般解说”，何等可怜。

可就在几天之前，贾环送彩云蔷薇硝，彩云送贾环玫瑰露，虽然两件礼物的来路都不是那么光明正大，但到底是私情蜜意，有过恩爱时光的。才不过发生了一点点小事，贾环便翻脸绝情，说出如此没天良的话来。

这无非是因为三层心理：

第一自然是他一贯的自卑，认定了万事只要有宝玉介入，就一定藏着天大的阴谋与迫害。

第二是无情而且变态，彩霞也好彩云也罢，都只是丫鬟罢了，好几天冷几天，找个理由把这个散掉了，自然还有更新鲜的来，什么情呀爱呀根本不放在心上——他需要温暖和关爱，但是从骨子里根本就没有这么高贵的情感，反而以迫害对自己有情的弱者为乐。

第三则是怕事。虽然宝玉把事情应了，焉知后面不会又重新翻过案来，所以先发制人，把个罪名栽给彩云，一了百了，同时也堵住了彩云将来可能出首的后路。因此说过之后，甩手出去了，是一种典型的逃避心理。

可怜彩云，伤心之下把东西尽情包起，“乘人不见时，来至园中，都撇在河内，顺水沉的沉漂的漂了。自己气的夜间在被内暗哭”。

——那沉没漂走的，可都是曾经的定情信物，也是自己青春的一段爱恋啊。

彩云的结局书中没有交代，但是一句“彩云因近日和贾环分崩，也染了无医之症”，想来终究是好不了了。

这时候，彩霞又重新出场了，第七十二回中凤姐轻描淡写道：“前日太太见彩霞大了，二则又多病多灾的，因此开恩打发他出去了，给他老子娘随便自己拣女婿去罢。”点明是王夫人主动打发她出去的。而凤姐做主强做保人，焉知不是来自王夫人的授意呢？

从前宝玉说彩霞是个老实人，探春道：“可不是，外头老实，心里有数儿。太太是那么佛爷似的，事情上不留心，他都知道。凡百一应事都是他提着太太行。连老爷在家出外去的一应大小事，他都知道。太太忘了，他背地里告诉太太。”分明有讽刺之意，似乎是说彩霞背地里调唆太太，引着太太说不该说的话，做不该做的事。

能是哪些事呢？我们猜测不出。但是联想到后文写赵姨娘因与彩霞合契，很希望为贾环讨了来，也好成为自己臂膀。可见私下里，两人是经常谋事的。那彩霞不但事事提着太太行，有可能也处处提着赵姨娘行事。然而一个丫鬟的见识能高明到哪里去呢？她既看得上贾环，审美情趣肯定不会太好，那么提点王夫人和赵姨娘做的事，也就很难让探春入眼了。

从后文众婆子撺掇着王夫人，闹出抄检大观园的事来看，王夫人身边一干人都是些唯恐天下不乱的，而这正是探春最厌恶的。想来彩霞虽不至如同婆子们一般不堪，行事风格却也是一路的吧。

王夫人是喜欢听小话儿的，所以会一边厌着赵姨娘，一边又常听她撺掇，撵芳官之举就是遂了赵姨娘之心；反之，她一边倚重彩霞，另一边也是忌惮着的，因此早早就把彩霞开发了去，存心断赵姨娘膀臂。

然而彩霞仍对贾环余情未了，且又听说旺儿小子酗酒赌博，容颜丑陋，一技不知，自是心中懊恼，遂令妹子小霞来找赵姨娘。赵姨娘倒也还念旧，“素日深与彩霞契合，巴不得与了贾环，方有个膀臂”，因唆使贾环去讨。

书中说：“一则贾环羞口难开，二则贾环也不大甚在意，不过是个丫头，他去了，将来自然还有，遂迁延住不说，意思便丢开。”

这正是贾环无情的根本品行，他自己索爱无度，却何曾把别人的感情放在心上？很多人怜悯他的缺爱，但他渴望爱却不珍惜爱，便如同一个反社会的乞丐得了银钱便买凶杀人，那么，对乞丐的怜悯便无异成了助纣为虐。

真正可怜可悯的，只有全不能为自己终身做主的红楼女儿。

这道理，连林之孝也是懂得的，与贾琏议起来旺儿小子与彩霞的亲事时，曾劝：“依我说，二爷竟别管这件事。旺儿的那小儿子虽然年轻，在外头吃酒赌钱，无所不至。虽说都是奴才们，到底是一辈子的事。彩霞那孩子这几年我虽没见，听得越发出挑的好了，何苦来白糟踏一个人。”

这是借林之孝的嘴说出了彩霞的悲惨命运，真真一棵好白菜被猪拱了。先是所托非人，看上贾环这么个冷漠无情的窝囊废，又身不由己，嫁给旺儿小子这么个吃酒赌钱的败家子，真也该入薄命司了。

而彩云呢，书中借发落府中人等时补出一笔：“虽有几个应该发配的，奈各人皆有原故：第一个鸳鸯发誓不去。自那日之后，一向未和宝玉说话，也不盛妆浓饰。众人见他志坚，也不好相强。第二个琥珀，又有病，这次不能了。彩云因近日和贾环分崩，也染了无医之症。”

原来彩云自从玫瑰露一案后就卧病在床，不然这回发落出去，只怕也会被王夫人和凤姐乱点鸳鸯谱的吧？

第二十六回

蜂腰桥设言传心事　潇湘馆春困发幽情

小红谋爱亦谋生

小红，原名林红玉，是贾府大管家林之孝的女儿，却被分在怡红院做了个洒扫丫头，连跟宝玉说句话的机会也没有，眼面前儿的事，更是一件也够不着。

难得的一遭儿，还被秋纹、碧痕夹枪带棒地好一阵抢白，骂得小红心也灰了。但是正在挫败之际，因听见婆子说起贾芸带人进园种树之事，立刻便“心中一动”，已经情丝别系，又有了新目标新计划了。

这是第二十四回“痴女儿遗帕惹相思”里的内容，但是交代小红出身时只说“他父母现在收管各处房田事务”，之后一路铺叙敷衍，直到第二十七回才借李纨之口说明：“你原来不认得他？他是林之孝之女。”凤姐听了，笑着说了句：“林之孝两口子都是锥子扎不出一声儿来的。我成日家说，他们倒是配就了的一对夫妻，一个天聋，一个地哑。那里承望养出这么个伶俐丫头来！”

可是问题出来了：管家之女，按理说背景强大，众人都该巴结她才是，如何只做了怡红院的一个二等小丫头，以致受尽晴雯、碧痕这些人的闲气？还有，林之孝夫妻两个真的是一对天聋地哑吗？

其实大谬不然。一则在王熙凤眼中，万人都是蠢钝货色，她对人的褒贬原做不得准；二则在王熙凤面前，一干下人自然都是服服帖帖唯命是从，纵然伶牙俐齿又如何敢于施展呢？三则林之孝夫妻为人老辣，城府深沉，最是懂得藏拙装愚的道理，所以“天聋地哑”未尝不是一种处世态度和行事手段而已。

可记得书中最会守愚的人物是谁吗？乃是薛宝钗。“罕言寡语，人谓藏愚；安分随时，自云守拙。”

而王熙凤对她的评价是什么呢？正如其私下里与平儿所议："不干己事不张口，一问摇头三不知。"

在王熙凤眼中，口才了得的尤氏是个"锯了嘴的葫芦"，又没口齿又没才干的，连宝钗都是不大说话不能管事的人；然而事实上，第五十六回中"时宝钗小惠全大体"，充分证明了宝钗并不是寡言少语没意见不理事的。再看平日里她与宝黛的对答，何尝是口讷沉默之人？无论是对宝玉比出语录讲六祖惠能的故事，还是对黛玉打趣反击针锋相对，都足见伶牙俐齿言辞了得，但在凤姐眼中，却落了个"一问摇头三不知"的形象。那么凤姐所评价的林之孝家的"天聋地哑"又如何当得真呢？

宝玉的生日宴上，林之孝家的特地带着几个婆子来园中查看，察言观色，见机行事。一则怕有正事呼唤，二者恐丫鬟们趁王夫人不在家不服约束，饮酒失态。探春忙说并没有认真喝酒，林之孝家的笑道："我们知道，连老太太叫姑娘吃酒姑娘们还不肯吃，何况太太们不在家，自然顽罢了。我们怕有事，来打听打听。二则天长了，姑娘们顽一回子还该点补些小食儿。素日又不大吃杂东西，如今吃一两杯酒，若不多吃些东西，怕受伤。"有理有据，进退得宜，这哪里是不会说话的人呢？

到了晚上，怡红夜宴前，林之孝家的又带人来查夜，先叫了上夜的人来吩咐："别耍钱吃酒，放倒头睡到大天亮，我听见是不依的。"又问宝玉睡了没有，且说："如今天长夜短了，该早些睡，明儿起的方早。不然到了明日起迟了，人笑话说不是个读书上学的公子了，倒像那起挑脚汉了。"又劝宝玉不该对袭人直呼名字："虽然在这屋里，到底是老太太、太太的人，还该嘴里尊重些才是。若一时半刻偶然叫一声使得，若只管叫起来，怕以后兄弟侄儿照样，便惹人笑话，说这家子的人眼里没有长辈。" 袭人、晴雯等忙忙解释，林之孝家的还不算完，又足的说了一大篇话："别说是三五代的陈人，现从老太太、太太屋里拨过来的，便是老太太、太太屋里的猫儿狗儿，轻易也伤他不的。这才是受过调教的公子行事。"又吃了茶，这才摆驾辞宫——谱儿比谁都大，话比谁都多，非但不聋不哑，简直耳聪目明，多嘴多舌，堪称话痨了！而晴雯说他"唠三叨四，又排场了我们一顿去了"，可见这样的表演已经不是一回两回，这林之孝家的向来话多且密，不是好惹的，哪里是"天聋地哑"？

奇怪的是，在这场交锋中，众丫鬟对林之孝家的极为奉承小心，然而对她的女儿小红，如何却会横加欺凌呢？岂不矛盾？

自相矛盾的还不只这一处，第二十五回宝玉魇魔法病愈后，小丫头佳蕙同小红发牢骚：“袭人那怕他得十分儿，也不恼他，原该的。说良心话，谁还敢比他呢？别说他素日殷勤小心，便是不殷勤小心，也拼不得。可气晴雯、绮霰他们这几个，都算在上等里去，仗着老子娘的脸面，众人倒捧着他去。你说可气不可气？”

然而晴雯哪里来的老子娘呢，而小红虽为管家林之孝之女，如何倒倚仗不上“老子娘的脸面”呢？

所以也有一种可能是，作者在最初塑造小红这个角色的时候，并没想过要把她安排作林之孝的女儿。不过是在凤姐提问时，随手一笔，给她派了个身世。晴雯乃至晴雯的哥嫂多浑虫、多姑娘也是这般。

林之孝两夫妻在府里不但有脸面，且是在凤姐夫妇面前真正说得上话的。凤姐泼醋，逼得鲍二家的上吊自杀，林之孝家的进来悄悄回凤姐：“鲍二媳妇吊死了，他娘家的亲戚要告呢。”“我才和众人劝了他们，又威吓了一阵，又许了他几个钱，也就依了。”可见两夫妻是有决断且做得主的人。

又因凤姐外强中干地发威，说：“我没一个钱！有钱也不给他，只管叫他去告。”那林之孝家的为难，虽不劝，却也不肯听从，因见贾琏向自己使眼色，才出来等着。贾琏出来，又找了林之孝商议，命人作好作歹，许了二百两银子才罢。其后又命林之孝将那二百两入在流年账上分别添补开销过去——不但要替主子遮掩奸情，连主子贪污也要帮忙遮掩，这林之孝也真算得上贴身心腹了。

并且这心腹还不似旺儿等人只是听命办事的，而是有自己的主张见解，第七十二回林之孝与贾琏的一番对谈中，劈头便问：“方才听得雨村降了，却不知因何事，只怕未必真。”可见耳聪目明，连政事也是关心的。

接着又议起家事来，主动提议说：“不如拣个空日回明老太太老爷，把这些出过力的老家人用不着的，开恩放几家出去。一则他们各有营运，二则家里一年也省些口粮月钱。再者里头的姑娘也太多。俗语说：‘一时比不得一时。’如今说不得先时的例了，少不得大家委屈些，该使八个的使六个，该使四个的便使两个。若各房算起来，一年也可以省得许多月米月钱。况且里头的女孩子们一半都太大了，也该配人的配人。成了房，岂不又孳生出人来。”

这番话，遥遥对应探春、宝钗的兴利除弊，不愧是大管家，充分显现了林之孝夫妻非但不是天聋地哑，而且是眼观六路，耳听八方，世情练达，人事精明。上自本家爷们儿与官爷的交往，政局行情，下至奴才门人之子的家事，儿女情长，竟无不了然，且自有见解，便在琏二爷面前也是可以大模大样地高谈阔论，长篇大论的。这里又哪有一点“天聋地哑”的意思呢？

那么作为他们的女儿林红玉，又怎会是等闲之人呢？第二十六回开篇，小红曾同小丫鬟佳蕙说：“俗语说的好：‘千里搭长棚，没有个不散的筵席。’谁守谁一辈子呢？不过三年五载，各人干各人的去了。那时谁还管谁呢？”这番见识既清醒又长远，如何是十七八岁小丫头的眼光头脑？显然深受父母教诲，耳濡目染，遂有此悟。

这也同时解释了为什么小红身为管家之女，却会屈尊于怡红院只做一个洒扫喂鸟的二等小丫头，连端茶沏水都没资格。

通常来说，府中的丫头将来的出路有三种：第一种是攀高枝儿，被哪个主子看中收房，纳为妾室，比如平儿、袭人；第二种是年龄大了，便在奴才中择个小子，一嫁一娶，再生下小奴才来，便如李嬷嬷骂袭人时所说的“好不好拉出去配一个小子”；第三种则是蒙主子恩开发了，还其自由身，另向外边择婿完婚，做正经夫妻。茜雪被撵出府的冤案真相就该是这样，正常放了出去，自行婚配了，故而将来有报答宝玉之事。

林之孝夫妻两个在贾府做了大半辈子，算得上有钱有势，却毕竟是奴才；其女小红是家生子，生下来就注定要做奴才；但是林之孝会愿意小红也做一辈子奴才，将来再为贾府生下第三代小奴才来吗？

从林之孝劝贾琏的话看来，他不但眼光敏锐，而且处事小心，颇懂得未雨绸缪的道理，绝不是个贪图眼前利益的人。他让贾琏劝贾赦、贾政少与贾雨村亲近，免得沾染是非；又让贾琏向老太太老爷建议，裁减人手，节省开支。这些都不是普通愚奴可以有的心胸见地，其心思甚至比贾赦、贾政更加细密呢。

这样的一对夫妻，生下一个既聪明伶俐又有些姿色的女儿小红来，如果他们存心让小红攀高枝儿，自然会想方设法在主子面前进言，给小红安排个最轻省体面的活计。但是他们没有这样做，而是把她放在空空的大观园里扫地看院子，分明是不希望她显山露水。

书中第二十四回末说：“这红玉年方十六岁，因分人在大观园的时节，把他便分在怡红院中，倒也清幽雅静。不想后来命人进来居住，偏生这一所儿又被宝玉占了。”

——可见小红遇见宝玉，实非林之孝夫妻的本意。他们最初将女儿安排在怡红院，本来目的是为了“清幽雅静”，只是偏偏宝玉选了怡红院，遂有后文。

另外，第二十七回凤姐认干女儿之际曾抱怨：“我还和他妈说，‘赖大家的如今事多，也不知这府里谁是谁，你替我好好的挑两个丫头我使’，他一般答应着。他饶不挑，倒把这女孩子送了别处去。难道跟我必定不好？”

——可见林之孝家的若想提拔女儿，有的是机会，却偏偏把女儿放在怡红院粗使，显然是存心藏珠。

再有第七十回开篇说“林之孝开了一个人名单子来，共有八个二十五岁的单身小厮应该娶妻成房，等里面有该放的丫头们好求指配”。

——可见人丁婚配发放是归林之孝管的。那么他们对自己亲生女儿的终身又做何考虑呢？既然不希望她攀附富贵，自然也不会情愿配个奴才小子完事，那么只能是第三种选择：希望凭借自己两夫妻的脸面苦劳，求主子开恩把小红放出来，自行选个清白人家成婚。

以林之孝夫妻的财势，不愁给女儿备份好嫁妆，即便招婿入赘也是没问题的。这就是他们把小红藏在园中，不让她有任何出头露面的机会的缘故了。

书中有一段红玉小传，说“原来这小红本姓林，小名红玉，只因玉字犯了林黛玉、宝玉，便都把这个字隐起来，便都叫他‘小红’。”

红楼梦里提及名讳处甚多，比如黛玉就从不肯提一个“敏”字，每每说及，必念成“密”；写的时候又总是少一画两画。这样看来，红玉改名为小红似乎合理，无甚疑点。

然而怡红院里另一个小丫鬟春燕，倒不怕重了元、迎、探、惜四春的“春”字？元春还是皇妃呢，荣国府倒不忌讳？

袭人原名珍珠，既重了贾珍的珍，又重了贾珠的珠，也不忌讳，还是老祖宗身边的人呢。二爷的玉不可以重，大爷的珠就可以？袭人是后来与了宝玉才改名的，并不为她妨死了贾珠。

所以小红因冲了黛玉、宝玉便改作小红，着实值得商榷，这究竟是作者瞒弄读者，不使含意过分明显刺眼呢？还是改名的举动并非出自主子，而是林之孝夫妻的主意？就为了不使她过于瞩目。

无奈小红仗着自己“有三分容貌，心内着实妄想痴心的向上攀高”，到底被凤姐挑了去，正所谓秀外慧中，不能自藏，注定还是出人头地了。

这多半打破了林之孝夫妻的计划，第七十二回向贾琏建议裁减丫头，很可能是投石问路之举。然而贾琏回答说贾政刚回家，不便提这些事，林之孝家的也只好不提下文了。但因议起旺儿小子与彩霞的亲事来，却又劝贾琏“竟别管这件事”“虽说都是奴才们，到底是一辈子的事”。

这件家事愈发见出林之孝的冷静理智，他对于彩霞的婚配对象尚如此操心，何况自己女儿的未来呢？又岂肯让好好的女孩儿因为做了奴才便误了终身？

小红归了凤姐之后，便只见名字不见人了，竟没什么戏份。这有两个可能，一是作者笔力顾及不到，正戏在后文；二是林之孝夫妻对小红说了实话，让她不要太抓尖能干，安心等待时机好得空放出来。

因为给凤姐传话，小红曾遭到了晴雯一番排揎：“原来爬上高枝儿去了，把我们不放在眼里。不知说了一句话半句话，名儿姓儿知道了不曾呢，就把他兴的这样！这一遭半遭儿的算不得什么，过了后儿还得听呵！有本事从今儿出了这园子，长长远远的在高枝儿上才算得。”

这番话虽显晴雯短处，却恰见小红长处。一则其人隐忍不发，虽然口齿伶俐，但在人屋檐下，焉得不低头，并不肯争一时口舌之快；二则反语预示，那小红还真是长长远远地飞去高枝儿上了，将来果然能飞出这园子去，也未可知。

从脂批里可以看到，将来凤姐、宝玉被囚于狱神庙时，小红曾经前往探望，且有“宝玉大得力处”，可见贾家事败之后，小红竟然未受牵连。照朝廷规矩，倘若犯官被抄家，其家仆奴才都与房院财产一样，是要被查封变卖的。那么小红怎么可能自由来去呢？

唯一的解释就是，小红在抄家之前就已经顺利离开了大观园，而且是去除奴籍，还了自由身的。甚至，她这时可能已经嫁了贾芸，做了正头夫妻。虽然说贾芸是位爷，但却贫寒；小红虽是奴才之女，却颇有家资。此前卜世仁嘲骂贾芸时曾说：“你但凡立的起来，到你大房里，就是他们爷儿们见不着，便下个气，和他们的管家或者管事的人们嬉和嬉和，也弄个事儿管管。”可见那些管事大爷比贾芸这种外层主子还有体面。如此，贾芸若能娶小红为妻，也就论不得谁高攀谁低就了。

宝琴的《怀古诗》第九首写道："小红骨贱最身轻，私掖偷携强撮成。虽被夫人时吊起，已经勾引彼同行。"不但直名"小红"，且写出同行结局，会不会是一种暗示呢？

所谓"骨贱身轻"，指的是其地位；"私掖偷携"，是说小红的心机手段，取巧弄成此事；"虽被夫人时吊起"有些难解，或与后文内容有关；然而"已经勾引彼同行"，却是不变的喜剧结局。

但如果是这样，小红便成了书中最有福气的一个人，入不得薄命司了。这可能吗？

从前我因为她的名字叫林红玉，同黛玉一字之差，显然是黛玉的一个替身儿，所以认定她必定也是薄命司人物，没理由得到一个大团圆的结局。

但是后来又想，一红一黛，岂非恰好相反？何况黛玉《五美吟》之压轴，正是"巨眼识穷途"的红拂，五美中唯一获得了好结局的人。小红之属意贾芸，岂非与红拂的情奔李靖是一样的自由选择吗？既然林黛玉在五美之末寄托了自己对幸福生活的一种终极理想，那么又焉知小红这个黛玉的俗世替身儿不会替她完成这一理想呢？

而且，小红作为丫头虽然可能蒙恩放出，林之孝夫妻作为荣府管家，却一定不会那么容易脱身。贾府被抄之时，林之孝夫妻也都会被充官变卖，身不由己，甚至病重身亡。如此，小红纵然嫁得好郎君，也仍然可谓薄命女了。

贾兰射鹿

十二钗中，李纨的命虽苦，一出场就是个寡妇，但结局却似乎不算太差，所谓"到头谁似一盆兰"？在家败后还有过中兴的日子。在《金陵十二钗》的册子上，她的画页上是一盆茂兰，旁有一位凤冠霞帔的美人。

兰是贾兰，美人当然就是李纨了。她可以凤冠霞帔，想来贾兰将来是做了官。而且全书第一回甄士隐所作"陋室空堂"的歌中，在"昨怜破袄寒，今嫌紫蟒长"一句旁，甲戌本有侧批："贾兰、贾菌一干人。"亦可见贾兰他日身披紫蟒，得意非凡。

但是贾兰是怎样做的官呢？是像高鹗续书中那样囊萤苦读，一举高中的吗？

因为前文中曾照应贾兰读书，且有大志，所以红学家们素来都认为他将来举业发达是必然的路，连流传的十二钗画册中，关于李纨的题图也多为“李纨课子”。

然而我认为这却是最不可能的。

按清朝律例，凡是参加科举的考生都必须写明直系三代姓名资历，记入《登科录》以备擢选。三代之内倘有人犯重罪，则不许参加科考。曹雪芹本人即深受其苦，虽学富五车，却因为父亲曹頫是雍正钦点的重犯，曾“枷号”多年，而没有资格考举。

《石头记》借一块“无才可去补苍天”的石头之口洋洋万言，其实不过说了“怀才不遇”四个字，那么贾兰又怎么有机会科考中举呢？

《红楼梦》第七十八回中，特别有一段文字照应中举之议：

> 近日贾政年迈，名利大灰，然起初天性也是个诗酒放诞之人，因在子侄辈中，少不得规以正路。近见宝玉虽不读书，竟颇能解此，细评起来，也还不算十分玷辱了祖宗。就思及祖宗们，各各亦皆如此，虽有深精举业的，也不曾发迹过一个，看来此亦贾门之数。

这里说得明白，不能从举业发迹，乃是“贾门之数”。可见贾兰即使有出头的一日，也绝不会是由科举取士。

这段话在程高本中被删掉了，就因为高鹗觉得与自己杜撰的宝玉、贾兰叔侄高中一说相悖。由此也可以反证出，贾兰中举纯属高鹗臆想，不足为信。

那么，贾兰若想“爵禄高登”，既然没了“文举”这条路，便只剩下“武功”一途了。有没有可能呢？

且看贾兰在第二十六回中那精彩的出场：

> 宝玉……出至院外，顺着沁芳溪看了一回金鱼。只见那边山坡

上两只小鹿箭也似的跑来，宝玉不解其意。正自纳闷，只见贾兰在后面拿着一张小弓追了下来，一见宝玉在前面，便站住了，笑道："二叔叔在家里呢，我只当出门去了。"宝玉道："你又淘气了。好好的射他作什么？"贾兰笑道："这会子不念书，闲着作什么？所以演习演习骑射。"

贾兰在书中对白甚少，这算是相当浓墨重彩的一笔了。而这个形象生动的画面里，贾兰显然不是红学家们向来理解的小书呆子，而是一个真真实实的将门虎子。

"中原逐鹿"，向来就有建功立业之意，这贾兰如此出场，岂无所指？况且关于习射，第七十五回《开夜宴异兆发悲音 赏中秋新词得佳谶》还有一段照应：

原来贾珍近因居丧，每不得游顽旷荡，又不得观优闻乐作遣。无聊之极，便生了个破闷之法。日间以习射为由，请了各世家弟兄及诸富贵亲友来较射。……贾赦贾政听见这般，不知就里，反说这才是正理，文既误矣，武事当亦该习，况在武荫之属。两处遂也命贾环、贾琮、宝玉、贾兰等四人于饭后过来，跟着贾珍习射一回，方许回去。

可见贾兰除了学习文采之外，一直没有荒疏武事。而贾家事败后，贾兰或是因为没了科举念想，从而弃文从武；或是因在"武荫之属"，应征入伍；甚至被钦点充军，送上战场，都是非常可能的。

因此，我们可以推想，那贾兰参军后屡立战功，做了大将军，终于得以"气昂昂头戴簪缨，光灿灿腰悬金印，威赫赫爵禄高登"，只可惜好景不长，随即迎来"昏惨惨黄泉路近"的命运。

说到这里，便又引出一个常见的歧误来："黄泉路近"的人到底是谁？李纨，还是贾兰？

单看"那美韶华去之何迅"，似乎指李纨早夭；然而再看"虽说是，人生莫受老来贫，也须要阴骘积儿孙”，又似乎是说李纨不积阴德，殃及儿孙；那早夭的又似乎是贾兰了。

以往很多人都认为是李纨。说李纨守寡一辈子，好容易守得儿子出息了，她却无福享受，撒手归西了。并有“带珠冠，披凤袄，也抵不了无常性命”一句做证。

我猜这多少是受了“范进中举”的影响。那范进当了一辈子童生，胡子一把了，却忽然中了举人，高兴得痰迷心窍，差点疯了。然而身为“皇嫂”的李纨会如此不济吗？她好歹也是国子监祭酒李守中的女儿，且入贾府多年，本就在官宦之家，况且她生性沉稳，“槁木死灰”一般，便是天大的事临到头上，想必也可以处之泰然的。

更重要的是，“头戴簪缨”“腰悬金印”“爵禄高登”接连三句排比，都威风凛凛，吉利得很，但只能是形容官员，也就是贾兰的，那么如何到了最后一句“黄泉路近”，忽然主角就变成李纨了呢？

因此我认为，既然“头戴簪缨”的人是贾兰，“黄泉路近”的人，也只能还是贾兰。至于那“带珠冠，披凤袄，也抵不了无常性命”虽然说的是李纨，却只是说珠冠凤袄不能换来长命，并不一定是指她本人短命，解释作功名救不了儿子的命也一样成立。

这样，便不难对李纨母子的命运做出如下推测：贾家虽败，但贾兰却争气得很，从军立功，爵禄高登，并给母亲赚了一个诰命。李纨凤冠霞帔，志得意满。然而好景不长，那贾兰虽然立下战功，却因为或是在战场上受了重伤，或是在军旅生涯中患了急症，以致有福不能享，英年早逝；虽有“虚名儿与后人钦敬”，却是黄泉路近，年轻夭逝。李纨辛苦了一辈子，临老时，借着儿子的战功得了不少赏赐，甚至凤冠霞帔，风光一时，却要承受丧子之痛，寡妇死儿，没指望了。

第二十七回
滴翠亭杨妃戏彩蝶　埋香冢飞燕泣残红

宝钗扑蝶

“宝钗扑蝶”是红楼画卷中最美之一，然而我们都知道，蝴蝶在爱情故事中是梁祝的化身。这一回里春光将逝，黛玉洒泪葬花，乃为惜春；而宝钗辣手扑蝶，可不煞风景？

因此这幅看上去很美的妙景后藏了一明一暗两宗小阴谋。明的是小红与坠儿在滴翠亭计议私相授受之事，暗的则是宝钗的“嫁祸”——宝钗因为无意中听到了小红的隐私，深知“他素昔眼空心大，是个头等刁钻古怪东西。今儿我听了他的短儿，一时人急造反，狗急跳墙，不但生事，而且我还没趣。如今便赶着躲了，料也躲不及，少不得要使个‘金蝉脱壳’的法子”。

于是，为了掩护自己，她故意喊一声：“颦儿，我看你往那里藏！”假说林黛玉刚才在此弄水，以致小红信以为真，向坠儿道：“林姑娘嘴里又爱刻薄人，心里又细，他一听见了，倘或走露了风声，怎么样呢？”

这里薛宝钗因为明知小红是“头等刁钻古怪东西”，怕她生事，才要移花接木，把偷听之名卸给黛玉，可见城府之深，心机之重。但是也有一种可能是，宝钗本来就是要去潇湘馆找黛玉的，因见宝玉去了，才故意抽身回避，但心底未必不介意。所以此时需要一面挡箭牌时，潜意识加本能一起发作，便顺手把黛玉推出来了。

值得注意的是，林红玉其人连宝玉都不知道名姓，宝钗却非但清楚，一听声音就知道是谁，而且连其心性品行也深知的，可见对宝玉房中细事有多么在意。

再则，宝钗心中思忖奸淫狗盗之人心机不错，可见此事不才。然而，既然明知此种私情授受之事为不雅，女孩儿家听见看见，不是该着紧回避的么？鸳鸯无意撞见司棋和潘又安，还把自己羞得脸红心跳呢。而宝钗非但不躲，反而躲起来听了个津津有味，被人发现后，又移花接木地栽赃给黛玉，其实与她一贯端庄沉稳的扮相深为不符。

而作者这样写来，必有深意，或许便是为了提醒读者注意，把宝钗、黛玉、小红这几个人联系起来，暗示宝钗此时虽不会将小红怎样，将来却会不利于黛玉吧。

有人猜测小红疑心真是黛玉听了她的秘密去，将来在凤姐处听差，会故意给黛玉难堪或是制造麻烦。其实绝不会，因为小红即是黛玉，文中写她猜疑，不过是作者瞒人之笔；正如给黛玉吃闭门羹的人正是晴雯一样，两人都是黛玉替身儿，又何尝看晴雯给黛玉下绊子呢？全书中形象最似黛玉的人是龄官，然而黛玉却为了众人将她比作戏子同宝玉怄了好大的一场戏——凡此种种，都是在写黛玉自戕的个性。

晴雯给黛玉气受，表现的是黛玉的自怜自怨；因龄官而怄气，是黛玉在自寻烦恼；而小红疑心黛玉，则也正是黛玉多心多疑的表现。

故事写到这里，暗示意义已经非常明显，但是借由小红展示给我们的黛玉未来命运却着实可惊——袭为钗副，将来令黛玉心事成空的，必定会有宝钗、袭人两个人。

宝钗扑蝶，扑散的原是宝黛这一对现世梁祝啊。

黛玉葬花

（一）

如果我说“黛玉葬花”是《红楼梦》诸场景描写中最美的画面之一，大概不会有人有异议；但我若是问书中关于黛玉葬花的描写与提示有几处，只怕大多读者都会愣住，一时算不过来。

第一次正面描写在第二十三回《西厢记妙词通戏语　牡丹亭艳曲警芳心》，正是宝黛两小无猜，情浓意惬之时。纵然已经读了几十次红楼，但每每再读到此处时，我还是忍不住赞叹作者文笔之妙绝：

那一日正当三月中浣，早饭后，宝玉携了一套《会真记》，走到沁芳闸桥边桃花底下一块石上坐着，展开《会真记》，从头细玩。正看到“落红成阵”，只见一阵风过，把树头上桃花吹下一大半来，落的满身满书满地皆是。宝玉要抖将下来，恐怕脚步践踏了，只得兜了那花瓣，来至池边，抖在池内。那花瓣浮在水面，飘飘荡荡，竟流出沁芳闸去了。

时间、地点、人物、场景、行为、心理，无一不到。唯美还在其次，尤其那一种情趣，难画难描。几句话写得美景毕现，仿佛读者已身在其中，想赶紧找本《会真记》来翻读，又想帮忙收拾落花去漂水，又忍不住回头四顾，看那黛玉来了没有。

而黛玉不负我心，果然肩担花锄，手执花帚而来，锄上还挂着个花囊——宝玉只是触景生情而有送花入水之念，而颦卿却早已有备而来，不但有想法，而且有计划：“撂在水里不好。你看这里的水干净，只一流出去，有人家的地方脏的臭的混倒，仍旧把花遭塌了。那畸角上我有一个花冢，如今把他扫了，装在这绢袋里，拿土埋上，日久不过随土化了，岂不干净。”——真真如花解语更惜花也！

庚辰本在这里接二连三有侧批、眉批曰：

一幅采芝图，非葬花图也。

此图欲画之心久矣，誓不过仙笔不写，恐亵我颦卿故也。己卯冬。

丁亥春间，偶识一浙省新发，其白描美人，真神品物，甚合余意。奈彼因宦缘所缠无暇，且不能久留都下，未几南行矣。余至今耿耿，怅然之至。恨与阿颦结一笔墨之难若此！叹叹！丁亥夏。畸笏叟。

可见早在三百年前，书未成时，读者已经认定《黛玉葬花》是一幅绝佳的仕女图了。

蒙府本甚至在修造大观园时有一行批语说：“观者则为大观园费尽精神，

余则为若笔墨却只因一个葬花冢。”可见葬花笔墨虽少，在书中的分量却是举足轻重。

黛玉的生日是二月十二，正与花神同日。所以很明显，黛玉便是花神。而宝玉绰号“绛洞花主”。一个花神，一个花主，这两个人一同葬花真是再合契没有了。也由此可见，宝黛两个才是真知己。共读西厢一段，是两个人最情投意合、心心相印的表现。

葬花的第二处描写在第二十七回，这一次连具体的日子都点出来了，乃是四月二十六日饯花神，意即芒种一过，便是夏日了，众花卸任，花神退位，须要饯行。

而在这个饯花神的日子里，书中浓墨重彩，不仅写了黛玉葬花，更有一首千古绝唱《葬花吟》。

……
尔今死去侬收葬，未卜侬身何日丧？
侬今葬花人笑痴，他年葬侬知是谁？
试看春残花渐落，便是红颜老死时。
一朝春尽红颜老，花落人亡两不知！

花神林黛玉葬的是谁？是花，还是她自己，或者是离恨天、薄命司、大观园里所有姹紫嫣红的女孩儿？

所有人都知道，《葬花吟》是黛玉自伤身世的谶语。然而还不仅如此，庚辰本有回前批说：“《葬花吟》是大观园诸艳之归源小引，故用在践花日诸艳毕集之期。”甲戌本回末则批：“埋香冢葬花乃诸艳归源，《葬花吟》又系诸艳一偈也。”

可见此曲不仅是黛玉自己形容，还是所有薄命司女儿的共同祭曲。而宝玉哭得恸倒在山坡上，也不止是哭黛玉、哭贾府，更是为天下薄命女儿一大哭！

第二十八回开篇，清楚地写到了宝玉这番情悟的缘起：

试想林黛玉的花颜月貌，将来亦到无可寻觅之时，宁不心碎肠断！既黛玉终归无可寻觅之时，推之于他人，如宝钗、香菱、袭人等，亦可到无可寻觅之时矣。宝钗等终归无可寻觅之时，则自己又安在哉？且自身尚不知何在何往，则斯处、斯园、斯花、斯柳，又不知当属谁姓矣！——因此一而二，二而三，反复推求了去，真不知此时此际欲为何等蠢物，杳无所知，逃大造，出尘网，使可解释这段悲伤。

此一段感慨，已经是有了参禅悟空的引子，只是如今黛玉尚在，红颜未老，宝玉虽然有所颖悟，终究恋恋红尘。但是黛玉去后呢？宝玉的选择，便只能是“逃大造，出尘网，使可解释这段悲伤”了。

宝玉有“情极之毒”，黛玉是唯一解他的药，所以黛玉既死，宝玉毒发，无人能解，“冷香丸”终究解不得情极之毒啊。所谓“纵然是齐眉举案，到底意难平”！

“花影不离身左右，鸟声只在耳东西”“可作禅语参”，其实宝玉一篇省悟之文又何语不是参禅？

所以脂批又说：“真颦儿之知己，玉兄外实无一人。”子期既死，知音已绝，伯牙唯有摔琴以祭之；而黛玉既逝，宝玉除撒手外，更能何为？

黛玉葬花，感慨说：“侬今葬花人笑痴，他年葬侬知是谁？”“一朝春尽红颜老，花落人亡两不知。”而宝玉亦是：你若葬花我相知，你若归去我相随。冷月残红春尽处，悬崖撒手愿双飞。

书中除了这两处正面描写的葬花之外，还有龄官画蔷，被宝玉误会：“难道这也是个痴丫头，又像颦儿来葬花不成？”

后文又借鹦鹉之口，再次念出《葬花吟》中最重要的句子：“试看春残花渐落，便是红颜老死时。”

曹雪芹大概唯恐读者会淡忘或忽略了葬花的细节，再三再四地重复提醒，借《葬花吟》明明白白地告诉我们：黛玉死在春残花落之时，而且不仅是黛玉这个花神，其他诸女儿也都在这个日子之后走向式微。换言之，贾家败了，大观园散了，十二钗虽非各个都夭逝，却也是在春末遭难之后，不复桃红柳绿好时光。

（二）

研究《红楼梦》，不能不研究曹雪芹；而研究曹雪芹，除了从其家谱着手之外，亦须考据他的朋友，尤其是那些深知红楼底细的朋友。

从诸多的文献资料中可知，除了写过多首挽雪芹诗的敦诚、敦敏两兄弟外，曹雪芹的朋友圈子里，还有明家兄弟。敦敏有一首七律题为《芹圃曹君沾别来已一载余矣。偶过明君琳养石轩，隔院闻高谈声，疑是曹君，急就相访，惊喜意外，因呼酒话旧事，感成长句》，亦可见曹雪芹与明琳的关系。

明琳、明瑞、明仁、明义，都和雪芹有交情，其中犹以明义最为引人瞩目。明义，姓富察氏，号我斋，满洲镶黄旗人，傅恒的二兄傅清之子，乾隆帝的孝贤皇后之侄，是真正的皇亲国戚，其《绿烟锁窗集》中收录《题红楼梦绝句二十首》，题记曰：

> 曹子雪芹出所撰《红楼梦》一部，备记风月繁华之盛，盖其先人为江宁织（造）府，其所谓大观园者，即今随园故址。惜其书未传，世鲜知者，余见其钞本焉。

这段话告诉我们两个概念：一是明义看到钞本时，《红楼梦》之书尚未传世，也就是说他看到的并非乾隆帝督刻发行的程高续本，因为是印刷了刊行的，等到续书出来的时候，已经不算“世鲜知”，更不叫“书未传”了。这也就是说，明义看到的绝对是真本《红楼梦》，是有结局或至少部分结局的版本。

二是他看到的手稿乃出自曹雪芹本人，所以他极可能看到完整的书稿，或至少知道后文真相。“曹子雪芹出所撰《红楼梦》一部”，这话有点含糊，可以理解成是曹雪芹亲手向他出示了一本书，也可以理解成曹雪芹出了一本书，至于出给谁，对象不定。但他又提到“盖其先人为江宁织（造）府”，可见是知情者，或为世交也不一定。当时的《红楼梦》是在王室贵族中间传钞的，所以明义不论是从曹雪芹本人那里或者是从朋友处借阅而得都不奇怪，重要的是，他看到了真正的原作。

那么，他提到黛玉之死的那首诗就显得非常重要了，因为那才是黛玉之死的真正谜底：

伤心一首葬花词，似谶成真自不知。

安得返魂香一缕，起卿沉痼续红丝。

这首诗明确地告诉了我们，黛玉的结局就像她的《葬花词》里写的那样，是一语成谶了。“一朝春尽红颜老，花落人亡两不知。”黛玉是死在春末，而不是什么《秋窗风雨夕》或者《西厢记》里的“花落水流红”。

《红楼梦》里引用了大量诗词，句句都有含义，但真正揭示黛玉之死的，却只有《葬花词》，所以劳鹦鹉重复了再重复。可惜的是，有些红学家就是假装听不见。

“安得返魂香一缕”是用了明代才女叶小鸾的典故：明末才女叶小鸾，字琼章，江苏吴江人。幼即聪慧，四岁能诵《离骚》，稍长，琴棋书画皆能，且容貌“娟好如玉人”。年十七未婚卒。殁后其父将其遗作集为《返生香》。

那叶小鸾生前曾有“勉弃珠环收汉玉，戏捐粉盒葬花魂”的雅举，有人以为“黛玉葬花”的创意便从此得来，所以这个典故是用得非常恰当的。叶小鸾是病死的，而黛玉也同样是病死，而非什么投水自尽。“起卿沉痼续红丝”已经把她的死因说得很明白，乃是“沉痼”，即病重而死，再怎么也扯不到投湖自尽上。

那些借用《西厢记》里几句戏词加上西施典故的暗喻便说黛玉是投水自沉的人，其实是先有了一个假定的结局设想，再努力在八十万字中寻找依据支持的。然而黛玉的《五美吟》中也包括了明妃、绿珠、红拂，又为何单单要派她做西施，投水而死呢？这岂不违背了她“质本洁来还洁去，强于污淖陷渠沟”的心愿？

若说是因为书中曾经比喻黛玉“病比西子胜三分”便认为黛玉就是西施的话，那回目中亦曾有“埋香冢飞燕泣残红”的比喻，是否说黛玉应该是赵飞燕才对呢？而黛玉占花名时，抽中了“莫怨东风当自嗟”的诗句，这句诗原出自宋人欧阳修的《明妃曲》，而黛玉亦有《五美吟》咏明妃，那又是否可以认为黛玉就是明妃呢？何以所有的红学家都把明妃一诗派给了贾探春？

所以，细读黛玉葬花，确实是解读黛玉之死的一把钥匙。

第二十八回
蒋玉菡情赠茜香罗　薛宝钗羞笼红麝串

北静王的三件礼物

（一）

第二十八回有一段回前批：

> 茜香罗、红麝串写于一回，盖琪官虽系优人，后回与袭人供奉玉兄宝卿得同终始者，非泛泛之文也。

这不凡之文说的是什么故事呢？

乃是宝玉到冯紫英府上做客，席间行酒令时，伶人蒋玉菡念了句“花气袭人知昼暖”，被薛蟠叫嚷出来，说“袭人”是“宝贝”，妓女云儿忙向蒋玉菡说明缘故。其后宝玉出来解手，蒋玉菡追出来赔不是。宝玉趁机向他打听名闻天下的伶人琪官，得知“琪官”就是蒋玉菡小名——

> 宝玉听说，不觉欣然跌足笑道：“有幸，有幸！果然名不虚传。今儿初会，便怎么样呢？”想了一想，向袖中取出扇子，将一个玉玦扇坠解下来，递与琪官，道：“微物不堪，略表今日之谊。”琪官接了，笑道：“无功受禄，何以克当！也罢，我这里得了一件奇物，今日早起方系上，还是簇新的，聊可表我一点亲热之意。”说毕撩衣，将系小衣儿一条大红汗巾子解了下来，递与宝玉，道：“这汗巾子是茜香国女国王所贡之物，夏天系着，肌肤生香，不生汗渍。

昨日北静王给我的，今日才上身。若是别人，我断不肯相赠。二爷请把自己系的解下来，给我系着。”宝玉听说，喜不自禁，连忙接了，将自己一条松花汗巾解了下来，递与琪官。

那怡红院名曰“怡红快绿”，而这里宝玉拿松花（绿）汗巾换了琪官的大红汗巾子。无怪乎脂砚斋这里戏批了一句：“红绿牵巾是这样用法。一笑。”

要注意的是，这段宝玉同琪官互赠表礼的描写，和前文中宝玉路谒北静王的情形，极为相似：北静王见了宝玉，夸赞“果然如宝似玉”，宝玉见了琪官，则笑称“果然名不虚传”；北静王是卸了腕上一串念珠，说：“今日初会，仓促竟无敬贺之物。”宝玉则说：“今儿初会，便怎么样呢？”解下扇坠说：“微物不堪，略表今日之谊”；北静王的香串原来并不是自己之物，而是“前日圣上亲赐”的，这又和琪官的大红汗巾子“昨日北静王给我的”不谋而合。

更关键的是，故事到这里还没完，不但交代了这大红汗巾子的曲折来源，原是茜香国女国王进贡——北静王赏赐琪官——琪官再转赠宝玉的，原来这赠品果然与水溶有关。

而且，接下来后文又写到，原来这宝玉的松花汗巾子也并非他本人所有，而是袭人之物：

宝玉回至园中，宽衣吃茶。袭人见扇子上的坠儿没了，便问他：“往那里去了？”宝玉道：“马上丢了。”睡觉时只见腰里一条血点似的大红汗巾子，袭人便猜了八九分，因说道：“你有了好的系裤子，把我那条还我罢。”宝玉听说，方想起那条汗巾子原是袭人的，不该给人才是，心里后悔，口里说不出来，只得笑道：“我赔你一条罢。”袭人听了，点头叹道：“我就知道又干这些事！也不该拿着我的东西给那起混账人去。也难为你，心里没个算计儿。”再要说几句，又恐怄上他的酒来，少不得也睡了，一宿无话。至次日天明，方才醒了，只见宝玉笑道：“夜里失了盗也不晓得，你瞧瞧裤子上。”袭人低头一看，只见昨日宝玉系的那条汗巾子系在自己腰里呢，便知是宝玉夜间换了，忙一顿把解下来，说道：“我不希罕这行子，

> 趁早儿拿了去！”宝玉见他如此，只得委婉解劝了一回。袭人无法，只得系在腰里。过后宝玉出去，终久解下来掷在个空箱子里，自己又换了一条系着。

这么一遭阴差阳错，袭人的松花汗巾子就和琪官的大红汗巾子经由宝玉之手做了交换。原来，“红绿牵巾”的并不是宝玉和琪官，而是袭人与琪官，其间又夹着北静王的恩泽。

回前批中，脂砚斋点明“茜香罗”当与“红麝串”并看，乃“非泛泛之文”。那茜香罗是琪官赠予宝玉，宝玉转赠袭人之物；红麝串则是元春赐予宝钗之物。这两个物件，关乎两段婚姻：琪官与袭人后来“供奉玉兄、宝卿得同终始”，可见袭人嫁了琪官，宝钗嫁了宝玉。四个人后来还有一段短暂的相处时光，惜不得见了。

（二）

“鹡鸰珠”是唯一一件明写的北静王赠予宝玉之物，至于暗出之物，除“茜香罗”外，还有一套雨具。事见第四十五回《金兰契互剖金兰语　风雨夕闷制风雨词》，说风雨之夜，黛玉闷闷填词，宝玉突然披蓑来访：

> （宝玉）脱了蓑衣，里面只穿半旧红绫短袄，系着绿汗巾子，膝下露出油绿绸撒花裤子，底下是掐金满绣的绵纱袜子，靸著蝴蝶落花鞋。黛玉问道：“上头怕雨，底下这鞋袜子是不怕雨的？也倒干净。”宝玉笑道：“我这一套是全的。有一双棠木屐，才穿了来，脱在廊檐上了。”黛玉又看那蓑衣斗笠不是寻常市卖的，十分细致轻巧，因说道：“是什么草编的？怪道穿上不像那刺猬似的。”宝玉道：“这三样都是北静王送的。他闲了下雨时在家里也是这样。你喜欢这个，我也弄一套来送你。别的都罢了，惟有这斗笠有趣，竟是活的。上头的这顶儿是活的，冬天下雪，带上帽子，就把竹信子抽了，去下顶子来，只剩了这圈子。下雪时男女都戴得，我送你一顶，冬天下雪戴。”黛玉笑道：“我不要他。戴上那个，成个画

儿上画的和戏上扮的渔婆了。”及说了出来，方想起话未忖夺，与方才说宝玉的话相连，后悔不及，羞的脸飞红，便伏在桌上嗽个不住。

又是一句“我不要他”！

细论起来，这已经是宝玉转手的第三件北静王的礼物：第一次是香串，宝玉赠送黛玉而被黛玉掷回不要，还说是“什么臭男人拿过的！我不要他”。第二次是北静王给了蒋玉菡，蒋玉菡给了宝玉，宝玉又给了袭人的大红汗巾子，后来直接促成了袭人与蒋玉菡的婚事；第三件就是这套雨具了，宝玉又想转赠黛玉，而黛玉是再次间接拒绝了北静王的礼物。

此前宝玉葬花是用衣襟兜着花瓣直接撒进水里，黛玉却说水里不干净：“撂在水里不好。你看这里的水干净，只一流出去，有人家的地方脏的臭的混倒，仍旧把花遭塌了。”——而北静王，正是姓“水”，这里面是否暗示着什么呢？

种种痕迹，显示了黛玉、宝玉、北静王之间，隐藏着某种似有还无的可能性关系，这些伏线会在遗失的后文里突显出来吗？

而黛玉在拒绝了宝玉的蓑衣之后，却反过来送了宝玉一样东西，玻璃绣球灯——真真让人叹息，正所谓“彩云易散玻璃脆”啊。

琪官与袭人的红绿牵巾

在太虚幻境薄命司的册子里，袭人的判词是这样写的：

枉自温柔和顺，空云似桂如兰。
堪叹优伶有福，谁知公子无缘。

“优伶”指琪官，“公子”指宝玉，袭人最后嫁给了琪官，这种说法是没有什么争议的。在红楼诸人物的终局探佚里，这是难得可以达成共识的一项，实在是书中多次照应，暗示得太明显了。

不过，人们却多半忽略了琪官在筵席上行的那首“女儿令”：

女儿悲，丈夫一去不回归。

女儿愁，无钱去打桂花油。

女儿喜，灯花并头结双蕊。

女儿乐，夫唱妇随真和合。

这四句，乍看上去只是随意写出女儿四事，但若是落实到袭人身上，则句句有所指，且可以轻松推算出后文的大概来：

首先是袭人之悲，在于“丈夫一去不回归”——这第一个丈夫，只能是宝玉；袭人之愁，在于“无钱去打桂花油”。可以想象，宝玉因故滞留在外不归，或许就是狱神庙一段吧，而袭人在这段时间里，穷窘拮据，生计堪忧。

为什么会这样呢？只能是贾府败了，宝玉或者生死未卜，或者已经获罪，不可能再娶袭人为妾。袭人沦落潦倒，被迫另谋生路。所以接下来是“灯花并头结双蕊”，袭人嫁给了琪官，并且日子过得还不错，“夫唱妇随真和合”。在这里，“夫唱”二字语带双关，既指的是通常意义上的夫妻和睦，亦特指丈夫是个“唱戏的”。作者且唯恐看官不解，琪官唱毕之后，又特地拈起一朵木樨来，念道：“花气袭人知昼暖。”明明白白地说出了袭人的名字，也等于告诉了大家他刚才所唱的正是“袭人之歌”。这还不算，还怕读者以为借用古诗成句，错会本意，遂又借薛蟠之口再次点明：“了不得，了不得！该罚，该罚！这席上并没有宝贝，你怎么念起宝贝来？”又指着宝玉说：“袭人可不是宝贝是什么！你们不信，只问他。”

袭人与琪官，就这么被硬生生联系了起来，再也分不开了。

既然定了情缘，自然要有信物。于是借宝玉之手，将琪官与袭人的汗巾子调了个过儿，“红绿牵巾”，缘定三生了。

在高鹗的续书中，写宝玉出家后，袭人被兄长花自芳发嫁，委委屈屈跟了琪官，高鹗还给了两句诗做评：“千古艰难唯一死，伤心岂独息夫人。”似乎很遗憾袭人没自杀殉情似的。

这表面看来与前文伏脉的袭人嫁琪官情节似乎很吻合，因此很多人以此为据，认为后四十回中至少有个别片段是曹雪芹原笔。然而这种吻合仅仅是个大框架，而落实到具体情节上，则全然驴唇不对马嘴。首先可疑的就是：那袭人出嫁和宝玉出家，究竟孰前孰后？顺序应该是怎样的？

庚辰本第二十回写袭人与李嬷嬷怄气，有眉批云：

> 茜雪至狱神庙方呈正文。袭人正文标目曰“花袭人有始有终”，余只见有一次誊清时，与‘狱神庙慰宝玉’等五六稿，被借阅者迷失，叹叹！丁亥夏。畸笏叟。

原来作者曾经有那么五六回文章已经写完，且写到了家败后，宝玉沦陷狱神庙，茜雪前来探望等故事，而到了这时候，袭人与宝玉还有往来，故曰“有始有终”。

接着写宝玉从贾母处吃过晚饭回来，见袭人吃过药睡下了，怡红院众丫头各自寻热闹耍戏，只有麝月一个人在外间房里灯下抹骨牌，于是提议给她篦头消闷。这一段写得相当细腻传神，柔香暗生。而批语更是耐人寻味：

> 闲闲一段儿女口舌，却写麝月一人。袭人出嫁之后，宝玉、宝钗身边还有一人，虽不及袭人周到，亦可免微嫌小弊等患，方不负宝钗之为人也。故袭人出嫁后云“好歹留着麝月”一语，宝玉便依从此话。

这一段明明白白，写出袭人出嫁时，宝玉还未出家，并且身边仍有麝月服侍。而且袭人嫁了琪官后，还曾经供养过二宝夫妻，然后宝玉才“悬崖撒手”的。

可以为这一点做辅证的还有两条脂批，一是蒙府本第二十一回《贤袭人娇嗔箴宝玉　俏平儿软语救贾琏》的回前批：

> 按此回之文固妙，然未见后三十回犹不见此之妙。此回“娇嗔箴宝玉”“软语救贾琏”，后文“薛宝钗借词含讽谏，王熙凤知命强英雄”。今只从二婢说起，后则直指其主。然今日之袭人、之宝玉，亦他日之袭人、他日之宝玉也。今日之平儿、之贾琏，亦他日之平儿、他日之贾琏也。何今日之玉犹可箴，他日之玉已不可箴耶？今日之琏犹可救，他日之琏已不能救耶？箴与谏无异也，而袭人安

在哉？宁不悲乎！救与强无别也，甚矣！但此日阿凤英气何如是也，他日之身微运蹇，亦何如是也？人世之变迁，倏忽如此！

这段批语不但为后文提供了唯一的一条完整回目，并透露了个别主要情节：“箴与谏无异也，而袭人安在哉？”可见当“薛宝钗箴宝玉”之事发生时，袭人已经不在身边了。

这一回的故事，是说宝玉和袭人闹了点小别扭，故意不要她服侍，只是使唤小丫头四儿。脂砚斋在此又有一段夹批，再次透露后文：

宝玉有此世人莫忍为之毒，故后文方有“悬崖撒手”一回。若他人得宝钗之妻、麝月之婢，岂能弃而为僧哉？此宝玉一生偏僻处。

再次说明宝玉是在娶宝钗为妻后“弃而为僧”的，而当时身边尚有“麝月之婢”，却没有了袭人。

但袭人虽已出嫁，却并不是一去不回头，而是和宝玉仍然通声气的，后面还有一回关于“花袭人有始有终”的情节，可惜文稿佚失，不能得见全璧。然而我们至少已经可以知道，袭人的出嫁非但是在宝玉出家前完成的，而且在两者之间的这段时间里，两家还曾有过一段共处的日子。“得同终始”或是“有始有终”是同一个意思，都指的是家败之后，袭人嫁与琪官为妻，却不忘旧主，接了宝玉同宝钗来家供养。

好一个重情重义的琪官，真不负宝玉当初为他挨打后说的那句话：就便为这些人死了，也是情愿的！

第二十九回
享福人福深还祷福　痴情女情重愈斟情

清虚观拈戏

（一）

第二十九回“享福人福深还祷福”，说的是元春做好事，贾母率领一众女眷往清虚观打醮祈福，这“享福人”指的既可以是贾母，也可以是元春，或者是荣宁二府坐享富贵之人。

打醮，不但可以逛庙随喜，还可以热热闹闹看几出戏。酬神看戏，是自古就有的传统。早自氏族社会时，人类已经开始有了信仰活动，并且有了专门从事通神的巫觋。《说文》中解释：“觋，能斋肃事神明也。在男曰觋，在女曰巫。”这证明早期从事通神活动的既有男也有女，而且巫在觋前，可见地位之尊。巫的最早产生可能是母系氏族时期。

巫觋能通鬼神，可以请神附体。《汉书·礼乐志》说：“大祝迎神于庙门，奏嘉至，犹古降神之乐也。”降神后巫即成为神的代言，所以深受敬重。而巫风盛行，带动了歌舞的发展，这是戏的雏形，戏从一开始就与祭神活动分不开。

在春秋战国时期，巫风发展鼎盛，《礼记》中说鲁大夫季氏之祭，夜以继日，连祭司都倦怠了。此时的祝巫之职皆由士大夫担任，屈原做《九歌》，即为祝巫活动的描述。其中湘君和湘夫人、大司命和少司命互有问答，这已经有了戏剧的意味。

巫觋的表演单纯是为了酬神，及至民间，则催生了一种新的表演职业，谓之“优”。通常认为，以乐舞为主的称倡优，以戏谑为主的称俳优，但也并不明确。

汉代时，优伶的表演也常混杂于“百戏”中，在两汉时通称“角抵戏”。最盛大的表演也都往往与酬神活动有关,所以,戏台的诞生是和庙观紧密相关的。

到了魏晋时期，印度佛教在中土传播鼎盛，寺院满地，僧尼以百万计，每有迎神祭祀，必然同时邀请百戏伶人参与寺院活动，招徕民众。因此各庙宇的戏台也越盖越高，而戏目的演出已经不只是为了酬神，更是为了娱人了。

直到今天，各名寺道观中还常常同时搭建戏台，这就是一种仿古传承。比如山西保存的古戏台，几乎全部为“神庙戏台”。西安的大唐西市，建在唐朝西市遗址之上，武则天赏赐太平公主的养生池的旧址前，也是一面搭佛堂，一面建戏台，斜支出去又是一座财神庙。

所以，自古以来酬神与看戏就是密不可分的。而贾府打醮的神前拈戏，也就带了某种神秘的色彩。

打醮，在百度上的解释是：“道士设坛为人做法事，求福禳灾的一种法事活动。”

贾母是为了给元春求福才来观中打醮的，拈的三出戏自然有代表着贾府命运的意味，这与宝玉生日宴上，群钗占花名有着异曲同工之妙。

（二）

> 这里贾母与众人上了楼，在正面楼上归坐。凤姐等占了东楼。众丫头等在西楼，轮流伺候。贾珍一时来回：“神前拈了戏，头一本《白蛇记》。”贾母问：“《白蛇记》是什么故事？”贾珍道：“是汉高祖斩蛇方起首的故事。第二本是《满床笏》。”贾母笑道：“这倒是第二本上？也罢了。神佛要这样，也只得罢了。”又问第三本，贾珍道：“第三本是《南柯梦》。”贾母听了便不言语。贾珍退了下来，至外边预备着申表、焚钱粮、开戏，不在话下。

这里的三本戏，很明显说的是贾府兴败的三部曲。

头一本《白蛇记》是作者误写，其实应为《斩白蛇》。典出司马迁《史记·高祖本纪》，说的是秦朝末年，亭长刘邦押送人去骊山修皇陵，途中人跑了大半。刘邦想这样子就算到了骊山也是死罪，走到丰西泽的时候，干脆就把其余人也都放了。其中有十几个愿意跟着。夜晚，刘邦喝了酒，有大蛇挡路，便拔剑斩之。结果有个老太太说：这蛇是白帝之子，如今却被赤帝之子杀了。于是刘邦知道自己有天命，君权神授，遂聚众起义，最终成就大业。

元代白朴将这故事编成了杂剧，就叫《汉高祖斩白蛇》，又叫《汉高祖泽中斩白蛇》，简称《斩白蛇》。曹家兴家于从龙入关，书中虽未实写，但是从焦大的故事，也可以看出荣宁二公乃是从武兴家，在战场上一路杀过来的，出身贫贱，并非诗书传家。《斩白蛇》等于提醒贾家从前的困顿，虽然劳苦功高，毕竟是叛秦附汉，所以贾母听了并不觉得喜悦。

第二本《满床笏》，是明清时宜寿宜考的著名吉庆戏目。说的是唐代郭令公郭子仪过寿，七子八婿皆为显宦，拜寿时，上朝用的笏摆了满床榻。

此时的贾府如日中天，世袭将军之职，贾赦、贾政、贾珍、贾琏，连贾蓉都有职衔在身，来观中打个醮都有各侯府前来送礼随喜，说是“满床笏”亦不为过。

但是第三本《南柯梦》却大不吉利，写淳于棼院中有棵大槐树，树下有蚂蚁窝。一日棼酒醉，梦入槐安国，被招为驸马，后任南柯太守，建功立业，广受爱戴。公主死后，棼被召还宫中，封为左相，一时奢极淫欲，终被敌党陷害，削官被贬。醒来却发现种种繁华寥落，只是一梦，遂顿悟出家。

这《南柯梦》与前面元春点戏提到的《邯郸梦》立意相同，都出自汤显祖《玉茗堂四梦》（另外两出为《牡丹亭》《紫钗记》），显然是富贵荣华转眼皆空，只不过南柯一梦耳，因此贾母就不作声了。

《红楼梦》中有大量与戏曲相关的情节，每一次都语带双关，戏外有戏。

元春点的四出戏“乃通部书之大过节、大关键”不必说了，另外如第二十二回中“听曲文宝玉悟禅机”，是宝玉的第一次“觉悟”，触机就是“山门”中的一段《寄生草》曲词引发的。

又如《西厢记妙词通戏语　牡丹亭艳曲警芳心》，戏目直接就入了第二十三回目；而林黛玉两次偶念《西厢记》曲词，一次是“每日家情思睡昏昏”，被宝玉听见了顿觉心荡神迷；又一次是行酒令用了“纱窗也没有红娘报”，换来宝钗一顿道理。

形容宁国府之俗鄙热闹，则一律是《大闹天宫》等弋阳腔；形容贾母之见识过人，便让她单点一出《惠明下书》。

贾敬生日，凤姐看过秦可卿后，竟然说出“现在唱的这出《双官诰》唱完了，再唱这两出（《还魂》与《弹词》）也就是时候了”的谶语。

本回清虚观打醮，神前拈了三出戏，自然更加不可小觑。“神佛要这样，也只得罢了。”

宝黛情感的试探期

（一）

前面说过，宝黛二人在进入大观园前，争吵也罢，和睦也罢，情感纠葛一直停留在青梅竹马两小无猜的小儿女小伙伴关系上，争吵的核心是谁跟谁更好更近的豆粒小事；但是自从第二十三回共读《西厢》，一再地借戏词调情、闹别扭、和好，两个人之间的吵架斗嘴便再不是小时候那般简单，而充满了打情骂俏的意味，进入到情感的第三阶段——恋爱的感觉了。

在这个阶段里，黛玉对宝玉的感情已经升华到了爱情，却不能肯定宝玉的心意，对“金玉良姻”的命题也就格外忧心忡忡。因此，她一而再再而三地找宝玉吵架，生闷气，为的是再三验证他的心，从第二十七到二十九回，两人愈吵愈烈，百转千回，正如第二十九回的回目所说“痴情女情重愈斟情”。

为了像吟诗一样斟酌推敲这份感情，整个第三阶段里，宝黛二人的主要情感交流方式就是：黛玉一味伤心猜疑，宝玉不住劝慰表白。

非常重要且明确的表白就有四次。其中黛玉的第二次葬花、哭诉《葬花吟》，是宝黛情感的一个小高潮，也是一次重要表白。

起因是为了闭门羹。黛玉明明看见宝钗进了怡红院，自己随后来时，丫鬟却不给开门，说“都睡下了”，还说是“宝二爷吩咐的”，这让黛玉怎不气极？正没主意，忽听一阵笑语声自内传来，心中愈发动气伤感，也顾不得苍苔露冷，花径风寒，独立墙角边花荫之下，悲悲戚戚呜咽起来。

院门开处，宝钗出来了，宝玉、袭人一群人送了出来。宝钗能进去，我却不能进去？这分明是厚此薄彼，拿自己当外人嘛。黛玉此时心中当真油煎一般，自己伤得七荤八素，五味杂陈，却还要先顾着宝玉的面子，忙避过一旁，怕当着众人问责伤了宝玉。眼巴巴看着宝钗去了，宝玉等进去关了门，方转过身来，犹望着门洒泪驻望。

这一段写得特别伤感，简直是黛玉平生最大一次委屈，因此整整哭了一夜，紫鹃等也不来问她。

次日黛玉葬花寄情，写出一篇惊世骇俗的《葬花吟》来。那宝玉本是黛玉的真知己，不但同黛玉一般怜花心肠，因为兜着花瓣才会来到埋香冢，而且最能体贴黛玉诗中意味。所以黛玉的诗，一定要宝玉来听；黛玉的泪，一定要宝玉领会。每一句话都落在他心上，听了，懂了，痴了，痛了，一边点头感叹，一边泪下如雨，不觉恸倒在山坡之上，也哭起来了，怀里兜的落花撒了一地。

黛玉正自伤感，忽听山坡那边也有悲声，心想："人人都笑我有些痴病，难道还有一个痴子不成？"待一看，却是宝玉，顿时又气又恨，啐道："我道是谁，原来是这个狠心短命的……"说到"短命"二字，将口掩住，转身便走。

这里有两个小看点很令人感动，一则清楚写出二人原是一般痴心，是真正同道中人；二是那黛玉也真真是体贴，心里这般生着宝玉的气，受了这样天大的委屈，这要是一般女子，看到冤家送到眼前来，必定不依不饶，恨不得扑上去、抓过来、骂几声、打几下才罢。可林黛玉只说得一声"狠心短命"，便再也不忍说下去，怕不吉利，伤了宝玉。几多深情？

她说了半截话就走，宝玉急坏了，知道自己得罪林妹妹了，却不知道什么时候什么地方得罪的。但也素知黛玉性情，正在气头上，问着她必定不会理睬，越问越问不出个缘故来，得想个法子让她站下，慢慢才得解说明白，于是急中生智，赶上去说："你且站住。我知你不理我，我只说一句话，从今撂开手。"于是赌咒发誓，遂说出那番"既有今日，何必当初"的理论来：

> 当初姑娘来了，那不是我陪着顽笑？凭我心爱的，姑娘要，就拿去；我爱吃的，听见姑娘也爱吃，连忙干干净净收着等姑娘吃。一桌子吃饭，一床上睡觉。丫头们想不到的，我怕姑娘生气，我替丫头们想到了。我心里想着：姊妹们从小儿长大，亲也罢，热也罢，和气到了儿，才见得比人好。如今谁承望姑娘人大心大，不把我放在眼睛里，倒把外四路的什么宝姐姐凤姐姐的放在心坎儿上，倒把我三日不理四日不见的。我又没个亲兄弟亲姊妹。——虽然有两个，

你难道不知道是和我隔母的？我也和你似的独出，只怕同我的心一样。谁知我是白操了这个心，弄的有冤无处诉！

宝玉这番话细说源头，从小时候的情分追忆，有进有退，诚心诚意。但是说得虽然恳切，却仍然只是重点分辩亲疏远近四个字，是对从前他那番“亲不僭疏”理论的延伸，这让黛玉虽然一时心安，但终究是不放心的，因为这番话并没有说到她心里去。但是她又是那么心疼宝玉，听不得他“大清早起死呀活的，也不忌讳”，因此说：“你说有呢就有，没有就没有，起什么誓呢。”

两个人刚刚和好，偏偏元春又赏赐了端午节的礼来，于是新的风波又起了。

（二）

元春的赏赐乃是一份一份用签子写了，标得清清楚楚：众姑娘每人上等宫扇两柄，红麝香珠二串，唯独宝玉同宝钗比别人多着凤尾罗二端，芙蓉簟一领。

古时候宫里赏赐最讲究礼仪轻重，这元春赐礼可不同于寻常人家给压岁钱，多一块少一块不相干，那都是有着深厚用意的。元春给迎、探、惜和黛玉的赏赐一样，那是拿她当妹妹看；给宝玉和宝钗的赏赐一样，那就是给弟弟和弟媳了。这里面几乎就有赐婚的意思啊，只是没有说透。

可是说透不说透，黛玉心里明镜一样，不能不在意不心酸。她心里很明白，这是宝钗的娘薛姨妈同王夫人姐妹俩商量好的计策，再由王夫人和元春母女俩合计妥的计划，人家关起门来全是亲戚，自己可是孤苦伶仃投奔了来的，上无父母，下无兄弟，纵有满腹心事，又能靠谁做主？

于是黛玉刚刚平息的怒气更加倍点燃起来，见了宝玉，便又旧话重提说：“我没这么大福禁受，比不得宝姑娘，什么金什么玉的，我们不过是草木之人！”

这番话其实仍是激将法。她心中柔肠百转，万语千言，却又不能明白问着宝玉，虽然宝玉对自己不错，可是父母之命媒妁之言，倘若元春指了宝钗与宝玉为妻，难不成他能抗旨拒婚么？况且宝玉已然把礼物收了，可是顺水推舟之意？因此心里七上八下，只用言语试探，实指望宝玉给自己一句准话儿。谁知宝玉平日里聪明，关键上糊涂，倒拿了一堆物事来让自己挑，这不是刺自己的心么？

宝玉只得再次表白说：“我心里的事也难对你说，日后自然明白。除了老太太、老爷、太太这三个人，第四个就是妹妹了。要有第五个人，我也说个誓。”

这时候已经提到“心里的事”了，只是“难对你说”，也难对看官说——既然未说，那黛玉怎么知道？即便知道，怎敢确认？

那黛玉本来就是个多心的，你把话揉碎掰开来说出来，她还要再三掂量呢，何况宝玉是这样囫囵的话语？更何况宝玉的话意，比得过娘娘的旨意大么？更何况宝玉紧接着还要去看宝钗的香串儿，还要看得发了呆出了神，让黛玉如何不气，如何不伤心？

（三）

这宗事未了，隔一日，贾府上下三百来口，都往清虚观打醮祈福去。也就是第二十九回“痴情女情重愈斟情”，宝黛二人又大吵了一次。

这第三次别扭闹得比较凶，为的是有个多事的张道士，在老祖宗贾母面前卖好儿，竟给宝玉提起亲来，黛玉怎么可能不气？人人都有帮忙拉线的，我可孤苦伶仃的怎么办？又见宝玉特地藏起金麒麟来，越发难过——满园子盛传金玉姻缘，宝钗有个金锁不算，现在又出来个湘云的金麒麟，宝玉这不是存心给自己添堵吗？

因此宝玉来访时，黛玉脱口便说：“我也知道白认得了我，那里像人家有什么配的上呢。”——这里的“人家”，已经不只是宝钗，还有湘云在内了。

那宝玉也是使性子，看黛玉每每伤心怄气，自觉都是“金玉”二字惹的事，那我砸了这玉不就完了？遂有了第二次天崩地裂的砸玉。

这次可把众人吓坏了，命根子呀，是宝玉的命根子，也是众人的命。这倘若砸坏了，宝玉怎么样不知道，众人的小命儿可都不保了。那些老婆子下人们生恐被连累，赶紧回了贾母。贾母急得抱怨说：“我这老冤家是那世里的孽障，偏生遇见了这么两个不省事的小冤家，没有一天不叫我操心。真是俗语说的，‘不是冤家不聚头’。”

这话传入宝黛二人耳内，都参禅一般，低头细嚼此话中滋味：“不是冤家不聚头”。我们两个明明要好，偏三番五次地伤心，弄得越是要亲近，反倒越生疏了。原来，正是前世冤家今生聚头！

这时候我们再来细细体会黛玉的心，就会发现她其实特别可怜。三番五次同宝玉拌嘴，弄得宝玉难过，自己更伤心，其实都只为万缕情丝牢牢系在宝玉身上，生生死死，心心念念，都只是为了宝玉一个人。可是宝玉虽然对她也体贴，但也太泛情，不光对黛玉好，对各个姐姐妹妹也都不错。这让黛玉心里很不踏实，没有安全感。她从小父母双亡，寄人篱下，孤身一人借住在贾府，举世间最亲近最信任的人就是宝玉，如果宝玉心思不同她一样，心里还有另一个人，将来不能对她有个交代，那黛玉只好死掉了，不可能另嫁第二个人的。

因为存了这番心事，黛玉每天就像在油锅里煎炸一样，翻过来翻过去，哪里还禁得住元春来插一杠子？偏偏宝玉虽然软语温存，百般迁就，可是今天赌咒发誓，明天嬉皮笑脸，好听的话说了一车子，就是说不到黛玉心里去。

于是黛玉只得今天耍耍小性子，明天闹闹小脾气，逼得宝玉来表白，表白一次不到位，表白两次不窝心，就三次吵完四次吵，要的不过是吵过之后宝玉会说得更多。所以这番心思可谓九曲回肠，用心良苦，这就叫作“不是冤家不聚头”！

这里有一大段宝黛二人的心理活动，作者一向惯用史笔，此处却偏偏深入内心，直接做主观表白了：

> 原来那宝玉自幼生成有一种下流痴病，况从幼时和黛玉耳鬓厮磨，心情相对；及如今稍明时事，又看了那些邪书僻传，凡远亲近友之家所见的那些闺英闱秀，皆未有稍及林黛玉者，所以早存了一段心事，只不好说出来，故每每或喜或怒，变尽法子暗中试探。那林黛玉偏生也是个有些痴病的，也每用假情试探。因你也将真心真意瞒了起来，只用假意，我也将真心真意瞒了起来，只用假意。如此两假相逢，终有一真。其间琐琐碎碎，难保不有口角之争。即如此刻，宝玉的心内想的是：“别人不知我的心，还有可恕，难道你就不想我的心里眼里只有你！你不能为我烦恼，反来以这话奚落堵我。可见我心里一时一刻白有你，你竟心里没我。”心里这意思，只是口里说不出来。那林黛玉心里想着：“你心里自然有我，虽有‘金玉相对’之说，你岂是重这邪说不重我的。我便时常提这‘金玉’，你只管了然自若无闻的，方见得是待我重，而毫无此心了。如何我只一提‘金玉’的事，你就着急，可知你心里时时有‘金玉’，

见我一提，你又怕我多心，故意着急，安心哄我。”看来两个人原本是一个心，但都多生了枝叶，反弄成两个心了。那宝玉心中又想着：“我不管怎么样都好，只要你随意，我便立刻因你死了也情愿。你知也罢，不知也罢，只由我的心，可见你方和我近，不和我远。”那林黛玉心里又想着：“你只管你，你好我自好，你何必为我而自失。殊不知你失我自失。可见是你不叫我近你，有意叫我远你了。”如此看来，却都是求近之心，反弄成疏远之意。如此之话，皆他二人素习所存私心，也难备述。

回目说“痴情女情重愈斟情”，的确是把个“情”字颠来倒去掰开嚼碎了，也清楚地说明了宝黛的情感转换。

第五回开篇曾说二人从前“情和意顺，略无参商”，这里则说“耳鬓厮磨，心情相对”，再次肯定第一阶段的和谐；但是第五回说自宝钗来后，黛玉“有些悒郁不忿之意”，宝玉却是“并无亲疏远近之别”，只是与黛玉更加熟惯些罢了；这里则说“凡远亲近友之家所见的那些闺英闱秀，皆未有稍及林黛玉者”。这所有“闺英闱秀”中，自然也包括了宝钗，因此这时候的宝玉可再不是没有亲疏远近之别，而是已经进入第三阶段，心中认定黛玉一人了。

“早存了一段心事，只不好说出来”，正与前面他向黛玉表白“我心里的事也难对你说”相应，但是读者却已经尽然明白他二人的心事了——此时的宝黛之间情苗已茁，“两个人原本是一个心”了，只因嫌隙不断，不能自明，所以才“反弄成两个心”，“都是求近之心，反弄成疏远之意”，这与第五回说的“不虞之隙，求全之毁”是同样情态，可谓是二人的一贯心思与行径了。

好在他们有可敬可爱的老祖母道破天机——“不是冤家不聚头”，让两人参禅一般细细咀嚼。“人居两地，情发一心”，已经再明白没有了。

贾母的这番话特别值得回味：“几时我闭了这眼，断了这口气，凭着这两个冤家闹上天去，我眼不见心不烦，也就罢了。”

在贾母心中，两个玉儿是必定在一块儿的，直到自己闭眼咽气，这两个欢喜冤家还会一起吵吵闹闹地过日子，不曾分开。此时宝黛即便年龄小，定亲也不过两三年的事，贾母身子还旺健，不至于诅咒自己三两年都活不过，自然是认定二人必将终老此生的。所以才会说了句“不是冤家不聚头”，这无异于

“三生石畔旧精魂”的一个通俗诠释，怎能够不让这对木石前盟的知己震动有所思？

只是直到这时候，两个人之间却仍没有把话点破说通，仍然是各抱心思。

直到第三十二回“诉肺腑心迷活宝玉”，宝黛间终于有了明明白白的一次“谈情说爱”，也是最重要的第四次表白。宝玉一句“你放心”，让两人的情感彻底升华，再无嫌隙，成了真正生死同心的情侣！

至此，宝玉才完全说中了她的心事，回应了她的心，两个人终于凑成一颗心了。

而宝黛的爱情也再次升华，进入第四阶段：心心相印，情比金坚！

第三十回

宝钗借扇机带双敲　龄官划蔷痴及局外

端午礼和宝钗落选

薛家进京，原是为了送宝钗待选，然而后来却再也没有提过入宫的事，倒是满府里传起“金玉良姻”的风声来。可能是曹雪芹写着写着就忘了，也可能是宝钗进京不久就知道了落选的消息，因此改弦更张，决定向贾府宝二奶奶的位置进军，安心成就一段金玉姻缘了。

还有第三个可能性，就是这落选的时间发生在第二十八、二十九、三十数回间，也就是元春省亲、大观园建成当年的端午节。

第二十八回末，借着袭人跟宝玉的对话写出元春打发夏太监出来，送了一百二十两银子，叫在清虚观打三天平安醮。又赏了端午的节礼，宝玉和宝钗的礼单是一样的，黛玉和三春逊着一层。甲戌本于此侧批：“金姑玉郎是这样写法。”

这是第一次明确提出“金姑玉郎”的说法，红线露了头儿，喜巾揭了盖儿。

为什么是端午的礼呢？我查了一下，原来端午前是清朝选秀的一个重要时节。看来宝钗是落了选，而元春心知肚明，正中下怀：当不成妃子正好，可以给我当弟媳妇啊。于是就光明正大赐了礼，暗示了提亲之意。

书里说“薛宝钗因往日母亲对王夫人等曾提过‘金锁是个和尚给的，等日后有玉的方可结为婚姻’等语，所以总远着宝玉。昨儿见元春所赐的东西，独他与宝玉一样，心里越发没意思起来。幸亏宝玉被一个林黛玉缠绵住了，心心念念只记挂着林黛玉，并不理论这事”。

这一段话常被喜欢宝钗的人拿来作为宝钗心中无私的明证，可是恰恰是这段话，句句反语，其实更该成为宝钗真心的招供：

“总远着宝玉”？大清早宝玉往黛玉房中看湘云，惹得袭人生气，只得自己回来梳洗，宝钗倒已经上门了。那时候宝钗住得极远，这还不到梳洗时间，穿过大半个贾府却来宝玉房中做什么呢？晚上黛玉吃了闭门羹，原因是晴雯怄气，正在抱怨宝钗“有事没事跑了来坐着，叫我们三更半夜的不得睡觉”。而宝黛二人每每话到一半即被宝钗岔开，急得宝玉顾不得体贴，支使她陪老太太抹骨牌去，这里已经有了驱赶的意味了，宝钗也讪讪地说“我是为抹骨牌来的么？”她当然不是为了抹骨牌，那却是为什么来的呢？

“心里越发没意思起来”？果然如此，为什么还要将个沉甸甸的金锁整日家戴着，岂不时时刻刻提醒着大家“金玉良姻”之说么？这还不算，元春赐了香串儿下来，既然没意思，就该珍藏密敛才是，宝姑娘不是从来不爱这些花儿粉儿的么？怎么特地戴在腕子上招摇过市，生怕别人不注意似的？

而且，宝玉问她“我瞧瞧你的红麝串”时，明明可以说我没戴的，却故意“少不得褪了下来”。既然“容易褪不下来”，拒绝就是，又不是没拒绝过宝玉，何必独在这件事上如此迁就？任由宝玉在旁看着她雪白酥臂动念。

宝玉的这番欲念，正应了黛玉方才说的“见了姐姐就忘了妹妹”，但是他并不是真忘了妹妹，一边“动了羡慕之心”，另一边又暗暗想道：“这个膀子要长在林妹妹身上，或者还得摸一摸，偏生长在他身上。”换言之，他是认定了将来会与黛玉生死到老的，所以才会有机会摸一摸，而对宝钗，压根儿没这个念头。

可是因为羡慕那一段雪白的膀子，还是不由想到了“金玉”之事，思想小小地开了差，人神交战起来，竟成了呆雁。所以林黛玉适时出手，用手绢角儿抽了他一记耳光，打得好！

这个时期的宝钗心里是矛盾的，也是窝火的、委屈的、恼怒的，因为落选毕竟是件没面子的事；赐婚好像有点意思，可是又没有实际做准。下回紧接着的清虚观打醮时，贾母又故意跟张道士提起宝玉的婚事来，说不能早娶，分明并不打算要她做贾家媳妇，而宝玉又明显心中只有黛玉一人，这不能不让她焦躁。

于是，这便有了第三十回“宝钗借扇机带双敲”的一幕。这回中，宝钗一反常态，表现得极为犀利刻薄，语语带刺，为什么?

因为宝黛两个闹别扭，带累得整府上下不得安生，老太太哭着说出了“不是冤家不聚头”的预言，又再三催促凤姐去调停，显然置黛玉于至上之位。而凤姐回来，又形容二人是“黄鹰抓住了鹞子的脚，两个都扣了环了”。这让宝钗怎能不妒?

宝玉前来搭讪，说身上不好因而没有去赴薛蟠的生日宴，这本是好意。可是宝钗满心不爽正要找机会发泄，立刻就夹枪带棒讽刺了句：“我怕热，看了两出，热的很。要走，客又不散。我少不得推身上不好，就来了。”

这样子无故出击，在宝钗是第一次，让宝玉颇为下不来台，只得没话找话地说了句：“怪不得他们拿姐姐比杨妃，原来也体丰怯热。”

这真叫哪壶不开提哪壶。宝钗刚刚落选，分明这辈子都没有机会做杨妃了，宝玉这样打趣，岂不是点眼药?于是宝钗“不由的大怒，待要怎样，又不好怎样。回思了一回，脸红起来，便冷笑了两声，说道：‘我倒像杨妃，只是没一个好哥哥好兄弟可以作得杨国忠的！’”

“大怒”“回思”“脸红”，这情绪三叠很有层次，是越想越气又不好说明的愤怒，只得不软不硬回了个钉子，给宝玉闹个没脸。然而宝钗还不解气，还想着再追一耙子。

倒霉的是小丫头靛儿，忒没眼色没运气，这时候跑上来不尴不尬问宝钗见到她的扇子没，不过白问了句话儿：“必是宝姑娘藏了我的。好姑娘，赏我罢。”宝钗便借题发挥，指着她声严色厉地发作道：“你要仔细！我和你顽过，你再疑我。和你素日嘻皮笑脸的那些姑娘们跟前，你该问他们去。”说得小丫头一溜烟儿跑了。

这还不算完，因为只是惩罚了宝玉，捎带了黛玉，心里仍然不足。因此当黛玉问她看了什么戏时，又紧跟了一句：“你们通今博古，才知道‘负荆请罪’，我不知道什么是‘负荆请罪’！”明着讽刺二玉拌嘴又和好之事，弄得二人羞红了脸说不出话来。

如此步步紧逼，针针见血，全书八十回，薛宝钗就这么一次发作，前面明明说她敬上怜下，不拿架子的，如今跟个小丫头也这么夹枪带棒的，对宝黛两个更是当着众人的面前便毫不客气，实在大为反常。

为什么反常呢？就是因为落选了，气的。

不过后来宝钗慢慢气平了，顺了，认清现实，也就接受了要做宝二奶奶的命运。所以接下来宝玉挨打的时候，她来送丸药，第一次流露了真情，手捻着衣带娇羞脉脉地说：“早听人一句话，也不至今日。别说老太太、太太心疼，就是我们看着，心里也……”

此时的宝钗，难得温情脉脉，已经是打定主意要向金玉姻缘的大业进攻了。

龄官画蔷

小戏子龄官出手不凡，一亮相就得到了贵妃的赏识。

> 刚演完了，一太监执一金盘糕点之属进来，问：“谁是龄官？”贾蔷便知是赐龄官之物，喜的忙接了，命龄官叩头。太监又道：“贵妃有谕，说‘龄官极好，再作两出戏，不拘那两出就是了’。”贾蔷忙答应了，因命龄官作《游园》《惊梦》二出。龄官自为此二出原非本角之戏，执意不作，定要作《相约》《相骂》二出。贾蔷扭他不过，只得依他作了。贾妃甚喜，命“不可难为了这女孩子，好生教习”，额外赏了两匹宫缎、两个荷包并金银锞子、食物之类。

小小一段文字，一个色艺出众、个性鲜明的小戏子形象已经跃然纸上，给人留下极深的印象。

在此之前，我们并不知道十二戏子的名字通用了一个“官”字。而“龄官”，更是十二官中第一个出名之人。

“木秀于林，风必摧之。”这样的尤物，大抵是没有什么好结局的吧？况且，我们已经知道了她的行当是六旦，也就是丫鬟旦。如此出色之角的本行却偏偏是贴旦而非闺门旦，怎能不让人感叹？

庚辰本在《相约》《相骂》两折戏后批注：“《钗钏记》中，总隐后文不尽风月等文。”

后来，在第三十回中，我们终于看到了那一段“风月”的端倪，知道她心中惦念的乃是一个“蔷”字。

书中通过宝玉之眼，第一次对龄官的相貌做了描写，乃是“眉蹙春山，眼颦秋水，面薄腰纤，袅袅婷婷，大有林黛玉之态”。

如此，龄官已是在玉兄处挂了号的，而且明明白白地告诉读者：龄官，乃是黛玉的又一个替身儿。

> 宝玉早又不忍弃他而去，只管痴看。只见他虽然用金簪划地，并不是掘土埋花，竟是向土上画字。宝玉用眼随着簪子的起落，一直一画一点一勾的看了去，数一数，十八笔。自己又在手心里用指头按着他方才下笔的规矩写了，猜是个什么字。写成一想，原来就是个蔷薇花的“蔷”字。宝玉想道：“必定是他也要作诗填词。这会子见了这花，因有所感，或者偶成了两句，一时兴至恐忘，在地下画着推敲，也未可知。且看他底下再写什么。”一面想，一面又看，只见那女孩子还在那里画呢，画来画去，还是个“蔷”字。再看，还是个“蔷”字。里面的原是早已痴了，画完一个又画一个，已经画了有几千个“蔷”。外面的不觉也看痴了，两个眼睛珠儿只管随着簪子动，心里却想：“这女孩子一定有什么话说不出来的大心事，才这样个形景。外面既是这个形景，心里不知怎么熬煎。看他的模样儿这般单薄，心里那里还搁的住熬煎。可恨我不能替你分些过来。”

宝玉眼中所见，心中所思，对于龄官的种种考语完全像是在说黛玉：模样儿生得这样单薄，怎能禁得心里那般熬煎？而随后的一阵雨，可是“一年三百六十日，风刀霜剑严相逼”的真实写照？

林姑娘，龄姑娘，便是发音也是很像的。

单是相貌酷似，名字发音相近还不怎样，竟连性情和多病也像，就不能不令人称奇了。

第三十六回《绣鸳鸯梦兆绛芸轩　识分定情悟梨香院》中，是龄官的又一场大戏，也是最后一次出场。因宝玉想听《牡丹亭》曲，“因闻得梨香院的十二个女孩子中有小旦龄官最是唱的好”，便找上门来央她唱一套《袅晴丝》，正是杜丽娘游园时的经典唱段。

这说明龄官有时也会“串行”唱些闺门旦的曲词，且一理通百理精，还唱得相当不错。同时也侧面说明了贾蔷会在省亲时命她唱《游园》《惊梦》两出的缘故。

然而龄官见宝玉在自己身边坐下，不但忙抬身起来躲避，还正色说道：“嗓子哑了。前儿娘娘传进我们去，我还没有唱呢。”

这不大不小的一个软钉子，真是顶得宝二爷走不是留不是，再看清楚这就是那日画“蔷”之人，越发讪然脸红，只得出来了。谁知正见了贾蔷兴冲冲走来，遂又看了龄官与贾蔷斗嘴的一场好戏：龄官一时说贾蔷弄了个衔旗串戏的雀儿来是打趣她而恼了，一时又因贾蔷要顶着毒太阳去请医生而心疼，把个贾蔷撮弄得无可无不可，宝玉更是看得呆了。

此前林黛玉曾因众人说龄官酷似她而同宝玉怄气，说他“拿我比戏子取笑”，又说：“你还要比？你还要笑？你不比不笑，比人比了笑了的还利害呢！”

而龄官因贾蔷买雀而生气，也是怪他“且弄这个来取笑”“你分明是弄了他来打趣形容我们，还问我好不好”。声口做派像极了黛玉。

此前湘云说黛玉“小性儿，行动爱辖制人”，对此考语，龄官可谓是有过之而无不及。看她时而梨花带雨，时而柔情缱绻，把贾蔷迷得何等颠倒。难怪宝玉自惭形秽，终于悟出“各人各得眼泪罢了”的道理。

能使宝玉“情悟”的人，功德比可卿犹高，又怎能不入十二钗呢？

“情悟”之前，宝玉虽对黛玉钟情，却不免泛情，见了鸳鸯要吃人家的胭脂，见了金钏儿许诺说向太太讨了去，见了宝钗雪白的膀子也想摸一摸，然而省得“各人的眼泪葬各人”之后，却已经一心一意，只有黛玉为命了。睡在床上，纵然宝钗坐在身边绣兜肚，他也是无知无觉，无意无恋，反在睡梦里喊出“和尚道士的话如何信得？”

因此，“情悟梨香院”与“梦兆绛芸轩”写在同一回，是为宝玉爱情做一注脚也。而这点醒宝玉之人，正是黛玉的替身儿龄官，安排何等巧妙？

同时，宝玉和龄官的这次小小冲突，让人不禁想起“心比天高，身为下贱，风流灵巧招人怨”的晴雯来。龄官与晴雯一样，也是眉眼酷似黛玉，同侪中长得最好，技艺也最高，拔尖，好胜，性子烈，连娘娘的旨也现敢驳回，这是什么样的天生尤物？

晴雯的结局在第八十回已定，“俏丫鬟抱屈夭风流”，因为她的情郎是宝玉，对手是“袭为钗副”的袭人，所以注定是败局；黛玉的另一个替身儿——林红玉相貌俏丽，言辞便给，却在怡红院里一直不得展才，备受排斥，终得凤姐赏识，攀上高枝儿，又得到了贾芸的垂青，脂批说她将来有宝玉“大得力处”，大概结局是不错的；第三个替身儿便是这位样貌、性情、体格都像她的龄官了，也是十二官中最伶俐能干的，且与贾蔷相恋，她会有好结局吗？

辞演、画蔷、放雀，龄官在全书中的三场戏，每一幕都演得跌宕起伏，余韵悠长。虽然只是寥寥几笔，一个柔弱而傲娇的小女伶形象却已经跃然纸上。遗憾的是，戏班解散之后，便再也看不到龄官的身影了。

十二官中，清楚交代下落的有九位：“贾母便留下文官自使，将正旦芳官指与宝玉，将小旦蕊官送了宝钗，将小生藕官指与了黛玉，将大花面葵官送了湘云，将小花面豆官送了宝琴，将老外艾官送了探春，尤氏便讨了老旦茄官去。”

——算下来，除了药官（菂官）已死，就只有龄官、宝官、玉官进园子留在贾府为婢，那她们三个去哪里了呢？

特别的是，宝官、玉官两个人出场次数虽少，却永远同时出现，并且总与龄官相关。

第一次就是“龄官画蔷”那一幕后，宝玉回到怡红院，“可巧小生宝官、正旦玉官两个女孩子，正在怡红院和袭人玩笑，被大雨阻住”。

再次就是宝玉往梨香院来寻龄官唱戏，“只见宝官玉官都在院内，见宝玉来了，都笑嘻嘻的让坐”，向他解说“只略等一等，蔷二爷来了叫他唱，是必唱的”，也是宝官。

而在这一回后，这三个人便同时失踪了——“宝”“玉”竟然和“龄姑娘”一同走了，这意味着什么呢？

第三十一回
撕扇子作千金一笑　因麒麟伏白首双星

晴雯撕扇

（一）

晴雯是爱宝玉的，爱得执着而浓烈。

在书中，晴雯的第一次正面出场在第八回，宝玉从薛姨妈处醉酒回来，晴雯接出来笑道："好，好，要我研了那些墨，早起高兴，只写了三个字，丢下笔就走了，哄的我们等了一日。快来与我写完这些墨才罢！"

娇俏爽利，活色生香，浑不见半分奴气。这是晴雯在全书中的第一句台词，上来就派宝玉不是，和主子讨价还价，要他"快来与我写完这些墨才罢"。然而因是迎出来带笑说的，可见并不是生气，而只是娇憨。话中且补出宝玉早起高兴要写字，写了三个字"绛芸轩"便走了，走后晴雯大雪天里登高爬梯地亲自将字贴在了门斗上，种种未写之前情。于是宝玉携了晴雯的手，一同仰头看门斗上的字，此情此景真真如画。

这段文字一则写出晴雯的大丫头身份，二则也看出了宝玉待晴雯与众不同的情分。

那为什么晴雯会有这番不卑不亢的硬腰子口气呢？

一则是她天生的傲气，二则是她来头的牛气。

她原是老太太派给宝玉屋里的。贾母说过："这些丫头的模样爽利言谈针线多不及他，将来只他还可以给宝玉使唤得。"不仅是给宝玉派个丫头，而且是早已内定了将来要将她许配给宝玉做姨娘的。

这层意思，晴雯是知道的。她是实性子人，早就铁了心要跟宝玉过一辈子。所以第三十一回同宝玉第一次严重大吵时，宝玉发脾气要撵她，她说：“我一头碰死了，也不出这门儿。”后来同麝月开玩笑，她也说：“等你们都去尽了，我再动不迟。有你们一日，我且受用一日。”——她从没想过自己有一天会离开怡红院。

袭人也是老太太指给宝玉的，可是自身条件处处不如晴雯，况且身边又有碧痕、秋纹一干人环伺，个个都是牙尖嘴利的，她不过是占了有心机会做人的好处，不免会有危机意识。

论模样，晴雯的漂亮有目共睹，且不是一般的漂亮，而是艳压群芳。王善保家的向王夫人进谗言，说“仗着他生的模样儿比别人标致些，又生了一张巧嘴”，凤姐也说，“若论这些丫头们，共总比起来，都没晴雯生得好”。而王夫人最厌恶她的一点，也就是她的美，说她“好个美人！真像个病西施了。你天天作这轻狂样儿给谁看？”

这也侧面写出了黛玉之美。那晴雯不过是眉眼有点儿像林黛玉，就漂亮得在众丫鬟中出类拔萃，可想而知黛玉得美成啥样儿！况且“腹有诗书气自华”，晴雯是目不识丁的，而黛玉却出口成章，天生丽质加上后天养成，又清高不染，那得仙风逸致到何等程度啊！

论才干，“勇晴雯病补孔雀裘”之举，显示了她无可替代的技艺与地位。麝月说她：“这里除了你，还有谁会界线？”而袭人的针线功夫只是平平，给宝玉的贴身兜肚绣个鸳鸯还使得，稍微出得了台面的手工都要求别人代做，黛玉湘云宝钗都曾代做过，就连宝玉的络子都要拜请莺儿来打，可见不擅女红。

模样针线都不及，只凭着好人缘，是不是一定能拉晴雯下马？袭人哪有必胜之道？怎敢掉以轻心？

所以早在第六回“贾宝玉初试云雨情”，袭人已经早早地先下手为强，做了宝玉的事实妾室，让众人不得不退避三舍，心服口服地承认：“别说他素日殷勤小心，便是不殷勤小心，也拼不得。”

但是晴雯偏偏不买她的账，不会因为她已经成功地占山插旗就对她俯首称臣，且要当面毫不留情地指出这一点：“我倒不知道你们是谁，别教我替你们害臊了！便是你们鬼鬼祟祟干的那事儿，也瞒不过我去，那里就称起‘我们’

来了！明公正道，连个姑娘还没挣上去呢，也不过和我似的，那里就称上‘我们’了！”

这句话说得确实狠。

首先，袭人私下顺了宝玉的性子翻云覆雨，自己给自己找了个理由台阶，“素知贾母已将自己与了宝玉的，今便如此，亦不为越礼”，其实是说不过去的。因为贾母就算有这个打算，只要没有即刻执行，那么袭人的举动就是偷情，就是耍奸，就是不知自重，为了讨宝玉的好无所不为，同彩云、彩霞与环哥儿的行径没有区分，确实鬼祟下贱。

其次，袭人已经把身子给宝玉了，却别说是姨娘了，就连通房丫头的明公正道都没有，连平儿那样的“姑娘”身份都没挣到，没名没分，偷偷摸摸，明明见不得光，却还要假作正经，假正经也罢了，又自己兜不住，暗暗把自己当姨娘和宝玉比肩，在同事面前自高一等，和宝玉称起“我们”来。

请问，谁是“我们”，谁是“你们”？我们是“什么人”，你们又是“什么人”呢？

因此当晴雯字字见血地说出这番话后，袭人“羞的脸紫胀起来，想一想，原来是自己把话说错了”。但是袭人的聪明在于知错不改且倒打一耙，没理还占便宜，装委屈，反派了一个罪名给晴雯说：“姑娘倒是和我拌嘴呢，是和二爷拌嘴呢？要是心里恼我，你只和我说，不犯着当着二爷吵；要是恼二爷，不该这么吵的万人知道。”一句话，把所有的错都推在了晴雯身上，然后接一句“我就不多说，让你说去”，借个台阶欲脱身，让宝玉和晴雯好好大吵一顿。

但那宝玉不是使气行粗的人，淋雨踢袭人是偶然现象，并不会为一把扇子再打了晴雯，他气得脸胀发抖，又一心要替袭人出气，却只想到一个法儿，就是回王夫人打发晴雯出去。

要注意的是，宝玉虽在盛怒下说要晴雯出去，但是左一句“我回太太去，你也大了，打发你出去好不好？”右一句“不如回太太，打发你去吧”。

这里的“打发”，指的都是正经发放，不是像王夫人撵金钏儿那样直接撵了出去。正经发放，是让家人出几两赎身银子给赎回，或者连赎身银子都不要就赏了的，都是给丫鬟自由。这在某些人身上是好事，比如从前的茜雪，未来的小红，都应在此列；但在晴雯这个实性子人身上，却是改其初衷，唯死明志。

因她早就把心许给了宝玉，虽然洁身自好不肯像袭人那样偷偷摸摸的，但心底里早就打定了“大家死活在一处”的主意，所以此时急怒之下，会被迫大声说出那句浓烈的誓言来：“只管去回，我一头碰死了也不出这门儿。”

又是一语成谶。她后来到底出了这门儿，也到底含恨而死。

可惜宝玉听不懂！

但是袭人为什么要拦呢？

袭人是巴不得要晴雯出去的，但是正如她所说：“便是他认真的要去，也等把这气下去了，等无事中说话儿回了太太也不迟。这会子急急的当作一件正经事去回，岂不叫太太犯疑？”

此时袭人尚未能成为王夫人心腹，全不知王夫人心里怎么想的，倘若王夫人与贾母同心，都是重视晴雯的，那么宝玉如果一气之下直接把晴雯撵走也罢了，但要因袭晴之争去和王夫人回禀，王夫人再找了晴雯去问话，保不定就会说出自己那些鬼鬼祟祟的事儿来了，到了儿谁走还不一定呢！

所以要闹，也绝不是现在，须得瞅准时机另作打算。

后来，这个机会掌握在了袭人自己手上，果然一击得中！

（二）

宝玉和晴雯大吵之后，当晚醉酒回来，在院里遇见晴雯乘凉，搭讪时只当是袭人。

这里不由让我们思忖了一下，假如宝玉当时认出是晴雯会怎样呢？以宝玉之性情，固然不会又找补前情再吵一架，但也有可能会视而不见敬而远之，那就没有后来那些好文字了。巧就巧在错中有正，他把晴雯当袭人才有了这主动问话之举，而晴雯的抱怨也不是认真恼怒，而是娇嗔薄怨的：“何苦来，又招我！”

宝玉听此一句，怎不动情？于是拉住了晴雯不许走，偏要招惹她，同她理论：“你的性子越发惯娇了。早起就是跌了扇子，我不过说了那两句，你就说上那些话。说我也罢了，袭人好意来劝，你又括上他，你自己想想，该不该？”

这两句话真真说到了晴雯心里去。

一则说她越发惯娇，可见素日行径。但晴雯如此惯娇是谁纵容的？先有贾母，后有宝玉，此乃生平得意事，非短处，故而中听。

二则宝玉说“你说我也罢了”，可见亲密。而袭人只是“好意来劝”，是别人，你和我吵架，拉上别人，该不该？这是以晴雯近而以袭人远，所以纵派了晴雯不是，晴雯也不恼，顾左右而言他说：“怪热的，拉拉扯扯作什么？叫人来看见像什么？”

晴雯最恼袭人之处，在于宝玉和袭人是“我们”，晴雯同众人是“你们”。而此刻宝玉同她论“你我”，袭人却是“他”，晴雯也就喜欢了。但她素来光风霁月，不惯拉拉扯扯，所以一边说“叫人来看见像什么”，一边又提起碧痕打发宝玉洗澡的事，“水淹着床腿”，可想而知这澡是怎么洗的，纵然没有鸳鸯浴，也免不了拉拉扯扯之事吧？

晴雯看不上这些事，拿来当笑话，可见模样虽好，却不屑于以色媚主。正如她临死前所说的：“我虽生的比别人略好些，并没有私情密意勾引你怎样，如何一口死咬定了我是个狐狸精！我太不服。”

即便如此，她对宝玉也并无恨意，甚至没有抱怨一句“何苦招我！”而只是要求他和自己换了袄儿，还要感慨：“论理不该如此，只是担了虚名，我可也是无可如何了。”真正好贞节清净女儿！

到死，她是无怨无悔的，正如黛玉！这才是曹雪芹笔下至情至烈女儿。

晴雯尚且如此，黛玉临终又怎会咬牙切齿骂着“宝玉你好”呢？

有人因为晴雯性格爽朗就说她是湘云的替身儿，或是黛玉与湘云在怡红院的一个合体。其实绝对不是。

湘云是金派拥趸者，来怡红院也只与袭人亲近，从不曾和晴雯有过半分交集。两人貌合神离，完全不是一路人。

如果说袭人是宝钗在怡红院的眼线，晴雯是黛玉在怡红院的影子，并且因此就三足鼎立，一定要替湘云在宝玉身边也找一个投射的话，那只能是那个只见名字不见故事的大丫头檀云。“窗明麝月开宫镜，室霭檀云品御香。”这位檀云丫头是与麝月比肩齐名的，但也就只有名字偶尔出现，从不见有什么真正戏份，恰如湘宝之缘，不过是小儿女的兄妹情，谈不上什么缘分罢了。

红楼最美的构图中，黛玉的传神之举是葬花，宝钗的行为艺术是扑蝶，湘云的精彩定格是醉芍，而晴雯的本色演出则是撕扇！

晴雯撕扇起于宝玉的一句话，让她拿果子来吃，晴雯笑道："我慌张的很，连扇子还跌折了，那里还配打发吃果子。倘或再打破了盘子，还更了不得呢。"

这是晴雯的进一步抢白，却引出宝玉一番正经大道理来："这些东西原不过是借人所用，你爱这样，我爱那样，各自性情不同。比如那扇子原是扇的，你要撕着玩也可以使得，只是不可生气时拿他出气。就如杯盘，原是盛东西的，你喜听那一声响，就故意的碎了也可以使得，只是别在生气时拿他出气。这就是爱物了。"

话赶话儿，晴雯就接口说最喜欢撕扇子玩儿，果然把宝玉的扇子撕了，连带着把麝月的扇子也撕了，气得麝月连说"造孽"。

但这并不是晴雯欺负麝月，因为宝玉也说了："打开扇子匣子，你拣去，什么好东西！"而麝月也挑衅说："既这么说，就把匣子搬了出来，让他尽力的撕，岂不好？"这原是抢白之语，不料宝玉正在兴头上，还真让她搬去，气得麝月又说了句："我可不造这孽。他也没折了手，叫他自己搬去。"

接连几句抢白宝玉和晴雯两个，充分显示出麝月是个不卑不亢柔中带刚的角色。好在晴雯也是有分寸的，撕两把扇子出气取乐而已，并不是真要糟践东西，更不会有风扯尽帆，仗着宝玉纵容连麝月也得罪了，因笑道："明儿再撕罢。"但她当然不会明天真又搬出扇子匣来尽情撕去，不过是娇憨之语、娇憨之态，为白天的那场争吵做个了断，痛快出了口气。

同时，想到宝钗以扇扑蝶使个金蝉脱壳之计陷害黛玉，后来又借扇子机带双敲打击了宝黛两个，此时晴雯撕扇，也算是替黛玉出了口气罢！

金麒麟会说话

（一）

第三十一回"因麒麟伏白首双星"素来是红学家们争论的重要话题之一。

首先，这"双星"指的是谁？

此回开篇即有脂批云：

"金玉姻缘"已定，又写一金麒麟，是间色法也。何颦儿为其所惑？故颦儿谓“情情”。

所谓“间色法”是画中术语，且不论它本来的含义该如何理解，只看脂砚斋如何去用这个词，便可知其所指。全书除了本回外，“间色”两字还出现过两次。

第二十六回《蜂腰桥设言传心事 潇湘馆春困发幽情》中，说贾芸向坠儿打探小红之事，并托其代交手帕。书中于此有双行夹批：

至此一顿，狡猾之甚！原非书中正文之人，写来间色耳。

意思是小红和贾芸不是书里的重要人物，写来渲染调剂一下而已。

接着写冯紫英赴宴，书中先是在“冯紫英一路说笑”后有一句侧批：

一派英气如在纸上，特为金闺润色也。

接着又在冯紫英一番话后，有三段眉批：

紫英豪侠小文三段，是为金闺间色之文，壬午雨窗。

写倪二、紫英、湘莲、玉菡侠文，皆各得传真写照之笔。丁亥夏。畸笏叟。

惜“卫若兰射圃”文字无稿。叹叹！丁亥夏。畸笏叟。

“金闺间色之文”，是说男人的话题原不是书中正文，所以写冯紫英，是为了给闺阁文字做个调剂：可见“润色”也罢，“间色”也罢，都是指此段文字非正文，乃是写来调剂节奏气氛的。

全书中三处“间色”都作一样使用，不可谓“孤证”。可见史湘云之金麒麟，亦是“间色法”，横插枝节给宝黛情缘添点花絮风波罢了，并非什么预示宝湘联姻的大关键。

倒是那句脂批的“惜‘卫若兰射圃’文字无稿”更引人注意。这段故事中原无卫若兰其人，然而脂砚斋偏偏在此处提及，其原因可能有两种：一是“卫若兰射圃”一段文字的描写也是英气十足，堪与冯紫英豪饮相对应；二是卫若兰射圃之时，宝玉、紫英等也都在场。

这就要联系三十一回末的脂批来看了。

后数十回若兰在射圃所佩之麒麟正此麒麟也。提纲伏于此回中，所谓“草蛇灰线，在千里之外”。

这是明明白白写了金麒麟后来归了卫若兰公子，这种写法，是作者惯用的“草蛇灰线，伏脉千里”，而卫若兰与史湘云结合的故事，提纲已经伏在回目里了，把回目和脂批一结合，便不难看出，卫若兰，才是史湘云的真正佳偶。

至于“射圃”的具体情节，可以参照宁国府贾珍射鹄一段，说那贾珍因居丧而生了个“破闷之法”，“日间以习射为由，请了各世家弟兄及诸富贵亲友来较射”。可见大富武荫之家在后院射鹄练艺，原是当朝常情，而卫若兰在全书正文中的唯一一次出名，即在秦可卿出殡时的拜祭名单里，在列完诸公侯之后，附了一句：“余者锦乡伯公子韩奇，神武将军公子冯紫英，陈也俊、卫若兰等诸王孙公子，不可枚数。”

卫若兰的身份语焉不详，只有“王孙公子”四个字可形容。然而，这已经足够参与宁府射鹄的“世袭公子、家道丰富、都在少年”之列了。

不妨作这样一种猜测：某次射技比赛中，众人相约“赌个利物”，宝玉一时未有准备，便随手以金麒麟为彩头，输给了卫若兰；又或是此前宝玉已将金麒麟给了湘云，却又被史家当文定送给了卫家，系在卫若兰腰上，于射圃时被宝玉看见，遂知此即湘云未婚夫婿也——倘如此，那卫若兰便也无愧被称作“才貌仙郎”了。

（二）

确定了“双星”是湘云和卫若兰，那又有第二个问题了？为什么是“白首双星”呢？这“双星”指的是什么星？

通常人们一看到“白首”，就会想到“白头偕老”；一看到“双星”，就又解释成“牛郎织女”。所以才会有了红学泰斗们一面倒的宝玉晚年娶湘云之说，其推理大致是这样的：

八十回后，林黛玉含恨而死，于是贾宝玉娶了薛宝钗，后来看破红尘，悬崖撒手；云游四方之际，半路遇上死了丈夫的史湘云，两人同病相怜，旧梦重温，于是宝玉还俗，与湘云结为夫妻，成就了真正的“金玉良缘”；但后来还是觉得尘世难耐，遂再次出家，这就叫“做了两回和尚了”。

这些说法站得住脚吗？

首先，本回开篇的脂批说黛玉已与宝玉相互倾心却偏偏还要起疑心，所以是“情情”，是为其所惑，可见作为“间色”点缀的金麒麟根本于大局无涉，我们就不必乱起猜疑，枉沽“情情”之名了吧？

既然明明白白说了“金玉姻缘已定”，可见“金”指的并不是史湘云。所谓“湘云揣着个金麒麟就是金玉良缘的正主儿”之说实在牵强。更何况“金玉姻缘”并非是像神瑛与绛珠的“木石前盟”那样前世注定的，而是和尚给了宝钗两句话让錾在金器上，并叮嘱其将来找个有玉的为配，也就是说，所谓“金玉”之言是特为宝钗而设定。那个“玉”到底是不是贾宝玉还两说着，又怎么会再为宝玉另找一个金来配呢？岂非本末倒置？

而且宝玉平生最恨的就是金玉之说，连做梦都要喊出来：“和尚道士的话如何信得？什么是金玉姻缘，我偏说是木石姻缘！”他努力地打破金锁配通灵的“金玉姻缘”，遁世出家，到头来又怎么会媚俗地迁就金麒麟，来寻找第二段“金玉缘”呢？如果有金的就要娶一回，那么凤姐、迎春等人是不是将来也都得和宝玉云雨一回才算完结？那岂不成了大乱伦？究竟是宝玉执迷不悟，还是红学家们一叶障目，“为其所惑”？

其次，开篇甄士隐所作《好了歌》的注释中，有一句“说什么脂正浓，粉正香，如何两鬓又成霜”，这句后面脂批注云“宝钗、湘云一干人”，可见宝钗、湘云是一直活到了“两鬓成霜”的年纪。红楼女儿虽薄命，并非都短命，这两个人的丈夫一个出家，一个早亡，当年他们在蘅芜苑夜拟菊花题的时候，大概不会想到有一天老了，还是这样两个女子做伴吧？

第三，脂砚斋对宝钗和湘云的分别批评还有一句“宝钗为博知所误，湘云为自爱所误”。湘云如此自爱的一个人，倘若死了丈夫，大概是不会“另抱琵琶”的。要注意在那个年代，在湘云这样的出身中，改嫁是件很败行的事。湘云未必肯吃宝钗的剩饭，捡了人家的丈夫来嫁。

红楼梦里改嫁的女人只有一个，就是尤老娘；尤二姐是不等嫁就毁婚跟了贾琏的，所以才会被人说三道四；而尤三姐更是因为柳湘莲毁婚受辱而刎颈自尽——虽然作者对尤家一门的悲剧是持同情态度的，却并不等于同意她们这样做，并且每有讽刺之语，比如尤三姐在报梦时说出“丧伦败行”的忏悔之言来，可见还是深受当时礼教之束缚。如何倒会让“自爱”的史湘云背道而驰，择夫另嫁呢？

红学家肯，曹雪芹未必肯；即使曹雪芹肯，恐怕湘云也不肯吧？

其实，单是想象一下宝玉与湘云劫后重逢的场景，一个鳏夫，一个寡妇，欢天喜地地庆祝第二春，想想都够发冷的。怎么看都不是我们心目中的宝哥哥云妹妹，只能是现世恶俗老男人的意淫杜撰罢了，绝不可能出现在曹雪芹笔下。况且，这里有个很关键的问题，就是湘云嫁宝玉时，宝钗是活着还是死了？

如果宝钗还活着，宝玉出家又还俗，却停妻另娶，成何体统？而湘云明知使君有妇，还要鸠占鹊巢，且还是她最敬爱的宝姐姐的巢，又情何以堪？

倘若宝钗已经死了（书中并无宝钗早夭的暗示），那也应该是在“两鬓成霜”之后了。宝钗和湘云都活得挺长，而湘云活得比宝钗更长，一直熬到宝钗老了，死了，她还没死，还有机会在满头白发的时候与宝玉重逢，再婚，玩一把“激情燃烧夕阳红”。可是宝玉是“没有脚的小鸟”，都白发苍苍了，再来个二度春风，未免心有余力不足，所以又跑去出家了。

——我们可以想象，难道《红楼梦》的佚稿，竟是如此不堪的一段老米风月吗？

所以，这“双星”绝非宝玉和湘云，把玉湘二人解释成牛郎织女已经很莫名其妙了，再让两个人鹤发鸡皮了才携手再婚，共度夕阳红，而且还没有度完残年宝玉就又出家了，这实在怎么也解释不通。

如此，这双星就只有一个解释，即“参商”二星。

（三）

红楼十二支曲中，关于湘云的一首叫作《乐中悲》：

襁褓中，父母叹双亡。纵居那绮罗丛，谁知娇养？幸生来，英豪阔大宽宏量，从未将儿女私情略萦心上。好一似，霁月光风耀玉堂。斯配得才貌仙郎，博得个地久天长，准折得幼年时坎坷形状。终久是云散高唐，水涸湘江。这是尘寰中消长数应当，何必枉悲伤！

前几句说的是湘云的身世，自幼父母双亡，叔婶不知娇养，都很好理解。但接着说她“斯配得才貌仙郎，博得个地久天长”，就开始有歧义了。

大多数人的分析是，湘云后来嫁了个“才貌仙郎”，但因夫君早亡，未能长久。而周汝昌先生更是以“唯有宝玉配得上才貌仙郎”为由，就此肯定湘云嫁了宝玉，但宝玉出家了，所以才是“云散高唐，水涸湘江”。

但是，既然所有人都不否认“地久天长”是奢望，那么又凭什么断定“嫁得个才貌仙郎”就是事实呢？为什么不能这完整的一句话都是假设，说如果湘云能嫁个好丈夫白头偕老就好了，可惜终究镜花水月一场空。就是说，一切都只是美好的愿望，湘云压根儿也没嫁成什么才貌仙郎，整个儿就是一个孤单到老，这样岂不更说得通吗？

十二钗里已经有了一明一暗两个寡妇，明的是李纨，暗的是宝钗。湘云很可能是第三个，但是她的命运会重复前两人的吗？

如果说她嫁了才貌仙郎，却因为对方早夭而守寡，那么她的命运就与李纨重合了，不是红楼笔风；又如果说她改嫁了宝玉，但宝玉再次抛弃了她，使她最终跟宝钗两个同病相怜、抱头痛哭去了，那就更加无稽了。

那么，便还有第三种可能，就是湘云虽跟卫若兰订了婚，但还没来得及举行婚礼，至少是没来得及洞房，那卫若兰便夭亡或失踪了。于是，湘云守了“望门寡”。

这样，她的命运就与李纨、宝钗两人“特犯不犯”了，正是曹氏一贯笔法。那时正是战乱时机，卫若兰想来同贾府子孙一样，都在“武荫之属”，或者会奉命入伍，失踪或战死的可能性都很大。因此这种猜测是可以成立的。

比如宝琴明明是进京成婚的，谁知梅翰林接了个调令便合家上任去了，把宝琴孤零零扔在贾府里傻等，可见“君命难违”。倘若卫若兰也是这样，在定了迎娶之期，甚至已经过了文定之后，大喜日子前忽然接到军令立刻开拔，谁知这一走竟是音讯全无，也是可能的。

这时候，湘云是有选择权的，就是她可以像尤二姐那样毁婚另嫁。但这不符合湘云刚烈的个性，也不符合那个时代的最高道德标准，因此，她宁可终身不嫁，永远等候卫若兰或者一直守节，也不愿改弦易辙。

只有这样，才合得上湘云自题“花因喜洁难寻偶，人为悲秋易断魂”的素志，也才会有脂砚斋对她的命运的定评：“湘云为自爱所误”。

而“白首双星”一词也有了更合理的解释，就是直到白头，永不见面。

事实上，曹雪芹是很偏爱“参商”这个词的。先是第五回中写宝黛二人情密，便是“言和意顺，略无参商”；后来写众人前往铁槛寺，又说“其中贫富不一，或性情参商”；而宝玉续庄子，也写道：“彼含其劝，则无参商之虞矣。”

三处佐证，足见作者对“参商”二字时时在意，贯以用之。至于拥湘派说什么“双星历来都只有牛郎织女一种解释”，纯属一厢情愿，自欺欺人。

况且，若说一定要成亲才称得上是“双星”的话，那么不论湘云嫁了谁，也都没机会白头偕老，“白首双星”岂非怎么算都是一个谬论了？

综上所述，我们大致可以推断出湘云未来的命运：湘云与卫若兰虽然订了婚，可是未等到成婚或者新婚燕尔之时便分开，直到白首不能团聚，正如参商二星，永不相见。

这样的结局虽然残酷，却符合湘云自爱而磊落的性格，总比她窝窝囊囊地死了丈夫又嫁给宝玉，嫁了宝玉后又再度守寡来得干脆利落吧？

至少，称得上是“霁月光风耀玉堂”。

黛玉说湘云：“她的金麒麟会说话。”果然向我们说了很多！

史湘云爱过宝玉吗

湘云这个人物十分独特，她迟至第二十回方出场，一句“史大姑娘来了”破空而来，对人物全无交代，好像这个人本来就在那里一样。所有的往事，都是从后文的追叙及对话中得知：原来湘云是史家的孙女，自幼跟着贾母，曾得袭人服侍了几年，后来回了史府跟着叔父过活。她和宝玉的情分，还在黛玉之前。

早在黛玉投奔贾府前，她已与宝哥哥耳鬓厮磨，两小无猜了。她帮他梳头，叫他“爱哥哥”，多年后还记得他发辫珍珠坠角的颗数与样式，这在古代有个专门的词来形容叫作“总角之交”，套一句晴雯的话说就是“交杯盏还没吃，倒先上头了”。

后来，她被接去叔叔家住了几年，再来时黛玉已经占了她的位子，这使她对黛玉有一种先天的妒忌。黛玉和自己一样也是宝玉的表妹，却是个天仙般的妹妹，比自己漂亮，比自己聪明，更比自己尊贵有仪范，又遇着宝玉情窦初开的时候，于是他对她一见钟情，他为她做小伏低，他因她颠倒痴狂，以为“远亲近友之家所见的那些闺英闱秀，皆未有稍及林黛玉者”——这其中，当然也包括了史湘云。

于是，湘云吃醋了。朦胧的爱和突来的妒汇合成莫名的委屈与愤怒，她与宝黛两个的第一次激烈冲突是因为将黛玉比戏子引起的。宝玉向她使眼色，本来是维护之举，她反而发作起来，收拾包裹要走：“明儿一早就走。在这里作什么？——看人家的鼻子眼睛，什么意思！”她这样说，分明在无理取闹，也并非认真恼宝玉，后来并没有真走便是明证。这样的借题发挥，无非是为了要他哄，要他劝，要他分辩说他心里最重视的妹妹其实是她。

宝玉哄了，也劝了，可是话却没有说到她心里去。他说：“林妹妹是个多心的人。别人分明知道，不肯说出来，也皆因怕他恼。谁知你不防头就说了出来，他岂不恼你。我是怕你得罪了他，所以才使眼色。”——这个“他”，是林妹妹，他最担心，最不愿意伤害的，也是林妹妹。

湘云的假恼变成了真怒，出语愈发刻薄：“我也原不如你林妹妹，……他是小姐主子，我是奴才丫头，得罪了他，使不得！”又说：“这些没要紧的恶誓、散话、歪话，说给那些小性儿、行动爱恼的人、会辖治你的人听去！”这样的人身攻击，全书八十回，史湘云只用在林黛玉身上，而且不止一次。

第三十二回中，湘云背地里同袭人议论黛玉的小性儿，话说得更加刻薄，且挤兑宝玉说：“你不必说话教我恶心。只会在我们跟前说话，见了你林妹妹，又不知怎么了。”醋味浓得化都化不开。

但是她对黛玉的“鹊占鸠巢”虽然嗔怨不已，隔窗看见宝钗坐在宝玉身边绣肚兜时却全无妒意，反而借故走开；袭人当着宝玉的面提起她有了夫家的事，说“大姑娘，听见前儿你大喜了”，她也只是害羞，“红了脸，吃茶不答”，并没有着恼。

因为她对宝玉没有婚姻之念，男女之情；有的，仅仅是小妹妹对大哥哥的依恋与爱娇，一点点不自觉的独占欲。而黛玉挑战的，恰恰是她在这一领域里的霸主地位——这可以解释为什么她单恼黛玉，却不恨宝钗。对于这个背负着金玉之说真有可能成为她嫂子的人，她反而是真心敬重的，还说："我天天在家里想着，这些姐妹们再没一个比宝姐姐好的……我但凡有这么个亲姐姐，就是没了父母，也是没妨碍的。"

——她心甘情愿要做他们两个人的小妹妹。她不在乎宝玉爱谁，娶谁，只是不愿意有另一个"好妹妹"抢了她的位置。

而宝玉对湘云，其实也是如此，单纯地把她看成是儿时的玩伴，一个有趣的妹妹，从无男女之情。

为了回目中有"白首双星"一词，索隐派们一厢情愿地认定湘云后来嫁了宝玉，而以周汝昌为代表的很多红学家甚至认为宝玉一生中最爱的人是史湘云，他对黛玉的感情只是少年时懵懂的情动，对宝钗更止于肉体之欲，只有湘云才是宝玉的灵魂伴侣。

但是宝玉是怎么说怎么做的呢?

他对黛玉说："我为你也弄了一身的病在这里，又不敢告诉人，只好掩着。只等你的病好了，只怕我的病才得好呢。睡里梦里也忘不了你！"

他看着宝钗肌肤晶莹的裸臂发呆，暗想："这个膀子要长在林妹妹身上，或者还得摸一摸。"

然而他见到湘云的睡相，"一把青丝拖于枕畔，被只齐胸，一弯雪白的膀子撂于被外"，如此香艳旖旎的美人春睡图，他却只是叹了一声："回来风吹了，又嚷肩窝疼了。"还顺手替她盖了盖被子——不但不会当她是情人，甚至也不当她是女人。

宝玉对湘云是疼爱的，怕她得罪了黛玉，会上竿子去说和；有了好吃好玩的，第一时间打发婆子小厮用食盒盛着大老远地给她送上门去；建诗社把湘云忘了，急得立逼着老祖宗派人去接了来；席上有鹿肉，湘云惦记着要烧烤，他便变尽法儿陪她耍乐。可谓千依百顺，予取予求，但独独没有把心给她。

因为湘云再可爱，终究是金派人物，得闲儿就劝他些"经济仕途"的大道理，被宝玉视之为混账话，直接开撵："姑娘请别的姊妹屋里坐坐，我这里仔细污了你知经济学问的。"

他们从来不是知己，再亲密也隔着千山万水，从小的情谊敌不过日子有功，他们终究是生分的。

所以，无论是湘云对宝玉，还是宝玉对湘云，都只是一段历史。

一个女孩子一生中能够遇到这样一个"爱哥哥"是幸福的，只有拥有过这样一份哥哥的疼爱，才不枉了生作女孩，否则成长将变成多么枯乏贫瘠的过程。然而，总有一天会失去哥哥的，就像宝玉丢失的金麒麟。并不是不宝贝它，但毕竟是身外物，如果宝玉对待打算送给湘云的金麒麟就像对待黛玉送给他的绣香囊一样，珍藏密敛地贴身收着，便绝不会弄丢了。哥哥对妹妹也是一样，不管他对她有多么亲切，终究不是他的心上人。最终，他们还是会分开的。

这在今天也是非常正常的情愫，正常到已经有一个专有名词来形容，就是"恋兄情结"，是小女孩成长过程中的必经阶段，仿佛女孩走向女人的分水岭——走过去，便长大了。

第三十二回
诉肺腑心迷活宝玉　含耻辱情烈死金钏

宝玉为何不肯见贾雨村

《红楼梦》开篇第一回，贾雨村出场时问向甄士隐的第一句话就是：“老先生倚门伫望，敢是街市上有甚新闻否？”

到了第二回，贾雨村去了扬州，成为林黛玉的启蒙老师，后来在酒肆偶遇旧友冷子兴，坐下来的第一句话仍然是：“近日都中可有新闻没有？”

这个“新闻”，意思与今天的相当。曹雪芹一路白描，不加评点，故今人看来并无不妥，只当是句见面寒暄语罢了，便如同今人见面时问：“吃了么？”

然而这句“吃了么”也是特定时间的产物，只因从前中国人常常吃不饱，不免开口闭口只有一个“吃”字可谈；及至今日，街头巷陌虽然偶尔还有些市井辈沿此旧习，都市中人尤其年轻一代却早已不做此语了。可见口头禅最可暴露人之脾性心思。

而贾雨村这句“有甚新闻”，在清朝时便是钻营苟且之辈最熟俚语，不入高人雅士之眼的。清人周亮工（相传为曹雪芹祖辈之友）有著作《书影》一部，记录其先人家教，第一条便是宾客满座，不许问有无新闻。由此可见当时陋习时俗。

书中贾雨村每次来贾府必见宝玉，而宝玉却无意功名，最厌应酬，私下抱怨说：“有老爷和他坐着就罢了，回回定要见我。”且自称“并不愿同这些人往来”。湘云劝他：“你就不愿读书去考举人进士的，也该常常的会会这些为官做宰的人们，谈谈讲讲些仕途经济的学问，也好将来应酬世务，日后也有个朋友。”宝玉更不愿听，冷下脸道：“姑娘请别的姊妹屋里坐坐，我这里仔细污了你知经济学问的。”

这些“经济学问”，指的就是贾雨村之辈满脑子钻刺夤缘，满口里“有甚新闻”的腔调。

贾雨村之所以这样热衷于“新闻”，就是为了到处打探风声，钻营机会，这些“应酬世务”的学问手段，自然是宝玉看不上、学不会，也不愿意去请教的。而宝钗、湘云、袭人等偏偏要劝他时常“会会这些为官做宰的人们”，“谈谈讲讲些仕途经济的学问”，学习些“应酬世务”，又怎么会顺合宝玉的心性呢？他又何尝愿意和这些人做朋友？

宝玉是书中第一个率情率性之人，心里只有世间最美好最纯真的一切，从不愿在“仕途经济”上略费心思，更不愿结交应酬那些俗人。《西江月》诗中嘲他“潦倒不通庶务，愚顽怕读文章”。这“文章”，固然指的是科举考进的八股文；而“庶务”，便是贾雨村之流钻营谋探的俗机了。那贾宝玉性癖烟霞，不好此道，自然将此一概视为“混帐话”。而大观园中与他亲密往来，又从不曾劝他钻营攀附进取功名的人，就只有黛玉，又怎能让他不以黛玉为知己，为挚爱呢？

因此说，宝黛之恋，远远超越了慕色生情的境界，而是人世间最相知相投、心有灵犀的知音。只可惜，越珍贵纯粹的爱情就越得不到世俗的成全，“清高自许”到底败给了“仕途经济”，怎不令千红一哭，万艳同悲？

另一方面，从索隐的角度来说，宝玉这位大观园的绛洞花主也是最有理由厌恨贾雨村的。

因为贾雨村因“贪酷之弊”被参了，说他“沽清正之名，而暗结虎狼之属”，正是曹家被抄的背景原因。

曹寅因接驾亏空了大笔银两，一直没有还清，到了曹頫的时候，被指了个“行为不端，亏欠甚多”的罪名下旨查抄，演就曹雪芹一生悲剧。

这样看来，这个贾雨村代表的就是曹家最不堪的那段往事，清高淡泊的曹雪芹也就是文中的贾宝玉，又怎么会愿意见到这个祸端上门呢？

凡神憎鬼厌之辈接近，灵宠皆会啼吠；那宝玉原本通灵，又怎么能毫无感受？所以，随着贾雨村上门愈频，贾府的灾难也就愈近了。

宝黛定情：妹妹，你放心

从第二十三回到第三十二回中，黛玉同宝玉已经互生情愫，却没有彼此验证，因此今天拌嘴，明天怄气，感情却是越吵越好，两人心里都装了对方，只是没有捅破这层窗户纸。

因为金麒麟一事，黛玉又存了一份疑，生怕宝玉和湘云像那些外传野史里的才子佳人一样，因小物而遂终身，做出些风流佳事来，遂往怡红院见机行事，以察二人之意。孰料正听见宝玉对湘云说："林妹妹从来说过这些混帐话不曾？若他也说过这些混帐话，我早和他生分了。"这下面，有一大段黛玉的内心独白：

> 林黛玉听了这话，不觉又喜又惊，又悲又叹。所喜者，果然自己眼力不错，素日认他是个知己，果然是个知己。所惊者，他在人前一片私心称扬于我，其亲热厚密，竟不避嫌疑。所叹者，你既为我之知己，自然我亦可为你之知己矣；既你我为知己，则又何必有金玉之论哉；既有金玉之论，亦该你我有之，则又何必来一宝钗哉！所悲者，父母早逝，虽有铭心刻骨之言，无人为我主张。况近日每觉神思恍惚，病已渐成，医者更云气弱血亏，恐致劳怯之症。你我虽为知己，但恐自不能久待；你纵为我知己，奈我薄命何！

黛玉的内心纠结，种种深情与顾虑，这里做了一个彻底剖析，这还不算，之后宝玉追出来，看见林黛玉在前边走边擦眼泪，忙赶上来问："妹妹往哪里去？怎么又哭了？又是谁得罪了你？"且说，"你瞧瞧，眼睛上的泪珠儿未干，还撒谎呢。"一面说，一面抬起手来替她拭泪。

这是宝玉情之所至，浑忘所以。正如黛玉忙后退斥责他动手动脚时，宝玉缩手笑道："说话忘了情，不觉的动了手，也就顾不的死活。"

而当宝玉发急，黛玉却也"动手动脚"起来，一边笑说："你别着急，我原说错了。这有什么的，筋都暴起来，急的一脸汗。"一面凑近来伸手替他擦汗。这是黛玉的忘情。

此时的宝黛二人，都是眼里只有对方，没有自己，所以有此忘情之举。宝玉当此柔情体贴，不觉魄荡神驰，瞅了半天，说了三个字，真正云垂海立，石破天惊："你放心。"

这三个字，堪称是情感告白最经典最有分量的许诺，古往今来，多少才子佳人、小说戏曲，多少山盟海誓、甜言蜜语，都不抵这三个字，比之"我爱你"更重千钧。

佛偈有云："由爱故生忧，由爱故生怖，若离于爱者，无忧亦无怖。"有了爱，就会有忧虑，有恐惧，会患得患失，猜疑思虑——而这些正是黛玉的心事。

宝玉并不需要向她表白"我爱你"，甚至不需要承诺"我娶你"。他明明白白说的是："你放心"这比一千一万句表白承诺、誓言赌咒更能表达他的心——这心，包括了情意和决定。

自古来红尘男女诸般爱情烦恼，患得患失，无非不放心的缘故，再多承诺都不及这三字肺腑之言更加熨心。

这三个字分量太重了，以至于黛玉竟不相信，唯恐自己错会了意，因此怔了半天，还是要再追问一句："我有什么不放心的？我不明白这话。你倒说说怎么放心不放心？"

宝玉点头叹道："好妹妹，你别哄我。果然不明白这话，不但我素日之意白用了，且连你素日待我之意也都辜负了。你皆因总是不放心的原故，才弄了一身病。但凡宽慰些，这病也不得一日重似一日。"

这番话，体贴柔情之至，不光是表白我对你的心，且是怜惜你对我的心。

所谓"将我心换你心，始知相忆深！""知我者谓我心忧，不知我者谓我何求？""因为懂得，所以慈悲！"

多少山盟海誓，甜言蜜语，全都包含在这段对话里了。

因此"林黛玉听了这话，如轰雷掣电，细细思之，竟比自己肺腑中掏出来的还觉恳切"——因为宝玉已经完全说中了她的心事，也完全回应了她的心意。

此时黛玉只觉有万句言语，满心要说，却半个字也不能吐，只怔怔地望着宝玉；宝玉心中也有万句言语，不知从哪一句上说起，也怔怔地望着黛玉。

两个人怔了半天，四目交投，心心相印，千言万语竟说不出口。其实也是不必说了，什么都明白了，都踏实了。

半晌，林黛玉咳了一声，两眼滚下泪来，回身便走。宝玉犹自不舍，拉住说道："好妹妹，且略站住，我说一句话再走。"

林黛玉终究是大家闺秀，虽然百般猜测宝玉心意，三番五次找茬吵架逼他表白，真个他当面说出来，却又是欢喜又是感伤，又是害羞又是害怕，又恐人看见笑话，因此一面拭泪，一面将手推开，说道："有什么可说的。你的话我早知道了！"

确实是都知道了。从此之后，那黛玉得了宝玉三字真言，就像得了保障一般，终于真真切切踏踏实实地知晓了宝玉的心，也接受了宝玉的心，更信任了宝玉的心。而宝黛的爱情也再次升华，进入第四阶段：心心相印，情比金坚！

这之后，两心并一心，心有灵犀，再也没有猜忌怀疑、隔膜怄气。这回之后，黛玉再也不曾同宝玉吵过一次架，拌过一次嘴，心心念念，都只为了宝玉好。

两个人，终于凑成一个心了。

金钏儿之死

（一）

金钏儿是全书里第一个死去的丫鬟，早在第七回就已出场，站在宝钗窗下与香菱玩耍，显然担当着金派护法的角色；第二次出场，是在第二十三回，宝玉往贾政房中来，金钏儿拉住他调笑；第三次就是那招致丧命的调情重头戏了，一句"金簪子掉在井里头"，竟成谶语。

而最后这次不亮相的谢幕，竟然也与宝钗紧密相关，是穿着宝钗的衣裳做了金派先驱。

第三十二回中，宝钗正与袭人说话，忽见一个老婆子忙忙走来，说起金钏儿跳井的事：

> 前儿不知为什么撵他出去，在家里哭天哭地的，也都不理会他，谁知找他不见了。刚才打水的人在那东南角上井里打水，见一个尸

首，赶着叫人打捞起来，谁知是他。他们家里还只管乱着要救活，那里中用了！

想想金钏儿真真可怜得很，在家里哭了两天，也没人理睬，显然是恨她做了丑事，才会被太太撵出，丢了全家的脸面。如此，金钏儿又怎能不死?

面对此惨剧，袭人想起素日同气之情，不觉下泪；宝钗却只听八卦般叹了句“这也奇了”，紧接着意识到这是自己的表现机会，立刻赶往王夫人处来道安慰。

如果宝钗真是关心姨妈，原该赶紧去通知母亲来安慰姨妈才是，如今却自己赶到王夫人处，且先不提这事儿，听王夫人主动提起，也假装刚刚听说，还反过来打听：怎么好好的投井了。

这是明明白白的察言观色，寻找表现机会——这就和有些员工想方设法要与老板乘同一部电梯是一样的想法——只有经常出现在老板身边，才有机会被他注意到，才可能抓住一切时机表现自己，得到提拔。

如今，宝钗的机会就来了。

王夫人半遮半掩地一边撒谎说“前儿他把我一件东西弄坏了”，一边又自己承认是“我一时生气，打了他几下，撵了他下去”，并且自责“岂不是我的罪过”。宝钗抓住机会，连忙进言：“据我看来，他并不是赌气投井。多半他下去住着，或是在井跟前憨顽，失了脚掉下去的。……纵然有这样大气，也不过是个糊涂人，也不为可惜。”

这话说得何等冷酷！完全是视人命如草芥。此处清楚看到了宝钗冷酷势利的一面。

连王夫人对于逼死丫鬟一事也还心有愧疚，宝钗却全不以贱婢之命为意，不但颠倒黑白替王夫人开脱，而且轻描淡写地提供方法：“姨娘也不必念念于兹，不过多赏他几两银子发送他，也就尽主仆之情了。”

到底商人之女，开口必言钱，骨子里和她哥哥打死冯渊，“自以为有几个臭钱，没有不了的”，其实是一样的道理。

这也确实是薛家祖风，一贯做派。

当王夫人说想送两套新衣服给金钏儿装裹，又怕黛玉忌讳时，她又立刻说：“我前儿倒做了两套，拿来给他岂不省事。况且他活着的时候也穿过我的旧衣服，身量又相对。”一面说，一面起身就走。

宝钗话说得熨帖，礼送得及时，而且坐言起行，说做就做，王夫人岂有不感念，觉得这孩子贴心懂事的？相比之下，未免愈觉得黛玉小气。

然而事实上，黛玉从头到尾都不知道发生了什么事，稀里糊涂便被人比了下去。

倘若黛玉当时在场，未必不会说一句：“舅母别多心，只管拿我的衣裳去用就是了。”只可惜她连表现的机会都没有。宝钗就这么莫名其妙地赢了她一局。

重要的是，金钏儿极富象征性地在死后穿上了宝钗的衣裳，明明白白地点出了两位一体，这暗示何等清楚！

有些红学家因为金钏儿是为宝玉而死，便认定她是黛玉的替身儿，并由金钏儿的跳井推断出黛玉将来也是死在水里。然而原著八十回，何尝见过关于金钏儿与黛玉有半点联系了？

且不说金钏儿第一次出场是守在宝钗这个金派掌门的窗下，而且死后还象征性到极致地穿上了宝钗的衣裳，明明白白地归位金派，何其清楚？

而宝钗对金钏儿之死表露出的种种言行，也恰如她抽中的花签：任是无情也动人！

（二）

此后，金钏儿虽死犹生，并没有就此消失。她的名字身影依然宛在，余波未平，余韵未了。

先是贾环借她的死替宝玉设套，撺掇着贾政将宝玉暴打了一顿，而宝玉亦算长情，不但在听闻金钏儿之死后，五内摧伤，“恨不得此时也身亡命殒，跟了金钏儿去”，且便挨了打，也仍然不悔，梦里也见着金钏儿向他哭说投井之情，又同黛玉说：“就便为这些人死了，也是情愿的！”

后来玉钏儿奉王夫人命来与他送汤，丧声丧气，百般作脸色，宝玉绝不责怪，只是低声下气赔小心，也是因为对金钏儿抱愧。

第四十三回凤姐生日，宝玉不去赴宴，却换了素服出门来，带着茗烟往水仙庵祭奠。回来时，在廊下遇见玉钏儿正坐着垂泪，一见他来，便收泪说道：

“凤凰来了，快进去罢。再一会子不来，都反了。”宝玉赔笑道：“你猜我往那里去了？”玉钏儿不答，只管擦泪。

妙的是，文中在详述宝玉带了茗烟往水仙庵焚香时，并没有实写祭的是谁，只含含糊糊地透露：“这水仙庵里面因供的是洛神，故名水仙庵，殊不知古来并没有个洛神，那原是曹子建的谎话，谁知这起愚人就塑了像供着。今儿却合我的心事，故借他一用。”

所谓“合我的心事”，一指地方出现得恰到好处，正宜使用；二则暗示金钏儿死在水里，正与洛神相合。

祭拜之时，又特地拣了井台边焚香——

> 宝玉点头，一齐来至井台上，将炉放下。茗烟站过一旁。宝玉掏出香来焚上，含泪施了半礼，回身命收了去。茗烟答应，且不收，忙爬下磕了几个头，口内祝道：“我茗烟跟二爷这几年，二爷的心事，我没有不知道的，只有今儿这一祭祀没有告诉我，我也不敢问。只是这受祭的阴魂虽不知名姓，想来自然是那人间有一，天上无双，极聪明极俊雅的一位姐姐妹妹了。二爷心事不能出口，让我代祝：若芳魂有感，香魄多情，虽然阴阳间隔，既是知己之间，时常来望候二爷，未尝不可。你在阴间保佑二爷来生也变个女孩儿，和你们一处相伴，再不可又托生这须眉浊物了。”说毕，又磕几个头，才爬起来。

茗烟猜不透主子的心事，却因他只“施了半礼”，便猜到受祭的阴魂是位“姐姐妹妹”，也就是个丫鬟而非主子。

而宝玉问玉钏儿“你猜我往那里去了”是再次点题，蛛丝马迹，其实已经显露出祭的是谁，不过读者多半仍然未解。而玉钏儿拭泪不答，可见也并不知宝玉心意。

直到第四十四回写平儿受委屈时，作者才轻轻一点：“宝玉因……今日是金钏儿的生日，故一日不乐。不想落后闹出这件事来，竟得在平儿前稍尽片心，亦今生意中不想之乐也。”

我们这才恍然大悟，原来这一天是金钏儿的生日，怪不得玉钏儿会在廊下垂泪呢。

《红楼梦》中所写的女子都是一对一对的，比如金钏儿和玉钏儿，就是明明白白的一对金玉姐妹，分属于两派；《白玉钏亲尝莲叶羹 黄金莺巧结梅花络》一回，则是另一种组合方式，也是一金一玉。

无论从哪方面论，金钏儿也是“金”非“玉”。就连金钏儿的生日，也和凤姐撞期——又一个金派霸主。而这第四十三回的回目《闲取乐偶攒金庆寿 不了情暂撮土为香》，前者写凤姐生日，后者说宝玉祭钏，竟将两件事并提，一生一死，也着实可感可叹。

第三十三回
手足耽耽小动唇舌　不肖种种大承笞挞

琪官的真实身份

在大多的《红楼梦》版本中，琪官的身份只是忠顺府的一个家班戏子，然而在俄罗斯国家博物馆的列藏本中，却有不同解释，见于这一回《手足耽耽小动唇舌　不肖种种大承笞挞》：

> 那长史官便冷笑道："……我们府里有一个做小旦的，名叫琪官，那原是奉旨由内园赐出。只从出来，好好在府里住了不上半年（他本作"一向好好的在府里"），如今三日五日不见了。各处去找，又摸不着他的道路，因此各处访察。这一城内，十停人倒有八停人都说，他近日和衔玉的那位令郎相与甚厚。下官辈等听了，尊府不比别家，可以擅入索取，因此启明王爷。王爷亦云：'若是别的戏子，一百个也罢了；只是这琪官乃奉旨所赐，不便转赠令郎。若令郎十分爱慕，老大人竟密题一本请旨，岂不两便！若大人不题奏时，还得转达令郎（此一段为别本所无），只是这琪官随机应答，谨慎老诚，甚合我老人家的心，竟断断少不得此人。'故此求老大人转谕令郎，请将琪官放回，一则可免王爷负罪之恩（别本作"可慰王爷谆谆奉恳"），二则下官辈也可免操劳求觅之苦。"

琪官的身份竟然是宫里的御用名优，是上赐之人。而忠顺府拿人亦是口口声声借着"奉旨所赐"唬人，又用"老大人竟密题一本请旨"将贾政逼入死角，情形相当险恶。

同时，也可见旧时戏子地位之卑贱。琪官色艺双绝，名动京城，却只是忠顺府的一个内宠，可以当作礼物一样随意转赠的；但就是这样一个地位低下的戏子，宝玉却待之以诚，真心交朋友，并说：“我就为这些人死了，也是情愿的！”也正因如此，将来宝玉沦落之时，琪官才会与袭人一同供养二宝，有始有终。

但是这样重要的一段文字，却在大多版本中被删去了，为什么呢？

我猜，是因为这一段故事暗喻的痕迹太重，作者三思之下，为了谨慎起见，遂作删减，这同将林红玉改名小红一样，都是不肯太做直笔、追求曲折含蓄之效的缘故。

那么，这段文字、或者说琪官的身份隐喻的意义何在呢？

琪官的大名叫作蒋玉菡，“菡”又作“函”，谐音“将玉含”。谁都知道宝玉是衔玉而生的，而琪官亦名“将玉含”，岂不成了宝玉的替身儿么？

“菡”即“菡萏”之意，即荷花，又称芙蕖。黛玉占花名之时抽中的乃是一枝芙蓉，而蒋玉菡将来所娶的袭人，又与黛玉同一天生日——难道仅仅是巧合吗？又或者，此时的琪官男代女身，暗示了黛玉的身份？

书中凡是名中带玉的，都必有深意。所以琪官的故事，直接影射了宝黛爱情的大结局。

琪官乃是皇上赐予忠顺王的，而宝玉私与交结，遂使忠顺府登门问罪，导致了一场“大承笞挞”的戏目，而贾政更说出“明日酿到他弑君杀父，你们才不劝不成”这样的狠话来。

弑君杀父，何其重罪！一个不务正业、不问仕宦的宝玉，如何竟会与君父相逆呢？

有些红学家猜测宝玉的罪名是因为写了《姽婳词》，诗中有批判之意。然而这诗是贾政命他写的，众清客都在旁边听着，果然有逆君之词，他们又何以不加阻止，反而齐声赞扬呢？那贾政素来是最小心的，他会听不出来吗？

又有人说宝玉因为结交柳湘莲这些反抗朝廷的义士，所以招致抄家大罪。然而书中从未涉及政治，更不曾写出柳湘莲有什么抗清义举，后文又如何会写出宝玉因为反清而入罪呢？便不从情理论，只从曹雪芹的写作手法而言，这种推论也是不成立的。因为本书大旨谈情，不涉朝政，而且也没有设定具体朝代，又怎么可能去塑造一支反清复明的义军呢？

所以，宝玉如果犯了大错，也只能是情祸。就像他向黛玉说的：“我便为这些人死了，也是情愿的！”说这话时，“这些人”指的是琪官，是金钏儿；而将来有一天真正大祸来临，“这些人”，则只能是黛玉，因为黛玉才是他生命中最重要的第一人，也只有黛玉才能使他犯下弥天大罪来。

宝玉当然不会真的去“弑君杀父”，那么他又会为黛玉犯下什么罪过呢？又为什么会犯罪呢？

答案仍要从琪官的故事里找。

贾政说过：“那琪官现是忠顺王爷驾前承奉的人，你是何等草芥，无故引逗他出来，如今祸及于我。”

——此时宝玉因同忠顺府争夺琪官而殃及贾政，他日则又是同谁争夺黛玉而祸连贾府呢？

只能是君王一流的人。曹雪芹为了避讳，未必会直书宝玉当真与皇上争妃子，但是若同某位王爷争妃，也就同“弑君”是同样的罪名了。问题是，这位王爷是谁？

因为全书中只有忠顺王这么一个大反派，后来种种续书，以及红学探佚中，便都将宝玉的头号敌人定在了忠顺王头上。如果有人要和宝玉夺爱，似乎也只能是忠顺王。

然而曹雪芹会让同一个人将同样的事做两次吗？况且，前八十回中，并没有一言半字写出忠顺王与林黛玉有任何瓜葛。反而是绝对的正面人物北静王，草蛇灰线，与黛玉暗结蛛丝。

书中说：“原来这四王，当日惟北静王功高，及今子孙犹袭王爵。现今北静王水溶年未弱冠，生得形容秀美，情性谦和。”可见这北静王的地位犹在忠顺王之上，差不多除了皇上就属他最大了，便称之为“君”亦不为过。

他见到宝玉的头一面，便将腕上一串念珠卸了下来，说：“此系前日圣上亲赐鹡鸰香念珠一串，权为贺敬之礼。”

记清，这香串儿的来历，原与琪官一样，都是御赐的。

后来宝玉将香串儿珍重取出来，转赠黛玉。黛玉说：“什么臭男人拿过的！

我不要他。”掷而不取。

脂砚斋在此夹批：“略一点黛玉情性，赶忙收住，正留为后文地步。”

——这欲留的后文是什么呢？或者只是说黛玉的性情，也可能是说这香串儿暗示的故事还没有完吧。

北静王送给琪官的大红汗巾子，后来被琪官送了宝玉，宝玉又送了袭人，遂辗转成就袭人与琪官的一场姻缘；那么北静王送给宝玉的鹡鸰香念珠，宝玉转送黛玉，黛玉却不肯接受，又暗示着什么样的因果呢？

是否可以推出这样的故事——那北静王原是最秀美多情的一个风流王爷，他时常与宝玉结交，不免从宝玉处听说黛玉的种种，或是看到了黛玉的诗作——前文曾说，那宝玉将闺阁诗作写在扇上，曾经传出府外，倘若这些诗被北静王看见，或许就是《桃花行》吧，难保北静王不会动了思慕之意。倘若北静王竟有求亲之意，而贾政原本不知宝黛之情，有此皇亲国戚，自然满口应允，那时的宝玉，不知会做出何种行径来，殃及父母。

这样的猜测，会让很多人因为觉得有碍北静王形象而难以接受。但是倘非如此，鹡鸰香念珠的伏笔就全无作用，这与书中每因小物而伏大事的写法殊为不同。况且，黛玉葬花时曾说过：“撂在水里不好。你看这里的水干净，只一流出去，有人家的地方脏的臭的混倒，仍旧把花遭塌了。”

黛玉最忌的就是落花随流水，而北静王偏偏就姓了个“水”字，大名水溶。黛玉在诗中说过：“天尽头，何处有香丘。未若锦囊收艳骨，一抔净土掩风流。质本洁来还洁去，不教污淖陷渠沟。”

她已经说得很明白，所以魂归天外，是为了保住洁净，免陷沟渠——正是北静王的求婚导致了黛玉之死，也逼得宝玉闯下大祸，“累及爹娘”，所谓“天下无能第一，古今不肖无双”。

《红楼梦》中的悲剧多是“不虞之隙，求全之毁”，搬起石头砸自己的脚。从北静王的立场出发，一切都只是无心之失，对林黛玉的才名遥思仰慕，并不是一种罪孽，错只错在宝玉不该到处炫耀黛玉诗文，自招其祸，正如脂批诗中所云：

自执金矛又执戈，自相戕戮自张罗。

贾环真坏

贾环的“环”字去一横就是个“坏”。这位三爷的塑造，几乎从头至尾就是个坏人。

他的第一次出场是和莺儿玩骰子，输了便赖，便哭，便抱怨：“我拿什么比宝玉呢？你们怕他，都和他好，都欺负我不是太太养的。”

宝玉乃是贾环的死穴，因其存在，而益使贾环显得卑微阴贱。

赵姨娘说：“也不是有了宝玉，竟是得了活龙。”以此形容贾母乃至贾府上下对宝玉的态度。

在贾政眼中，宝玉和贾环一个是“神彩飘逸，秀色夺人”，一个是“人物委琐，举止荒疏”，完全不可同日而语；即使在亲姐姐探春眼中，也全不把这个一奶同胞的弟弟当个人，背地恶狠狠地咒怨：“他那想头自然是有的，不过是那阴微鄙贱的见识。他只管这么想，我只管认得老爷、太太两个人，别人我一概不管。就是姊妹弟兄跟前，谁和我好，我就和谁好，什么偏的庶的，我也不知道。论理我不该说他，但忒昏愦的不像了！”

这个“他”，指的是赵姨娘，但未尝不含着贾环在内。口口声声说“什么偏的庶的我也不知道”，实则分明是太在意，只愿和宝玉亲近，不愿与贾环为伍。全书八十回，从不见这姐弟俩有任何亲密交集，想来纵使见面，也只有斥责教训的份儿，以至于贾环提起探春就怕，背地里同赵姨娘叫号说：“你不怕三姐姐，你敢去，我就伏你。”

但就是这样一个阴暗无能的贾环，却偏偏心狠手辣，出招奇准，一次次谋害宝玉而无发不中。

他的第一次出手乃是在第二十五回“魇魔法姊弟逢五鬼”中，因宝玉和彩霞调笑，贾环因妒生恨，竟将油汪汪的一盏蜡灯猛地推向宝玉，烫得宝玉一头一脸皆是热油，险些伤了眼睛，竟成废人。书中说那贾环“素日原恨宝玉”，“虽不敢明言，却每每暗中算计，只是不得下手，今见相离甚近，便要用热油烫瞎他的眼睛”。可见这谋害之心不是一天两天的，而是时时刻刻在伺机设陷的。

到了第三十三回“手足耽耽小动唇舌”，这机会终于来了。因为冲撞了贾政，那贾环阴毒之人偏有心机，竟然趁势上前拉住贾政的袍襟，贴膝跪下道：“我母亲告诉我说，宝玉哥哥前日在太太屋里，拉着太太的丫头金钏儿强奸不遂，打了一顿。那金钏儿便赌气投井死了。”一句话把贾政惹得火冒三丈，几不曾把宝玉打死。

这句“我母亲告诉我说”，清楚可想赵姨娘和贾环母子二人，时时刻刻在背地里想方设法算计宝玉的种种作为。当初找马道婆作法不灵，两人一直在等待新的机会，听说了金钏儿的事，二人早就在背地里想了一篇谣言，且传得满园皆知。

后文中宝玉抓个老嬷嬷去送信，说来说去说不明白，那嬷嬷口口声声道：“跳井让他跳去，二爷怕什么？”“太太又赏了衣服，又赏了银子，怎么有不了事的！”老妪耳背，听不清宝玉的话，却偏偏每句都落在金钏儿跳井的事上，可见早知底里。这风儿是谁吹出去的？只能是赵姨娘。

也就是说，金钏儿一死，赵姨娘就作好了一篇“强奸母婢致死”的文章，到处张扬，即便此时贾环没有借势下蛆，晚间赵姨娘也会亲自出手，给贾政吹耳旁风的。

后文中贾母看完宝玉回来，王夫人请至上房歇脚，赵姨娘推病，“只有周姨娘与众婆娘丫头们忙着打帘子，立靠背，铺褥子”。就是因为赵姨娘心虚，怕贾母见了想起贾环暗害宝玉的火来，再把她骂一顿。

第三十五回以后，再未见贾环母子做什么谋害宝玉的事，但是彼此的嫌隙却一直在加深。

因为宝玉瞒赃玫瑰露一事，贾环连彩云都骂了，将彩云私赠之物都拿了出来，照着彩云的脸摔了去，说：“这两面三刀的东西！我不稀罕。你不和宝玉好，他如何肯替你应。你既有担当给了我，原该不与一个人知道。如今你既然告诉他，如今我再要这个，也没趣儿。……不看你素日之情，去告诉二嫂子，就说你偷来给我，我不敢要。你细想去。”

且不说这番话何等冷酷薄情，也不论如此之人为何彩云偏会多情，只说贾环所以这样疑心暴怒，只因为中间夹了“宝玉”二字。只要有宝玉出现的地方，就没有贾环的立足之地，他认定了人人都是和宝玉好，都欺负他不是太太养的，如今彩云跟他好，自然是因为宝玉看不上彩云；可是宝玉竟然替彩云瞒赃，可见两人有私情——彩云有机会跟宝玉要好，怎么还可能看得上自己呢？肯定是虚情假意两面三刀！

这就是贾环的逻辑。因为自卑，所以狭隘；原本无情，自是狠毒。

不仅是对彩云，另一个与他交好的彩霞也是这样。因彩霞放了出去，赵姨娘素日相契，巴不得与了贾环，方有个臂膀，因此每每唆使贾环去讨。然而贾环却不大甚在意，认为不过是个丫头，他去了，将来自然还有别人，只要丢开便算，遂致彩霞被旺儿家的谋了去做儿媳，未来悲剧可知。

然而，就算彩霞嫁了贾环，又有什么福气可言呢？

贾环只恨人人都跟宝玉好，却不想想宝玉待袭人、待晴雯乃至待所有不相干的小丫头是何等尊重怜惜，而他对彩云、彩霞却是何等冷酷薄情？

这种种悬殊，又岂是一个“不是太太养的”就能遮掩过去的呢？

第三十四回
情中情因情感妹妹　错里错以错劝哥哥

宝玉为什么给黛玉送帕子

第三十四回中，宝玉挨打，众人纷至安慰，连冷美人薛宝钗也娇羞脉脉地送了丸药来，缠缠绵绵地说：“早听人一句话，也不至今日。别说老太太、太太心疼，就是我们看着，心里也……”

虽是关心情怯，然而每句话都是大道理，并不入耳，且派宝玉不是说：“到底宝兄弟素日不正，肯和那些人来往，老爷才生气。”换言之，宝玉挨打是自找的。

袭人的言行也是照搬拷贝，不但说：“你但凡听我一句话，也不得到这步田地。”且背后里找着王夫人说：“论理，我们二爷也须得老爷教训两顿。若老爷再不管，将来不知做出什么事来呢。”对于主子挨打这件事竟是拍手称庆，并且撺掇着王夫人把宝玉迁出大观园去，简直是“趁你病，取你命”。

这番话虽然宝玉不曾听见，但未必全无感知，宝钗和袭人两个虽然柔情劝谏，毕竟不是他的知己。想来满园子的人来慰病之际，也大多是同样的说辞吧，口吻一概是“我早说过……”“这都是为你好”之类最鄙俗可厌的老调常弹。

红尘之中，唯有林妹妹从来不曾说过这些混账话。黛玉是真正为他感到心痛的，哭得一双眼睛肿得桃儿一般，还不敢当着人表现出来。众人都趁机讨贾母的好儿，你来我往抢着往前凑，来表现出对宝玉的关心看重；而黛玉恰恰相反，是要一直躲着众人的，不但此次是三步并作两步从后门走了，次日也是站在花荫下看着众人一起一起的来了去了，自己却遥遥望着怡红院的门，再难过再关切也不肯扎堆儿凑热闹。这就是林黛玉。

黛玉见宝玉，半晌委委屈屈憋出一句：“你从此可都改了罢！”

那林黛玉是骄傲的，也是固执的，她能迸出这句话来，是为宝玉疼到了骨子里，一时软弱了，屈服了。但宝玉回答她：“你放心，别说这样话。就便为这些人死了，也是情愿的！”

又是一句“你放心”，虽与白天说的意思不同，可也是一种保障：我这个人就是这样性情，这样的价值观，这样的为人处世，不是打几顿就会怕了的，我就是这样一个人，宁死不改其志。

这番话，宝玉是不可能对宝钗、袭人等人说的，说了她们也听不懂，反而更会招来一番说教；但在黛玉面前，他可以痛痛快快说出来，因为黛玉懂他。

黛玉劝他都改了罢，是为他疼惜；而他也是一样，自己疼得针扎一般，却还安慰黛玉说不疼，都是装出来哄人的，反而担心黛玉大太阳底下可别中了暑。

正是“你好我自好，你失我自失”，这两个人，心里都没有自己，只有对方。

接着，袭人去王夫人处下了一番话，携了两瓶玫瑰清露和木樨清露回来。

清人顾禄《桐桥倚棹录》记载：

> 花露，以甑蒸者为贵，吴市多以锡甑。虎丘仰苏楼、静月轩、多释氏制卖，驰名四远。开甑香冽，为当世所艳称。其所卖诸露，治肝、胃气则有玫瑰花露；疏肝、牙痛，早桂花露；痢疾、香肌，茉莉花露；祛惊豁痰，野蔷薇露；宽中噎膈，鲜佛手露；气胀、心痛，木香花露；固精补虚，白莲须露；散结消瘿，夏枯草露；霍乱、避邪，佩兰叶露；悦颜利发，鞭蓉花露……

共计写了四十多种花露之名。并引郭麟《虎丘五乐府》之《咏花露·天香》词云：

> 炊玉成烟，揉春作水，落红满地如扫。百末香浓，三宵夜冷，无数花魂招到。仙人掌上，迸铅水铜盘多少。空惹蜂王惆怅，未输蜜脾风调。　谢娘理妆趁晓。面初匀，粉光融了。试手劈笺，重盥蔷薇尤好。欲笑文园病渴，似饮露秋蝉便能饱。待斗新茶，听汤未老。

由此可见，花露制作在清代时已经很出名。而且周绍良考证说，康熙三十七年十月李煦请安折子后所附贡品中，就有“桂花露”“玫瑰露”“蔷薇露”等。这些进上用的贡品，自然都是贴着鹅黄笺子的。想来曹雪芹小时候应在家中见过部分余品，此时随手录入。

当然也可以想深一层，那花露原是苏州贡品，与林黛玉可谓同乡；而花露更是花之泪，所以当宝玉看到花露时，便自然会想到黛玉，担心林妹妹又在为自己伤心流泪了。因此，他请晴雯送了帕子去。

晴雯天真烂漫，又是个使力不使心的，因此体味不出帕子的含义。黛玉却深知，因此感慨莫名，发出大段独白：

> 这里林黛玉体贴出手帕子的意思来，不觉神魂驰荡：宝玉这番苦心，能领会我这番苦意，又令我可喜；我这番苦意，不知将来如何，又令我可悲；忽然好好的送两块旧帕子来，若不是领我深意，单看了这帕子，又令我可笑；再想令人私相传递与我，又可惧；我自己每每好哭，想来也无味，又令我可愧。如此左思右想，一时五内沸然炙起。

这同“诉肺腑”一回的“又喜又惊，又悲又叹”既相重叠又不尽相同，要更深入，也更明晓，于是余意绵缠，顾不得嫌疑避讳等事，便向案上研墨蘸笔，于两块旧帕上连题三绝：

其一

眼空蓄泪泪空垂，暗洒闲抛却为谁？
尺幅鲛鮹劳解赠，叫人焉得不伤悲！

其二

抛珠滚玉只偷潸，镇日无心镇日闲；
枕上袖边难拂拭，任他点点与斑斑。

其三

彩线难收面上珠，湘江旧迹已模糊；

窗前亦有千竿竹，不识香痕渍也无？

三首诗同一个标题，都是《泪》。第一首说我天天为你伤心，你虽体贴我，送来拭泪之帕，可是我又怎能不难过？

第二首说我每天这样流泪难过，日复一日，层层叠叠，又岂是帕子拭得净的？

第三首说当年潇湘二妃泪洒竹上而成斑竹，我如今这样天天流泪，潇湘馆的竹子却无感应，一点痕迹也没有。

这三首诗并不深奥，也没有太多隐情，就只是尽兴抒发，写出宝玉送帕子的真实用意，是借帕子再次对林妹妹说：你放心！这就是“情中情因情感妹妹”！

这两条半新不旧的家常帕子，再不同于从前宝玉说的“凭我心爱的，姑娘要，就拿去”的玩意儿，而已经有了“私相授受，定情信物”的意思，是明明白白在表达爱意了。因此黛玉会觉得可惊可愧，深为震动。

至此后，黛玉再不曾猜忌宝玉，却因铁了心要和宝玉在一起，不免对宝钗愈发含酸。

这回末尾，黛玉见宝钗哭红了眼睛，顾不得自己眼睛跟桃儿一样，却打趣宝钗“就是哭出两缸眼泪来，也医不好棒疮”，就是因为着实吃醋。

其后第三十六回看见宝钗给宝玉绣兜肚，心中滋味更是可想而知。搁在从前，早又对宝玉生了疑心，这一次却并未对宝玉发作，只是过后在玩笑中提到：“你看着人家赶蚊子分上，也该去走走。”

而这时候的宝玉也是铁了心要和黛玉一起的，睡梦里都喊出：“和尚道士的话如何信得？什么是金玉姻缘，我偏说是木石姻缘！”也再不是从前梦太虚时将钗黛混为一谈的时候了。

此时的宝黛，已经结成了紧密的恋爱联盟，站在宝钗的对立面了。

宝玉挨打，让金玉两派的阵营清楚划分了楚河汉界，明显对立了起来。也让宝玉的心，彻底倾向了黛玉。

佛心情种贾宝玉

警幻推宝玉为“天下古今第一淫人”，并说这淫乃是“意淫”，是“天分中生成一段痴情”。这判断其实极确，极雅，极为高明。

可惜的是，只为意淫二字“惟心会而不可口传，可神通而不可语达”，至于三人成虎，传至今日已经面目全非，成了贬义词，形容人们在意念中完成一段淫邪之事。

而宝玉，更是被世人误解为多情花心，见一个爱一个的风流种子。这真真是冤枉了宝玉。

首先，宝玉对天下女子的“泛爱”，并不是因为多情，更不是警幻仙子口中所说的“恨不能尽天下之美女供我片时之趣兴”的那种“皮肤滥淫之蠢物”。宝玉怜惜群钗，对丫鬟们也是关怀悲悯，感同身受，是真正有大慈悲的一个博爱者。

他爱人间所有可爱之人，尤其是可爱的女孩。他认为女孩是天地毓秀所钟，世上至贵至洁的，因此对所有女孩都有着天生的爱慕之情，却并不都是男女爱情，而常常是一种超越了主仆身份、超越了肉体之欲的知己之情。

这情，并不是为了得到对方，而只在乎付出自己。

比如第四十四回《变生不测凤姐泼醋 喜出望外平儿理妆》，贾琏与凤姐大打出手，都拿平儿出气，宝玉让了平儿到怡红院来，劝道：“我们弟兄姊妹都一样。他们得罪了人，我替他赔个不是也是应该的。”——这还犹可，甜言蜜语原是纨绔公子的家常便饭；难得的是宝玉极为体贴细心，又向平儿笑道：“姐姐还该擦上些脂粉，不然倒像是和凤姐姐赌气了似的。况且又是他的好日子，而且老太太又打发了人来安慰你。”且亲自走至妆台前，揭开宣窑瓷盒，取来胭脂盒子，一一解释，这是茉莉粉，这是胭脂露，如何化开，如何打腮；又将盆内一枝并蒂秋蕙用竹剪刀撷了下来，簪在平儿鬓上。

这样的软语劝慰，这样的细心侍妆，哪个女孩儿会不喜欢？平儿纵有天大委屈，眼泪在怡红院里也擦干了。

然而这还不算，还只是宝玉在平儿面前的体贴，仍可以说是讨好女孩子的小把戏而已。最让读者感慨的，是平儿被李纨请去稻香村之后，宝玉仍为平儿伤感落泪，且偷偷将其拭泪的帕子洗了晾上。

> 宝玉因自来从未在平儿前尽过心——且平儿又是个极聪明极清俊的上等女孩儿，比不得那起俗蠢拙物——深为恨怨。今日是金钏儿的生日，故一日不乐。不想落后闹出这件事来，竟得在平儿前稍尽片心，亦今生意中不想之乐也。

——原来宝玉生平最想之事并不是能够得到美人芳心，占有美人肉体，求一夕之欢，而不过是可以为心仪的女孩儿做点什么——爱你，就想为你做点事。不求得到，只求付出，这不正是情之至者吗？而这情，甚至不是爱情，就更见高贵。

平儿的身份是宝玉的小嫂子，因此他纵然心怀羡慕，却从无逾矩言行。如今得到机会在平儿面前稍尽片心，已是“今生不想之乐”。

但是这乐也并未停留太久。因为如果一直停留在自己能为美人付出的成就感和喜悦感上，那仍然是自私的，仍然是把立场放在自己身上。但宝玉不是这样，他只为自己快乐了一小会儿，就又把全部心思都放在平儿身上了：

> 忽又思及贾琏惟知以淫乐悦己，并不知作养脂粉。又思平儿并无父母兄弟姊妹，独自一人，供应贾琏夫妇二人。贾琏之俗，凤姐之威，他竟能周全妥贴，今儿还遭荼毒，想来此人薄命，比黛玉犹甚。想到此间，便又伤感起来，不觉洒然泪下。因见袭人等不在房内，尽力落了几点痛泪。复起身，又见方才的衣裳上喷的酒已半干，便拿熨斗熨了叠好；见他的手帕子忘去，上面犹有泪渍，又拿至脸盆中洗了晾上。又喜又悲，闷了一回。

此时宝玉所思所想，全是为了平儿，心中没有自己；即使所作所为，也只是一片怜惜，并不曾让任何人看见，也不指望任何人领情。

能为丫鬟痛惜落泪，能为丫鬟熨衣洗帕的，除了宝玉，更有何人？

除了对平儿外，其余如对藕官烧纸的维护，因五儿被冤的顶包，为香菱换裙的体贴，也都是宝玉的肺腑之意，一心只为这些女孩好，并未指望得到对方的感恩和回报。

但是宝玉在俗世里毕竟是人不是神，所以见了宝钗雪白的膀子，仍会有一刻的心动，有想摸一摸的冲动。但即使在这种时候，他想的也不是要得到宝钗，而只是遗憾这膀子没有生在林妹妹身上。换言之，他早已认定了林黛玉才是自己的终身伴侣，会在未来的婚姻生活里有肌肤之亲；而对于宝钗，他再仰慕，也只是心动一下，却并没有改变意愿，更没打算要采取行动轻薄于她。

而宝玉最让人诟病的，还是他经常讨人家口上的胭脂来吃，对鸳鸯、金钏儿，都曾有此亲昵，甚至金钏儿之死，就是由宝玉间接造成的。

但是一则金钏儿之死的罪魁实为王夫人，宝玉根本想不到母亲会撵走金钏儿，导致那么严重的后果；二则宝玉挨打，曾说过即使为这些人死了也不悔的话，心中五内摧伤，恨不得身亡命殒，跟了金钏儿去。这些，都已经足以表达其至情至痛，绝非薄幸之人。

九月初二是凤姐生日，也是海棠社第一社的正日子，众人都在热热闹闹地看戏庆寿，宝玉却一大早换了全身素服，带着茗烟跑出几里地，找到水仙庵私祭金钏儿，可见长情。

晴雯死后，宝玉亦是长篇累牍地诔文哀祭，真情厚感，虽夫妻之谊不过如此，而宝玉同晴雯，其实一片纯真，从无私情。

而最经典也最荒诞的，还表现在第三十九回上，那刘姥姥不过随口胡诌了个雪下抽柴的女孩若玉的故事，宝玉竟信以为真，并为其担心起来，忙着问“倘或冻病了呢”。及听姥姥说十七岁上一病死了，又跌足叹息不已，且令茗烟去找寻庙之所在——这种遥思仰慕，就更加看似无稽，实则多情了。

至于宝玉到宁府看戏时，惦记着小书房里的美人画会寂寞无聊，需要他前往安慰，就更是至情至呆了。

所以说，宝玉的多情，是对于美好事物的珍惜与敬意，所有女孩在他心中眼里，不只是美色，而代表着世上一切最天真、最纯洁、最宝贵的事物。他的多情，是对于真善美的追求，而不是求爱或者求欢，并且这多情不仅表现在对女孩的珍惜上，更在于对日月山川一切有情无情的事物上。

正如傅秋芳家的两个婆子私下里议论的：“千真万真的有些呆气。大雨淋的水鸡似的，他反告诉别人‘下雨了，快避雨去罢’。”“时常没人在跟前，就自哭自笑的；看见燕子，就和燕子说话；河里看见了鱼，就和鱼说话；见了星星月亮，不是长吁短叹，就是咕咕哝哝的。且是连一点刚性也没有，连那些毛丫头的气都受的。爱惜东西，连个线头儿都是好的；糟踏起来，那怕值千值万的都不管了。”

——这真是“知我者谓我心忧，不知我者谓我何求”。若是读者们果以宝玉的呆病为花心，岂不跟傅家的婆子一般见识了？

在太虚幻境时，宝玉前身原是神瑛侍者，见到绛珠仙草袅娜可爱，便以甘露灌溉。到了凡间，亦仍然保留着这份天性，第一次陪贾政游园时，在蘅芜苑中见到种种奇花异草，众人皆不识，唯宝玉识得：这是杜若，那是茝兰；何谓金簦草，何谓玉蕗藤，分说得明明白白。可见从天分中带来的除了一段痴病外，更有对花花草草先天的亲近与熟识，对美好事物本能的挚爱与怜惜，此处不可简单理解成贾宝玉的旁学杂收。

在情榜上，黛玉名“情情”，而宝玉却是“情不情”。因为黛玉至纯至善，她下世的目的就是为了还泪，整个生命的重量都压在对宝玉的痴情上；宝玉却不然，他是黛玉的知己，对黛玉之爱诚挚深沉，听到《葬花吟》恸倒在山坡之上，看《桃花行》也会潸然落泪，其爱慕倾心远不止于表面色相。

在宝玉心目中，“山川日月之精秀只钟于女儿，须眉男子不过是些渣滓浊沫而已”，而黛玉更是这山川毓秀的集大成者。当黛玉在世时，宝玉多情到可以寄情于一切无情之物；而当黛玉这位知己离去，宝玉最珍惜的感情一旦断绝，却会因此也断绝了对所有红尘事物的眷恋，纵使宝钗为妻，麝月为婢，亦仍可“悬崖撒手”，决绝如斯。

有句话叫作“多情乃佛心”，也许正是这样。宝玉多情的起源是因为慈悲，便如神瑛侍者灌溉绛珠草般的慈悲；而多情的终点，便是悬崖撒手，出家为僧。

情到多时情转薄，最多情者至无情。此情原非世间扰扰之人可理解，故谓之“情不情”。

第三十五回
白玉钏亲尝莲叶羹　黄金莺巧结梅花络

白玉钏的莲叶羹

玉钏儿其人，在书中的地位、作用似乎仅是作为金钏儿之妹，衬托姐姐的存在，在金钏儿生前并不出戏，直到姐姐死后方有机会偶露峥嵘，也都与金钏儿有关。

她的名字第一次出现，只是在写贾环拿腔作势地抄经时提了一笔，“一时又叫玉钏儿来剪剪蜡花，一时又说金钏儿挡了灯影”，其作用只是点名，说明玉钏儿与金钏儿同为王夫人的丫鬟而已。

接着就是王夫人撵金钏儿时，叫玉钏儿：“把你妈叫来，带出你姐姐去。”

这时候我们才知道玉钏儿和金钏儿是姐妹。虽然她到这时仍然没有一句对白，但名字却已经被读者记下了——自然是沾了姐姐的光。

她的真正戏目是在第三十五回王夫人令其为宝玉送汤。

此时金钏儿刚死，玉钏儿正是恨毒了宝玉之时，而王夫人却是全无顾忌，只因“回头见玉钏儿在那边，便令玉钏儿与宝玉送去”。可见自己无情，也完全不体会别人之心，根本没把金钏儿之死当回事，也根本不认为玉钏儿应该难过。

此前她已赏了白老媳妇五十两银子，又拿了几件簪环当面赏与她，便认为所有的事已经了结，至于“吩咐请几众僧人念经超度”，那完全是在安自己的心，替自己解冤消灾，根本不是为了金钏儿。正如那个耳背婆子所说：“有什么不了的事？老早的完了。太太又赏了衣服，又赏了银子，怎么有不了事的！”

这就是贾府的法则，逼死奴才，不过是赏了衣服银子，天大的事儿也了了。

甚至当事人至亲连伤心都不该有，转过天还要照常服侍主子。

倒是凤姐有所觉知，忙说："他一个人拿不去。"意思是换人去送。偏偏宝钗也是无情之人，反出主意命莺儿说："宝兄弟正叫你去打络子，你们两个一同去罢。"

出了门，玉钏儿令一个婆子来，将汤饭放在一个捧盒里，令她端了跟着，自己却与莺儿空着手走。这里一则可以看出，送汤饭之事本来就该指派一个做惯粗活的粗使婆子去做，王夫人的指派原本无理，又没听出王熙凤的话外之意；二则也看出玉钏儿们这些二层主子的颐使气指，仗势欺人。这就是贾府的阶级。

因为这样森严的阶级观，才会有王夫人不拿丫鬟的性命情感当回事儿，也才会有玉钏儿的欺下瞒上，也才越能见出宝玉的与众不同，浑无阶级之念。

> 宝玉见莺儿来了，却倒十分欢喜；忽见了玉钏儿，便想到他姐姐金钏儿身上，又是伤心，又是惭愧，便把莺儿丢下，且和玉钏儿说话。

那宝玉和王夫人完全是两路人，深以自己误害金钏儿为痛，既伤心又惭愧，因此更不把玉钏儿当丫鬟，一直虚心下气地赔笑问长问短，凭玉钏儿怎么丧谤，还是温存和气。玉钏儿"自己倒不好意思的了，脸上方有三分喜色"。于是宝玉笑着求她："好姐姐，你把那汤拿了来我尝尝。"玉钏儿先是不肯，后来因不忍心见宝玉忍痛下床，满口"嗳哟"，遂说道："躺下罢！那世里造了来的业，这会子现世现报。教我那一个眼睛看的上！"一面说，一面哧的一声又笑了，端过汤来。

宝玉看到她笑了，这才敢小心提醒："好姐姐，你要生气，只管在这里生罢，见了老太太、太太可放和气些。若还这样，你就又捱骂了。"

后文袭人丧母，身有热孝，元宵节未在宝玉跟前服侍。贾母道："跟主子却讲不起这孝与不孝。若是他还跟我，难道这会子也不在这里不成？"可见奴才家中死了人，是连伤心尽孝都不能自由的，只能把难过藏在心里。这便是贾府的规矩。而宝玉虽然深知，却体贴玉钏儿的心情，因此劝她只管在自己面前使性子，在贾母、王夫人面前却要小心，免得挨骂。

这番柔情体贴，曲意安慰，已经完全打破了主仆上下的界限；更不要说后文自己烫了手，反要问玉钏儿疼不疼了。下人服侍主子喝汤，竟然把汤洒了，烫了主子的手，是大错，所以玉钏儿也是有些慌了，唬了一跳，忙笑说：“这是怎么说！”而宝玉却浑然不觉，只是关心玉钏儿，完全没在意自己。这是何等宽柔体下的一位公子！

“白玉钏亲尝莲叶羹”是相当完整的一段戏，从送汤、吹汤到烫手，玉钏儿的情绪极有章法，从“满脸怒色”“丧谤”到“不好意思”“脸上方有三分喜色”，直到“哧的一声笑了”，而且与宝玉同碗喝汤，实实结了一份荷叶缘。

这碗汤费了偌大功夫，到了儿宝玉却只喝得一口，玉钏儿也喝了一口，但是能让玉钏儿一笑，略解两人心结，也是值得了。

作者唯恐读者轻视了这汤的作用，特地又借傅家婆子的对白补一余韵，出了门私下议论：“怪道有人说他家宝玉是外像好里头糊涂，中看不中吃的，果然有些呆气。他自己烫了手，倒问人疼不疼，这可不是个呆子？”如此，又将宝玉平生性情再次皴染，尽情一论。

可见，“莲叶羹”一回对于宝玉形象的塑造起着相当重要的作用，而玉钏儿的地位也就随之提升了，是实实在在地在玉兄处挂了号，并且名字上了回目，明白成为十二钗又副册人物，与金钏儿构成一对金玉，同时也与金莺儿成为又一种金玉组合。

且说玉钏儿虽然留情一笑，但并未因此原谅了宝玉。

第四十三回凤姐儿生日，宝玉往水仙庵私祭金钏儿回来，在廊下遇见玉钏儿垂泪，赔笑道：“你猜我往那里去了？”玉钏儿不答，只管擦泪。

原来这日也是金钏儿的生日。玉钏儿姐妹情深，一边思念姐姐，一边在心里仍然怨恨着宝玉。大观园歌舞怡人，箫管喧阗，她却伤心人别有怀抱，而此时，只有宝玉同她的心思是一样的。两个人，一个在庵中祭悼，一个在廊下垂泪，却偏偏不能彼此见谅。

但我相信，八十回后如有文字，她必定会与宝玉取得彻底的谅解的。

在十二钗正册中，钗黛的判词为同一首，暗喻钗黛合一，黛死钗继。而金钏儿和玉钏儿姐妹也是一样，两人二而一，一而二，实为一体。只不过正册里的金玉姐妹，是玉亡金在；而又副册的金玉姐妹，则是金亡玉在。

所以，金钏儿死后，玉钏儿才会吃了双份儿。

呖呖莺声溜滴圆

莺儿是宝钗的心腹，她在全书中第一次开口说话就有大作用。

第八回中，宝钗要了宝玉的通灵玉来赏鉴，连念两遍“莫失莫忘，仙寿恒昌。”莺儿笑嘻嘻画龙点睛：“我听这两句话，倒像和姑娘的项圈上的两句话是一对儿。”

这是第一次透露“金玉良姻”，因此这一回的回目就叫作“比通灵金莺微露意”。

莺儿话虽不多，却一句是一句，字字千钧，既说出了通灵玉上的文字和宝钗项圈上的“是一对儿”，又点明锁上的字“是个癞头和尚送的”，而且“必须錾在金器上”，其作用，自然是为了和“玉器”相配了。

好一个“呖呖莺声溜滴圆”，这真是一言既出，石破天惊。

值得一提的是，莺儿只说宝钗项圈上的两句话“是个癞头和尚送的，他说必须錾在金器上”；宝钗也说：“也是个人给了两句吉利话儿，所以錾上了，叫天天带着，不然，沉甸甸的有什么趣儿。”

然而这话到了薛姨妈口中，便成了“金锁是个和尚给的，等日后有玉的方可结为婚姻”，把錾在金器上的两句吉利话，变成金锁本身了，仿佛这锁也与通灵玉一样，属于天外来物。显然薛姨妈向王夫人说这话是有用意的，那么莺儿对宝玉漏这风声，是偶然还是刻意呢?

第三十五回“黄金莺巧结梅花络”，是莺儿第二次点睛之语：

宝玉一面看莺儿打络子，一面说闲话，因问他“十几岁了？”莺儿手里打着，一面答话说：“十六岁了。”宝玉道：“你本姓什么？”莺儿道：“姓黄。”宝玉笑道：“这个名姓倒对了，果然是个黄莺儿。”莺儿笑道：“我的名字本来是两个字，叫作金莺。姑娘嫌拗口，就单叫莺儿，如今就叫开了。”宝玉道：“宝姐姐也算疼你了。明儿宝姐姐出阁，少不得是你跟去了。”莺儿抿嘴一笑。宝玉笑道：“我常常和袭人说，明儿不知那一个有福的消受你们主子奴才两个呢。”莺儿笑道：“你还不知道，我们姑娘有几样世人都没有的好处呢，模样儿还在次。”宝玉见莺儿娇憨婉转，语笑如痴，早不胜其情了，那更提起宝钗来！便问他道：“好处在那里？好姐姐，细细告诉我听。”莺儿笑道：“我告诉你，你可不许又告诉他去。”宝玉笑道：“这个自然的。”正说着，只听外头说道：“怎么这样静悄悄的！”二人回头看时，不是别人，正是宝钗来了。

这是又一次的“微露意”，真是说得人心痒难挠，偏偏又被宝钗的不速而至打断了。三百年来，不知多少红楼专家读者猜测过宝钗那“几样世人都没有的好处”是什么。

如今且不去猜它，只说这里第一次明白地交代了莺儿的原名，本是叫作“黄金莺”，明明白白的金派保安。

而宝玉偏偏顺口说出的“黄莺儿”，让我们不能不联想起一首著名的《闺怨》诗：

打起黄莺儿，莫教枝上啼。
啼时惊妾梦，不得到辽西。

宝钗与莺儿未来的命运一览无余，必然是怀抱寂寞，终老此生。宝玉说“明儿不知那一个有福的消受你们主子奴才两个呢”，而我们都知道，那个秉承“金玉良姻”旨意娶了宝钗的人正是他自己。可是，他是个无福的，终究不能领略宝钗那“世人没有的好处”，“纵然是齐眉举案，到底意难平”。

然而，经过这次交集，莺儿已然在石兄处挂了号，与玉钏儿互为金玉，有资格列入十二钗又副册了。

值得注意的是，宝玉本来并没有想好要打什么络子，在莺儿提醒下，遂决定先给汗巾打两条络子。

莺儿问：“汗巾子是什么颜色的？”宝玉道：“大红的。”后来又问：“松花色配什么？”而答案却是“松花配桃红”。

很显然，宝玉这两条络子不是给自己打的，而是想起了与琪官互换的大红汗巾和松花汗巾。

他被忠顺府长官逼迫说出了紫檀堡，且梦见琪官走来诉说忠顺府拿他之情。那后来琪官到底怎样了呢？八十回正文中再未有交代，但是琪官将来既能与袭人共同奉养二宝夫妻，可见境况也不会太差，大概还是被北静王等人保住了吧。

而宝玉此时脱口说出大红汗巾，正是表现了他对琪官的愧疚之情。如今这汗巾子压在袭人箱底，并没有使用，所以只是问了一声再无下文，却关心起自己送给琪官的松花汗巾该配什么，并且在莺儿说明“松花配桃红”时，立即说：“也打一条桃红，再打一条葱绿。”

可见，这桃红络子是打算要再见面时送与琪官的。且不论送不送得成，这份心已经存下了,也正如他看到金麒麟便揣起来先为湘云留着是一样的心理。

而松花汗巾，原本是袭人之物，后来袭人占花名抽中的签子，又是“桃红又是一年春”。或许，那条桃红络子，是将来要由袭人亲手送与琪官的吧。

宝玉心心念念的是“松花配桃红”，惦记着琪官身在何地；而宝钗心心念念的，则是“打个络子把那个玉络上”。

从前这穿玉的穗子原是黛玉做的，前两日端阳打醮吵嘴时刚刚铰了，因此想着“管定他再不带了，还得我穿了他才带”。

可想而知这两天宝玉是没有戴玉的，恰好又刚挨了打病着，不大见人，故而无人理论。但是宝钗于“这些人带的东西上”是最留心的，早已注意宝玉没有带玉，也约摸猜到缘故，因此赶紧趁黛玉来不及动手做穗子，就先派莺儿打个络子把那玉络上了。而且还特地强调：把那金线拿来，配着黑珠儿线，一根一根地拈上，打成络子，这才好看。

——这不是公然强调那玉也要有金来配么？

这回中，借着金钏儿之死，宝钗送了衣裳，袭人实际上升了姨娘，得了两碗菜的赏赐，莺儿又要打个络子把玉络住。表面上，金派是大获全胜了。

可是她们都忽略了，宝玉私下托晴雯给黛玉送去的两条帕子，早已千丝万缕，把两人紧紧牵系，再也分不开了。

傅秋芳，青春老大守空闺

第三十五回中有一段傅秋芳小传，乃是飞来之笔。书中说那宝玉正向玉钏儿要汤喝，忽有人来回话：“傅二爷家的两个嬷嬷来请安，来见二爷。”

> 宝玉听说，便知是通判傅试家的嬷嬷来了。那傅试原是贾政的门生，历年来都赖贾家的名势得意，贾政也着实看待，故与别个门生不同，他那里常遣人来走动。宝玉素习最厌愚男蠢女的，今日却如何又令两个婆子过来？其中原来有个原故：只因那宝玉闻得傅试有个妹子，名唤傅秋芳，也是个琼闺秀玉，常闻人传说才貌俱全，虽自未亲睹，然遐思遥爱之心十分诚敬，不命他们进来，恐薄了傅秋芳，因此连忙命让进来。那傅试原是暴发的，因傅秋芳有几分姿色，聪明过人，那傅试安心仗着妹妹要与豪门贵族结姻，不肯轻意许人，所以耽误到如今。目今傅秋芳年已二十三岁，尚未许人。争奈那些豪门贵族又嫌他穷酸，根基浅薄，不肯求配。那傅试与贾家亲密，也自有一段心事。

这段傅秋芳小传虽只寥寥数语，已将一个薄命红颜的形象画出。这傅秋芳才貌俱全，艳名远播，连宝玉都生起“遐思遥爱之心”，可谓神交。因此我猜测傅秋芳虽没进过大观园，然而心到神知，也是有资格进入十二钗册谱的，而且还是标准的金派人物。

文中说傅试原是贾政的门生。所谓门生，并不是说贾政开班授课，就像贾代儒于金荣辈一样，而是在那个时代，凡是考科举的仕子，在入科前都会投个名帖到某长官门下，拜为门生，赖以提拔。比如清朝最大的贪官和珅，就是出了名收门生最多的，借以笼络后辈，建立自己的一派势力。尤其贾政曾点过“学差”，收门生就更加合情合理而且必不可少了。

这傅试是个暴发户，取名“附势”，别有深意。他与贾府攀交，“自有一段心事”，这心事，就是攀附权贵了。因为妹子有些姿色，便待价而沽，一心指着妹子要与豪门结亲，竟把妹妹耽误在闺阁中，竟然蹉跎到二十三岁尚未许人。

二十三岁，在如今是青春正好，可放在古时，却已经是老大不小的年纪了，是不折不扣的“剩女”。正如宝玉所咏：“女儿悲，青春已大守空闺。女儿愁，悔教夫婿觅封侯。”

冷子兴演说荣国府，说到贾珠时，“不到二十岁就娶了妻，生了一子”；贾琏则“今已二十来往了，亲上作亲，娶的就是政老爹夫人之内侄女，今已娶了二年”；而贾蓉这年只有十六岁，刘姥姥一进荣国府在凤姐处见到贾蓉时，也只不过十七八岁，就已经娶了秦可卿了；北静王初见宝玉，也是“年未弱冠”，也就是不到二十，但已经娶了王妃了。

可见上自王侯下到庶民，那时的男子不到二十结亲是常情，女子自然更小了，比如夏金桂嫁薛蟠时就只有十七岁。

而那傅秋芳二十多岁还待字闺中，只这一条就够薄命了，况且还要摊上这样一个不争气的哥哥呢？

书中有个不靠谱的哥哥，又老大未嫁的代表人物是谁呢？

自然是薛宝钗。

薛家阖府进京原本为了送妹待选，正是“附势”之意。宝钗过的第一个生日乃是及笄，也就是十五岁。其后一等经年，选秀之信石沉大海，而元春更在这年端阳赐出红麝串来暗示赐婚之意，换言之也就是说这时宝钗已经落选了，不然元春绝不会考虑让待选秀女做弟媳的。可是贾母不愿意，故意装糊涂不闻不问，还当着众人的面对张道士说：“上回有和尚说了，这孩子命里不该早娶，等再大一大再定罢。”

宝玉等得，宝钗等不得。贾母这一招拖延不理，等于逼着薛家另选高枝。然而薛姨妈也心沉得很，硬是不闻不问，由着宝钗一年两年地耽搁下来，前八十回结束时，宝钗少说也有十八岁了，做哥哥的薛蟠已娶了亲，做弟弟的薛蝌也订了邢岫烟，连做妹妹的薛宝琴也特地进京待嫁，而宝姐姐的婚事却连个影儿也没有，为的也不过是仗着宝钗艳压群芳，聪明过人，“不肯轻意许人，所以耽误到如今”罢了。

那傅试是“安心仗着妹妹要与豪门贵族结姻”，薛姨妈也是一心仗着女儿要在贾府过活一辈子。起先来京只说暂住，后来这话更不提起，梨香院搬进小戏子，薛家可以搬到偏院住，连儿子娶亲都仍住在贾府，这可成何体统?

由此种种，可以看出，傅秋芳其人，正是宝钗的一个缩影，是典型的金派女儿。倘若下文还有提及，她的命运最好也不过是嫁给某权贵做填房罢了，便如同邢夫人、尤氏的例子是一样的。

这样的一个人，大可看作是宝钗的一个替身儿。虽然未在前八十回中正式出场，然而关于人物介绍却相当隆重，且是借由怡红公子的视角托出，是明明白白的“在石兄处挂号”。

她又姓傅，可见恰是副册人物了。

第三十六回
绣鸳鸯梦兆绛芸轩　识分定情悟梨香院

宝钗对宝玉的感情怎么样

宝钗艳冠群芳，占花名时抽的乃是牡丹花，批语说“任是无情也动人”。然而她对宝玉其实是有情的，只是大多时候，她更重礼罢了。

第二十八回“薛宝钗羞笼红麝串”中说，宝钗“因往日母亲对王夫人等曾提过‘金锁是个和尚给的，等日后有玉的方可结为婚姻’等语，所以总远着宝玉”。

然而事实上，一大早来绛芸轩探看的是她，大半夜往怡红院赖着不走的也是她，落得晴雯抱怨：“有事没事跑了来坐着，叫我们三更半夜的不得睡觉！”

但宝钗又确是知书重礼识大体的闺秀，为何会有这般逾分的举动呢？只能说，她是真情流露，一时失态了。

这失态不是偶然的，根源恰在所谓“总远着宝玉”的第二十八回，元春赐端午节礼，独给宝玉和宝钗的是一样，黛玉同余姐妹则降一等，这分明有赐婚之意。

一方面宝钗领了赏赐后多少有些害羞不好意思，所以面子上故意做些举动出来远着宝玉；另一方面却又心下暗喜，所以会毫不介意地把红麝串戴了出来，宝玉对着她雪白的膀子看直了眼的时候，她固然羞涩，却并未嗔怒，已可见心思一斑。而这心思一旦萌发，就如雨后春笋，日渐茁壮起来。

宝钗的形象是乐羊子妻，原有“停机之德”的，相夫理家是平生第一要事。既然有了这个“准未婚妻”的自我定位，从此就对宝玉有了劝谏之心，怜惜之意。

第三十二回中，袭人说宝钗也曾劝过宝玉仕途经济的话，宝玉却拔脚就走，从此倒跟宝姑娘疏远了；然而宝钗不以为意，过后仍是一样相待，只当没事人的一般。这就是因为宝钗在心里已经当宝玉是亲人了，所以格外宽容，且以劝谏宝玉为己任，连香菱学诗，她都要趁机说：“你能够像他这苦心就好了，学什么有个不成的。”

第三十二回中写宝玉和湘云论麒麟的事后有一段描写：

> 原来林黛玉知道史湘云在这里，宝玉又赶来，一定说麒麟的原故。因此心下忖度着，近日宝玉弄来的外传野史，多半才子佳人都因小巧玩物上撮合，或有鸳鸯，或有凤凰，或玉环金珮，或鲛帕鸾绦，皆由小物而遂终身。今忽见宝玉亦有麒麟，便恐借此生隙，同史湘云也做出那些风流佳事来。因而悄悄走来，见机行事，以察二人之意。

作者正写黛玉，侧写宝钗，其实一石二鸟，正话反说。

那黛玉担心宝玉和湘云“借此生隙”“做出那些风流佳事来”，故而走来“见机行事”。宝钗又何尝不是这样想?

因此宝黛诉情之后，袭人正因宝玉之语发呆，却见宝钗摇摇地走来，口里说：“宝兄弟这会子穿了衣服，忙忙的那去了？我才看见走过去，倒要叫住问他呢。他如今说话越发没了经纬，我故此没叫他了，由他过去罢。”

但她此行分明是往怡红院来找宝玉，不过是看见宝玉出去了，叫也白叫，才故意放行的，接下来的一句话就透露了心：“云丫头在你们家做什么呢？”——这才是宝钗前来的真正用意，也是跟黛玉一样，唯恐宝玉同湘云借着金麒麟生隙，故而走来“察二人之意”。谁知恰好宝玉走了，袭人又说起托湘云做针线的事来，宝钗趁机拉拢，主动提出帮忙的话来——这才是真正的“见机行事”。

当天下午，发生了一件大事，就是宝玉挨打。宝钗关心情切，亲自送药来。此前宝玉因怕袭人劝，在袭人问其挨打缘故时，叹气含糊说：“不过为那些事，问他做什么！”但袭人还是要劝：“你但凡听我一句话，也不得到这步地位。”

余音未了，宝钗又来了句“早听人一句话，也不至今日”，这番腔调太像袭人了，连蒙府本侧批也说：“同袭人语。”然而那袭人是什么人？是贾母给了宝玉，王夫人又明白拨出二两银子一吊钱抬举她做姨娘的，虽然没有名分，但是满园里上上下下都知道她是宝玉的人。如今宝钗的心理也是一样，因了元春赐端午节礼而自以为“明公正道”起来。

所谓袭为钗副，此段尤为点睛。

宝钗送药回来，因向薛蟠询问琪官一事，薛家母女兄妹三人闹了一场，薛蟠大声喊出：“好妹妹，你不用和我闹，我早知道你的心了。从先妈和我说，你这金要拣有玉的才可正配，你留了心，见宝玉有那劳什骨子，你自然如今行动护着他。”

这番话虽然粗鲁，然而知妹莫若兄，倒是一番大白话。且侧面见出薛姨妈日常在家言语，竟是时时把“金玉姻缘”提在口中的，那宝钗耳濡目染，每天接受着这样的心理暗示，如今又得了元妃赏赐，等于是“过了明路了”，也就难怪会心意日坚，把自己看成宝玉的未婚妻，到了第三十六回时，已经不避嫌疑，长驱直入，坐在宝玉身边绣起兜肚来了。

当时正值炎暑正午，连怡红院的两只仙鹤都睡了，丫鬟们也是横三竖四地睡熟了，按理说宝钗见此情形就该回避，因为这很明显不是来访的时机。文中说她原是寻宝玉说话以解午困的，可是进来看到人家已经睡了，而且是穿着银红纱衫子四仰八叉地随便睡在床上，袭人坐在一旁绣兜肚。

这时候，宝钗实在没理由再进来，可她偏偏长驱直入，把袭人都吓了一跳。更过分的是，当袭人托词脖子酸要出去走走，也可能是小解的时候，宝钗本该一起出来。可是不，她就势一矮身坐在了袭人坐的地方，干起了袭人干的事，拿起宝玉的兜肚绣起鸳鸯来。

那可是兜肚呀，宝玉的贴身亵衣，何等隐秘的物事。按说宝钗这样自重身份的一个大家闺秀，看一眼都该别过脸儿去才对，怎么倒亲手绣了起来呢？况且孤男寡女独处一室，男人又正在睡觉，还穿着睡衣，女人坐在旁边绣兜肚，成何体统？

但是宝钗硬是做得理直气壮，原因就是她心里面已经认定自己是宝玉的未婚妻子，妻子给丈夫绣兜肚，很应该。所以才本能地坦荡，心无杂念，正是因为胸有成竹罢了。

那袭人同宝玉偷试云雨情，原是知道自己是贾母与了宝玉的，“今便如此，亦不为过”；而宝钗自得了红麝串，亦觉得自己是元春许了宝玉的，因此会说着袭人的话，做着袭人的事，内心之中，大约也是觉得“今便如此，亦不为过”吧？

但是偏偏宝玉不认可这种心理，连梦里也要喊出来：“和尚道士的话如何信得？什么是金玉姻缘，我偏说是木石姻缘！”

此处“木石姻缘”指的是神瑛侍者与绛珠仙草的三生石畔旧因缘，今生的宝玉是不可能知道的，所以只有在梦中喊出，才显得亦真亦幻，情之必有，理之必无。

宝钗怔住了，因为前面一句话分明是说她的，宝玉不认可和尚道士的传言，也不认可金玉姻缘，这已经够让她惊心的了；况又提起什么木石姻缘来，那又是什么意思呢？宝钗也是来自太虚幻境的，是警幻仙子布散相思时跟随下凡的一干情痴孽种，前世里模糊记忆或许也是知道神瑛绛珠之约的，此时恍恍惚惚，若有所悟，也未可知。

因此这一句“不觉怔了”大有文章。

然而曹雪芹的笔法，每每写宝黛时直抒胸臆酣墨淋漓，而写宝钗时则多用曲笔隐笔，即使写到心理也多半言不由衷，正合了宝钗连自己也不能真正面对的道学脾性。因此这里只含糊一点“怔了”便收住，留下多少空间让宝钗与读者深思缱绻，回味再三。

宝钗的思索是被袭人打断的，遂向她说了二两银子的缘故。两个人虽未明言，此时却早已结了同盟，自谓将来是要妻妾共事，同绣鸳鸯的了。

可悲的是，这绣鸳鸯的两个人，一个与宝玉有实无名，虽然初试云雨，终究琵琶别抱；一个与宝玉有名无实，虽然举案齐眉，终究心事成空。

如果鸳鸯有知，大概会说：早知不能成双，何必多事绣我？

第三十七回
秋爽斋偶结海棠社　蘅芜苑夜拟菊花题

海棠诗社

第三十七回大观园起诗社，写得妩媚风流，婉转俊逸，是我自小最爱的一章，做梦都想着有那样一群玩伴陪我吟诗作赋，评古论今。

诗社发起人乃是三姑娘贾探春，这也是探春的第一次崭露头角，为将来的“兴利除宿弊”埋下引线。

巧妙的是开篇先说贾政点了学差，虽然三言两语收结，然而起笔已使得园内园外有了两重天地。

学差，又称学台、学政，古代学官名，专管科举教育的，与巡抚、巡按同属正三品。

贾政以员外郎之位点了学差，去外面负责男人们的科举考试了；而女儿探春则做了大观园的学差，发起海棠社，办起女儿们的诗词比赛了，岂不有趣？

正如探春书帖中所云：

孰谓莲社之雄才，独许须眉；直以东山之雅会，让余脂粉。

此处连用了两个典故，前面是说东晋高僧慧远在庐山东林寺创立白莲社，是佛教净土宗最初最有名的结社，曾经书招陶渊明，所以此处援引为典；后面是说大诗人谢安曾经隐居东山，与王羲之等名流高僧偕游山水，聚会言咏。

此处连用两个晋人典故，再次表现出作者对于魏晋风流的仰慕。而探春以花笺招众人的行为，本身就充满了诗性：一则效仿慧远法师书招陶渊明；二则使用了才女薛涛所制花笺，骈散相间，写得清丽潇洒。其文、其笺、其行、其议，无不雅极韵极！

她且说："我不算俗，偶然起个念头，写了几个帖儿试一试，谁知一招皆到。"可见是给每人都写了一封花笺，内容大同小异，文中只选了宝玉"以鲜荔并真卿墨迹见赐"的一封为例，是与后文写晴雯取碟子及探春房中布置遥遥相映，十分巧妙省笔。

更重要的是，这段文字也再次与宝玉的人生哲学相照应，表现了他不爱功名却喜爱诗词的天性。起诗社，宝玉最为兴奋，呼吁说："这是一件正经大事，大家鼓舞起来。"

——原来这才是宝玉心中的正经大事！而众人各自取号时的言语，更让人不能不想起"竹林七贤"的典故来。

在宝钗等眼中，科举求仕为官做宰才是经济学问，而在宝玉眼中，像陶潜、阮籍那样闲云散淡一辈子，才叫作不负此生！

众人各自取了号，又议定了开社周期，探春快人快语，当下便要先开一社，请李纨出题，迎春限韵，惜春监场——都只是一句话的事儿，其实这三人并没有做什么，却各派了差使职衔，让每个人有个名分，此为探春会做人处，益发看出其管理之能。

于是李纨命以白海棠为题，迎春限韵，书中写得特别详细：

> 迎春道："既如此，待我限韵。"说着，走到书架前抽出一本诗来，随手一揭，这首竟是一首七言律，递与众人看了，都该作七言律。迎春掩了诗，又向一个小丫头道："你随口说一个字来。"那丫头正倚门立着，便说了个"门"字。迎春笑道："就是门字韵，'十三元'了。头一个韵定要这'门'字。"说着，又要了韵牌匣子过来，抽出"十三元"一屉，又命那小丫头随手拿四块。那丫头便拿了"盆、魂、痕、昏"四块来。宝玉道："这'盆''门'两个字不大好作呢！"

这位二小姐难得亮相，却事事都显得这么没主意，限个韵都是让丫鬟随口说个字定韵，又在架上抽本书随手一翻，是首七律，便让大家做七律——只是一件极小的事，也是听天由命的做派。

这里且说“门”字。律诗的韵脚一律是平声字，而在平水韵中阴平阳平合计共有三十部，门字属于十三元的韵部，于是由字定韵，韵脚都须在十三元中选字；这韵匣子就是十三元中所有的字，结果选出了“盆、魂、痕、昏”四个字来，显见首句也必须入韵。

这已经是限韵作诗的最高要求了，不但限定了韵部，连韵脚用字也都限定了，而且还要根据诗人的不同身份性情写出不同风格气质的律诗来，可谓是大观园起社中题目最难的一次，也是曹雪芹的一种炫技之作。

《红楼梦》中凡诗词谜语，多半贴合其作者本人身份，这几首《白海棠诗》也不例外。

探春诗中说“玉是精神难比洁”固然是自贵身份，而“芳心一点娇无力”，更是让我们想起她出灯谜写风筝的“游丝一断浑无力，莫向东风怨别离”。

宝钗的起笔“珍重芳姿昼掩门”便见其性情，“淡极始知花更艳”更是自身写照，与其“罕言寡语，人谓藏愚；安分随时，自云守拙”的考语最像。

林黛玉的诗措辞清雅，玲珑剔透，正可谓“心较比干多一窍”。然而诗以立意为上，孔子说：“温柔敦厚，诗教也。”所以稻香老农评此为冠军，并不为过。

而作为压卷之作的史湘云两首，措辞立意其实都算不得最佳，胜在句句都是夫子自道，正因为“等不得推敲删改”，反而更宜得窥天机。

“自是霜娥偏爱冷。”脂批说“又不脱自己将来形景”，可见湘云未来的命运是守寡。而“花因喜洁难寻偶”“幽情欲向嫦娥诉”等语，都是在不断渲染这层意思。

好一个脂浓粉艳的海棠社，暗喻的原来还是脂粉凋零啊。

怡红院的喁喁闲话

第三十七回中，大观园的公子小姐们起社吟诗，是极雅极韵的一回，两次诗社间，插叙了怡红院诸丫鬟的一番家常闲话，与主子的话题恰恰相反，却充满了生活气息。最重要的是，信息量极大地包含了许多前情后事，琐细隐文。

起因是袭人要拿碟子盛东西与史湘云送去，却见槅子上碟槽空着。文字流利自然，仿佛真有一个怡红院，百宝槅子上依各瓶盏抠成槽子，缠丝白玛瑙碟子也好，联珠瓶也好，都有各自固定的位置。所以槽子空了，便知道碟子不见了。

晴雯遂说，是给探春送荔枝去了。因荔枝是红的，配上白玛瑙碟子最是好看，可见宝玉之审美情趣，送荔枝时连盛果的器皿都要讲究。而探春也正有这种雅致，非常领情且懂得欣赏，遂让连碟子一起先放着。

这正和前文探春花笺中所言“兼以鲜荔并真卿墨迹见赐”相照应，证明确实是宝玉前几日送去的。

因为碟子，便又扯出联珠瓶来，因为瓶子，秋纹又说起宝玉送花的事来：

> 提起瓶来，我又想起笑话。我们宝二爷说声孝心一动，也孝敬到二十分。因那日见园里桂花，折了两枝，原是自己要插瓶的，忽然想起来说，这是自己园里的才开的新鲜花，不敢自己先顽，巴巴的把那一对瓶拿下来，亲自灌水插好了，叫个人拿着，亲自送一瓶进老太太，又进一瓶与太太。谁知他孝心一动，连跟的人都得了福了。可巧那日是我拿去的。老太太见了这样，喜的无可无不可，见人就说：“到底是宝玉孝顺我，连一枝花儿也想的到。别人还只抱怨我疼他。”你们知道，老太太素日不大同我说话的，有些不入他老人家的眼的。那日竟叫人拿几百钱给我，说我可怜见的，生的单柔。这可是再想不到的福气。几百钱是小事，难得这个脸面。及至到了太太那里，太太正和二奶奶、赵姨奶奶、周姨奶奶好些人翻箱子，找太太当日年轻的颜色衣裳，不知给那一个。一见了，连衣裳也不找了，且看花儿。又有二奶奶在旁边凑趣儿，夸宝玉又是怎么孝敬，又是怎样知好歹，有的没的说了两车话。当着众人，太太自为又增了光，堵了众人的嘴。太太越发喜欢了，现成的衣裳就赏了我两件。衣裳也是小事，年年横竖也得，却不像这个彩头。

一番连说带笑，不但讲了送花打赏的全过程，而且把贾母、王夫人、凤姐三个人的情态都形容了一番，写出贾母之宠溺宝玉，王夫人赏袭人旧衣裳，凤姐一贯会奉承种种形状，真是一语关七，面面俱到。

因秋纹说“不知给那一个”，便又引出晴雯的冷嘲暗讽来：“要是我，我就不要。若是给别人剩下的给我，也罢了。一样这屋里的人，难道谁又比谁高贵些？把好的给他，剩下的才给我，我宁可不要，冲撞了太太，我也不受这口软气。”

秋纹说：“那怕给这屋里的狗剩下的，我只领太太的恩典，也不犯管别的事。”得意之色溢于言表，却不妨伤了旁人。

于是众人乐得捡了笑话：“骂的巧，可不是给了那西洋花点子哈巴儿了。”

说袭人是“西洋花点子哈巴儿”，一则说她花头大，会摇尾谄媚，二则也是讽刺她翻脸就咬人，所以说是“骂的巧”。

秋纹原不知是袭人，吓得赶忙讨好：“原来姐姐得了，我实在不知道。我赔个不是罢。”

袭人并不肯接茬儿，却又回复到取缠丝白玛瑙碟的事上来，不脱管理者身份；而麝月是她的好助手，便也提醒说：“那瓶得空儿也该收来了。老太太屋里还罢了，太太屋里人多手杂。别人还可以，赵姨奶奶一伙的人见是这屋里的东西，又该使黑心弄坏了才罢。太太也不大管这些，不如早些收来正经。”——淡淡两句话便又添出一宗事儿来，把王夫人房中赵姨娘素日所为带了出来。

这番闲谈中，表面上说的是缠丝白玛瑙碟子和联珠瓶，却隐了宝玉派晴雯给探春送荔枝、秋纹跟着给贾母和王夫人送花得彩头、王夫人赏袭人衣裳、王熙凤凑趣、赵姨娘深妒怡红院、秋纹前些日子病了回家等等人物细事，可谓一树繁花，妙趣横生。

最难得的，是这一回中怡红院四大丫头袭人、晴雯、秋纹、麝月，四个人都在场，都有发言，但语气神情态度，各不相同。

晴雯为了二两银子的事，对袭人越发妒意轻蔑，形容是“装神弄鬼”，连王夫人也骂在里面；袭人说：“你们这起烂了嘴的！得了空就拿我取笑打牙儿。一个个不知怎么死呢。”听上去只是玩笑，从晴雯的未来命运看，还真不是一句闲话；麝月一贯的细心周到，同时观察入微，对赵姨娘心机洞若观火；

而秋纹的形象在前文中一直是模糊的，至此回方渐见丘壑， 左一句“再想不到的福气”，右一句“难得这个脸面”，一副小老鼠偷到油吃的嘴脸透纸而出，整个人乐得飘飘的，但同时却透露出一个信息：贾母素来不大理她，“有些不入他老人家的眼”。

那么，贾母为什么看不上她呢?

一则呢，贾母是最重颜值的。秋纹的形象算不得出众，虽然全书中没有明确描写秋纹的长相，但是这里说她“可怜见的，生得单柔”，可想而知是小个子，五短身材，小鼻子小眼的，全不出色。

再则呢，她的言行做派显然粗俗而轻狂，一副小人得意的样子，色艺德行样样不出色，怎么可能入得了贾母的眼呢?

晴雯被逐出园后，宝玉曾问袭人：“怎么人人的不是太太都知道，单不挑出你和麝月秋纹来？”又自问自答说，“你是头一个出了名的至善至贤之人，他两个又是你陶冶教育的，焉得还有孟浪该罚之处！”可见麝月、秋纹都是袭人党羽，但是麝月为人厚道，很有自己的主见立场；秋纹却只是一味地欺软怕硬，见风使舵，有些小眉小眼小家子气的。

怡红院四大丫鬟，三个都是同声联气，只有晴雯是个特例，从不认可袭人，所以落了个被撵惨死的结局；四儿是宝玉同袭人拌嘴时提拔上来的，自然要报仇；芳官和宝玉太亲密了，完全是小一号晴雯，也要逐之而后快。

袭人说：“一个个不知怎么死呢。”但最终自己也是离开了。

曲终人散时，倘若再想起今日斗口取乐事，不知该作何感想?

第三十八回
林潇湘魁夺菊花诗　薛蘅芜讽和螃蟹咏

美轮美奂的螃蟹宴

孔子说："不时不食。"意思就是说吃东西要按季节时令，什么季节吃什么东西。所以春天时，宝钗和探春议事馋了，打发丫头去厨房点了份油盐炒枸杞芽儿，取其新鲜清爽；端阳炎暑，宝玉挨了打，最想吃的是小荷叶莲蓬汤；大冬天，群钗赏雪联诗，湘云惦记着支炉子烤鹿肉，贾母来凑兴时，凤姐劝说："我已预备下希嫩的野鸡，请用晚饭去，再迟一回就老了。"这都是食得其时。

贾府乃是钟鸣鼎食之家，于节令礼仪上格外注重，不仅讲究吃和玩，吃得当节当令，玩得雅俗共赏，还要讲究选地方，讲方式，不只吃美食，更要吃心情，把所有的节日都过得有滋有味，妙趣横生。

古人说："春在花榭，夏在乔林，秋在高阁，冬在温室。开琼筵以坐花，飞羽觞而醉月。"设宴环境很重要，春夏秋冬的筵席之地各不相同。贾府设宴便是这样，赏月要在凸碧山庄，赏雪要在芦雪广，赏桂要在藕香榭。

第三十八回的螃蟹宴，是书中浓墨重彩写得最活色生香引动馋虫的一回。时在重阳，吃在水阁，又对着两棵桂花树，持螯赏菊，就更加雅致尽兴了。

同时，这里也可见凤姐管家之能，审美之高。贾母问在哪里，王夫人说："凭老太太爱在那一处，就在那一处。"这话听上去恭谨，实则说了等于没说，是不动脑人的口头语。而王熙凤不愧是做事的人，早已经有预见有心思地安排下了："藕香榭已经摆下了。那山坡下两颗桂花开的又好，河里的水又碧清，坐在河当中亭子上岂不敞亮，看着水眼也清亮。"

于是众人"咯吱咯吱"地过了竹桥，来到水中亭榭，既是游园，又是赏花，美味美景，真是令人馋涎欲滴。

宴赏之先，还特地让史湘云先念了遍亭上的黑漆嵌蚌对联：

芙蓉影破归兰桨；菱藕香深写竹桥。

这对子显然由王维“竹喧归浣女，莲动下渔舟”幻化而来，轻巧灵动，让这次饮宴更加有文化了。

这席螃蟹宴由史湘云做东、薛宝钗赞助，时间不详。但是隔不几回写刘姥姥游大观园，因巧姐儿着了凉，凤姐命彩明念《玉匣记》，念的是八月二十五日，于东南遇花神。按照这个日子倒推下来，螃蟹宴这天应是八月二十三。

可是第三十七回开篇说贾政点了学差，于八月二十日离京，合家送到洒泪亭。宝玉光阴虚度，岁月空添，然后才是探春兴建海棠社，紧接着有了这菊花宴，怎么看也不会只过了两三天的样子。

不过《红楼梦》里的时间惯做不得准，只能确定是在秋季菊黄蟹肥之季。不过，宝钗先是在两首菊花诗里说：“谁怜我为黄花病，慰语重阳会有期。”“莫认东篱闲采掇，粘屏聊以慰重阳。”接着讽和螃蟹咏时又说：“桂霭桐阴坐举觞，长安涎口盼重阳。”——接二连三提及“重阳”，可见这螃蟹宴的日子即便不是九月初九，也是前后几天。

螃蟹宴的缘起是湘云一片兴头地加入诗社，先就要做个东道，可是大话说出去了才想起不知这笔请客钱从哪里腾挪。宝钗一心拉拢湘云，不但一片真心体谅她拿不出钱做东的难处，且代为谋虑妥当，出钱出力筹办螃蟹宴助其过关：

这个我已经有个主意。我们当铺里有个伙计，他家田上出的很好的肥螃蟹，前儿送了几斤来。现在这里的人，从老太太起连上园里的人，有多一半都是爱吃螃蟹的。前日姨娘还说要请老太太在园里赏桂花吃螃蟹，因为有事还没有请呢。你如今且把诗社别提起，只管普通一请。等他们散了，咱们有多少诗作不得的。我和我哥哥说，要几篓极肥极大的螃蟹来，再往铺子里取上几坛好酒，再备上四五桌果碟，岂不又省事又大家热闹了。

宝钗此举实在大方周到，一举三得：一则替薛家请贾母一聚，反正螃蟹是现成之物，几桌席面对薛家来说只是区区小菜，而请贾母却是一件大事，难得有面子的；二则帮了湘云，深得其感激，又开了诗社，大家高兴；三则虽是由湘云出面做东，然而园中上上下下自然都知道其实是宝钗帮衬，这人情全做在了表面上，一点儿不浪费。

所以这次螃蟹宴排场甚大，从贾母到体面丫鬟都请到了，府中上下没有不感念宝钗大方恩厚的，宝钗向二奶奶的宝座又前进了一步。

苏州人吃螃蟹是相当讲究的，还专门备有特殊工具“蟹八件”。贾府中人会不会使用蟹八件没有提，但是吃蟹后，要烫了“合欢花浸的酒”，用“乌银梅花自斟壶”倒在“小小的海棠冻石蕉叶杯”里，又用“菊花叶儿桂花蕊熏的绿豆面子”来洗手，真是精致风雅得紧。

同时，借着吃蟹说笑，又将各人性情面面俱到地点评一番，上自贾母、薛姨妈，下至鸳鸯、平儿等丫鬟，各有各吃相。比如螃蟹性寒，故而凤姐吩咐烫滚酒，要姜醋，以此祛寒。贾母嘱咐湘云：“别让你宝哥哥林姐姐多吃了。……你两个也别多吃。那东西虽好吃，不是什么好的，吃多了肚子疼。”

但是凤姐却偏偏吃不够，不但吃蟹黄时特别强调：“多倒些姜醋。”后来还打发平儿专门多要了十个大的，还特意声明：“多拿几个团脐的。”也就是母蟹，可见多喜欢吃蟹黄。

从口味见性情，也是《红楼梦》特有的笔法。所以黛玉会选海棠杯来喝酒，凤姐吃蟹要多倒些姜醋，而宝钗会宴后余香，写出了咏蟹绝唱。

今天的我们，越来越贪吃，张口闭口舌尖上的人生，却吃得粗糙而鄙俗。螃蟹易得，“菊花叶儿桂花蕊熏的绿豆面子”何在？纵有替代的风雅方子，却又去哪里寻得志同道合之十二钗红翠相伴，共度美景良辰呢？

贾母对这次蟹宴显然也是满意而难忘的，隔了两日，宴请刘姥姥时，特地安排伶女们坐在藕香榭中，自己反在岸上缀锦阁底下，因为又近又宽敞，“借着水音更好听”。

这与凤姐选在藕香榭赏桂正是异曲同工，隔岸对峙。两人审美要求如此一致，难怪贾母那么喜欢凤姐了。

鸳鸯心底的秘密

鸳鸯的第一次出场，在第二十四回开篇：

> 如今且说宝玉因被袭人找回房去，果见鸳鸯歪在床上看袭人的针线呢，见宝玉来了，便说道："你往那里去了？老太太等着你呢，叫你过那边请大老爷的安去。还不快换了衣服走呢。"袭人便进房去取衣服。宝玉坐在床沿上，褪了鞋等靴子穿的工夫，回头见鸳鸯穿着水红绫子袄儿，青缎子背心，束着白绉绸汗巾儿，脸向那边低着头看针线，脖子上戴着花领子。宝玉便把脸凑在他脖项上，闻那香油气，不住用手摩挲，其白腻不在袭人之下，便猴上身去涎皮笑道："好姐姐，把你嘴上的胭脂赏我吃了罢。"一面说着，一面扭股糖似的粘在身上。鸳鸯便叫道："袭人，你出来瞧瞧。你跟他一辈子，也不劝劝，还是这么着。"袭人抱了衣服出来，向宝玉道："左劝也不改，右劝也不改，你到底是怎么样？你再这么着，这个地方可就难住了。"一边说，一边催他穿了衣服，同鸳鸯往前面来见贾母。

此一段写鸳鸯，不提眉眼，只写装束，只知道皮肤白腻，又是香油又是胭脂，可知擅妆扮；后来邢夫人提亲时，又写她"穿着半新的藕合色的绫袄，青缎掐牙背心，下面水绿裙子。蜂腰削背，鸭蛋脸面，乌油头发，高高的鼻子，两边腮上微微的几点雀斑"，这才涉及正面，可人儿一个，身材、皮肤、脸蛋都好。

然而这个可人儿，在拒婚立誓后虽然洁身自好，不苟言笑，之前却是娇嗔多情，不拘小节的。宝玉见了她，又是凑在脖颈上闻香，又是不住用手摩挲，又是猴上身涎皮求欢，她居然都默忍了，直到他"扭股糖似的粘在身上"，这才有所反应，且不是正色拒绝，而只是向袭人发话，说"你跟他一辈子，也不劝劝"。并不为宝玉的非礼着恼，倒是怕袭人吃醋的意思。

她和袭人关系匪浅，自然知道她同宝玉的私心私情，是要"跟他一辈子"的。所以这番话里有试探的意思，待见袭人出来叹道"你再这么着，这个地方可就难住了”，也自明白不可能分一杯羹，遂打消主意。而后来因贾赦说她“多半是看上了宝玉，只怕也有贾琏”，为了表白真心，她更是从此刻意同宝玉疏远起来。

但从上面这段描写看来，贾赦的怀疑不算冤枉了鸳鸯。此前宝玉的确是与她熟腻不拘礼的，而鸳鸯似乎也并不反对这等狎昵，烟视媚行，怪不得别人说闲话。贾赦猜测鸳鸯拒婚是因为“多半看上了宝玉，只怕也有贾琏”，一则可以侧面看出整个荣国府丫鬟们的普遍心态，二则也有可能就是对鸳鸯素昔行为交际有所耳闻。

便是贾琏，也不算空穴来风，前文早已埋下伏笔，在第三十八回螃蟹宴上，凤姐出席来，曾与鸳鸯有一番嘲笑戏谑——

> 鸳鸯笑道：“好没脸，吃我们的东西。”凤姐儿笑道：“你和我少作怪。你知道你琏二爷爱上了你，要和老太太讨了你做小老婆呢。”鸳鸯道：“啐，这也是作奶奶说出来的话！我不拿腥手抹你一脸算不得。”说着赶来就要抹。凤姐儿央道：“好姐姐，饶我这一遭儿罢。”琥珀笑道：“鸳丫头要去了，平丫头还饶他？你们看看他，没有吃了两个螃蟹，倒喝了一碟子醋，他也算不会揽酸了。”平儿手里正掰了个满黄的螃蟹，听如此奚落他，便拿着螃蟹照着琥珀脸上抹来，口内笑骂“我把你这嚼舌根的小蹄子！”琥珀也笑着往旁边一躲，平儿使空了，往前一撞，正恰恰的抹在凤姐儿腮上。凤姐儿正和鸳鸯嘲笑，不防唬了一跳，嗳哟了一声。众人撑不住都哈哈的大笑起来。凤姐也禁不住笑骂道：“死娼妇！吃离了眼了，混抹你娘的。”平儿忙赶过来替他擦了，亲自去端水。鸳鸯道：“阿弥陀佛！这是个报应。”

从这一段可见，鸳鸯于贾琏的情愫，与她和宝玉的暧昧又不同，这直接是由贾琏正妻、荣府小当家王熙凤玩笑点破的。

这只是凤姐的随口打趣还是真有其事呢？贾琏喜欢鸳鸯吗？

很有可能。凤姐是荣府内当家，虽然喜欢戏谑，却不是说废话的人，每次玩笑都有其目的和意义。比如她敢打趣宝玉和黛玉，那是因为深知贾母的心思；而如今打趣鸳鸯，有两个可能，一则这真是贾琏的心思，二则是在试探鸳鸯的态度。

可以想象，荣府上下里关于鸳鸯与贾琏的闲话，可能本来就不少。

想想也很合理，那鸳鸯是贾母身边第一得意之人，可以当贾母半个家的，平日里与贾琏、凤姐这对内外当家时常来往，免不了同甘共苦，惺惺相惜。凤姐过生日，尤氏商议操办之事，都要先找鸳鸯拿主意。可以说，鸳鸯就是老太太的一把总钥匙，一根龙头杖，拿下了鸳鸯，就等于拿下了荣府老祖宗的尚方宝剑。

李纨虽不管家却知理财，冷眼旁观得最清楚，客观评价也最公道："老太太那些穿戴的，别人不记得，他都记得，要不是他经管着，不知叫人诓骗了多少去呢。"

后来老太太发怒时也说过："你们原来都是哄我的！外头孝敬，暗地里盘算我。有好东西也来要，有好人也要，剩了这么个毛丫头，见我待他好了，你们自然气不过，弄开了他，好摆弄我！"——虽是怒极之语，未必没有所指。贾赦谋娶鸳鸯为妾，除了看上鸳鸯的模样人品，九成也有通过鸳鸯谋夺贾母财物的打算——后来贾琏向鸳鸯借当，邢夫人知道了立刻来敲竹杠，便可见一斑。

贾赦、邢夫人会有这样的心思，李纨会有这样的猜量，贾琏、王熙凤这么精于敛财计算的人，自然也会有所思索，故而才会当着众人的面半真半假地开玩笑说贾琏要娶鸳鸯做二房。

而鸳鸯听了这话，虽然又羞又恼，却不是真的翻脸，可见并不介意，真成了也未尝不是一桩好事。鸳鸯虽然见多识广，然而待在侯门深户，真正见过的年轻男人却不多，贾琏已经算其中的佼佼者，一来二往的，未必心中无意。况且若是嫁了贾琏，就可以长久待在荣国府，与凤姐一同服侍贾母，管理贾家，未尝不是件好事。凤姐虽醋，对她不错，看在老太太面上倒不至于给自己苦头吃；平儿更是同自己交好，三人联手，倒可免闲花野草外虞——没有她，也有尤二姐，也有秋桐，又怎么防得过来呢？

这的确是一副好算盘。就在凤姐看来，也觉得若贾琏娶了鸳鸯这个贾母亲信，自己三人在府中的地位就更牢固了。毕竟她不是贾政、王夫人的亲儿媳，是客居主位，将来宝玉娶了亲，自己未必还坐得稳当家人的位子；但有了鸳鸯这个臂膀，就等于多买了一份保险，在荣国府的地位就更牢了，又深知鸳鸯性情，不是抓尖卖乖的风月之人。男人三妻四妾是平常，若是令贾琏收了鸳鸯为妾，也正如自己把平儿送上一样，既可买得好名声，又可防着贾琏在外胡为，且不怕鸳鸯作乱，如此三重好处，何乐而不为？

因此凤姐才会在螃蟹宴上当着众人的面半真半假地开玩笑，说琏二爷看上了鸳鸯，要娶她做二房，分明是投石问路；而鸳鸯听了这话，虽然羞恼，却未在意，仍和凤姐有说有笑，可见心里也是愿意的，至少并不以为忤。

只可惜，半路杀出个程咬金，贾赦的一番搅和惊散了鸳鸯梦，逼得鸳鸯当众赌誓，自言终身不嫁。

为了拒绝贾赦的淫威，鸳鸯当众赌誓，然而那誓言也奇怪得很：

> 因为不依，方才大老爷越性说我恋着宝玉，不然要等着往外聘，我到天上，这一辈子也跳不出他的手心去，终久要报仇。我是横了心的，当着众人在这里，我这一辈子莫说是“宝玉”，便是“宝金”“宝银”“宝天王”“宝皇帝”，横竖不嫁人就完了！就是老太太逼着我，我一刀子抹死了，也不能从命！

这番话说得虽然激昂，却有玄机——那鸳鸯转述大老爷之言时，只提到他说自己“恋着宝玉，不然要等着往外聘”，却绝口不提贾琏。赌咒时也只说“宝玉”“宝银”“宝天王”“宝皇帝”，口口声声不离“宝”字，却不关“琏”事。

莫不是，贾赦说他“多半看上了宝玉”是委屈了她，“或者也有贾琏”倒是说准了心思？

越是避忌，越是见私，这恰恰泄露了鸳鸯心底的秘密，本来确实是有着贾琏的。

抗婚之后，鸳鸯对宝玉冷言冷面，敬而远之，宝玉穿上了雀金裘，没话找话地赶着她说：“好姐姐，你瞧瞧，我穿着这个好不好。”她也是一甩手走开。唬得宝玉此后见了她绕道走，听见她和袭人歪在炕上说话都不敢进屋，生怕“我这一进去，他又赌气走了”，宁可大冷天里露天地里小解。可谓体贴宽容之至。可惜鸳鸯不领情，见了他还是不理不睬。

然而另一方面，却并不见她冷落贾琏，拒婚一幕还未揭过，贾琏便来触霉头，平白被贾母训了两句，说他：“就忙到这一时，等他家去，你问多少问不得？那一遭儿你这么小心来着！又不知是来作耳报神的，也不知是来作探子的，鬼鬼祟祟的，倒唬了我一跳。什么好下流种子！你媳妇和我玩牌呢，还有半日的空儿，你家去再和那赵二家的商量治你媳妇去罢。”

这种话题，此时正该是鸳鸯回避的，然而她非但不装作听不见看不见，反而主动笑道：“鲍二家的，老祖宗又拉上赵二家的。”逗得贾母笑了，也就替贾琏解了围。

第七十二回中，她更是有担当肯仗义，不但与贾琏无避无忌，甚至还替他担责任，偷贾母的东西当当儿——

贾琏已走至堂屋门，口内唤平儿。平儿答应着才迎出去，贾琏已找至这间房内来。至门前，忽见鸳鸯坐在炕上，便煞住脚，笑道：“鸳鸯姐姐，今儿贵脚踏贱地。”鸳鸯只坐着，笑道：“来请爷奶奶的安，偏又不在家的不在家，睡觉的睡觉。”贾琏笑道：“姐姐一年到头辛苦伏侍老太太，我还没看你去，那里还敢劳动来看我们。正是巧的很，我才要找姐姐去。因为穿着这袍子热，先来换了夹袍子再过去找姐姐，不想天可怜，省我走这一趟，姐姐先在这里等我了。”一面说，一面在椅上坐下。

照着前面鸳鸯对宝玉避嫌的做法，贾琏回家来，鸳鸯就该站起来告辞才是，然而她却坐着不动，还言笑晏晏地道：“来请爷奶奶的安，偏又不在家的不在家，睡觉的睡觉。”倒有些怨责贾琏冷落她的意思。而贾琏也熟不拘礼，径自在椅子上坐下，先给了一大番阿谀之词，又东拉西扯地说了回佛手来。

关于这蜡油冻的佛手，前文中曾出现在巧姐儿手中，和板儿对换着玩的，此处特地照应来历。贾琏说是“上年老太太生日，曾有一个外路和尚来孝敬的”；鸳鸯说“老太太摆了几日厌烦了，就给了你们奶奶（凤姐）”；平儿说“交过来了，现在楼上放着呢。奶奶已经打发人告诉他们说给了这屋里，他们发昏，没记上”。事情交代得何等清楚明白，正可谓“伏线千里”，巨细无遗，真个难得。贾琏因笑自己“如今竟糊涂了”，鸳鸯笑着安慰：“也怨不得。事情又多，口舌又杂，你再喝上两杯酒，那里清楚的许多。”这话何等体贴亲切，简直熨得贾琏五脏六腑都舒服了。这若是说给宝玉听，不知那位傻爷得感伤激动成什么样了。

说过这句体己话，鸳鸯大概也觉不妥，站起身要走，贾琏忙拦住，说起正题来：

> 贾琏忙也立身说道：“好姐姐，再坐一坐，兄弟还有事相求。”说着便骂小丫头：“怎么不沏好茶来！快拿干净盖碗，把昨儿进上的新茶沏一碗来。”说着向鸳鸯道：“这两日因老太太的千秋，所有的几千两银子都使了。几处房租地税通在九月才得，这会子竟接不上。明儿又要送南安府里的礼，又要预备娘娘的重阳节礼，还有几家红白大礼，至少还得三二千两银子用，一时难去支借。俗语说，‘求人不如求己’。说不得，姐姐担个不是，暂且把老太太查不着的金银家伙偷着运出一箱子来，暂押千数两银子支腾过去。不上半年的光景，银子来了，我就赎了交还，断不能叫姐姐落不是。”鸳鸯听了，笑道：“你倒会变法儿，亏你怎么想来。”贾琏笑道：“不是我扯谎，若论除了姐姐，也还有人手里管的起千数两银子的，只是他们为人都不如你明白有胆量。我若和他们一说，反吓住了他们。所以我‘宁撞金钟一下，不打破鼓三千’。”

和鸳鸯商议，腾挪贾母的家当，这可是大事。然而贾琏和凤姐借当凑钱，为的也是公事，即便贾母知道，也不会在意的。但是有些事宁为人知勿为人见，鸳鸯替贾母应承下来，过后自然会私下里告诉贾母，而贾母也必然私下同意，表面上却装不知道，免得影响太坏。这些高层与中层之间的把戏，能做不能说，实不足为外人道也。

所以这一段，不可看作是鸳鸯真个私挪贾母家当，而只是明白事理，敢于扛事而已。但是传到小人耳中，却未免又生事端。比如邢夫人知道，便自谓得了把柄，特地来闹了一场，借故同凤姐要银子，分明威胁。凤姐背后向平儿叹息："知道这事还是小事，怕的是小人趁便又造非言，生出别的事来。当紧那边正和鸳鸯结下仇了，如今听得他私自借给琏二爷东西，那起小人眼馋肚饱，连没缝儿的鸡蛋还要下蛆呢，如今有了这个因由，恐怕又造出些没天理的话来也定不得。在你琏二爷还无妨，只是鸳鸯，正经女儿，带累了他受屈，岂不是咱们的过失。"

凤姐为人多妒好醋，难得竟对鸳鸯这般信任，也反衬出在此之前，夫妻俩可能也常常背地里聊起鸳鸯，所以说"你琏二爷爱上了你"，并非空穴来风。而贾赦求婚被拒，让这桩婚事再也没人敢提了，之后又赏了秋桐给贾琏，焉知不是对儿子的补偿加警告呢？

而鸳鸯对凤姐，也是一片赤诚，处处维护。邢夫人给了凤姐没脸，是鸳鸯悄悄打听了出来告诉贾母，背地里又同众人说："罢哟，还提凤丫头虎丫头呢，他也可怜见儿的。虽然这几年没有在老太太、太太跟前有个错缝儿，暗里也不知得罪了多少人。总而言之，为人是难作的：若太老实了没有个机变，公婆又嫌太老实了，家里人也不怕；若有些机变，未免又治一经损一经。"

这一番说，明里是说凤姐，暗里又岂无贾琏呢？而之所以如此体贴，自然是因为同病相怜，她自己也深受"做人难"之苦。

这种苦，"无事忙"的宝玉是不会理解的，他比起鸳鸯的沉稳老到来，只好算个不懂事的小弟弟，玩伴一个；然而贾琏和凤姐这对夫妻，却堪称鸳鸯的知己。

所以纵然婚事不遂，鸳鸯对贾琏、凤姐的友谊却不改初衷，依然肯为贾琏扛事儿，筹措当当儿。她对贾琏的好，与袭人之对宝玉不同，为的不是自己有个好归宿，而只是要对方好，诸事顺遂，在这里没有任何的私心，有的只是理解与体谅。

也因此，凤姐才会说鸳鸯是个"正经女儿"。

可怜鸳鸯不成双，难怪入了薄命司。

第三十九回
村姥姥是信口开合　情哥哥偏寻根究底

李纨的酒后失态

第三十九回开篇，因为王熙凤打发人来讨螃蟹，李纨留下平儿喝酒，且盛赞说：“凤丫头就是楚霸王，也得这两只膀子好举千斤鼎。他不是这丫头，就得这么周到了！”而平儿在这时候补出了前文未写之重笔：“先时陪了四个丫头，死的死，去的去，只剩下我一个孤鬼了。”

能和平儿一同为凤姐陪嫁的王家丫头，想来都是才貌相当的，如何只剩下了一个？

可想而知，是贾琏眼馋肚饱，见一个爱一个，让凤姐醋意大发，变着法儿都给处理了，治死的治死，打发的打发，不但是自己的三个陪嫁丫鬟，还包括从前在贾琏房中服侍的丫鬟，一并都打发了。

这番话，直接照应了后文第六十五回兴儿对尤家姐妹所说的：

> 这平儿是他自幼的丫头，陪了过来一共四个，嫁人的嫁人，死的死了，只剩了这个心腹。他原为收了屋里，一则显他贤良名儿，二则又叫拴爷的心，好不外头走邪的。

特别的是，李纨在说这番话时，先是拉了平儿到自己身边坐下，还亲手端了杯酒送到他嘴边，而且揽着不教走，又上上下下地摸索着，摸得平儿笑着喊痒，还摸到了平儿衣服底下的钥匙。

显然李纨在酒后有点轻狂，皮肤饥渴，行为暧昧，甚至拉着平儿的手，当着众姑娘的面便诉起苦来："想当初你珠大爷在日，何曾也没两个人。你们看我还是那容不下人的？天天只见他两个不自在。所以你珠大爷一没了，趁年轻我都打发了。若有一个守得住，我倒有个膀臂。"说着滴下泪来。

《礼记》上说："里有殡，不巷歌。寡妇不夜哭。"是说邻里有丧事，街坊都会停止唱歌以示同哀；但寡妇也要体谅旁人，不在夜里哭泣，以免扰人清梦。

旧时规矩，做嫂子的是不能在未出阁姑娘面前谈论房内事的，好端端地在欢宴上哭天抹泪更是不但扫兴，且不得体。而在这回中，不但群钗多半未婚，而且还当着丫鬟的面，李纨好端端地流下泪来，不但追溯前情说起贾珠当初有过两个收房丫头，还抱怨那两人在贾珠过世后难耐凄凉，不肯独守空房，纷纷改嫁。弄得众姑娘既不便听又不便劝，只得胡乱搪塞了句"又何必伤心，不如散了倒好"，赶紧洗手躲开了。

人人都以为李纨是个知书达理的名门淑媛，何以竟会失礼至此？

原因有两个，一是因为酒后，李纨多少有点醉了，情绪会比往常失控。之前李纨感叹平儿的好，曾说："可惜这么个好体面模样儿，命却平常，只落得屋里使唤。不知道的人，谁不拿你当作奶奶太太看。"

后来为凤姐酒醉打了平儿，李纨又曾打抱不平说："给平儿拾鞋也不配，你们两个只该掉一个过儿才是。"可见李纨是真心羡慕王熙凤有平儿这样一个能干体贴的心腹丫头。她和凤姐的身份相当，都是荣国府的儿媳妇，可是因为丈夫死得早，年轻守寡，槁木死灰一般度日，与凤姐的张扬有天壤之别。她不敢表现出羡慕凤姐有贾琏这个丈夫，所以移情在平儿身上，只能羡慕凤姐有平儿这么个臂膀。遂由此及彼，说起自己本来也可以有这样的机会的，可是没遇到平儿这么好的人。

二则，此处也是借一斑而写全豹，照出李纨素日行径，并不是一味呆板无为的，也常常会主动出击，其方式就是"示弱"，隔三差五地提醒大家她有多惨、多可怜、多值得同情。

而且李纨类似的表现应该不止一回，才会让大家连劝都不劝，只说句"又何必伤心，不如散了倒好"，便都赶紧离开了

李纨的弱是人所共知的，青年守寡，无所依傍。通常在大企业中，这样的人都会有劳保补助；就是在学校里，贫困生也会有助学金。但人所共知，并

不是每个处境困顿、符合条件的人都一定能得到合理赞助，所以就要争取。李纨的争取方式就是随时随地展示自己的可怜，甚至不顾场合地点，不管是不是有失大家闺秀的风仪。

而这样做是有诸多实惠的，从后文中凤姐替她算过的那笔账，可以清楚地看到“示弱”的立竿见影：月银比凤姐等多两倍，因老太太可怜她寡妇失业又有个小子，又添了十两，且园子地的租子也是自取自用，年终分红又是上上份儿。平时又俭省，母子主仆总没十个人，吃的穿的仍旧是官中的。一年通共算起来，总有四五百两银子。

而王熙凤放高利贷劳师动众捞油锅赚的钱，一年也不过是一千两银子，已经搞得怨声载道沸反盈天了，李纨却只要时不时地哭一下就有了上上份儿，显然是便宜得多了。

小小一番宴后余波，寥寥几句话，透露给我们的信息太丰富了。

雪下抽柴

刘姥姥二进荣国府，用了第三十九、四十、四十一、四十二回，整整四回来大书特书，可见何等重要。

因为刘姥姥的出现，阳春白雪与下里巴人共冶一炉，却偏偏花团锦簇，雅得惊心，俗得有趣。

此回看点颇多：

第一是贾母与刘姥姥的见面。姥姥开口称贾母为“老寿星”，显见其世故老到能来事；而贾母回称姥姥为“老亲家”，更是神来之笔，理之必无情之必有。姥姥说自己今年七十五，而贾母说比自己大好几岁，可是两年后的第七十一回又忽然说“八月初二乃贾母八旬之庆”，明显不符。

那应该以哪个为准呢？我认为本回是合理的。第四十七回中贾母说自己从进贾府做重孙媳妇起，到如今自己也有重孙媳妇了，“连头带尾五十四年”。女子十五及笄，以贾府的婚嫁年龄看，贾母多半在十七八岁成亲，加上五十四年就是七十出头，恰好比刘姥姥小着几岁。

第七十一回的内容是插入红楼二尤故事后重新编辑缀补的，在时间上显然做不得准。

第二是板儿的再次出场，同上回吵着吃肉的表现并无二致，仍是农家野娃没教养的。书中虽没说明板儿年龄，但能领着进城来走亲戚，怎么说也在五六岁上了，不会比黛玉进府更小，可是待人应答却是天壤之别。

我们不妨回想下第九回凤姐见秦钟的情形，那秦钟羞羞怯怯，腼腆含糊地向凤姐作揖问好。凤姐携了手命他身旁坐了，慢慢地问他年纪读书等事，喜爱之至。一则是因为秦钟人物风流，二则虽然羞怯，也还有问有答，到底是上过学受过教育的。

但是秦钟比起宝玉那又差得远了。第十四回路谒北静王一段，可见宝玉言谈便给，态度恭谨大方，礼仪纹丝不乱，北静王不禁向贾政夸赞："雏凤清于老凤声。"

固然彼时的宝玉已经十一二岁，比今日的板儿大得多，但也可以想象他自小待人接物的礼节教养，比较下来，富家公子、小家儿郎与田间山娃的区别的确是太让人感慨了。

而正是这个板儿，未来会是今日尊贵无比的凤姐的女儿巧姐儿的丈夫。

第三是关于刘姥姥"雪下抽柴"的故事隐喻。

虽说是"刘姥姥信口开河"，但我们知道书中任何故事都不是简单的闲篇儿，况且那小姐还有个特别的名字叫"若玉"，亦有版本作"茗玉"。

两版本中，我认为"若玉"更合理，因为"茗"字太雅，是茶的代称，村野老妪平日绝用不到这个字，也就不可能随口编出。

但是不管茗玉也好，若玉也好，既然叫作玉，就肯定与玉派掌门人黛玉脱不了干系。这小姐才貌双全，知书识字，又无兄弟姐妹，父母爱若掌珠，出身显然是影射林黛玉的。却偏偏长到十七岁上，不等出嫁就死了。这命运也像。

因为这"像"，便有很多人猜测黛玉也是死在十七岁，就未免太生硬了。以虚映实，要的就是半真半假，不能完全对应，不然的话，小姐已死她父母还活着，岂不是和黛玉的命运相背了？所以说，这个故事，只是一个影儿，仍然起着暗示下文黛玉未婚而夭的命运，倒不必牵扯得太多了。

看过很多讨论，把"雪下抽柴"扯到了无限复杂的政治背景中，有说是影射李自成与张献忠的，也有说影射九子夺嫡的，还有说影射曹家骚扰驿站事的，诸如此类，不胜枚举，都是脱离了红楼说红楼的惯用手法，其实大没必要。

我们今天的人因为太清楚黛玉早逝的结果，又做过太多探佚工作，所以越是简单的理由越是不能接受了，可是作者写到这一段时，可没想过后四十回会未完或丢失，所以仍在沿用一贯的伏线法，这是很合理也很浅显的事实。毕竟作者写书时，可不是为了红学家索隐派们写的，也没想到后世会有人把这书读了几十遍还看了成千上万的探佚说，已经太了解黛玉之死的大结局，根本不当一回事了。

这回中刘姥姥共讲了两个故事，一个是雪下抽柴，另一个是求佛得子，正暗合着贾珠十七八岁死了，幸而老奶奶福厚德深，投了神佛的缘，遂又得了个雪团儿般聪明伶俐的孙子宝玉，因此连王夫人都听得愣住了。

这两个故事，一个宝玉，一个黛玉，非常合理，而且一个写生，一个写死，极其巧妙。只不过因为“宝玉降生”的故事是过去时，所以大家都不理论；而“黛玉之死”的故事则是未来时，虽然对今天的读者来说不是秘密，可对于正在看这本书的人却是重要的暗示，是作者行文时的重头戏，所以文中特别用“马棚走水”来横云断岭，提醒读者注意这是一个大悲剧。而到后来宝玉追问时，刘姥姥再讲的故事中，林黛玉已经是一个鬼魂了。

活着的林黛玉在一旁听了，是何滋味？所以后文黛玉对刘姥姥百般不屑，出言不逊，其实在明里暗里是有着两层原因的：明面的原因是看到宝哥哥听到小姑娘的故事如此投入，忍不住要有点醋意，遂打趣他：“咱们雪下吟诗？依我说，还不如弄一捆柴火，雪下抽柴，还更有趣儿呢。”这时候的黛玉已经对宝玉有了相当的了解，不会再跟他拌嘴怄气了，可是却不会对刘姥姥客气，未免迁怒。

而更深层的原因，则是黛玉听到的这故事乃是自己的噩耗，这刘姥姥分明报丧来了，她能不惊心动魄吗？

而宝玉对这故事的在意，也越发表现出“情哥哥”的情种本色。那刘姥姥不过是随口诌了个薄命女儿的故事，宝玉竟信以为真，并为其担心起来，忙着问“倘或冻病了呢”，及听说十七岁上一病死了，又跌足叹息不已，且令茗烟去找寻庙之所在——这种遥思仰慕看似无稽，实则多情，与他去宁府看戏时，惦记着小书房里的美人画会寂寞无聊，需要他前往安慰，如出一辙，比起“听评书落泪，替古人担忧”，更不知深情了多少倍！

所以世人讥讽宝玉滥情，却未深辨其情之与众不同，他爱惜女儿，并不为了占有，对一个已经死了多年的陌生少女，一幅挂在书房里的画中美人，根本也谈不到任何的世俗情感，足见他只是有着常人不及的爱美之心，以及对美的同情与知己，堪称古今第一情种。

而他派茗烟寻找若玉所在庙宇而不得的失落，也正遥遥映照了将来黛玉魂归离恨，宝玉“上穷碧落下黄泉，两处茫茫皆不见”的大悲恸。

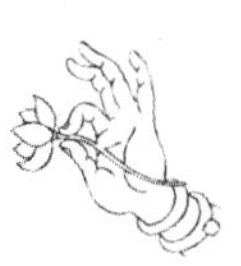

第四十回
史太君两宴大观园　金鸳鸯三宣牙牌令

刘姥姥的三大优点

刘姥姥这个人物，惯常被当作一个被剥削被压迫的劳动人民形象来同情着，认为“《红楼梦》写的就是阶级斗争”的政治观点一派，更是把刘姥姥当成了贫苦百姓的代表人物。

但是抛开政治，我倒觉得这一段是绝妙的世俗风情图，里面所有人的表现都是很正常很合乎人性的。

固然贾府拿一个贫婆子取乐是居高临下，但是这里不存在欺压与强迫，没人逼着刘姥姥这么做。刘姥姥最初会和贾府扯上关系是为了打秋风，得偿所愿地从凤姐手里弄到了二十两银子，过了个肥冬。于是一来回报，二来坐实亲戚关系，以后才好多走动，方有了这二次进园，却撞着贾母高兴，留她多住两日，这可是求不到的缘法，自然要拼命表现。

用刘姥姥自己的话说是：“咱们哄着老太太开个心儿，可有什么恼的！……不过大家取个笑儿。我要心里恼，也就不说了。”

刘姥姥比贾母还要大几岁，却要哄着贾母开心，还要想法儿讨哥儿姐儿们的好，确实是辛酸的。但是这番辛苦也不是人人想有就有的机会，又有什么可抱怨的呢？如果贾府不拿刘姥姥取乐，也就没了后面的那些赏赐，那几乎是刘姥姥一辈子的积蓄，刘姥姥这番辛苦没白费，回报颇丰。

如果我们觉得她值得同情，其实也是居高临下的。今天营营役役辛苦度日的我们，谁又没有挤出违心的笑脸讨过别人的好呢？事实上，刘姥姥比世人都高明得多，我们并没什么资格去同情她，倒是更值得敬佩。

刘姥姥的过人之处有三：

第六回“刘姥姥一进荣国府”，是篇独立成章的刘姥姥小传。先写了刘姥姥女儿嫁与王狗儿为妻，生得一儿一女。

> 一家四口，仍以务农为业，因狗儿白日间又作些生计，刘氏又操井臼等事，青板姊妹两个无人看管，狗儿遂将岳母刘姥姥接来一处过活。这刘姥姥乃是个积年的老寡妇，膝下又无儿女，只靠两亩薄田度日。今者女婿接来养活，岂不愿意，遂一心一计，帮趁着女儿女婿过活起来。

因为天气渐冷，冬事无着，狗儿心烦吃了酒，在家里找老婆麻烦。刘姥姥看女儿受气，出言相劝。但她绝不是帮女儿拉偏架的那种不懂事丈母娘，不会只管惹事不能压事，而是和和气气句句有声地给女婿指了两条道，要么“老老诚诚的，守多大碗儿吃多大的饭”，要么就想辙儿做事，“这长安城中，遍地都是钱，只可惜没人会去拿去罢了。在家跳蹋会子也不中用”。

不但劝诫，还实实在在给出了个明确方法：“谋事在人，成事在天。咱们谋到了，看菩萨的保佑，有些机会，也未可知。我倒替你们想出一个机会来。当日你们原是和金陵王家连过宗的……你何不去走动走动，或者他念旧，有些好处，也未可知。要是他发一点好心，拔一根寒毛比咱们的腰还粗呢。”

此处分明地表现了刘姥姥的第一大优点：脚踏实地，有勇有谋。

她“一心一计”地帮女儿过活，不但能审时度势，而且敢作敢为。一个乡下婆子，居然就这么走进了荣国府，还当真换了二十两银子回来，这是何等的气魄？

换作旁人，一是没那胆量去闯荣国府，二是得了好处也就沾沾自喜，没了下文。但是刘姥姥不会，她二次又去了。

这二进荣国府，为的是两个原因，明面上如刘姥姥说的：“早要来请姑奶奶的安看姑娘来的，因为庄家忙。好容易今年多打了两石粮食，瓜果菜蔬也丰盛。这是头一起摘下来的，并没敢卖呢，留的尖儿孝敬姑奶奶姑娘们尝尝。姑娘们天天山珍海味的也吃腻了，这个吃个野意儿，也算是我们的穷心。”

暗里的原因，自然是刘姥姥懂世故，知道理，有来有往，有借有还。攀了亲，便要经常走动，给以后留下往来的地步，不能让人看着自己光知道打秋风，也是有心回报的。

这是刘姥姥的第二大优点：知恩图报，有来有往。

也正因为这回报之心，才有了这次更大的收获。

而我们知道，在贾府败落之后，刘姥姥对凤姐回报得更多，所以感恩之心不可不谓是刘姥姥的至大美德。

第四十回集中描写的，是刘姥姥的第三大优点：忍耻自得，能屈能伸。

鸳鸯提议让刘姥姥做“女蔑片”，嘱咐了一番话，说：“这是我们家的规矩，若错了我们就笑话的。”这话摆明了是哄鬼，刘姥姥也不会信，因为错了规矩要笑话，照了规矩不就是为了讨你们笑话吗？这是一个悖论。

这时候刘姥姥可以不答应，可以翻脸表示气节，也可以严正拒绝，但她不但照做了，而且做得绝对比鸳鸯嘱咐的要好得多，一句一个包袱，让大家笑得都没心思吃饭了，只管看着她取乐——这情商和智商都不是一般人能达到的。

做到了，便皆大欢喜，老祖宗乐了，刘姥姥也富了，谢恩而来，戴恩而去，收获了满满一车子好东西，乡下人一辈子没吃过见过的都经历了；如果做不到呢，其实贾府也不会把她怎样，就是玩一回吃两顿，然后回家去，贾母一样会有赏赐的，但肯定不如现在多。

所以这笔账算下来，贾府并没有对不起刘姥姥，刘姥姥也并没承受了不起的欺压剥削，不妨说是贵族与村妇的过招，打了个双赢。

这双赢的局面，得益于刘姥姥的审时度势，能屈能伸。

人能知时，才能把握机会；人能知恩，才能从容长久；人能知耻，方能勇敢承当。

有此三大优点，何事不成？所以刘姥姥这样的人，即便搁在今天，也一定会如鱼得水，贵贱自安的。

刘姥姥游大观园

（一）大观楼

“刘姥姥游大观园”已经成了一句俗话，即便没看过《红楼梦》的人也都耳熟能详，知道是形容土包子开洋荤的意思。

大观园乃为元春而建，第一次细写游园，是贾政率领众清客相公及宝玉各处题额吟咏，略点全园山水亭台布局，并着重写了潇湘馆、稻香村、蘅芜苑、怡红院四处轩馆；元春省亲时，便以此四处为题，令宝玉写诗赞颂。贾政之游，是为读者先作铺垫，不使后文四诗无典。

此次刘姥姥游大观园，比贾政和元春还要尽兴，不但游了潇湘馆、秋爽斋、蘅芜苑几处，还到缀锦阁吃了饭，藕香榭听了曲，栊翠庵喝了茶，怡红院睡了觉，真是姹紫嫣红踏遍，似这般，尽承了老村妪一日之欢。

同时，作者也是借了一个见多识广的村妪眼光，将诸钗再做了一番侧写。让我们随着刘姥姥的脚踪儿再游一遍大观园：

从次日彩明查册子可知，这日是八月二十五，大清早刘姥姥便携着板儿进了园子，看到李纨正在大观楼下，看着婆子丫头们收拾落叶，并擦抹桌椅，预备酒器，以迎接贾母等进来游园。

这是侧写李纨平时杂务，一则李纨的工作就是带着姑娘们做针线，二则凤姐不住大观园，所以李纨是大观园实际上的内务总管。书中写凤姐管家的文字不少，却罕有提到李纨具体做了什么，此处是常态一点。丰儿送钥匙来，传凤姐的话，说：“我们奶奶说了，外头的高几恐不够使，不如开了楼把那收着的拿下来使一天罢。奶奶原该亲自来的，因和太太说话呢，请大奶奶开了，带着人搬罢。”

这里再次表现凤姐之周到能干，她想得到处，别人都想不到，但她想得到顾不到，分身乏术，遂请李纨代劳；凤姐和李纨平级，无权指使李纨做什么，所以话说得十分客气。

李纨心思慢，但是到底也受了启发，举一反三，越发连船上划子篙桨等也都预备下了，后来老太太果然高兴，乘船而游，没辜负了这番心思。这也是书中明写的唯一一次划船。

如果写凤姐一提到高几，李纨就立刻想到备船，那也把李纨写得太聪明了，所以中间夹写李纨请刘姥姥登梯上楼地见识那些围屏花灯，以及各种平生未见的器具。待刘姥姥下来，已经锁了门，李纨方又想起船桨来，这就很合理了。

（二）潇湘馆

接着贾母进来了，李纨的另一个大丫鬟碧月捧过一个大荷叶式的翡翠盘子来，盛着各色折枝菊花。

前回群钗写诗咏菊，此处再点菊花当令，贾母游园簪菊，颇有古风。而后文写探春、宝钗的屋子时，都写到了供菊，真正“抛书人对一枝秋”，越助余兴。

同时，这也是第一次提到惜春擅画，刘姥姥喜得拉了手赞：“我的姑娘，你这么大年纪儿，又这么个好模样，还有这个能干，别是神仙托生的罢。”

然而真到了潇湘馆，真是神仙托生的林姑娘的闺房，刘姥姥却只是“留神打量了黛玉一番”，客客气气地笑道：“这那像个小姐的绣房，竟比那上等的书房还好。”

刘姥姥对黛玉为何如此冷淡？世人有很多说法。我认为不必引申得那么多，这里只是侧写黛玉“清高自许，目无下尘”的性情。惜春的脾气已经是再孤介不过的，但毕竟是小女孩子，所以刘姥姥还敢上前亲热；而黛玉那种清华出尘，不容轻怠的态度，却是绝对让刘姥姥这种村妇高山仰止，凛然不可犯的。

刘姥姥虽然有些见识，但是能够欣赏惜春的才貌双全已经是极致了，觉得是“神仙托生”了；到了真正的绛珠仙子下凡的黛玉这儿，已经远远超出她的审美见识，一个小姐的绣房，却比公子的书房还高雅清肃，这是她完全不可想象也不能理解的，所以“留神打量了半天”，除了肃然起敬，再没别的形容了。

后文为了表现三种不同的孤傲，把妙玉的态度写得尤为极致，干脆是连刘姥姥喝过的杯子都不要了。这是作者的巧妙处。

同时，这一段也充分见出贾母对外孙女的疼爱，留意到她窗上的纱旧了，立逼着凤姐取了软烟罗来，还亲自指点，“这个院子里头又没有个桃杏树，这竹子已是绿的，再拿这绿纱糊上反不配”，让拿银红的“霞影纱”来糊上。遂有了后文“茜纱窗下，我本无缘；黄土陇中，卿何薄命”的绝妙谶语。

（三）秋爽斋

游过潇湘馆，在晓翠堂吃过早饭，来至探春房间小坐。

这是书中第一次描写秋爽斋的布置：

> 探春素喜阔朗，这三间屋子并不曾隔断。当地放着一张花梨大理石大案，案上磊着各种名人法帖，并数十方宝砚，各色笔筒，笔海内插的笔如树林一般。那一边设着斗大的一个汝窑花囊，插着满满的一囊水晶球儿的白菊。西墙上当中挂着一大幅米襄阳《烟雨图》，左右挂着一副对联，乃是颜鲁公墨迹，其词云：烟霞闲骨格；泉石野生涯。

这段描写侧写出探春性情阔朗，喜爱书法，所以桌上笔如树林，名帖宝砚众多。她的丫鬟名为待书，即典出于此。前文明写惜春擅画，此处暗写探春擅书，依此类推，我们可知元春擅弹，迎春擅弈。

探春案上供着菊花，墙上悬着颜真卿书法，正照应了前文传帖创社时所说的宝玉所赠“真卿墨迹”，纹丝不乱。

板儿终究是乡下孩子，不熟的时候连问好也不肯，稍微熟一点儿就没了约束，又要锤子又要佛手的，看到拔步床上悬着葱绿双绣花卉草虫的纱帐，就指着说：“这是蝈蝈，这是蚂蚱。”刘姥姥忙打了一巴掌，骂他：“下作黄子，没干没净的乱闹。倒叫你进来瞧瞧，就上脸了。”

很多人不理解刘姥姥为什么要打板儿，不就是指了指么，又没拉扯坏什么。这里看出姥姥虽为村妇，却识大体，懂规矩。大家小姐的闺房是不给男人进的，板儿因年纪还小，是个尚无性别的玩物，遂随了姥姥进来，起先要东西还罢了，如今竟然对着三姑娘的床幔指指点点，姥姥觉得不好意思，遂打得他哭了。

之后贾母说“他们姊妹们都不大喜欢人来坐着，怕脏了屋子”，是老太太最可爱处，疼爱小辈，更体恤小辈；探春说“求着老太太姨太太来坐坐还不能呢”，是探春小心处，特别留意奉承贾母和王夫人等；而贾母说的那句“我的这三丫头却好，只有两个玉儿可恶”，再次见出贾母对宝黛二人的宠溺，时刻在心；又道“说来吃醉了，咱们偏往他们屋里闹去”也是小小的反讽，因为后来刘姥姥醉了，当真跑去怡红院眠其床熏其屋了。

（四）蘅芜苑

之后众人在荇叶渚乘了棠木舫，看到岸上衰草残菱，清厦旷朗，遂弃舟登岸，拾级而上，来到了蘅芜苑。

这宝钗的屋子布置得雪洞一般，毫无装饰，唯有案上一个土定瓶里供着数枝菊花。这品位就更让刘姥姥无法理解了，所以一声儿也没吭。

此处再次充分显示了贾母的审美品位，因看到床上挂着青纱帐幔，便叫鸳鸯换成水墨字画的白绫帐子，一样素净，却有风采；又钦点了三件案上摆设：石头盆景、纱桌屏、墨烟冻石鼎。

水墨字画的白绫帐子，和探春屋里葱绿双绣花卉草虫的纱帐相映，看出贾府小姐们屋子中的日常摆设风格，与宝钗的青纱幔帐迥然不同。都是素净清爽之物，但有纱屏的软与烟冻的柔，也就把素净二字调和成飘逸了。广寒宫里还得有两棵桂花树呢，蘅芜苑的院子里固然奇草仙藤，但屋里怎可如此清肃冷冽？

另则，从这里也可以看出贾母与宝钗在审美追求与性情品位上的截然不同，语气几乎是严重的：“虽然他省事，倘或来一个亲戚，看着不像；二则年轻的姑娘们，房里这样素净，也忌讳。我们这老婆子，越发该住马圈去了。你们听那些书上戏上说的小姐们的绣房，精致的还了得呢。他们姊妹们虽不敢比那些小姐们，也不要很离了格儿。”

连着派了三个罪名：看着不像、忌讳、离了格儿。

薛宝钗性格温和，行事大方，这些都是贾母深为许可的。但是两人的性情却不是一个路子，终究亲近不起来。贾母指着黛玉对刘姥姥笑道：“这是我这外孙女儿的屋子。”语气是亲近的，得意的，显然很以黛玉的审美为然。

书中虽未细写黛玉房中布置，但是可想而知也不会太香艳，不可能是秦可卿房中那般极尽奢靡柔媚之能事，也必定是清雅不俗的，但是却不会让人觉得“看着不像”，不至于素净到“忌讳”，更不会“离了格儿”。宝玉不消说了，怡红院精致玲珑，挂的乃是葱绿撒花软帘，最精致的床帐，更是与蘅芜苑大相径庭。

从此一处，贾母对钗黛两人的态度已经很明确了，亲疏有别，远近不同，那是血脉加上性情，双重的共鸣。

（五）栊翠庵

午宴后，用过点心，贾母带刘姥姥来至栊翠庵，见院中花木繁盛，贾母笑道："到底是他们修行的人，没事常常修理，比别处越发好看。"

从前我在西双版纳一个偏远的镇子勐罕镇曼听寺闭关禅修时，那园中的古树郁郁葱葱，遮天蔽日，林间吊着一排兰花，带露披阳，十分动人。走在林间，我常常会想起贾母这句话，总觉得山林树木最懂得修行者的心，而修行人也最亲近这些树木花草。

刘姥姥一路看人脸色说话行事，偏偏到了栊翠庵，却言语冒撞得罪了妙玉。妙玉对其十分嫌弃，连她用过的杯子都要砸了，仅仅因为她是个村婆子，入不了妙玉这原先的大小姐、如今的槛外人的法眼，便对她这般嫌恶吗？

不仅如此。而是姥姥这个最会看人脸色的人，小看了妙玉这位家庙的尼姑，把她当成和自己一样打秋风的客卿了，非但不见特别尊重，反而妄自批评挑三拣四，说人家的茶"好是好，就是淡些，再熬浓些更好了"。

一则刘姥姥不懂茶，也不会品茶。妙玉奉给贾母的茶肯定是上品，而且特地用旧年蠲的雨水烹的茶，已经是很有诚意的接待了，但对刘姥姥来说，除非妙玉像王熙凤那样亲口明确地告诉她每种茶价值多少多少银子，否则只当草根子泡水，完全不了解其中的价值，所以绝不承情，而且还要不懂装懂地批评两句，这搁在今天的茶人雅聚中也是很忌讳的。

这句话已经足以让妙玉对她看不上了，但这还不是最伤害妙玉的，真正伤到妙玉自尊的是刘姥姥说这句话的后果："贾母众人都笑起来"。

刘姥姥一味说笑话迎合贾母等人，却没防备这句话其实拉低了妙玉的身份，无形中把妙玉拉到与自己同一档次来让众人取笑。这行为正好比湘云说龄官长得像黛玉，让黛玉大怒"拿我比戏子取笑"。黛玉因为身居客位而生性敏感，妙玉比黛玉犹难，是王夫人下帖子请来的，非客非仆，非亲非故，又清高孤僻，自然也就更加敏感自尊，因这一笑，由不得大怒。

但她毕竟是槛外人，虽不至当场发作，却立刻扔下贾母等尊贵的客人不理，拉了宝钗和黛玉的衣襟吃体己茶去了。

这一行为，无疑替她道出了未诉之语：你们这些不懂茶的，原不配吃我的茶，好茶且与知音分享去！

而黛玉也确实是妙玉的知己，后来雅谑中便狠狠地报复了一下刘姥姥，取个绰号“母蝗虫”。宝钗形容是春秋笔法：“撮其要，删其繁，再加润色比方出来，一句是一句。”

所谓“春秋笔法”，指的是用最简洁的文字为历史人物或事件做出定评。《春秋》，鲁国史书，相传为孔子所修。其中用词缜密，微言大义，自古以来就有评价说：一字之褒，荣于华衮；一字之贬，严于斧钺。又或是：得春秋一字之褒者，荣过天子之命服；得春秋一字之贬者，辱过天子之刑戮。

而此时黛玉以“母蝗虫”三字为刘姥姥定评，无疑是春秋笔法中极辱之语，故而脂砚斋批语说“触目惊心，请自思量”。

（六）怡红院

刘姥姥游园的最后一处是怡红院。

然而这却是计划外之事。出了栊翠庵，贾母往稻香村歇息，众人也各自散的散，歇午觉的歇午觉，唯鸳鸯游兴不减，打发了贾母睡下便又回来带刘姥姥各处逛去，众人也都赶着取笑。

因姥姥要寻茅厕，出来后竟然迷了路，一路摸至怡红院来。得了门进来，“只见四面墙壁玲珑剔透，琴剑瓶炉皆贴在墙上，锦笼纱罩，金彩珠光”。这里再次与前文呼应，补足怡红院种种装潢布置。关于墙壁上挖出各种可式格槽，前文已有多次描写，此处更加写了“连地下踩的砖，皆是碧绿凿花”。打西洋镜子后绕进来，是一副最精致的床帐，姥姥遂毫不客气地爬了上去，扎手舞脚地大睡起来，鼾齁如雷，臭屁熏天。

宝玉尊贵如天龙，刘姥姥卑微如蝗虫，而此时，蝗虫却偏偏上了龙床，屁熏其屋，也真真令人感慨！

幸而袭人及时发觉，将其推醒带出，并在鼎内贮了三四块九合香饼儿，遮掩过去。正所谓“仍用罩子罩上”，一语双关。

用香有沉檀龙麝诸品，所谓“九合香的饼儿”，指的是多种香料按不同比例调和而成的香饼，说是放在鼎内，应该是隔火熏香，即在香炉内放置香炭，上有隔屉，香饼置其上，受热而散发香气。

“假作真时真亦假，无为有处有还无。”刘姥姥的游园经历，对这个没多少见识的村婆子来说固然像是一场梦，而宝玉、妙玉乃至贾母、凤姐诸人，又岂不是在梦中一般呢?

西岭雪一回一回解红楼

【下】

西岭雪 著

陕西新华出版传媒集团
陕西人民美术出版社

图书在版编目（CIP）数据

西岭雪一回一回解红楼. 下 / 西岭雪著. -- 西安 :
陕西人民美术出版社, 2019.3
ISBN 978-7-5368-3542-9

Ⅰ. ①西… Ⅱ. ①西… Ⅲ. ①《红楼梦》研究 Ⅳ.
①I207.411

中国版本图书馆CIP数据核字(2019)第001805号

目 录

第四十一回　栊翠庵茶品梅花雪　怡红院劫遇母蝗虫

妙玉奉茶，随分清高方可安　/359
柚子与佛手　/363

第四十二回　蘅芜君兰言解疑癖　潇湘子雅谑补余香

狱神庙在哪里　/366
钗黛一体　/368
惜春作画　/371

第四十三回　闲取乐偶攒金庆寿　不了情暂撮土为香

凤姐生日的暗示　/376

第四十四回　变生不测凤姐泼醋　喜出望外平儿理妆

平儿与宝玉的知己之情　/380

第四十五回　金兰契互剖金兰语　风雨夕闷制风雨词

扮猪吃老虎：给李纨算笔账　/384
三个奶妈：奴才两字怎样写　/390
那堪风雨助秋凉　/393

第四十六回　尴尬人难免尴尬事　鸳鸯女誓绝鸳鸯偶

鸳鸯抗婚　/396
完美佳人金鸳鸯　/402

第四十七回　呆霸王调情遭苦打　冷郎君惧祸走他乡

柳湘莲醉打薛大傻　/405

第四十八回　滥情人情误思游艺　慕雅女雅集苦吟诗
都是扇子惹的祸　/410
英莲、香菱和秋菱　/415
香菱学诗　/422

第四十九回　琉璃世界白雪红梅　脂粉香娃割腥啖膻
园里来新人了　/430
湘云和黛玉的比较　/433

第 五 十 回　芦雪广争联即景诗　暖香坞雅制春灯谜
芦雪广联句、吟诗与灯谜　/444
贾母为何会向宝琴提亲　/449

第五十一回　薛小妹新编怀古诗　胡庸医乱用虎狼药
宝琴的怀古诗　/456
“花姨娘”省亲　/458
生同衾，死同穴　/461
从晴雯问病说起　/464

第五十二回　俏平儿情掩虾须镯　勇晴雯病补雀金裘
三种体贴　/468
晴雯死在第几回　/471

第五十三回　宁国府除夕祭宗祠　荣国府元宵开夜宴
宁荣二府的近中远与热中冷　/476
鲟鳇鱼与胭脂米　/481

第五十四回　史太君破陈腐旧套　王熙凤效戏彩斑衣
贾母与凤姐的一场双簧　/485
袭人守孝　/489
小人物秋纹　/492

第五十五回　辱亲女愚妾争闲气　欺幼主刁奴蓄险心
探春管家的三把火　/494
探春的自卑与自傲　/497

第五十六回　敏探春兴利除宿弊　识宝钗小惠全大体

宝钗当家　/500

倘使探春不远嫁　/504

第五十七回　慧紫鹃情辞试忙玉　慈姨妈爱语慰痴颦

紫鹃试玉　/509

慈姨妈的真面目　/516

第五十八回　杏子阴假凤泣虚凰　茜纱窗真情揆痴理

芳官出场与麝月的口才　/519

第五十九回　柳叶渚边嗔莺咤燕　绛云轩里召将飞符

何婆子的理儿：娘比天大　/523

荣国府四大丫鬟　/526

第 六 十 回　茉莉粉替去蔷薇硝　玫瑰露引来茯苓霜

五小官大战赵姨娘　/530

柳五儿与钱槐　/535

第六十一回　投鼠忌器宝玉瞒赃　判冤决狱平儿行权

后厨琐屑与司棋的烟火气　/539

柳五儿之死　/543

打老鼠伤了玉瓶儿　/548

第六十二回　憨湘云醉眠芍药裀　呆香菱情解石榴裙

宝玉的生日　/552

湘云醉芍　/553

黛玉的半盏茶　/555

石榴红裙斗草赢　/558

第六十三回　寿怡红群芳开夜宴　死金丹独艳理亲丧

女儿茶　/561

芳官与《邯郸记》　/562

占花名　/569

贾敬之死　/573

第六十四回　幽淑女悲题五美吟　浪荡子情遗九龙珮
《五美吟》解析　/577
贾琏亦有真情爱　/589

第六十五回　贾二舍偷娶尤二姨　尤三姐思嫁柳二郎
烈而不贞尤三姐　/595

第六十六回　情小妹耻情归地府　冷二郎一冷入空门
来自《风月宝鉴》的金玉姐妹　/600
从二尤探佚宝黛结局　/605

第六十七回　见土仪颦卿思故里　闻秘事凤姐讯家童
姑苏林黛玉　/609

第六十八回　苦尤娘赚入大观园　酸凤姐大闹宁国府
贾琏的妻妾排行　/612

第六十九回　弄小巧用借剑杀人　觉大限吞生金自逝
王熙凤与贾珍父子斗法　/616

第 七 十 回　林黛玉重建桃花社　史湘云偶填柳絮词
各分东西柳絮词　/621
风筝的故事　/623

第七十一回　嫌隙人有心生嫌隙　鸳鸯女无意遇鸳鸯
王熙凤功高盖主渐失威　/626

第七十二回　王熙凤恃强羞说病　来旺妇倚势霸成亲
王熙凤的不治之症　/632

第七十三回　痴丫头误拾绣春囊　懦小姐不问累金凤
贾宝玉的学问与理想　/636
满盘皆输贾迎春　/642
晴雯的自陷　/646

第七十四回　惑奸谗抄检大观园　矢孤介杜绝宁国府

王夫人抄检大观园　/648
惜春为什么撵入画　/652

第七十五回　开夜宴异兆发悲音　赏中秋新词得佳谶

吃饭的规矩　/656
造衅开端首在宁　/658

第七十六回　凸碧堂品笛感凄清　凹晶馆联诗悲寂寞

空门内外的妙玉与黛玉　/661

第七十七回　俏丫鬟抱屈夭风流　美优伶斩情归水月

换人参　/667
王夫人的七宗罪　/668
从芳官出家看惜春结局　/675
妙玉和惜春是朋友吗　/679

第七十八回　老学士闲征姽婳词　痴公子杜撰芙蓉诔

晴雯的痴心　/683
王夫人为什么那么恨晴雯　/687
《姽婳词》与《芙蓉女儿诔》　/691

第七十九回　薛文龙悔娶河东狮　贾迎春误嫁中山狼

迎春为何会嫁给孙绍祖　/694

第 八 十 回　美香菱屈受贪夫棒　王道士胡诌妒妇方

夏金桂借刀杀人　/699

第四十一回
栊翠庵茶品梅花雪　怡红院劫遇母蝗虫

妙玉奉茶，随分清高方可安

任乎牛马从来乐，随分清高方可安。
自古世情难意拟，淡妆浓抹有千般。

写在第四十一回开篇的这首回前诗，言浅意深，联想到刘姥姥见妙玉的各自行为，愈觉感触。

刘姥姥的可贵之处正在于“任乎牛马”，自得其乐；而妙玉的悲剧则恰恰是因为做不到“随分清高”，随遇而安——清高，也是要有节制的。

宝玉也是最嫌弃婆子腌臜的，但是刘姥姥偏偏在他的房子里东摸西撞，眠其床，卧其席，大放臭屁熏其屋，只是因为袭人轻轻瞒过，因而宝玉浑然不知，也就未当一回事——世上自设桎梏而不知者多如是。

妙玉却因为知道刘姥姥使了她的杯子，便立刻弃而不用，且说：“幸而那杯子是我自己没吃过的，若我使过，我就砸碎了也不能给他。”如此清高决绝，未免太过，远远不能随分从时。偏偏，就是这样清高的一个人，最终的结局却是“欲洁何曾洁，云空未必空。可怜金玉质，终陷淖泥中”。

如此可见，“知道”二字其实是惹祸根源，究竟不如不知的好。

所谓“富贵繁华转眼成空”，所谓“黄粱未熟，南柯梦醒”，所谓“难得糊涂”，无过于斯！

除了第十八回林之孝家的对妙玉人物的介绍，本回是妙玉第一次正面出场，也是唯一一次以“栊翠庵”代替妙玉之名入回目，可见本回乃是“妙玉正传”。故而书中特地提到“宝玉留神看他是怎么行事”，因为十二钗必得亲经石兄证缘，以宝玉心眼评之。

妙的是，虽借宝玉观察，却并未提及妙玉穿戴样貌一字一句，只说她如何奉茶，如何与贾母对答，又如何讲究茶杯与茶水——佛家云“茶禅一味”，这一段对妙玉的塑造，便特地以茶为引，形象地写出了一个超逸高贵的空门女儿。

只见妙玉亲自捧了一个海棠花式雕漆填金云龙献寿的小茶盘，里面放一个成窑五彩小盖钟，捧与贾母。

“成窑”指明成化年间官窑烧制的瓷器，以小件和五彩最为珍贵。明朝人沈德符在《敝帚轩剩语》中关于“瓷器”的篇章中写道：“本朝窑器，用白地青花，间装五色，为今古之冠，如宣品最贵，近日又重成窑，出宣窑之上。”可见这茶杯之名贵。

关于妙玉奉给贾母的老君眉，在百度上有两种说法，一是指洞庭湖君山上出产的白毫银针，二是指武夷岩茶中的名枞。

我认为这里指的是白毫银针，因为此前贾母说“我不喝六安茶”，说的是安徽的六安瓜片，通称绿茶，细分则归入黄茶；而武夷名枞是岩茶。贾母不至于分不清绿茶和乌龙茶，所以只可能是形似寿星眉毛的白毫银针，这也是妙玉知礼处，奉茶讲究各符身份，这是含蓄地赞美贾母是“老寿星”，极为得体。

但是这样用心的招呼，却被刘姥姥一句“再熬浓些更好了”给彻底毁了，也就难怪她要拉着钗黛两个离席而去了。

这是妙玉的孤僻处，却也是她的可爱处。妙玉，也是需要友情的！

钗、黛、妙三人一起入得妙玉禅室——书中说是“耳房”，通常指正房两侧加盖的小房间，多不住人，北方人常用来存放杂物。但书中写“宝钗坐在榻上，黛玉便坐在妙玉的蒲团上”，且旁边设有风炉，可见此屋是妙玉诵经打坐之所。

妙玉是真正懂茶好茶之人，既讲究茶器，又区分煎茶之水，且因真正好茶须得准确把握火候水温，所以不用侍儿烹火，而是亲自动手，“向风炉上扇滚了水，另泡一壶茶”。可见这体己茶之尊贵。

而妙玉奉与宝钗的“𤫩瓟斝”来头就更大了。且不说这个状如葫芦的茶具到底是用什么做的，最值得考据的是其上“晋王恺珍玩”字样。

《资治通鉴》卷八十一中曾记载了“王恺斗富”的故事：晋将军王恺，乃是文明皇后之弟，晋武帝舅父，尝与石崇斗富。王恺用糖水洗锅，石崇就用蜡烛当柴；王恺做了四十里长的紫丝布幛，石崇就做五十里；石崇用花椒涂墙，王恺就用赤石脂；晋武帝偷偷帮王恺，送了他一株二尺高的珊瑚树，王恺向石崇炫耀，谁料石崇拿起铁如意就给砸了。王恺大怒，以为石崇嫉妒自己有宝贝，石崇说：“没什么可难过的，我赔给你。”命家人取来自家的珊瑚树，高三四丈的就有六七株，光华夺目，比王恺的又大又多。

从这个故事中可见，晋王恺是何等富有，他落款注明的府上珍玩，能是普通宝贝吗？寻常器物从东晋传到明清，已经是稀世珍宝，更何况在晋时就已经是珍宝之物呢，留至今朝岂非价值连城？

妙玉的身家，不可估量。

有趣的是，妙玉奉与宝钗的“𤫩瓟斝”来历如此清晰，而与黛玉的“点犀盉”却只有名称不加注释，乃是点明此二人本是“心有灵犀一点通”矣；到了宝玉，更是“家常的绿玉斗”，更加说明三玉一体。

宝玉的赶来蹭茶，不但让这幅三美品茗图越发活色生香，且令得妙玉发出了“一杯为品二杯为饮三杯为饮牛”的品茶妙谈，笑道：“你虽吃的了，也没这些茶糟蹋。”

庚辰于此有双行夹批：“茶下‘糟蹋’二字，成窑杯已不屑再要，妙玉真清洁高雅，然亦怪谲孤僻甚矣。实有此等人物，但罕耳。”

刘姥姥用过的成窑杯固然是不会再要的了，便是尊贵如宝玉，如果鲸吞牛饮，真要喝下“九曲十环一百二十节蟠虬整雕竹根的一个大𥭉”，那也是糟蹋。

幸而宝玉知己，“细细吃了，果觉轻浮无比，赏赞不绝”——这就是宝剑酬知己，香茶待高人了。

要特别强调的是，电视电影里每每把妙玉塑造成一个道姑的形象，手里拿着柄拂尘，身上穿件水田衫，高高地梳着道髻，模仿戏里陈妙常的样子。

这大概是因为“带发修行”四个字。

林之孝家的向王夫人禀报妙玉来历时说过：“外有一个带发修行的……法名妙玉……因听见长安都中有观音遗迹并贝叶遗文，去岁随了师父上来，现在西门外牟尼院住着。”既是参习观音遗迹并贝叶遗文来的，可见是佛门弟子，是尼非道。

后文中邢岫烟又说：“他在蟠香寺修炼，我家原寒素，赁的是他庙里的房子，住了十年，无事到他庙里去作伴。”住在寺庙里，自然是尼姑不是道姑；而妙玉在大观园里的住处名为“栊翠庵”，也不是道观；老太太来喝茶的时候说：“我们才都吃了酒肉，你这里头有菩萨，冲了罪过。”供奉菩萨而非太上老君，益发可见是尼姑。

——有这许多线索，人们提起妙玉来却仍是一个道姑的形象，这是受电影戏曲的误导。也是因为全书八十回中，我们没见妙玉念过一回经，敲过一声木鱼，甚至连句佛号都没宣过。正如邢岫烟所评：“他竟是生成这等放诞诡僻。从来没见拜帖上下别号的，这可是俗语说的‘僧不僧，俗不俗，女不女，男不男’，成个什么道理。”

庚辰本在妙玉之名出现后，曾批“妙玉世外人也”；而妙玉在给宝玉祝寿的帖子上，又为自己下款“槛外人”——她非但僧不僧，俗不俗，尼不尼，道不道。甚至是人不人，仙不仙，男不男，女不女的，根本就不能拿世俗化的标准来衡量，来要求。

但是人们偏偏喜欢以今天的阶级观来评判妙玉，因其奉茶一回，认定她嫌贫爱富，对贾母百般恭敬，却瞧不上劳动人民刘姥姥。然而妙玉住在栊翠庵是客，主人上门，自当奉迎，原是礼数。她虽对贾母客气尊敬，但一转身却拉了钗黛二人饮体己茶去，待遇比贾母还高，可见并不为的什么贫富高低，而只是脾性如此；出来时，“贾母已经出来要回去。妙玉亦不甚留，送出山门，回身便将门闭了”。态度不过如此，只是不失礼罢了，若说巴结，却实实算不上。

然而到了第七十六回中，妙玉又请了黛玉、湘云来寺中喝茶、续诗，走时亲自送到门外，“看他们去远，方掩门进来”。这是什么待遇？！

可见，从头至尾，妙玉敬的只是黛玉罢了。

柚子与佛手

《金陵十二钗》正册中，巧姐儿大概要算是最尴尬的一个了。前八十回中，她虽然出场次数不算少，却几乎没开口说过话，不是睡觉就是生病，“戏码”最重的一处，就是在第四十一回中与板儿争柚子。

然而在太虚幻境薄命司里，却珍存着关于她一生命运的册子，画着“一座荒村野店，有一美人在那里纺绩”，让我们得知她未来的命运乃是在家败之后，得遇刘姥姥相救。

书中在刘姥姥初进大观园起笔时，曾在“小小一个人家，向与荣府略有些瓜葛”后面，有一句脂批：

> 略有些瓜葛，是数十回后之正脉也。真千里伏线。

点明刘姥姥家后来会与贾府结亲，直射板儿与巧姐儿的婚事。

刘姥姥的第一次进府，并没有见到巧姐儿本人，却进了她睡觉的屋子，并和板儿一起上了炕。在“大姐儿睡觉之所”一句后，甲戌本有双行夹批云：“记清。”是明显的提醒。

其后，在刘姥姥向凤姐忍耻告贷的描写中，甲戌本有眉批：“老妪有忍耻之心，故后有招人妞之事。”明言刘姥姥后文会娶巧姐儿为孙媳。

如果说上述几条还只是捕风捉影的话，那么第四十一回两个男女主角的正式出场，则是两人的第一次交集：

> 忽见奶子抱了大姐儿来，大家哄他顽了一会。那大姐儿因抱着一个大柚子玩的，忽见板儿抱着一个佛手，便也要佛手。丫鬟哄他取去，大姐儿等不得，便哭了。众人忙把柚子与了板儿，将板儿的佛手哄过来与他才罢。那板儿因顽了半日佛手，此刻又两手抓着些果子吃，又忽见这柚子又香又圆，更觉好顽，且当球踢着玩去，也就不要佛手了。

庚辰本在这一段中有两段双行夹批：

> 小儿常情遂成千里伏线。
>
> 柚子即今香团之属也，应与缘通。佛手者，正指迷津者也。以小儿之戏暗透前回通部脉络，隐隐约约，毫无一丝漏泄，岂独为刘姥姥之俚言博笑而有此一大回文字哉？

巧姐儿的未来，是嫁与板儿为媳，于荒村野店中纺绩为生，这一点已经可以说是尘埃落定。

可是，巧姐儿为什么会沦落风尘、被姥姥搭救呢？

这要从《红楼梦》开卷第一回，甄士隐所作的《好了歌》注解说起：

> 陋室空堂，当年笏满床；衰草枯杨，曾为歌舞场。蛛丝儿结满雕梁，绿纱今又糊在蓬窗上。说什么脂正浓、粉正香，如何两鬓又成霜？ 昨日黄土陇头送白骨，今宵红灯帐底卧鸳鸯。金满箱，银满箱，展眼乞丐人皆谤。正叹他人命不长，那知自己归来丧！训有方，保不定日后作强梁。择膏粱，谁承望流落在烟花巷！因嫌纱帽小，致使锁枷杠；昨怜破袄寒，今嫌紫蟒长：乱烘烘你方唱罢我登场，反认他乡是故乡。甚荒唐，到头来都是为他人作嫁衣裳！

这首歌可以算作整部书的一个提纲挈领，是对中心内容的高度概括。更令人注意的是，脂批在字里行间有很多重要批语，可以为我们探佚后四十回主要内容提供线索，比如“陋室空堂，当年笏满床”后批着“宁荣未有之先”，“衰草枯杨，曾为歌舞场”后批着“宁荣既败之后”，这就清楚地写明了后部的故事乃是宁荣府由盛转衰的过程，而不是程高本的什么家道复兴，“兰桂齐芳”。

再比如，脂批在“说什么脂正浓、粉正香，如何两鬓又成霜？”后批着“宝钗、湘云一干人”；在“昨日黄土陇头送白骨”后批着“黛玉、晴雯一干人”。让我们知道宝钗和湘云虽然也属于“薄命司”，却并没有像黛玉和晴雯那样青春早逝，而是一直活到了两鬓成霜。

另外，在“金满箱，银满箱”后面批着“熙凤一干人”，“展眼乞丐人皆谤”后面批着“甄玉、贾玉一干人”，“训有方，保不定日后作强梁”后面批着“柳湘莲一干人”，“因嫌纱帽小，致使锁枷杠”后面批着“贾赦、雨村一干人”，“昨怜破袄寒，今嫌紫蟒长”后面批着“贾兰、贾菌一干人”，这些批语都向我们透露出某些信息和人物命运。

然而，“择膏粱，谁承望流落在烟花巷”这明显有所指的一句话后面，却并没有注明某某人，而是写着：“一段儿女死后无凭，生前空为筹划计算，痴心不了。”

这不由让我们猜测莫名：那流落烟花巷的人，到底是谁呢？

周汝昌先生引经据典，考证说应该是那个只出过名字而未有过正传的傅秋芳，然而傅秋芳虽然确是因为“择膏粱”而老大未嫁，但若据此就说她的下落是沦入风尘，则未免牵强。而且这样一个蜻蜓点水的小小配角的命运，也未必有资格进得了《好了歌》。

再则，傅秋芳也与“一段儿女死后无凭，生前空为筹划计算，痴心不了”的评语扯不上边儿，倒是巧姐儿，在八十回正文里年纪幼小，身不由己，在家族变故中沦入风尘确是很有可能的。

最擅“筹划计算”之人，舍凤姐其谁？凤姐的下落不消说，自然是“欠命的，命已还”，不得好死的了。十二支曲的《聪明累》中，明明白白写着她“生前心已碎，死后性空灵”“机关算尽太聪明，反算了卿卿性命”“枉费了，意悬悬半世心；好一似，荡悠悠三更梦”。生前死后，她最悬心不下的，能是谁呢？

第二十九回《享福人福深还祷福　痴情女情重愈斟情》写清虚观打醮一段，更写尽了凤姐为女儿的种种绸缪，可见是为女儿操碎了心的，又是为她出花儿供奉痘疹娘娘，又是将她的寄名符送到庙里求荫庇，又是请刘姥姥为她取名镇邪，又是命彩明去大观园化纸送花神，千娇贵万珍惜，然而两眼一闭时，又怎能料到女儿竟然飘零沦落，举目无亲呢？

这可不正是“死后无凭，空为筹划，痴心不了”“生前心已碎，死后性空灵”么？

可见，那流落烟花巷的不幸女儿，正是巧姐儿。

侥幸的是，她遇见了刘姥姥！

第四十二回
蘅芜君兰言解疑癖　潇湘子雅谑补余香

狱神庙在哪里

《红楼梦》第四十二回开篇，因大姐儿病了，刘姥姥提醒凤姐查祟书本子，平儿拿出《玉匣记》来，查明八月二十五日东南遇花神，令烧五色纸钱送之。

所谓《玉匣记》一书，相传为东晋道人许真君所撰，记述各种邪祟异象以及教导趋吉避凶之法，与黄历相似，民间流传甚广。

凤姐在大观园烧纸作法，容易惹人闲话，故而说“只怕老太太也是遇见了”，特地命人请两分纸钱来分头为贾母和大姐儿送祟。这是她的会做人处——拉扯上贾母健康大事，就没人敢说闲话了。

大姐儿果然睡安稳了，凤姐对刘姥姥的村言村语益发信之不疑，遂又请姥姥为女儿取名。古人迷信贵子取贱名，才好瞒过各路神鬼勿加关注，让姥姥这个村妇给取名字，“压得住”，就好比很多人家喜欢把孩子唤作“狗剩儿”一个道理——狗都剩下了，神仙还唤他去作甚?

刘姥姥也不推辞，因大姐儿生于七月初七，遂道：“就叫他是巧哥儿。这叫作‘以毒攻毒，以火攻火’的法子。姑奶奶定要依我这名字，他必长命百岁。日后大了，各人成家立业，或一时有不遂心的事，必然是遇难成祥，逢凶化吉，却从这‘巧’字上来。”凤姐听了，自是欢喜，忙道谢，又笑道：“只保佑他应了你的话就好了。”

甲戌本在此有侧批：

“应了这话就好”，批书人焉能不心伤？狱庙相逢之日始知“遇难成祥，逢凶化吉”实伏线于千里，哀哉伤哉！此后文字不忍卒读。辛卯冬日。

此“狱庙”，在书中又作“狱神庙”，虽然在正文中不曾出现，脂批里却多次提及：

茜雪至“狱神庙”方呈正文。袭人正文标目曰“花袭人有始有终”，余只见有一次誊清时，与“狱神庙慰宝玉”等五六稿，被借阅者迷失，叹叹！丁亥夏。畸笏叟。（庚辰本第二十二回侧批）

“狱神庙”有茜雪、红玉一大回文字，惜迷失无稿。（甲戌本第二十六回眉批）

且系本心本意，“狱神庙”回内方见。（甲戌本第二十七回眉批）

此系未见“抄没”“狱神庙”诸事，故有是批。丁亥夏。畸笏。（庚辰本第二十七回眉批）

以上诸批，俱显示在遗失的《红楼梦》佚稿中，有关于狱神庙的重头戏目，而在这回中出现过的人物应该有宝玉、红玉、茜雪和刘姥姥、凤姐、巧姐儿两组人。

那茜雪和红玉曾经“狱神庙慰宝玉”，而刘姥姥则帮助巧姐儿在狱神庙演出了一幕“遇难成祥，逢凶化吉”。那么，这“狱神庙”到底是个什么所在呢？

红学家们议论纷纷，大致给出几个答案：

一是就字面解释，说是座破庙，名字叫“狱神庙”；

二是说供奉着狱神的庙，或曰临时关押犯人的地方；

三是说可能是通假字，通“岳神庙”……

是否还有别的说法，我就不得而知了。但是旧年往平遥古城游玩时，在县衙后院参观十王庙和监狱，却忽有所感，对狱神庙有了我自己的一点猜测。

衙门是县官审案的地方，获罪之人当堂定案，直接就送到后院狱中关押了。

衙中后院有十王庙，亦向普通县民开放，距离关押犯人的监狱很近。可以想象，倘若有犯人家属前来拜庙求神，若能疏通监管，或许可以准许犯人到庙中来与家属见上一面。

不过更为可信的还是直接探监。

平遥县衙大狱的建筑格局完全维持清朝旧貌，也就是说与《红楼梦》成书是同一朝代的形制。狱中格局，乃是一面高墙，中有过道，另一边则是纵向排列的许多大小房间。进门第一间供奉着神像，挨次过去是几个单间，也就是“优等犯人”的住处，再往后才是通炕大房，群犯集聚之地。

很明显，进门单间供着的神就是狱神了，而家属探监时，大概不会走过长长的过道去监房见面，而是将犯人带到进门处供奉狱神的单间会谈，也就相当于今天监狱的接待室了。而如果作者要为这个场所起个特定的名字，那么最恰当的称呼莫过于“狱神庙”了。

贾家抄没之后，众人关押入狱，刘姥姥、小红、茜雪等先后来探监，那红玉、茜雪想着的是“慰宝玉”，而刘姥姥探望的大概就是凤姐了。而凤姐或许就于此时托孤，请姥姥帮忙照顾自己的女儿巧姐儿。

或许，此时巧姐儿也与凤姐一同关在狱中，而由刘姥姥求情带出甚至用青儿换出来，演了一出《赵氏孤儿》；又或许这时候巧姐儿已经卖入青楼，而凤姐求刘姥姥代为寻访；又或许仅仅就是几句话，是凤姐在临终前自叹薄命，将女儿终身托付给刘姥姥，订下了口头姻缘，而刘姥姥一言九鼎，后来就为了这承诺不辞劳苦，走遍大江南北寻找巧姐儿下落，终将她搭救出火坑。

无论上述哪一种，都可以称得上是“遇难成祥，逢凶化吉”，完成了一段取名之谶。

钗黛一体

庚辰本第四十二回开篇有一段非常特别的回前评：

> 钗玉名虽两个，人却一身，此幻笔也。今书至三十八回时已过三分之一有余，故写是回使二人合而为一。请看黛玉逝后宝钗之文字便知余言不谬矣。

宝钗和黛玉是书中最势均力敌的两个女主角，一个端庄守礼，一个才情横溢，正是各擅胜场，难分轩轾，可说是“理性”与“感性”的两大极端代表。然而脂砚斋却偏偏说“名虽两个，人却一身”。

这句话初看极其无理，细想却并非空穴来风。《金陵十二钗》册子中，正册首页上，便是两株枯木悬一玉带，旁边雪下埋着股金簪，诗云：“可叹停机德，应怜咏絮才。玉带林中挂，金簪雪里埋。”

——将宝钗比乐羊子妻，极褒其德，而黛玉比谢道韫，仰重其才，却将两人命运系于一诗，正是“德才兼备”；而宝玉梦中所温存之可卿，又是“鲜艳妩媚，有似乎宝钗；风流袅娜，则又如黛玉”的，果然“兼美”，可见其纠结难分，你中有我。

世上果有如此兼美之人，堪称典范；而若能娶此二人为妻，更是遂心如愿，梦里才有的好事了。然而此书要极力写明的原是“美中不足，好事多魔”八个字，“瞬息间则又乐极悲生，人非物换，究竟是到头一梦，万境归空”。

整个前八十回，宝钗与黛玉的关系，便正是铺叙这“好事多魔”的过程，从对立到和谐，直至合二为一。

本回之前，黛玉对宝钗是一直含有妒意，认作第一假想敌的。她一再地试探宝玉，跟他闹别扭，哭一阵好一阵的，直到第三十二回“诉肺腑”之时，才终于确定了宝玉的真心，再无疑忌，却对宝钗依然含酸，看到她哭红了眼睛，忍不住出言讥讽：“哭出两缸眼泪来，也医不好棒疮！”

同时，宝玉挨打后，也的确是宝钗对宝玉的第一次真情流露，但她与黛玉的较量却绝不是旗帜鲜明分庭抗礼的，而是一直暗中较劲。在宝钗，本以为德才兼备，万口褒赞，品貌不输黛玉，德行更足自夸，而且又有元妃赏赐的暗示，“金玉姻缘”的风声，上有王夫人疼爱，下有袭人助力，中间还得到史湘云等的极力支持，远比黛玉人多势众，对于宝二奶奶之位原是稳操胜券的。

种种心理暗示之下，薛宝钗渐渐已把自己看成了宝玉的“准未婚妻”。偏偏宝玉不领情，这时候已经同黛玉互相倾心，誓同生死了，因此在梦中也叫出来：“什么是金玉姻缘，我偏说是木石姻缘。”

书中说，宝钗听了这话，登时怔住了。显然，不论宝钗有多少优势，宝玉心中却只认定黛玉一个，这一点，却令宝钗情何以堪？

现在，摆在宝钗面前的有三条路：

第一是撇开宝玉，斩断情根，别觅如意郎君。这显然不太现实，一则有损家族利益，上哪里再找贾府这样的大靠山呢？二则宝钗此时已对宝玉情根深种，也实在放不下。

第二条路是与黛玉斗到底，非争出个你死我活不可。但是宝钗毕竟是温厚守礼的闺秀淑媛，而不是泼辣狠毒的王熙凤；且黛玉上有贾母疼爱，又得宝玉真情，绝非来历不明出身低微的尤二姐，真个斗下去，宝钗未必能赢。

第三条路则是化敌为友，接受黛玉跟宝玉的感情，二女同事一夫。

显然，宝钗选了第三条路。

这选择是被迫，但也是主动的，而且不只是对湘云、袭人那样施以小恩小惠的拉拢，不是帮忙做个针线活，赞助办个螃蟹宴这么简单，而是晓之以理、动之以情的大手笔，是“攻心之术”。

第四十二回“兰言解疑癖”，便是宝钗对黛玉的小试牛刀。

这日在贾母处请安已毕，回园至分路处，宝钗叫住黛玉来至蘅芜苑中，先是出其不意地笑着来了句：“你跪下，我要审你。”因黛玉不解，便又冷笑道：“好个千金小姐！好个不出闺门的女孩儿！满嘴说的是什么？你只实说便罢。”谁知黛玉仍然不解，宝钗遂笑着说明：“你还装憨儿。昨儿行酒令你说的是什么？我竟不知那里来的。”

将“好个不出闺门的女孩儿”与“昨儿行酒令你说的是什么”联系起来，罪名已经很清楚——读了邪书，移了性情，竟还公诸人前——这在今天不算什么，但在传统礼教下，的的确确不是一个闺秀的所言所行。

因此黛玉回想清楚，也自知“昨儿失于检点，那《牡丹亭》《西厢记》说了两句，不觉红了脸”，主动说：“好姐姐，原是我不知道随口说的。你教给我，再不说了。”竟然乖乖上钩，主动受教了。

于是，宝钗安稳坐定，深入浅出，由己及人，说出了好长一番大道理来，“一席话，说的黛玉垂头吃茶，心下暗伏，只有答应‘是’的一字”。这是黛玉的第一次服软。

此回回目名中“兰言解疑癖”，“兰言”，典出《易经》：“同心之言，其臭如兰。”后来骆宾王《上梁明府启》中有“挹兰言于断金”语，遂成固定名词，喻指心意相投之言。

“疑癖”则指黛玉原是有疑心病的，而宝钗的一番大度剖白让她彻底敞开了心扉，视宝钗如长姐，并在回末开玩笑时语带双关说：“好姐姐，饶了我罢！黛玉年纪小，只知说，不知道轻重，作姐姐的教导我。姐姐不饶我，还求谁去。”

这是黛玉解除疑窦，心胸大畅，因信任而亲热，因亲热而戏谑。此前她与宝钗也常常互开玩笑，却从未如此亲昵，可见是尽情释怀了。

待宝钗放了她，黛玉又说：“到底是姐姐，要是我，再不饶人的。”这是真心话，也是黛玉解疑的根本原因。正如她在第四十五回中说过的：“你素日待人，固然是极好的，然我最是个多心的人，只当你心里藏奸。从前日你说看杂书不好，又劝我那些好话，竟大感激你。往日竟是我错了，实在误到如今。……比如若是你说了那个，我再不轻放过你的；你竟不介意，反对我说那些话，可知我竟自误了。”

这是再三再四的道歉与剖白，倾心相与了。

但凡钗黛之情，必由宝玉眼中鉴定，因此后宝钗为黛玉理鬓一节，“宝玉在旁看着，只觉更好，不觉后悔不该令他抿上鬓去，也该留着，此时叫他替他抿去”。

到了第四十九回《琉璃世界白雪红梅　脂粉香娃割腥啖膻》中，更是一语定评：“我只说‘是何时孟光接了梁鸿案？’原来是从‘小孩儿家嘴口没遮拦’上来的。”

只可惜，“钗黛合一”终究只是理想，这两人在《金陵十二钗》诗册中原是一体，到了《红楼梦仙曲十二支》中却已分作两支，各有归源了。黛与钗，无论怎么合契也好，到底不是一体。

惜春作画

熟读《红楼梦》最有趣的，不仅仅是领略宝黛爱情的幽微曲折，也不仅是猜谜探佚八十回后真相，抑或是将群钗的心理手段引申到今天的世情职场，更还有那许许多多边缘的知识与情趣。比如妙玉烹茶，看她讲究茶器、茶水与茶味，宛如分杯共饮，自得其乐；又如惜春作画，听宝钗高谈阔论，从画具到画法娓娓道来，亦有无限丘壑。

曹雪芹平生善画，中年潦倒之际，曾以绘画为生，这就难怪书中为什么会有那样详尽的绘画理论描写了，大抵是曹雪芹借惜春作画浇胸中块垒吧？

其友张宜泉《题芹溪居士》中小序说：“姓曹名霑，字梦阮，号芹溪居士，其人工诗善画。”又有诗云：

爱将笔墨逞风流，庐结西郊别样幽。
门外山川供绘画，堂前花鸟入吟讴。
羹调未羡青莲宠，苑召难忘立本羞。
借问古今谁得似，野心应被白云留。

这首诗首联点明雪芹擅画，别居西郊；颈联铺陈其画技画风，多寄情山水；颔联用了事对，接连引用了李白奉诏于沉香亭畔作《清平调》三首，和唐代大画家阎立本奉诏在春苑池作画的典故，这让我们不禁猜测，很可能雪芹曾有过承蒙当权召唤作画的经历。

有人根据傅恒曾奉命主持绘制《皇清职贡图》，又与曹家有亲，怀疑是傅恒曾推荐曹雪芹任内廷供奉，参与绘画。但也只是个猜测罢了，至于真伪始末，已经无从考据。

但是此序此诗，已经足见曹雪芹擅画且曾以画为生。

另外，敦诚诗《寄怀曹雪芹》亦云：

少陵昔赠曹将军，曾曰魏武之子孙。
君又无乃将军后，于今环堵蓬蒿屯。

将曹雪芹比作唐代大画家曹霸之后，虽是溢美之词，也可以看出曹雪芹画艺之高。

敦敏的《题芹圃画石》诗更是最直接的证据：

傲骨如君世已奇，嶙峋更见此支离。
醉余奋扫如椽笔，写出胸中磈礧时。

另有《赠芹圃》云：

碧水青山曲径遐，薜萝门巷足烟霞。
寻诗人去留僧舍，卖画钱来付酒家。

这些宝贵的资料不但告诉我们曹雪芹擅画，而且喜欢画石，醉酒后可以一挥而就，笔墨酣畅画意嶙峋，最见雪芹傲视权贵的性格与抱负。然而同时也写出曹雪芹在“举家食粥酒常赊”之际，曾以卖画抵债。

卖画，也是曹雪芹活命的营生之一。

第四十二回中，惜春奉贾母命要请假画园子，群钗开会，对于绘画的工具、准备步骤，有过极详细的描写。

宝钗道：“……如今画这园子，非离了肚子里头有几幅丘壑的才能成画。这园子却是像画儿一般，山石树木，楼阁房屋，远近疏密，也不多，也不少，恰恰的是这样。你就照样儿往纸上一画，是必不能讨好的。这要看纸的地步远近，该多该少，分主分宾，该添的要添，该减的要减，该藏的要藏，该露的要露。这一起了稿子，再端详斟酌，方成一幅图样。第二件，这些楼台房舍，是必要用界划的。一点不留神，栏杆也歪了，柱子也塌了，门窗也倒竖过来，阶矶也离了缝，甚至于桌子挤到墙里去，花盆放在帘子上来，岂不倒成了一张笑‘话’儿了。第三，要插人物，也要有疏密，有高低。衣折裙带，手指足步，最是要紧；一笔不细，不是肿了手就是瘸了腿，染脸撕发倒是小事。”

晚唐时期著名的《山水赋》中说：

凡画山水，意在笔先。丈山尺树，寸马分人。远人无目，远树无枝。远山无皴，隐隐如眉。远水无波，高与云齐。此是诀也。山腰云塞，石壁泉塞，楼台树塞，道路人塞。石看三面，路看两头，树看顶额，水看风脚。此其法也。

这番议论与宝钗所言十分相应。

界画是一种画技门类，作画时使用界尺画线，故名之。界画适于画建筑，其他景物用工笔技法配合，通称为“工笔界画”。

明代陶宗仪《辍耕录》所载“画家十三科”中有“界画楼台”一科，指以宫室、楼台、屋宇等建筑物为题材，间以游鱼草虫、各种雀鸟花鸟。从画的形式或颜色上可分为水墨、青绿、金碧、浅绛等。

关于《红楼梦》图绘中最著名的清代孙温家族的绘画，便全是以界画为主，翻开画册来，满眼青碧，宛如丛林。

最后，宝钗还给了最具体实用的建议：

> 我教你一个法子。原先盖这园子，就有一张细致图样，虽是匠人描的，那地步方向是不错的。你和太太要了出来，也比着那纸大小，和凤丫头要一块重绢，叫相公矾了，叫他照着这图样删补着立了稿子，添了人物就是了。就是配这些青绿颜色并泥金泥银，也得他们配去。

宝钗教惜春省笔之法，是按照匠人的园子图样先立了稿子，也就是“粉稿”，保证“地步方向不错”，可免树倾屋斜，门窗倒竖等弊端。

古时作画以白色绢素为画布，比宣纸更加滋润、细腻。而且绢比纸结实，可以反复上色皴染，还可以清洗修改，更适合题材丰富的界画。

古时作画讲究“三矾九染”，就是将白矾研成细面，用温水泡化，再按比例调入胶水内，可使渲染后的色彩不混淆，有光泽。调配胶矾的比例由于天气季节的关系各不相同，夏季六胶四矾，秋日三胶七矾，冬日八胶二矾。绢素在画之前用薄薄的轻矾水刷一道，画时就好落墨了，画完后再刷一道轻矾水，裱后金笺就不会绷裂粘色。所以宝钗说“要一块重绢，叫相公矾了”；又说“配这些青绿颜色并泥金泥银，也得他们配去”，因为青绿金碧便是界画的主要用色。

西方绘画讲的是焦点透视，而中国画法则相对提出散点透视，就是在画卷中设置多个透视点，最简单的一条就是“近大远小”，而最典型的代表作就是北宋张择端的《清明上河图》。

相较于寻常国画的泼墨山水、工笔仕女、花鸟人物而言，《清明上河图》场景开阔，人物丰富，尤其整个画面的山水楼台树木人物的布局之细密，令人叹为观止。

曹雪芹令惜春画大观园图，很可能就是受到《清明上河图》的启发。倘若世上真有惜春其人，真有一幅完整的《大观园行乐图》，可真要惜春“慢慢儿地画”上一年半载了。

第四十三回
闲取乐偶攒金庆寿　不了情暂撮土为香

凤姐生日的暗示

《红楼梦》前八十回中共正面详细描写了四次大生日：宝钗、熙凤、宝玉、贾母。

而每次生日，都有许多谶言预兆式的情节发生：

在宝钗的十五岁生日宴上，宝玉第一次听曲文而悟禅机，暗示了他出家的宿命；

怡红院群芳开夜宴为宝玉祝寿，众人占花名游戏，更是典型的谶语；

贾母的八十寿宴是书中最后一次生日，在热闹繁华的表面下，“悲凉之雾，遍布华林”，连精明能干的凤姐也力绌图穷，显露出江郎才尽之象。

那么，作者花费了大量笔墨，写了第四十三回和第四十四回整整两回的凤姐生日宴，又向我们透露出了一些什么样的信息与暗示呢？

首先，是凤姐和尤氏两人对话中的玄机。

贾母做主，让众人学小家子凑份子，为凤姐办生日，又将这事交给尤氏办：“越性叫凤丫头别操一点心，受用一日才算。”尤氏往凤姐房中商议，打趣说：“你瞧他兴的这样儿！我劝你收着些儿好。太满了就泼出来了。”

这句“太满了就泼出来了”，正与此前秦可卿向凤姐报梦时所说的“月满则亏，水满则溢”同一意思，而可卿又正是尤氏的儿媳妇。焉知这不是作者借尤氏之口第二次泄露天机？

次日，尤氏与凤姐算账时见短了凤姐答应替出的李纨一份，嘲骂道：“我看着你主子这么细致，弄这些钱那里使去！使不了，明儿带了棺材里使去。”

庚辰本在此双行夹批："此言不假，伏下后文短命。尤氏亦能干事矣，惜不能劝夫治家，惜哉痛哉！"明言这句是谶语。

待到席上，尤氏与凤姐敬酒时，又调笑说："我告诉你说，好容易今儿这一遭，过了后儿，知道还得像今儿这样不得了？趁着尽力灌丧两钟罢。"脂砚斋又有夹批说："闲闲一语伏下后文，令人可伤，所谓'盛筵难再'。"

——又是"太满了就泼出来了"，又是"明儿带了棺材里使去"，又是"盛筵难再"，真是一而再，再而三地提醒我们：贾府的好日子就要过去了，而这悲风，将从尤氏和凤姐这两个宁荣府的内当家开始吹起。

可卿判词中原有"漫言不肖皆荣出，造衅开端实在宁"的句子，而宁府长孙媳秦可卿之死，乃是由凤姐操办；尤氏之妹尤二姐之死，又由凤姐一手造成。这两件宁国府的"造衅"一旦闹腾出来，凤姐都绝对难辞干系——是因为这样，书中才要借尤氏之口一再向凤姐提出警告吗？

凤姐生日宴上还有一个不和谐音，来自宝玉。

此日贾府华筵，宝玉却往水仙庵祭金钏儿，回来又遇见玉钏儿"独坐在廊檐下垂泪"，偏于繁花闹管中写出一片凄凉来。

更加可叹的是，宝玉祭钏，众人都不解缘故，连玉钏儿都不能相知，唯有黛玉却心有灵犀，早知端的，故意借了戏目《荆钗记》劝慰宝玉，宁不令人赞叹雪芹神笔，一字千钧？

而最"变生不测"，还是贾琏与鲍二家的偷情，被凤姐撞破。

贾琏偷腥并不意外，惊诧的是两人的床头话——那鲍二家的理所当然地问："多早晚你那阎王老婆死了就好了。"

仆婢背后非议主子已是可恶，更何况偷了主子的男人还要咒主子早死，这鲍二家的确实不堪！而其竟敢如此无法无天，自然是贾琏纵容。那贾琏与凤姐原也算得上恩爱，背后竟然这样诽谤诅咒，且是联同下人一起咒骂自己老婆早死，何其冷酷忍心！

凤姐窗外听闻，又何其伤心！之前两人也是有过一日不见如隔三秋的恩爱时光的，这才几年，非但全无第七回"送宫花贾琏戏熙凤"的情趣，甚至连起码的同舟共济都谈不上了。一日夫妻百日恩，怎能如此薄情？

正如凤姐含泪所问："千日不好，也有一日好。可怜我熬的连个淫妇也不如了，我还有什么脸过这日子？”

且说大闹一场后，贾母出面调停，命贾琏与凤姐赔罪。“贾琏听如此说，又见凤姐儿站在那边，也不盛妆，哭的眼睛肿着，也不施脂粉，黄黄脸儿，比往常更觉可怜可爱。”

脂砚斋特地在“黄黄脸儿”后面批了一句：“大妙大奇之文，此一句便伏下病根了，草草看去便可惜了作者行文苦心。”暗示凤姐终究难脱短命之运。

同时，这一回中也可以明白地看出封建家庭的伦理秩序：贾母无论多么疼爱偏袒凤姐，真正奉行的准则还是“夫为妻纲”。贾琏偷情在她看来完全不是什么错处：“什么要紧的事！小孩子们年轻，馋嘴猫儿似的，那里保得住不这么着。从小儿世人都打这么过的。”且反打趣凤姐说：“他多吃了两口酒，又吃起醋来了。”更教训了平儿，在明知平儿受委屈后还说：“今儿是他主子的好日子，不许他胡闹。”

丈夫可以对不起妻子，妻子不能吃醋；主子可以冤枉了奴才，奴才不能委屈。这就是封建社会的礼，老祖宗维护的理！这也是后来再有了尤二姐之事，凤姐再不敢张扬大闹，转而笑里藏刀暗箭杀人的缘故。

凤姐的这次生日过得，威风也真威风，悲凉也真悲凉，正合了“盛筵必散，乐极生悲”那句话。

事情到这里还没有完，第四十五回《金兰契互剖金兰语　风雨夕闷制风雨词》中，又借赖嬷嬷之口补出一件小事：

> 凤姐儿听了笑道：“正是我要告诉你媳妇，事情多也忘了。赖嫂子回去说给你老头子，两府里不许收留他小子，叫他各人去罢。”赖大家的只得答应着。周瑞家的忙跪下央求。赖嬷嬷忙道：“什么事，说给我评评。”凤姐儿道：“前日我生日，里头还没吃酒，他小子先醉了。老娘那边送了礼来，他不说在外头张罗，他倒坐着骂人，礼也不送进来。两个女人进来了，他才带着小幺们往里抬。小幺们倒好，他拿的一盒子倒失了手，撒了一院子馒头。人去了，打发彩明去说他，他倒骂了彩明一顿。这样无法无天的忘八羔子，不撵了

作什么！”

自有了“纵有千年铁门槛，终须一个土馒头”这句话，我们都知道，“馒头”在书中的意味非同寻常。宝玉说过：“怪道我们家庙说是‘铁槛寺’呢。”

只怕还要再补一句：“怪道‘水月庵’又被叫作‘馒头庵’呢。”

固然，书中对“馒头庵”的解释是“因他庙里做的馒头好，就起了这个浑号”，然而这只是在瞒人，其真实含义无非是再次提醒关于“铁门槛”与“土馒头”的佛偈。

王熙凤生平第一件恶事：收取净虚银子，是在馒头庵里所为，那么周瑞家的儿子在她生日里“撒了一院子馒头”，又意味着什么呢？可是有“馒头庵事发”的暗示？

前文已经讨论过周瑞家的女婿冷子兴与凤姐千丝万缕的关系，此处又出来一个周瑞家的儿子，看来，在贾府之败、凤姐之死这件事上，周瑞一家子可真是没做过什么好事啊。

而贾琏、凤姐夫妻的情感，也从此回开始急转直下，从前的蜜里调油换成了如今的同床异梦，而到了尤二姐之死后，更是反目成仇；而王熙凤惨死之兆，也早已尽行预演在她的生日宴上了，这样的巧妙安排，也真令人赞而复叹！

第四十四回
变生不测凤姐泼醋　喜出望外平儿理妆

平儿与宝玉的知己之情

红楼女儿入得《金陵十二钗》需要两个条件：一是进过大观园，二是在玉兄处挂号。

而平儿在宝玉处挂号的重要描写便在第四十四回，其中有非常重要的一段话：

> 宝玉因自来从未在平儿前尽过心——且平儿又是个极聪明极清俊的上等女孩儿，比不得那起俗蠢拙物——深为恨怨。今日是金钏儿的生日，故一日不乐。不想落后闹出这件事来，竟得在平儿前稍尽片心，亦今生意中不想之乐也。因歪在床上，心内怡然自得。忽又思及贾琏惟知以淫乐悦己，并不知作养脂粉。又思平儿并无父母兄弟姊妹，独自一人，供应贾琏夫妇二人。贾琏之俗，凤姐之威，他竟能周全妥贴，今儿还遭荼毒，想来此人薄命，比黛玉犹甚。想到此间，便又伤感起来，不觉洒然泪下。

黛玉《桃花行》诗中曾有“胭脂鲜艳何相类，花之颜色人之泪；若将人泪比桃花，泪自长流花自媚”的句子，可见胭脂与眼泪总是分不开的。

宝玉因黛玉眉尖若蹙，而“西方有石名黛，可代画眉之墨”，故为黛玉取名“颦儿”。“颦”与“平”同音，而宝玉为之侍妆簪花的，又恰恰是平儿。这平儿与黛玉同名，又与宝玉同一天生日，其身份何等特殊？

宝玉劝住了眼泪，送上了胭脂，也就与平儿结了一份桃花缘。而正是因为这份情缘，遂有后文平儿投桃报李之举。

第五十二回“俏平儿情掩虾须镯”，平儿因查明自己丢的虾须镯为怡红院小丫头坠儿所窃，一片私心体谅宝玉，因悄悄向麝月说：“宝玉是偏在你们身上留心用意、争胜要强的，那一年有一个良儿偷玉，刚冷了一二年，间还有人提起来趁愿，这会子又跑出一个偷金子的来了。而且更偷到街坊家去了。偏是他这样，偏是他的人打嘴。所以我倒忙叮咛宋妈，千万别告诉宝玉，只当没有这事，别和一个人提起。第二件，老太太、太太听了也生气。三则袭人和你们也不好看。”

这番话被宝玉听见了，不禁又喜又气又叹：“喜的是平儿竟能体贴自己；气的是坠儿小窃；叹的是坠儿那样一个伶俐人，作出这丑事来。”

平儿深体宝玉之心，知道他喜欢在丫鬟身上留心，是个争强好胜爱面子的，如今他的丫头行窃，吵嚷出去，不知惹出多少口舌，生出多少烦恼来。因此自己拦在里头，连凤姐也不告诉，径自命宋妈守口如瓶，不和一个人提起，免得传到贾母、王夫人耳中，众人面子上都下不来。

这正是平儿素习行事的风格：“大事化为小事，小事化为没事，方是兴旺之家。若得不了一点子小事，便扬铃打鼓的乱折腾起来，不成道理。”

当家之人，最忌能起事不能压事，小事闹大，大事闹乱，无事立威，有事躲懒——王夫人就显然是这种心性，故被贾母夺了管家之权，才有凤姐之能。而凤姐是重威不重德的，主张严惩，有时未免生事；平儿跟随在凤姐身边，见多识广，深谙管理之道，又能德行并重，懂得大事化小息事宁人的道理，实是最得体的当家人。

如果说“理妆”是宝玉对平儿的体贴，那么“瞒窃”就是平儿对宝玉的知己了，她对上向凤姐隐瞒真相，对下命宋妈不可声张，又特地叮嘱麝月不可叫晴雯知道，自然也没打算让宝玉知道——她为宝玉所做的，同样也不指望任何人领情。

此时的宝玉和平儿，其实已经在精神上建立了攻守同盟，有种心照不宣的灵犀，这也是玫瑰露一案中，两人顺利联手平息事端的大前提。

四儿曾说过：同月同日生就是夫妻。并且就因为这么一句话被王夫人撵出去了。

但是这句话，却真真掷地有声，让人不得不再三回味。

且看书中第六十二回这段描写：

袭人等捧过茶来，才吃了一口，平儿也打扮的花枝招展的来了。宝玉忙迎出来，笑说："我方才到凤姐姐门上，回了进去，不能见，我又打发人进去让姐姐的。"平儿笑道："我正打发你姐姐梳头，不得出来回你。后来听见又说让我，我那里禁当的起，所以特赶来磕头。"宝玉笑道："我也禁当不起。"袭人早在外间安了坐，让他坐。平儿便福下去，宝玉作揖不迭。平儿便跪下去，宝玉也忙还跪下，袭人连忙搀起来。又下了一福，宝玉又还了一揖。袭人笑推宝玉："你再作揖。"宝玉道："已经完了，怎么又作揖？"袭人笑道："这是他来给你拜寿。今儿也是他的生日，你也该给他拜寿。"宝玉听了，喜的忙作下揖去，说："原来今儿也是姐姐的芳诞。"平儿还万福不迭。

看了这一段，没法不想到"相敬如宾"四个字，倒让人怅然了。

全书中，平儿的名字出现在回目中共计四次之多，居副册与又副册女子之首。

李纨感叹平儿的好，曾说："可惜这么个好体面模样儿，命却平常，只落得屋里使唤。不知道的人，谁不拿你当作奶奶太太看。"

这话说得公道。可见稻香老农不但会评诗，看人更准，一语说中——刘姥姥初进荣国府的时候，可不就是看着她插金戴银花容月貌的，差点当成了凤姐赶着喊"姑奶奶"么？这一则固是因为平儿形容体面，二则也是因她气度非凡。

那平儿的行事态度原不逊于任何一位奶奶太太，只可惜"命却平常"，怨不得叫了"平儿"。第四十四回为凤姐醉打平儿，李纨又曾打抱不平说："给平儿拾鞋也不配，你们两个只该掉一个过儿才是。"

——为了这句话，便有许多索隐之士认为后来贾琏休了凤姐，将平儿扶正，使两人的地位"掉了一个过儿"。倘若是，平儿又怎能入得"薄命司"？

《红楼梦》里的薄命女儿不少，然而书中真正下了“薄命”二字定语的，只有四人。

第一个自然是正册之首林黛玉，曾自叹：“所悲者，父母早逝，虽有铭心刻骨之言，无人为我主张。况近日每觉神思恍惚，病已渐成，医者更云气弱血亏，恐致劳怯之症。你我虽为知己，但恐自不能久待；你纵为我知己，奈我薄命何！”诗中亦屡有“红颜命薄古今同”，“飘泊亦如人命薄”的句子。

第二个是副册之首甄英莲，也就是香菱，不但写她那一回的回目作“薄命女偏逢薄命郎”，文中又借贾雨村之口定论：“这正是梦幻情缘，恰遇一对薄命儿女。”

第三个是又副册之首晴雯，在宝玉《芙蓉诔》中，原有“红绡帐里，公子情深，黄土垄中，女儿命薄”的句子。

这三个人，分别是正册、副册、又副册之首，又都是玉派女儿。可见“薄命司”的女子虽然各个命薄，而玉派又比金派尤甚。

然而除了上述三个人，第四个被称为“薄命”的，却偏偏是既拥有虾须镯这样的金饰标志，又是金派主力王熙凤的心腹的平儿，宝玉甚至认为“想来此人薄命，比黛玉犹甚”。

由此，我们也就益发为平儿将来的命运而堪悲了。

第四十五回

金兰契互剖金兰语　风雨夕闷制风雨词

扮猪吃老虎：给李纨算笔账

说到敛财，人们总是立刻想到贾琏夫妻和邢夫人，那王熙凤弄权铁槛寺，为了三千两银子害了张金哥一条性命；扣着丫鬟的月钱不按时发放，自已拿去放高利贷，简直可以用“无恶不作”来形容了；贾琏更不消说，“油锅里的钱还要找出来花呢”，连老太太的东西都敢倒腾出来去当；“螳螂捕蝉，黄雀在后”，邢夫人更棋高一招，捏了儿子的短儿，竟向媳妇敲诈。

——这是个什么家庭啊，母子、夫妻、婆媳，都是这样乌眼鸡似的，“恨不得你吃了我，我吃了你”。

而李纨青年守寡，既然生活在这样的大环境中，难免不会暗自留心，未雨绸缪。只不过，她敛财的方法与凤姐不同，凤姐是八爪鱼式的东征西敛，四处出击；而李纨却是蚂蚁搬家式的聚沙为塔，只进不出。

第四十三回凤姐过生日，贾母一时兴起，要学小家子凑份子操办。李纨和尤氏都说要出十二两，贾母说：“你寡妇失业的，那里还拉你出这个钱，我替你出了罢。”凤姐为讨贾母的好，忙说这钱由自己代出——当然，这只是面子功夫，真到尤氏来拿钱时，凤姐却用一顿软硬兼施的说笑给混过去了。钱是没出，然而账却已经给李纨记下了，并在第四十五回中，李纨带姑娘们来与她要钱办诗社时，好好地跟李纨算了一笔账：

> 凤姐儿笑道：“亏你是个大嫂子呢！把姑娘们原交给你带着念书学规矩针线的，他们不好，你要劝。这会子他们起诗社，能用几

个钱，你就不管了？老太太、太太罢了，原是老封君。你一个月十两银子的月钱，比我们多两倍银子。老太太、太太还说你寡妇失业的，可怜，不够用，又有个小子，足的又添了十两，和老太太、太太平等。又给你园子地，各人取租子。年终分年例，你又是上上分儿。你娘儿们，主子奴才共总没十个人，吃的穿的仍旧是官中的。一年通共算起来，也有四五百银子。这会子你就每年拿出一二百两银子来陪他们顽顽，能几年的限？他们各人出了阁，难道还要你赔不成？这会子你怕花钱，调唆他们来闹我，我乐得去吃一个河涸海干，我还通不知道呢！”

李纨笑道：“你们听听，我说了一句，他就疯了，说了两车的无赖泥腿市俗专会打细算盘分斤拨两的话出来。这东西亏他托生在诗书大宦名门之家做小姐，出了嫁又是这样，他还是这么着；若是生在贫寒小户人家，作个小子，还不知怎么下作贫嘴恶舌的呢！天下人都被你算计了去！昨儿还打平儿呢，亏你伸的出手来！那黄汤难道灌丧了狗肚子里去了？气的我只要给平儿打报不平儿。忖夺了半日，好容易‘狗长尾巴尖儿’的好日子，又怕老太太心里不受用，因此没来，究竟气还未平。你今儿又招我来了。给平儿拾鞋也不要，你们两个只该换一个过子才是。”说的众人都笑了。凤姐儿忙笑道：“竟不是为诗为画来找我，这脸子竟是为平儿来报仇的。竟不承望平儿有你这一位仗腰子的人。早知道，便有鬼拉着我的手打他，我也不打了。平姑娘，过来！我当着大奶奶姑娘们替你赔个不是，担待我酒后无德罢。”说着，众人又都笑起来了。

凤姐心思缜密，出语尖酸，原不足奇；然而向来笨口拙腮、罕言寡语的李纨竟然这般伶牙俐齿起来，真是破天荒头一回。原因无他，只为凤姐揭出了她的心病，于是老实人也发起火来，哑巴也会唱歌了，所谓“兔子急了也咬人”，而且咬得相当准而狠——不但回敬了凤姐一连串诸如“无赖泥腿”“贫嘴恶舌”等咒骂之语，且还会指东打西，转移目标，并不反驳凤姐关于自己怕花钱、调唆姑娘们来闹事的话，却说起凤姐生日那天泼醋打平儿的事来。

设想一下，那凤姐原是最擅言辞、精明不过的一个人，倘若也和李纨一般见识，零打碎敲地回几句嘴，局势会是何等不堪？

好在凤姐识大体，不计较，息事宁人地当众给平儿赔了个不是，又满口答应：“明儿一早就到任，下马拜了印，先放下五十两银子给你们慢慢作会社东道。”将一场潜在的口角风波消弭于无形。

凤姐这样做，固然是因为身为当家人，轻易不愿意引起争端，二则也是真个争执起来，自己可占不了上风——整个荣府里，无论谁听说凤姐和李纨吵架，都必定会认为是凤姐欺负了老实人。

可见王熙凤是精明的，却也是失败的，不但婆婆邢夫人看不上她，下人们也都阳奉阴违，连小厮兴儿也在背后饶舌，说她“嘴甜心苦，两面三刀；上头一脸笑，脚下使绊子；明是一盆火，暗是一把刀”——做假做得连底下人都瞒不过，也就算不得会做假了。

但是大嫂子李纨可比她强多了。放眼荣宁二府，看谁挑过李纨的眼，找过李纨的茬来着？

第四回开篇关于李纨的生平简历介绍说：“这李纨虽青春丧偶，居家处膏粱锦绣之中，竟如槁木死灰一般，一概无见无闻，惟知侍亲养子，外则陪侍小姑等针黹诵读而已。”

这里点明李纨的处世原则，“槁木死灰，无见无闻”，说白了就是“装死”。即使放在今天的职场，一个能把自己掩饰得跟死人一般无声无息的人，也一定是个安全的人。

但李纨也不是一味地装死，她还有第二道板斧，就是示弱。

李纨的弱是人所共知的，青年守寡，无所依傍。生怕别人忘了这一点，她是时不时就要哭两声来引起人注意的。

这样做的实惠，可以从凤姐替她算的那笔账上清楚看到：月银比凤姐等多两倍，因老太太可怜她寡妇失业又有个小子，又添了十两，且园子地的租子也是自取自用，年终分红又是上上分儿。一年通共算起来，总有四五百银子。

但是装死也好，示弱也罢，这两招都是非常消极被动的做法，如果分寸拿捏得不好，很可能会适得其反，被人忽略、轻视，甚至任意欺侮，那可就违背李纨的原意了。

所以，李纨也有其积极的一面，就是在不显山不露水的前提下热心参与，建立存在感。

老太太给她派了个闲职："陪侍小姑等针黹诵读"。这句话只好说说罢了，因为姑娘们各居各室，又有奶妈又有丫鬟，就算针黹诵读，也用不着个大嫂子做陪。

对于这一点，李纨当然也很清楚，也很着急。所以当探春提议建诗社的时候，她第一个双手赞成，且自荐为社长，说："我那里地方大，竟在我那里作社。我虽不能作诗，这些诗人竟不厌俗客，我作个东道主人，我自然也清雅起来了。"

大嫂子开了口，众姑娘自然不会反对，于是她这个不擅诗的人便成了海棠诗社社长，在老太太面前也就有了交代：不是陪着姑娘们诵读吗？我还带着她们作诗呢，多么风雅！

细读起来，大观园诸次起社中，时有请假不来的，然而大嫂子却从未缺席，这就是"重在参与"。

而且李纨的参与也不是白参与的，她最重要的心思还是放在捞实惠上。

我们不妨学学凤姐，也给李纨算笔账——李纨带姑娘们找凤姐，是为了给诗社找个"出钱的铜商"，然而诗社究竟需要多大花费呢？

在第三十七回《秋爽斋偶结海棠社　蘅芜苑夜拟菊花题》中，探春起意建诗社，李纨先抢了个社长当，又主动请缨要做东。然而探春说："原系我起的意，我须得先作个东道主人，方不负我这兴。"李纨立刻顺水推舟："既这样说，明日你就先开一社如何？"

很明显，这第一社是探春的东道，李纨只是口头热闹，并未出钱。

次日史湘云来了，听说众人起社，急得了不得。李纨道："他后来，先罚他和了诗：若好，便请入社；若不好，还要罚他一个东道再说。"这就又把史湘云拉下水了，再不提自己的东道。

于是第二社咏菊花，便是史湘云的东道，薛宝钗赞助的螃蟹宴，仍然不花李纨一分钱，倒跟着吃了一顿螃蟹，还把府里上下通请了一回，闹得尽人皆知，白赚了个带着姑娘们起社吟诗的美名儿。

如此算下来，从第三十七回建社，到第四十五回李纨来找凤姐要钱，这期间她自己还从没出过一分钱；那么当李纨要到钱之后呢？她把这笔钱用在经营诗社上了吗？

且看第四十九回《琉璃世界白雪红梅　脂粉香娃割腥啖膻》。大观园增添了宝琴、岫烟、李绮、李纹、香菱等新生力量，于是大家雅兴大作，准备好好地邀一满社：

> 湘云道："快商议作诗！我听听是谁的东家？"……李纨道："我这里虽好，又不如芦雪广好。我已经打发人笼地炕去了，咱们大家拥炉作诗。老太太想来未必高兴，况且咱们小顽意儿，单给凤丫头个信儿就是了。你们每人一两银子就够了，送到我这里来。"指着香菱、宝琴、李纹、李绮、岫烟，"五个不算外，咱们里头二丫头病了不算，四丫头告了假也不算，你们四分子送了来，我包总五六两银子也尽够了。"宝钗等一齐应诺。

凤姐不是已经给了李纨五十两银子吗？而这里也写得很明白，办一社最多不过十两银子（估计李纨还要扣下点），可见五十两银子，办五社也有余了，怎么隔不了几日，这会子又让大家凑起份子来？而李纨这个社长，到底什么时候做过哪怕一次真正的东道呢？

接着，"只因李纨因时气感冒；邢夫人又正害火眼，迎春岫烟皆过去朝夕侍药；李婶娘之弟又接了李婶娘和李纹李绮家去住几日；宝玉又见袭人常常思母含悲，晴雯犹未大愈：因此诗社之日，皆未有人作兴，便空了几社"。（第五十三回）

此后又是"因凤姐病了，李纨探春料理家务不得闲暇，接着过年过节，出来许多杂事，竟将诗社搁起"。（第七十回）

直到次年春天，因黛玉写了一首《桃花行》，鼓起众人之兴，都说："咱们的诗社散了一年，也没有人作兴。如今正是初春时节，万物更新，正该鼓舞另立起来才好。"于是都往稻香村来，将诗与李纨看了，大家议定："明日乃三月初二日，就起社，便改'海棠社'为'桃花社'，林黛玉就为社主。明日饭后，齐集潇湘馆。"

虽然这一社因为恰值探春的生日，未能起成。然而这里却透露出一个信息：众人专程拿诗去稻香村与李纨看，但李纨却并未再提自己做东，在稻香村办社的话，只是“称赏不已”，且议定以黛玉为社主——换言之，倘若这一社办得成，黛玉便是东道，仍然不关李纨的事。

这一耽搁，转眼又到暮春，史湘云以柳絮为题，写了一首小令，拿与宝钗和黛玉同看，并怂恿说：“咱们这几社总没有填词。你明日何不起社填词，改个样儿，岂不新鲜些。”黛玉听了，偶然兴动，便说：“这话说的极是。我如今便请他们去。”——黛玉这个东道，到底还是补上了。

柳絮社后，众人又放了一回风筝，便散了。这是大观园最后一次起社。

中秋赏月，湘云说过：“可恨宝姐姐，姊妹天天说亲道热，早已说今年中秋要大家一处赏月，必要起社，大家联句，到今日便弃了咱们，自己赏月去了。社也散了，诗也不作了。”

可见大家原意是要在中秋起一社的，但即使起得成，也自然是借家宴的现成资源，无须任何人做东。从头至尾，李纨也没打算要出任何钱来为诗社效力，她这个社长的作用，好像仅仅是为了收银子——凤姐为诗社赞助的银子以及众人凑份子办社的银子。

固然，只是这么百十两银子也撑不肥李纨，然而却已足够我们见微知著，窥一斑而知全豹了。

人人皆知凤姐贪，然而谁会注意到，“寡妇失业”的李纨其实比凤姐更贪更吝？但是整个荣国府，却没有一个人敢说李纨坏话的。都说薛宝钗会做人，然而比起大奶奶李纨也还棋差一招。如果说人人提起宝钗都赞不绝口就算做人聪明的话，那么人人提到李纨都说不出个“不”字来，也是一种了不得的本事。

而李纨攒下的这些家底哪里去了呢？我猜早已通过李纨那几位常在园中出出进进的婶娘、表妹运出园子去了。也因此，当贾府被抄、子弟流散、宝玉甚至沦为乞丐之际，只有李纨还可以衣食无忧，不但将儿子培养成赫赫高官，自己也凤冠霞帔，做起诰命夫人来了。

所谓“扮猪吃老虎”，凤姐可哪里是对手呢？

三个奶妈：奴才两字怎样写

《红楼梦》中的公子小姐们都有奶妈，每个奶妈也都自有其形象。比如贾兰的奶妈虽然未曾正面描写，却借王夫人之口说其“妖调”，于抄检大观园之际被驱逐；迎春奶妈参赌被罚，还曾私下偷了小姐的首饰去当当儿，明欺小姐好性儿，是“奴才坐到主子头上”的典型；宝玉的奶妈李嬷嬷自然也是个难缠的，不但吃他的枫露茶，拿他的豆腐皮包子，还成天跑进怡红院闹事，找袭人等大丫头的麻烦，最是老背晦；惜春的奶妈也没有正戏，但是刘姥姥插科打诨时，惜春笑得肚子疼，拉着奶妈叫揉肠子，自然是因为年纪小，奶妈还仍然在身边侍候的；真正须臾离不开奶妈的，还要数巧姐儿，醒了抱在怀里，困了拍着睡觉，大约也可以看出长大了的公子小姐们儿时的情形了。

曹雪芹会在书中这样得心应手地塑造出一堆奶妈的形象，不仅因为他出身于大家族，跟形形色色的奶妈打交道的机会较多；更主要的原因，是因为曹家祖上正是借乳母发迹——曹雪芹曾祖曹玺，娶妻孙氏，曾做过康熙的乳母，死后赐封一品夫人。

曹家祖上本是汉人，从龙入关成为王府“包衣”，也就是鸳鸯所说的“家生子”；然而由于跟随多尔衮南征北战，像焦大一样，立下一点战功；等到满人坐了紫禁城，凡“从龙入关”者，身份俱得以提升，有了些体面，即如管家林之孝的情形；而其子孙更承受了主子隆恩，得以读书做官，挣得一官半职，便如同书中赖嬷嬷之孙一般。

——也许曹雪芹未必真是按照这样的逻辑和思路来塑造人物的，然而这些故事早已烂熟于心，则在下笔撰文时，必会有意无意，将自己家族发展史的不同阶段，本能地表现在不同人物身上；或者说，在塑造笔下人物时，不自觉地借鉴到自家发展史的不同片段。

顺治八年，多尔衮死后被定罪，顺治收管了多尔衮的正白旗，曹家转为内务府包衣，成为皇帝家奴，曹玺也由王府护卫升任内廷二等侍卫。后来康熙出生，照规矩乳母要在三旗中寻找，曹玺的妻子孙氏适逢其时，遂被选为康熙乳母。显然康熙对这位乳母很有感情，他于八岁登基，次年即命曹玺出任江宁织造，委以重任。后来南巡时见到年迈的孙夫人，欣然说“此吾家老人也”，并为其住处亲笔题名“萱瑞堂”，可见其眷顾之心。

曹家这段发迹的过程，分别展现在了红楼三大奶妈李嬷嬷、赵嬷嬷和赖嬷嬷身上。

李嬷嬷的经典描写见于第八回，蒙府本的回目名便作《拦酒兴李奶母惹厌　掷茶杯贾公子生嗔》，用宝玉的话说是“逞得他比祖宗还大”。

虽然李嬷嬷唠叨背晦不招人待见，但是其子李贵却是颇有分寸面子的，不但在宝玉面前敢于抱怨说：“人家的奴才跟主子赚些好体面，我们这等奴才白陪挨打受骂的。从此后也可怜见些才好。”对掌塾之孙贾瑞也敢于直言训诫，指责瑞大爷平日不正经。

这个陪读护驾的身份，很有点像是曹寅从前之于康熙——曹寅比康熙小四岁，传说曾为康熙伴读，十六岁时出任康熙御前侍卫，并于曹玺死后不久，接任江宁织造之职，任上曾经四次接驾。

当然，如果将李贵加上茗烟的表现除以二，可能更符合历史真实。

赵嬷嬷乃贾琏乳母，来凤姐处讨情，替两个儿子赵天梁、赵天栋寻差使，凤姐顺水人情地塞给了贾蓉贾蔷，理由是：“现放着两个奶哥哥，比谁不强？”正是朝中有人好做官，银子给谁赚不是赚，与其便宜了不相干的人，倒不如照顾自己知根知底的奶哥哥呢。

康熙放心地将江宁织造这块肥缺交给曹寅连任，可不也正是看在“奶哥哥”的情分上？

当然，书中凭乳母发迹的真正大人物还要数赖尚荣，也就是“赖上荣”——依赖上面主子得到荣光的意思。

赖嬷嬷是贾府上德高望重的老家奴，三代服侍主子，出场时早已退休，在家里一样的高厦暖阁，闲时坐了轿子来府里陪贾母搓一日牌，乐得清闲；其子赖大是荣国府的大管家，一人之下众人之上；孙子赖尚荣虽是家生子，却仗着祖宗的情面，主子的恩典，打小儿放了出来，削了奴籍，可以“公子哥儿似的读书认字”，一样是丫头婆子地捧养长大，还捐了前程做了官，所谓“三代出一个贵族”，这真是活生生的范例！

回顾历史，曹家也正是差不多的情形。

“你看那正根正苗的忍饥挨饿的要多少？你一个奴才秧子，仔细折了福！”焉知不是曹家的家训呢？

“你不安分守己，尽忠报国，孝敬主子，只怕天也不容你。”又焉知不是雪芹的反思？

“那里知道奴才两字是怎么写的？”更是曹家后代的刺心之语，只知道享福，不能安分守己，终遭没落——这番血泪教训，由赖嬷嬷口中闲闲道来，尤为惊心！

“赖尚荣”三个字，显然谐音“赖上荣”。他从二十岁捐官到现在，已经十年过去，才选为县官。可见此前的十年都只是虚名好听，却无实衔，最终还是要靠主子恩典，“不知怎么弄神弄鬼的，求了主子”，正如王子腾之保举贾雨村。

贾雨村将来自然是要恩将仇报的，那么赖尚荣会衔恩不忘么？

未必。

李纨、凤姐说他“先那几年还进来了两次，这有好几年没来了，年下生日，只见他的名字就罢了”。

为什么不进来了？

因为他已经捐了官，自谓有了身份，不愿意再到贾府来行奴才之礼，提醒自己本是出身微贱。但是挣扎了十年，终究不得出头，到底还是求了主子方才寻得门路，“选了出来”，做了州县官也才会有“前儿给老太太、太太磕头”之事，穿了新官服，十分威武。

赖尚荣如此自尊又自卑，一旦得势，又怎能不急于洗清与贾府的关系，避而远之呢？

所以赖嬷嬷说的“尽忠报国，孝敬主子”，通通是反话正说，白白叮嘱了。

当然，小说不是历史真实，而且当奴才毕竟不是什么风光的事，所以曹雪芹不可能一笔笔很真实地描写所有过程与细节；同时，乳母现象也是当时的普遍关系，小说中随手拈来，未必一定和自己家有关。

比如贾母曾经深有体会地说："大约这些奶子们，一个个仗着奶过哥儿姐儿，原比别人有些体面，他们就生事，比别人更可恶，专管调唆主子护短偏向。我都是经过的。"

这当然不会是曹雪芹自陈其祖，而更可能是在皇宫里做乳母的同行多得是，乳母之间免不了争风吃醋斗闲气，兼之八卦打牙传小话儿，当年的孙氏"都是经过的"，曹家少不了听说过许多皇宫逸事，乳娘闲话，像迎春乳母这样的，肯定大有人在。

迎春的奶嬷说："你满家子算一算，谁的妈妈奶子不仗着主子哥儿多得些益，偏咱们就这样丁是丁卯是卯的，只许你们偷偷摸摸的哄骗了去。"这说的就是宫廷细事，绝非风言。

有人曾将《红楼梦》中的乳母与《金瓶梅》对照，说贾琏乳母仗着主子势力，不但自己有体面上炕吃饭，还能给俩儿子走后门寻差使；宝玉乳母敢于打骂小丫鬟，看上什么说拿就拿。而《金瓶梅》里的如意儿，官哥儿哭闹时，她抱着哥儿一动不敢动，饭也不能吃，就这样西门庆还动辄打骂——同样是大家乳娘，地位待遇怎么相差这么多呢?

如果将《红楼梦》里写的情形不只当成大家族，而是理解成宫廷格局，所有的乳母都是阿哥格格的乳娘，那就正常得多了。因为阿哥的前途仿佛押宝，将来一旦登基上位，跟随的人都是要鸡犬升天的，乳母的身份该有多么尊贵?

带着这样的认识再来看红楼乳母，就会发现大观园的故事真如万花筒一般，镜里镜外，别有洞天。

那堪风雨助秋凉

自第四十二回"蘅芜君兰言解疑癖"后，黛玉已对宝钗心悦诚服，曾说："到底是姐姐，要是我，再不饶人的。"

到了第四十五回，她又旧话重提，说："你素日待人，固然是极好的，然我最是个多心的人，只当你心里藏奸。从前日你说看杂书不好，又劝我那些好话，竟大感激你。往日竟是我错了，实在误到如今。……比如若是你说了那个，我再不轻放过你的；你竟不介意，反劝我那些话，可知我竟自误了。”

一片至诚，推心置腹。

而宝钗更是进一步出招：上次是以理服人，今次则是以情动心。不但体贴黛玉之病，送她燕窝补养，且说：“你放心，我在这里一日，我与你消遣一日。你有什么委屈烦难，只管告诉我，我能解的，自然替你解一日。我虽有个哥哥，你也是知道的，只有个母亲比你略强些。咱们也算同病相怜。”

如此感人肺腑之语，怎不让“情情”林黛玉感激涕零，推宝钗为平生知己。

但同时，她也有一种隐隐的担心和恐惧，因此满腹心事，写下一篇《秋窗风雨夕》来，几与《葬花吟》相媲美。

吟罢搁笔，宝玉来了。这一段写得十分旖旎缠绵。

这时候的宝黛两人已是心心相印，正在热恋的关系，每句话都说得十分亲昵委婉，入心入肺。

黛玉说：“谢你一天来几次瞧我，下雨还来。这会子夜深了，我也要歇着，你且请回去，明儿再来。”又说，“你听雨越发紧了，快去吧。可有人跟着没有？”一片关切之情。

而宝玉则说：“原该歇了，又扰的你劳了半日神。”又说，“你想什么吃，告诉我，我明儿一早回老太太，岂不比老婆子们说的明白？”何等体贴温存？

这两个人，一个巴不得看见宝玉却又担心夜深雨密，一个巴不得守着黛玉却又担心她劳神受累，都是眼里心里只有对方没有自己的。

黛玉因听宝玉打的是明瓦灯笼，怕不亮，取了自己的玻璃绣球灯来。宝玉说自己也有，怕雨里打破了没带出来，黛玉嗔道：“跌了灯值钱，跌了人值钱？你又穿不惯木屐子。……就是失了手也有限的，怎么忽然又变出这个‘剖腹藏珠’的脾气来！”语气嗔怪，却全是体贴心疼，何等细心柔密！

所以这段描写，真是宝黛情中最温柔细腻的一段，可是偏偏却有两种不和谐音夹杂其间，正如满室生春，而窗外风雨携至。

这两股声音，一股来自北静王，一股来自薛宝钗，都是隐隐的爱情危机。

黛玉因见宝玉戴着斗笠，披着蓑衣，因笑道：“那里来的渔翁！”宝玉却说，这是北静王送的，并说也要送黛玉一套。

正如同那串同样来自北静王的香珠一样，黛玉再次说：“我不要他。”且说，

“戴上那个，成画儿上画的和戏上扮的渔婆了。”说完，又觉得渔翁和渔婆一对儿，自己失言了，羞得咳个不住。

脂批说：“本是闲谈，却是隐隐不吉之兆，所谓画儿中爱宠是也。”

宝黛情缘，终究是镜花水月，画中美眷。

宝玉走后，宝钗打发人送了燕窝来。黛玉命人收了，自在枕上感念宝钗，一面又想“宝玉虽素习和睦，终有嫌疑”，因此辗转反侧，又滴下泪来。

这嫌疑何来呢？正因为宝钗。宝钗云：“我在这里一日，我与你消遣一日。你有什么委屈烦难，只管告诉我，我能解的，自然替你解一日。”其实暗示已经很清楚了，是要黛玉接受和她一起长久为伴的打算，但是黛玉也不知道是听明白了还是不明白，若是没听明白，那她虽然与宝钗义结金兰，相信其并非藏奸之人，却终究不能不为“金玉姻缘”担心；若是听明白了，又怎能在一时之间接受“二女共事一夫”的命运？

此前她对宝钗说：“我知道我这样病是不能好的了……死生有命，富贵在天，也不是人力可强的。今年比往年反觉又重了些似的。”已是命在秋夕之景。

所以《秋窗风雨夕》诗中开篇便道：“秋花惨淡秋草黄，耿耿秋灯秋夜长。已觉秋窗秋不尽，那堪风雨助凄凉！”

宝钗不是来送燕窝，竟是来催命的！

第四十六回
尴尬人难免尴尬事　鸳鸯女誓绝鸳鸯偶

鸳鸯抗婚

（一）

曹雪芹最擅长的就是一笔写几人几事，比如鸳鸯抗婚一段，除了写鸳鸯，写贾赦，写邢夫人，同时还写了凤姐，写了平儿，写了宝玉、袭人乃至王夫人、探春等诸人，并通过每人面对同一件事的不同表现，不但进一步完善了各人性格，也将故事本身写得更加跌宕起伏，丰富多彩。

其中凤姐的表现最为令人喝彩。

贾赦命邢夫人向老太太求情要娶鸳鸯，邢夫人为人愚钝固执，并无主意，遂同凤姐商议："我想这倒是平常有的事，只是怕老太太不给，你可有法子？"

凤姐身为儿媳妇，又是荣府内当家，第一反应非常果断明白："依我说，竟别碰这个钉子去。"

先明确地说出意见，然后分析缘故："老太太离了鸳鸯，饭也吃不下去的，那里就舍得了？况且平日说起闲话来，老太太常说，老爷如今上了年纪，作什么左一个小老婆右一个小老婆放在屋里，没的耽误了人家。放着身子不保养，官儿也不好生作去，成日家和小老婆喝酒。太太听这话，很喜欢老爷呢？这会子回避还恐回避不及，倒拿草棍儿戳老虎的鼻子眼儿去了！"再进一步说明自己的态度，并分析后果："太太别恼，我是不敢去的。明放着不中用，而且反招出没意思来。老爷如今上了年纪，行事不妥，太太该劝才是。比不得年轻，作这些事无碍。如今兄弟、侄儿、儿子、孙子一大群，还这么闹起来，怎样见人呢？"

这番话，从老太太的立场先说起，方方面面提及了老爷、太太乃至兄弟子侄的利害关系和可能态度，不可谓不周全缜密。

偏偏邢夫人又蠢又倔，一根筋，听了不受用，反而冷笑道："大家子三房四妾的也多，偏咱们就使不得？"先拿大道理压人，再一厢情愿地猜测："就是老太太心爱的丫头，这么胡子苍白了又作了官的一个大儿子，要了作房里人，也未必好驳回的。"不但不听劝，还反过来找起凤姐麻烦来："我叫了你来，不过商议商议，你先派上了一篇不是。"

话说到这一步，凤姐自然不便再劝了。此处借凤姐心思，书中第一次为邢夫人做了一个性格侧写：

> 凤姐儿知道邢夫人禀性愚弱，只知承顺贾赦以自保，次则婪取财货为自得，家下一应大小事务，俱由贾赦摆布。凡出入银钱事务，一经他手，便克啬异常，以贾赦浪费为名，"须得我就中俭省，方可偿补"，儿女奴仆，一人不靠，一言不听的。

这段话可谓是邢夫人的一段定评，清楚地注明乃是一介愚人。俗话说："没有办法叫醒一个装睡的人。"邢夫人就是这样一位又固执又自以为是的装睡者，劝也白劝。

但是一般人遇到邢夫人的固执，多半会有两种表现：那不合时宜一味秉直的会苦劝不已，口口声声"我是为你好"，其实一般愚拙；聪明圆滑的便多半罢手不劝，敬而远之。凤姐却偏偏出人意表，会有第三种表现：劝不赢，反过来凑趣助兴，倒挑唆着邢夫人立即行动："依我说，老太太今儿喜欢，要讨今儿就讨去。"还很卖力地出主意："我先过去哄着老太太发笑，等太太过去了，我搭讪着走开，把屋子里的人我也带开，太太好和老太太说的。给了更好，不给也没防碍，众人也不知道。"说得何等体贴知心？

于是邢夫人立刻喜欢起来，还自作聪明地说要先和鸳鸯说，只要鸳鸯愿意，老太太也不好反对的。在她心目中，自然认为人人都和她一样只看眼前利益，做丫鬟的能被老爷看中，当个小老婆，成了半个主子，难道会有不愿意的吗？

凤姐明知未必，却不再劝，反而说："到底是太太有智谋，这是千妥万妥的。别说是鸳鸯，凭他是谁，那一个不想巴高望上，不想出头的？"这话正说到邢夫人心里去，自然眉开眼笑。

凤姐看到邢夫人再不怪自己不帮忙了，却又立刻推翻前面说要打前锋哄老太太开心的话，另改了一番说辞，要请邢夫人吃饭，且说：“不如这会子坐了我的车一齐过去倒好。”免得事后不成，让邢夫人怀疑自己走了风声。

待到了府中来，又改了第三种方案：“太太过老太太那里去，我若跟了去，老太太若问起我过去作什么的，倒不好。不如太太先去，我脱了衣裳再来。”

瞬息三变，凤姐从“我先过去哄着老太太发笑”，改成“不如这会子坐了我的车一齐过去倒好”，再索性到“不如太太先去，我脱了衣裳再来”，一步一退，越退越远，把自己择得干干净净的，面儿上却偏偏表现出一副极为热心主动积极的态度的，这就是王熙凤的与众不同之处，八面玲珑之风了！

这还不算，凤姐自己避了开去，回到房中，怕邢夫人随后过来惹闲气，连平儿都早早打发了：“太太必来这屋里商议，依了还可，若不依，白讨个臊，当着你们，岂不脸上不好看。你说给他们炸鹌鹑，再有什么配几样，预备吃饭。你且别处逛逛去，估量着去了再来。”真正周到细心，方方面面，无不顾到，难怪周瑞家的说她“少说也有一万个心眼子”。

后来鸳鸯的嫂子金文翔媳妇碰了钉子回来，向邢夫人告诉说：“袭人也帮着他抢白我，也说了许多不知好歹的话，回不得主子的。”凤姐自知平儿必在旁边，先发制人说：“你不该拿嘴巴子打他回来？我一出了门，他就逛去了，回家来连一个影儿也摸不着他！他必定也帮着说什么呢！”金家媳妇哪敢接茬，难道果然“嘴巴子打他回来”不成？连忙改口说：“平姑娘没在跟前，远远的看着倒像是他，可也不真切，不过是我白忖度。”凤姐犹自装腔作势，明明是她支使平儿躲出去的，这会儿却命人打将平儿回来，丰儿赶紧回话说：“林姑娘打发了人下请字请了三四次，他才去了。奶奶一进门我就叫他去的，林姑娘说：‘告诉你奶奶，我烦他有事呢。’”

这谎撒得相当夸张，林黛玉找平儿还用得着下“请”字吗，还要“请了三四次”，还扣着人不放，说“我烦他有事”，能有什么事呢？分明是哄鬼的话。可是府中人人知道黛玉性子娇贵，不按常理出牌，谁还敢问她去不成？因此凤姐还要继续演戏说：“天天烦他，有些什么事！”好像自己也很为此困扰，只是拿黛玉没办法似的，让邢夫人完全接不下去。因此下面便道：“邢夫人无计。吃了饭回家，晚间告诉了贾赦。”

凤姐对邢夫人的态度，从头到尾都是恭敬迎合，实则阳奉阴违。但这不是凤姐的错，她并非一味要虚与委蛇，起初是含了劝谏之意的，无奈邢夫人不听，明知山有虎，偏向虎山行，“倒拿草棍儿戳老虎的鼻子眼儿”，凤姐索性再推她一把，这就是凤姐的特殊性了。

及至后来鸳鸯在贾母座前轰轰烈烈地演出了一幕抗婚大戏，贾母震怒之余怪罪众人，又说凤姐不提点自己，凤姐的机灵劲儿又上来了，一不道歉二不分辩，反派贾母罪名：“我倒不派老太太的不是，老太太倒寻上我了？”满屋的人都诧异起来：“这又奇了！倒要听听这不是。”凤姐遂巧舌如簧，以退为进说：“谁教老太太会调理人，调理得水葱儿似的，怎么怨得人要？我幸亏是孙子媳妇，若是孙子，我早要了，还等到这会子呢。”

貌似派不是，实则一夸贾母会调教，强将手下无弱兵，二夸鸳鸯出色，水葱儿一样的人，三替公公贾赦分辩，谁看着这样的美人儿都想要，这没错呀。所以凤姐这番话可以说是滴水不漏，奉承三家，喜得贾母说：“你带了去，给琏儿放在屋里，看你那没脸的公公还要不要了！”这可让凤姐不敢接茬——说要，那是跟贾赦叫板；说不要，是不给老祖宗和鸳鸯面子，于是自贬自嘲说：“琏儿不配，就只配我和平儿这一对烧糊了的卷子和他混罢。”用“烧糊了的卷子”遥遥比照“水葱儿”，引得贾母和众人一乐，也就四两拨千斤，让贾母的气消了一半。

之后贾母要玩牌，王熙凤更是妙语如珠，花样叠新，引得贾母好生乐呵，这位孙子媳妇竟比说相声的还机灵俏皮，既擅管家，又会逗趣，要说当家奶奶还真不容易做呢！

（二）

宝钗识通灵之际，书中曾附录一诗，诗中有“好知运败金无彩，堪叹时乖运不光”之句。

而鸳鸯的父亲，偏偏就叫作金彩。可见这父女的名字都是反语，因为鸳鸯终究不成双。

在前文“小红谋爱亦谋生”中我们曾分析过丫鬟的三种出路：

第一种是攀高枝儿，被主子看中收房，纳为妾室，比如平儿、袭人等。邢夫人诱劝鸳鸯时说：“你跟了我们去，你知道我的性子又好，又不是那不容人的人。老爷待你们又好。过一年半载，生下个一男半女，你就和我并肩了。家里的人你要使唤谁，谁还不动？现成主子不做去，错过这个机会，后悔就迟了。”

然而被爷们儿收了又生下一男半女的人，现成的就有个赵姨娘，何曾与王夫人比肩来着？月银不过二两，亲生女儿都看不起她，虽说是她自己不尊重，可是与芳官吵架时，芳官会说“梅香拜把子，都是奴才罢了”，可见一辈子仍然钉在奴册上。

鸳鸯是瞧不上“奴字号”的，心高志大，显然不打算一辈子做奴才，哪怕是顶着“半个主子”名衔的奴才也不要做，所以这条路并不肯选，便选也是要选贾琏，怎么也不会看上又老又色的贾赦。

第二条出路是家生子最常规的结局，到了年龄，在奴才中择个小子一嫁一娶，再生下小奴才来，便如李嬷嬷骂袭人时所说的“好不好拉出去配一个小子”；凤姐顺从邢夫人之意时也说过：“别说是鸳鸯，凭他是谁，那一个不想巴高望上，不想出头的？这半个主子不做，倒愿意做个丫头，将来配个小子就完了。”

贾赦闻说鸳鸯抗婚，则说：“我要他不来，此后谁还敢收？此是一件。第二件，想着老太太疼他，将来自然往外聘作正头夫妻去。叫他细想，凭他嫁到谁家去，也难出我的手心。”

这说的是第三种出路。即是蒙主子施恩开发，削去奴籍，还了自由身，自行择婿完婚，从此摆脱奴才身份，做正经夫妻。

书中说柳五儿拒嫁钱槐，“柳家父母却也情愿，争奈五儿执意不从，虽未明言，却行止中已带出，父母未敢应允。近日又想往园内去，越发将此事丢开，只等三五年后放出来，自向外边择婿了”。说的便是这种打算。

林之孝夫妻不让小红显山露水，显然打的也是一样的主意，指望将来大了放出来，还其自由身，另择平头夫妻去。

袭人向宝玉撒娇时也说过：“自我从小儿来了，跟着老太太，先服侍了史大姑娘几年，如今又服侍了你几年。如今我们家来赎，正是该叫去的，只怕连身价也不要，就开恩叫我去呢。”可见此种情形并不罕见。

赖大的儿子赖尚荣，几辈子的家生奴才，蒙恩自小放了出来，读书上学，后来竟做了官，可谓是奴才中最辉煌的成绩了。

但是贾赦却用一句话把鸳鸯的三条出路都堵死了：不跟自己，也别想跟贾琏或宝玉，我不要，谁也不敢收；更别想着出了贾府嫁人，逃不出我的手心。

当然他也给鸳鸯指了第四和第五条路：或死，或一辈子不嫁人。而且恐吓金文翔说："我明儿还打发你太太过去问鸳鸯，你们说了，他不依，便没你们的不是。若问他，他再依了，仔细你的脑袋！"

明说是让金文翔问问妹子依不依，实则等于告诉他：第一，还会让邢夫人接着问，而且问不出结果不算完；第二，此事若办得不合我意，"仔细你的脑袋"！

因此那金文翔吓得回家后等不及向媳妇转述，自己就跟妹子竹筒倒豆子了，等于是逼婚。鸳鸯此时明知已走进死巷，就算再说一万个不愿意，不过是大闹一场，此事终究没完没了，而且被哥哥接回了家，没有贾母庇护，后面还不知会发生什么事。于是急中生智，以退为进，假装答应了婚事，说要面禀贾母，却反身来在大庭广众前上演了一幕断发明志。

> 可巧王夫人、薛姨妈、李纨、凤姐儿、宝钗等姊妹并外头的几个执事有头脸的媳妇，都在贾母跟前凑趣儿呢。鸳鸯喜之不尽，拉了他嫂子，到贾母跟前跪下，一行哭，一行说，把邢夫人怎么来说，园子里他嫂子又如何说，今儿他哥哥又如何说，"因为不依，方才大老爷越性说我恋着宝玉，不然要等着往外聘，我到天上，这一辈子也跳不出他的手心去，终久要报仇。我是横了心的，当着众人在这里，我这一辈子莫说是'宝玉'，便是'宝金''宝银''宝天王''宝皇帝'，横竖不嫁人就完了！就是老太太逼着我，我一刀子抹死了，也不能从命！若有造化，我死在老太太之先；若没造化，该讨吃的命，伏侍老太太归了西，我也不跟着我老子娘哥哥去，我或是寻死，或是剪了头发当尼姑去！若说我不是真心，暂且拿话来支吾，日后再图别的，天地鬼神，日头月亮照着嗓子，从嗓子里头长疔烂了出来，烂化成酱在这里！"原来他一进来时，便袖了一把剪子，一面说着，一面左手打开头发，右手便铰。众婆娘丫鬟忙来拉住，已剪下半绺来了。众人看时，幸而他的头发极多，铰的不透，连忙替他挽上。

鸳鸯此举，可谓审时度势，有勇有谋，首先要豁得出去，其次还要把握得宜。她面见贾母后连发誓带行动的一番表白，当着众人的面把事情通了天，自然是有把握贾母会向着她的，会当众有番说法，这样就把事情坐实了，再不生意外，至少是眼前这关算过去了。

这样的以退为进，而又果敢决绝，连凤姐也要甘拜下风。

完美佳人金鸳鸯

胡兰成曾盛赞鸳鸯，说："大观园里的人，黛玉、宝钗、凤姐、晴雯、袭人她们单举出一人都只能代表大观园的生活气象的一部分，只有鸳鸯，从她身上使人感觉出大观园的生活气象的全部。她有黛玉晴雯的深情，却没有黛玉的缠绵悱恻，晴雯的盛气凌人；有凤姐的干练，没有凤姐的辣手；和凤姐一般的明快，但她更蕴藉。她和袭人一般的服侍人，但她比袭人华贵。她是丫头，看来却不像丫头，自然也不是小姐，奶奶，夫人，但她是她们全体。在她身上几乎还可以找出妙玉的成分，但妙玉的是洁癖，她的是洁净。诸人之中，没有一个比得上她的艳，一种很淳很淳的华美。从她身上找不出一点点病态。"

一句话，鸳鸯是个完人！

细看书中诸人对她的评价，似乎也的确如此。

李纨曾说："大小都有个天理。比如老太太屋里，要没那个鸳鸯，如何使得。从太太起，那一个敢驳老太太的回，现在他敢驳回。偏老太太只听他一个人的话。老太太那些穿戴的，别人不记得，他都记得，要不是他经管着，不知叫人诓骗了多少去呢。那孩子心也公道，虽然这样，倒常替人说好话儿，还倒不依势欺人的。"

而接着这话，惜春笑道："老太太昨儿还说呢，他比我们还强呢。"平儿也道："那原是个好的，我们那里比的上他。"

——竟是奶奶、姑娘、丫鬟，上上下下，个个都说鸳鸯的好。

连贾母也口口声声地说："我这屋里有的没的，剩了他一个，年纪也大些，我凡百的脾气性格儿他还知道些。二则他还投主子们的缘法，也并不指着我和这位太太要衣裳去，又和那位奶奶要银子去。所以这几年一应事情，他说什么，从你小婶和你媳妇起，以至家下大大小小，没有不信的。”

——贾母都这样说了，哪里还有人敢不信，还敢挑鸳鸯的错儿呢？

不过鸳鸯能得到这样的地位权势，是有真材实料的。

她的名字见于回目共有三次，第四十回“金鸳鸯三宣牙牌令”，是鸳鸯第一次入回目，极写鸳鸯之能干，令行禁止，不愧为荣府第一大丫头。

凤姐儿忙走至当地，笑道：“既行令，还叫鸳鸯姐姐来行更好。”众人都知贾母所行之令必得鸳鸯提着，故听了这话，都说“很是”。凤姐儿便拉了鸳鸯过来。王夫人笑道：“既在令内，没有站着的理。”回头命小丫头子：“端一张椅子，放在你二位奶奶的席上。”鸳鸯也半推半就，谢了坐，便坐下，也吃了一钟酒，笑道：“酒令大如军令，不论尊卑，惟我是主。违了我的话，是要受罚的。”王夫人等都笑道：“一定如此，快些说来。”鸳鸯未开口，刘姥姥便下了席，摆手道：“别这样捉弄人家，我家去了。”众人都笑道：“这却使不得。”鸳鸯喝令小丫头子们：“拉上席去！”小丫头子们也笑着，果然拉入席中。刘姥姥只叫“饶了我罢！”鸳鸯道：“再多言的罚一壶。”刘姥姥方住了声。

这样的气魄胆色，明断伶俐，大观园众丫鬟中可有第二个？“酒令大如军令，不论尊卑，惟我是主”数句，颇有“王熙凤协理宁国府”“敏探春兴利除宿弊”之风范，杀罚利落，痛快淋漓。

而且贾母行令必得鸳鸯提着，而这一回王夫人的令则干脆是鸳鸯替说，可见其阅识聪敏尚且远在王夫人之上。

“鸳鸯女誓绝鸳鸯偶”一回中，又极写其才貌出色，心机深沉，性情刚烈。

邢夫人说她：“这些女孩子里头，就只你是个尖儿，模样儿，行事作人，温柔可靠，一概是齐全的。意思要和老太太讨了你去，收在屋里。你比不得外头新买的，你这一进去了，进门就开了脸，就封你姨娘，又体面，又尊贵。你又是个要强的人，俗语说的，‘金子终得金子换’，谁知竟被老爷看重了你。

如今这一来，你可遂了素日志大心高的愿了，也堵一堵那些嫌你的人的嘴。”

虽是讨好，却是实情——“模样儿，行事作人，温柔可靠，一概是齐全的。”

而鸳鸯自己则对平儿说：“这话我且放在你心里，且别和二奶奶说：别说大老爷要我做小老婆，就是太太这会子死了，他三媒六聘的娶我去作大老婆，我也不能去。”

——真没亏负了“志大心高”的定评！

然而鸳鸯的志大心高，却不同于黛玉的“孤高自许，目无下尘”，妙玉的“好高人愈妒，过洁世同嫌”，亦不同于晴雯的“风流灵巧招人怨”。她虽然敢作敢为，并不是一味拿大、目中无人，在她诸多优秀品格中，最珍贵的还是“体谅”二字。

拿刘姥姥取了笑之后，她会特地走来笑道：“姥姥别恼，我给你老人家赔个不是。”催着小丫头换茶。刘姥姥临走时，又送她许多衣裳，尽足待客之道。

撞见司棋好事，“自己反羞的面红耳赤”，诚如庚辰本双行夹批：“是聪敏女儿，妙！”“是娇贵女儿，笔笔皆到。”连给了鸳鸯两个考语：聪敏，娇贵。事后听闻司棋病重，又特地赶来劝慰，反自己立身发誓地赌咒：“我告诉一个人，立刻现死现报！你只管放心养病，别白糟踏了小命儿。”

知道凤姐被邢夫人排揎，背地打听清楚了告诉贾母，又同众人说：“他也可怜见儿的。虽然这几年没有在老太太、太太跟前有个错缝儿，暗里也不知得罪了多少人。”又说，“如今咱们家里更好，新出来的这些底下奴字号的奶奶们，一个个心满意足，都不知要怎么样才好，少有不得意，不是背地里咬舌根，就是挑三窝四的。我怕老太太生气，一点儿也不肯说。不然我告诉出来，大家别过太平日子。”而她说这番话的时候，分明是不把自己放在“奴字号”队伍中的。难怪胡兰成说：“她是丫头，看来却不像丫头，自然也不是小姐，奶奶，夫人，但她是她们全体。”

一个集合了大观园群芳品格的真正兼美之人，却又不似可卿的风流失贞，既锋芒毕露又含蓄内敛，既疾恶如仇又慈悲为怀，既泼辣明断又温柔敦厚，既烟视媚行又洁身自好，可不是个真正的完人吗？

然而命运最喜欢同人开玩笑，这样的一个完人，人生却偏偏不完美，枉自叫了鸳鸯，却被迫立誓一世不成双，也真真令人扼腕。

第四十七回
呆霸王调情遭苦打　冷郎君惧祸走他乡

柳湘莲醉打薛大傻

（一）

第四十七回有一段柳湘莲小传：

> 那柳湘莲原是世家子弟，读书不成，父母早丧，素性爽侠，不拘细事，酷好耍枪舞剑，赌博吃酒，以至眠花卧柳，吹笛弹筝，无所不为。因他年纪又轻，生得又美，不知他身分的人，却误认作优伶一类。

这说的是柳湘莲的根基门第，性情为人。虽然出身不错，但父母早丧，自己又无官无职，家境自然不会太富裕，不过仗着祖业衣食无忧而已；没了官衔职位，又俊美好戏，便容易被人误解成戏子相公，不免轻薄。

柳湘莲与二尤的戏很显然是从《风月宝鉴》移插进来的，所以人物从天而降，却又努力要和前文发生些勾连。于是这里补缀了一段文字，言明柳湘莲与宝玉有交情，且和秦钟旧识，所谓“人以群分，物以类聚”，都是风流貌美的年轻子弟，曾经往来亲密的。秦钟死后，柳湘莲还曾为其上坟祭奠。几句话，便把一个半路杀进的程咬金变成了三生石畔旧精魂，作者的补缀功夫着实不错。

柳湘莲对宝玉说：“你知道我一贫如洗，家里是没的积聚，纵有几个钱来，随手就光的。”补出平日形景。又说要出门逛个三年五载，且冷笑说：“你不知道我的心事，等到跟前你自然知道。”

换言之，即使没有怒打薛蟠的事，柳湘莲原也是打定了主意要走的，只不过因为薛蟠又把行程提前了几日——原先还答应宝玉出远门前必会先来辞行，如今自然不消提起，三十六计走为上了。

什么事需要出门逛个三年五载？自然有大计图谋。那湘莲“素性爽侠，不拘细事，酷好耍枪舞剑”，分明绿林好汉。但若他只是打家劫舍杀富济贫之辈，也还算不得侠义，所以很可能是与官府作对。回目说“冷郎君惧祸走他乡”，这个“惧祸”，究竟指的是避开薛蟠呢，还是原本就有一段官司在身要离乡避风头呢？

第一回《好了歌》解注中“训有方，保不定日后作强梁”一句后面，有脂批“言父母死后之日”“柳湘莲一干人”。柳湘莲做了强盗？

但是书中明明白白写了柳湘莲出家做了道士，而且是尤二姐持剑报梦，点明警幻座前销号之事。也就是说，柳湘莲尘缘已了，结局已定，随空空道长出家就是他的大结局了，不会又另生枝节。所以，如果这句话指的是柳湘莲曾为强梁，只能是在出家之前的事。

那又是什么时候的事呢？

就只能发生在第四十七回“冷郎君避祸走他乡”到第六十六回“冷二郎一冷入空门”之间了。

（二）

书中说薛蟠酒后“又犯了旧病”，乃指的是龙阳之癖发作，行止言语轻薄不堪。柳湘莲厌倦之余本要远离，谁道别了宝玉出来，刚至大门前，正见薛蟠在那里大叫：“谁放了小柳儿走了！”

把柳湘莲称作“小柳儿”，语气戏谑狎昵，自是当他优伶之属，且用了一个“放”字，俨然已视其为囊中物矣，且当众呼号，不存半点尊重之心，由不得柳湘莲大怒，火星乱迸，恨不得一拳打死，只是身在赖府，行事不便，方才忍了。

薛蟠见了柳湘莲，抓住了满口许诺：“凭你有什么要紧的事，交给哥哥，你只别忙。有你这个哥哥，你要做官发财都容易。”这是把柳湘莲当粉头意欲买色的意思，怎让湘莲不怒？好一个柳二郎，此时已经定下一计，必要痛殴薛蟠出此恶气，遂说："我先走，你随后出来，跟到我下处，咱们替另喝一夜酒。我那里还有两个绝好的孩子，从没出门。你可连一个跟的人也不用带，到了那里，伏侍的人都是现成的。"

这里的孩子指的是娈童，专门供给男人取乐的童子。如第七十五回中宁府夜赌，便召了几个娈童侍酒，因得罪了邢大舅，众人劝道："这孩子是实情话。老舅是久惯怜香惜玉的，如何今日反这样起来？"称呼的也是"孩子"。柳湘莲说自家的孩子"从没出门"，指的是好教养，家养侍儿，不曾带出去应召接客的，言其干净。

所谓对症下药，柳湘莲既知薛蟠有龙阳之癖，犯了旧病，便以"另喝一夜酒"和"绝好的孩子"相诱，怎由得薛蟠不上钩？

接下来的一段打，颇有"鲁智深拳打镇关西"之风，先是向脸上拍了几下，"登时开了果子铺"；接着从背至胫鞭挞了三四十下，又滚在泥水里，用拳头向他身上擂了几下，逼得他告饶求情不已。其间口口声声，问的乃是"我把你瞎了眼的，你认柳大爷是谁！"又问，"你可认得我了？"

柳湘莲恨的，不是薛蟠对其轻慢，而是错当他是以色事人的粉面相公之流，深深地伤害了他的自尊心。

可见柳湘莲虽然喜欢眠花宿柳，却最重名节二字，所以后来才会有退婚尤三姐之事。

这其中特别的是贾珍的表现极为微妙。书中说贾珍也慕柳湘莲之名，且酒盖住了脸，才求他串了两出戏，下来，移席一处坐着，问长问短，说此说彼。

书中极写那贾珍耽于风月，无所不为，同儿媳妇秦可卿爬灰，对小姨子尤二姐、尤三姐动手动脚，最是好色风流，对柳湘莲自然也是艳羡爱慕的，却深知冷郎君性情，不敢造次。因此要借酒盖脸，才好意思"求他串了两出戏"。而在席上一看见柳、薛两个都不见了，别人都不理会，贾珍却立刻知道不妥，猜出些缘由来：

谁知贾珍等席上忽然不见了他两个，各处寻找不见。有人说："恍惚出北门去了。"薛蟠的小厮们素日是惧他的，他吩咐不许跟去，谁还敢找去？后来还是贾珍不放心，命贾蓉带着小厮们寻踪问迹的直找出北门，下桥二里多路，忽见苇坑边薛蟠的马拴在那里。众人都道："可好了！有马必有人。"一齐来至马前，只听苇中有人呻吟。大家忙走来一看，只见薛蟠衣衫零碎，面目肿破，没头没脸，遍身内外，滚的似个泥猪一般。贾蓉心内已猜着九分了，忙下马令人搀了出来，笑道："薛大叔天天调情，今儿调到苇子坑里来了。必定是龙王爷也爱上你风流，要招驸马去，你就碰到龙犄角上了。"

薛蟠一个爷们儿家，每日里眠花宿柳四处生事，不过是逃席不见，且已经吩咐了小厮们不许跟的，贾珍何以会"不放心"，必定要令贾蓉离了席去"寻踪问迹"，而且是一直找出北门去，非找到了人才可？而且柳湘莲不见了，宝玉尚且不以为意，怎么倒是贾珍如此紧张？

原因就是贾珍在席上看到薛蟠垂涎柳湘莲的情形，已经心知不妥，再见两人一齐不见，已猜到薛蟠会吃亏了。那贾珍是席上最老到有经验的，又是风月场中经惯了的，所以事事料在先机。而贾蓉亦深知其意，找到人后，特意往赖家回复贾珍，说了经过形景。贾珍自谓所料不错，所以毫不吃惊，只笑道："他须得吃个亏才好。"

有趣的是，这番意见同宝钗不谋而合。薛姨妈心疼儿子欲告诉王夫人去遣人捉拿柳湘莲，宝钗忙加阻止，给了三个理由：一是不要小题大做，嚷得尽人皆知；二是相信贾珍不会坐视不理，男人的事交给男人们去管便好；三是不便牵连贾府，仗势欺人，给亲戚惹麻烦。最后结论："这才好呢。他不怕妈，又不听人劝，一天纵似一天，吃两三遭亏，他倒改悔些也好。"

宝钗确实是识大体之人，一直奉行的都是息事宁人，大事化小，小事化无，可惜哥哥不争气，一次次惹是生非，也着实无奈。

而这回最悲哀的地方还在于，柳湘莲一出场便因为薛蟠错认自己品流下贱而大显威风，将来的退场，却是因为自己错认了尤三姐品性风流而痛失佳人。如此轮回，难怪外冷内热的柳湘莲要出家为道了。

（三）

冤家路窄，柳湘莲再次露面时，和薛大傻子反而成了结义兄弟。而那个重点的转折点，在平安州。

贾赦曾命贾琏往平安州寻节度使有大事商议，而且还要一去再去，这是典型的王公将相勾结地方官员，在清朝是很犯忌的。

“平安州”是反语，必定酝酿着许多不平安之事，是什么事呢？

还是《好了歌》解注中，“因嫌纱帽小，致使锁枷扛”一句后面，有脂批“贾赦、雨村一干人”。那贾雨村不消说了，当年免官就是因为“暗结虎狼之属”，那贾赦与他越走越近，却是谋图的什么呢？

贾赦、贾雨村、平安节度使，暗相勾结，往来频密，滋扰地方，加之水旱不收，致使民不聊生，鼠盗蜂起——这“盗”之中，可能就有着柳湘莲的兄弟。

薛蟠贩货回来，一路平安，“谁知前日到了平安州界，遇一伙强盗，已将东西劫去。不想柳二弟从那边来了，方把贼人赶散，夺回货物，还救了我们的性命”。

恰是在平安州地界，而柳湘莲来了之后单枪匹马，“将贼人赶散”——是怎么赶散的？打是不太可信的，就算他会拳脚，俗话说双拳难敌四手，他一个人对付得了一伙强盗么？还要“夺回货物”，是不是太神通广大了？

唯一可能就是，大家是同行，柳湘莲报了名号，强盗见大水冲了龙王庙，不得不卖他面子，还了货物散去。

可见，柳湘莲曾经为盗，正是这段时间的事情。

而平安州的不平安，也就呼之欲出了。

第四十八回
滥情人情误思游艺　慕雅女雅集苦吟诗

都是扇子惹的祸

（一）

第四十七回鸳鸯抗婚的余波中，贾琏来请邢夫人，平儿劝他回头再说，贾琏道："老爷亲自吩咐我请太太的，这会子我打发了人去，倘或知道了，正没好气呢，指着这个拿我出气罢。"结果到底被贾母迁怒骂了几句，让他"家去再和那赵二家的商量治你媳妇去罢"。

贾琏出来向邢夫人抱怨道："都是老爷闹的，如今都搬在我和太太身上。"邢夫人道："我把你没孝心雷打的下流种子！人家还替老子死呢，白说了你几句话，你就抱怨了。你还不好好的呢，这几日生气，仔细他捶你。"

过了几日，果然第四十八回里，贾琏挨了贾赦一顿毒打，而且比贾政打宝玉更加惨烈，用平儿的话说，是"也没拉倒用板子棍子，就站着，不知拿什么混打一顿，脸上打破了两处"。何其毒恨之深也！

很明显，贾琏挨打的原因不只是因为石呆子的扇子，底火还在鸳鸯身上——那贾赦得不到鸳鸯，一早就曾放话说："'自古嫦娥爱少年'，他必定嫌我老了。大约他恋着少爷们，多半是看上了宝玉，只怕也有贾琏。果有此心，叫他早早歇了心。我要他不来，此后谁还敢收？"

原来是父子争风，当爹的老风流，却自知年纪大，难入美人之眼，所以醋妒交加，竟把气撒在儿子身上了。事实上，空穴来风，未必无因，从后文贾琏向鸳鸯借当的行为看来，鸳鸯对贾琏并非无情；而凤姐和平儿更是常拿这一点来打趣，贾赦未必没有耳闻，就难怪会吃儿子的醋了。

被鸳鸯拒婚是贾赦生平最丢脸的丑事之一，尴尬到要“自此便告病，且不敢见贾母，只打发邢夫人及贾琏每日过去请安”，连赖大家请客，宁荣二府爷们儿俱往赴宴，贾赦也称病没去，可见介意之深。恼羞成怒无处发泄，贾琏自然就要吃苦头了。

我们且重看一下平儿是怎样叙述这次贾琏挨打经过的——

平儿咬牙骂道：“都是那贾雨村什么风村，半路途中那里来的饿不死的野杂种！认了不到十年，生了多少事出来！今年春天，老爷不知在那个地方看见了几把旧扇子，回家看家里所有收着的这些好扇子都不中用了，立刻叫人各处搜求。谁知就有一个不知死的冤家，混号儿世人叫他作石呆子，穷的连饭也没的吃，偏他家就有二十把旧扇子，死也不肯拿出大门来。二爷好容易烦了多少情，见了这个人，说之再三，把二爷请到他家里坐着，拿出这扇子略瞧了一瞧。据二爷说，原是不能再有的，全是湘妃、棕竹、麋鹿、玉竹的，皆是古人写画真迹，因来告诉了老爷。老爷便叫买他的，要多少银子给他多少。偏那石呆子说：‘我饿死冻死，一千两银子一把我也不卖！’老爷没法子，天天骂二爷没能为。已经许了他五百两，先兑银子后拿扇子。他只是不卖，只说：‘要扇子，先要我的命！’姑娘想想，这有什么法子？谁知雨村那没天理的听见了，便设了个法子，讹他拖欠了官银，拿他到衙门里去，说所欠官银，变卖家产赔补，把这扇子抄了来，作了官价送了来。那石呆子如今不知是死是活。老爷拿着扇子问着二爷说：‘人家怎么弄了来？’二爷只说了一句：‘为这点子小事，弄得人坑家败业，也不算什么能为！’老爷听了就生了气，说二爷拿话堵老爷，因此这是第一件大的。这几日还有几件小的，我也记不清，所以都凑在一处，就打起来了。也没拉倒用板子棍子，就站着，不知拿什么混打一顿，脸上打破了两处。我们听见姨太太这里有一种丸药，上棒疮的，姑娘快寻一丸子给我。”宝钗听了，忙命莺儿去要了一丸来与平儿。

贾赦为了夺得几把扇子，不惜将石呆子逼得“坑家败业”；得不到鸳鸯，又怎会善罢甘休？打了贾琏一顿还是轻的，待贾母死后，不知还有多少厉害手段要施展呢。

但是贾赦的归宿是“因怜纱帽小，致使锁枷扛”，也许没有机会再找鸳鸯麻烦。

有趣的是，薛家的棒伤药似乎很是有名。旧年宝玉挨打时，宝钗曾亲自托着一丸药送去，嘱咐袭人用酒研开，敷在伤处，必可解毒化瘀；这次贾琏挨了打，平儿会特地到宝钗处来求棒伤药，而宝钗也只是令莺儿拿一丸来，可见这丸药名贵得很，只能一丸一丸地送人。

大约薛蟠从前是常挨父亲打的，这丸药没少涂，此番被柳湘莲饱以老拳，好得如此之快，应当也是赖丸药之功了。

（二）

需要特别留意的是贾雨村其人。

前文写凤姐弄权铁槛寺，害了张金哥和守备儿子两条人命时，文中曾道：“自此凤姐胆识愈壮，以后有了这样的事，便恣意的作为起来，也不消多记。”甲戌本于此有双行夹批：“一段收拾过阿凤心机胆量，真与雨村是一对乱世之奸雄。后文不必细写其事，则知其平生之作为。”

凤姐此后有此等事便恣意作为，雨村又何尝不是？乱判葫芦案，陷害石呆子这类的事情，贾雨村为官生涯中不知做了多少，又害死几许人命。

平儿说他是“饿不死的野杂种，认了不到十年，生了多少事出来”。

黛玉进京时六岁，今年十四岁，可不是“不到十年”？而贾雨村所生之事，自是指与逼害石呆子差不多的事情，且胆识愈壮，恣意作为。

第七十二回中，借林之孝与贾琏的议论写出贾雨村被贬：

林之孝说道：“方才听得雨村降了，却不知因何事，只怕未必真。”贾琏道：“真不真，他那官儿也未必保得长。将来有事，只怕未必不连累咱们，宁可疏远着他好。”林之孝道：“何尝不是，只是一时难以疏远。如今东府大爷和他更好，老爷又喜欢他，时常来往，那个不知。”贾琏道：“横竖不和他谋事，也不相干。你去再打听真了，是为什么。”林之孝答应了，却不动身，坐在下面椅子上，且说些闲话。

这是全书八十回里最后一次提到贾雨村，此前贾雨村已经官至兵部大司马，此时忽然降官，已是风雨欲来。而文中特地说明他不仅深受贾政赏识，如今更与贾赦交好，让贾琏都担心将来会受牵连。

贾雨村与贾赦狼狈为奸，明写的例子自然就是石呆子古扇案，暗写的线索呢？

贾赦曾派贾琏往平安州做秘密差使，但未明言。以书中惯用反语来看，平安州必定酝酿着一件不平安的大事，是否与贾雨村有关呢？

几乎所有的红学家都一致认定，贾府之败必与贾雨村有关，但大多都推论在贾雨村会摆贾府一道或是在贾府败后落井下石之类，但是一则贾雨村在第七十二回已降职，过后未必有陷害贾府的能力，最多是自己落井拉贾府一同下水；二则《红楼梦》的书写手法多是反话正写，越是贾雨村这样的奸雄，越往往会写得正义无比，作恶也作得仿佛无心之失一样。

所以我的推论是：贾雨村极善钻营，但同时也确有才干，他能得到甄士隐、林如海、贾政、王子腾的信任推重，自然也不难获得北静王的青睐。须知前文北静王亲口说过他府上品流复杂，“海上众名士凡至都者，未有不另垂青，是以寒第高人颇聚”，那么贾雨村通过这些“高人”引荐，接近北静王就非常容易而且可能了。

贾雨村再次降官后，一定会努力寻找更大的靠山，当他抓住北静王这根救命稻草之后，就不止像送扇子给贾赦那么简单了，非得想法儿送一件大礼给北静王不可，这件大礼，便是林黛玉。

这推论有没有可能呢？我们再重看一遍“石呆子”与“竹扇子”的故事。

我们都知道，宝玉即“石兄”，且素有“呆病”，此石呆子岂非暗喻宝玉么？而文中所提之名扇“全是湘妃、棕竹、麋鹿、玉竹的”，此四样皆为竹名，且第一个就提到“湘妃”，这不是暗示黛玉又是谁呢？

那石呆子说：“要扇子，先要我的命！”惠爱之深，亦正如宝玉之对黛玉，然而最终却到底保不住，被贾雨村设陷夺去，落入贾赦之手。

如今贾雨村夺了石呆子的扇子，弄得石呆子不知是死是活；将来，他自然亦可能夺了林黛玉，让宝玉生不如死。

当然他也许并不是存心的，而是在闲聊中，正如开篇他与冷子兴说到林黛玉念书时种种表现一样，与北静王也是闲说八卦，偶然提起他在扬州设馆的情形，提起他的前东家、翰林御史林如海的小姐，后面的故事可就顺水推舟不受控制了。

（三）

结合前后文章，让我们再细看一遍宝玉、黛玉和扇子之间的故事。

第四十八回香菱学诗时，宝玉已说过："前日我在外头和相公们商议画儿，他们听见咱们起诗社，求我把稿子给他们瞧瞧。我就写了几首给他们看看，谁不真心叹服。他们都抄了刻去了。"当时黛玉探春就教训道："你真真胡闹！且别说那不成诗，便是成诗，我们的笔墨也不该传到外头去。"宝玉却不以为然，说："这怕什么！古来闺阁中的笔墨不要传出去，如今也没有人知道了。"

第六十四回"幽淑女悲题五美吟"中，黛玉旧话重提，抱怨宝玉将自己的诗传出去与外人看见，宝玉忙道："我多早晚给人看来呢。昨日那把扇子，原是我爱那几首白海棠的诗，所以我自己用小楷写了，不过为的是在手中看着便易。我岂不知闺阁中诗词字迹是轻易往外传诵不得的。自从你说了，我总没拿出园子去。"

这里已经明确地将黛玉诗作与宝玉的扇子联系到了一起，而这样做的后果会是什么呢？作者唯恐读者不知其害，故而借宝钗之口点破："林妹妹这虑的也是。你既写在扇子上，偶然忘记了，拿在书房里去被相公们看见了，岂有不问是谁做的呢。倘或传扬开了，反为不美。"

第四十八回还只说是抄写出来给人看见，且已经被刻去传散了；第六十四回则说"自从你说了，我总没拿出园子去"，但却承认又写在了扇子上——此两回遥遥呼应，到底把黛玉诗同宝玉扇联系到一起了。

宝玉口中虽说"总没拿出园子去"，但他是无心之人，这话再信不得真。他又是在北静王府常来常往的，若是扇上诗句被王爷看见，那水溶又是风雅之人，岂有不问的？

那北静王初次见宝玉时年未弱冠，也就是不到二十岁，与黛玉可谓年貌相当，门第相称，又是爱慕风雅之人。倘若北静王得知此诗为贾府孤女林黛玉所作，怎能不遥思渴慕？再倘若后来竟向旁人打听，被贾雨村得知，岂会不趁机献殷勤，自供曾为黛玉蒙师，将黛玉幼时言行尽情禀报？一日为师，终身为父，便是贾雨村毛遂自荐为北静王保媒提亲，也是说得过去的。

那林黛玉是翰林之后，书香之族，才貌双全，品行兼优，正所谓“窈窕淑女，君子好逑”，北静王听了贾雨村的介绍，想纳黛玉为妃简直是一定的念头。他又不可能知道宝玉同黛玉早已两情相悦，所以就算求亲，也只是一片渴慕之心，算不得棒打鸳鸯，横刀夺爱。

那时候婚姻讲的是“父母之命，媒妁之言”，贾雨村身为黛玉业师，又和贾政关系密切，为两府做媒名正言顺，表面上看甚至是做了一件大好事。

但是贾母必定不愿意，宝玉必定大闹一场，即贾政从前所虑之“弑君杀父”——虽不致如此夸张，然而北静王为四王之首，地位仅次于皇上，宝玉若是大闹北静府，也就与“弑君”同罪了。

黛玉自然誓死不嫁，甚至极可能就死在这件事上，完成了“质本洁来还洁去”的终极宿命。

但是无论结局有多么悲剧，表面却并没有人做错什么事，无论北静王也好，贾雨村也好，似乎都是无心之失。这正是一贯的红楼笔法：表面上一切写得风轻云淡顺理成章，暗底下却是天地变色乐极生悲！

上述虽然只是猜测，但是综合香菱与黛玉的前后传，石呆子与扇子案，以及后文黛玉作所《五美吟》等篇看来，则知可能性极大。

小小扇子竟能引起如此大祸，就难怪黛玉的替身儿晴雯会“撕扇子作千金一笑”了！

英莲、香菱与秋菱

明清小说的惯例写法，往往在正传开始之前，会先写一段小故事做引子，“三言二拍”的故事大多如此。《红楼梦》也不例外，出贾府之前，先写了个甄家；出黛玉之前，先写了个英莲，这是全书出场的第一个女子，明明白白是黛玉的一个投影。只是还不等开口说一句话，已经被拐子拐跑了。再出场时，已是第四回《薄命女偏逢薄命郎　葫芦僧乱判葫芦案》。

小小一段文字，交代了一个红楼前传，写活了一个娇婉可怜的薄命司女儿。但与其他小说不同的是，这个前传跟正文是发生关系的。甄英莲被薛蟠强买为婢，并跟随薛家进京，以“香菱”的身份卷土重来，还拜了正身儿林黛玉为师。

可以说，她每换一次名字，就代表了人生的一个新阶段。

第一个阶段，自然是她叫作甄英莲的时候。

年方三岁，家住姑苏阊门，最是红尘中一二等富贵风流之地。父亲甄士隐，为乡宦之家，母亲封氏，情性贤淑，深明礼义。家中虽不甚富贵，然本地也推他为望族了。甲戌本在这里有一句侧批：

总写香菱根基，原与正十二钗无异。

彼时的英莲“生得粉妆玉琢，乖觉可喜”，被甄士隐抱在怀里去街上看过会热闹，却遇见了一僧一道，不但向士隐哭道：“施主，你把这有命无运，累及爹娘之物，抱在怀内作甚？”还念了四句诗，预言了英莲一生的厄运。

紧接笔锋一转，英莲人生中的第一个魔星出现了，即是贾雨村，上前施礼赔笑问：“老先生倚门伫望，敢是街市上有甚新闻否？”

这是甄英莲与贾雨村的第一次照面。

不久，雨村得了甄士隐的救济，上京赴考去了，一举中了进士，选为新任太爷，后来还娶了甄家的丫头娇杏为妾；而英莲则在次年元宵节花灯会上失踪，甄家又在三月十五遭火，甄士隐卖了田庄，携了妻子丫鬟去投奔岳丈，饱尝人情冷暖，世态炎凉，勉强支持了两年，越发困窘，一日在街上与一僧一道重逢，顿悟出家。

昔时宾主，一个衣锦还乡做了官，另一个落魄流离出了家；小姐跌了势成为拐子手中的砝码，丫鬟却转了运成为知府的妻室。真是沧海桑田，风云变幻，人生的际遇真也堪叹。

更可悲可叹的是贾雨村和甄英莲还有第二次交会，就是“葫芦僧乱判葫芦案”了。

那时贾雨村已经送了黛玉进京，拜会了贾政，并受到王子腾的推举，补授了应天府。到任接的第一个案子，就是薛蟠与冯渊争买婢女致伤人命案。

这一次，英莲是暗出，由"葫芦僧"出身的门子一五一十交代了。虽是暗出，故事却比第一次来得完整，并且有形象、有对白、有心理、有情节。我们因此知道了刚出场时"粉妆玉琢"的女孩，失踪这几年的真实境遇，漂泊江湖，被拐子时时打骂，真正可悲可怜。

这次交会，英莲连名字也没有，也并不曾真正见到贾雨村，然而她的命运却由贾雨村一手遮天，贪赃枉法，做人情判给了真正的魔星呆霸王薛蟠，从"惯养娇生笑你痴"进入到了"菱花空对雪澌澌"的第二阶段。

再出场时，已是在贾府了，已经改了名字叫香菱，乃是借由送宫花的周瑞媳妇之眼之口来交代的：

……香菱笑嘻嘻的走来。周瑞家的便拉了他的手，细细的看了一会，因向金钏儿笑道："倒好个模样儿，竟有些像咱们东府里蓉大奶奶的品格儿。"金钏儿笑道："我也是这么说呢。"周瑞家的又问香菱："你几岁投身到这里？"又问："你父母今在何处？今年十几岁了？本处是那里人？"香菱听问，都摇头说："不记得了。"周瑞家的和金钏儿听了，倒反为叹息伤感一回。

三言两语，侧面写了香菱的人物可爱，命运堪怜，却并不加一句点评，只是说她长得像"东府里蓉大奶奶"，也就是秦可卿，全书最风流妩媚的一个可人儿。而可卿是兼有钗黛之美者，也就是有一半儿的黛玉特色。故而想来，香菱的形象也是有三分像黛玉的。

可叹的是，出身于养生堂，与贾珍、贾蓉父子共枕的秦可卿因是贾家正室，遂也"飞上枝头变凤凰"，忝列了十二钗正册之末；而香菱尽管出身比她高贵，品格比她端庄，容貌与她不相上下，却因为命运坎坷，生不逢时，再要强，也是"拔毛的凤凰不如鸡"，只能做得十二钗副册之首。

那么十二钗正册之首是谁呢？宝钗、黛玉。第五回贾宝玉梦游太虚境，曾见一位仙姑，"其鲜艳妩媚，有似乎宝钗，风流袅娜，则又如黛玉"，乳名兼美，小字可卿。明白写出秦可卿的相貌是兼得钗黛之美的；而香菱相貌既然与可卿相似，也就可想而知，是既似宝钗之端丽，又有黛玉之清秀的。所以她既做了黛玉的徒弟，又是宝钗的丫鬟。

如果说“袭为钗副，晴为黛影”的话，那么香菱则是兼得二人之美，所以她是十二钗副册之首，而袭人、晴雯则只好做又副册之首。

关于香菱的为人，后文在第十六回中曾借着贾琏和凤姐的对话再一次侧描：

> 贾琏笑道：“正是呢，方才我见姨妈去，不防和一个年轻的小媳妇子撞了个对面，生的好齐整模样。……竟与薛大傻子作了房里人，开了脸，越发出挑的标致了。那薛大傻子真玷辱了他。”凤姐道：“……那薛老大也是‘吃着碗里看着锅里’的，这一年来的光景，他为要香菱不能到手，和姨妈打了多少饥荒。也因姨妈看着香菱模样儿好还是末则，其为人行事，却又比别的女孩子不同，温柔安静，差不多的主子姑娘也跟他不上呢，故此摆酒请客的费事，明堂正道的与他作了妾。过了没半月，也看的马棚风一般了，我倒心里可惜了的。”

至此，香菱的相貌、品格、经历，已然跃于纸上，栩栩如生。

只是一个买来的丫头，连姓名、来历都不自知，却能得到阖府上至贾琏、王熙凤这样的当家人，下至周瑞家的、金钏儿这样的王夫人亲随的交口称赞，可见香菱之尊贵端雅。而脂砚斋也特地在此批注：

> 何曾不是主子姑娘？盖卿不知来历也，作者必用阿凤一赞，方知莲卿尊重不虚。

再次点明香菱身份之尊，品格之重。

值得一提的是，前者周瑞家的见香菱时，她还只是个“才留了头的小女孩儿”，犹在薛姨妈处听差使唤；待到凤姐与贾琏谈论香菱时，她已经“开了脸”，与薛蟠作了妾。这由婢而妾的身份转换，借由熙凤的几句话交代出来，实谓省笔之至。

但是背后的故事却着实令人心惊。薛蟠已经抢了香菱而未娶，只交在薛姨妈房中做了几年使唤丫头，换言之，如果香菱表现不好，可能随时被薛蟠糟蹋之后再抛弃。实是香菱相貌行事处处都得薛姨妈满意了，才费事摆酒地折腾，让薛蟠正式娶了香菱为妾，其地位比平儿、袭人等人要高。

之后，香菱过了几年谈不得富贵倒也安静的日子。她与黛玉的第一次交集在第二十四回开篇，黛玉听了《牡丹亭》的几句唱词，心有所感，坐在石上情思因萦逗，香菱走来将她拍了一下："你作什么一个人在这里？"而后两人拉着手回了潇湘馆，聊了半日闲话，下一回棋，看两句书，香菱便走了。可见感情甚好，相处融洽，遂有后面拜师之由。

第四十八回《滥情人情误思游艺　慕雅女雅集苦吟诗》是香菱正面出场的重头戏，故而大书特书，详写香菱如何入园，如何拜师，如何苦吟。更借宝玉之口一言定评：

> 这正是"地灵人杰"，老天生人再不虚赋情性的。我们成日叹说可惜他这么个人竟俗了，谁知到底有今日。可见天地至公。

金陵十二钗都是要借由宝玉这位"情不情"来评度表现的，而宝玉给予香菱的评价无疑是很高的。至此，香菱已经完全满足了"薄命女儿""入住大观园""在玉兄处挂了号"这样三大条件，名副其实地列入《金陵十二钗》中，且真正当得起副册第一。

因而，脂砚斋在这里有一段长篇大论的双行夹批：

> 细想香菱之为人也，根基不让迎、探，容貌不让凤、秦，端雅不让纨、钗，风流不让湘、黛，贤惠不让袭、平，所惜者青年罹祸，命运乖蹇，至为侧室，且虽曾读书，不能与林、湘辈并驰于海棠之社耳。然此一人岂可不入园哉？故欲令入园，终无可入之隙，筹划再四，欲令入园必呆兄远行后方可。然阿呆兄又如何方可远行？曰名，不可；利，不可；无事，不可；必得万人想不到，自己忽发一

机之事方可。因此思及“情”之一字及呆素所误者，故借“情误”二字生出一事，使阿呆游艺之志已坚，则菱卿入园之隙方妥。回思因欲香菱入园，是写阿呆情误，因欲阿呆情误，先写一赖尚荣，实委婉严密之甚也。

这是分量相当重的一段评语，可以说是脂砚斋对香菱最透彻的一次点评。香菱因其遭际，不能与钗黛并驰于海棠社，也不能并列于《金陵十二钗》正册，然而这样一个品貌双全、才德兼备的女孩儿，又怎能屈居人下？因此警幻仙派她做了副册之首，置于钗黛之下，袭晴之上。

这里有一个很有趣的公式：

正册之首：宝钗、黛玉；

正册之末：兼得钗黛之美，而无二人之尊，却是贾家第五代长孙媳之秦可卿；

副册之首：酷似秦可卿，兼得钗黛之美，虽根基不俗但后天不济，只做了薛家之妾者香菱；

又副册之首：相貌酷似黛玉之晴雯，性格有似宝钗之袭人。

如此看来，可卿与香菱一样，是两个承上启下的过渡人物。然而可卿不及香菱者，在于她出场既晚，退场却早，统共没露几次面就早早地死了，她存在的最大价值，在于说出了“盛宴必散”的谶语，及那句“三春去后诸芳尽，各自须寻各自门”的偈子；而香菱却是全书第一个出场的薄命女儿，一直到第八十回仍然有重戏，出场比谁都早，收结比谁都晚，可谓善始善终，故事相当完整。

细究起来，无论从出身、相貌、才学、性情上，香菱比起秦可卿来都有过之而无不及，所逊的，唯有“地位”二字而已，不愧做了十二钗副册之首。

“慕雅女雅集苦吟诗”和“呆香菱情解石榴裙”两回，是香菱的极盛表演，也是她人生中最快乐的时光。

可惜好景不长，乐极生悲，她生命中的第三个魔星出现了——那便是夏金桂。

夏金桂不仅扭转了香菱的命运，还夺去了她的名字，将其改为“秋菱”。

她人生的第三阶段开始了。

这一段，在书中的篇章并不多，集中在第七十九、八十两回中。有些版本，将两回并为一回，有些紧锣密鼓的味道，更让人觉得秋光短促。

那夏金桂因见香菱“才貌俱全”，“越发添了‘宋太祖灭南唐’之意，‘卧榻之侧岂容他人酣睡’之心”，遂决意除之，三番两次地设计陷害，一时故意令其撞破薛蟠与宝蟾偷情，一时又命香菱到自己房中来睡，彻夜折磨，之后更是索性自己剪个纸人儿诅咒自己再嫁祸给香菱，逼得薛蟠撵了香菱去，给宝钗使唤。

> 自此以后，香菱果跟随宝钗去了，把前面路径竟一心断绝。虽然如此，终不免对月伤悲，挑灯自叹。本来怯弱，虽在薛蟠房中几年，皆由血分中有病，是以并无胎孕。今复加以气怒伤感，内外折挫不堪，竟酿成干血之症，日渐羸瘦作烧，饮食懒进，请医诊视服药亦不效验。

这是前八十回中关于香菱的最后一次记述。虽然大结局如何，书中并未来得及详述，但是戚序本的第八十回回目就是“娇怯香菱病入膏肓”，已经点明她命不久矣。

但是高鹗偏爱“调包计”，不但在大婚之夜让宝钗替黛玉出嫁，还让夏金桂自食恶果，想给香菱下毒，却不小心被宝蟾换了碗，把自己给毒死了，非常的戏剧化；而香菱则重蹈了娇杏的命运，被薛蟠扶了正，不但滞木无文，完全是“三言二拍”的传奇格局，而且有违曹雪芹原意，与前文的草蛇灰线全无对应，是不折不扣的“蛇足”“赝文”。

这由香菱的判词可以得到确切的证实：

> 根并荷花一径香，生平遭际实堪伤。
> 自从两地生孤木，致使香魂返故乡。

莲也罢，菱也罢，都是“根并荷花”，这一句是点明香菱的名字；第二句浅显通俗，明写其可怜堪叹；第三句则用“两地生孤木”喻一“桂”字，点明自从香菱遇到夏金桂，便直奔了“香魂返故乡”的归宿而去了，哪里还有什么“扶正”的机会呢？

香菱学诗

香菱学诗，同黛玉葬花一样，成为《红楼梦》的经典篇章，更成为后世诗家不能回避的常议话题。

且说黛玉素性清冷，孤高自许，目无下尘，然而当香菱一进来就求着“好歹教给我作诗”时，黛玉竟然毫不推诿，痛快答应说：“既要作诗，你就拜我为师。我虽不通，大略也还教得起你。”何等大方豁达？

可见人以群分，黛玉待人之冷热，还是要看对方是什么样的人。她从骨子里就是个诗人，见了天性爱诗的人，自然亲热，而且循循善诱，诲人不倦：

> 什么难事，也值得去学！不过是起承转合，当中承转是两副对子，平声对仄声，虚的对实的，实的对虚的，若是果有了奇句，连平仄虚实不对都使得的。

首先是黛玉的态度，有人觉得“什么难事，也值得去学”说得太轻慢矫情，其实在诗家的眼中，学诗确实不难，格律的掌握不过是几句话的事。

这两年中我创办西周私塾，教孩子写格律诗，从对课到绝句到律诗，不过是三天的课程。第一天讲平仄虚实，第二天讲押韵粘对，第三天讲律诗四联，说的正是“起承转合”，以及“承转两副对子”的几种对仗方法。三天之后，八九岁的孩子们都能掌握，写出格律严谨的近体诗来，像香菱这样慧根深厚的人，又有什么难的呢？

要注意的是，这里黛玉说的“平声对仄声”，是指上下句对仗的规律；但是“虚的对实的，实的对虚的”却是说反了，而应该是“实的对实的，虚的对虚的”。

> 香菱笑道：“怪道我常弄一本旧诗偷空儿看一两首，又有对的极工的，又有不对的，又听见说‘一三五不论，二四六分明’。看

古人的诗上亦有顺的，亦有二四六上错了的，所以天天疑惑。如今听你一说，原来这些格调规矩竟是末事，只要词句新奇为上。”

对仗的规矩是词性相近，平仄相反，而这平仄，主要讲的是一句诗中第二、四、六字上的平仄，上下句之间要相对，二三句或者四五句之间要相粘，所谓“平仄律”即“粘对律”便在于此了。这就是常说的“一三五不论，二四六分明”了。

对得工整的，就叫工对；马虎相对的，就叫宽对。平仄粘对，就是格律诗的规矩。但是词句警人时，可以抛开格调规矩，只以新奇为上。

所以黛玉又有了一番总结：

正是这个道理。词句究竟还是末事，第一立意要紧。若意趣真了，连词句不用修饰，自是好的，这叫做“不以词害意”。

这番话，几乎自清以降所有的诗词格律书中都要引用一番，因为观点太新颖明确了。

第一是立意要紧；第二是词句新奇；第三才是格律规矩。这便是黛玉的观点。

但是要注意的是，在黛玉眼中，诗词格律根本不是什么难事，原是自小谙熟的基本规矩，顺手拈来出口成章的，所以不需要考虑平仄粘对，自然都是通的；偶有不工之处，只要意趣清真，词句新奇，完全可以忽略不计，这就叫“不以词害意”。

这句话，后来被袁枚加以发扬光大，在《随园诗话》中写道：“太白斗酒诗百篇，东坡嬉笑怒骂皆成文章，不过一时兴到语，不以词害意。”

袁枚虽与曹雪芹同时代，但是曾向人炫耀说大观园即他新购的随园，可见是读过或至少听说过《红楼梦》的，那么这句“不以词害意”，很可能也是拾人牙慧了。

这话后来成了不通格律者的护身符，随便胡诌几句五个字七个字的句子，凑在一起押个韵，就自以为是诗了，若有人指出其不通，就大谈什么“不以词害意”。须知黛玉教香菱时，原要求她先熟练掌握平仄粘对起承转合，肚子里有了千百首诗打底子，然后才谈得上追求意趣为真。

而袁枚所举的例子，更是到了李白、杜甫、苏东坡的层次上，才可以一时兴到，皆成文章。

换言之，对于今天学习格律诗写作的新人，没有诗圣诗仙的气魄肝胆，没有黛玉香菱的文词清丽，也要不顾规矩地随便涂鸦，弄些平仄格律不堪入目的七句文来当作诗，也拿着“不以词害意”的幌子来遮羞，就是自曝其丑了。

立意，在王国维《人间词话》中明确定义为“意境”，开篇即云：

词以境界为最上。有境界则自成高格，自有名句。

也有版本作“有境界者，不期工而自工”，都旨在说明境界的重要性，也就是林黛玉向香菱强调的“第一立意要紧。若意趣真了，连词句都不用修饰，自是好的”。

王国维（1877—1927）比曹雪芹晚了一百多年，很可能受到林黛玉的影响，跟香菱是隔世的同学。

关于打底子，黛玉也有一番明确的作业布置：

你若真心要学，我这里有《王摩诘全集》，你且把他的五言律读一百首，细心揣摩透熟了，然后再读一二百首老杜的七言律，次再李青莲的七言绝句读一二百首。肚子里先有了这三个人作了底子，然后再把陶渊明、应玚、谢、阮、庾、鲍等人的一看。你又是一个极聪敏伶俐的人，不用一年的工夫，不愁不是诗翁了！

之前黛玉说过最不喜欢李商隐的诗，只除了一句“留得残荷听雨声”。于是经常有红迷在讨论：黛玉为什么不喜欢李商隐？而且各种索隐探佚无奇不有，说得云里雾里无人听懂。其实看看黛玉的这段读诗论，就很可以明白她为什么不喜欢李商隐了。

因为黛玉首推王维，而王维史称“诗佛”，其内容以山水田园为主，师法陶渊明之浑然天成，谢灵运之细丽精工，而更见禅意，使山水诗成就达到了前所未有的高度，后人评“读之身世两忘，万念皆寂”。苏轼曾赞其“味摩诘之诗，诗中有画；观摩诘之画，画中有诗”。

王维文字最大特点直白如话，意趣天成，极少用险韵或暗喻，少用典故，与李商隐截然相反。黛玉喜王维，自然便会不喜欢李商隐，这很容易理解，完全无须索隐其他。

且说黛玉荐诗，以“诗佛”王维为首，“诗圣”杜甫、“诗仙”李白次之，这排名已经与常人不同，接下来推荐的人更为独特，乃是陶渊明、应玚、谢灵运、阮籍、庾信、鲍照，皆是汉魏南北朝时期的诗人。

之前我说过，曹雪芹凡在书中提及文学思想，都有很强的宗法魏晋风骨的痕迹，崇尚古风，宝玉如是，黛玉身为宝玉知己，自然亦如是。

后文中香菱读了王维的诗回来，有一段关于读诗感想的讨论，最能看出黛玉的审美倾向，炼字炼句的意趣之美：

香菱笑道：“据我看来，诗的好处，有口里说不出来的意思，想去却是逼真的。有似乎无理的，想去竟是有理有情的。”黛玉笑道：“这话有了些意思，但不知你从何处见得？”香菱笑道：“我看他《塞上》一首，那一联云：‘大漠孤烟直，长河落日圆。’想来烟如何直？日自然是圆的。这‘直’字似无理，‘圆’字似太俗。合上书一想，倒像是见了这景的。若说再找两个字换这两个，竟再找不出两个字来。再还有‘日落江湖白，潮来天地青’，这‘白’‘青’两个字也似无理。想来，必得这两个字才形容得尽，念在嘴里倒像有几千斤重的一个橄榄。还有‘渡头余落日，墟里上孤烟’，这‘余’字和‘上’字，难为他怎么想来！我们那年上京来，那日下晚便湾住船，岸上又没有人，只有几棵树，远远的几家人家作晚饭，那个烟竟是碧青，连云直上。谁知我昨日晚上读了这两句，倒像我又到了那个地方去了。”正说着，宝玉和探春也来了，也都入坐听他讲诗。宝玉笑道：“既是这样，也不用看诗。会心处不在多，听你说了这两句，可知‘三昧’你已得了。”黛玉笑道：“你说他这‘上孤烟’好，你还不知他这一句还是套了前人的来。我给你这一句瞧瞧，更比这个淡而现成。”说着便把陶渊明的“暧暧远人村，依依墟里烟”翻了出来，递与香菱。香菱瞧了，点头叹赏，笑道：“原来‘上’字是从‘依依’两个字上化出来的。”宝玉大笑道：“你已得了，不用再讲，越发倒学杂了。你就作起来，必是好的。”

炼字炼句，最讲究的是锤炼诗眼。

“诗眼”或“句眼”，都是一种形象的说法，指的是全诗精气神最集中的字眼。通过一个字，来锻炼出一句诗甚至整首诗的神韵意境。

《诗人玉屑》中有“五言以第三字为眼，七言以第五字为眼”之说，就是因为五言、七言诗中在这个字上多使用虚词，比如谢灵运“池塘生春草，园柳变鸣禽”之句，就是最典型的例子，也被后世诗人称为写景诗的范本之句。

再如香菱所引句中，“渡头余落日，墟里上孤烟”就是第三字为眼，然而“大漠孤烟直，长河落日圆”“日落江湖白，潮来天地青”却都是在第五字上着力。而“暧暧远人村，依依墟里烟”更是擅用叠字，整句用力，如羚羊挂角，竟连“眼”也寻不得了。

香菱说“上”字从“依依”化来，解释为“依依直上”。宝玉遂说她已尽得三昧，深谙读诗之道了。这段话，既讲了炼字之美，更提到炼意之真。

“青”“白”两字一字千钧，这说的固然是炼字，但是整句诗形容的境界，却重在炼意，而黛玉评价这两句尚不如陶诗“暧暧远人村，依依墟里烟”更加淡而现成，这说的是气质风骨，所谓“魏晋风度”，更是讲究神韵了。

这便是诗家常说的“炼句不如炼字，炼字不如炼意，炼意不如炼格”。

再接下来，黛玉便给香菱出题目了，七言律诗，咏月，十四寒韵。

香菱作了一首，先给宝钗看，宝钗说：“这个不好，不是这个作法。”且让香菱拿与黛玉看。诗道：

月挂中天夜色寒，清光皎皎影团团。
诗人助兴常思玩，野客添愁不忍观。
翡翠楼边悬玉镜，珍珠帘外挂冰盘。

良宵何用烧银烛，晴彩辉煌映画栏。

黛玉说：“意思却有，只是措词不雅。皆因你看的诗少，被他缚住了。把这首丢开，再作一首。只管放开胆子去作。”

因为这首诗努力地凑字，却没什么意思，只是说了昨晚有大月亮，亮得跟玉镜冰盘一样，比喻很俗，所以黛玉说“措词不雅”，而宝钗则说“不是这个作法”。

诗要讲究起承转合，这八句四联统共说的只是一个意思，没有承转也谈不上立意，因而黛玉说香菱看的诗少，只是生搬硬凑，让她放开胆子去作，也就是开发灵感，发挥想象。

于是香菱又回来苦思冥想，反复推敲，心无旁骛，凝思会神，几乎熬了一夜，作出一首：

非银非水映窗寒，试看晴空护玉盘。
淡淡梅花香欲染，丝丝柳带露初干。
只疑残粉涂金砌，恍若轻霜抹玉栏。
梦醒西楼人迹绝，余容犹可隔帘看。

这一首，用词文雅了些，把“玉镜”“冰盘”之类的直白比喻，换成了“淡淡梅花”，“丝丝柳带”的烘托，纤致许多。可是黛玉仍说：“自然算难为他了，只是还不好。这一首过于穿凿了，还得另作。”

宝钗则评价说：“不像吟月了，月字底下添一个‘色’字倒还使得，你看句句倒是月色。这也罢了，原是诗从胡说起，再迟几天就好了。”

因为香菱这首诗字字用心，又是“残粉”又是“余容”，过于刻意了，故而更像是几天后的月色；最重要的，是所有的文字都局限在表面意思，堆砌辞藻，不能借景言情，所以仍不好。

香菱遂又挖心搜胆，废寝忘食，连探春喊她“闲闲罢”，她都随口回答：“闲字是十五删的，错了韵了。”

古时作格律诗依照平水韵，上平声十五韵，下平声十五韵，比如“一东”“二冬”，在今天普通话读音听来，并无什么不同，但在古时属于两个韵部，不可混淆；所以“十三元”“十四寒”“十五删”，乍听上去韵母都是 an，但却分属于不同韵部，规矩严明。

如此精血诚聚，晚间对灯出了半日神，于梦中偶得了八句，用宝钗话说是“诚心都通了仙了”。

之前香菱苦思八句，自为妙绝，却被钗黛扫了兴，不肯丢开手，反复思索；如今梦中真得了佳句，反而迟疑，“自己并不知好歹，便拿来又找黛玉”。

精华欲掩料应难，影自娟娟魄自寒。
一片砧敲千里白，半轮鸡唱五更残。
绿蓑江上秋闻笛，红袖楼头夜倚栏。
博得嫦娥应借问，缘何不使永团圆！

众人看了，都赞赏不绝：“这首不但好，而且新巧有意趣。可知俗语说：‘天下无难事，只怕有心人。’”

这首诗首联“精华欲掩料应难”破空而来，开篇明志，已经先写出了月亮的品格，而且借物喻人，完全是自己的写照。

颔联对仗极工，用声音来反衬夜晚的宁静，而且是从夜到晓，直接引出颈联的人物：“绿蓑江上秋闻笛，红袖楼头夜倚栏。”这两句可以说自身，也可泛指天下男女，客旅思人。

尾联更是立意新颖，借着反问嫦娥，来写出不得团圆的悲哀，余音袅袅，回响不绝。古人云：诗言志。而这首诗，无疑就是香菱品格为人的自我写照了。

最后，关于香菱学诗，还有个让人想来叹息的公式：贾雨村见到的第一个金陵十二钗册中人，乃是副册之首甄英莲，之后他乱判葫芦案，恩将仇报推了英莲入火坑；他见的第二个册中人，是正册之首林黛玉，将来势必也会做出误葬黛玉终身的恶行来。

可叹的是，贾雨村是黛玉的启蒙业师，而黛玉又收了香菱为徒。如此，香菱岂非又一次与贾雨村扯上干系？

而且，贾雨村在第一回中，曾经作过一首咏月五律：

未卜三生愿，频添一段愁。
闷来时敛额，行去几回头。
自顾风前影，谁堪月下俦？
蟾光如有意，先上玉人楼。

后来见了香菱之父甄士隐，又曾口占一绝：

时逢三五便团圆，满把晴光护玉栏。
天上一轮才捧出，人间万姓仰头看。

而香菱拜黛玉为师后，得的第一个题目竟也是咏月，并且一连作了三首，最后一首末句“缘何不使永团圆”正与雨村七绝的第一句“时逢三五便团圆”相对，更是令人感叹。

真不知曹公的这种安排，深藏着怎样的用意！

第四十九回
琉璃世界白雪红梅　脂粉香娃割腥啖膻

园里来新人了

第四十九回中，几家亲眷来投，大观园蓦然热闹起来，十二钗副册纷纷登场，宝玉感叹："谁知宝姐姐的亲哥哥是那个样子，他这叔伯兄弟形容举止另是一样了，倒像是宝姐姐的同胞弟兄似的。更奇在你们成日家只说宝姐姐是绝色的人物，你们如今瞧瞧他这妹子，更有大嫂嫂这两个妹子，我竟形容不出了。"

接着晴雯等看了一回也说："大太太的一个侄女儿，宝姑娘一个妹妹，大奶奶两个妹妹，倒像一把子四根水葱儿。"

探春更盛赞宝琴为最："据我看，连他姐姐并这些人总不及他。"

这番描写让很多读者觉得颇为失落，钗黛已经那般出色了，怎么就忽然冒出个样样拔尖的薛宝琴来抢了二人风头，夺了贾母专宠？

但事实上，这里面多少有个审美疲劳的心理元素。钗黛再美，也在府里居住了近十年了，大家长相聚首，早已经司空见惯；然而宝琴、岫烟等是才来的，人物出色，自然会有一场"挑帘红"，令人惊艳，甚至在初见时会觉得众人都不及她。

其实从宝玉议论的口吻来看，先说薛蝌的形容举止，然后才提及宝琴诸人，并且一视同仁，并没有特别渲染宝琴之美——那宝玉是最重视女孩儿的，倘若宝琴真是美得惊世骇俗，比黛玉还出色，宝玉眼中哪里还有他人，还会有心思先打量薛蝌吗？能够如此淡定从容地客观品评，不过是因为"一把子四根水葱儿"齐齐亮相的场面让人夺目，可是论到绝色，再美也还是越不过钗黛的次序去。

众人热闹之际，黛玉先是欢喜，次后想起自己孤苦伶仃，又觉伤感。她当然不会当众变色，只能是回到潇湘馆独自垂泪；而宝玉并没有见了一众姐妹便忘了黛玉，而是“深知其情”，忙赶去“十分劝慰了一番”，可见知己之情，体贴之意。

探春喜欢热闹，撺掇着宝玉一同来求贾母，留下众姐妹在园中居住。这里对三组人的反应各有不同的表现：

首先是宝琴，贾母立逼着王夫人认了干女儿，晚上同自己一处睡，喜欢得似乎比黛玉尤甚。但这从另一个方面来看，分明没打算真正安置这兄妹俩，不过是热情待客而已。

薛家进京本是暂住贾府，却一直住着不走，梨香院移作他用也不肯腾地方，宁可搬到东犄角上一处更小的院子住着，就是不搬去自己在京中的房舍。如今亲戚的亲戚来投靠，还是不肯搬，让薛蝌住在薛蟠书房，宝琴且跟着贾母住，显然都不是长久之计。

贾母貌似热情，然而行的分明是缓兵之计，要徐图打算。表面上亲热非凡，骨子里同对岫烟的处置并无不同：“你侄女儿也不必家去了，园里住几天，逛逛再去。”

留下宝琴与自己同住，岂可长久？也不过是“逛逛再去”的前传而已。

薛蝌送妹进京是为了发嫁，而邢夫人兄嫂带着女儿邢岫烟前来，则是明明白白告艰难要投奔邢夫人，指望邢夫人帮他们治房舍办家用的。邢夫人见贾母挽留，自然打蛇随棍上，把岫烟交与凤姐安置。邢大舅是男人，所以不能住在园内，邢夫人再抠门儿也只得帮他另置家业。但是对邢岫烟，明显是打算让她在园中长住下去直到嫁人的。

凤姐也明白邢夫人的意思可不是“住几天逛逛再去”，是要长住下来的，所以再三忖度，安置在了迎春处。

因为迎春是贾赦的女儿，与邢夫人侄女关系更近，如此，过后有了什么事，邢夫人直接找迎春问事即可，便找不着凤姐的麻烦了。凤姐这一安排，可谓稳妥之极。

但同时凤姐并不是洗清自己就算了，安置后还要“冷眼战敠”，觉察出岫烟温厚可疼，于是怜她家贫命苦，反比别的姊妹多疼她些。此处见出凤姐厚道处，并不是一味贪利使奸之人。

无论对贫婆子刘姥姥，还是对孤女林黛玉，乃至邢岫烟，凤姐都是有一份怜恤之心的，这也使得凤姐的形象更加丰富立体。

第三组人马是李纨的寡嫂与两个女儿，情况又不一样：

> 贾母王夫人因素喜李纨贤惠，且年轻守节，令人敬伏，今见他寡嫂来了，便不肯令他外头去住。那李婶虽十分不肯，无奈贾母执意不从，只得带着李纹李绮在稻香村住下来。

这才是诚意邀请，长久打算。因为李纨年轻守节，贾母深为同情，留下李婶娘母女，权作是对李纨的一种补偿，安她之心，所以巴不得她有娘家人相伴，遂“执意”相留。

如此，三组人已形成了鲜明对比，贾母的处置也各不相同：宝琴进京明是发嫁，暗是投奔，贾母虚与委蛇，且应下来慢慢观察；邢大舅一家明明白白是投奔，贾母态度简慢，听之任之，由着邢夫人和凤姐拿主意；而李嫂家本无意投靠，“十分不肯”，贾母却偏要留下来，令其与李纨同住，正如同当初接纳薛家一样，是做了长久打算的。

紧接着，因史家外迁，贾母舍不得湘云，便也接过来，一并安置在大观园长住，“命凤姐儿另设一处与他住”。这也是明确指令，有长远打算的。只可惜，湘云不懂得“亲戚远来香，邻居高打墙”的道理，非要和宝钗一起住，贾母只得罢了。

抄检大观园后，宝钗避嫌迁出，并不肯把蘅芜苑留与湘云，却自作主张命她去与李纨同住，名不正言不顺，完全不顾及湘云感受。试想，倘若此时湘云依从贾母吩咐，自己另设住处，事情会怎么样呢？

求近反疏，自古皆然。湘云只顾着眼前要与宝钗亲近，哪料到日后连个立脚之地也没有了，迁出之时，宁无悔意？

湘云和黛玉的比较

湘云是宝钗的头号粉丝，这是众所周知的事情，只可惜，史湘云是个不拘小节没长性的人，所以对朋友的忠诚，有时候反而会成为一种障碍，也正如宝黛之间的关系“求全反毁，不虞之隙”。

湘云在全书中的出场十分有趣，前文一点铺垫没有，直至第二十回，才突然一句“史大姑娘来了”破空而来，湘云便从天而降。人物的背景身份，过往琐事，全待后文的追叙及对话中慢慢透露出来的：原是史家的孙女，自幼跟着贾母，曾得袭人服侍了几年，与宝玉一块儿长大，青梅竹马；后来回了史府中跟着叔父过活。再来时，黛玉已经占了她的位子，这使她对黛玉有一种先天的妒忌。

但这虽然是湘云的初次亮相，显然之前已经来了贾府不止一次，同薛林两人都已混熟了。所以当黛玉打趣她“咬舌子爱说话”时，湘云会说：“你敢挑宝姐姐的短处，就算你是好的。我算不如你，他怎么不及你呢。”

这湘云一出场，已经立场分明，认定了薛宝钗是世上第一完人，样样都是好的。不过这时候她和黛玉之间还没有正式开火，所以玩笑一回，各自归寝时，仍往黛玉房中安歇。

这时候大观园还没有建成，湘云来贾府时便仍是跟着贾母住。彼时宝玉、黛玉已然分房，但是都跟着贾母住，所以湘云来时，便住在黛玉房中。这便有了宝玉一大早往黛玉房里探望，看到湘云露出两弯膀子，伸手替她盖被子的情节，还惹得袭人大发牢骚。

这个时候，宝钗对湘云的态度其实是提防的，宝玉一大早往黛玉房里探望固然不妥，而宝钗大老远地从梨香院来看宝玉又何尝不蹊跷？却因为袭人的一番抱怨打了退堂鼓，并就此立定了要拉拢袭人的战略。袭人只是宝玉身边得力丫鬟，宝钗尚要出动心思，“慢慢套问他年纪家乡，留神窥察其言语志量”；而湘云是宝玉幼时玩伴，宝钗又怎会不留心笼络呢？

恰好湘云心直口快，又父母双亡，最吃宝钗这一套，所以很快就被收服了，不仅把自己家里的私事难处尽情向宝钗倾诉，背里也多次感叹："我天天在家里想着，这些姐姐们再没一个比宝姐姐好的。可惜我们不是一个娘养的。我但凡有这么个亲姐姐，就是没了父母，也是没妨碍的。"

夸宝钗的同时，是为了贬黛玉。这回中湘云和袭人两个，讲相声般一递一句，先抱怨了黛玉小性子，又说黛玉懒，不做手工。首先黛玉是大家闺秀，又客居贾府，孤身一人，并没有那么多针线女红需要打点，不像宝钗那样要操持家计，更不像湘云那样被兄嫂盘剥，做些手工无非是自己消遣，或是给宝玉绣个香囊之类，本来就不是她的分内事，愿做就做，不愿做就不做，原本轮不着湘云批驳；其次，林黛玉是主子姑娘，袭人是奴才丫头。而湘云联手一个丫鬟去说别的主子的坏话，这在整部《红楼梦》里还真别无第二人选。

湘云曾说黛玉："我也和你一样，我就不似你这样心窄。"

这句话误导了很多读者，也都认定黛玉心窄而湘云心宽。但是看这段描写，湘云红了眼圈自伤身世，自怜自艾，使得宝玉劝道："罢，罢，罢！不用提这个话。"——可见也是常常一样地感怀身世每每含酸的。这本是正常心理，无可厚非，但是为什么她做得，黛玉便做不得呢？

而且宝玉劝她的话原无恶意，谁知湘云立便恼了："提这个便怎么？我知道你的心病，恐怕你的林妹妹听见，又怪嗔我赞了宝姐姐。可是为这个不是？"——这真是欲加之罪了。这里面又关着黛玉什么事？你提你自己的父母，你赞你的宝姐姐，可也犯不着怨恨明明是同病相怜的林黛玉啊。

究其根源，只为林妹妹自伤身世时，宝玉每每心疼劝慰；而湘云东施效颦时，宝玉却道："罢，罢，罢！"这才使得湘云大怒，由此及彼，无故提起黛玉来。这里，究竟是谁更"心窄"不容人呢？

那袭人听见湘云贬低黛玉，遂心如意，正中下怀，笑道："云姑娘，你如今大了，越发心直口快了。"就差没鼓掌叫好了。

从前袭人为了湘云给宝玉梳头的事，也狠狠闹过一场；但如今见湘云厌烦黛玉，立刻眉开眼笑了。人们常说两个女人最亲密的时候，就是团结在一起去对付第三个女人的时候。这句话恰可形容此处情形。

背后说人坏话已经不是好习惯了，况且还是联手丫鬟说别的姑娘的是非。这里有个微妙的心理，因为袭人是宝玉的妾，湘云亲袭人而远黛玉，且当着宝玉的面，是一种自欺欺人的心理：咱们三个才是一伙的，才真正亲近，那林黛玉算老几呀!

但她自己也知道这理由见不得光，所以给自己找了个理由，独独挑出做手工这件事，向宝玉道：“前儿我听见把我做的扇套子拿着和人家比，赌气又铰了。我早就听见了，你还瞒我。这会子又叫我做，我成了你们的奴才了。”

一方面她自己没上没下地跟奴才说小姐的坏话，另一面又张口闭口说自己倒成奴才了，这心理也很特别，是失败者的自卑加自卫。

若只此一处也不足为证，但湘云此等言行其实常见，早在第二十二回拿黛玉比戏子时，已经是闹过一回了。

这就说到史湘云的第二个特性了：出言无忌还强词夺理。

凤姐说那做小旦的扮上活像一个人，众人看了也都心里有数，一笑作罢，偏偏湘云叫出来：“倒像林妹妹的模样儿。”

用今天的眼光看来她只是心直口快，但是搁在一个旧时代的侯门千金的规格上去看，她把大家闺秀与下九流的戏子相提并论，确实是件非常失礼的事情，是对黛玉的不尊重。所以黛玉会恼，而宝玉会给她使眼色阻止。

她这时候也悟过来了，知道自己犯了没上没下的错，却并不自愧，反而恼羞成怒，冲宝玉摔摔打打说：“我也原不如你林妹妹，别人说他，拿他取笑都使得，只我说了就有不是。我原不配说他。他是小姐主子，我是奴才丫头，得罪了他，使不得！”

什么叫“别人说他拿他取笑都使得”？分明也没有人敢拿黛玉取笑过，原就是她湘云一而再，再而三地挑衅黛玉，如今黛玉还没恼，只是宝玉给她使个眼色，她倒先恼了，连宝玉一块儿骂上了。知道不能拿小姐比戏子，就索性自贬是奴才丫头——一半是撒娇，自轻自贱；一半是耍赖，倒打一耙。

宝玉无法，只好赌誓说自己绝无此心，湘云得了意，却并不就此收敛，反而更加撒泼吃醋地道：“这些没要紧的恶誓、散话、歪话，说给那些小性儿、行动爱恼的人、会辖治你的人听去！别叫我啐你。”字字句句，仍然刮带着黛玉。拒不承认自己的错，倒又给黛玉罗织了一堆新罪名。

再回头来看黛玉，第四十二回《蘅芜君兰言解疑癖　潇湘子雅谑补余香》中，黛玉行令时错说了两句《西厢记》《牡丹亭》里的戏词，别人都不理论，独宝钗听见了，事后拉了她去教训，黛玉羞得满面通红，满口告饶，说：“到底是姐姐，要是我，再不饶人的。”从此对宝钗赤诚信服。

同样是口无遮拦，一个是拿戏子比小姐得罪了人，别人给她递个眼色阻止，反招她勃然大怒，连劝的人一块儿骂上了；另一个不过是错令说了句戏词，被人指出来后一边自愧，一边感激，事后还一直念念不忘——如此自知自律又懂得感恩，两人的胸怀气度判若云泥，何以众人以黛玉为小性子，却赞湘云大度呢？

其实湘云表现出来的三姑六婆气质，才是真正的小家子气呢。

湘云的小家子气还体现在第三十一回“因麒麟伏白首双星”一节，湘云和翠缕一边走一边聊阴阳的理论，忽然看见花下有个金光闪烁的麒麟。

想象一下，倘若这是黛玉看见了会怎样？大抵是会说一句“什么臭男人带过的，我不要他”！而湘云却没在意这个原是“臭道士”戴过的，不但托在手上细看，艳羡其比自己的这个“又大又有文采”，而且见宝玉来了，还赶紧藏了起来。

照常规，她既是在这个园子里拾的，自然会猜想不知是哪位奶奶姑娘遗下的，左不过凤、钗等人，见宝玉来，正该大大方方地问：你看这麒麟丢在花下，可认得是哪个姐妹的？

她不说报案，却反而加紧藏起来，这是什么用意？

若非贪财，则唯一解释是因为刚才翠缕跟她谈论阴阳，且说见了这个麒麟才分辨出雌雄来，因此湘云托了麒麟出神，情不自禁也想到阴阳上去。见宝玉来了，自觉被窥破心思，所以赶忙藏起。

——这从一个少女的心思行为上猜度，倒也说得过去。可是后来她听宝玉说丢了麒麟的事，方知道这麒麟是宝玉的，那么此前她要真是想到“阴阳配”的路子上去，这时候就更不好意思拿出来才是，怎么倒大方自首了呢？

这心理联系下文她跟袭人可劲儿排揎黛玉的对白一起看去，湘云的心思实在有欠磊落，辜负了她“霁月光风耀玉堂”的美名。

湘云如此旗帜鲜明地拥钗贬黛，再来大观园时，便往蘅芜苑借宿了。

第三十七回《秋爽斋偶结海棠社　蘅芜苑夜拟菊花题》，是宝钗对湘云最慷慨的一次赞助，不但一片真心体谅她无钱做东的难处，且代为筹谋，出钱出力帮她大办了一场螃蟹宴。这次螃蟹宴是宝钗的一次极盛表演：既借湘云之名请了贾母、王夫人，又开了诗社赢得大家领情，虽然这宴席名义上是湘云做东，然而府中上下自然都知道其实是宝钗帮衬，真正为她赢足了里子面子，也更让湘云对宝姐姐感恩戴德，五体投地。

要注意的是，这次湘云来蘅芜苑原是宝钗主动邀请，且对湘云说话极为客气，出了主意还要特地说明："我是一片真心为你的话。你千万别多心，想着我小看了你，咱们两个就白好了。你若不多心，我就好叫他们办去的。"

因为这时候的湘云是客，偶尔来一次，大家做伴是不错的，不难做到热情接待，但若天天打扰，可就难了。

第四十九回因史鼐外迁，贾母不舍得湘云，留下她来，"接到家中，原要命凤姐儿另设一处与他住"。这安排本来极好，偏偏湘云"执意不肯，只要与宝钗一处住"。

——这湘云也太心实，人家不过是偶尔一次邀她往蘅芜苑小住，她竟然就当真了，自说自话要长住下来，却有没有问过宝钗愿不愿意呢？

书中说黛玉喜散不喜聚，"有时闷了，又盼个姊妹来说些闲话排遣；及至宝钗等来望候他，说不得三五句话又厌烦了。众人都体谅他病中，且素日形体娇弱，禁不得一些委屈，所以他接待不周，礼数粗忽，也都不苛责。"

这是黛玉的性情如此，而且毫不掩饰，众人也不计较；但宝钗又何尝不如此？招呼客人一两天是乐事，时间久了却难免厌烦，这原是人之常情。只是宝钗为人含蓄端庄，喜怒不形于色，不会表现出来罢了。

书中说她每晚灯下女工做到三更方寝，日间还不忘了"到贾母、王夫人处省候两次，承色陪坐半时，园中姊妹处也要度时闲话一回"——真是面面俱到，事事顾虑。即便如此，还要对黛玉说："只愁我人人跟前失于应候罢了。"

这样在乎好人缘的一个淑女，当湘云执意要住到蘅芜苑时，宝钗心里再不愿意，面子上也是不好拒绝的。不但不能拒绝，还得热情接待。但是言行之间，再隐忍也会情不自禁地表现出不耐烦来，只是多以玩笑的方式说出，憨直的湘云听不出来罢了。

正所谓"亲戚远来香，邻居高打墙"，完美主义者薛宝钗和素性疏爽的史湘云其实并不相投，偶尔相聚没有问题，但是长久地朝夕相处却不是件轻松的事。

果然湘云住进蘅芜苑没几天，宝钗便受不了了，带笑抱怨说：“我实在聒噪的受不得了。一个女孩儿家，只管拿着诗作正经事讲起来，叫有学问的人听了，反笑话说不守本分的。一个香菱没闹清，偏又添了你这么个话口袋子，满嘴里说的是什么：怎么是杜工部之沉郁，韦苏州之淡雅，又怎么是温八叉之绮靡，李义山之隐僻。放着两个现成的诗家不知道，提那些死人做什么！”湘云忙问是哪两个，宝钗笑道：“呆香菱之心苦，疯湘云之话多。”

——虽是说笑，然而左一句“话口袋子”，右一句“疯湘云之话多”，也确可看出她对于湘云之聒噪实在厌烦。

正说笑间，恰好宝琴披着凫靥裘走来，说是贾母给的，琥珀又来传话说让宝钗别拘管了宝琴。宝钗笑道：“你也不知是那里来的福气！你倒去罢，仔细我们委曲着你。我就不信我那些儿不如你。”湘云立刻又捡着话把儿多事起来，挑唆道：“宝姐姐，你这话虽是顽话，恰有人真心是这样想呢。”

——若说这湘云也实在是太爱挑事儿了，好端端地聊着天偏又无事生非，怎能不让端庄稳妥的宝钗为难？

当下琥珀便指着宝玉说：“真心恼的再没别人，就只是他。”湘云忙说不是。琥珀便又指黛玉：“不是他，就是他。”湘云便不则声了。

这湘云伙同丫鬟编排小姐的不是，已经不是第一次了，第三十二回中和袭人背后排揎黛玉已然不妥，如今当着满屋上下的面公然挑衅就更是过分了，而且不成体统；因此宝钗很不以为然，生怕她替自己树敌，忙解释说：“我的妹妹和他的妹妹一样。他喜欢的比我还疼呢，那里还恼？你信口儿混说。他的那嘴有什么实据。”不但撇清了黛玉，还责怪了湘云“胡说”，而且说“他的那嘴有什么实据”，语气极为轻蔑。这些批评，搁在今天的闺密间也是很不耐烦的指责了，何况于侯门千金？

而黛玉果然又赶着宝琴直呼妹妹，并不提名道姓，宝琴又见林黛玉是个出类拔萃的，更是亲敬异常。湘云这次可谓枉做小人。而宝钗对湘云的态度，也显然越来越不客气，同夜拟菊花题时远不可同日而语了。

湘云住在宝钗屋里，除了多话之外，还多手，喜欢乱翻东西。

第五十七回里，宝钗知道了岫烟的窘况，嘱她把当票悄悄送来蘅芜苑中。谁知岫烟的丫头篆儿去时，偏偏湘云也在，竟将当票翻了出来，还拿着去潇湘馆里张扬，不以为意地说："我见你令弟媳的丫头篆儿悄悄的递与莺儿。莺儿便随手夹在书里，只当我没看见。我等他们出去了，我偷着看，竟不认得。知道你们都在这里，所以拿来大家认认。"

篆儿明明是"悄悄的递与莺儿"，莺儿明明又"随手夹在书里"，两人当湘云没看见，明明是想瞒她，毕竟当衣裳不是什么光彩的事儿。而湘云住在宝钗处是客，见丫鬟悄悄行事，不说赶紧回避了免去瓜田李下之嫌，倒趁丫鬟们不在特地翻出来，"偷着看"，又拿着到处问人，大吵大嚷——这种做派，如何恭维？这样的客人，谁不害怕？

急得宝钗"忙一把接了"，"忙折了起来"，薛姨妈问何处拾的，又忙遮掩回答："是一张死了没用的，不知那年勾了帐的，香菱拿着哄他们顽的。"直待众人走开，方悄悄地问湘云何处拾的。

接连几个"忙"字，可见宝钗有多烦恼。

金麒麟该拿出来的，反要藏起来；当票子该藏起来的，她偏偏翻出来。这史大姑娘行事如此颠倒，真也让人懊恼啊。

此处湘云对宝钗提起岫烟径称"令弟媳"，可想而知她当着岫烟的面又该怎样轻狂戏谑。

此前薛、邢两家初定亲时，书中说邢岫烟虽仍住在园中，不免比先时拘泥了些，"又兼湘云是个爱取笑的，更不好意思。幸他是个知书达礼的，虽有女儿身分，还不是那种佯羞诈愧一味轻薄造作之辈"。换言之，倘若邢岫烟是个害羞脸怯的，早被湘云取笑得在园中无立足之地了。

后回中宝玉病情稍痊，拄杖而行，在山石处遇见湘云等，湘云第一个就忙取笑："快把这船打出去，他们是接林妹妹的。"弄得宝玉都红了脸。可见是取笑专拣戳心处，全不管当事人下不下得来台。

听说了岫烟的艰难处境后，湘云动起气来，逞勇说："等我问着二姐姐去！我骂那起老婆子丫头一顿。"幸而被宝钗拉住了，不然又不知惹出多少是非来。现代人只看到她的侠气，以为仗义执言，可想过这其实也是能起事不能压事的鲁莽之举？

接着她又自说自话道："既不叫我问他去，明儿也把他叫在咱们园里一处住去，岂不好？"这又是湘云的简单粗暴处，且不说那岫烟与宝钗现已名为姑嫂，住在一个园子里尚且避嫌，何况同室？只说蘅芜苑原本是宝钗独住的屋子，湘云强行搬入已经是喧宾夺主了，今还大咧咧想着再拉别人进来，岂不是太不拿自己当外人了吗？

话说乱翻乱拿别人东西，在湘云也不是第一次了。

宝钗曾回忆说："他穿衣裳还更爱穿别人的衣裳。可记得旧年三四月里，他在这里住着，把宝兄弟的袍子穿上，靴子也穿上，额子也勒上，猛一瞧倒像是宝兄弟，就是多两个坠子。他站在那椅子后边，哄的老太太只是叫'宝玉，你过来，仔细那上头挂的灯穗子招下灰来迷了眼'。"

这也还罢了，她和宝玉两小无猜，穿宝玉的衣裳可以说只是为好玩。但是她连荣国府最高领袖贾母的出门衣裳也敢拿来穿。正如黛玉说的："惟有前年正月里接了他来，住了没两日就下起雪来，老太太和舅母那日想是才拜了影回来，老太太的一个新新的大红猩猩毡斗篷放在那里，谁知眼错不见他就披了，又大又长，他就拿了个汗巾子拦腰系上，和丫头们在后院子扑雪人儿去，一跤栽到沟跟前，弄了一身泥水。"

即使搁在今天，倘若孩子把父母长辈出门见客的好衣裳自己穿了去滚雪地，弄得一身泥水，也是免不了要挨一顿狠揍，被骂没家教不懂礼的吧？更何况湘云是客，而老太太穿了去拜影的斗篷必然是极名贵的，且是"新新的大红猩猩毡斗篷"，竟然就被湘云这样随随便便地糟蹋了。

这比起后文老太太赏给宝玉的雀金裘破了一个洞，宝玉急得不得了，让晴雯挣了命地连夜织补，湘云的行径真可谓大逆不道了。

贾府虽富，也不能这样糟践东西，香菱弄脏了石榴裙，急得快哭了，宝玉也替她发愁说："姨妈老人家嘴碎，饶这么样，我还听见常说你们不知过日子，只会遭踏东西，不知惜福呢。这叫姨妈看见了，又说一个不清。"

然而贾母大约是不好意思也不忍心嘴碎地数落湘云的，于是也就越发惯得她没大没小没轻没重了。

且说与"呆香菱情解石榴裙"写在一回的，正是"憨湘云醉眠芍药裀"。

这一直被公认为全书里关于湘云最美的写照。的确，美人醉卧，花飞满颊，文笔是极美的。但细想却真不是那么回事儿。一个姑娘家，大白天的喝醉了酒，园子里石凳上就四仰八叉地睡着了，这成何体统？

比起“刘姥姥大醉绛芸轩”来，湘云的行径其实更为失礼——村婆子好歹还知道找间屋子找张床去睡，大小姐却是在公众场合就躺倒了。园子里虽没男人，却是丫鬟婆子一大堆，来来往往的看到了作何感想？

虽然姑娘的醉态比起姥姥来观赏性强多了，但是从行为品格上来说，却真真令人摇头。

迎春曾说湘云：“淘气也罢了，我就嫌他爱说话。也没见睡在那里还是咭咭呱呱，笑一阵，说一阵，也不知那里来的那些话。”

这次她醉酒倒卧，果然犹自梦话不断，虽然说的是酒令，听上去很雅，看上去很美，但醉态就是醉态，再美的醉态也是失态。

从前人们批评一个没教养的人，会说他“站无站姿，坐无坐态”，如今湘云还加上一条“睡无睡态”。

而关于睡态，书中关于湘云和黛玉也有非常明确的对比。第二十一回，湘云和黛玉同卧一室，宝玉大清早来探望，只见黛玉“严严密密裹着一幅杏子红绫被，安稳合目而睡”，而史湘云却是“一把青丝拖于枕畔，被只齐胸，一弯雪白的膀子撂于被外，又带着两个金镯子”。

人们喜欢湘云，因为怜之故爱之，怜她父母双亡失于管教，爱她心直口快率性爽朗，但幸好她是位美女，而且到八十回结束时，也还只是个十五六岁的少女，倘若她生得不美，又该如何？若只论娇憨女儿，不无可爱；但若论闺秀风范，则湘云的所为实在有失体统，美则美矣，端庄尽失。

凤姐初见黛玉时夸赞：“这通身的气派，竟不像老祖宗的外孙女儿，竟是个嫡亲的孙女。”

而史湘云这位史老太君的娘家人，缺的就正是这种气派。

且说宝钗是书中端庄女子的楷模，和不拘小节的湘云恰是两种人。大大咧咧能够醉酒躺在石凳上睡觉的湘云住在宝钗家里，给她惹的烦心事绝对不只翻当票这一件。难怪宝钗因抄检避嫌离开蘅芜苑时，趁机把湘云也打发了，并不肯留她在此——谁知道又翻出什么惹出什么来呢？

那李纨不苟言笑，第七十回里碧月一大早来怡红院寻手帕时，见宝玉、晴雯、芳官等正在玩笑，非常羡慕他们的热闹。宝玉说：“你们那里人也不少，怎么不顽？”碧月叹道：“我们奶奶不顽，把两个婕娘和琴姑娘也宾住了。如今琴姑娘又跟了老太太前头去了，更寂寞了。两个婕娘今年过了，到明年冬天都去了，又更寂寞呢。你瞧宝姑娘那里，出去了一个香菱，就冷清了多少，把个云姑娘落了单。”

李纨之严肃，连李绮、李纹两位亲妹子也被拘管，话篓子的史湘云搬去稻香村，可该有多么委屈憋闷？周到体贴的宝姐姐不会想不到，却完全不顾及湘云感受，擅自做此安排，简直有报复之意。

正如宝钗评价的：“说你没心，却又有心；虽然有心，到底太直了。”湘云虽然直爽，却并不迟钝，多少会有感觉，中秋夜与黛玉联诗时，忍不住抱怨：“可恨宝姐姐，姊妹天天说亲道热，早已说今年中秋要大家一处赏月，必要起社，大家联句，到今日便弃了咱们，自己赏月去了。社也散了，诗也不作了。倒是他们父子叔侄纵横起来。你可知宋太祖说的好：‘卧榻之侧，岂许他人酣睡。’他们不作，咱们两个竟联起句来，明日羞他们一羞。”

此前湘云处处维护宝钗，形容得天上有地下无的第一大好人，如今纵被冷落，也不好多说什么，然而这句典故用在这里似乎颇为无理，却多少透露出她的真心来了——首先宝钗只有母亲和哥哥两个亲人，纵然如今添了堂弟妹薛蝌与宝琴，也远远谈不上什么“父子叔侄纵横起来”；再则宋太祖所言卧榻之侧，更与今夜是否一同赏月无关，而分明是争地盘儿。

宝钗不肯把蘅芜苑与湘云共享，自己不住，宁可关了也不让湘云独享，硬是做主把湘云送去了稻香村，让她搬去与朽木死灰的李纨一同住。这就叫“卧榻之侧，岂许他人酣睡”。

是以中秋夜联诗之后，翠缕问湘云道：“大奶奶那里还有人等着咱们睡去呢。如今还是那里去好？”湘云笑道：“你顺路告诉他们，叫他们睡罢。我这一去未免惊动病人，不如闹林姑娘半夜去罢。”——竟又回到第一次出场时，仍住潇湘馆了。

宛如兜了一个圈儿，湘云到底又远离宝钗，与黛玉同席了。这是一个非常明显的信号：钗湘之谊，至此已经彻底破裂，虽然湘云表面上不便明说不满，心里却已经怨恨上她的宝姐姐了。当晚她失眠了，黛玉问她怎么不睡，湘云答：

“我有择席的病，况且走了困，只好躺躺罢。”

湘云有择席的毛病？此前她曾住在黛玉处，也曾住宝钗处，如今又住稻香村，更是史府住两日，贾府又住两日，醉了酒连石凳子上也睡得着，她怎么会择席？

可见择席是假，择友是真。翠缕问湘云：“如今还是那里去好？”这话真问得好。今晚睡哪里，对湘云来说，实在是对于友情抉择的一个原则性大问题啊。

第五十回
芦雪广争联即景诗　暖香坞雅制春灯谜

芦雪广联句、吟诗与灯谜

（一）

第四十九、五十接连两回，是大观园诗社的极盛时期，写得特别如诗如画。

之前群钗作海棠诗、菊花诗、螃蟹咏，都还是各自为政，而这次“芦雪广争联即景诗”，则是众人的第一次合作联诗。

题目乃是“即景联句，五言排律一首，限二萧韵”。

即景，指的是就眼前的景物即兴创作；

联句，是古人结社作诗的一种方式，指一首诗由两个或多个人共同完成，相传最早的联句诗由汉武帝在柏梁台集合文臣二十六人联咏而成，一句一韵，故而又称“柏梁体”。

最初联句诗并没有固定格式，有一人一句，也有一人几句联成一篇的。到明清后渐成规格，成为文人雅聚时的常有节目，通常的方式是某人出一个上句，由另一个人接出下句，并再出一个上句；第三个人再接下句，出上句。所有的出句与对句要符合平仄粘对和双句叶韵的规律，同时除了首联和尾联外，中间所有的句子都是对仗关系，而且一韵到底。

芦雪广的联句咏雪，就是这样一种玩法，又叫作排律。

所以凤姐起了第一句：“一夜北风紧。”是典型的首句不入韵五言排律仄起式。因为是第一句，可以不押韵，但是不押韵的字必须是仄声字，她无意中的一句大白话刚好符合了格律诗的所有规律，而且起得很好，所谓：“这句虽粗，不见底下的，这正是会作诗的起法，不但好，而且留了多少地步与后人。”

李纨虽然会作，没有诗才，所以第一个接招，因为首联无需对仗，相对容易，所以她接了句“开门雪尚飘”。“飘”字正是“二萧”韵，这就是双句押韵。

接着，李纨又起了第三句“入泥怜洁白”，再接下去的人，就要一路对仗了，还要逢双句押韵，且一韵到底。

“二萧”为平水韵的下平韵第二部，统共只有几十个字，所以再联下去就没有韵字可用了。宝钗推湘云说：“你有本事，把‘二萧’的韵全用完了，我才伏你。”便是此意。

而李纨则说：“够了，够了。虽没作完了韵脚的字，腾挪的字若生扭用了，倒不好了。”因为有些字很难入诗，硬搬生凑，反而不好。

联句之诗，因为图快而且众口不一，难有佳句。所以李纨说：“逐句评去都还一气，只是宝玉又落了第了。”遂罚宝玉去栊翠庵乞红梅。

(二)

关于宝玉访妙玉乞红梅的描写，当真如诗如画。作者的手法很巧妙，先是在第四十九回中，让宝玉去往芦雪广途中闻得一股寒香扑鼻，回头看时，却是栊翠庵中十数株红梅花开得如胭脂一般，映着雪色，分外精神。这一回里群芳斗艳，并未提到乞梅之事，回目却偏偏叫作“琉璃世界白雪红梅”，已经铺下了伏笔。

接着第五十回“芦雪广争联即景诗”，宝玉落第，遂借李纨之口点出：“我才看见栊翠庵的红梅有趣，我要折一枝来插瓶。可厌妙玉为人，我不理他。如今罚你去取一枝来。”遥递一招，明白提起栊翠庵的妙玉与红梅来。

接着宝玉回来，掮了一枝极美的梅花，二尺来高，旁枝斜逸，约有五六尺长，其间小枝分歧，或如蟠螭，或如僵蚓，或孤削如笔，或密聚如林，花吐胭脂，香欺兰蕙。

难怪宝玉说：“你们如今赏罢，也不知费了我多少精神呢。”

可想而知，这“费精神”里，不但是要向妙玉讨梅花，还要同她一起选梅花。

白雪，红梅，女尼，公子，闭目想象，这一幕该有多么好看。虽然自始至终，妙玉并没有正面出场，却偏偏给了我们极深印象，处处都是她的身影，暗香浮动，仙姿绰约，如闻如见，呼之欲出。

可惜的是，宝玉的诗作《访妙玉乞红梅》题目很巧，内容却一般：

酒未开樽句未裁，寻春问腊到蓬莱。
不求大士瓶中露，为乞嫦娥槛外梅。
入世冷挑红雪去，离尘香割紫云来。
槎枒谁惜诗肩瘦，衣上犹沾佛院苔。

律诗四联中，原讲究的是“起承转合”。宝玉开篇“起句”不明，却先铺垫“酒未开樽句未裁”，远兜远转，所以黛玉说“起得平平”；接着又说“寻春问腊到蓬莱”，言明要去栊翠庵求梅，首联点题，因此黛玉、湘云都说“有些意思了”。

接着颔联用了铺排的手法，先说“不求”什么，再说“为乞”什么，以正反对说明是来讨红梅花的。这两句话说的是一件事，完全是靠卖弄文字技巧和堆砌典故来承接，所以黛玉说“凑巧而已”。

接下来颈联该“转”了，但从语意上这里没什么可以转折的，于是作者从行踪着手，直接从“去”转到了“来”，“冷挑红雪”指红梅，“香割紫云”还是红梅，说的是梅花已经到手了，挑走割来了。

最后尾联收束，说人已经揹着梅花回到诗社众人中了，但是衣裳上还沾着庵里的青苔呢，这便是严丝合缝，首尾相连了。

这首诗虽然工整，但是字面重复，过于铺排，“寻春问腊”“嫦娥槛外梅”，“红雪”“紫云”“槎枒”，翻来覆去，说的都是一个意思，说穷说尽，没有余味，单纯成了文字游戏。而且对仗讲究的是词性相近，但是如果词意也相近，就成“合掌”了。

因此，这首诗从文学成就上来说，算不得一首好诗；但是从格律来说，却堪称范本，也正符合怡红公子的心性本色。

故事到这里还没有完，还有下文——后来宝玉再去了一次栊翠庵，打动妙玉，送了每人一枝梅花——这“每人”里，当然也包括了“相知”的黛玉和“可厌”的李纨了。

这一刻的妙玉是大度的，疏爽的，可亲的。“不求大士瓶中露，为乞嫦娥槛外梅”，无论在宝玉还是在读者心目中，妙玉都是如同月里嫦娥一样的人物，超凡脱俗，遗世独立，艳若桃李，冷若冰霜。而白雪红梅，正是她极端性格的写照——雪的冷，梅的艳，合起来就是活脱脱外冷内热的妙玉了。

最绝的是，妙玉从头至尾并没有现身，但是后人关于金陵十二钗各种肖像画中，妙玉图中却往往少不了一树红梅，凌霜欺雪，含苞怒放，花树下一个带发修行的女尼，青衣素面，茕茕独立。

无他，实在是茫茫大雪中，宝玉“披了玉针蓑，戴上金藤笠，登上沙棠屐”，踏着乱琼碎玉去栊翠庵拍门，向妙玉求乞一枝梅花的场景太冷艳，太震撼了，让人怎能不心向往之？

（三）

书中凡诗词灯谜皆有所指，本回也不例外。

首先李纨出谜“观音未有世家传”，字面是说观世音菩萨没有子孙传代。然而李纨明明是有子贾兰的，为什么会说她没有后代呢？

书中先是借湘云的错解提了一笔“在止于至善”，然而宝钗提醒她好好想下“世家传”这个点，再借由黛玉之口点明“虽善无征”，明确指出李纨貌似风光，终无后继，因为贾兰命不久长，李纨纵然凤冠霞帔，“也只是虚名儿与后人钦敬”。

接着书中虚陪了几个谜语，又借湘云之口再次归结：

> 谿壑分离，红尘游戏，真何趣？名利犹虚，后事终难继。

有人说这指的是湘云将来与丈夫分离，也有人说因宝玉猜出谜语，可见指宝玉出家，我则有第三种猜测，就是到这里为止，说的都是李纨的故事：她刚结婚就守了寡，所谓“谿壑分离”，之后独守红尘若许年，着实无趣；而最终好容易挣得诰命夫人的虚名，却又死了儿子，正是“名利犹虚，后事终难继”。

当然，这也只是一种猜测罢了。

嬉笑已过，众人才开始各自认真琢磨，写出灯谜来。

且看宝钗诗：

镂檀锲梓一层层，岂系良工堆砌成？
虽是半天风雨过，何曾闻得梵铃声！

这首诗的谜底是“松塔”，因为树上的松球层层累累，宛如檀梓木料雕镂而成的宝塔一样，但它其实出自天然，哪里是工匠可以堆砌出来的？名字叫作“塔”，不过风雨拂过，谁能听到庙檐下的铃声呢？

诗谜新巧直白，直射将来宝玉出家为僧，宝钗独守空房的命运，十分冷清。

接着宝玉又补上一笔：

天上人间两渺茫，琅玕节过谨隄防。
鸾音鹤信须凝睇，好把唏嘘答上苍。

“琅玕”本义是青色的玉石，常用作竹子的代称，而不论是玉是竹，都可以看作林黛玉的代名词。这说的是黛玉一旦仙逝，天人永隔，宝玉的尘缘也就要尽了，盼不到云中来信，唯有返境归真。

这套的是白居易《长恨歌》中“含情凝睇谢君王，一别音容两渺茫”之句，很明显的痛悼黛玉之诗。

有人认为谜底是风筝，看上去也很像，但是此前探春在元宵节已经作过一个关于风筝的灯谜了，此处不当重复，因此很可能是竹节做的鸽哨。

宝钗的诗谜说的是自己的命运，问其原因却是宝玉；接着宝玉的诗谜里说的是自己的归结，源头却是黛玉；所以接下来第三个便是黛玉的诗谜了：

騄駬何劳缚紫绳？驰城逐堑势狰狞。
主人指示风雷动，鳌背三山独立名。

这谜底说的是走马灯，“騄駬”是马名，此千里马无须缰绳，却能奔过城池越来沟堑，只要听到主人发令，就好像鳌背三山一样，浮游东海。

《列子》中有典，说渤海之东有蓬莱、方丈、瀛洲三座神山，随波西流，天帝命神龟背负，使其不至游离。

联系黛玉世外仙姝的身份，这里应该解释成“风雷动”的大事发生后，黛玉魂归离恨，重返仙境的结局。这既是她自己的命运，也影射了造成这命运的天机：贾府之败。这样的思路与前两个谜语是合拍的。

书中谜语众多，含义更深，上述种种，不过是一家之言罢了。

贾母为何会向宝琴提亲

（一）

薛宝琴可谓是书中最突兀的一个人物，迟至第四十九回才打横里出现，而且一来就艳压群芳，占尽上风，那探春说：“据我看，连他姐姐并这些人总不及他。”竟是将宝钗、黛玉、湘云等人都一齐盖过了。

黛玉向来是以才情取胜的，而宝琴在元宵节灯谜会前，一个人作了十首怀古诗，大展奇才，人人称赏。

宝钗的人缘一向最好，可是宝琴来了之后，不但同姐妹们相处融洽，连赖大家的也要献水仙、蜡梅讨好。

湘云素来性情豪爽，惹人赞羡，但比起宝琴的见多识广、谈吐不凡来，却正是小巫见大巫。

——这才是真真正正的“兼美”，且根本就是“完美”了。因为书中群芳，人人有缺点，唯独宝琴，才、貌、品、行俱佳，竟然是完璧无瑕似的。然而，就是这么一个完美得过分的人物，却未能进入《金陵十二钗》正册中。

四大家族贾、王、史、薛，贾家四艳、王熙凤、史湘云、薛宝钗都入了十二钗正册，为何薛宝琴被形容得才貌双全，超凡脱俗，却不在册呢？

有些专家以为，薛宝琴将来嫁了梅翰林之子，神仙眷侣，逍遥自在，算不得薄命，因而不入薄命司，所以不在册。然而，整部《红楼梦》乃是“千红一哭，万艳同悲”，大观园女儿各个脱不了薄命的宿命，薛宝琴又怎能例外呢？

因此，我以为她并不是不入册，而只是不在正册罢了。她与同期入园的邢岫烟、李纹、李绮一样，都是副册中的人物。

书中介绍薛蝌、宝琴身份时，只有含糊其辞的一句："后有薛蟠之从弟薛蝌，因当年父亲在京时已将胞妹薛宝琴许配都中梅翰林之子为婚，正欲进京发嫁，闻得王仁进京，他也带了妹子随后赶来。"

从弟，即堂弟，父亲的兄弟的儿子。自然，倘是父亲堂弟的儿子，只要未出五服，亦都可称之为从弟。

薛家虽是望族殷商，却并非公侯之家，地位远不及贾、王、史三家。"护官符"中注明前三家分别是宁荣二公、保龄侯、都太尉统制县伯之后，唯有薛家，却只是注解："紫薇舍人薛公之后，现领内府帑银行商，共八房分。"

清时爵制，在王以下，原有公、侯、伯、子、男五级。故而北静王等身份最尊，而四大家族则以公爵贾府为首，史家次之，王家居三，而薛家却只有一个莫名其妙的"紫薇舍人"之衔，其公干是皇商，有的是钱，缺的是衔。

按照世袭之制，皇商一职也只能传给长子，估计便是薛宝钗的父亲；而到了宝琴的父亲，虽然也可以借着家族关系来行商，却未必是皇商，地位就低微许多。况且书中只提到薛蟠在学着做生意，但是并没有与宫中交往的迹象，很可能这薛家的官儿并没有世袭，这也是宝钗进宫不成，就一心想要嫁到贾府的原因了。

至于宝琴，她自幼跟着父亲走遍大江南北，连西海沿子也去过，还曾经亲眼见过黄头发打联垂的西洋美人儿，可见不像宝钗、黛玉这样养在深闺人未识的侯门千金，而是经常抛头露面的。《红楼梦》惯会做隐语，这段话表面上看来只觉宝琴襟怀壮美、见识不凡，然而深想一下，却可以体会得出一个未出阁小姐的漂泊无奈来，这也是她哥哥薛蝌急着将她发嫁的原因。

关于宝琴身份不及正册群芳，还有一个辅证，就是贾母命王夫人认其做干女儿一节。这一段，同样是看上去很美，而深思则满不是那么一回事儿。

书中什么人才乱认干女儿、干儿子？王熙凤、贾宝玉也。

那王熙凤起先认了林之孝家的做干女儿，后来又要认小红做干女儿，而宝玉则信口认了贾芸做干儿子。所以如此，都是一种提拔、看重的意思。

同样的，贾母让王夫人认宝琴做干女儿，也是因为看重她的人物品格，有意提升她的地位。但是薛姨妈明明说过，那宝琴的妈虽然痰症，却还在世，又不比黛玉自幼丧母，做什么要认别人做娘呢？况且园中已有薛姨妈这个至亲婶娘，薛姨妈与王夫人又是亲姐妹，算起来大家本来就是亲戚，何必多此一举，认什么干女儿呢？

自然是因为宝琴虽然才貌出众，出身却不及园中诸人，故而才要替她找个过硬的靠山了。

喜鸾、四姐儿进园子玩时，贾母曾命鸳鸯传话，“留下的喜姐儿和四姐儿虽然穷，也和家里的姑娘们是一样，大家照看经心些。我知道咱们家的男男女女都是‘一个富贵心，两只体面眼’，未必把他两个放在眼里。有人小看了他们，我听见可不依。”

而宝琴进府时，贾母亦曾令琥珀叮嘱宝钗，叫“别管紧了琴姑娘。他还小呢，让他爱怎么样就怎么样。要什么东西只管要去，别多心”。这担的是一样的心，因为知道宝琴身份低，宝钗又过于小心，为怕人言，未免管束了宝琴。故而一面提升宝琴的身份，一面又暗示宝钗放宽心。

这一招果然见效，下边的人得了令，立刻就奉承起宝琴来了，管家赖大家的赶紧巴结买好儿，献给宝琴两盆蜡梅、两盆水仙，就可见一斑了。

综上所述，正如同喜鸾、四姐儿虽然也是贾家后裔，却不是正脉嫡系一样，薛蝌、宝琴之于薛家的身份亦是相同。

因此，薛蝌之妻邢岫烟、妹妹薛宝琴，也就都不能进入正册，而只能与香菱比肩，做个屈居副册的主子姑娘了。

（二）

薛蝌带宝琴上京自是为了嫁妹，然而来了之后，又没有完成婚事，书中没有正面描写，只在薛宝钗劝岫烟时曾提了一笔：“偏梅家又合家在任上，后年才进来。若是在这里，琴儿过去了，好再商议你这事。离了这里就完了。如今不先定了他妹妹的事，也断不敢先娶亲的。”

女方赶着男方已经称奇了，而男方家里却反而不早不晚赶在这时候上任去了，竟将婚事搁起不谈，就更加奇怪。难道薛蝌上京前没有跟梅家通过信息，不知道梅家不在京城吗？又或是梅家没说要娶，薛家就急着送人来了，而梅家竟然避婚远走？这样一等两年，就算后年梅家回京，宝琴的婚姻是否就能顺利嫁娶呢？

而且按照长幼有序的俗例，哥哥娶亲理当在妹妹出嫁之先，何以这薛蝌却是“不定了他妹妹的事，断不敢先娶亲”呢？可见攀亲之急切，身份之尴尬。

更何况她父亲前年才刚刚没了，母亲又是痰症，她不需要守孝三年吗？倒丢下重病的母亲，兄妹俩齐齐进京来住着不走，是何缘故？

比起林黛玉当年只有五岁，已知在母亲病榻前侍汤奉药，守丧尽哀，这宝琴可谓不孝之至。自从进府以来，不见她对父亲有任何哀悼之情，更不见对母亲有任何担忧之意，每日只以贾母之宠、众姐妹之陪护为乐，岂非无情？

黛玉认薛姨妈做干妈，是因为自幼丧母，乏人关爱；就是贾芸巴结讨好认了宝玉做父亲，也要堂而皇之地说：“只从我父亲没了，这几年也无人照管教导。如若宝叔不嫌侄儿蠢笨，认作儿子，就是我的造化了。”

而那薛宝琴，母亲明明还在世，倒已经巴巴地认了王夫人做干妈了，是何道理？

原来表面上最完美尊贵的，内里却可能是最千疮百孔的，浑身上下充满了不合理，不合宜。

有可能是因为薛蝌父亲过世后，家境破败，宝琴经年走南闯北，更让梅家小看，遂有退婚之意，却不曾明言；于是薛蝌要趁王仁进京时，赶着送妹妹发嫁，指望借助王家和贾家的势力给梅翰林施加压力。梅家退也不敢应也不是，索性就以外任施展了一招“拖”字诀。

八十回内，梅家已经回京了，却仍没有再提梅薛两家的婚事，而这些隐情，老于世故的贾母都是一眼便知的，所以才命王夫人收了宝琴做干女儿，给了她一个仗腰子的名分。

这样也同时解释了为什么贾府祭宗祠一节，史湘云、林黛玉这些至亲都未参与，而薛宝琴这个外人却得以陪侍在侧，观看了整个过程。正是因为她认了王夫人作干妈，就算是贾家的女孩儿了，所以能和三春姐妹一同进入宗祠祭祖，可谓“登上高枝儿”了。

（三）

薛宝琴的婚姻状况如此古怪，分明是被男家放了鸽子，停在半空上也不是下也不是，遂有贾母提亲之说。

事见第五十回：

贾母因又说及宝琴雪下折梅比画儿上还好，因又细问他的年庚八字并家内景况。薛姨妈度其意思，大约是要与宝玉求配。薛姨妈心中固也遂意，只是已许过梅家了，因贾母尚未明说，自己也不好拟定，遂半吐半露告诉贾母道："可惜这孩子没福，前年他父亲就没了。他从小儿见的世面倒多，跟他父母四山五岳都走遍了。他父亲是好乐的，各处因有买卖，带着家眷，这一省逛一年，明年又往那一省逛半年，所以天下十停走了有五六停了。那年在这里，把他许了梅翰林的儿子，偏第二年他父亲就辞世了，他母亲又是痰症。"凤姐也不等说完，便嗐声跺脚的说："偏不巧，我正要作个媒呢，又已经许了人家。"贾母笑道："你要给谁说媒？"凤姐儿说道："老祖宗别管，我心里看准了他们两个是一对。如今已许了人，说也无益，不如不说罢了。"贾母也知凤姐儿之意，听见已有了人家，也就不提了。

然而贾母明明中意黛玉，为什么却会起意向薛宝琴提亲？

贾母的这一起意，伤了很多喜爱林黛玉的读者的心，以为贾母已经不愿意成全宝黛婚事，而想让宝玉娶宝琴了。

然而我认为按照贾母的一贯处事手段来看，这很可能又是以进为退的一招虚招。

首先薛蝌送妹进京待嫁，这件事是明说的，贾母未必不知道，所以这个提亲根本就是废话，旨在向薛姨妈暗示：如果我看中了宝钗，还会提宝琴吗？

而且，宝琴身份低微，与香菱同居副册，这是不是也意味着，她其实也是一个做妾的人选？那么贾母此举，便有了试探和妥协之意。

贾母明知黛玉身体不好，难堪重务，即使她嫁了宝玉，也很难操持家务，理会俗事。她心疼外孙女林黛玉，但更疼亲孙子贾宝玉，不能不为孙子的终身幸福思虑周到，而最好的补足办法，就是为他娶个顺心如意的如夫人。那宝琴身体健康，见多识广，又心地单纯，性情爽朗，正是辅佐黛玉的最佳人选。最重要的，她又和黛玉相处和睦，姐妹相称，即使共事一夫，也不会恃宠生娇，欺负了黛玉。

所以贾母很可能打的是玉琴同嫁的主意，娶宝琴进来帮助黛玉共同侍奉宝玉的。宝琴之琴，乃是琴瑟和谐之意，而宝琴和宝玉同一天生日，按照四儿说的“同天生日便是夫妻”，两人原有姻缘之分，虽然终究难成连理，却不妨在文中借贾母之口提上一笔，暗伏下文。

二女同嫁，这在古时很是寻常，《儿女英雄传》里金凤、玉凤共嫁安公子便是典型例子。不以妻妾论级，只以姐妹相称，黛玉号“潇湘妃子”，引的正是娥皇、女英同嫁舜帝的故事。

因此无论从古法还是从书中故事来推算，贾母有这样的想法是十分可能和合理的。

古时男子三妻四妾才是正理，因此贾母即便有意为宝玉纳一位贵妾，也绝没有薄待黛玉的意思，而恰恰相反，很可能正是为了保护黛玉，拒绝宝钗。

很多人认为贾母为宝钗过生日，又向宝琴提亲，乃是喜钗厌黛。这其实是不可能的。

黛玉是贾母的亲外孙女，宝钗是贾母的什么人？儿媳妇的妹妹的女儿而已。比史湘云还差着好几层，半点血缘关系亦无。

薛家进京后便四处张扬“金玉”之说，贾母不可能不有所耳闻，对于薛家的算盘是心知肚明的。可是她早已打定主意要成全宝玉、黛玉这一对玉人儿，又怎么会疏远自己的外孙女而偏帮外人呢？但是她又不想伤了薛家的面子，于是起意向身份稍低的宝琴提亲，这样就既可以完成贾薛联姻，维持了亲戚的脸面，又可以成全宝黛婚姻，维护了外孙女的利益。

这正是贾母“世事洞明皆学问”的一贯处世态度。

而这层意思，薛姨妈心领神会，并立刻以退为进，采取了相应措施，不但搬进潇湘馆照顾黛玉，还认了黛玉做干女儿，并且主动提出“四角俱全”的话来，要为黛玉做主，向老太太提亲。这既是安黛玉之心，亦是顺贾母之意，等于暗示贾母：就算让宝钗和黛玉一同嫁给宝玉，我也是愿意的呀。

此前，薛姨妈一心要让宝钗嫁入贾府，并且仗着王夫人、元春的支持，自以为胜券在握，然而贾府至尊老太太一再装糊涂。眼看着宝钗一天天年纪老大，却就是不肯提亲，此时更是舍近求远地向宝钗小妹子薛宝琴提起亲事来，分明是有心包庇黛玉了。到了这地步，如果薛姨妈仍然不愿意放弃攀附贾府这门亲家，就只有接纳林黛玉，让她同薛宝钗一起嫁给宝玉了——这已经是唯一的选择。

想来，这提议老太太必然也是愿意的吧？甚至可能，贾母根本早就知道宝琴有了婆家，之所以向宝琴提亲，就是在暗示薛姨妈“四角俱全”的心意呢。

只可惜，即使这样的委曲求全，却仍然未能换来“退一步海阔天空”的新境界，那林黛玉最终还是泪尽而死了。但是有一点是肯定的，那就是宝玉并没有负她，宝钗也没有夺爱，贾母不会那么忍心不理，而王熙凤更没玩过什么“掉包计”，一切，只是天意难违罢了。

第五十一回

薛小妹新编怀古诗　胡庸医乱用虎狼药

宝琴的怀古诗

关于薛小妹出灯谜的十首怀古绝句，书中说是十处古迹，内隐十物，已经新巧奇妙，既双关又有趣了。而读红楼的人都知道，书中凡诗词灯谜皆关乎人物命运，想来这十首诗自然也当暗喻书中十人，就更令人猜疑忖度，欲罢不能。

可惜的是，自古以来关于这十首诗的解读虽多，却大多牵强附会，莫衷一是，故而迄今难有定论。一则古时的生活习惯与今天大相径庭，随手拈来的十件俗物在今天却是稀罕物，无从猜起；其次书中有十二钗，此处只有十人，却如何暗合呢？

有人说是十二钗正册里抛开了钗黛二人的，有人说应该暗合已经出场的副册十人的，也有说是十个丫头的，还有说是暗示已死和将死的九人的命运的……为难的是，书中诸钗讨论了半晌，着重点只在《牡丹亭》和《西厢记》两本传奇故事是否可考上，却没有对谜底做出评价，更不曾有任何人物暗示，真让我们无从猜起。

如果硬要对这十首怀古诗做揣测的话，我的个人猜测是写了贾家的整个从发迹到没落的五个阶段。荣宁二公以武兴家，“喧阗一炬悲风冷，无限英魂在内游”，因功论赏，“马援自是功劳大，铁笛无烦说子房”，这是在全书开始前的光景；之后一荣俱荣，一损俱损，“牵连大抵难休绝”，“三齐位定盖棺时”，这是大难来时；“蝉噪鸦栖转眼过”，“桃枝桃叶总分离”，喻示子孙流散；但是贾家男丁虽然无能，探春却挺身而出以远嫁令家族赦免，“樗栎应惭万古羞”，“温柔一旦付东洋”；最终万事消停后，还有人重回大观园怀悼，“小红骨贱最身轻”，“一别西风又一年”。

不过这也只是自说自话而已，也许曹雪芹根本没打算揭露谜底，甚或这原是他旧有的十首怀古诗，不过借文抒意用以表现宝琴的见多识广而已，根本没有谜底可言，倒是和万千读者打了三百年哑谜。连冰雪聪明的大观园群钗尚且“猜了一回，皆不是”，我们又何必枉费精神，强行为这十首诗寻找谜底呢？不如留些精神，玩味一番钗黛二人对这十首怀古诗的态度，更为有趣。

宝钗在行酒令时听到黛玉念了两句戏词儿，还特地板起脸来苦口婆心劝诫半天，如今自己的亲妹子毫无避忌，竟然拿《牡丹亭》《西厢记》的故事写起诗来，还要堂而皇之当众念出来，这不是打宝钗的脸吗？不是说“作诗写字等事原不是你我分内之事”吗？“既认得了字，不过拣那正经的看看也罢了，最怕见了这些个杂书，移了性情，就不可救了。”

这薛家小妹不但见了杂书，而且还记在心里，吟成诗谜，广而告之，岂止“移了性情”，简直不可救药！可让老姐的脸往哪儿搁呢？因此宝钗不等众人评价，先就抢着表白道：“前八首都是史鉴上有据的；后二首却无考，我们也不大懂得，不如另作两首为是。”

宝钗当然懂得这后两首写的是什么，也知道别人都懂得这两本戏，自然也知道别人都知道她知道这两出戏——很绕的一句话，正如第五十一回当下之情景，貌似纠结，人人都明镜儿似的通透。但是宝钗不能不做这一番表白，这是个态度立场的问题：我知道，不代表我赞成，我管教妹妹是相当明确的，还特地提出教导方法：另作两首为是。

这番做作固然是宝钗在众人面前的一贯表现，然而重点却是做给黛玉看的。黛玉心领神会，赶紧给了宝钗一个台阶下：“这两首虽是史鉴上无考，咱们虽不曾看这些外传，不知底里，难道咱们连两本戏也没有见过不成？那三岁孩子也知道，何况咱们？”

这番话亲热洒脱，表面上打趣宝姐姐“胶柱鼓瑟，矫揉造作”，实则帮腔圆谎说“不曾看书，不知底里”，一切知识只是因为看戏所得，等于替宝姐姐打了个完美的圆场。于是众人也都附和说“这话正是”，连李纨都说：“如今这两首虽无考，凡说书唱戏，甚至于求的签上皆有注批，老小男女，俗语口头，人人皆知道皆说的。况且又并不是看了‘西厢’‘牡丹’的词曲，怕看了邪书。这竟无妨，只管留着。”

可见，倘若是看了原书词曲，仍不免归罪于“看了邪书”，故而黛玉先把话题引到看戏上，如此便“无妨”了。这是黛玉维护宝钗、爱惜宝琴的一种表现，也是第四十二回“兰言解疑癖”、第四十五回“互剖金兰语”的一缕余响，不可轻忽略过。

需要特别提醒的是，很多人因为宝琴所作《梅花观怀古》中有一句“不在梅边在柳边”，就认为薛宝琴后来是没嫁成梅翰林之子，却跟了柳湘莲。

然而这句诗，不过引用了《牡丹亭》中杜丽娘的现成句子。杜丽娘在戏中的爱人乃是柳梦梅，这诗的原意是他日相见，或是在梅树边，或是在柳树边。而并不是说自己嫁人，不嫁姓梅的，要嫁姓柳的。这以字害意，未免太牵强了些。

这句诗在今天的读者看来韵味无穷，意义非凡，当作一个重要线索来探佚；然而对当时的读者和观众来说，这出戏的演出率极高，这首诗家喻户晓耳熟能详，作者如果用它来暗示宝琴将来嫁梅嫁柳，也未免太直白了。

况且尤三姐以婚订之鸳鸯剑自刎，柳湘莲为此出家为道士，倘事后因宝琴而还俗续娶，非但称不得是“情种”，简直煞风景之至了。

可见怀古十首，虽各有所指，却未必是暗喻宝琴自身。倒是她的《咏红梅花》诗中曾有“闲庭曲槛无余雪，流水空山有落霞”的句子，可见贾家败后，薛家亦受牵连，宝琴最终也未能借到贾府的荫庇。

“花姨娘”省亲

袭人不是贾府的家生子，原是买来的丫头，但是娘家就在京城，所以时时走动，会请假回娘家，书中正面描写的就有两次，而且形成鲜明对比。

第一次是在第十九回“情切切良宵花解语”，灯节里，花家接了袭人去吃年茶。这时宝玉刚和袭人“偷试云雨情”没多久，正是如胶似漆的时候，因此半日不见已是想念，遂笼络了茗烟带他偷访花家，完全是小皇帝微服私访的阵仗。

那时候他和袭人的事情还瞒着人，然而花家上下看了他们的举止光景，心中也都有数，原本打算赎女儿回家的心思也都尽兴打消，只安稳等着做荣国府的舅爷了。

到了第五十一回，因袭人母亲病重，花自芳来求恩接妹子回家，王夫人特地叫了凤姐来命“酌量办理”，这便是大事了。

凤姐儿答应了，回至房中，便命周瑞家的去告诉袭人原故。又吩咐周瑞家的：“再将跟着出门的媳妇传一个，你两个人，再带两个小丫头子，跟了袭人去。外头派四个有年纪跟车的。要一辆大车，你们带着坐；要一辆小车，给丫头们坐。”周瑞家的答应了，才要去，凤姐儿又道：“那袭人是个省事的，你告诉他说我的话：叫他穿几件颜色好衣裳，大大的包一包袱衣裳拿着，包袱也要好好的，手炉也要拿好的。临走时，叫他先来我瞧瞧。”周瑞家的答应去了。

半日，果见袭人穿戴来了，两个丫头与周瑞家的拿着手炉与衣包。凤姐儿看袭人头上戴着几枝金钗珠钏，倒华丽；又看身上穿着桃红百子刻丝银鼠袄子，葱绿盘金彩绣绵裙，外面穿着青缎灰鼠褂。凤姐儿笑道：“这三件衣裳都是太太的，赏了你倒是好的；但只这褂子太素了些，如今穿着也冷，你该穿一件大毛的。”袭人笑道：“太太就只给了这灰鼠的，还有一件银鼠的。说赶年下再给大毛的，还没有得呢。”凤姐儿笑道：“我倒有一件大毛的，我嫌风毛儿出不好了，正要改去。也罢，先给你穿去罢。等年下太太给作的时节我再作罢，只当你还我一样。”……一面说，一面只见凤姐儿命平儿将昨日那件石青刻丝八团天马皮褂子拿出来，与了袭人。又看包袱，只得一个弹墨花绫水红绸里的夹包袱，里面只包着两件半旧棉袄与皮褂。凤姐儿又命平儿把一个玉色绸里的哆罗呢的包袱拿出来，又命包上一件雪褂子。

一个丫头请假回娘家，用得着这样大费周章吗？要王夫人特地出面叫了凤姐来处理，而凤姐果然慎而又慎，连穿什么衣裳拿什么包袱都要当面一一验过，因为袭人包裹里没备有大毛衣裳，竟然劳动凤姐把自己的衣裳赏了救急，这酌的是什么情，借的是什么理？

只为，这件事是发生在“二两银子”之后，王夫人已经发话：“把我每月的月例二十两银子里，拿出二两银子一吊钱来给袭人。以后凡事有赵姨娘周姨娘的，也有袭人的。”也就是说，王夫人已经正式将袭人当作姨娘看待了，只为顾虑贾政不喜欢过早为宝玉娶妾，才没有像薛蟠娶香菱那样，请客摆酒地费事，明着开了脸收在房里。

俗话说“名分名分”，先有名而后有分。但是这里王夫人行事偏偏反着来，不给袭人姨娘的“名”，却批给了二两月银的“分”，这也直接造就了袭人将来的另嫁蒋玉菡。王夫人的以糊涂作聪明由此可见一斑。

既然袭人是荣国府宝二爷的姨娘，再回家时可就不能像以往丫鬟请假这么简单了，而是要大张旗鼓地雇车、媳妇婆子丫头一大堆跟随，还要穿戴光鲜，不能丢了贾府的面子。因此又是大毛衣裳，又是哆罗呢包袱，又是大红猩猩毡的雪褂子，打紧地赏了一堆，把袭人打扮得富丽堂皇。

这还不算，就连衾枕铺盖和梳头的家伙都不能用娘家的，要特地从府里带了去，还得要众人回避，另要一两间内房另住——袭人只是一个人回家，为什么“若住下，必是另要一两间内房”呢？因为荣国府宝二爷的姨娘住下后，必得留人服侍，连贾府的丫头也都是高贵的，自然也都要择房另住的。

这排场，便如同元春省亲的缩水版，再次照应了她第一次的回娘家。

而正是因为这次的袭人回娘家，给了宝玉和晴雯亲密相处的机会，使得二人的感情急剧升华，“病补孔雀裘”之举正是宝晴情义的精彩华章。

袭人回来后，对此事极为介意，曾开玩笑地向晴雯打趣道：“你倒别和我拿三撇四的，我烦你做个什么，把你懒的横针不拈，竖线不动。一般也不是我的私活烦你，横竖都是他的，你就都不肯做。怎么我去了几天，你病的七死八活，一夜连命也不顾给他做了出来，这又是什么原故？”

这是白天的对话，晚上就又有小丫头芳官不长眼色地跟宝玉划拳闹酒，还醉卧同榻——这两个人，后来在抄检大观园时都被王夫人一并清理了出去。

同时被撵的，还有那个“生得十分水秀”“聪敏乖巧不过”的小丫头四儿，宝玉后来揣测遭妒原因，曾经说：“四儿是我误了他，还是那年我和你拌嘴的那日起，叫上来作些细活，未免夺占了地位，故有今日。”

挪至晴雯身上，便可译为：“晴雯是我误了他，还是你回娘家那日起，叫进来陪我住了两天，未免夺占了你的地位，故有今日。”

一切都是归宁的错啊。

生同衾，死同穴

第五十一回中，宝玉和晴雯的一段亲昵柔密写得极其细腻妩媚，行云流水，也形象地表现出了一位娇憨女儿和多情公子的特殊情谊。

晴雯是个丫鬟，却是最不像丫鬟的丫鬟，她骄傲、任性，而且懒。

麝月打点忙碌之际，晴雯只管在熏笼上围坐。

熏笼，通常是指用竹片做成形如灯笼的隔火熏香之物，内置火盆燃香，以笼罩之，隔承所熏衣物，南北朝时常被称为“竹火笼”，平日可以熏香，冬天时可用以取暖。古代仕女“斜倚熏笼”是一种情致，时常入诗。

不过，诗里的熏笼多半较小，往往置于炕上，熏香暖被；然而怡红院的熏笼是大型的，近乎活动床，可以坐卧其上。此时晴雯坐守熏笼的惬意之态可想而知，完全是一只骄傲慵懒的波斯猫。

麝月笑她：“你今儿别装小姐了，我劝你也动一动儿。”晴雯道：“等你们都去尽了，我再动不迟。有你们一日，我且受用一日。”

这闲闲的两句话，一则表现出晴雯素日行径，小姐身子丫鬟命，动也不动的；二则清楚写出晴雯心态，从没打算过自己会有离开的一天，原是抱定主意“死也不出这个门儿”的，只当众人都去尽了，也还会剩下自己和宝玉天荒地老。因为贾母将她指与宝玉使唤，是打算要她跟宝玉一辈子的，这番心意她比谁都清楚，也愿意，早已实心眼儿地认死理儿了。她说这话的时候，哪里想到自己会第一个离开怡红院，离开人世呢？

麝月笑着央她去把镜套放下来，因为晴雯个子比较高。晴雯无可推诿，还是老大不情愿：“人家才坐暖和了，你就来闹。”

这么懒的丫头，搁别的主子早就非打即骂了。偏偏宝玉是个最肯怜恤女儿的，忙亲自放下镜套，体贴地说：“你们暖和罢，都完了。”说得晴雯不好意思起来，自己找活儿干说：“终久暖和不成的，我又想起来汤婆子还没拿来呢。”麝月毫不客气地戳穿她说：“这难为你想着！他素日又不要汤婆子，咱们那熏笼上暖和，比不得那屋里炕冷，今儿可以不用。”

这番三人对话，温馨娇俏，如见如闻，活脱脱写出一幅冬阁儿女取暖图。

接着三人安排睡处，晴雯懒得动，赖在熏笼旁不走，命麝月睡在宝玉身侧，暖阁外边。

这指的是古时那种房中房，屋里有一铺炕，另有一只架子床，大床另有隔扇，或是垂下帘子，便如又一处小小房间，冬天睡卧不易着风，谓之暖阁。通常床下低处有极宽的搁脚，上面可铺设床褥，便是丫鬟的寝处了。此踏脚可以在隔扇里，也可以在隔扇外，此处麝月显然是在外面，与宝玉隔着一道帘子的。

故而宝玉叫唤时，晴雯笑道：“连我都醒了，他守在旁边还不知道。”因麝月就睡在宝玉身侧。

麝月服侍了宝玉喝茶，晴雯又赖着脸讨茶喝，麝月虽然笑讽“越发上脸了”，却也迁就地服侍她漱口喝茶，可见两人情厚，不计较这些细节，同时也见出麝月的厚道随和，伸屈自如——倘若是袭人，晴雯大抵不敢提此要求；而袭人也坚决维护分次，绝不会屈尊俯就。

既已起身，麝月便说：“你们两个别睡，说着话儿，我出去走走回来。”这是要小解。因为宝玉在屋里，不便用净桶，故而出门如厕。

晴雯促狭，刚才干正事儿懒得一动不动，这会儿为了捉弄人竟然外衣也不披就跳起来出门候着。宝玉既怕她冻着，又怕惊了人，故意通风报信，哄晴雯进来。因见她脸上胭脂一般，忙说：“快进被来渥渥罢。”

一时麝月进来，不见晴雯，宝玉说：“这不是他，在这里渥着呢。”可见晴雯整个人埋在宝玉被窝里，一时麝月竟没看到。及至见晴雯打被窝里出来仍回自己被中，才看清她装扮，问道：“你就这么‘跑解马’似的打扮得伶伶俐俐的出去了不成？”又说，“你死不拣好日子！你出去站一站，把皮不冻破了你的。”一边赶紧把火盆上的铜罩揭起，将熟炭埋了一埋，拈了两块素香，仍旧罩了，重新剔灯就寝。

因此一处宝玉和晴雯同衾的描写，惹出多少道学家咒骂晴雯不尊重，宝玉吃豆腐，怡红院淫荡污秽丧伦败行——其实大可不必如此小题大做。

虽然此时宝玉已经算不得小孩子，且和袭人有过肌肤之亲，但是毕竟与晴雯、麝月等是从小一起长大的，亦主仆亦伙伴，情急之下看到晴雯受凉，一时并无别想，只是想她用最直接简便的方法暖暖身子而已。宝玉这样想了，晴雯这样做了，自然而然，没有任何不洁之感；即使后来麝月进来看见，也只是关心晴雯受凉了没有，半点不觉得有什么不妥。

当事人各个坦然，读者又何须耿耿于怀？

次日晴雯作烧，宝玉命人请了大夫来。晴雯不在熏笼上，而是移榻暖阁中，“这里的丫鬟都回避了，有三四个老嬷嬷放下暖阁上的大红绣幔，晴雯从幔中单伸出手去”。

诊病之后，宝玉立即命人取药煨上，一一妥当，方过贾母处来问安吃饭，因记挂晴雯，略坐一会儿便早早地回来园中，看到晴雯脸面烧红，忙向炉上将手烘暖，伸进被去摸了一摸身上，也是火烧。

——这伸进被里摸身上之举，也是丝毫不避嫌疑不涉淫邪，只是一味地关心，而且还要先把手烘暖，生怕冰了晴雯，何等体贴？

看晴雯吃了药，“便不命晴雯挪出暖阁来，自己便在晴雯外边。又命将熏笼抬至暖阁前，麝月便在熏笼上”。

这是因为白天晴雯诊病时移住暖阁，这时候一则怕她劳动，二则暖阁显然更舒服，因此宝玉便不命她挪动，而是把自己的住处让了出来给晴雯住，自己倒住在暖阁外边下人陪卧处，紧挨着晴雯，而让麝月住在熏笼上。

前夕两人既曾冬夜同衾，此夜却又病中同榻，忍不住要想起晴雯临终遗愿：“快把你的袄儿脱下来我穿。我将来在棺材内独自躺着，也就像还在怡红院的一样了。论理不该如此，只是担了虚名，我可也是无可如何了。”

两处并提，令人泪下。他日黄泉之下，晴雯穿着宝玉贴身的袄儿躺在棺材里，可记得今夜温馨？

虽担虚名，却也可谓另一种“生同衾，死同穴”了。

从晴雯问病说起

第五十一回晴雯问病，从请医、问诊到开药方都写得相当细致，这样描写的好处，除了是又一个侧面地表现怡红细事之外，更是对黛玉的一次侧写，可卿的一个对比，尤二姐的一个铺垫。

首先，黛玉自出场就是个病美人的形象，晴雯相貌眉眼最像她，却偏偏身强力壮，直到本回才因伤风而出现捧心之态，后文且借王夫人之语形容“真像个病西施了”。而兴儿背地里向尤二姐说过，林黛玉的诨名正是“多病西施”。这是明白点出晴雯乃是黛玉的投影。

黛玉虽然多病，书中却偏偏一次不曾正面描写黛玉看病，也不曾明点她得的是什么病，就只是含糊地提到她吃的什么药：初入贾府时，众人见她面庞怯弱，知有不足之症，因问常服何药？黛玉答“人参养荣丸”。贾母便道：“正好，我这里正配丸药呢。叫他们多配一料就是了。”

显然“人参养荣丸”比起后文宝钗的“冷香丸”普通得多了，贾母一听即明，而且痛快地说让人去配就是了。因为这是一种常见中成药，由“人参、白术、茯苓、炙甘草、当归、熟地黄、白芍、炙黄芪、陈皮、远志、肉桂、五味子”十二味药组成，有气血两补，宁神定气的作用，主治心脾不足，气血两亏，对神经衰弱也有疗效，正合宜黛玉的先天气血不足，后天忧思多虑。

然而这当然只是治标不治本，所以黛玉的病始终不见好。庚辰本第二十八回有回前批说：“自‘闻曲’回以后，回回写药方，是白描颦儿添病也。”

“闻曲”指的是第二十三回《西厢记妙词通戏语　牡丹亭艳曲警芳心》。这一回里黛玉并没有发病，倒是刚刚搬进大观园，心情好得很，还同宝玉一起葬花、读《西厢记》。在这回末，黛玉听见梨香院的小戏子演练《牡丹亭》，深有所感，潸然泪下——很显然，黛玉之病，是典型的“心病”。

而之后的药方，除了第二十八回宝玉杜撰的那个什么“头胎紫河车，人形带叶参”的天价药方外，并没有实写过哪位太医来给黛玉看病开药，只是王夫人提了句：“你吃那鲍太医的药可好些？”黛玉回：“也不过这么着。老太太还叫我吃王大夫的药呢。”可见医生是常来的，还换着方儿开药。

王夫人且又说起大夫给的一个药名，叫什么“金刚丸”的，宝玉开玩笑对应了个“菩萨散”，还是宝钗点明该是“天王补心丹”。这也是一味中成药，主治思虑过度，耗伤心阴，心失所养而神志不安，虚烦少眠等症，正宜黛玉。这且不论，重要的是药名，点明了“补心”二字。可惜医家之药，不论“人参养荣丸”也好，“天王补心丹”也好，终究医症不医心，无法痊救的。

因此到了第三十二回“诉肺腑心迷活宝玉”之时，黛玉自忖：“近日每觉神思恍惚，病已渐成，医者更云气弱血亏，恐致劳怯之症。你我虽为知己，但恐自不能久待；你纵为我知己，奈我薄命何！”

“神思恍惚，气弱血亏”，已经把症状病源都说得清清楚楚，且“病已渐成，不能久待”，实令读者哀之伤之，留春无计。

因为黛玉是个太空灵的人物，高贵清逸到无可形容，所以书中关于她的描写一概是写意的，说到她的衣着时，最多只提及古装戏服一般的大红羽缎斗篷，却不会细写衣裙首饰；说她的病时，也只提得烟云模糊，只描绘出一个自吃饭便吃药的病美人形象，却不会实写太医如何为她诊脉问病。

而贾母、晴雯等都是活在俗世里的人，热热闹闹地过日子，所以如何病，请何医，吃何药，也都会一一道来，如数家珍，而晴雯作为黛玉的俗世化身，这次问病就更显得重要了。

因为续书中有多处关于黛玉咯血的描写，以致后人妄解红楼，猜测黛玉得的是肺病，还说贾母就因为这个才不喜欢她，而让宝钗嫁给宝玉的。真真一派胡言！

且不说那黛玉原非凡夫俗子，不可能得什么民间常见症，就是从贾府的规矩也说不过去，且看第五十一回的这段描写：

晴雯的病因是热身子着了凉，症状是打喷嚏，鼻塞声重，懒怠动弹，也就是感冒了。宝玉唯恐王夫人听说了会让晴雯回家养息，遂不肯声张，只打算悄悄地请了大夫来诊治。反是晴雯识大体，说“到底要告诉大奶奶一声儿”，免得有人问起不好回话。

李纨听说了，遣人来传话说：“两剂药吃好了便罢，若不好时，还是出去为是。如今时气不好，恐沾染了别人事小，姑娘们的身子要紧。”

那晴雯心高气傲，当下赌气说：“我那里就害瘟病了，只怕过了人！我离了这里，看你们这一辈子都别头疼脑热的。”

在贾府中，一个伤风感冒都这么严重，唯恐传染别人；若是黛玉有肺病，贾母倒会许她成日家同宝玉在一处吗？而且黛玉初来时，已经在吃人参养荣丸了，贾母还放心地安排两个人住在一间屋里，不过隔着一道碧纱橱，岂非说不过去？更何况，倘若黛玉患的是肺病也就是“瘟病”，晴雯明知林姑娘是宝玉心坎儿上的人，会这样毫无顾忌地大叫大嚷吗？

可见黛玉所患之病重在写意，至少不会传染任何人。作者早自第二十三回起，已在“回回写药方，为颦儿添病”；第三十二回说“病已渐成，不能久待”；第四十九回索性让黛玉自己拭泪直言：“近来我只觉心酸，眼泪却像比旧年少了些的。心里只管酸痛，眼泪却不多。”——这明明是泪债即将还清之兆。

很明显，这个天下第一情痴女子质本洁来还洁去，为还泪而来，因泪尽而死，一如《牡丹亭》之杜丽娘，所有的病征都只是表象，也只是心病而已。众评家又何须再为其添病呢？

因此，书中虽然从无关于黛玉诊病的正面描写，但其替身儿晴雯的这段问病细节却十分重要，后文是婆子对胡大夫说：“若是小姐的绣房，小姐病了，你那么容易就进去了？”侧面写出小姐诊病的端严尊贵。而什么样的笔墨落到实处，都不足以衬托黛玉的清灵飘逸，都会因为太“写实”反而让这个人物俗了。因此看病这件事，就由替身儿晴雯代劳了。

且说那胡大夫开了药，宝玉因上面有紫苏、桔梗、防风、荆芥、枳实、麻黄等，便道：“该死，该死，他拿着女孩儿们也像我们一样的治，如何使得！凭他有什么内滞，这枳实、麻黄如何禁得？”命人另请了王太医来，重新诊脉开药，果然方子上再没有枳实、麻黄，倒有当归、陈皮、白芍等，分量较先也减了些。宝玉这才满意了。

后来有医家纷纷讨论，从各味中药的性能功效上大开医学论坛，有人赞宝玉深通医理的，有人说宝玉不懂装懂的，对他这套男女有别论更是嗤之以鼻，认为宝玉身为衣来伸手饭来张口之公子哥儿，而晴雯作为使力不使心的丫头，还不知道谁更壮实呢，如何吃个药还要分别，女孩儿就不能像男人一般治了？

然而这也是庸人自扰。让我们抛开医理，就书论书，那胡君荣后文治得尤二姐滑胎，已经充分证明是个庸医；而王大夫重新诊脉后，开的药方里果然没了枳实、麻黄之类，足以证明宝玉所言不差。

即便我们认为王太医经常在贾府走动，了解宝玉心性，故意投其所好，但其医术是不用怀疑的，既然他能够这样开方子，至少证明宝玉说得不错，对医药是有所认识的，完全没必要把这当成宝玉的又一宗罪状。

综上所述，晴雯问病一节，承上启下，对全书而言都是非常重要的一回，且不可只当作琐事小节而轻忽略过啊。

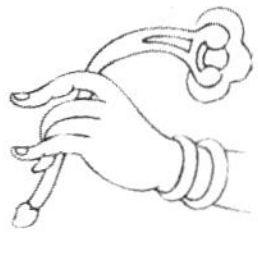

第五十二回
俏平儿情掩虾须镯　勇晴雯病补雀金裘

三种体贴

（一）

第五十二回里没有什么惊心动魄的大事，却处处是体贴，处处是柔情。而且，平儿对宝玉，黛玉对宝玉，晴雯对宝玉，种种体贴各自不同。怡红公子生活在这样一群姹紫嫣红柔情各异的女儿中间，享尽温柔富贵，见惯花柳繁荣，纵然将来风沙星辰，也可谓不负此生了。

首先是平儿对宝玉的知己之情，因体贴宝玉素日好脸面，得知是他的丫鬟坠儿偷了自己的虾须镯子，便悄悄瞒下，只说自己掉了又找捡回来的，却私下叮嘱麝月道："你们以后防着他（坠儿）些，别使唤他到别处去。等袭人回来，你们商议着，变个法子打发出去就完了。……晴雯那蹄子是块爆炭，要告诉了他，他是忍不住的。一时气了，或打或骂，依旧嚷出来不好，所以单告诉你留心就是了。"

平儿此举，没有半分奴气，仗义温厚，而且毫不居功，因为压根儿就不想让宝玉知道。这里体现的不是主仆情，不是男女情，而是推心置腹的好朋友间那种不必言喻的知己之情。

宝玉是个懂得感恩的人，深深领会了平儿这番体贴，因此并未现身道谢，而只是私下感慨一番，回来告知晴雯，且劝诫她："你这一喊出来，岂不辜负了平儿待你我之心了。不如领他这个情，过后打发他就完了。"这才是宝剑酬知己，所有的恩情都一一落在了实处。

晴雯终究如平儿所说：是块爆炭，最是眼里容不得沙子的，自己教下的小丫头竟然有偷窃之举，而且偷到街坊家里，把人丢到大西洋了，如何能忍？待宝玉出门，到底发作出来，抓了坠儿来，一边用一丈青戳手，一边骂道："要这爪子作什么？拈不得针，拿不动线，只会偷嘴吃。眼皮子又浅，爪子又轻，打嘴现世的，不如戳烂了！"又命人叫进宋嬷嬷来带走。

那宋嬷嬷原是怡红院的人，既抓住了坠儿行窃，本该先报给怡红院的最高领导，或是宝玉，或是袭人，或是晴雯，看看如何处置。然而她却越过宝玉等人，径直拿了镯子去找凤姐，显然也是个唯恐天下不乱的多事之人。平儿叮嘱她不许声张，心里正不知多不自在呢，如今见晴雯发作，便知底里，自是火上浇油，一边看戏一边说风凉话。

难得的是，晴雯虽然暴躁，立时三刻便要撵坠儿出去，然而尽管打骂，却忍着硬是没提究竟，只含糊说了"眼皮子又浅，爪子又轻，打嘴现世"，罪名很明确，罪行却没提，及至坠儿妈顶撞说："你侄女儿不好，你们教导他，怎么撵出去？也到底给我们留个脸儿。"又挑理说晴雯直呼宝玉名字了。晴雯气红了脸，便是这样，却也硬忍着没有直说坠儿之罪。

其实只要说一句"你女儿偷东西，而且偷到平姑娘头上了"，准保吓得坠儿妈连声求饶。然而因宝玉再三叮嘱过不可嚷出来负了平儿之情，那晴雯也识大体有分寸，纵被坠儿妈气得脸上红涨，却仍不肯逞一时口舌之快，伤了怡红院的脸面。

这便是晴雯对宝玉的体贴之情了，更不消说病补雀金裘之举。

（二）

宝玉的雀金裘烧了一个洞，若被贾母知道，老人家心里必定不舒服——刚刚送孙子一件新衣裳就给烧了，不但败家，而且忌讳。因此怡红院上下当作一件大事忙忙地要连夜弥补，偏偏找遍能工巧匠，无人识得这俄罗斯工艺，唯有晴雯有见识有主意："这是孔雀金线织的，如今咱们也拿孔雀金线就像界线似的界密了，只怕还可混得过去。"

麝月笑道："孔雀线现成的，但这里除了你，还有谁会界线？"

这一句话写出了晴雯的地位，也说明了她为什么那么懒——她拥有独一无二的技能，自然可以傲视群侪：因为我能做的事你们做不了，所以你们能做的事又何必劳我大驾?

晴雯死后，秋纹一次见到宝玉穿着一件松花绫子夹袄，袄内露出血点般大红裤子来，叹道：“这条裤子以后收了罢，真是物在人去了。”麝月忙也笑道：“这是晴雯的针线。”又叹，“真真物在人亡了！”

可见晴雯并不是懒得任活不做，宝玉的贴身衣裤常是她的针线。连贾母也曾赞过：“这些丫头的模样爽利言谈针线多不及他，将来只他还可以给宝玉使唤得。”

一个颜值绝佳技能超群的女孩儿做了丫头，实实是屈才，若还兴高采烈任劳任怨地做个模范丫头，那就不是晴雯了。

晴雯并不是一个完美的人，却绝对是一个出色的人，是不可取代的这一个。正如同界线功夫——除了你，谁还会?

长得好，能界线，还不是晴雯最绝对的优势。她最可贵的地方在于平时懒懒散散，牙尖嘴利，此时真用得着她了，而且是在病中，却绝不趁机自夸卖弄，恃才傲物，而是忠勇地说：“说不得，我挣命罢了。”宝玉怜惜不已：“这如何使得！才好了些，如何做得活。”

搁在别的人，便是袭人吧，必定借此机会深情表白一番，或是趁机提出约法三章什么的以图后计。而晴雯却是直爽地说：“不用你蝎蝎螫螫的，我自知道。”努力坐起，一边挽头发一边披衣裳，只觉头重身轻，眼冒金星，坐立不住。却强撑着不让宝玉知道，怕他着急心疼，自己狠命咬牙挨着。无奈头晕眼黑，气喘神虚，补不上三五针便要伏枕歇息，这是何等苦状?

重感冒吃了药发汗之人，最忌劳累费神，常常连听别人说话都是恍惚的，而晴雯此时却要全神贯注做一件极精细极琐碎极劳神的手工活儿，可想而知那份气虚神微之感。因此宝玉在旁边看得干着急，想帮忙又帮不上忙的；晴雯病成那样，忙成那样，却还是要体贴宝玉，关心宝玉，央他说：“小祖宗！你只管睡罢。再熬上半夜，明儿把眼睛抠搂了，怎么处！”

嗽了几阵，终于补完，晴雯道：“补虽补了，到底不像，我也再不能了！”

情天难补，恨海难填，晴雯这一句“我也再不能了”，真真令人落泪。体恤之情，至此为极。有此一句，谁还忍心挑剔晴雯懒，晴雯傲，晴雯性子不好呢?

（三）

夹在平儿与麝月、晴雯的两段描写中间的，是宝黛之情的一笔带过，虽然轻描淡写，却是浓情无限，因为这才是本书真正的主题曲。

宝玉往潇湘馆小聚，众人散时，宝玉落在后面，黛玉叫住问："袭人到底多早晚回来？"宝玉道："自然等送了殡才来呢。"黛玉还有话说，又不曾出口。

她有什么话要说呢？为什么要问袭人呢？自然都是关切体贴之意。因为袭人是宝玉的身边人，照应他的一切饮食起居；袭人回了家，别人服侍宝玉时难免会有疏忽，不及袭人周到。黛玉丝毫不嫉妒袭人这位地下姨娘与宝玉的亲密，反而真切关心她什么时候能回到怡红院，好好照顾宝玉。因为在黛玉心中，宝玉才是最重要的，"你好我自好"，只要宝玉安逸，她怎么都行。

反之，宝玉自然也是一样，因此也有满心的话要说，却不知说什么好，只问："如今的夜越发长了，你一夜咳嗽几遍？醒几次？"都是琐碎家常，却最见柔情蜜意。只是，两个人的话偏偏被赵姨娘打断了，虽没什么瞒人的话，但那赵姨娘最是多事的，又深妒宝玉，见了两人相处光景，过后又不知怎么向别人学舌呢。因此黛玉便使眼色给宝玉让他离开，宝玉会意，便走了出去。

——如此种种，虽然琐屑，却尽是宝黛彼此体贴默契之情，纵有千言万语，不知如何说起。事实上，两人的情谊，如今实已到了不必言语灵犀相通的分上了。

晴雯死在第几回

晴雯死在第几回？

这个问题似乎无稽，因为回目中明明写得清楚——第七十七回《俏丫鬟抱屈夭风流　美优伶斩情归水月》，第七十八回《老学士闲征姽婳词　痴公子杜撰芙蓉诔》，都为晴雯之死浓墨重彩，极足煽情。

然而，我们都知道《红楼梦》乃是一再增删修改之稿，我想问的是，在曹雪芹的初稿或者至少是早期的手稿中，晴雯应该是死在第几回的呢？

我的猜测是，早在第五十二回《俏平儿情掩虾须镯　勇晴雯病补雀金裘》之后不久，也就是第五十三回《宁国府除夕祭宗祠　荣国府元宵开夜宴》开篇，晴雯已经一病而死。

第五十二回末，晴雯已经力尽神疲，最后一句话是：“补虽补了，到底不像，我也再不能了！”——这太像一句临终遗言了。然而第五十三回开篇，却忽然话锋一转，晴雯好了：

> 话说宝玉见晴雯将雀裘补完，已使的力尽神危，忙命小丫头子来替他捶着，彼此捶打了一会歇下。没一顿饭的工夫，天已大亮，且不出门，只叫快传大夫。一时王太医来了，诊了脉，疑惑说道：“昨日已好了些，今日如何反虚微浮缩起来，敢是吃多了饮食？不然就是劳了神思。外感却倒清了，这汗后失于调养，非同小可。”一面说，一面出去开了药方进来。宝玉看时，已将疏散驱邪诸药减去了，倒添了茯苓、地黄、当归等益神养血之剂。宝玉忙命人煎去，一面叹说：“这怎么处！倘或有个好歹，都是我的罪孽。”晴雯睡在枕上嗐道：“好太爷！你干你的去罢！那里就得痨病了。”宝玉无奈，只得去了。至下半天，说身上不好就回来了。晴雯此症虽重，幸亏他素习是个使力不使心的；再者素习饮食清淡，饥饱无伤。这贾宅中的风俗秘法，无论上下，只一略有些伤风咳嗽，总以净饿为主，次则服药调养。故于前日一病时，净饿了两三日，又谨慎服药调治，如今劳碌了些，又加倍培养了几日，便渐渐的好了。近日园中姊妹皆各在房中吃饭，炊爨饮食亦便，宝玉自能变法要汤要羹调停，不必细说。

此一段，至“说身上不好就回来了”，都是在说晴雯病重，宝玉忧心忡忡，文字紧锣密鼓，已经直逼“天风流”；然而忽地一转，“晴雯此症虽重”，但只“加倍培养了几日，便渐渐的好了”，文字宛如搁在半空中，就此收往，不见了下文。

更奇的是，接下来几回文字中，晴雯这个人竟不见了。第五十四回《史太君破陈腐旧套　王熙凤效戏彩斑衣》中说，因宝玉要小解，麝月、秋纹并几个小丫头跟出，贾母不乐道：“袭人怎么不见？他如今也有些拿大了，单支使小女孩子出来。”王夫人和凤姐忙为之解释，方才罢了。接着宝玉回至怡红院，却见袭人躺在床上正与鸳鸯对面说话——这一回中，晴雯哪里去了？

麝月一直喊晴雯“好姐姐”，晴雯亦回以“好妹妹”，可知晴雯年龄较麝月、秋纹等为大，不在贾母所谓的“小女孩子”之列，况且晴雯亦为贾母赏与宝玉的，且有意将其许配宝玉为妾，不会不记得此人，如何竟不提及？

除非，此时的晴雯已然死了。

后来的文字中，晴雯往往只出现一个名字，三言两语，没有正戏。直到十二官进园，满纸莺喧蝶闹之际，关于晴雯的文字才又重新多起来，写她与芳官等斗牌，与春燕娘怄气，给宝玉庆生辰，教宝玉撒谎说惊着了以躲避贾政问功课——此一回中，晴雯身体都好得很，忽因王善保家的在王夫人面前一番谗言，小丫头来传见。

> 正值晴雯身上不自在，睡中觉才起来，正发闷，听如此说，只得随了他来。

此一句十分突兀，因为此前晴雯一直好好的，忽然王夫人召见时，就又“身上不自在”起来，接着便写她又病了，抄检时，现打床上拉起来，撵了出去，遂一病而殁。

——不妨猜测，在曹雪芹最初的手稿中，十二官入园的文字原是别书中的内容，本书自“病补雀金裘”后晴雯病情加重，又遇上“抄检大观园”之事，遂病情加重一命呜呼，直逼“抱屈夭风流”，其中不当有间断。但因补入十二官故事，便只得将晴雯之死延后了。

紧密衔接的第五十四回击鼓传花王熙凤讲笑话，说的是“聋子放炮仗——散了吧”，接着果然放了一场炮仗，正合了元春的灯谜“爆竹”，最后还打了一回“莲花落”，暗喻宝玉将来沦为乞丐一事。可见从此一回之后，贾府便将由盛转衰，日渐式微了。

然而由于全书一改再改，又加入了“红楼二尤”一段文字，使得原计划打乱，前后情节也都重新排序，忽起忽落。至晴雯死后，因第五十三、五十四两回文字已经提前，不得不再重整一段繁荣文字来隔断前后文，于是强扭出第七十五回《开夜宴异兆发悲音 赏中秋新词得佳谶》一段，再写两府华聚。然而因为是最后补写的文字，就有些前后矛盾，出现了贾政讲了个喝老婆洗脚水的恶俗笑话，贾环忽然写出好诗来，而贾赦则说出贾环将来会世袭得官的绝不合理的废话，而宝玉等的诗文偏又不见，只留了一句“缺中秋诗俟雪芹”的备注——换言之，很可能是脂砚斋等人在雪芹的授意下誊抄整理这一段文字，因原稿不全，便自加连补，写了很多不合雪芹原意的文字出来，但是于题诗之道实在力有不逮，便只得“俟雪芹”了。

不但第七十五回，第七十九、八十两回的文字情节也有许多不合理处，且文字风格也有异前文，节奏感更是一塌糊涂，很可能也是脂砚斋等人的拼凑，而非雪芹原笔。

然而其间的第七十七、七十八两回有关晴雯之死的文字，却又好得出奇，《姽婳词》《芙蓉诔》更是神来之笔，必为雪芹本人所写无疑。

可见，晴雯之死的这段文字，应该完成得较早，在初稿中的回目也较早。而中秋夜宴及薛蟠娶亲、迎春出嫁的描写，则是极后期完成的未完成稿，由脂砚斋等人缀补于后。

《芙蓉女儿诔》开篇云：“窃思女儿自临浊世，迄今凡十有六载。其先之乡籍姓氏，湮沦而莫能考者久矣。而玉得于衾枕栉沐之间，栖息宴游之夕，亲昵狎亵，相与共处者，仅五年八月有畸。”

这里说明晴雯今年十六岁，宝玉和她共处了五年零八个月，也就是晴雯十岁时被贾母指与宝玉使唤的。

我们来算一笔账：黛玉进贾府时有六岁，宝玉大她两岁，该是八岁。倘若晴雯比宝玉也大两岁，该十岁，彼时刚刚服侍宝玉，时间是合理的。

但是怡红夜宴时说过，宝钗、袭人、香菱、晴雯同庚，而宝钗早在第二十二回已经过了及笄生日，也就是十五岁了。彼时群钗尚未搬入大观园，此时则是入园后第三个年头，宝钗理应十八了，怎么晴雯还只有十六岁呢？

第二十三回中，群钗搬入大观园，宝玉作四时即景诗，书中明言是“荣国府十二三岁的公子作的”。此时已入园三年，宝玉该有十五六岁了，那晴雯怎么也有十七八了，如何还停留在十六岁呢？

就算宝钗大年正月的生日，晴雯是冬天的生日，两人一头一尾，虽则同庚，其实相差近一岁，此时晴雯生日未到，也至少该有十七了。

除非，晴雯早在去年秋天已经死了，没有赶得上第五十三回的新年，而在第五十二回病补雀金裘不久就死了，那样就刚好赶在了十六岁的末梢上。

也就是说，宝钗过完生日不久搬入大观园，入园后第二年秋天，晴雯惨死，这也就解释了为什么元宵夜上不见晴雯身影的谜团。

张爱玲曾在《红楼梦魇》中猜测每回的修改多在首尾处，便于拆装修补，从这一回来看也显然如此——匆匆表过晴雯之后，又接连写了袭人回怡红院、李婶娘之弟接了李家母女出园、王子腾升了九省都检点、贾雨村补授大司马等事，然后才备细无遗地进入祭祠正文，风文迂缓下来。显然开篇这段是几次修订后加上去的，与原文并非同一气脉。

两个可能：一是《石头记》的故事原是几部小说合成的，晴雯的故事与贾府祭宗祠显然分属于不同的原著，如此在合成时就有了种种矛盾疏漏之处，本回是别处内容插进来的，故而只在开头修补连缀了一下；二是本回内容原在抄检后出现，作者修改时觉得不合适，移到前文插入其间。

无论哪种，都可谓是一种修改后留下的痕迹或疏漏，至于有人怀疑这一回中不提晴雯，是贾母和王夫人故意冷落，则实在是想多了。

另外，关于晴雯之死，还有一个猜想，就是"换小衣、赠指甲"的描写，会否让我们想到雪芹删去的一段文字呢?

秦可卿之死一段文字不全，有批语说："……姑赦之，因命芹溪删去'遗簪''更衣'诸文，是以此回只十页，删去天香楼一节，少去四五页也。"关于"遗簪""更衣"的情节，古往今来多少红迷猜测模拟，不能确知。但我们不妨有一个设想，写作人对于自己已经完成的文字，倘若因为某种原因不得不删去，也必然是舍不得的，会设法将它修改补缀在另一段情节后，借尸还魂。在最初的文稿中，那与有情人交换内衣的人，很可能便是可卿与贾珍——可卿临死前，贾珍探病私会，而秦氏脱下内衣要求与其交换，并拔下头上的簪子相赠，诀别之后，独往天香楼悬梁自尽。很可能，曹雪芹便将已经写好的可卿之死的这段文字，修改了个别细节后，补缀在晴雯之死的段落中了。所谓"遗簪"，此处便改成了遗赠指甲；而"更衣"，则是交换内衣了。

此种猜测也仅为一家之言罢了，不能作准，唯写出来，供读者参考。

第五十三回
宁国府除夕祭宗祠　荣国府元宵开夜宴

宁荣二府的近中远与热中冷

《红楼梦》第五十三、五十四两回的文字在全书中至关重要，乃是宁荣二府极荣极盛的一场华筵，然而从宁国府领皇赏、收年租、祭宗祠一路写来，显赫辉煌，至荣国府庆元宵、吃戏酒、放炮仗，昌盛繁荣，整篇文字花团锦簇，热闹非凡，可是华贵中偏又处处暗藏玄机，隐着不吉之谶。所谓热中冷。

另一面，第五十三回尽是大场面，不但第一次正面描写贾府收租等生计大事与祭祀礼仪，有趣的是还清楚地写出了宁荣二府虽然走动频繁，但毕竟是两家人，是亲戚，他们之间的关系是有交集也有分别的。所谓近中远。

只读过几遍红楼的人，虽然理得清两府人物关系，却最容易有种错觉，觉得这是一家子，以贾母居长，依辈论交，是一条线的。但实际上两家分得很清楚，逢年过节才会发起聚会，平日里关起门来就只是亲戚、邻居，各为其政。只不过因为《红楼梦》里写了太多的聚会，一会儿年节唱戏，一会儿凤姐过生日，一会儿清虚观打醮，大小宴会不断，这才让人觉得尤氏婆媳成天都待在荣国府里。

这也就解释了为什么贾珍与可卿乱伦这么大事，贾母毫无干涉，就因为亲戚只是情面，贾母在辈分尊严上占有绝高地位，大家聚齐时会说些场面话，讲个礼数，凑个趣闹，但毕竟不是宁府的人，无权干涉内政，所以从不插手正事。

第五十三回开篇，宁府中尤氏早起与贾蓉之妻打点送贾母这边的针线礼物——这正是亲戚相处之道，越是礼节周到往来稠密，越是楚河汉界分得清楚；

小丫头捧着各种花式的押岁锞子进来说："兴儿回奶奶，前儿那一包碎金子共是一百五十三两六钱七分，里头成色不等，共总倾了二百二十个锞子。"

这个细节交代出两府在过年时要准备赏小孩子的押岁锞子，分金银两种，而宁府是交给荣府去一起倾冶的，大概是凤姐比较精于此道吧。兴儿来回禀结果，把金子数和锞子数说得清清楚楚，而且花式也各个不同，便于打赏，可见荣府的办事效率。

接着贾珍进来，贾蓉之妻回避了——这处细节很有趣。宁国府向无规矩，贾珍进来还是这样不管不顾的，但是贾蓉续弦的妻子却不再像秦可卿那样泰然自处，而是守礼回避，显然对公公是极为疏离的。这或许是因为敬，或许是因为惧，也或许是因为早听说了从前宁府的种种闲言吧?

贾珍向尤氏说了一番冠冕堂皇的颂圣之语后，命贾蓉拟上请吃年酒的单子来，特地叮嘱别重了荣府的。这就清楚表明：宁荣两府请客都是分开的，这是两家人，各尽各的情，各送各的礼，绝不能混淆互代。

年节下头等大事是办年货，所以接下来便写乌进孝送租。贾珍审查货单时，皱眉道："我算定了你至少也该有五千两银子来，这够作什么的?如今你们一共只剩了八九个庄子，今年倒有两处报了旱涝，你们又打擂台，真真是教别过年了。"

虽是苛责之言，却清楚写出了贾府每况愈下的生计，赫赫扬扬的百年望族，"一共只剩了八九个庄子"，显然今非昔比。

乌进孝再三分辩说旱涝夹击，且拿荣国府来比较说："爷的这地方还算好呢！我兄弟离我那里只一百多里，谁知竟大差了。他现管着那府里八处庄地，比爷这边多着几倍，今年也只这些东西，不过多二三千两银子，也是有饥荒打呢。"

可见荣宁二府的祖业虽在邻近，却是早已分了家的，如今各领各处租产收成，大老远地送来都是不同路的，分门别户，另作登造。

贾珍便也用一种议论邻家老王的语气叹道："正是呢，我这边都可，已没有什么外项大事，不过是一年的费用。我受用些，就费些；我受些委屈就省些。再者年例送人请人，我把脸皮子厚些，可省些也就完了。比不得那府里，这几年添了许多花钱的事，一定不可免，是要花的，却又不添些银子产业。这一二年倒赔了许多，不和你们要，找谁去！"

这里虽是夸张，却也不无实话，且借着贾珍父子与乌进孝的对话，侧写了荣国府的捉襟见肘：“这二年那一年不多赔了几千银子来！头一年省亲连盖花园子，你算算那一注共花了多少，就知道了，再两年再一回省亲，只怕就精穷了。”又提起凤姐借当的话来。

这正应了从前冷子兴说过的话：“如今生齿日繁，事务日盛，主仆上下，安富尊荣者尽多，运筹谋画者无一；其日用排场费用，又不能将就省俭，如今外面的架子虽未甚倒，内囊却也尽上来了。”

华林之下，遍被哀声，这里是明显的一处。

再之后贾珍吩咐将各物留出供祖的来，又将各样取了些命贾蓉送过荣府里；接着荣国府也送了许多供祖之物及与贾珍之物来——这里依然是看着往来稠密，却恰恰见出疏远。因为真正的一家人之间是不用这样客套送礼的，双方虽然供着同一个祖宗，但毕竟是财物两清，各过各的日子。

亲兄弟尚且明算账，何况荣宁两府从荣宁二公至今已到第四代，只差没出五服了，其实已经没有多么亲近。

但要注意的是，贾珍辈分虽低，位次却高，因为宁府居长，所以贾珍才是长房长孙，是一族之长，祖宗牌位也都是在宁国府的。

因此贾珍分派财物份例后，命人堆在月台下，将族中子侄唤来分取。自己披着猞猁狲大裘，坐在石矶大狼皮褥子上，一边晒太阳一边看子侄们领取年物，活脱脱一副踌躇满志的当家人模样，因为众人都是要承他鼻息仰求过活的。

可卿给凤姐托梦时，曾着重提出：

目今祖茔虽四时祭祀，只是无一定的钱粮；第二，家塾虽立，无一定的供给。依我想来，如今盛时固不缺祭祀供给，但将来败落之时，此二项有何出处？莫若依我定见，趁今日富贵，将祖茔附近多置田庄房舍地亩，以备祭祀供给之费皆出自此处，将家塾亦设于此。合同族中长幼，大家定了则例，日后按房掌管这一年的地亩、钱粮、祭祀、供给之事。如此周流，又无争竞，亦不有典卖诸弊。便是有了罪，凡物可入官，这祭祀产业连官也不入的。便败落下来，子孙

回家读书务农，也有个退步，祭祀又可永继。若目今以为荣华不绝，不思后日，终非长策。

这个“祖茔”和“家塾”的位置书中写得不甚清楚。贾家是金陵人氏，想来祖坟自然在南京老家，与祠堂是两回事；然而书中明写宝玉上学，家学就在两府附近。有一种可能是在修改编辑时的疏漏，也有可能是南京还有许多贾家子侄，因此两处皆有家塾。而将来贾府败落之际，阖家便要回到南边，依附祖茔家塾附近的“田庄房舍地亩”过活；而后文中还会有一次贾府祭祖，就写的是南边的零落之态了，与本回形成鲜明对比。

但此时，贾府还存着表面上的威赫风光。贾府支脉甚多，子侄无数，除了宁荣二府的正脉嫡系外，还有许多宗族兄弟，都是靠着两府过活。

旧时旗人贵族除了袭爵封荫，文武取第，几乎没有什么出路，是不会像平民那样学点小手艺打零工赚散钱的，除了科举发迹外，就是指望依附家族贵戚寻些差使赚零花。比如贾蔷去苏州采办小戏子，贾芹在铁槛寺管道士和尚，贾芸寻了个种树的差使，贾菖、贾菱负责配药等；而没有差使的人，就只能指望每月定银和年下封赏过日子了。所以贾芸在发迹前再拮据，家里也还是用着个小丫头，不会让这位爷亲自动手倒茶，因为再穷也不会完全没钱的。

书中虽然没有明写贾府里每月给旁支别系发月例银子，却正写了族长贾珍在年下给族中没进益的子侄分年货，是补写日常生活，所以这一笔特别可贵。

这里重点提了一笔贾芹，也是前八十回最后一次写贾芹。此前凤姐徇私，替他安排了个铁槛寺管理小和尚道士的肥差，每月白花花净赚银子。然而贾芹不争气，仍然捉襟见肘的一副寒酸相，遂被贾珍斥责：“我这东西，原是给你那些闲着无事的无进益的小叔叔兄弟们的。那二年你闲着，我也给过你的。你如今在那府里管事，家庙里管和尚道士们，一月又有你的分例外，这些和尚的分例银子都从你手里过，你还来取这个，太也贪了！你自己瞧瞧，你穿的像个手里使钱办事的？先前说你没进益，如今又怎么了？比先倒不像了。”贾芹道：“我家里原人口多，费用大。”贾珍冷笑道：“你还支吾我。你在家庙里干的事，打谅我不知道呢。你到了那里自然是爷了，没人敢违拗你。你手里又有了钱，离着我们又远，你就为王称霸起来，夜夜招聚匪类赌钱，养老婆小子。这会子花的这个形象，你还敢领东西来？领不成东西，领一顿驮水棍去才罢。等过了年，我必和你琏二叔说，换回你来。”

“窝娼聚赌”容易理解，“养老婆小子”是什么意思呢？这个“老婆”指的可不是妻子，而是结了婚的女人，也就是别人的老婆；“小子”却不是说别人的小子，更不是指那女人还带了个拖油瓶儿子来，而是指“娈童”。贾芹在寺庙里开赌场不算，还要蓄娼召妓，男女通吃，这是何等秽乱之举？

而这样的弥天之罪，贾珍是完全知情的，却只是随意斥责几句就算了，过后并未见得严肃处理。因为上梁不正下梁歪，他自己无法无天，所以看到子侄们胡作非为，明知是错，却也并不认真当作一回事。

然而铁槛寺是家庙，贾芹是贾家子侄，想来抄家之际，这也会是重罪一条。

到了正节下，除夕夜，贾母等有诰封者按品大妆，进宫朝贺，领宴回来，不回荣国府，要先在宁国府下轿，入祠祭祖。

很多人不了解为什么除夕夜，一家人不去荣国府守着老祖母拜年，倒要劳动贾母巴巴儿地跑到宁府来？这就是因为宁府才是长房，贾珍才是族长，逢到年节，贾母也得俯就前来，这就是规矩。

中国很多旧小说里，做老爷的另设小公馆，长年不回家，原配夫人形同虚设，就等着年三十祭祖这一刻才能扬眉吐气了。因为你跑得再远再花心，祖宗牌位总是不能抱离了本家，到了除夕祭祖时还得回来，还得承认正房原配的位次啊。

真是天下最无奈的一点指望。

宁荣二府年年祭祖，原不必从头细写，但是此回中宝琴是新人，拜了王夫人做干妈的贾府小姐，故而竟也列次祭祖队伍中，得以见识宗祠庄严。于是，正如宁荣街与荣国府借着黛玉进京的眼光细写格局般，此回便借着宝琴眼光详细叙述了祭祖之所闻所见。正如蒙府本回前评所言：

> 不知措手处，乃作者偏就宝琴眼中款款叙来。首叙院宇匾对，次叙抱厦匾对，后叙正堂匾对，字字古艳。槛以外，槛以内，是男女分界处；仪门以外，仪门以内，是主仆分界处。献帛献爵择其人，

应昭应穆从其讳，是一篇绝大典制。文字最高妙是神主看不真切，一句最苦心是用贾蓉为槛边传蔬人，用贾芷等为仪门传蔬人，体贴入微。噫！文心至此，脉绝血枯矣。

一句“里边香烛辉煌，锦帐绣幕，虽列着神主，却看不真切”，省却多少闲笔；而贾府人“分昭穆排班立定”细说位次，又何等清晓有序；“贾蓉系长房长孙，独他随女眷在槛内”，刚好连接了男亲和女眷。贾敬为宁府之长，故而主祭；贾蓉为宁府最晚一辈，故而传递；再由蓉妻从低往高传给女长辈，直至贾母。次序井严，蔚为大观。

行礼毕，贾母略吃两口茶便要辞去，尤氏苦留不住——其实也是拿乔走过场，因为贾敬、贾赦方才礼毕就已经“忙退出至荣府专候与贾母行礼”了，显然也都知道贾母不会久坐，急着完成过场的。

贾母回了荣国府，先是老太太们来行礼，既称“两三个老妯娌”，自是与贾母同辈的，所以最先迎候；贾母亲送至内仪门方回，归正坐，贾敬、贾赦等这才率领子侄进来行礼，男一起，女一起，按辈次一一行过了，又按长幼挨次归坐受礼，两府仆婢也按上中下行礼毕，散压岁钱、荷包、金银锞，再次摆上宴来。

次日五更，贾母等又按品妆饰，摆全副执事进宫朝贺，并祝元春千秋——因为元春正是大年初一生日。

领宴毕，再至宁府祭祖，而后回来受礼——这里先是国礼，再是族礼，之后家礼，层次非常清楚，而宁荣二府的关系，也就在这个除夕夜梳理得更明白了。

鲟鳇鱼与胭脂米

第五十三回中之排场礼数，足以和元春省亲相媲美，蒙府本回前批极称其为“脉绝血枯”文字，可见其用心之至。

祭宗祠之前，先写了黑山村庄头乌进孝“进贡孝敬”送年礼一段，写得极为细致，不但细细列明所进物品，且连来一趟的日子都记得清楚，说是因遇到雪，一暖一化，路上难走，行程需时一月零两天。

那么这个黑山村在什么地方呢？

我的猜测是黑龙江、打牲乌拉一带。黑山村，隐黑龙江；而乌进孝，则隐打牲乌拉。

清初，皇太极下特旨："乌拉系发祥之胜地。"顺治十四年，设立打牲乌拉总管衙门，专门办理皇室进贡等事宜，成为与江宁（南京）、苏州、杭州齐名的四大朝贡基地之一，遂有"南有江宁织造，北有打牲乌拉"之说。

我们都知道，曹雪芹之祖辈、父辈——曹寅、曹颙、曹頫三人都曾相继接任江宁织造。曹頫接任时年纪尚小，其职实由舅舅李煦监管。然而雍正继位后，李煦却以亏空库帑被查抄，雍正五年二月被流放，流放之地正是"打牲乌拉"，最终冻饿而死；而曹寅的妹夫傅鼐，与文中史湘云之叔父史鼐同名的，亦于雍正四年五月被革职，抵罪遣往黑龙江极寒之地。

余下两门，曹頫被抄家革职，且曾枷号；曹家最显赫的一门皇亲平郡王纳尔苏亦于雍正四年七月被革爵圈禁。正是"一荣俱荣，一损俱损"。四大家族纷纷败落，落得片白茫茫大地真干净。

文中黑山村、乌进孝，正是将黑龙江与打牲乌拉混为一谈，一则影射李煦、傅鼐的下落，二则也写出曹家继任江宁织造本职。

书中"假作真时真亦假"，不写江宁织造进贡织品材料，却写打牲乌拉孝敬山珍野味，是故弄玄笔。

且看乌进孝所开列的贡品单子如下：

大鹿三十只，獐子五十只，狍子五十只，暹猪二十个，汤猪二十个，龙猪二十个，野猪二十个，家腊猪二十个，野羊二十个，青羊二十个，家汤羊二十个，家风羊二十个，鲟鳇鱼二个，各色杂鱼二百斤，活鸡、鸭、鹅各二百只，风鸡、鸭、鹅二百只，野鸡、兔子各二百对，熊掌二十对，鹿筋二十斤，海参五十斤，鹿舌五十条，牛舌五十条，蛏干二十斤，榛、松、桃、杏穰各二口袋，大对虾五十对，干虾二百斤，银霜炭上等选用一千斤、中等二千斤，柴炭三万斤，御田胭脂米二石，碧糯五十斛，白糯五十斛，粉粳五十斛，杂色粱谷各五十斛，下用常米一千石，各色干菜一车，外卖粱谷、牲口各项之银共折银二千五百两。外门下孝敬哥儿姐儿顽意：活鹿两对，活白兔四对，黑兔四对，活锦鸡两对，西洋鸭两对。

所写之獐狍野猪、鹿筋熊掌、榛松桃杏，皆为东北特产山珍，而鲟鳇鱼更是打牲乌拉特贡，有“水中熊猫”之名，极为罕有，是白垩纪时期保存下来的古生物群之一，跟恐龙一般年纪，所以又名“活化石”，只产于黑龙江与乌苏里江抚远县境内一段水域。

而在清朝时，鲟鳇鱼原是打牲乌拉进贡朝廷的重要贡品，每年都有定例，进贡得多就褒奖，缺则罚。皇家祭祖敬神时，鲟鳇鱼列于献牲首位，皇帝万寿节和重大节庆时也都被列为必备佳肴。

史载康熙帝三次东巡祭祖，其中二十一年二月十五日出行那次，三月二十五日到达吉林，曾在松花江上望祭长白山；三月二十七日到达打牲乌拉，四月一日还在松花江上亲自捕捞鲟鳇鱼。其后，还曾经写诗纪行：“松花江，江水清，浩浩瀚瀚冲波行，云霞万里开澄泓。”

皇上出行，一路要驻跸停留，游山玩水，从京城到打牲乌拉也不过用了四十天。书中说乌庄头来京花费一个月零两天，是很合理的。

另外，关于鲟鳇鱼还有则趣闻，说是乾隆皇帝有一年在京城市场上看到出售的鲟鳇鱼，竟然比进贡的贡品还大，于是就重重处罚了打牲乌拉的总管，并予以免职。

历代清帝对于鲟鳇鱼如此重视，包衣出身的曹家人不可能不知道，更不会搞错鲟鳇鱼的出产之地，所以单子中既然列有打牲乌拉特贡“鲟鳇鱼二个”，则可知乌进孝只能来自此地矣。

既确定了黑山村在黑龙江、打牲乌拉一带，那么贡品中最负盛名的“御田胭脂米”就也有了下落，只能是指卓有盛名的黑龙江大米了。

《新唐书·渤海传》中记载，唐代时渤海国每年进贡唐王之物中，必有“卢城之稻”，乃于全世界独一无二的百里火山熔岩台地，引进大唐灌溉技术所种植，产量稀少，而质量极优，遂有“中华第一贡米”之称。

古渤海国位于今黑龙江省宁安市渤海镇，既为贡米指定之地，可知“御田”

二字不谬；而所以称“胭脂米”，想来是因“火山熔岩”而得名矣。

另外，书中既然大费周章地写了黑山村乌进孝一段文字，又暗示了李煦、傅鼐流放黑龙江、打牲乌拉之事，想来下文必有照应。

《好了歌》解注中“因嫌纱帽小，致使锁枷扛”一句后，有脂批“贾赦、雨村一干人”，可知狼狈为奸的贾赦、贾雨村后来都获罪带枷，且很可能流放边陲了。而“造衅开端首在宁”的贾珍常于家中夜宴聚赌，招集子侄们“临潼斗宝”一般，无所不为。这正是朝廷最恨之事，家败之时，自然也脱不了干系。

很可能，贾珍正是抄家的罪魁，流刑三千里怕是跑不掉的。而流放之地，即使书中不明写，亦可想必是黑龙江、打牲乌拉之类，也就是会经过黑山庄了。到那时，他与乌进孝困境重逢，又会是怎样一番情形呢？

第五十四回
史太君破陈腐旧套　王熙凤效戏彩斑衣

贾母与凤姐的一场双簧

（一）

第五十四回元宵宴上，女先儿讲了个《凤求鸾》的故事，而贾母则唱了一出《掰谎记》，高谈阔论，纵横捭阖；众人皆应答不及，唯有凤姐配合默契，妙语如珠，两人可谓是合作了一出完美的双簧，戏外的故事比戏里还好看。

且说女先儿刚提了个头，说金陵王忠有位公子名唤王熙凤，贾母便笑道："这重了我们凤丫头了。"媳妇忙推女先儿说："这是二奶奶的名字，少混说。"贾母却笑道："你说，你说。"

作为贾母，自是平和宽柔，只觉得好玩，所以毫无顾忌地说"你说"；但是作为下人，却不得不守礼提醒女先儿，维护二奶奶的威严；作为凤姐，自然只得迎合贾母："怕什么，你们只管说罢，重名重姓的多呢。"然而作为上门讨吃的艺人，却并不敢真的"只管说"，一边欠身赔礼说"我们该死了，不知是奶奶的讳"，一边再说下去时，就只敢提"王公子"三字而避提大名了——真是聪明人。

于是女先儿接着讲故事，讲到一半再次被贾母打断，且发表了一大通掰谎高论，读者素来有很多疑问和看法。

第一个问题就是：贾母讽刺的究竟是谁？

最常见的说法是贾母在敲打黛玉。因为黛玉刚刚把酒杯放在宝玉唇上让他代饮，凤姐特地提醒说："宝玉别喝冷酒。"显然在暗示二人要行为谨慎。贾母将这一幕看在眼中，对黛玉十分不满，故而借评戏掰谎之际严加斥责："这小姐必是通文知礼，无所不晓，竟是个绝代佳人，只一见了一个清俊的男人，不管是亲是友，便想起终身大事来，父母也忘了，书礼也忘了，鬼不成鬼，贼不成贼，那一点儿是佳人？便是满腹文章，做出这些事来，也算不得是佳人了。”

但是黛玉自小住在贾府，和宝玉两个青梅竹马，一起长大，可算不得是“一见了一个清俊的男人”；倒是宝钗、宝琴、邢岫烟，乃至李绮、李纹等人，都是外来的亲戚，和宝玉是后相识的，而且住进贾府来，未必没有攀附之意。

所以贾母这番话，即便是想要敲打某人，也绝不是黛玉。因为紧接着这番话后放爆竹，贾母便怜惜黛玉“禀气柔弱，不禁毕驳之声”，疼爱地将其搂在怀里。

黛玉住进来时才六岁，是贾母看着长大的，而且又无亲无靠，所以贾母完全不需要对小女孩玩什么两面三刀的把戏，疼爱就是疼爱，绝不会打个巴掌再给颗甜枣吃，所有行为都是祖母疼外孙女的一片真心，对黛玉没有半分不满。

而且黛玉这样一个多心的人，如果贾母有半点针对她的意思，难道她会听不出来吗？怎么会若无其事继续坐着听笑话，倚在贾母怀里看放爆竹，那还是敏感聪慧的林黛玉吗？

所以，无论从贾母还是黛玉的两方面推断，这番话都与黛玉无关。

况且，贾母明明白白地说了：“别说他那书上那些世宦书礼大家，如今眼下真的，拿我们这中等人家说起，也没有这样的事，别说是那些大家子。可知是诌掉了下巴的话。所以我们从不许说这些书，丫头们也不懂这些话。”

这番话已经明确撇清了自家所有女孩儿，所以薛姨妈、李婶娘也不得不附和说：“这正是大家的规矩，连我们家也没这些杂话给孩子们听见。”忙不迭地表白。

那么，作者究竟为什么要借贾母之口发这一大篇议论呢？

蒙府本总评说：“单着眼史太君一席话，将普天下不近理之‘奇文’、不近情之‘妙作’一起抹倒。是作者借他人酒杯，消自己傀儡。”

可见这是作者对时下小说的一番评论。

书中所引戏曲多半是明朝所作，少有近作，独在第五十三回末却写到了《西楼记》。

《西楼记》是曹雪芹同时代剧作家袁于令所作，相传是作者自况身世，主人公“于鹃”（字叔夜）反切就是“袁”。说的是御史公子、解元于叔夜与西楼名妓穆素徽曲折离奇的爱情故事：因为于叔夜写的一首《楚江情》深得穆素徽之心，两人遂于西楼相会，私订终身。于父得知后，怒逐素徽，相国公子趁机买其为妾，穆不从，备受虐待。后来于叔夜得中状元，与素徽终成眷属，非常套路的一个故事。

不知这袁于令与曹雪芹是否故交旧知，但是书中特地提及此剧，肯定是有深意的。相传袁于令曾经为争妓而被其父送官下狱，《西楼记》即在狱中写成。

贾母看《西楼记》时未多言语，却在紧接着听书《凤求鸾》时挥洒出来，大发掰谎之论，说：“比如男人满腹文章去作贼，难道那王法就说他是才子就不入贼情一案不成？可知那编书的是自己塞了自己的嘴。”“这有个原故：编这样书的，有一等妒人家富贵，或有求不遂心，所以编出来污秽人家；再一等，他自己看这些书看魔了，他也想一个佳人，所以编了出来取乐。何尝他知道那世宦读书家的道理！”

——句句针砭，焉知不是冲着袁于令而发呢？

自然，也可能这就是曹雪芹平日同人论及戏曲时的个人见解，借贾母之口以抒胸臆。

这和全书第一回中石头讽世之语异曲同工：“更有一种风月笔墨，其淫秽污臭，涂毒笔墨，坏人子弟，又不可胜数。至若才子佳人等书，则又千部共出一套，且其中终不能不涉于淫滥，以致满纸潘安子建，西子文君，不过作者要写出自己的那两首情诗艳赋来，故假拟出男女二人名姓，又必旁出一小人其间拨乱，竟如剧中小丑然。”

《西楼·楼会》一段可不就是借着男女幽会而写尽艳词？

（二）

且说贾母一番掰谎，说得李薛二人都忙表白：“我们家也没这些杂话给孩子们听见。”

这时候的气氛是有一点点尴尬的，而凤姐察言观色，赶紧上来斟酒，连珠炮般地笑道：“罢，罢，酒冷了，老祖宗喝一口润润嗓子再掰谎。这一回就叫作《掰谎记》，就出在本朝本地本年本月本日本时，老祖宗一张口难说两家话，花开两朵，各表一枝，是真是谎且不表，再整那观灯看戏的人。老祖宗且让这二位亲戚吃一杯酒看两出戏之后，再从昨朝话言掰起如何？”

这一段话的可笑之处在于凤姐说的完全是说书人的行话，连女先儿也不禁用行话赞扬说“奶奶好刚口”，这就是走江湖的会凑趣处。插科打诨见机行事这全套的功夫，原本都是说书人的桥段，如今凤姐运用起来比她们还要纵性随意，挥洒自如，难怪她们说“奶奶要一说书，真连我们吃饭的地方也没了”。

众人尽都笑倒，薛姨妈也自在许多，搭话道：“你少兴头些，外头有人，比不得往常。”凤姐笑道：“外头的只有一位珍大爷。我们还是论哥哥妹妹，从小儿一处淘气了这么大。这几年因做了亲，我如今立了多少规矩了。便不是从小儿的兄妹，便以伯叔论，那《二十四孝》上‘斑衣戏彩’，他们不能来戏彩引老祖宗笑一笑，我这里好容易引的老祖宗笑了一笑，多吃了一点儿东西，大家喜欢，都该谢我才是，难道反笑话我不成？”

老莱子是《二十四孝》中的人物，年已七十，却经常穿上彩衣扮作婴儿引父母发笑，故而录入《孝子传》。凤姐自比老莱子，用戏彩斑衣的典故为自己贴金，可谓恰当之至。

因此贾母笑道：“可是这两日我竟没有痛痛的笑一场，倒是亏他才一路笑的我心里痛快了些，我再吃一钟酒。”又命宝玉敬凤姐。而这时候的凤姐却更加乖巧，笑道：“不用他敬，我讨老祖宗的寿罢。”竟将贾母的杯拿起来，将半杯剩酒吃了，又将杯递与丫鬟，另将温水浸的杯换了一个上来。

通常年轻人多半嫌弃老年人有暮气，而凤姐这个亲昵的举止，一是撒娇，二是用行动表示对贾母的亲近，毫不介意吃贾母的残酒；但是她不嫌贾母，却不会恃熟卖熟地认为贾母也不嫌她，不能再让贾母用她喝过的杯子，因此喝过残酒后，将杯递与丫鬟，重新换温杯来——何等小心体贴！

而凤姐这一系列的语言动作都是在短时间里一气呵成的，自然流畅，任谁被她这样逢迎着会不痛快呢？

听过了戏，凤姐见贾母高兴，便又起意击鼓传梅，行一个“喜上眉梢令”，又应景又喜庆又热闹，众人自然无不附和。连贾母都很响应地讲了个“猴儿尿”的笑话来回敬凤姐。

这是贾母的高明之处。她是贾府的最高长辈，讲笑话却是有些为难的，因此说“这笑话倒有些个难说”。为什么难说呢？因为太油滑稀松了有失威严，讲得不好笑又失了水准，不讲吧又破坏气氛，最佳选择，就是讲个既通俗易懂又直指现实的，一语双关，正如薛姨妈所评：“笑话儿不在好歹，只要对景就发笑。”

而凤姐自然是第一个反应过来这故事打趣的是她，却故作没事人一般，笑道：“幸而我们都笨嘴笨腮的，不然也就吃了猴儿尿了。”这种揣着明白装糊涂的言行尤为可笑，是为贾母继续凑趣。两个人的对话好比一对高智商高情商的棋手在对弈，旁人都沦为了看客，却看得着实精彩。

凤姐向来口才绝佳，无人能出其右，这回元宵夜的表现，尤为进退有据，八面周全，令人叹为观止。可叹的是，盛筵之末轮到她讲笑话时，却讲了个最不吉利的谶语：“聋子放炮仗——散了吧”。接下来，府里果然放了一场炮仗，正合了元春的灯谜“爆竹”：“一声震得人方恐，回首相看已化灰。”

凤姐乃是荣府内当家，竟然由她说出“散了吧”的预言，可见此一回之后，贾府便将由盛转衰，日渐式微了。

袭人守孝

（一）

第五十四回夜宴中，贾母因见袭人没有跟随宝玉左右，问其原因，却是守孝，遂不乐道：“跟主子却讲不起这孝与不孝，若是他还跟我，难道这会子也不在这里不成？皆因我们太宽了，有人使，不查这些，竟成了例了。”

对于贾府来说，主仆的关系要比母女更重要，礼法大于人伦。袭人是被家里卖断了给贾府的，从法理上来说已经和花家没有关系了，和至亲血缘的关系也都绝了，花家的生老病死，与贾家无关，自然也就与属于贾府财物的袭人无关。

王夫人因为已将袭人提拔为宝玉的地下姨娘，所以在王夫人眼中，袭人已然有了独立的身份，等于是一个身份低微的家人。袭人的娘病死，也算是八竿子的亲戚，所以先是隆重盛大地打发袭人回家探病，后又发丧了四十两银子，也算是礼节周到；然而贾母却不知道王夫人暗地里有这层手脚，所以仍当袭人是丫头。丫头的首要职责自然是随时服侍主子，哪里有什么独立人格和自由情感呢？丫头的家人生死，自然更不放在心上。

但是这里面的曲折，凤姐是心知肚明的，因见王夫人回过一句“他妈前日没了，因有热孝，不便前头来”之后再无言语，生怕尴尬，忙过来遮掩道：“今儿晚上他便没孝，那园子里也须得他看着，灯烛花炮最是耽险的。这里一唱戏，园子里的人谁不偷来瞧瞧。他还细心，各处照看照看。况且这一散后宝兄弟回去睡觉，各色都是齐全的。若他再来了，众人又不经心，散了回去，铺盖也是冷的，茶水也不齐备，各色都不便宜，所以我叫他不用来，只看屋子。散了又齐备，我们这里也不耽心，又可以全他的礼，岂不三处有益。”

这番话表面上已经是三重道理，先说怡红院，再说宝玉，兼及个身；暗底下又照应了三个人，既解了王夫人的围，又全了贾母的礼，还护了袭人的情。真正敬上体下，色色周全，最难为她是在瞬间反应，张口便来，怎不让人叹服？

果然贾母深觉有理，不但由得袭人留在怡红院静守，且感念袭人之德，想着要赏银安慰，又说：“正好鸳鸯的娘前儿也死了，我想他老子娘都在南边，我也没叫他家去走走守孝，如今叫他两个一处作伴儿去。”

鸳鸯是贾母身边最得力的丫头，她的娘死了，贾母是不可能忽略的，然而记得也不过是这么着，既不会许她假让她回南奔丧，也不会特别体恤让她在园中尽孝，还是提起袭人来才想起送个顺水人情，让鸳鸯和袭人惺惺相惜去。琥珀代答：“他早就去了。”可想而知，袭人今夜避开众人酒戏，独自在怡红院悼念亡母，王夫人、凤姐是早已知情的；而鸳鸯却是私自做主的行为，只悄悄告诉了琥珀等人，免得贾母问起时找不着人。

想想灯节之下，众人欢声笑语，唯有鸳鸯和袭人一对同病相怜的苦命女孩儿，连悄悄伤心都要仗着凤姐遮掩，宛如一对躲在山洞里互相舔伤口的小动物，尤其惹人怜惜。

（二）

夜宴间中，宝玉想回房小解。来至怡红院中，却只见灯光不闻人语，还当袭人睡了，谁知走近一看，却是袭人与鸳鸯对面躺在炕上。鸳鸯道：“可知天下事难定。论理你单身在这里，父母在外头，每年他们东去西来，没个定准，想来你是不能送终的了，偏生今年就死在这里，你倒出去送了终。”

鸳鸯不同于袭人，原是家生子，合家老小都是贾府下人。但是因为父母在南边，只有哥哥金文翔和嫂子在这里，以至于母亲病逝，都未能前往送终，因此倒羡慕起袭人来，真真让人同情。

袭人也说："正是。我也想不到能够看父母回首。太太又赏了四十两银子，这倒也算养我一场，我也不敢妄想了。"

袭人有机会见母亲最后一面，守着送了殡才回来，且得了王夫人的四十两发丧银子贴补家里，想来是为母亲风风光光地发了丧，因此感恩不已，觉得自己总算没辜负了父母生养，当年他们卖自己总算也都是值得的。这番感叹，更加令人心酸。

宝玉回来原是为了方便，今见鸳鸯在此，便不进去，忙转身悄向麝月等道："谁知他也来了。我这一进去，他又赌气走了。不如咱们回去罢，让他两个清清静静的说一回。袭人正一个闷着，他幸而来的好。"

这一言行，就明白看出宝玉和其他主子的不同了。即便是面慈心善的贾母，也还是不拿下人当成有独立尊严和情绪的个人，不过看成是使唤的工具罢了，虽然在贾赦谋娶鸳鸯时也会为她出头，但那是因为鸳鸯使得顺手，离了她不便，为的还是自己的利益；至于鸳鸯本人的悲欢心思，她是不会多做考虑的。这是典型的主子心态。

但宝玉却不同，他拿鸳鸯和袭人当朋友，当爱侣，当天底下最可敬重疼惜的女孩儿，不但怜惜照拂，而且体恤迁就。

鸳鸯是贾母贴身服侍的大丫鬟，宝玉自小跟着贾母，也可以说是与鸳鸯一起长大。从前熟不拘礼，时有"扭股糖似的粘在身上"讨胭脂吃的逾矩之举，可谓典型的纨绔子弟形状。

不过后来鸳鸯拒婚后，矜持自重，再不肯由他亲热，连句好声调都不给他。宝玉未尝没有失落之情，却绝无怨怼之意，反而一片体贴迁就。看到她与袭人并头躺在床上说悄悄话，吓得连屋子也不敢回，生怕她见了自己又避开，连个说心事的地方都没有。宁可悄悄地出来，大冷天的站在自家房前野地里小解，也不怕风吹了肚子。

宝玉对丫鬟们的体贴之情，这是个很明显的例子，虽然细微，最见真心。

小人物秋纹

秋纹在书中出场不少，戏码不多，大多是龙套身份，很少有鲜明的形象和特色台词。第一次有对白是在小红捡漏儿给宝玉倒了杯茶，秋纹和碧痕提水回来了，看见小红独自在宝玉房中，醋意顿生，上来兜脸啐了一口，左一句“没脸的东西”，右一句“你也拿镜子照照”，骂了一车子脏话；听见婆子说贾芸带人来种树，有个爷们儿要进园子来了，立刻拉着婆子问长问短，很有几分三姑六婆的嘴脸。但是这段描写也只是泛写，而且究竟没分清哪句是秋纹说的，哪句是碧痕说的。

真正属于秋纹的台词，在第三十七回中才有一通长篇大论，说的是秋纹随宝玉去给贾母、王夫人送花的事，左一句“再想不到的福气”，右一句“难得这个脸面”，充分显示出势利卑俗的嘴脸。

但是这样一个面目模糊举止粗俗的人，是怎么跻身怡红院四大丫鬟，和袭人、晴雯、麝月相比肩的呢？

从第五十四回的细节，就可以看出秋纹的优点和缺点同样鲜明的表现了：

两个媳妇走来问谁在这里，秋纹忙抢先喝道：“宝玉在这里，你大呼小叫，仔细唬着罢。”

其后侍候宝玉回厅上洗手，小丫头拿着手盆沤子在等，秋纹“先忙伸手向盆内试了一试，说道：‘你越大越粗心了，那里弄的这冷水。’”

此两处言行，虽然有点狗仗人势的劲头，但却是个标准的服侍丫头，很是细心周到、懂得维护主子的，细节上做得很到位。

可巧有婆子提着壶滚水来，小丫头便说：“好奶奶，过来给我倒上些。”婆子说这是老太太泡茶的，不允，秋纹道：“凭你是谁，你不给？我管把老太太茶吊子倒了洗手。”婆子这才看清是秋纹，知道是宝玉要的。那宝玉是贾母的心肝子，别说要壶热水来洗手，就是拿老太太的好酒来洗澡也是肯的，自然不敢不从，提水便倒。秋纹犹不罢休，教训道：“你这么大年纪也没个见识，谁不知是老太太的水！要不着的人就敢要了。”

——讨水便讨水，秋纹只要说明是宝玉要的，婆子自然会给，何必这样趾高气扬威风八面得理不饶人呢？这种狗仗人势的气派是做到了十足，当着贾母的面俯首帖耳，背着贾母却是口气大得吹倒树，说什么“管把老太太茶吊子倒了洗手”，口吻姿势实在难看。

紧接着下一回中，探春、宝钗、李纨三人理事，秋纹前往回话，在门口遇见管家媳妇们，众媳妇忙赶着问好，说：“姑娘也且歇一歇，里头摆饭呢。等撤下饭桌子，再回话去。”奶奶小姐们在吃饭，桌子未撤，回话的人自然该等，这是个基本礼节。媳妇们说得如此客气，已然是因为看在宝玉面上。

而秋纹却全不当一回事，大剌剌地笑道：“我比不得你们，我那里等得。”说着便直要上厅去——分明自视尊贵，觉得怡红院的来头比谁都大。仗着众人对宝玉的尊崇，自觉连李纨、宝钗等都得给她面子。

幸亏是平儿叫住了她，叮嘱说：“凭有什么事今儿都别回。……正要找几件利害事与有体面的人开例作法子，镇压与众人作榜样呢。何苦你们先来碰在这钉子上。”秋纹伸舌笑道：“幸而平姐姐在这里，没的臊一鼻子灰。”这个“伸舌”的动作惟妙惟肖，小人物嘴脸毕现。

后来晴雯被逐出园，宝玉问袭人：“怎么人人的不是太太都知道，单不挑出你和麝月秋纹来？”又自问自答说，“你是头一个出了名的至善至贤之人，他两个又是你陶冶教育的，焉得还有孟浪该罚之处！”可见麝月、秋纹都是袭人党羽，但是麝月为人厚道，有自己的主见立场；秋纹却只是一味地欺软怕硬，见风使舵。

但是一个势利的人，虽然在德行上算不得正人君子，作为一个下人来说，却是个合格的奴仆，趋炎附势论资排辈地升为怡红院四大丫鬟还是顺理成章的。

对贾母、王夫人等毕恭毕敬，对宝玉小心翼翼，对袭人言听计从，对不如自己的下人却是趾高气扬不可一世。这种人在大公司里最是常见，虽然德行不佳，成不了大事，但是因为懂得巴结上司，做个小组长得点小便宜却是很容易的。

所以秋纹虽然跻身怡红院四大丫鬟，却绝对入不了贾母的眼，也走不进宝玉的心，因此也无缘列入十二钗又副册中。

第五十五回
辱亲女愚妾争闲气　欺幼主刁奴蓄险心

探春管家的三把火

第五十五回中，因凤姐病了，探春得王夫人重视，提拔与李纨、宝钗共同管理家务。新官上任三把火，先就要做几件事来杀一杀权贵的威风，亮一亮自己的旗号。

律人先须律己，所以探春的第一道板斧竟是冲着生身母亲赵姨娘开的刃。

这也怪不得探春，实在是形势所逼——恰逢那赵姨娘的兄弟赵国基好死不死地赶着这当口儿死了，执事媳妇吴新登家的来领赏钱，却不像以往侍候凤姐那般数出诸多旧例来供其参详，只是垂手回过事便侍立不言，冷眼旁观探春行事——“若办得妥当，大家则安个畏惧之心；若少有嫌隙不当之处，不但不畏伏，出二门还要编出许多笑话来取笑。”

探春本来是不打算擅作主张的，故而先问李纨主意。李纨道：“前儿袭人的妈死了，听见说赏银四十两。这也赏他四十两罢了。”探春还未答应，那吴新登家的已经忙忙答应了个“是”，接了对牌就走——这样行径，自然引起探春警觉，立刻唤回她细问：“那几年老太太屋里的几位老姨奶奶，也有家里的也有外头的这两个分别。家里的若死了人是赏多少，外头的死了人是赏多少，你且说两个我们听听。”

查问酌量之下，探春决定从自己做起，从减少母亲利益做起，只赏二十两，以示做事之公正严明。

——以区区二十两来买得廉正清名，且又在众人面前立了威风，让管家娘子从此不敢小觑，原本极是划算。无奈赵姨娘不合作，率先发难起来，鼻涕眼泪地发狠话埋汰自己女儿说：“我这屋里熬油似的熬了这么大年纪，又有你和你兄弟,这会子连袭人都不如了,我还有什么脸？连你也没脸面,别说我了！”又说，“太太疼你，你越发拉扯拉扯我们。你只顾讨太太的疼，就把我们忘了。”

这本来就是探春最恨的说词，偏偏李纨没眼色不会劝架，探春越要撇清，她反越要火上浇油，提醒探春出身：“姨娘别生气。也怨不得姑娘，他满心里要拉扯，口里怎么说的出来。”

这番话，无异于更坐实探春与赵姨娘背后一家人的亲戚关系，本是同枝同叶同声同气“满心要拉扯”的正牌亲戚，激得探春越发生气，遂说：“这大嫂子也糊涂了。我拉扯谁？谁家姑娘们拉扯奴才了？他们的好歹，你们该知道，与我什么相干。”

——先划定了“姑娘”与“奴才”的界线，更强调了“他们”与“我”不相干！

实在这不是劝架的时候。探春与赵姨娘的矛盾，在于她们血缘上是母女，身份上是主仆，探春的所言所行都是做给别人看的，是划清界限之举。作为李纨，不会说话只看戏就好，硬要插进去扮演角色，却是说什么做什么都是错的，只会把事情越弄越僵。

直到平儿进来，这僵局才扭转了——最先表演的又是最不着调儿的赵姨娘，她刚刚与袭人争长短，这会儿见了平儿又自动矮半截，忙忙赔笑让座问好：“你奶奶好些？我正要瞧去，就只没得空儿。”

——此种奴才嘴脸，怎不让探春越发心酸！

平儿实实是可人儿，察言观色已知底里，为息探春之怒，便不似以往那般言笑，而故意做小伏低，亲自服侍她洗脸匀妆，满足她“主仆有别”的内心呼声，然后向众媳妇发话说：“姑娘虽然恩宽，我去回了二奶奶，只说你们眼里都没姑娘，你们都吃了亏，可别怨我。”更是向探春赔笑道：“姑娘知道二奶奶本来事多，那里照看的这些，保不住不忽略。俗语说，‘旁观者清’，这几年姑娘冷眼看着，或有该添该减的去处二奶奶没行到，姑娘竟一添减，头一件于太太的事有益，第二件也不枉姑娘待我们奶奶的情义了。”

这番话说得可圈可点，连宝钗也不由赞道：“好丫头，真怨不得凤丫头偏疼他！本来无可添减的事，如今听你一说，倒要找出两件来斟酌斟酌，不辜负你这话。”

而探春更是立竿见影，当即便又减了一笔银两：因有媳妇来领贾环和贾兰学里吃点心、买纸笔的费用，每位有八两银子。探春道：“凡爷们的使用，都是各屋领了月钱的。环哥的是姨娘领二两，宝玉的是老太太屋里袭人领二两，兰哥儿的是大奶奶屋里领。怎么学里每人又多这八两？原来上学去的是为这八两银子！从今儿起，把这一项蠲了。平儿，回去告诉你奶奶，我的话，把这一条务必免了。”

这是探春的第二道板斧，劈向的是几位小爷，仍然是挑战权威来公示律政严明——但是她忘了一件事，这把火殃及池鱼，也烧着了李纨！

那李纨最是一毛不拔俭苛敛财的，连开诗社的几十两银子都要吞，如今探春废了贾兰的点心银子，李纨岂会不心疼？不知探春是一时疏忽还是故意报刚才李纨劝架之仇。但可以肯定的是，探春此举，绝对会把李纨得罪了。

探春的第三道财政命令，是蠲了每月姑娘房中的头油脂粉钱二两，这次伤的乃是买办与各层管事媳妇的得益，夺了他们从中渔利盘剥的花头。

买办每月拿着二两银子替姑娘们买头油脂粉，却不是拖期，就是弄些流货塞责，以致姑娘们只得另用银子买了好的来使；而且还要托付奶妈心腹买来，不然官中的人仍然会把次货弄来，因为不敢得罪了管事的——联系贾芹管道士、贾芸种树等节，我们早已可知贾府上下都是靠山吃山损公肥私的，已经成了例了，买办们替买胭脂，又怎会不以次充好呢？

而探春蠲了这一项，无疑打破了买办的饭碗，让他们狠狠损失了一大笔固定收入。

这第五十五回的回目说“欺幼主刁奴蓄险心”，“刁奴”可不单指吴新登媳妇一人，想来探春革新不知得罪了多少小人，此后免不了蜚短流长，暗地中伤。那王夫人本是耳软之人，过后众刁奴倘若砌词狡辩，搬弄是非，探春未必不吃亏。

而通过这次改革，荣府各层主子的素质眼光也得到了一次大考验大展现。探春立威，如凤姐之明晓事理、顾全大局者，便叮嘱平儿：“俗语说‘擒贼先擒王’，他如今要作法开端，一定是先拿我开端。倘或他要驳我的事，你可别分辩，你只越恭敬，越说驳的是才好。”而平儿更是豁达明理，事事早行在先了。

但如赵姨娘之拙智短见，则只惦记着沾光蹭势，得着一点是一点，不顾女儿体面，反来生事责问：“你不当家我也不来问你。你如今现说一是一，说二是二，如今你舅舅死了，你多给二三十两银子，难道就不依你？”

人之愚智立分，高下立判。

可叹赵姨娘固然愚昧，王夫人又岂为贤明？书中虽未写刁奴们进谗言等事，然而王夫人守灵回来就仍把家务管理权交还凤姐，抄检大观园之举，摧花折柳之行为，更是未跟李纨、探春、宝钗商量半句，摆明了对儿女们的不信任。所以气得探春打了王善保家的一耳光，说出一番极为严重伤痛的预言来：“你们别忙，自然连你们抄的日子有呢！你们今日早起不曾议论甄家，自己家里好好的抄家，果然今日真抄了。咱们也渐渐的来了。可知这样大族人家，若从外头杀来，一时是杀不死的，这是古人曾说的‘百足之虫，死而不僵’，必须先从家里自杀自灭起来，才能一败涂地！”即便宝钗也觉得心寒，有兔死狐悲之感，遂主动请辞，搬出大观园以避嫌疑；唯有李纨事不关己，不以为意。

哀哉！当家人一愚若此，大观园末日近矣！

探春的自卑与自傲

大观园诗社是《红楼梦》的炫彩华章，钗黛才情尽展于斯，不相伯仲。然而诗社的发起人却是贾探春。探春有诗才，有品位，有理想，有魄力，遂会有发起海棠社之举。然而薛林当前，左一个“林潇湘魁夺菊花诗”，右一个“薛宝钗讽和螃蟹咏”，再加上后来者居上的“史湘云偶填柳絮词”和“薛小妹新编怀古诗”，什么时候轮得到她出类拔萃？

在大观园当家，是探春真正为自己争取到的第一次也是唯一的一次表现机会。她试图推广新政，开源节流，兴利除弊，包干到户，新官上任三把火，充分显示了自己的管家才能。但就这么难得的一回表现机会，也因上有赵姨娘、贾环母子的无理取闹，下有吴新登媳妇、林大娘等有头脸的大管家老奴才的刻意为难，使得探春处处掣肘，有劲使不上，时时有力绌之感。

与赵姨娘和贾环母子相比，探春堪称是出污泥而不染。无奈有赵姨娘这样的母亲每天聒噪纠缠，让她再清高也潇洒不起来，无论怎么威风、争气，只要赵姨娘隔三岔五来闹一场，提醒众人注意谁才是探春的娘，她就永远洗不掉庶出的卑微。因此心理上不免有一种难以拂拭的自卑与敏感，故而人谓“带刺玫瑰”。

第五十五回赵国基发丧银子之争，是赵姨娘和探春母女矛盾最集中的一次表现。

也怨不得探春生气，她是正儿八经的三小姐，难得刚刚管家，正得宠趁势。然而赵姨娘进来，左一句“连袭人也不如了”，右一句“你舅舅死了”，分明把探春拉到袭人与赵国基一流身份。气得探春一再强调：“将来环儿收了外头的，自然也是同袭人一样。”“他是太太的奴才，我是按着旧规矩办。”划清界限，把主仆身份定得死死的。

探春恨透了自己的出身，从未喊过赵姨娘一声娘，又怎么肯认赵国基做舅舅，“满心想拉扯”？她心目中的舅舅，是王夫人的亲兄弟、新升了九省检点的王子腾，因此说：“谁是我舅舅？我舅舅年下才升了九省检点，那里又跑出一个舅舅来？”又说，“我但凡是个男人，可以出得去，我必早走了，立一番事业，那时自有我一番道理。”

——这是探春的真心话，大志向，也是她最大的心病。她太想离开这个家，摆脱自己的庶出身份了。

很多读者因为这一段，都对探春不满，认为她势利薄情，不认亲舅舅赵国基，却硬要攀附九省检点王子腾为舅，这是摆明不认亲娘、不记根本了。

但是从那个年代的观念看来，探春说的是不错的，王子腾从辈分上是舅舅，所以生日时探春和宝玉都是要过府磕头的；而赵国基只是赵姨娘的亲戚，跟探春、贾环虽有血缘关系，却名为主仆，算不得亲戚。赵国基是陪贾环读书的人，也就是跟服侍宝玉的李贵一样身份，赵姨娘非按着三小姐的头让她去认赵国基做舅舅，的确是奇耻大辱，存心给女儿没脸，所以回目叫“辱亲女”，这是赵姨娘拆探春的台，可不是探春对姨娘不孝。

探春是庶出，这是无法选择的“污点”，但是凭借她的学识为人，本可以赢得足够的尊重，为自己扬眉吐气；却只因为有个处处拆台的母亲赵姨娘，让她越要争脸越是丢脸，这份委屈，确实难咽。

世上最痛之事莫过于此，凭你多么争强好胜，血缘出身乃是斩不断的联系，所以探春才有冤无处诉。而这也正是赵姨娘唯一的把柄和最好的武器，开口“我肠子爬出来的，我怕他不成”，闭口“没有长羽毛，就忘了根本”，唯恐众人忘了探春的身份，这可不是众人踩下她的头，倒是她时时刻刻不忘了要踩下亲闺女的头才是。

她对亲闺女大呼小叫，及至见到平儿进来却满面赔笑，这番前倨后恭，不过是因为怕极了凤姐，而平儿又是凤姐的贴身助理，手里有点小权。可是那权力如今已经落在亲生女儿探春手上，如果赵姨娘会做人，含蓄收敛些，背后使阴柔手段向探春求情，探春一则念着亲情，二则为保面子不愿张扬，未必便不会回顾照应。偏偏赵姨娘不识数，敲锣打鼓地闹嚷出来，除了令女儿没脸之外，没半点贡献也赚不到一分便宜。

倘若探春是男人，即使不能世袭得官，也可以凭借贾、王两家的势力，得到一些差使，做一些成绩出来；然而生为女子，除了嫁人，别无出路。而囿于庶出的“污点”，让这婚姻也多半很难如意，正像凤姐所说：“虽然庶出一样，女儿却比不得男人，将来攀亲时，如今有一种轻狂人，先要打听姑娘是正出是庶出，多有为庶出不要的。”这话正与探春自己说的“但凡是个男人”对了榫，遥遥呼应，向读者揭示了探春微妙曲折的心理。

第六十一回平儿判冤决狱时，曾说“怕打老鼠伤了玉瓶儿”；第六十五回兴儿向尤家姐妹说荣府故事：“三姑娘的浑名是‘玫瑰花’……玫瑰花又红又香，无人不爱的，只是刺戳手。也是一位神道，可惜不是太太养的，‘老鸹窝里出凤凰’。”

可见连下人也都深知探春委屈，虽然是凤凰，是玉瓶儿，只“可惜不是太太养的”。这样的评价若落在探春耳中，是欣慰，还是更加悲哀气愤？

从书中各种伏线以及脂批的透露看出，探春将来的出路是远嫁做了海外王妃，虽然背井离乡仍然属于悲剧范畴，故而将她派在“薄命司”，然而比起迎春、惜春等，已经算是求仁得仁，终于超越自己的出身，飞上枝头变凤凰了。

难怪，她放飞的风筝是只凤凰。

第五十六回
敏探春兴利除宿弊　识宝钗小惠全大体

宝钗当家

王夫人对于凤姐的功高盖主，一直是边利用边忌惮的。所以趁凤姐病了，赶紧提拔了三位代管家出来，随时准备取代凤姐。

这三位，一个是自己的大儿媳李纨，一个是庶女探春，还有一个便是宝钗。

宝钗和凤姐一样，也是王夫人娘家的亲戚，一个是姐妹的女儿，一个是兄弟的女儿，不一样的地方在于，宝钗同时还是王夫人心目中的最佳儿媳人选，也就是荣国府未来的掌门人，这就比熙凤又进了一层。

换言之，此时王夫人已经暗暗有指定宝钗要做未来儿媳妇、管家接班人的意思了。不然，便无法解释怎么会让一个未出阁的亲戚来插手贾家的事务了。

当然，话说得很是冠冕堂皇："好孩子，你还是个妥当人，你兄弟妹妹们又小，我又没工夫，你替我辛苦两天，照看照看。凡有想不到的事，你来告诉我，别等老太太问出来，我没话回。那些人不好了，你只管说。他们不听，你来回我。别弄出大事来才好。"

——虽说凤姐病了，李纨无能，但如今已指定探春协助理事，如何王夫人就料定她两个加起来还是不行，非要巴巴儿地找个外人来管家？

书中明白写那探春协理后，众人原先不服，然而"只三四日后，几件事过手，渐觉探春精细处不让凤姐，只不过言语安静，性情和顺而已"，连凤姐也私下称扬："他虽是姑娘家，心里却事事明白，不过是言语谨慎；他又比我知书识字，更利害一层了。"

从前凤姐一个人管家，如今李纨和探春两个人管理，而且探春不逊于凤姐，何以王夫人偏还觉得人手不够呢？

更何况即便迎春软弱，毕竟是贾府正主儿，且是长房贾赦之女，探春都来管家了，做姐姐的趁机锻炼一下又如何？哪怕为安邢夫人之心，也大可做个便宜人情。然而王夫人偏偏诸般不顾，侄女倒下，外甥女替上，硬是找借口把宝钗推了出来，这岂不是针对贾母成天把“两个玉儿”挂在嘴边、视黛玉为自己人，而特地做出的一番表白吗？

对于王夫人来说，谁才是自己人？当然是宝钗。如果宝钗管得好，便可清楚地让老太太看看，她认定的这宝二奶奶人选有多么合适。

王夫人虽不管事，对宝玉的事却是绝对的上心，无比的积极。毕竟只有这一个宝贝指望，不能不操心。但她的审美眼光和人生选择与贾母大相径庭，所以为了回避矛盾，往往先斩后奏。此前提拔袭人，此后驱逐晴雯，都是做完了才回禀贾母的。此次委托宝钗管家，同样也是如此。但选媳妇毕竟不同于选侍妾，不能直接给宝钗定了婚事，只能先派作管家，让园内外的人闻弦歌而知雅意。但同时她也怕贾母不高兴，所以特别叮嘱宝钗好好表现：“别等老太太问出来，我没话回。”

宝钗显然对这番暗示心领神会，也确实做得十分漂亮，充分地展示了理家之才，如探春那般得罪人的事一件没干，却提出承包到户的德政来。

第五十六回中，探春忆起去赖家花园的感触：“我因和他家女儿说闲话儿，谁知那么个园子，除他们带的花、吃的笋菜鱼虾之外，一年还有人包了去，年终足有二百两银子剩。从那日我才知道，一个破荷叶，一根枯草根子，都是值钱的。”

宝钗笑道：“真真膏粱纨绔之谈。虽是千金小姐，原不知这事，但你们都念过书识字的，竟没看见朱夫子有一篇《不自弃文》不成？”又说，“天下没有不可用的东西；既可用，便值钱。难为你是个聪敏人，这些正事大节目事竟没经历，也可惜迟了。”

庚辰本在此双行夹批：“反点题，文法中又一变体也。”

两位侯门小姐对话，探春虽然聪明却是一派天真，宝钗却是阅历丰富饱经世故的口吻。这是因为探春自小待在府中，不谙世事，不识稼穑；而宝钗却出身皇商之家，比贾府小姐更早地经历了荣衰兴亡，深知柴米人生的可贵，还识得当票子。因为父亲死得早，哥哥薛蟠不争气，她虽不能抛头露面，但可想而知暗地里是要关心着生意的，因此早已深谙经营之道。

探春笑道："你这样一个通人，竟没看见子书？当日姬子有云，登利禄之场，处运筹之界者，窃尧舜之词，背孔孟之道。"

关于《姬子》一书，遍查典籍终不可考。俞平伯曾有一篇专论文章中提出，这本书和这句语录很可能是探春杜撰的，"姬子"就是"自己"，这是作者借探春之口在讽刺宝钗，针砭世人。说的是那些见利忘义，满口仁义道德实则无恶不作，说一套作一套的小人；也讽刺当世"窃尧舜之词，背孔孟之道"的治国理念。

论过学问之后，探春接着提出包干到户的具体方案与远景来："一则园子有专定之人修理，花木自有一年好似一年的，也不用临时忙乱；二则也不至作践，白辜负了东西；三则老妈妈们也可借此小补，不枉年日在园中辛苦；四则亦可以省了这些花儿匠山子匠打扫人等的工费。将此有余，以补不足。"

宝钗听了，笑赞道："善哉，三年之内无饥馑矣！"

这毕竟是贾府内务，又涉及银钱，因此宝钗不便表现得太过热心，假装"在地下看壁上的字画"，做出事不关已状，只是淡淡评价一句，却不参与意见；及至探春和李纨传进园中婆子来，把意思告诉了众人，过后再明确地问宝钗意见，宝钗方提醒："幸于始者怠于终，缮其辞者嗜其利。"

这句话的意思是提醒探春：那些兴兴头头抱着赢利目的而来的人，开始表现得兴致很高，但很快就会懈怠的；越是善于花言巧语，就越喜欢占小便宜。

这又是宝钗精于人情世故的表现，但她不肯说得太直白，故意用古文排比说得文绉绉的，仿佛讨论诗词，正如她自己说的："不拿学问提着，便都流入市俗去了。"

三人因人派职，一一指了老祝妈管竹子，老田妈管庄稼，这都是因事取名；及至说到管花儿的人选时，平儿举荐莺儿之母，宝钗却赶紧阻道："断断使不得！你们这里多少得用的人，一个一个闲着没事办，这会子我又弄个人来，叫那起人连我也小看了。"非常谨慎自重，绝不贻人口柄。

但宝钗并不是一味批评没有建设的人，在否决之后立刻又推荐了一个新的人选老叶妈，一则点明缘故：老叶妈与莺儿的娘极好，有不知道的自然会私下请教，派给老叶妈就等于派给莺儿妈是一样的；二则又卖了怡红院人情，从此会进一步笼络茗烟的娘这个有力帮衬。

平儿在此透露出一个很重要的新信息：莺儿已经认了老叶妈做干娘，两家人和厚得很呢。

这也就是说，宝钗的贴身丫头莺儿和宝玉的心腹小斯茗烟成了干哥哥妹妹，那宝玉在外面的一举一动，还不尽由茗烟透露给莺儿，再让宝钗尽在掌握么？

接着探春等再次叫进众婆子来，一一明示：某人管某处，按四季除家中定例用多少外，余者任凭取利，到年终算账。

主意是探春出的，当众训话的却是宝钗，且高瞻远瞩深入浅出地说了一套大道理，先说："我替你们算出来了，有限的几宗事……"清清楚楚布置了各人的差使，又道："他们既辛苦闹一年，也要叫他们剩些，粘补粘补自家。虽是兴利节用为纲，然亦不可太啬。"然后又提出有职的也当拿些钱出来分润给无职的："他们也沾带了些利息，你们有照顾不到，他们就替你照顾了。"

有职之人白得一笔收益自是人人欢喜，"那不得管地的听了每年终又无故得分钱，也都欢喜起来"，岂不人人称好？

宝钗这时已经不再回避，非但长篇大论，且搬出王夫人来自抬身份："不然，我也不该管这事；你们一般听见，姨娘亲口嘱托我三五回，说大奶奶如今又不得闲儿，别的姑娘又小，托我照看照看。我若不依，分明是叫姨娘操心。你们奶奶又多病多痛，家务也忙。我原是个闲人，便是个街坊邻居，也要帮着些，何况是亲姨娘托我。我免不得去小就大，讲不起众人嫌我。倘或我只顾了小分沽名钓誉，那时酒醉赌博生出事来，我怎么见姨娘？你们那时后悔也迟了，就连你们素日的老脸也都丢了。"

先施了恩，又立了威，然后再次笼络人心，落实业绩："我如今替你们想出这个额外的进益来，也为大家齐心把这园里周全的谨谨慎慎，且不用他们操心，他们心里岂不敬伏？也不枉替你们筹画进益，既能夺他们之权，生你们这利，岂不能行无为之治，分他们之忧。你们去细想想这话。"众人听了，无不叹服，欢声鼎沸地称颂不迭。

李纨、探春、宝钗一起管家，李纨再次显露了自己的无能；探春虽然“兴利除宿弊”，展露才华，然而不但得罪了赵姨娘、刁奴、买办一干人，甚至暗伤了李纨；而宝钗却“小惠全大体”，包干到户，大获民心。

——这次改革让宝钗进一步赢得了好名声，得罪人的事却全让探春做了。

此后，谁不真心拥戴宝钗，不把宝钗当作管家奶奶、未来的宝二奶奶看待呢？

宝钗的心机由此可见一斑，上头有王夫人撑腰，下面有众仆人拥戴，宝玉身边还埋下了袭人和茗烟，出去进来都有耳报神，真是四面八方都埋伏下了，还怕有求不应么？

倘使探春不远嫁

（一）

第二十二回元宵制灯谜，在探春关于风筝的谜语后，脂砚斋有一句颇可玩味的批语：

> 使此人不远去，将来事败，诸子孙不致流散也。

这向我们透露了两条信息：一、探春的结局是“远去”；二、贾府的结局是“事败”“诸子孙流散”，而“子孙流散”又发生在“事败”之后，而非同时。如果探春还在，即便家败，子孙也还不至于流离失所。

这就使我们开始猜疑：如果不是“事败”直接导致“诸子孙流散”，那么两者之间又发生了哪些事呢？探春远嫁，对贾府的结局有什么改变吗？而且，探春是在哪一年清明出嫁的？更重要的，是在抄家前抑或后？

此前各种版本的续书以及电视连续剧中，都将探春的远嫁安排在抄家之前。原因是可卿向凤姐报梦时，留下一句谶语：“三春去后诸芳尽，各自须寻各自门。”红学家们认为这指的是元春和迎春死后，探春远嫁，然后才是贾府被抄。

但是我在前文分析过，“三春”的解释其实是“三年”，因而探春嫁在“诸芳尽”也就是抄家前，就失去了理论支撑。这时间其实做不得准。

现存第八十回故事，说的正是大观园第三个秋天，也就是从元春省亲、群芳迁入大观园起计时三年。那么若是还有下文的话，转过年就是第四个年头，也就是贾府被抄、群芳谢尽的日子了，而探春的出嫁，也就在这一年的清明。

那么又一个问题来了，探春的远嫁是被动的承旨，还是主动的请愿呢？与家族的关系是什么？

如果远嫁在抄家前，那么这“嫁”就成了一个独立的行为，超脱于家族命运之外了。因为她嫁了，家还是抄了，说明她的嫁对于家族命运毫无意义；而抄不抄家，对于她也是毫无意义，因为她远在海外，可能连听都没听说过。那么探春这个人，岂不真成了断线风筝，与贾府没了关系？

乍听上去，似乎很符合“游丝一断浑无力”的暗示。然而如何显示她的“才自清明志自高”呢？探春说过：“我但是个男儿，必有一番大作为的。”如果她的嫁既未能防患难于未然，也未能救亲人于水火，这“嫁”便显得游离，虚飘，落不到实处去，算不上什么“大作为”。而且平平写来，毫无波澜，悲剧意义也不强，似乎完全是个巧合，是命中注定，皇上钦旨，与人无尤。

因此我想，以探春的才情品性，从前文的诸多铺垫看来，她的嫁应该是有主动意识的。更重要的是，四春的命运应与家族紧密相关，元春不消说了，她不死，家不会抄；而家不抄，惜春不至沦落到“缁衣乞食”；探春也是一样，不是为了保护家人，她不会嫁。而倘使探春不远嫁，大观园不会第二次败落。

（二）

抄家的理由我们后文再议，有一点是肯定的，就是不论探春在不在，都没有能力阻止这种大事件的发生，她还没有那么大的本事。那她能改变的是什么呢？

从脂批透露，在后四十回中，凤姐有在贾母穿堂前“扫雪拾玉”的经历，宝玉也有“对境悼颦儿”的举动，并且看到怡红院“绿暗红稀”，潇湘馆“落叶萧萧，寒烟漠漠”——可见抄家后，凤姐、宝玉等又回过大观园。

也就是说，贾家并不是一下子就倒了，彻底败了，“抄家”虽动了根本，然而“百足之虫，死而不僵”，“一下子是杀不死的”，是“一点点地尽上来了”，喘了一口气后才又散的。

那是什么原因使贾家有了喘这一口气的机会的呢？可能正是因为探春。

在元春死后，贾家大难来临，遭遇抄家横祸，所有的贾氏爷们儿都被拘押，束手无策。“这时候正是用着女孩儿的时候”，作为“才自精明志自高”的探春，最可能的就是挺身而出，不卑不亢，请旨求情。至于她为什么被皇上点中，也许是由于南安太妃或北静王妃的推荐，也许是朝廷之前已有图册备选，总之，探春抓住了这个机会，演了一出“缇萦救父”，真正成就了她“立一番事业”的心愿。

正是探春的请旨远嫁使得家人得到释放减刑，甚至发还部分家产。凤姐、宝玉等因此才能重回大观园，但是架子已经彻底倒下来，里子也空了，而子弟们却仍不思悔改。外祟盘剥，边境战乱，田庄抗租，仇家告状，不肖子弟继续闯祸，诸多因由终于使得这个家再一次空了下来，倒了下来，彻底地散了，到底不能把秋挨过。

换言之，从清明前抄家到全家最终离散，最多只有从春到秋这么半年时间，而在这短短半年中，贾府并非一下子彻底倾倒，将有更多的世情薄人情恶的层层体现，最终“家亡人散各奔腾”。

这样，悲剧的意味才会更加深厚，不至于全赖在“抄家”和“失皇恩”这样相对偶然的理由上，也才不枉了曹雪芹前八十回的种种铺垫。

（三）

贾家最终败落的一个重要原因，就是像第五十五回的回目所写的《辱亲女愚妾争闲气　欺幼主刁奴蓄险心》。

“蓄险心”，何其毒也！然而就文中吴新登媳妇一问三不知，背后又向赵姨娘饶舌的做法看来，似乎还达不到“险”的高度。显然这条回目的作用就同“因麒麟伏白首双星”一样，是有着预言意义的，揭示的乃是后四十回的内容。

非常巧合的是，就在第五十四回末，探春管家的好戏开锣前，书中刚刚把吴新登等人提了一笔，且看原文：

十七日一早，又过宁府行礼，伺候掩了宗祠，收过影像，方回来。此日便是薛姨妈家请吃年酒。十八日便是赖大家，十九日便是宁府赖升家，二十日便是林之孝家，二十一日便是单大良家，二十二日便是吴新登家。这几家，贾母也有去的，也有不去的，也有高兴直待众人散了方回的，也有兴尽半日一时就来的。

从设宴名单可见贾府老奴才的地位，荣府以赖大居首，宁府以赖升居首，接下来便是林之孝、单大良、吴新登。这些人的地位之尊，已经到了可以有独立的身份与名头来设宴请客，并且能请到贾母这样尊贵的客人，难怪说贾府有年纪的老奴才，比一般主子还有体面呢。

这里将赖大、赖升、林之孝、单大良、吴新登并提，接着就是第五十五回的主奴斗智好戏上场，明言吴新登是“刁奴”，那是否意味着，前面那几个人也都是刁奴呢？倘如是，以他们在贾府的地位和影响力，可以起到的翻云覆雨的作用可就大了。第五十五回的小动作，只是牛刀小试耳。虽然此时难为不了探春，但是将来，探春远嫁之后，又不知管家者谁，而此人，又做不做得了这些刁奴的对手？

这便又想起吴新登名字的第一次出场了，乃在第八回：

可巧银库房的总领名唤吴新登与仓上的头目名戴良，还有几个管事的头目，共有七个人，从帐房里出来，一见了宝玉，赶来都一齐垂手站住。独有一个买办名唤钱华，因他多日未见宝玉，忙上来打千儿请安，宝玉忙含笑携他起来。

甲戌本在吴新登名字旁边有侧批：“妙！盖云无星戥也。”在戴良旁侧批：“妙！盖云大量也。”在钱华名字旁夹批：“亦钱开花之意。随事生情，因情得文。”可见这三个名字都是有寓意的。

管银库的竟然是“无星戥”，管仓库的只知“大量”，管买办的又会“钱开花”，贾府后院不被掏空了才怪呢。而将戴良、钱华与吴新登同时出场，可想而知这两位实权派也都是“刁奴”。他们几个造起反来，原本就已经风雨飘摇的贾府能不倒吗？

倘使探春不远嫁，可以想象，她是有一定管家能力的，自然会想方设法开源节流，约束子弟仆从，不致被“刁奴”坑骗。那么，即使贾家被抄，但得以喘息后也还有中兴的希望。

但是，就因为探春走了，即使宝玉等人回到了大观园，但凤姐早夭，李纨、宝钗等独善其身，贾府再没有一个真正管事的人，以至于为“刁奴”所欺，再加上其他的外忧内患，终至最后解体，落得了个“家亡人散各奔腾”的全面败局。

难怪脂砚斋扼腕浩叹：“使此人不远去，将来事败，诸子孙不致流散也。”

贾家之败，非败于朝廷，乃在自戕矣！

第五十七回

慧紫鹃情辞试忙玉　慈姨妈爱语慰痴颦

紫鹃试玉

《红楼梦》中的忠仆不少，鸳鸯、平儿、袭人、莺儿……不一而数，各有风华，然而最可感动的情意，就是紫鹃之于黛玉了。

贾母对鸳鸯再好，也只是把她看作丫鬟；平儿虽然品貌双全，却被贾琏、凤姐两口子拿来煞性子，抬手就打，张口便骂；宝钗对莺儿倒好，但她城府深沉，举止严谨，对莺儿说话时，不是“嗔”就是“训”，难得说笑；宝玉那么好性子，也曾骂过晴雯，撵过茜雪，踢过袭人；可是黛玉从头至尾，对紫鹃连句重话也没说过，最多害羞的时候，说一句“与你这蹄子什么相干”，傻子也听得出是开玩笑，爱极之语。

相反的，紫鹃倒是常常“教训”黛玉的。

第二十六回“潇湘馆春困发幽情”，宝玉讨茶吃，黛玉道：“别理他，你先给我舀水去罢。”紫鹃笑道：“他是客，自然先倒了茶来再舀水去。”绝对的有主张，自行自事，几乎是在给黛玉讲解待客大道理。

第三十回宝黛二人为了张道士提亲的事闹不和，黛玉也自后悔，紫鹃私下里劝道：“若论前日之事，竟是姑娘太浮躁了些。别人不知宝玉那脾气，难道咱们也不知道的。为那玉也不是闹了一遭两遭了。”甚至说，“宝玉只有三分不是，姑娘倒有七分不是。我看他素日在姑娘身上就好，皆因姑娘小性儿，常要歪派他，才这么样。”

这已经是非常尖刻的批评了，而黛玉仍能悉心听教，并不曾回一句“用你管”？

全书中如此“教训”过黛玉的，只有宝钗和紫鹃二人，而较之宝钗的满口教条，紫鹃尤为恳切。

正劝着，宝玉来叫门，黛玉使性子说“不许开门”，紫鹃道：“这又是姑娘的不是了。这么热天毒日头地下，晒坏了人家，怎么样呢？”再次派了黛玉一个“不是”，然后施施然开门去了。

紫鹃如此“独断专行”，是因为她胆大妄为不知理吗？

当然不是。

这是两方面的原因，一则是黛玉宽柔待下，真诚大度。人人都以为黛玉小性子，怪脾气，那是不懂得欣赏黛玉独特之美。

二则黛玉父母双亡，又无兄弟姐妹，是个极度缺爱的女孩子，因此超级敏感，但同时她会对得到的一点点温暖特别感恩，因此无论是对宝玉，对宝钗，还是对紫鹃，只要人家是真心待自己好，她就会推心置腹，一门心思地对人好。

宝玉固然是把平儿、鸳鸯等当作朋友一般来敬重，黛玉又何尝不是把紫鹃当成姐妹般来信赖？因此说，宝黛两个人的世界观人生观价值观是完全相应的，是真正的知己。

也正因为黛玉拿紫鹃当姐妹，才会有第五十七回紫鹃试玉的表现。

第五十七回，是全书第一次重笔写紫鹃，连回目都明白题为《慧紫鹃情辞试忙玉　慈姨妈爱语慰痴颦》，可见是紫鹃正传。

对于紫鹃试玉的动机，在事情平息后，可通过紫鹃对宝玉的一番剖腹之言来鉴证：

> 你知道，我并不是林家的人，我也和袭人、鸳鸯是一伙的，偏把我给了林姑娘使。偏生他又和我极好，比他苏州带来的还好十倍，一时一刻我们两个离不开。我如今心里却愁，他倘或要去了，我必要跟了他去的。我是合家在这里，我若不去，辜负了我们素日的情常；若去，又弃了本家。所以我疑惑，故设出这谎话来问你，谁知你就傻闹起来。

这番话说得坦荡真诚，不卑不亢。她并不是站在一个丫鬟的立场上，认为自己是奴才，没有自由身，只能随了主子走，而是出于“若不去，辜负了我们素日的情常”的考虑，一切出于本愿，绝无勉强。

可以说，紫鹃可算是贾府中最没有奴性的一个丫鬟。她对于黛玉的关心，不仅是出自主仆的忠心，更是把黛玉当知己，故而替她向宝玉问个准主意的。

“和袭人、鸳鸯是一伙的”，也就是说，自己原也是老太太屋里的人，被贾母给了林姑娘使的；而“苏州带来的”就是雪雁了。

这又牵扯出一道算术题来：黛玉进贾府时是六岁，雪雁十岁，贾母嫌其甚小，遂将鹦哥也就是紫鹃与了黛玉。换言之，紫鹃的年纪至少该超过十岁，比黛玉大个五六岁才是。然而在高鹗的伪续中，居然让黛玉叫紫鹃“妹妹”，说出“我的身子是干净的”这样的蠢话，只这一句，已见出后四十回非雪芹原笔了。

其实从第三十二回“诉肺腑心迷活宝玉”起，宝黛二人已经达成了爱情共识，生死同心。但这层意思紫鹃并不知道，她听到的只是薛姨妈整天满园子喊着“宝钗的金锁要拣个有玉的才配”，又见宝琴、岫烟、李绮、李纹打伙儿进了园子长住不走，也不知道安的什么心，怎么让她能不为孤立无援的姑娘担心呢？

因为心里一直惦记着这件事，就借宝玉询问之际下重药，想测下宝玉的真心。谁知道一句玩笑竟把宝玉逼疯了。

那宝玉是个重情的，说聪明比谁都伶俐，说痴傻比谁都实诚，谁说什么他都信。以前袭人就是拿娘家人要给她赎身来逼宝玉立下约法三章，如今紫鹃又行此法，且说的是黛玉回娘家，这可让宝玉如何禁受得了？

当下“便如头顶上响了一个焦雷一般”，晴雯来找他时，还只见“他呆呆的，一头热汗，满脸紫胀”，遂拉着手回至怡红院中——要拉着手走路，可见痴呆恍惚、六神无主之状。

及至躺下来，更是“两个眼珠儿直直的起来，口角边津液流出，皆不知觉。给他个枕头，他便睡下；扶他起来，他便坐着；倒了茶来，他便吃茶”，完全是魂离七窍的形容。袭人请了李嬷嬷来，以为积年经世故的，谁知掐了下人中后，竟捶床捣枕地大哭起来，说是“不中用了”！

袭人急怒之下，径来潇湘馆向紫鹃问罪，也不管当着黛玉的面，且黛玉刚刚服药，便上前道："你才和我们宝玉说了些什么？"又说，"不知紫鹃姑奶奶说了些什么话，那个呆子眼也直了，手脚也冷了，话也不说了，李妈妈掐着也不疼了，已死了大半个了！连李妈妈都说不中用了，那里放声大哭。只怕这会子都死了！"

这就和今天的小孩子打架，家长跑到对方门上撒泼讹诈一般，非常的不得体。首先两个孩子打架尚难分是非对错，何况宝玉是个大人，还是个主子。宝玉虽然是和紫鹃分手后回来出了事的，但怎么就能断定是紫鹃的错呢？其次，袭人毕竟是仆，黛玉是主，一个怡红院的丫头跑到潇湘馆里闹事，就算要找紫鹃麻烦也可以私下询问，怎么可以当着黛玉的面叫骂，成何体统？再次，黛玉是病人，又刚服过药，府中上自老太太下至仆婢丫鬟无不担待体谅，袭人不是素以端庄温柔为名吗，怎么这样目中无人起来？到底逼得黛玉把刚吃下的药"哇"一声全吐了出来，又抖肠搜肺炽胃扇肝地痛声大嗽，一时面红发乱，目肿筋浮，喘得抬不起头来——这要是宝玉在此，得心疼怜惜成什么样儿啊？

可是袭人全无顾忌，完全把自己当成宝玉之妾、黛玉之嫂的身份，得理不饶人地一味指责，而且夸大其词，说宝玉"只怕这会子都死了"，这不成了空口白牙诅咒主子吗？倘若宝玉真要死了，你不守在怡红院，还跑到潇湘馆做什么？急怒伤心都可理解，但谁给了她这么大胆子，敢不把黛玉放在眼里，径直做起宝玉的代言人了呢？

就冲着王夫人那二两银子抬举的！

她明知道黛玉才是宝玉心中最重要的人，但是她已经提前上了宝玉的床，还得了王夫人的暗许，自认为做定了花姨娘的，而黛玉的将来还去留未卜，甚至很大程度还决定于她的舌头倒向——她不是已经私下里向王夫人进过谗言了吗——所以胸有成竹，全不拿黛玉当回事。并且她在黛玉和紫鹃面前提起宝玉的口吻，一口一个"那个呆子""那傻子"，与其说是女人形容自家男人，不如说做娘的称呼自家孩子"我那傻儿子"，主人翁意识爆棚。

但是黛玉一心只在宝玉身上，哪里顾得上计较这些尊卑对错，忙命紫鹃快随了袭人去。

待回到怡红院时，贾母、王夫人都已经在那里了，可谓省笔之法。那贾母五内俱焚，然而见了紫鹃，表现却极为特别——

谁知贾母王夫人等已都在那里了。贾母一见了紫鹃，眼内出火，骂道："你这小蹄子，和他说了什么？"紫鹃忙道："并没说什么，不过说几句顽话。"谁知宝玉见了紫鹃，方嗳呀了一声，哭出来了。众人一见，方都放下心来。贾母便拉住紫鹃，只当他得罪了宝玉，所以拉紫鹃命他打。谁知宝玉一把拉住紫鹃，死也不放，说："要去连我也带了去。"众人不解，细问起来，方知紫鹃说"要回苏州去"一句顽话引出来的。贾母流泪道："我当有什么要紧大事，原来是这句顽话。"又向紫鹃道："你这孩子素日最是个伶俐聪敏的，你又知道他有个呆根子，平白的哄他作什么？"薛姨妈劝道："宝玉本来心实，可巧林姑娘又是从小儿来的，他姊妹两个一处长了这么大，比别的姊妹更不同。这会子热剌剌的说一个去，别说他是个实心的傻孩子，便是冷心肠的大人也要伤心。这并不是什么大病，老太太和姨太太只管万安，吃一两剂药就好了。"

这里贾母的情绪一波三折，起先是"眼内出火""骂道"；及见宝玉哭了出来，又拉紫鹃给他打，让他出气，这都非常合理；然而问明缘故后，却只流泪说了句："你这孩子素日最是个伶俐聪敏的，你又知道他有个呆根子，平白的哄他作什么？"其后，又因宝玉始终拉着紫鹃不放，便命她留下服侍，还细心地唯恐黛玉那里不便，拨了自己的丫头琥珀去潇湘馆听差。可见无论是对紫鹃，还是对黛玉，都没有任何不满。

从前金钏儿不过和宝玉说了一句玩话，便被王夫人逼得跳了井；而这紫鹃的玩笑比天大，几不曾要了宝玉的命去，还闹得天翻地覆，阖府不安，照说就是打死也不冤，换作别的丫头，怕不早已撵出去八回了。为何偏偏对紫鹃，别说罚，就连重话也没一句，便轻轻放过了呢?

唯一的解释就是：紫鹃的作为，正投了老太太的缘，合了老太太的意。故而才会非但不罚,反而得了一句"最是伶俐聪敏"的考语,简直是赞许有加的。

紫鹃原是老太太身边的人，对老太太的意思是心领神会的，如今又一心一意替宝黛两个筹划，因摸不准宝玉的心思，故意的拿话激他，使矛盾浮出水面，逼出个青天白日来。而宝玉的大吵大闹，让阖府的人都知道了他的心意，宝黛情呼之欲出，所有知情不知情的人都看得明白，是瞒也瞒不住的了。而这正中贾母下怀。故而紫鹃虽闯了弥天大祸，贾母却毫无愠色，反而有些鼓励的意思。

而且她将紫鹃留下给宝玉使唤，固然是因为宝玉“死拉着不放”，同时也是一种默许与暗示：如果将来黛玉嫁了宝玉，紫鹃自然也是跟了宝玉的，今便如此，亦不为过。

贾母的形象在高鹗的伪续里弄得不伦不类，也使很多读者误解了她，以为她喜钗厌黛。实际上，黛玉是贾母的亲外孙女，又是自小接来身边养大的，若将她嫁了宝玉，一个孙子，一个外孙女，天长地久地守着自己，正是遂心如意的事情，这件事不知在她心里盘桓了多久，但因为有个王夫人，有个薛姨妈，一直不好宣之于口。如今紫鹃这一闹，错有错着地将事情通了天，也给众人点了个醒儿：宝玉喜欢的人是黛玉，别人可是没指望的。

而薛姨妈是最不愿意接受这警告的，故而睁着眼说瞎话，自欺欺人地说了些姊妹情深的废话，看见也当看不见。但是从这以后，薛姨妈的态度是多少有些改变了，不但突然对黛玉亲热起来，认了她做义女，还主动提出“四角俱全”的话来。可见紫鹃的计谋奏效，而贾母的暗示是起了作用的。

同时，这一回也着实写出了宝玉同紫鹃之间的一点温情。

不但在宝玉病中时，紫鹃用心服侍：“有时宝玉睡去，必从梦中惊醒，不是哭了说黛玉已去，便是有人来接。每一惊时，必得紫鹃安慰一番方罢。”“紫鹃自那日也着实后悔，如今日夜辛苦，并没有怨意。”

而且宝玉病痊，紫鹃告辞离去时，宝玉又有文章：“我看见你文具里头有三两面镜子，你把那面小菱花的给我留下罢。我搁在枕头旁边，睡着好照，明儿出门带着也轻巧。”紫鹃听说，只得与他留下。

——这面小镜子，几乎有定情信物的意义了。宝玉自然不缺镜子，特地向紫鹃讨了来，而紫鹃也答应留给他，是因为此前贾母让她留下服侍宝玉，已经有指其为配的意思；而宝玉心领神会，才会给了她一句“打趸儿的话”——“活着，咱们一处活着；不活着，咱们一处化灰化烟。”

这个“咱们”，不只有宝玉和黛玉，还包括了紫鹃。宝玉给了紫鹃同生共死的许诺，紫鹃才会将镜子留与宝玉，也等于是交付了自己的终身。

这里，紫鹃不但在宝玉那里实实在在地“挂了号”，而且是“下了订”，自然是有资格列入十二钗又副册的了。

是夜回到潇湘馆，紫鹃对黛玉联床夜话，也有一番剖白：

> 我倒是一片真心为姑娘。替你愁了这几年了，无父母无兄弟，谁是知疼着热的人？趁早儿老太太还明白硬朗的时节，作定了大事要紧。俗语说，“老健春寒秋后热”，倘或老太太一时有个好歹，那时虽也完事，只怕耽误了时光，还不得趁心如意呢。公子王孙虽多，那一个不是三房五妾，今儿朝东，明儿朝西？要一个天仙来，也不过三夜五夕，也丢在脖子后头了，甚至于为妾为丫头反目成仇的。若娘家有人有势的还好些，若是姑娘这样的人，有老太太一日还好一日，若没了老太太，也只是凭人去欺负了。所以说，拿主意要紧。姑娘是个明白人，岂不闻俗语说：“万两黄金容易得，知心一个也难求”。

这番话推心置腹，体贴之至，哪是一个丫鬟能想得到、说得出的？完全是好姐妹谈心事；“替你愁了这几年”，是把自己和黛玉当成了一个人，一条心。

张新之曾如此解释紫鹃之名：“鹃鸟善啼，啼至出血。黛玉还泪而来，其婢自应名此。鹃血而紫，血泪殷矣。”

鹃鸟善啼。然而黛玉《葬花词》中却偏偏有“杜鹃无语正黄昏”的句子。倘杜鹃竟然无语，自然是泣下成血，啼至声嘶了。

虽然宝玉曾经给了紫鹃一句“打趸儿的话”，然而，“若说没奇缘，今生偏又遇着他；若说有奇缘，如何心事终虚话？”那个心事成虚真情落空的，又岂止是林黛玉呢？紫鹃既然入了“薄命司”，她的命运，也注定只能是夜夜啼血罢了。

绛珠下世原是为了“还泪”而来，紫鹃，就是绛珠仙子留在人间的一滴眼泪罢了。

慈姨妈的真面目

书中无能而有心机的人，一个是李纨，一个是薛姨妈。

且不说薛姨妈是不是自打进府起就安着与贾府结亲的打算，但是从她一直住着不走这点来看，忍功确实是一流的。

此前她常对王夫人说宝钗的金锁是个和尚给的，指明要有玉的才可为婚配，这话说得再明白没有；虽然贾母明里暗里，几次表示完全没有要娶宝钗做孙媳妇的打算，但因王夫人鼎力支持，宫中又有元春施压，所以薛姨妈一直是不放弃努力的。尤其宝钗做了管家之后，自是更觉得向成功迈进一步了。

然而就在这时候，因为紫鹃的一个玩笑，宝玉演了一出“装疯”大戏。众人已经都心知肚明了，薛姨妈还在揣着明白装糊涂，直说：“宝玉本来心实，可巧林姑娘又是从小儿来的，他姊妹两个一处长了这么大，比别的姊妹更不同。这会子热剌剌的说一个去，别说他是个实心的傻孩子，便是冷心肠的大人也要伤心。这并不是什么大病，老太太和姨太太只管万安，吃一两剂药就好了。”

但是贾母棋高一招，竟当众命紫鹃留在怡红院守着宝玉，另将琥珀去服侍黛玉。这分明是有默许了宝黛姻缘的意思，甚至连紫鹃都许给了宝玉做陪嫁丫头。

薛姨妈的糊涂再也装不下去了。

书中说次日早起，黛玉刚吃过燕窝粥，贾母便“亲来看视，又嘱咐了许多话”；又一日薛姨妈生日，宝黛两个因病着未去赴席，贾母散戏回来又顺路瞧了他二人，方才回房——可见时时刻刻，贾母心头只有“两个玉儿”为念，全不做他人之想。

之后薛姨妈替薛蝌求邢岫烟为配，贾母强做保山，还曾戏笑：“我原要说他的人，谁知他的人没到手，倒被他说了我们的一个去了。”——到了这一步，贾母仍然不打算考虑宝钗。

贾母的态度这样明了，薛姨妈再也无法自欺欺人，于是向女儿宝钗学习，改用怀柔之策，对黛玉忽而亲热起来，且给自己找了个台阶说：“你见我疼你姐姐你伤心了，你不知我心里更疼你呢。你姐姐虽没了父亲，到底有我，有亲哥哥，这就比你强了。我每每和你姐姐说，心里很疼你，只是外头不好带出来的。你这里人多口杂，说好话的人少，说歹话的人多，不说你无依无靠，为人作人配人疼，只说我们看老太太疼你了，我们也洑上水去了。”

可叹黛玉心实，既早已认了宝钗做姐姐，如今听见薛姨妈一番话，也就心甘情愿地说：“姨妈既这么说，我明日就认姨妈做娘，姨妈若是弃嫌不认，便是假意疼我了。”

慈姨妈发表过这番“爱语慰痴颦”的演讲后，便和女儿半真半假，一唱一和，从月下老人说到岫烟的亲事，最终提出了一个“四角俱全”的主意来。

按薛姨妈的说法，提到这建议本是因为贾母有意提亲薛宝琴，只是宝琴已经有了人家，故而薛姨妈只好另给一个人，不如就把黛玉说给宝玉。

但是此前明明满园子里尤其薛姨妈天天念着宝钗的金锁“要找个有玉的来配”，如今倒怎么说没人可给呢？难道宝钗不是人？这显然是以退为进、无私显见私的说法，而黛玉是聪明人，也不会听不懂——所谓四角俱全，乃是宝钗为姐，黛玉为妹，钗黛同嫁宝玉矣。

但是当紫鹃认了真，忙跑过来追问：“姨太太既有这主意，为什么不和太太说去？”薛姨妈却又触动前情，想到自己提出这番建议的不得已来，遂倚老卖老恶心了紫鹃一句：“你这孩子，急什么，想必催着你姑娘出了阁，你也要早些寻一个小女婿去了。”言外之意，就算林姑娘嫁了宝玉，你也别想着鸡犬升天，还不定配了谁呢。这番话，其实同李嬷嬷咒袭人时，说她“好不好拉出去配一个小子，看你还妖精似的哄宝玉不哄！”其实是一样的意思。而李嬷嬷的首次出场正现于梨香院薛姨妈家中，可谓用意深矣。

那么，薛姨妈的这个建议黛玉接不接受呢？

对于黛玉来说，她下世只是为了“还泪”，一心都在宝玉身上，“你好我自好，你失我自失”，只要宝玉好，她是怎么样都可以的。她决不会离了宝玉去跟第二个人，所以之前不是担心宝钗藏奸，就是害怕湘云多事，但是对袭人却毫无醋意，一片赤诚称之为“嫂子”的。

可见黛玉之醋，并不是怕宝玉多情花心，因为她是宝玉知己，深知宝玉之情并非淫邪一路；她所担心的，只是自己不能跟宝玉在一起。只要不把她和宝玉分开，宝玉另外再娶多少个，她都不会在意的。

今天的恋人们，最在意的就是一心一意，心无旁骛。但是在古时，男人三妻四妾是常情，女人善妒反而是七出之罪。黛玉是知书达理的大家闺秀，她害怕宝玉辜负自己，却并非没有容人之量。所以只要不破坏她跟宝玉长相厮守这个大前提，她是不会计较与别人分享宝玉的。

尤其第五十七回认了薛姨妈做干妈，第五十八回时薛姨妈索性搬进潇湘馆来了。“一应药饵饮食十分经心。黛玉感戴不尽，以后便亦如宝钗之呼，连宝钗前亦直以姐姐呼之，宝琴前直以妹妹呼之，俨似同胞共出，较诸人更似亲切。贾母见如此，也十分喜悦放心。”

很明显，黛玉这自幼父母双亡，在亲情上极度缺失的女孩儿，在薛姨妈母女的双重攻势下，彻底缴械，而且是心甘情愿地服了输。

于是，就有了第六十二回宝玉生日宴上的“半盏茶”。

第五十八回

杏子阴假凤泣虚凰　茜纱窗真情揆痴理

芳官出场与麝月的口才

梨香院解散，十二官的出路成了大问题。王夫人最初的意思本是好的："这学戏的倒比不得使唤的，他们也是好人家的儿女，因无能卖了做这事，装丑弄鬼的几年。如今有这机会，不如给他们几两银子盘费，各自去罢。"

"好人家的儿女"，指的是知根知底。那十二官原是贾蔷特地下了趟江南，打苏州采买回来的，不比普通丫鬟，直接从街上向人牙子转买过来，不知道家里是个什么情形。

尤氏且细心补足："如今我们也去问他十二个，有愿意回去的，就带了信儿，叫上父母来亲自来领回去，给他们几两银子盘缠方妥当。若不叫上他父母亲人来，只怕有混账人顶名冒领出去又转卖了，岂不辜负了这恩典。"

这原虑得周到。因为十二官这时候还都是些孩子，大不过十一二岁，而且是女孩子，长途跋涉不安全，必得有父母来领认才可放心。

也正因了这份体恤，十二官中竟有八个愿意留下，遂归了各房使唤。于是也就新生出许多事来。因为戏子与丫鬟毕竟不同，书中说"文官等一干人或心性高傲，或倚势凌下，或拣衣挑食，或口角锋芒，大概不安分守理者多"，在后文中便一一照应出来。

第一出便是"杏子阴假凤泣虚凰"。

这段描写一波三折，很能吊起读者的胃口来。先是说宝玉见了藕官烧纸，便问她祭的是谁，藕官不答，及后来承了他庇护之情，"便知他是自己一流的人物”，乃是个情种，遂含泪道：“我也不便和你面说，你只回去背人悄问芳官就知道了。”

已经答应说了，却又不肯明说，故意卖个关子，让宝玉何等纳闷?

接着写宝玉去潇湘馆探望黛玉回来，“因记挂着要问芳官那原委，偏有湘云香菱来了，正和袭人芳官说笑，不好叫他，恐人又盘诘，只得耐着”；接着芳官又洗头去了，且与干娘吵起嘴来，引发了一场不大不小的风波，并借麝月之口形容道：“把一个莺莺小姐，反弄成拷打红娘了！”

真是山重水复，眼花缭乱。可见这幕戏，回目虽关藕、蕊，主旨却在芳官。莺莺小姐也好，拷打红娘也好，花芳官，才是那个挑大梁的真正主角。

且说宝玉气得要亲自去骂那春燕娘，袭人忙拦住了，唤麝月道：“我不会和人拌嘴，晴雯性太急，你快过去震吓他两句。”

袭人如此做，既是不愿宝玉动气，也是因为一个爷们儿亲自教训老婆子也有失身份，同时侧面肯定了麝月的外交口才。而麝月也不负重望，立便走过去，有礼有节地斥道：

> 你且别嚷。我且问你，别说我们这一处，你看满园子里，谁在主子屋里教导过女儿的？便是你的亲女儿，既分了房，有了主子，自有主子打得骂得，再者大些的姑娘姐姐们打得骂得，谁许老子娘又半中间管闲事了？都这样管，又要叫他们跟着我们学什么？越老越没了规矩！你见前儿坠儿的娘来吵，你也来跟他学？你们放心，因连日这个病那个病，老太太又不得闲心，所以我没回。等两日消闲了，咱们痛回一回，大家把威风煞一煞儿才好。宝玉才好了些，连我们不敢大声说话，你反打的人狼号鬼叫的。上头能出了几日门，你们就无法无天的，眼睛里没了我们，再两天你们就该打我们了。他不要你这干娘，怕粪草埋了他不成？

这番话，先从身份上压下一番大道理来，挫了对方威风，然后才讲出规矩礼节来，又抬出“宝玉才好了些，连我们不敢大声说话，你反打的人狼号鬼叫的”，偌大罪名，叫春燕娘敢不闭嘴?

其实麝月的口才便给，这并不是第一次表现，早自第五十二回《俏平儿情掩虾须镯 勇晴雯病补雀金裘》中，已经见出她的伶牙俐齿乃是怡红院中一等一的绝妙。彼时因晴雯恼恨坠儿偷金，借故要撵她出去，明明握了满理在手，却被坠儿娘抓住语病，讥讽晴雯直呼宝玉名字，“在姑娘就使得，在我们就成了野人了”。堵得晴雯满脸涨红，幸亏麝月为之解围，说出一番道理来——

晴雯听说，一发急红了脸，说道：“我叫了他的名字了，你在老太太跟前告我去，说我撒野，也撵出我去。”麝月忙道：“嫂子，你只管带了人出去，有话再说。这个地方岂有你叫喊讲礼的？你见谁和我们讲过礼？别说嫂子你，就是赖奶奶林大娘，也得担待我们三分。便是叫名字，从小儿直到如今，都是老太太吩咐过的，你们也知道的，恐怕难养活，巴巴的写了他的小名儿，各处贴着叫万人叫去，为的是好养活。连挑水、挑粪、花子都叫得，何况我们！连昨儿林大娘叫了一声‘爷’，老太太还说他呢，此是一件。二则，我们这些人常回老太太的话去，可不叫着名字回话，难道也称‘爷’？那一日不把宝玉两个字念二百遍，偏嫂子又来挑这个了！过一日嫂子闲了，在老太太、太太跟前，听听我们当着面儿叫他就知道了。嫂子原也不得在老太太、太太跟前当些体统差事，成年家只在三门外头混，怪不得不知我们里头的规矩。这里不是嫂子久站的，再一会，不用我们说话，就有人来问你了。有什么分证话，且带了他去，你回了林大娘，叫他来找二爷说话。家里上千的人，你也跑来，我也跑来，我们认人问姓，还认不清呢！”说着，便叫小丫头子：“拿了擦地的布来擦地！”那媳妇听了，无言可对，亦不敢久立，赌气带了坠儿就走。

麝月闲闲几句话，起承转合，层次分明：同样是先理清身份尊卑，指出“别说嫂子你，就是赖奶奶林大娘，也得担待我们三分”。接着分辩清楚喊“宝玉”的合情理处：“连挑水、挑粪、花子都叫得，何况我们。”且再次提起老太太来，证明自己行得正；然后话锋一转，“过一日嫂子闲了，在老太太、太太跟前，听听我们当着面儿叫他就知道了”。又再次提醒坠儿娘身份低微，“不得在老太太、太太跟前当些体统差事，成年家只在三门外头混”，不知规矩；最后干脆发了逐客令，恐吓说“这里不是嫂子久站的，再一会，不用我们说话，就有人来问你了”。弄得坠儿娘“无言可对，亦不敢久立，赌气带了坠儿就走”。

这一番话不疾不徐，却周密有力，而且首尾相连，几乎有作诗之妙，更胜晴雯多矣。

麝月说理，最擅长的就是从“身份”二字着手。而她最难得的，就是自重身份，不到万不得已，绝不显山露水，并且从不作非分之想，安分守已，毫无醋意——或者，正是因为这样的性情内秀，才使得她成为怡红院中与宝玉情分最长的丫鬟吧。当袭人走了，晴雯死了，麝月终于脱颖而出，成为宝玉身边的最后一个知己。

第五十九回

柳叶渚边嗔莺咤燕　绛云轩里召将飞符

何婆子的理儿：娘比天大

第五十九回中说，春燕娘打骂女儿，其原因乃是“深妒袭人、晴雯一干人，亦知凡房中大些的丫鬟都比他们有些体统权势，凡见了这一干人，心中又畏又让，未免又气又恨，亦且迁怒于众”。

说到底，还是一个“妒”字。因为妒恨大丫鬟比自己有体面有权威，便深为怀恨，想尽办法报复；报复不了大丫鬟，就报复小丫鬟；报复不了别人，报复在自己女儿身上也好——这已经不只是迁怒，简直有些反社会人格了。

然而这样的人并不少见，赵姨娘就是最典型的一位——因为妒恨宝玉等主子，不甘心于贵贱有别，就连自己女儿都怨恨起来，找尽一切机会折辱之。仗着的理由不过是“你是我肠子里爬出来的”。

如今何婆子骂春燕的话，也是如出一辙：“干的我管不得，你是我屄里掉出来的，难道也不敢管你不成！”

由此可见，赵姨娘与何婆姑嫂姐妹完全是一路人，这就难怪后回中赵姨娘找芳官麻烦，正是由夏婆子等一干人调唆了，闹得鸡飞狗跳，灰头土脸。

春燕数说自家亲戚，母亲何婆子是芳官的干娘，还有个妹妹叫小鸠儿，一家干的稀的都在怡红院扛活；姑妈是管这柳叶渚边花树的；姨妈是藕官的干娘——整个家族都是贾府的奴才，而且都是不得志的奴才。

我们也是要到这时候才知道当初在杏子荫打骂藕官烧纸的，原来是她干娘；而到了第六十回，方知道这挑事的干娘姓夏。夏婆子认了藕官做干女儿，非但不帮衬照料，反而要挑她的错告她的状，究竟惹出事来又于自身何益呢？但是这些人不要去想，只求泄愤。

愤从何来？并非结怨，而为贪婪。

正如藕官所说："有什么仇恨？他们不知足，反怨我们了。在外头这两年，别的东西不算，只算我们的米菜，不知赚了多少家去，合家子吃不了。还有每日买东买西赚的钱在外。逢我们使他们一使儿，就怨天怨地的。"

春燕帮理不帮亲，很公道地说："后来老姊妹二人都派到梨香院去照看他们，藕官认了我姨妈，芳官认了我妈，这几年着实宽裕了。如今挪进来也算撒开手了，还只无厌。"

——原来人为财死鸟为食亡，计较的还是一个"钱"字。这些小女孩们年幼无亲地被买进府来学戏，每人认一位干娘，本是为了照管她们生活起居的。然而这些人并不知疼惜，只是指望从她们身上生钱，克扣月银；饶克扣了她们的钱不算，还要为难她们。

芳官要洗头，何婆子都不肯浪费一点头油香皂，推三阻四不给洗；直到拿了芳官的月钱，不得不洗了，还要让亲女儿先洗过了再把剩水给芳官洗，实在是欺人太甚。当袭人拿了自己东西来给芳官用，她臊了，不说自省，反而动手打芳官出气。

占不着便宜算吃亏，便宜少了都当是别人对不起自己。所谓"人心不足蛇吞象"，如赵姨娘、何婆子这般贪得无厌之人，是永远不会知足快乐，也不会让别人舒心快乐的。

当时晴雯指着何婆子斥责："你不自臊，还有脸打他。他要还在学里学艺，你也敢打他不成！"那婆子竟然理直气壮地回嘴说："一日叫娘，终身是母。他排场我，我就打得！"

这就是何婆子的理儿。

芳官是她干闺女，她就有了充分理由占人家便宜还要折挫人家，那春燕是她亲闺女，自然更可以任打任骂，往死里作践了。

所以这回中何婆子打春燕，表面上只是无知，骨子里还是阴暗，一贯的私心恨怨。且说得比赵姨娘更鄙俗更难听更恶毒："既是你们这起蹄子到的去的地方我到不去，你就该死在那里伺候，又跑出来浪汉。"

春燕一个小姑娘家，如何禁得住亲娘这样的恶语脏话？

侯门千金因为生下来就有选秀的资格，等于是皇上家的预备妃子，所以旗人家的女儿原比公子哥儿还要尊贵，重话儿也不得挨一句的；可是穷人家女孩儿就只是赔钱货，仍然受到传统理念男尊女卑的压制，全无尊严。

这春燕是贾府的家生子，一家子连同亲戚都在贾府谋生，而且都是低等差役，地位卑微，估计形象才能也平庸，不过是个粗使小丫头，没有什么大前途，就连亲生娘也不把她当人。此先已经当众挨了姑妈两拄杖，这会儿又经了亲妈一个大耳刮子，更兼许多恶语咒骂，这番委屈可想而知。因此跑着来到怡红院向宝玉哭诉。

何婆子见女儿告状原也害怕，前两天受麝月一番教训言犹在耳，但也不过是几句硬话道理，老一老脸皮也就过了。进园日子尚浅，却知道宝玉是不管事的，都不怕他；袭人不言不语，也是好性儿；麝月、晴雯虽犀利，究竟是个姑娘，终究能拿自己怎么样？就连听见麝月要请平姑娘来，也仍然不当一回事，仗着的天大道理就是："凭你那个平姑娘来也凭个理，没有娘管女儿大家管着娘的。"

我是你娘我怕谁？这就是何婆子的理儿，也是赵姨娘的理儿。

然而赵姨娘是害怕平儿的，何婆子因为不知平儿是谁方不知惧畏，直到小丫头回来传平儿的话："且撵他出去，告诉了林大娘在角门外打他四十板子就是了。"——原来平姑娘根本就不跟你讲理，甚至都不用亲自过来，直接就把你判了；你觉得自己是理，那平姑娘就是法，你的理在平姑娘的法面前，连分辩的机会都没有！

那婆子这才惧怕起来，泪流满面地央告，倒要女儿替自己求情："原是我为打你起的，究竟没打成你，我如今反受了罪？你也替我说说。"——这口吻倒像是没打成姑娘吃了亏，有多大冤情似的？怕归怕，心底里其实到底是不服的，反认为女儿欠了她，带累她受罪。

折辱咒骂也罢，打耳刮子也罢，拜托求情也罢，仗着的都是"你是我生的，我打了你也活该，你还是得帮我"，虽说"天下无不是的父母"，然而父母混沌至此，也的确令人心寒。

然而这正是人性最常见的劣根处——伤害的最轻易最顺手的，总是自己最亲近的人！

同时，通过夏婆子、何婆子闹事，我们也隐隐窥见了贾府仆人，哪怕是低等奴仆的庞大的关系网：那何婆子自己在怡红院当差，女儿春燕、小鸠儿，也都是怡红院的小丫头；另有小姑子管着柳叶渚边花树；姐妹夏婆子又是藕官的干妈；夏婆子的外孙女蝉姐儿是探春的小丫头，可见也是家生子。

不光夏婆子一家，还有她的亲戚，亲戚的亲戚，也都是贾府奴才，那贾府究竟得有多少奴才呀？蝉姐儿跑腿买个糕都要喊累，理由是刚刚扫过院子，可见人浮于事，连粗使小丫头都惯得腿懒嘴贫的，那一等二等的大丫头又该如何？

何婆子等一干人既然早知道大丫鬟比她们有脸面，心中又畏又让，那何不退避三舍，敬而远之，偏要上杆子惹是生非呢？既惹是生非，就该料到后果，如何事到头来又吓得一把鼻涕一把眼泪地求了宝玉求袭人，求了女儿求外人，弄到如此不堪？

探春曾形容赵姨娘是“阴微鄙贱的见识”，可知人之高下，还不在身份地位，而在见识心胸：如赵姨娘、何婆子之辈的阴微鄙贱之人，最大的烦恼来源就是没事找事，能起事不能压事；而如平儿这般尊贵磊落之人，则深谙息事宁人，得饶人处且饶人的道理。

所谓“世上本无事，庸人自扰人”，庸人是谁？乃王夫人也，赵姨娘也，何婆子也。

正是主子未必明理，丫鬟未必卑微。

荣国府四大丫鬟

怡红院有四大丫鬟：袭人、晴雯、麝月、秋纹；而放眼整个荣国府，各门各院之中统算起来，也有四大丫鬟。

贾府里“有体统权势”的大丫鬟中，数鸳鸯的地位最为超群拔俗，因为老太太贾母是府中至尊至贵的头号人物，故而鸳鸯的身份也远比一般的主子还要高，袭人、平儿等最多得与姑娘们同桌，而鸳鸯则常常和凤姐、李纨等平起平坐，连贾琏、尤氏这些当家人见了她也要赔笑脸，因有所求谋。

但鸳鸯虽然地位特殊，却并非仗势欺人之辈。一则是她为人公道诚实，二则也是怕贾母生气，故不肯多嘴饶舌。既然不肯说人坏话，自然也就不能惹是生非，恃贵行权了。

荣府里的二号主子是王夫人，她的丫鬟金钏儿、玉钏儿、彩云、彩霞等也该比别人尊贵些才是，毕竟她们是每月领一两银子，而晴雯、麝月等则是每月一吊钱。但王夫人是个不管事的，管家大权交给了凤姐，因而她的丫鬟也就平白短了口气，虽然表面好看，却无实际权力。

比如玉钏儿，最多不过在给宝玉送汤时命个老婆子替她当差，自己甩着手跟在后头，偷个小懒儿；然而真到有事出来时，便毫无刚气，在“判冤决狱平儿行权”一回，反而要受平儿的调度判罚。

凤姐原说：“依我的主意，把太太屋里的丫头都拿来，虽不便擅加拷打，只叫他们垫着磁瓦子跪在太阳地下，茶饭也别给吃。一日不说跪一日，便是铁打的，一日也管招了。”幸亏平儿苦劝：“何苦来操这心！‘得放手时须放手’，什么大不了的事，乐得不施恩呢。依我说，纵在这屋里操上一百分的心，终久咱们是那边屋里去的。没的结些小人仇恨，使人含怨。”说的凤姐笑了，说道：“凭你这小蹄子发放去罢。我才精爽些了，没的淘气。”

仗着平儿一番话，才免了玉钏儿、彩云一班人太阳底下饿着肚子跪瓷瓦子之苦。这样看来，平儿的身份，倒远在彩云、玉钏儿之上了。

再者宝玉因是贾母的心肝儿肉，连带他的丫鬟也高贵起来，尤其袭人的身份，论理应该是与平儿一样的，但宝玉是个富贵闲人，袭人也就只好在怡红院里听朝问政罢了，权力再大，也使不到院门外去。

春燕娘在怡红院胡闹，袭人生气说道：“三日两头儿打了干的打亲的，还是卖弄你女儿多，还是认真不知王法？”那婆子并不知畏惧，反驳说：“姑娘你不知道，别管我们闲事！都是你们纵的，这会子还管什么？”边说还边赶着春燕儿打，气得袭人只得转身进屋。麝月遂向众人道：“怨不得这嫂子说我们管不着他们的事，我们虽无知错管了，如今请出一个管得着的人来管一管，嫂子就心伏口伏，也知道规矩了。”便命小丫头找平儿来。

可见平儿才是那个“管得着的人”，权威比袭人、麝月都高。且处断干净利落：“既这样，且撵他出去，告诉了林大娘在角门外打他四十板子就是了。”

——说撵出去就撵出去，说打板子就打板子，这平儿的权力何其大也。难怪那婆子分明在怡红院听差，却不怕顶头上司袭人，直到听说平儿发话才泪流满面地求情了。

平儿能获得这样的权威，其根本原因自然是由于凤姐是荣府的内当家，而她又是凤姐的得力助手，相当于总裁助理的位置。

其次也是因为她人缘好，威信高，行为处事比凤姐更大方宽慈，赏罚有度。

麝月请她制裁何婆子，她要安怡红院众人之心，虽不得空未能亲来，却立下判决命小丫头传话；稍一得空，却又赶忙亲自走来探问，给足怡红院面子；待听袭人说不必再提，笑道："得饶人处且饶人，得省的将就省些事也罢了。"

这正是她一向的行为准则。处理茯苓霜、玫瑰露一事时，秉承的也是："大事化为小事，小事化为没事，方是兴旺之家。若得不了一点子小事，便扬铃打鼓的乱折腾起来，不成道理。"

——真真是治家明言。这一番举止言谈，何其堂皇正大，真正是大将胸襟。

探春等三人共同理事时，秋纹来回话，平儿叫住说："凭有什么事今儿都别回。……正要找几件利害事与有体面的人开例作法子，镇压与众人作榜样呢。何苦你们先来碰在这钉子上。你这一去说了，他们若拿你们也作一二件榜样，又碍着老太太、太太；若不拿着你们作一二件，人家又说偏一个向一个，仗着老太太、太太威势的就怕，也不敢动，只拿着软的作鼻子头。你听听罢，二奶奶的事，他还要驳两件，才压的众人口声呢。"

——方方面面，考虑得何其周到。不但猜测出探春、宝钗的心理，且顾到了老太太、太太的面子，又要想及众人的口声，没有几年中层管理的经验，没有一番斡旋决策的本领，绝不会这般明智婉转。

然而平儿虽然大度宽柔，却又不是一味懦弱庇下的，小厮们向她求假早退，她虽也应了，但正色叮嘱："明儿一早来。听着，我还要使你呢，再睡的日头晒着屁股再来！你这一去，带个信儿给旺儿，就说奶奶的话，问着他那剩的利钱。明儿若不交了来，奶奶也不要了，就越性送他使罢。"

——这般利口，又颇具几分凤姐的风采了。有张有弛，才是管理之道，可见平儿深明这个道理。

湘云送戒指，曾指定了要送给鸳鸯、金钏儿、平儿、袭人四个大丫鬟，可见这四位正是众丫鬟中最出色的四个，然而行事为人，却也是各有特色啊。

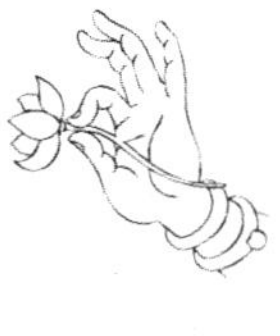

第六十回
茉莉粉替去蔷薇硝　玫瑰露引来茯苓霜

五小官大战赵姨娘

（一）

赵姨娘为二十两银子在探春处大闹一场后，平儿曾对众媳妇婆子说过："墙倒众人推，那赵姨奶奶原有些倒三不着两，有了事就都赖他。"

——这话，果然应在了第六十回。

"茉莉粉替去蔷薇硝"中，五官大战赵姨娘一幕，堪称是第九回"顽童闹学堂"的女伶版，写得热闹非凡，却另有一番口角含香，花容堪怜。

要说那赵姨娘也实在不靠谱，"愚妾争闲气"一回已经足见其愚知浅见，不知所谓，给亲生女儿没脸，开门第一句话就是"这屋里的人都踩下我的头去了"，先就自己给了自己一个最卑微的受害者定位，然后还想争脸面争银子，又怎会让人瞧得起看得上呢？

这回也是一样，听说贾环在宝玉处向小丫头芳官讨蔷薇硝，却只讨了茉莉粉来，原该自愧才是：一个爷们儿要给相好的送礼物，就该自己拿银子买去，怎能跑到别房小丫头跟前去讨硝讨粉的惹厌！那芳官的地位比彩云犹不如，这礼物送起来又有何趣味，况且还是错的。

要说贾环也确实眼皮子浅，看见什么都是好的，连丫头的东西也好意思讨。且又不向芳官本人讨要，而是冲着宝玉说："好哥哥，给我一半儿。"径从靴桶内掏出一张纸来拿着——这行为本身已经够招人嫌弃了，谁会愿意把闺密一片心意刚送给自己的香喷喷的硝粉装进一个臭男人的靴筒里呢？

靴桶，又作靴筒，古代男人没有包裹，常喜欢把一些随身小件装在靴筒里携带，比如贾政游大观园时，叫来贾琏询问幔帐之事，贾琏便是“忙向靴桶取靴掖内装的一个纸折略节来看了一看”，可见靴桶里面还有一层叫“靴掖”，类似于今天女式背包里的夹层，专门用来装纸折扇子碎银子的。

想象下，如果是宝玉向丫鬟讨东西，比如向紫鹃讨小圆镜子，必然会打叠起一番甜言蜜语来哄得女孩儿高兴再提要求，态度谦恭举止温存的，绝不会向那丫鬟的主子转折来讨，更不会径自从靴筒里取个包装袋出来，这怎能让芳官看得上眼？

那芳官去取硝时，偏又发现自己的硝没了，便临时以茉莉粉替代。倒不是存心欺蒙，只是没当什么大事，本来贾环就是临时起意讨硝的，便给粉也没差什么，横竖都是擦脸的，且不可能是贾环自己用，左不过送给哪个丫头相好罢了，何必丁是丁卯是卯？

这事儿原怪贾环行的没分寸，也怨不得小丫鬟没把他当爷们儿，甚至都不愿意亲手递给他，见他伸手，“忙向炕上一掷”，生怕脏了自己的手似的。要说芳官此举的确有点儿矫情，然而演惯了千金小姐的正旦芳官，又怎会没点子傲性呢？

况且那贾环也并不当一回事，径自爬到炕上拾了揣在怀内，这形象真够难堪的。

（二）

贾环“兴兴头头”来找彩云，知道是茉莉粉，本也不在意，且道“自是比外头买的高便好”。果然能这样想，倒也不失为一种心宽大度。

偏偏赵姨娘多事，觉得儿子受了天大的侮辱，被个小丫头给羞辱了——果真这么想，就该悄悄地偃旗息鼓引以为戒才是。然而赵姨娘典型的不着调儿思维正在此处，反觉得自己捏了芳官的错儿，以为大闹一场，把丢脸的事张扬得满园子皆知，才是争脸。

她的理论是：“趁着这回子撞尸的撞尸去了，挺床的便挺床，吵一出子，大家别心净，也算是报仇。莫不是两个月之后，还找出这个碴儿来问你不成？便问你，你也有话说。宝玉是哥哥，不敢冲撞他罢了。难道他屋里的猫儿狗儿，也不敢去问问不成！”

这心理也够特别的，先摆明车马为的是报仇——可是报的什么仇呢？向谁报仇呢？难不成是跟芳官等小丫头的仇？

自然不是。这仇指的是赵姨娘一贯的心理：“这屋里的人都踩下我的头去了。”认定全世界的人都在欺侮她，所以闹事就是报仇。

可她自己也知道这行为是没理的，所以预先想好了退路，趁着贾母、王夫人守灵顾不上，大闹一场，等两个月后消停了，纵翻出来也不好问的——为什么不会问呢？因为芳官只是个不起眼的小丫头，便如猫儿狗儿一般，贾环毕竟是主子，难道一个爷打了猫儿狗儿，还要被裁办不成？

这想得倒也周全。可是芳官既然猫狗一般，却又何必与她计较，平打平上地闹一场，岂非自贬身份？

因此连亲生儿子贾环这回也不帮她了，且说：“遭遭儿调唆了我闹去，闹出了事来，我捱了打骂，你一般也低了头。”可见此类事非只一次，且从未占到好处，偏偏赵姨娘不知悔改，仍是明知山有虎，偏向虎山行。

（三）

赵姨娘冲进园子来，偏又遇见另一个多事之人夏婆子，三言两语挑拨得她更不知道自己是谁了。

那夏婆子的话才是可笑：“你老想一想，这屋里除了太太，谁还大似你？”又说，“你只管说去，倘或闹起，还有我们帮着你呢。”

这两句话可笑之至——赵姨娘在这府里何尝有过地位威信？除了王夫人，至少还有王熙凤让她避若猛虎，怎么可能“除了太太你最大”？而夏婆子等人是奴才中的奴才，且不说根本不会真的帮着赵姨娘，就算帮，她们能帮得上什么忙呢？自身还难保呢。

赵姨娘既然自视甚高，一门心思要把自己往主子堆里拔，如何又与夏婆子等人为伍？怎能受婆子调唆，还“越发得了意”？还“仗着胆子”？有谁是能给她倚仗的呢？

所以赵姨娘的心理可谓矛盾，逻辑更是荒唐，而行为言语就更加颠三倒四了——她虽然是贾政的妾，到底是长辈，倒冲进小辈的屋子里跟人家小丫头打架，且开口便骂：“小淫妇！你是我银子钱买来学戏的，不过娼妇粉头之流！

我家里下三等奴才也比你高贵些的，你都会看人下菜碟儿。”

先把自己抬得高高的——你是我银子钱买来的；再把芳官压得低低的——娼妇粉头之流，下三等奴才也不如；最后派了罪名——你都会看人下菜碟儿。

这三句话貌似有头有尾，实则自曝其丑：既然自谓是主子，又何以跟下等奴才一般见识？而这奴才既然“看人下菜碟儿”，自然是说下三等的奴才也瞧不起她，那她又有何高贵可言呢？

于是惹得芳官更说出好的来了：“姨奶奶犯不着来骂我，我又不是姨奶奶家买的。‘梅香拜把子——都是奴几’呢！”

这句话可是戳了赵姨娘的肺，也真叫作自取其辱，所以愈发疯了，冲上来便打了芳官两个嘴巴。袭人等忙劝：“姨奶奶别和他小孩子一般见识，等我们说他。”

袭人最有城府的人，说话有板有眼，既是劝架，也是说理：芳官有不是，自有本房里姑娘管教，何劳姨娘动手？此前何婆子打春燕，被麝月教训，也是这个理，赵姨娘之无理取闹，比婆子尤甚。而她的臂膀，恰恰便是夏婆子等一干人，可谓物以类聚，人以群分。赵姨娘既自愿与婆子为伍，又怎怪得芳官不拿她当主子待？

（四）

芳官这一受屈不要紧，惊动了葵官、豆官，又去告诉藕官、蕊官：“芳官被人欺侮，咱们也没趣，须得大家破着大闹一场，方争过气来。”

这是文章最好看处，也是小戏子们与小丫鬟们的最不同处：小戏子们当年从苏州一起买了来，一起学戏，台上演尽悲欢离合，台下结成生死同盟，便连做事也多有些戏剧性的义骨侠肠；各房丫鬟虽有亲疏冷热之别，却多不过是三两成群的，日以争风邀宠为已事，且兼顾各房各层主子颜面脸色，纵有反抗行径，也都是个体行为，像芳官等这样讲义气打群架的作为，是绝无可能的；即便是小丫头们打群架，也必是委委屈屈扭扭捏捏，断没有小戏子们放得开，泼得出，浑身是戏——书中说藕官等“终是小孩子心性，只顾他们情分上义愤，便不顾别的”，正是特定环境特定人物的特定行为。

若不是戏班解散，必不会有小戏子分为各房做丫鬟的安排；而若不是“小戏子变成小丫鬟”的行当转换，也就必不会有“茉莉粉替去蔷薇硝”的戏码上演——正是假凤虚凰，方见真情实意。

袭人与晴雯斗嘴，吓得怡红院众丫头鸦雀无声；碧痕训小红，晴雯撵坠儿，那都是单方面耀武扬威；鸳鸯抗婚虽得袭人、平儿相知，上堂时终得孤军奋战；平儿挨打竟得宝玉安慰劝妆，终不敢对凤姐含怨……而五官的这场大闹，一扫各院丫头们怄气时忍气吞声藏头露尾之憋屈，写得畅快淋漓，头角峥嵘。

可叹的是，赵姨娘闹事之先原仗着王夫人不在家，曾说“莫不是两个月之后，还找出这个碴儿来问你不成？”谁知王夫人真还就记住这个碴儿了，抄检之时，便向芳官翻起旧账来：“你连你干娘都欺倒了，岂止别人！”且说，“唱戏的女孩子，自然是狐狸精了！”且株连同党，吩咐凡有姑娘们分的唱戏的女孩子们，一概不许留在园里，都令各人干娘带出，自行聘嫁。到底逼得芳官入了空门，被姑子拐去庵里，不知下落如何。

给赵姨娘报仇的，竟是素日不睦、吃斋念佛的王夫人，谁能料想得到？

十二官再仗义再刚烈，终究不敌权势之威，到底是败了。

（五）

五官大闹怡红院，袭人忙上来拉劝，而晴雯却一边阻止说：“别管他们，让他们闹去，看怎么开交！如今乱为王了，什么你也来打，我也来打，都这样起来还了得呢！”另一面却早遣了春燕去回探春。

这是晴雯的不厚道处，看戏不嫌事儿大，且全然不体谅探春之苦——对照平儿判冤决狱免伤探春脸面一事，可见性格不成熟处。

探春与尤氏、李纨等一起走来，看到母亲不成体统地跟一帮子二等小丫头打成一团，自是丢脸。问起原故，赵姨娘偏又说不清楚，更是令人难堪；尤、李二人只管喋喝小丫头，一声不言语，分明都在看探春笑话。

那探春当众不得发作，只叹气道：“姨娘也太肯动气了。”且随便指个理由把赵姨娘叫走，也是给她台阶下。

赵姨娘出来，犹自说长说短，探春教训道：“那些小丫头子们原是些顽意儿，喜欢呢，和他说说笑笑；不喜欢便可以不理他。便他不好了，也如同猫儿狗儿抓咬了一下子，可恕就恕，不恕时也该叫了管家媳妇们去说给他去责罚，何苦自己不尊重，大吆小喝失了体统。你瞧周姨娘，怎不见人欺他，他也不寻人去。

我劝姨娘且回房去煞煞性儿，别听那些混帐人的调唆，没的惹人笑话，自己呆，白给人作粗活。心里有二十分的气，也忍耐这几天，等太太回来自然料理。”

——先说道理，再拿周姨娘比较，最后劝诫“别听那些混帐人的调唆”，“忍耐这几天，等太太回来自然料理”。讲事实，摆道理，举例证，这探春做议论文的手法实在很高，难怪说得赵姨娘闭口无言，只得回房去了。

探春便又向尤李二人说：“这么大年纪，行出来的事总不叫人敬伏。这是什么意思，值得吵一吵，并不留体统，耳朵又软，心里又没有计算。这又是那起没脸面的奴才们的调停，作弄出个呆人替他们出气。”

——判定是别人调唆，大抵是因为赵姨娘一五一十说不清时，多少也提到些藕官烧纸之类杂七杂八的事，一听可知是众人口舌撺掇了出头笨鸟来。因此探春命人调查调唆之人，众媳妇含糊以对，探春气渐渐平服。偏艾官悄悄来回说是夏婆子调唆了赵姨娘，这本是真相，然而探春却“不肯据此为实”。

这其实是一种婉转的说法，并非探春不相信艾官，而是不愿意再查下去，她只是用查找幕后长舌妇的命令来警示众媳妇婆子，别再撺掇母亲闹事，却并不愿意真的要个答案，再把这事继续张扬开来。

可怜探春，三把火之后，并未再见更多行措，便是因为有个不争气的娘，让她再好强也争不回脸面，没脸再在下人面前抖威风，只得渐渐沉默下来。

都说英雄不论出身，谁信？

柳五儿与钱槐

柳五儿在书中出场并不多，始见于第六十回。因芳官往厨房传话，遂带出管厨房的柳氏母女：

> 原来这柳家的有个女儿，今年才十六岁，虽是厨役之女，却生的人物与平、袭、紫、鸳皆类。因他排行第五，便叫他是五儿。因素有弱疾，故没得差。近因柳家的见宝玉房中的丫鬟差轻人多，且又闻得宝玉将来都要放他们，故如今要送他到那里应名儿。正无头路，可巧这柳家的是梨香院的差役，他最小意殷勤，伏侍得芳官一干人

比别的干娘还好。芳官等亦待他们极好，如今便和芳官说了，央芳官去与宝玉说。宝玉虽是依允，只是近日病着，又见事多，尚未说得。

比肩于平、袭、紫、鸳，这考语可谓高矣，可见貌美如花，只是生得弱——这正是娇花映水，弱柳拂风，岂非黛玉乎？

这位薄命的黛玉替身最大愿望是能进怡红院做丫鬟：“一则给我妈争口气，也不枉养我一场；二则添上月钱，家里又从容些；三则我的心开一开，只怕这病就好了——便是请大夫吃药，也省了家里的钱。”

一番话，写出个柔弱多病而善良孝顺有主见的女孩儿。

说柳五儿有主见，还因为她的执意拒婚。

后文写芳官送玫瑰露与柳五儿，柳婶子分了一半给自己侄儿，恰遇着钱槐：

有一小伙名唤钱槐者，乃系赵姨娘之内侄。他父母现在库上管账，他本身又派跟贾环上学。因他有些钱势，尚未娶亲，素日看上了柳家的五儿标致，和父母说了，欲娶他为妻。也曾央中保媒人再四求告。柳家父母却也情愿，争奈五儿执意不从，虽未明言，却行止中已带出，父母未敢应允。近日又想往园内去，越发将此事丢开，只等三五年后放出来，自向外边择婿了。钱家见他如此，也就罢了。怎奈钱槐不得五儿，心中又气又愧，发恨定要弄取成配，方了此愿。

竟然又关着赵姨娘的事？！刚刚儿的芳官因茉莉粉跟赵姨娘闹了一场，紧接着就冒出来一个赵氏内侄，还是对柳五儿久有垂涎之意，“发恨定要弄取成配”的。

贾赦向鸳鸯逼婚时曾说过：“叫他早早歇了心，我要他不来，此后谁还敢收？此是一件。第二件，想着老太太疼他，将来自然往外聘作正头夫妻去。叫他细想，凭他嫁到谁家去，也难出我的手心。除非他死了，或是终身不嫁男人，我就伏了他！”

这柳五儿的计划，正是要到怡红院应个名头，等将来放出来还了自由身，“自向外边择婿”，做个正头夫妻，好过嫁与钱槐，两口儿做奴才，将来再为贾府生下小奴才来；而钱槐的心理，也正如贾赦被鸳鸯拒婚时的“又气又愧”，“发恨定要弄取成配”。

鸳鸯已是发了誓终身不嫁的，而柳五儿既然不肯落入钱槐魔掌，又会如何结局呢？

芳官与赵姨娘对立已经是写明了的文章，怡红院正是赵氏积恨之地，而柳家既与芳官、晴雯等人亲近，柳五儿又因巴望着要进怡红院而拒婚，自然更加剧赵姨娘、钱槐等人对怡红院的仇恨。

但是这里又有一个死结：赵姨娘姓赵，她的内侄却姓钱，怎么算？

所谓侄子，应是赵姨娘兄弟的儿子，而赵姨娘的兄弟在文中只提到一个赵国基，职务和钱槐一样，是跟贾环上学的，并非“在库上管帐”，可见另有其人。

然而赵姨娘会有个姓钱的兄弟吗？或是赵姨娘的姐妹嫁了姓钱的，生了儿子叫钱槐？可是那样，钱槐应该是赵姨娘的“外甥”而非“侄子”。古时男人管自己的老婆叫“内子”，老婆的兄弟叫“内兄”或者“内弟”，而老婆的侄子或外甥就叫作“内侄”或“内甥”。然而赵姨娘的“内侄”，却是从何算起呢？难道从贾政这头算？

这当然不可能，因为贾政的子侄只能跟王夫人攀亲戚，怎么也算不到赵姨娘头上来。

这就只剩下最后一个可能性，就是赵姨娘在赵国基之外另有个兄弟，入赘到钱家，生了儿子叫钱槐。这样，“侄子”的关系就成立了。

至于为什么会“入赘”呢？自然是因为钱家比赵家体面些。虽然都是奴才，然而钱家却是在库上管账的，相当于赖大、林之孝的身份；而赵家却只是低等奴才，赵国基仗着姐姐赵姨娘做了妾侍，也只升到跟贾环上学的职级上，跟侄子钱槐同位次，可见出身之低。

这让我们想起第八回的一次管家点名来：

可巧银库房的总领名唤吴新登与仓上的头目名戴良，还有几个管事的头目，共有七个人，从帐房里出来，一见了宝玉，赶来都一齐垂手站住。独有一个买办名唤钱华，因他多日未见宝玉，忙上来打千儿请安，宝玉忙含笑携他起来。

买办钱华，正是书中唯一出现过的姓钱的高级奴才，既然是买办，可见油水之丰，势力之大，可能比赖大、林之孝更有实权。倘若赵姨娘兄弟娶的就是钱华的姐妹，那么显然是高攀了，入赘也就变得顺理成章，而生下的儿子，自然也就姓钱了。同时，也正因为钱槐的父亲入赘到买办钱华之家，才会有机会升职，去库上管账。

第八回中钱华的名字是跟吴新登等人同时出现的，而他们一行人又正从账房里出来，而钱槐的父母又正是管账的，可见彼此都熟悉。吴新登如果与钱槐父母相熟，自然也和赵姨娘是一派，也就不难理解吴新登媳妇为什么会“欺幼主”“蓄险心”，调唆赵姨娘去索讨那四十两银子了。

一个银库房总领、一个买办、一个管账，彼此身份都相当，且也是一条线上的蚂蚱。可想而知，将来贾府事败，吴新登、钱华、钱槐、赵姨娘甚至戴良这些人，只怕都是要趁机作乱，亏空公款的。

钱槐之名，在书中这是唯一一次出现，后来借王夫人之口轻描淡写地说柳五儿已经死了，然而死因却没说明，钱槐也不再出现，似乎来无影去无踪，这句“发恨弄取成配”也没了下文。然而将来事败，这些刁奴沆瀣一气，都是要上场跳梁的吧？

第六十一回
投鼠忌器宝玉瞒赃　判冤决狱平儿行权

后厨琐屑与司棋的烟火气

（一）

第六十一回画风突变，开篇柳五家的与小幺儿一番插科打诨，语言泼辣俚俗，充满市井的鲜活灵动，惟妙惟肖，与前文大观园群钗及小丫头的言语又自不同。

通过这些对话所传递的信息，除了表现出贾府下层奴才的生活常态之外，同时也补写出了上层主子所进行的一系列管理改革的后续发展。比如柳家的骂小厮时说：

> 今年不比往年，把这些东西都分给了众奶奶了。一个个的不像抓破了脸的，人打树底下一过，两眼就像那黧鸡似的，还动他的果子！昨儿我从李子树下一走，偏有一个蜜蜂儿往脸上一过，我一招手儿，偏你那好舅母就看见了。他离的远看不真，只当我摘李子呢，就屄声浪嗓喊起来，说又是“还没供佛呢”，又是“老太太、太太不在家还没进鲜呢，等进了上头，嫂子们都有分的”，倒像谁害了馋痨等李子出汗呢。叫我也没好话说，抢白了他一顿。可是你舅母姨娘两三个亲戚都管着，怎不和他们要的，倒和我来要。

这段话照应前文“柳叶渚边嗔莺咤燕”，都是在继续铺陈描写两个状态：一是探春分干到户后，各位责任管理者监督得有多么勤谨严苛；二是贾府奴才的关系有多么盘根错节。正如小幺儿所说：“单是你们有内牵，难道我们就没有内牵不成？我虽在这里听哈，里头却也有两个姊妹成个体统的，什么事瞒了我们！”

柳五儿想进怡红院的事八字还没一撇，守角门的末流奴才倒已经先闻了信儿了。自然是怡红院的丫头漏了风声，被园中丫鬟泄露了出来。后文中柳五儿去找芳官，小燕说她“姐姐太性急了，横竖等十来日就来了，只管找他做什么”，可见一斑。

而小幺儿口中所谓“成体统的姊妹”，顶天也不过是大观园的大丫鬟罢了。但是已经足以让小幺儿洋洋得意摆起鸡犬升天的嘴脸了。这也侧写出柳五儿为什么那么想进怡红院。

接着莲花儿为鸡蛋同柳家的斗嘴，则是补写大观园自立小厨房的状况。

> 莲花儿……喊道：“……叫你来，不是为便宜却为什么。前儿小燕来，说‘晴雯姐姐要吃芦蒿’，你怎么忙的还问肉炒鸡炒？小燕说‘荤的因不好才另叫你炒个面筋的，少搁油才好’。你忙的倒说‘自己发昏’，赶着洗手炒了，狗颠儿似的亲捧了去。今儿反倒拿我作筏子，说我给众人听。”柳家的忙道：“阿弥陀佛！这些人眼见的。别说前儿一次，就从旧年一立厨房以来，凡各房里偶然间不论姑娘姐儿们要添一样半样，谁不是先拿了钱来，另买另添。有的没的，名声好听。”

这是接起前文第五十一回末，凤姐和贾母、王夫人商议：“天又短又冷，不如以后大嫂子带着姑娘们在园子里吃饭一样。等天长暖和了，再来回的跑也不妨。”

王夫人因做主：“后园门里头的五间大房子，横竖有女人们上夜的，挑两个厨子女人在那里，单给他姊妹们弄饭。新鲜菜蔬是有分例的，在总管房里支去，或要钱，或要东西；那些野鸡、獐、狍各样野味，分些给他们就是了。”贾母还因此大力夸奖凤姐细心周到，真心疼小叔子小姑子。

此处才着力写出这另设厨房之利弊：利在着实便宜，弊在另生事端。

柳家的算了一笔账：

> 说我单管姑娘厨房省事，又有剩头儿，算起帐来，惹人恶心：连姑娘带姐儿们四五十人，一日也只管要两只鸡，两只鸭子，十来斤肉，一吊钱的菜蔬。你们算算，够作什么的？连本项两顿饭还撑持不住，还搁的住这个点这样，那个点那样，买来的又不吃，又买别的去。既这样，不如回了太太，多添些分例，也像大厨房里预备老太太的饭，把天下所有的菜蔬用水牌写了，天天转着吃，吃到一个月现算倒好。连前儿三姑娘和宝姑娘偶然商议了要吃个油盐炒枸杞芽儿来，现打发个姐儿拿着五百钱来给我，我倒笑起来了，说："二位姑娘就是大肚子弥勒佛，也吃不了五百钱的去。这三二十个钱的事，还预备的起。"赶着我送回钱去，到底不收，说赏我打酒吃，又说"如今厨房在里头，保不住屋里的人不去叨登，一盐一酱，那不是钱买的。你不给又不好，给了你又没的赔。你拿着这个钱，全当还了他们素日叨登的东西窝儿。"这就是明白体下的姑娘，我们心里只替他念佛。没的赵姨奶奶听了又气不忿，又说太便宜了我，隔不了十天，也打发个小丫头子来寻这样寻那样，我倒好笑起来。你们竟成了例，不是这个，就是那个，我那里有这些赔的。

短短一段对话，夹写了探春、宝钗、赵姨娘迥然不同的做人方式和老太太奢华堪比皇宫内苑的饮食排场。同时明确点出：大观园常住人口，公子小姐和丫鬟们总数约在四五十人。平均下来，除宝玉外，每位姑娘院中用着大约四五个丫鬟。这些服侍小姐的贴身丫鬟原比别的奴才体面，柳家的谑称其为"二层主子"，后文婆子们打骂司棋时更称之为"副小姐"，果然是"成个体统"！

而司棋，正是这场厨房风波的高潮，她的蛮横跋扈仗势欺人在这场戏里发挥得淋漓尽致。这正是《红楼梦》笔法最高明的地方，没有人是绝对的好人或坏人。

许多演绎故事和戏剧中，司棋作为自由恋爱的女主角，给描写得三贞九烈，才德兼备，这是不符合原著形象的。

司棋是大观园丫鬟中烟火气最足的丫鬟，所以把她的重头戏安排在后厨房是有道理的。“食色性也，人之大欲存焉”，这样一个口味刁钻性格泼辣的人，自然谈起恋爱来也不是像小红那样遮遮掩掩，而是直接在园子角门山洞里付诸行动，大行鱼水之事了。这就很容易理解为什么把她安排做“绣春囊”的元凶了。

（二）

> 原来那司棋因从小儿和他姑表兄弟在一处顽笑起住时，小儿戏言，便都订下将来不娶不嫁。近年大了，彼此又出落的品貌风流，常时司棋回家时，二人眉来眼去，旧情不忘，只不能入手。又彼此生怕父母不从，二人便设法彼此里外买嘱园内老婆子们留门看道，今日趁乱，方初次入港，虽未成双，却也海誓山盟，私传表记，已有无限风情了。忽被鸳鸯惊散，那小厮早穿花度柳，从角门出去了。司棋一夜不曾睡着，又后悔不来。

第七十二回开篇的一段故事表明，司棋其实是挺冤的，她与表哥潘又安私相授受，有动机有部署有行动，却还没来得及实践，没有真正成事，却被鸳鸯惊散，弄得一个跑了，一个病了，真正棒打鸳鸯。

最重要的，是这段话前前后后照应了三件事：

一是第二十七回中，小红替凤姐传话回来，“只见凤姐不在这山坡子上了。因见司棋从山洞里出来，站着系裙子，便赶上来问道：‘姐姐，不知道二奶奶往那里去了？’司棋道：‘没理论。’”

司棋从山洞出来，且系裙子，显然是进去小解了。此时鸳鸯也寻了此隐蔽之处想要小解，估计是同一处。正因司棋每每贪其方便，熟悉地形，才会选了这里来偷情。

这里再次见出司棋的烟火气，是个坐言起行的行动派，泼辣粗糙，想干就干，大白天里放着茅厕不去，却跑到山洞里小解，以小见大，可知性情。

第二件照应的是留门看道之事，正应了贾母生日宴晚上尤氏看见角门大开，无人把守之事。想来既有司棋买嘱婆子之事，自然也不乏他人，此处窥一斑而知全豹，大观园里藏污纳垢昭然若揭。

第三件是“海誓山盟，私传表记”之事，这表记就是绣春囊了。想来二人正在私相授受你侬我侬之际，偏被鸳鸯惊破，吓得绣春囊也掉在洞中忘了拾回，致被傻大姐拾到，惹出一场抄检大观园的惨剧来。

如果说司棋是招致大观园惨剧的罪魁祸首，一点也不冤枉。

尤三姐以鸳鸯剑自刎，鸳鸯女惊散了一对野鸳鸯，世上的事，就有这么多无心之失，奈何，奈何！

柳五儿之死

书中自第五十九回至第六十一回，嗔莺咤燕，召将飞符，玫瑰露、蔷薇硝，大闹怡红院之后又接着厨房里一场鸡蛋大战，真是眼花缭乱，写得特别有生活气息。

只可惜芳官、蕊官等大战赵姨娘，虽然争得一时义气，过后王夫人抄检大观园时，到底还是翻出旧账，将所有一干人逐了出去，且因芳官分辩“并不敢调唆什么”，王夫人便一一数落：“你还强嘴。我且问你，前年我们往皇陵上去，是谁调唆宝玉要柳家的丫头五儿了？幸而那丫头短命死了，不然进来了，你们又连伙聚党遭害这园子呢。你连你干娘都欺倒了，岂止别人！”

真看得读者一愣：柳五儿死了？就这么死了？柳五儿怎么就死了呢？

前文柳五儿和芳官倾诉心事时曾说过：“一则给我妈争口气，也不枉养我一场；二则添上月钱，家里又从容些；三则我的心开一开，只怕这病就好了。便是请大夫吃药，也省了家里的钱。”

进怡红院做丫头，竟然是为父母争口气的扬眉之事，读来真正令人心酸。

可怜这样低微的愿望竟未能实现，祸端便出在“玫瑰露与茯苓霜”一案上。

柳五儿因得了些茯苓霜，想分与芳官，偏偏赶上林之孝家的带着人巡园，竟给当贼拿了，且前往厨房起赃，又引出芳官赠予她的玫瑰露来，这可真是“雪上加霜”！

这玫瑰露，在宝玉挨打一回中首次出现，五寸来高的小玻璃瓶，盛着胭脂一样的汁子，正是上用的贡品，本来是贴着鹅黄签子的，本非常人所能享用，如今竟被芳官拿来随随便便地送了人。

德不配位，必有遭殃。这玫瑰露非但不是治病灵药，反成了招祸的炮捻子。怪只怪柳五儿没那么大福，禁受不住吧。

那林之孝家的拿住了柳五儿，交给上夜的媳妇当贼看管，素与柳家不睦的人听说了，都趁机来奚落嘲戏她。柳五儿又气又委屈，“思茶无茶，思水无水，思睡无衾枕，呜呜咽咽直哭了一夜”。她原本生得弱，再加上被诬受辱，郁结于心，终至一病而殁。

柳五儿出场突然，收场潦草，正是又一个红颜薄命的女儿！

但是，整个的“茯苓霜冤案”中，林之孝家的雷厉风行，严惩重办，究竟是顺水推舟偶然如此，还是主观构陷刻意为之呢？那柳五儿之死，究竟是偶然事件还是必然命运？

本来照书中一路白描写来，柳五儿的死因乍看上去很简单，似乎只是运气不好，自己撞在网里，白受了一场闷气，加重了病情，一命呜呼。但是联系到钱槐、赵姨娘等人，便觉得事情似乎没有那么简单了。

我们再从头捋一遍众人的关系：

赵姨娘与怡红院的仇怨就不用说了，而挑拨赵姨娘大闹的人是夏婆子，乃藕官之干娘、小丫头蝉姐儿的姥姥；调唆王夫人抄检的则有王善保家的，乃是司棋的姥姥；而蝉姐儿为了一块糕曾与芳官在柳家厨房斗嘴，司棋更是为了一碗鸡蛋大闹厨房。

很明显，赵姨娘、夏婆子、王善保家的等人为一派；而柳家母女则与芳官等为另一派。从大闹怡红院到大闹后厨房可见，两派的战争冰冻三尺非一日之寒，何止剑拔弩张，已经是真刀真枪了。

柳家的为了司棋要鸡蛋的事跟小丫头莲花儿对嘴，曾说过宝钗、探春花五百钱点了碗油盐炒枸杞芽儿；赵姨娘听了又气不忿，不甘心便宜了柳家的，也打发个小丫头子来寻这样寻那样。可见柳家的对赵姨娘没甚好感，那赵姨娘乃爱生闲气找麻烦的人，自然对柳家的也有衔怨。

但这里面似乎没有林之孝家的什么事儿，那林之孝家的为什么要对付柳五儿，又是站在哪一派的呢？

我们先从赵姨娘这边看，第七十一回中因婆子得罪了尤氏，王熙凤唤林之孝家的半夜进园来办理，出来时正遇见赵姨娘——

> 赵姨娘因笑道：“嗳哟哟，我的嫂子！这会子还不家去歇歇，还跑些什么？”林之孝家的便笑说何曾不家去的，如此这般进来了。赵姨娘原是好察听这些事的，且素日又与管事的女人们扳厚，互相连络，好作首尾。方才之事，已竟闻得八九，听林之孝家的如此说，便恁般如此告诉了林之孝家的一遍，林之孝家的听了，笑道：“原来是这事，也值一个屁！开恩呢，就不理论；心窄些儿，也不过打几下子就完了。”赵姨娘道：“我的嫂子，事虽不大，可见他们太张狂了些。巴巴的传进你来，明明戏弄你，顽算你。快歇歇去，明儿还有事呢，也不留你吃茶去。”

这一段透露出两个信息，一是赵姨娘素日与这些管事女人们亲厚，联络紧密；二是赵姨娘所说的“巴巴的传进你来，明明戏弄你，顽算你”之人自然是凤姐，她早就恨毒了熙凤，如今细细察听这些事，原为的是弄舌——跟谁搬弄呢？只会是王夫人。那王夫人虽然素厌赵姨娘，却喜欢听小报告。第二天邢夫人当众给凤姐没脸，王夫人非但没有维护凤姐，反而帮腔令她下不来台，焉知不是赵姨娘之过？

现在既从赵姨娘角度出发，确定了她与林之孝家的有交情；再从林之孝家的立场分析，看看她同怡红院的关系如何——她的女儿林红玉原在怡红院当差，向来被晴雯、秋纹等人排挤打压，如今刚刚的脱离此处投奔了凤姐。既如此，林之孝家的对怡红院里得意的大丫头又岂会有好感？那柳五儿结交了芳官想进怡红院，小丫头莲花儿又曾说柳家的巴结晴雯，要碗素炒茼蒿亲自端了去，对司棋却是爱答不理——凡此种种，怎不让林之孝家的厌恨？

最后再看一下林之孝家的跟柳家的关系如何。书中虽然没有明说她和柳婶子有仇，但是从她还不等官司落定便急急押了柳家的，又派了秦显家的去替换便已可知，她是多么想把柳家的赶出园去。文中说她为玫瑰露失窃一事严办柳五儿，然而晴雯和平儿私下议论，那露自是彩云偷了给贾环了，若从赵姨娘处起赃也不难——这件事平儿、晴雯等都知道，林之孝家的又岂会不知？这是摆明了要拿柳五儿顶缸，趁机夺位。

且那林之孝家的一力保举派去接管厨房的秦显家的又系何人呢？原是司棋的婶娘。书中借玉钏儿之口交代：“司棋的父母虽是大老爷那边的人，他这叔叔却是咱们这边的。”显然司棋也是贾府的家生子，三五代的陈人，根深叶茂，父母叔伯都在府里听差，牵连两府，姥姥王善保家的还是邢夫人的陪房管家，难怪她有胆子砸厨房了。

司棋大闹厨房，林之孝家的办了柳五儿，却让秦显家的接手厨房——这不是很明显的派系斗争吗？即使不是刻意设计的阴谋，却也是埋伏良久的仇恨，只等一根导火索引爆而已。

首先，林之孝家的审柳五儿时，“可巧小蝉、莲花儿并和个媳妇子走来”，是真的巧吗？

这两人都刚刚被柳家的得罪过，此时结伴而来，一唱一和，讲相声似的把柳五儿逼进死角，套路何等清楚！

其次，说到王夫人房中失窃，说“林之孝家的正因这些事没主儿，每日凤姐使平儿催逼他”，是真的“没主儿”吗？

后文中晴雯说：“太太那边的露再无别人，分明是彩云偷了给环哥儿去了。你们可瞎乱望。”平儿笑道：“谁不知是这个原故，……如今便从赵姨娘屋里起了赃来也容易。”

晴雯、平儿知道的，林之孝家的岂会不知？既然被催逼得急，正是要找人顶缸的时候，此时遇见柳五儿，究竟是误会还是明知无辜而将错就错，甚至根本就是存心诬构？

可以大胆假设：柳家的给侄儿送玫瑰露，又取了茯苓霜回来时，钱槐是在场知道的，很可能会告诉了赵姨娘。那赵姨娘因托彩云偷了露给贾环，“被玉钏儿吵出，生恐查诘出来，每日捏一把汗打听信儿”——向谁打听呢？自然是向管家林之孝家的了。

林之孝家的原奉王熙凤之命到处查问失露之事，明知是赵姨娘所为也不肯上报，现在听其转述钱槐之语，知道柳家的亦有玫瑰露，便设了一计——司棋借鸡蛋事大闹厨房根本就是故意的，为的就是翻查证据，坐实贼赃。

林之孝家的自谓此计再周全不过，所以得意忘形，径自押解了柳家的来，又自说自话派了秦显家的去管厨房，大大咧咧地对平儿说：“今儿一早押了他来，恐园里没人伺候姑娘们的饭，我暂且将秦显的女人派了去伺候。姑娘一并回明奶奶，他倒干净谨慎，以后就派他常伺候罢。”

谁知平儿竟不买账，判冤决狱还了柳家母女清白，“秦显家的好容易等了这个空子钻进来，只兴头上半天”。这个“等”字表明，这干人寻摸此差不是一天两天了。且一上任便先打点了送林家的礼，而且是“一篓炭，五百斤木柴，一担粳米”的重礼，哪像是临危受命的样子？分明有备而来。

书中虽未明写司棋参与此事，却两次写道“司棋等人空兴头了一阵”，“连司棋都气个了倒仰，无计挽回，只得罢了”。可见上述猜测不无可能。

另外，后文中第七十四回开篇又补写一段：

> 原来管厨房柳家媳妇之妹，也因放头开赌得了不是。这园中有素与柳家不睦的，便又告出柳家来，说他和他妹子是伙计，虽然他妹子出名，其实赚了钱两个人平分。因此凤姐要治柳家之罪。那柳家的因得此信，便慌了手脚，因思素与怡红院人最为深厚，故走来悄悄地央求晴雯金星玻璃告诉了宝玉。

这一段明白写出园中帮派分系之混乱敌对，早非一日之功。所以说，茯苓霜只是导火线，纵使没有这条线，赵姨娘、钱槐、林之孝家的、夏婆子、王善保家的、秦显家的这一干人牵藤扯蔓，附会构陷，总也能找到别的契机发难。

俗话说：不怕贼偷，只怕贼惦记。以柳五儿之娇弱多病，竟是在劫难逃。

可以说，从柳五儿想进怡红院、对钱槐拒婚那天起，就已经注定了她的死期了。

表面上，厨房一役秦显家的偃旗息鼓，偷鸡不成蚀把米，吃了大亏；宝玉且说：“你和柳家的说去，明儿直叫她（五儿）进来罢，等我告诉他们一声就完了。”柳家大获全胜。

然而柳五儿薄命，因了这场气一病不起，至死也未能进得了怡红院。长远看来，柳家的终是败了。

打老鼠伤了玉瓶儿

（一）

平儿判案时曾说："如今便从赵姨娘屋里起了赃来也容易，我只怕又伤着一个好人的体面。别人都别管，这一个人岂不又生气。我可怜的是他，不肯为了打老鼠伤了玉瓶。"

这只"玉瓶"正是玉派人物探春，贾府里明公正道的三小姐。可怜的是，新晋当家三小姐玉瓶的体面，竟需要一个丫鬟平儿来保全，也真令人唏嘘。

第四十四回"喜出望外平儿理妆"中，曾借宝玉眼中心中特为平儿定评：

> 又思平儿并无父母兄弟姊妹，独自一人，供应贾琏夫妇二人。贾琏之俗，凤姐之威，他竟能周全妥贴，今儿还遭荼毒，想来此人薄命，比黛玉犹甚。

这段除了对平儿的怜恤之外，更重要的就是写出她"周全妥贴"的能力本领。她不仅周全于琏凤之间，也妥帖于探春之前。

将第五十五回"辱亲女愚妾争闲气"平儿侍妆与此对看，尤为令人感慨：前者写凤姐泼醋，平儿哭了一场，被宝玉拉至怡红院去安慰，并亲手为其调脂弄粉，对镜理妆；后者则是探春管家时，赵姨娘来撒了一场泼，弄得探春哭了，平儿因待书等大丫头不在，便亲自挽起袖子来，侍候探春洗脸匀面。

那平儿本是贾琏之妾，从辈分上来说，当属宝玉、探春兄妹的小嫂子。然而宝玉体贴备至，探春却颐指气使，可谓天壤之别。其内在原因，一则固然是宝玉生性温存，对女孩儿如待上宾，再则也是宝玉心中坦荡，自能从容；探春却因为心中存了正庶之分，本来心虚，所以故意地要指使平儿来显示自己的主子身份，使众人警醒。

赵姨娘敢到议事厅来胡闹，无非因为探春是"从自己肠子里爬出来的"，再厉害也不能把亲娘怎么样，故而才敢无理取闹，撒泼放诞；然而正闹着，忽然平儿来了，赵姨娘立刻住了口，赔笑让座，又忙问："你奶奶好些？我正要瞧去，只没得空儿。"——真真令人又好气又好笑。那赵姨娘是贾政之妾，且生了一子一女，是正经八百的姨娘；平儿不过是贾琏的通房丫头，连个名分都没有，无论从身份还是辈分上，都比赵姨娘低了一级。然而赵姨娘胆敢跑到探春前大吵大闹，见了平儿却低声下气，何其愚也？

这场吵闹最使探春寒心的，是看清了自己的威信还不如平儿。平儿在这风口浪尖上进来，其实已经无形中伤了探春。而她自己也很明白，所以才要主动自降身份，为探春挽袖卸镯，侍候洗脸，给足了探春面子，以消她心中之愤。

正洗着脸呢，偏偏外面侍候的媳妇没眼色，又来回事，挨了平儿一顿训斥，吓得忙赔笑说："我粗心了。"一面说一面忙退出去——显见得平儿的面子还是比探春大。

此为探春心中不忿之事，于是接下来小丫头令媳妇们去传宝钗的饭来，探春故意大声说："你别混支使人！那都是办大事的管家娘子们，你们支使他要饭要茶的，连个高低都不知道！平儿这里站着，你叫叫去。"故意做给众人看，无非是教人知道：你们那般奉承平儿，而平儿也不过是个丫头，我可以随意支使的，何况你们？真是连个高低都不知道！

探春的这番心思，平儿是深知的，故而推心置腹地劝诫众人："你们太闹的不像了。他是个姑娘家，不肯发威动怒，这是他尊重，你们就藐视欺负他。果然招他动了大气，不过说他个粗糙就完了，你们就现吃不了的亏。他撒个娇儿，太太也得让他一二分，二奶奶也不敢怎样。你们就这么大胆子小看他，可是鸡蛋往石头上碰？"

这既是替探春警告诸人，也是在为众人设身处地着想，可谓苦心孤诣，宁可委屈了自己，只望大家无事。

最难得的，是平儿有此权威却仍不拿大，对自己的身份看得极其清楚。媳妇们对她百般奉承，又是"拿了个坐褥铺下"，又是"捧了一碗精致新茶"，而平儿却并没有趾高气扬拿威作势，仍是"陪笑"说话，"欠身"接茶，而且语重心长地向众人说真心话："'墙倒众人推'，那赵姨奶奶原有些倒三不着两，有了事就都赖他。你们素日那眼里没人，心术利害，我这几年难道还不知道？二奶奶若是料差一点儿的，早被你们这些奶奶治倒了。饶这么着，得一点空儿，还要难他一难，好几次没落了你们的口声。众人都道他利害，你们都怕他，惟我知道他心里也就不算不怕你们呢。前儿我们还议论到这里，再不能依头顺尾，必有两场气生。那三姑娘虽是个姑娘，你们都横看了他。二奶奶这些大姑子小姑子里头，也就只单畏他五分。你们这会子倒不把他放在眼里了。”

体贴之情，溢于纸上，这份宽柔大度，书中人物，无出其右。

（二）

探春才貌双全，自尊自傲，如今当了家更是威风八面，所以特别注意要拿出当家人的体面大度来。偏偏亲生娘不争气，处处掣肘，且不说一上来就因为发丧银子的事大闹议事厅，给了女儿一个大大的没脸；便在日常生活中也从不让她省心，探春左手才给后厨总管赏个红包，给自己挣几分体统，赵姨娘右手就想尽办法劫了去，加倍地削她面子，怎不叫人笑话？

更加难堪的还是女儿当家，亲娘做贼，竟然怂恿丫鬟偷太太房里的东西。如彩云说的：“偷东西原是赵姨奶奶央告我再三，我拿了些与环哥是情真。”再三再四地求丫鬟偷东西，亏她也下得去这脸！

这件事的底里，晴雯看得清楚，平儿心知肚明，林之孝家的自然也心中有数，却偏要冤枉了柳五儿来顶缸，且押去来与李纨和探春回话。

试问，李纨和探春又怎会不知详情？却又能做出如何判断？

所以李纨推说“兰哥儿病了，不理事务，只命去见探春”，这明显是躲避矛盾。

而探春就更加为难。她明知这柳五儿是替自己母亲顶包，却叫她如何说出实情？可是让她亲口将错就错去惩治了柳五儿，又实在非她所为。因此踌躇半日，也只命待书回说：“姑娘知道了，叫你们找平儿回二奶奶去。”也是一副“我不管了听天由命吧”的消极态度。

探春从来不是躲事无主张的人，实在这件事太丢脸太违心，让她再三忖度都无法自处。书中虽然白描几笔不留痕迹，然而“半日出来”一句却深可玩味，让人窥见探春的为难之情。

事情处理过后，林家的回了李纨、探春，二人都说：“知道了，能可无事，很好。”显然暗暗松了一口气。“能可无事”四字，饱含了探春多少无奈。

而柳五儿跪着向平儿诉说冤情时，平儿一语中的："这样说，你竟是个平白无辜之人，拿你来顶缸的。"分明已是洞若观火，深明底细。

次日，平儿命人叫了玉钏儿、彩云来，从容说道："这做贼的素日又是和我好的一个姊妹，窝主却是平常，里面又伤着一个好人的体面，因此为难，少不得央求宝二爷应了，大家无事。如今反要问你们两个，还是怎样？若从此以后大家小心存体面，这便求宝二爷应了；若不然，我就回了二奶奶，别冤屈了好人。"

几句话顾及了方方面面："和我好的一个姐妹"自是彩云，"窝主却是平常"指赵姨娘、贾环，"好人的体面"是探春，再加上"我""宝二爷""你们"，还真是一笔乱账。

那彩云羞恶心发，立意要一人做事一人当，情愿自首。平儿反劝她："你一应了，未免又叨登出赵姨奶奶来，那时三姑娘听了，岂不生气？"终究还是要顾全三姑娘的体面。

平儿如此处事的根本原则和最高目的，便是维持各人的脸面，令各安其位，这原是她一贯的准则与作为，对探春是如此，对宝玉和坠儿如此，对管家媳妇们也是如此，此前"虾须镯"一案已经表现明确。

同时也切实见到平儿人缘好，威信高，行为处事比凤姐更加大方宽慈，赏罚有度。茯苓霜、玫瑰露的事闹得沸沸扬扬，她一边压下事件，暗地里访问清楚，另一边顾虑三方，息事宁人，由着宝玉担下责任来，对上力劝凤姐放手，对下则亲自出来吩咐林之孝家的："大事化为小事，小事化为没事，方是兴旺之家。若得不了一点子小事，便扬铃打鼓的乱折腾起来，不成道理。"

——真真是治家明言。这一番举止言谈，何其堂皇正大！

她是这样想的，也是这样做的，真正有身份有肚量有分寸的一番见解，不逊于大观园里任何一位姑娘奶奶。只可惜府中主子有平儿这见识的，半个也无，反而窝里横的比比皆是，真也令人叹息！

第六十二回
憨湘云醉眠芍药裀　呆香菱情解石榴裙

宝玉的生日

书中很多人的生日都写得非常明确，比如元春生于正月初一，宝钗生日是正月二十一日，黛玉和袭人是二月十二花神节，王夫人是三月初一，探春三月初二，贾琏三月初九，薛蟠五月初三，巧姐儿七月初七，贾母八月初三，凤姐九月初二。

但是书中第一主角贾宝玉的生日究竟在哪一天呢？

却偏偏没有细说。

对于这个问题，红学界向来众说纷纭，其中影响最大的自然是大师周汝昌的"农历四月二十六日"之说。周先生为了这个说法著书立论，曾写下洋洋万言，理由是探春送鞋、张天师送符、遮天大王圣诞等。

周先生认定，宝玉就是曹雪芹，其生日当在雍正二年闰四月二十六日未时。据说每年这天，周先生都要给曹雪芹做寿，也的确是一片痴心。

可惜的是，且不说曹雪芹生平无据可考，而就书论书来说，周先生的理论也是实在站不住脚的。

第二十七回中"至次日乃是四月二十六日，原来这日未时交芒种节"。写群钗游园，写宝钗扑蝶，写黛玉葬花，却丝毫没有宝玉生日痕迹。而且探春说："宝哥哥身上好？我整整三天没见了。"如果这天是宝玉生日，不会接连三天未见面，那是什么时候送的鞋呢？

据宝玉说：“你提起鞋来，我想起个故事：那一回我穿着，可巧遇见了老爷，老爷就不受用，问是谁作的。我那里敢提‘三妹妹’三个字，我就回说是前儿我生日，是舅母给的。老爷听了是舅母给的，才不好说什么。”

遇见老爷已经是前些日子的事了，而宝玉说的“前儿我生日”自然是更早的事，怎么也不可能穿越回芒种节这天再重新送一回。况且探春送鞋若是为贺宝玉生日，原是光明正大的事，用不着遮掩，可见正是生日前所赠之礼，才让宝玉在老爷面前不敢提起。这样算来，这生日就往回推得更早了。

第六十二回浓墨重彩描写宝玉生日之前，先在第五十八回写了“这日乃是清明之日”，第五十九回写清明后不久，“宝钗春困已醒……见园中土润苔青，原来五更时落了几点微雨”。

然后才是第六十二回宝玉生日，群芳开夜宴时，林之孝家的来查夜，曾叮嘱说：“如今天长夜短了，该早些睡。”可见是立夏之后，清明节和芒种节之间。

这是联系前文推算的宝玉生日。也有人根据后回中贾敬发丧时间来反推，得出结论是宝玉生在五月末，但是“红楼二尤”的段落系别本移栽，时间和人名上与全书都有很多矛盾，做不得准。

倒是最近有位民国红迷吴克岐的《犬窝谈红》一书重新炒热，曾提到“次日是四月十五日，却系宝玉生日”。

此人是否真的看过拥有一本独特的脂批残本，在此本中是否确实看到过宝玉生日，因是孤证，难以尽信。但从时间来看，倒是靠谱的。

湘云醉芍

湘云醉芍无疑是书中最美的画面之一，可与黛玉葬花、宝钗扑蝶、晴雯补裘相媲美的：

> 湘云卧于山石僻处一个石凳子上，业经香梦沉酣，四面芍药花飞了一身，满头脸衣襟上皆是红香散乱，手中的扇子在地下，也半

被落花埋了，一群蜂蝶闹穰穰的围着他，又用鲛帕包了一包芍药花瓣枕着。

枕花而眠，还在梦中说着酒令，真是一个花仙诗人的形象。

这个梦，必然很美很美。

而这次寿宴，也确实是大观园狂欢的极致，同时也是尾声。紧接寿宴，便是贾敬之死，奏响了贾府将败的哀歌，只是所有府中人都还沉在锦衣玉食的梦里，不知大难将至罢了。

这样想来，湘云的梦，无疑是一个黄粱未熟的暗示！

即便放在眼前来说，湘云醉芍的行为，也是看上去很美，实则暗藏祸端。

湘云醉酒，是因为席上失言，被多罚了几杯。之所以失言，是因为纵乐太过，失了体统。正如书中所说：

大家又该对点的对点，划拳的划拳。这些人因贾母王夫人不在家，没了管束，便任意取乐，呼三喝四，喊七叫八。满厅中红飞翠舞，玉动珠摇，真是十分热闹。

这样的热闹，又怎能不乐极生悲？

所以书中暗提一笔："接着林之孝家的同着几个老婆子来，生恐有正事呼唤，二者恐丫鬟们年青，乘王夫人不在家不服探春等约束，恣意痛饮，失了体统，故来请问有事无事。"

——这里已经明确提出祸因的可能在于"失了体统"，但还只是防着丫鬟，断没想到那"恣意痛饮"的会是位姑娘！

探春见她们来了，便知其意，忙笑道保证："我们没有多吃酒，不过是大家顽笑，将酒作个引子，妈妈们别耽心。"李纨、尤氏都也笑说："你们歇着去罢，我们也不敢叫他们多吃了。"

林之孝家的等人去后，平儿先就羞起来，摸着脸笑道："我的脸都热了，也不好意思见他们。依我说竟收了罢，别惹他们再来，倒没意思了。"探春笑道："不相干，横竖咱们不认真喝酒就罢了。"

然而探春、李纨、尤氏等实在没有想到，刚说话就打嘴，真就有人喝醉了。刚刚说完这话，就有丫鬟笑嘻嘻地来报信儿："姑娘们快瞧云姑娘去，吃醉了图凉快，在山子后头一块青板石凳上睡着了。"

真是怕什么来什么。一个大姑娘家的恣意痛饮，竟然任由自己喝得醉了，还要光天化日地躺在石头上睡着了，这不是"失了体统"是什么？

一幅在群钗面前看上去很美的画面，放在礼教德行的大前提下，其实是非常丢脸出丑的行为。

果然林之孝家的出去打个转儿又回来了，且带了个媳妇进来请探春责罚，禀报说："这是四姑娘屋里的小丫头彩儿的娘，现是园内伺候的人。嘴很不好，才是我听见了问着他，他说的话也不敢回姑娘，竟要撵出去才是。"

这彩儿的娘是园中伺候的人，说的不好听的话自然也是关于园中的，若是奴才八卦，绝不会弄到撵出去这么严重，只能是非议主子。那么这"嘴很不好"的言语能是些什么话，让林之孝家的"也不敢回姑娘"呢？很有可能便是说园中主仆行为颠倒，纵酒狂欢，主不像主，仆不像仆，自然也包括了史大小姐坦腹东床的"美行"。

王夫人回来便削了探春等的权，焉知不是听了林之孝家的汇报呢？

这些，湘云在梦里喝酒行令时，一定没有想到吧？

黛玉的半盏茶

第六十二回中，宝钗与黛玉正在说话，袭人送了茶来，因只有一盏，遂说："那位渴了那位先接了，我再倒去。"

这时候宝钗和黛玉两个人的表现都极为奇怪：那个一向温柔谦让的宝钗竟然抢先接了过来，还说："我却不渴，只要一口漱一漱就够了。"说着先拿起来喝了一口，剩下半杯递在黛玉手内——既然不渴，又何以抢先？而且喝了一口后，把杯子还给袭人就是了，她却把剩下的半盏茶递进黛玉手中，这不是逼别人喝她的剩茶吗？

很明显这是宝钗开出的一道题目。须知"茶礼"在古时是极为讲究的，而红楼中关于茶订和茶道也多有照应，比如凤姐对黛玉开玩笑时便说过：“你既吃了我家的茶，怎么还不给我们家作媳妇？”就说的是这种规矩——订婚前，下聘叫“过茶订”；新人进门，要给长辈敬茶；男人娶了不止一位妻妾的，小的要给大的敬茶——这些道理，钗黛这样的大家闺秀不会不懂。

所以，宝钗递给黛玉的这半盏茶，是半真半假地试探，而她所以敢做得如此大胆果断，是从第四十二回“兰言解疑癖”到现在这二十回里层层铺垫，做足了功课的。

第五十七回中黛玉认了薛姨妈做干妈，第五十八回薛姨妈索性搬进潇湘馆来了，在这母女二人的夹击下，黛玉一为渴爱之心，二为怜恤宝玉，对于薛姨妈“四角俱全”的主意早已没有还手之力。

第五十八回宝玉病愈，往潇湘馆来看黛玉，见其病虽好，但益发瘦得可怜；黛玉见宝玉也比先大瘦了，“想起往日之事，不免流下泪来。些微谈了谈，便催宝玉去歇息调养”。

虽只寥寥几句，已写得柔肠百转，凄苦缠绵。此时黛玉经过紫鹃试玉之举，已经深知宝玉对自己的心意，满心里再无丝毫疑猜妒忌。如果她要凭借这最重的砝码寸步不让，是可以和宝钗继续抗争下去的。但她此时的心里已经没了自己，只是一心为宝玉心疼难过——忆昔流泪是感激相知，催促歇息是怜惜体贴。宝玉这次病得实在严重，休养了许久还要拄拐而行，哪里还能禁得再有波澜蹉跎？

此时的宝黛之间已经是“情投意合，愿同生死”，只要宝玉能好，受什么委屈黛玉也是不会介意的了，所以才会有了宝玉生日宴上的半盏茶。

这时的宝钗与黛玉同行同宿，最善察言观色，又怎会不了解她的心思呢？于是胜券在握，这才“放肆”地开出了半盏茶的题目，检验战斗成果来了。

此时，那林黛玉该怎么做呢？接是不接？答是不答？应是不应？

这样的尴尬怪异举止，连站在一旁的袭人也觉得不妥，明知黛玉是有洁癖的，因此赶紧说：“我再倒去。”然而黛玉却只是轻轻笑了一笑，说：“你知道我这病，大夫不许我多吃茶，这半钟尽够了，难为你想的到。”说毕，饮干，将杯放下。——她到底是接了！

可怜黛玉，痴爱宝玉如此之深，至于委曲求全，自愿居次，正如同《儿女英雄传》中的张金凤与何玉凤。

后文中秋夜黛玉和湘云联句时，曾经感慨地说：“不但你我不能趁心，就连老太太，太太以至宝玉探丫头等人，无论事大事小，有理无理，其不能各遂其心者，同一理也，何况你我旅居客寄之人哉！”

人们都说黛玉达观，其实联系前文来看，是黛玉不得不看淡放开了。这番话说得几多无奈？！

要特别说明的是，即便钗黛同嫁了宝玉，也不代表宝钗为妻黛玉为妾。古人有“三妻四妾”，可以最多娶三个女子做“平妻”，虽姐妹相称，共事一夫，但在地位上是平等的，都是原配正室。

黛玉名为“潇湘妃子”，这典故正是出于尧帝将自己的两个女儿一同嫁给舜，潇湘二妃并无正庶之分，这岂非暗示钗黛同嫁之命运呢？

且回目又有《滴翠亭杨妃戏彩蝶　埋香冢飞燕泣残红》一名，将宝钗比作杨妃，黛玉形为飞燕。而在历史上，那杨贵妃深得唐玄宗宠爱，曾将自己的姐姐都引入宫中，俱封了夫人；而赵飞燕更是与妹妹赵合德一起承欢汉帝，广为流传。书中说茗烟孝敬宝玉，“把那古今小说并那飞燕、合德、武则天、杨贵妃的外传与那传奇角本买了许多来”，亦可谓透漏先机矣。

钗黛二人既然已经达成了这样的共识，宝、黛、钗之间的纠结纷争也就迎刃而解了，后文中关于三人的情感戏突然减少，连一次小争吵都没有了。

如果事情真能够照着计划发展下去，倒也未尝不是一件“兼美”的好事，可叹的是，八十回后风波又起，终致黛玉薄命，早早地魂归离恨天了；脂批说“看黛玉逝后宝钗之文字便知余言不谬”，可知宝钗嫁了宝玉后，相待宝玉之情不亚于黛玉，无奈宝玉心中不忘黛玉，“纵然是齐眉举案，到底意难平”，终究是“悬崖撒手”了。

不论宝钗有多么完美，她毕竟不是黛玉，毕竟不能取而代之，“人非物换”，“究竟是到头一梦，万境归空”。“钗黛合一”终究只是个理想，这两人在《金陵十二钗》诗册中原是一体，到了《红楼梦仙曲十二支》中却已分作两支，各有归源了。黛与钗无论怎么合契也好，到底不是一体。

石榴红裙斗草赢

“情解石榴裙”是香菱在玉兄前挂号的重头篇章。

此前香菱学诗，宝玉曾给过一句定评：“这正是‘地灵人杰’，老天生人再不虚赋情性的。我们成日叹说可惜他这么个人竟俗了，谁知到底有今日。可见天地至公。”

红楼女儿都得请玉兄评点才入正传，但这还只是旁观。直到“斗草污红裙”一事，才终于让两人有了真正的交集。

香菱是一个诗意的少女，所以作者为她安排的这场斗草奇缘也充满了诗意，让我们不能不想起晏殊的词《破阵子》：

> 燕子来时新社，梨花落后清明。池上碧苔三四点，叶底黄鹂一两声。日长飞絮轻。　　巧笑东邻女伴，采桑径里逢迎。疑怪昨宵春梦好，元是今朝斗草赢。笑从双脸生。

斗草是古代女子常做的游戏，有野史记载西施就很擅长此戏。大观园中众多妙龄女子各自撷花选草，红围翠绕，巧笑嫣然，妙语如珠，想想都是一幅极美的画面。

接着小插曲来了，因为一枝夫妻蕙，荳官输了不认账，反笑香菱：“你汉子去了大半年，你想夫妻了？便扯上蕙也有夫妻，好不害羞！”

好好的女孩儿游戏斗嘴，却无端扯到人家夫妻事上，也只有小戏子才会这般口无遮拦，若是园中丫鬟打闹，定不会这样毫无顾忌。

算笔账，薛蟠远游是在第四十八回《滥情人情误思游艺　慕雅女雅集苦吟诗》，书中明确写道“展眼已到十月”，张德辉要回乡，薛蟠动念远行，十四日一早，“薛姨妈宝钗等直同薛蟠出了仪门，母女两个四只泪眼看他去了”。

也就是说，薛蟠出门是在十月十四，如今宝玉生日约在四月中旬，这和荳官说的“你汉子去了大半年”倒也相合。

荳官扭着香菱在草地上，滚在旁边水洼里，沾得香菱半扇裙子都污湿了，自己不好意思，忙夺手走了；众人笑个不住，怕香菱拿她们出气，也都哄笑而散。

这些虽然都是小女儿常情，但是也看出这些小丫鬟们终究不大厚道，因为若是袭人、紫鹃在此，定然不会这样一走了之。

香菱落了单，提着湿答答的裙子恨骂不绝，本来是非常扫兴的事。这时候宝玉来了，看到裙子湿了，不但叹息石榴红绫不禁染，且叹息薛姨妈嘴碎，怕让香菱受委屈——有人知道的苦就不算苦，因此说这些话碰在了心坎儿上，香菱反倒欢喜起来。

接着宝玉又很体贴地让香菱站着别动，免得连小衣膝裤也都拖脏了；且提出很实在的主意，让袭人马上送条裙子来换。

事情圆满解决，宝玉心下又是暗有一番潮涌："可惜这么一个人，没父母，连自己本姓都忘了，被人拐出来，偏又卖与了这个霸王。"

这番感叹，亦如前回怜惜平儿，都是为了这些女孩儿的命运而叹息。因此他也本能联想到平儿，"因又想起上日平儿也是意外想不到的，今日更是意外之意外的事了"。

——这意外，就是在一个极聪慧灵秀、可怜可敬的女孩儿面前尽了心。对宝玉来说，这种付出从来都是不求回报的，能有机会为这些女孩儿做点什么，已经是他最快乐的事。

这就是大爱！

香菱换裙时，宝玉蹲在地上挖个坑将落花铺垫了，然后才将香菱的夫妻蕙和并蒂菱安放好，撮土掩埋，就像掩埋一段不可告人甚至也不可告诉自己的秘密，一段没有结果甚至也不能明了的隐情。

这种情谊，是难描难画似有若无的，是一种朦胧的心动，介于友情和爱情之间的小小暧昧。

而这样的情感觉和触动，香菱也是有的，却不能自明。因此走开几步又转身叫住了宝玉，似有一肚子的话，却只顾笑着说不出，后来催促不过，才随便说了句"裙子的事可别向你哥哥说才好"遮掩。

忽然提起薛蟠来，这显示出了一种潜意识：香菱面对宝玉的温柔体贴，不能不有所感慨，可是自己已然嫁与沙吒利，礼教压顶，让她对自己所有可能的情感都必须强自压抑，因此本能地想起薛蟠来，自己给自己和宝玉间设了一道屏障，把一点点可能性扼杀在懵懂中。

第七十九回中，宝玉听说了薛蟠即将迎娶夏金桂事，曾说：“我听这话不知怎么倒替你耽心虑后呢。”

这本是一句很知己的话。可是就因为太知己了，已经事涉私帏隐情，反惹得香菱恼怒起来，红了脸正色道：“这是什么话！素日咱们都是斯抬斯敬的，今日忽然提起这些事来，是什么意思！怪不得人人都说你是个亲近不得的人。”说着抽身走了。

香菱为什么这般恼怒？就是因为她不愿意面对也不敢唤醒自己心底那一点点的渴望与认同。她不允许自己和宝玉推心置腹说私房话，那样无私也有私了。

既然不能将这个话题进行下去，那就干脆再一次为自己和宝玉间设道屏障，发作起来，斩断以后所有的可能性——因为，根本没有以后！

而这深深伤害了宝玉，他是真心为香菱担忧的，却落了这番埋怨，不禁“怅然如有所失，呆呆的站了半天，思前想后，不觉滴下泪来，只得没精打彩，还入怡红院来”。

此时抄检大观园余波未平，宝玉正为了司棋被撵、迎春下嫁、晴雯之死而悲恸不已，如今徘徊紫菱洲渚，偏又和香菱有此一番疏冷对话，便如骆驼背上最后一根稻草，竟然彻底被压塌下来，一夜噩梦，种种不宁，“次日便懒进饮食，身体作热”，病倒下来。

惜哉，宝玉和香菱本为知己，如今却偏偏不能在最冷时相拥取暖，求近反疏，求全反毁，岂不可叹？

第六十三回
寿怡红群芳开夜宴　死金丹独艳理亲丧

女儿茶

《红楼梦》第六十三回群芳夜宴，林之孝家的带着人来查夜，嘱咐宝玉早睡早起，宝玉笑道：“今儿因吃了面，怕停住食，所以多顽一会子。”林之孝家的便向袭人等说：“该沏些个普洱茶吃。”袭人、晴雯二人忙笑说：“沏了一盄子女儿茶，已经吃过两碗了。”

什么是女儿茶呢?

《滇南新语》载:“女儿茶亦芽茶之类。”“旨夷女采治，货银以积为簪资，故名。”是说女儿茶是滇南未婚少女所采摘，采茶时将茶青放入怀中，积到一定数量才取出放到竹篓里。卖得的钱攒下来作为自己的簪环嫁妆之用。

清代阮福在《普洱茶记》中说:“二月采蕊极细而白，谓之毛尖，以作贡茶，采而蒸之揉为茶饼；其叶少放而犹嫩者名芽茶……大而圆者，名紧团茶；小而圆者，名女儿茶。”写明普洱茶因采摘时间不同而分类，女儿茶是“妇女采于雨前得之”的“四两重圆茶也”。

云南的普洱茶作为贡品早在汉代就已有记载了。明清时期，云南茶区的普洱茶主要工艺为：大叶种茶树鲜叶采摘、锅炒杀青、手工揉捻、晒干、晒青毛茶、蒸软、揉(压)制成形、晾干。其产品主要有团茶和饼茶两种。

清顺治十六年（1659），云南普洱茶被正式写入朝廷贡茶案册，冬季尤为推崇。所进贡的普洱茶有八色茶品，包括：五斤重团茶、三斤重团茶、一斤重团茶、四两重团茶、一两五钱重团茶、瓶装芽茶散茶、蕊茶散茶和匣装茶膏。

清雍正七年(1729),清朝廷推行“岁进上用茶芽制”,并在云南设立普洱府,管辖今天的西双版纳、思茅等地区,以西双版纳六大茶山的原料精制普洱贡茶,并在攸乐山也就是今天的景洪基诺山乡设立同知,负责监制普洱茶的生产及进项运销事宜。

既然云南普洱和其他贡茶不同,来自深山老林的古树茶青,茶汤特别醇厚,且有去油腻助消化的功效,在清朝被视为罕见的名茶。“夏喝龙井,冬饮普洱”已经成为清宫饮茶的规范,是当时清朝贵族生活的一种标志。

因此,贾府中人能够喝到这种贡茶并深知有消食健脾的作用,就是非常正常的事了。所以林之孝家的在宝玉吃得过饱时嘱咐要喝普洱消食,免得消化不良,这也侧面显示了贾府管家见多识广。

也有红迷认为此处女儿茶应指泰山女儿茶,理由是明万历年间文士李日华在《紫桃轩杂缀》有载:“泰山无茶茗,山中人摘青桐芽点饮,号女儿茶。”明末《岱史》记载:“茶:薄产岩谷间,山僧间有之,而城市则无也。山人采青桐芽,曰女儿茶。”

但是这里写得很明白,泰山女儿茶虽然也叫女儿茶,但其实不是茶,更不是普洱茶,而是一种青桐芽。这和林之孝家的所嘱“该沏些普洱茶来喝”让宝玉消食是背道而驰的。

所以可以断定,书中所写的普洱女儿茶,只能是云南西双版纳的普洱茶,清朝皇室贡茶之一。而且由少女采于三四月份,小而圆的四两重圆茶,也很符合宝玉的审美情趣,所以此时提之最妙。

芳官与《邯郸记》

(一)

红楼十二官中着墨最多的,无疑是芳官。

她是小戏子中的正旦,难怪可以分入怡红院。刚分院不久,就因和干娘口角,让麝月等说出“把一个莺莺小姐反弄成拷打红娘”的巧话儿来了,隔不久更是和赵姨娘大打群架,堪称大观园中奴才造反最轰动的一次。

因为她的天真、伶俐、敢作敢言，深合了宝玉性情，因此对芳官越来越宠爱，与其说拿她当丫鬟，毋宁说视她为妹妹，百般纵着她。

芳官洗头时，穿着海棠红的小棉袄，底下丝绸撒花袷裤，敞着裤腿，一头乌油似的头发披在脑后，哭得泪人一般，真正我见犹怜。麝月笑说："这会子又不妆扮了，还是这么松松怠怠的。"可见打扮得出格。然而宝玉偏说："他这本来面目极好，倒别弄紧衬了。"不要人管束她。

久之，芳官也就越发任性，有些恃宠而骄起来，不但什么活都不干，倒会到处摆弄东西；不但弄坏了钟摆，还敢拿着房里珍贵的玫瑰露随便就私自送人；在厨房掰着糕点和小蝉斗嘴一场，更是"有风驶尽帆"的典型傲慢，也就难怪结怨甚多了。

书中对小戏子们曾有一番总论："文官等一干人，或心性高傲，或倚势凌下，或拣衣拣食，或口角锋芒，大概不安分守理者多。"

这几条罪名，芳官几乎都占全了：和干娘斗嘴是心性高傲，对小蝉使气是倚势凌下，和赵姨娘大战是口角锋芒，而第六十二回的描写则充分体现了她的拣衣挑食。

宝玉生日宴，芳官不够资格，上不了酒席。宝玉一会儿不见便到处找，看她睡在床上，便哄她起来去外面玩。芳官闹性子说："你们吃酒不理我，教我闷了半日，可不来睡觉罢了。"宝玉便许诺说："咱们晚上家里再吃，回来我叫袭人姐姐带了你桌上吃饭，何如？"芳官倒也知道情理，说："藕官蕊官都不上去，单我在那里也不好。"又道，"若是晚上吃酒，不许教人管着我，我要尽力吃够了才罢。我先在家里，吃二三斤好惠泉酒呢。"

一时柳家的送了食盒来，小燕接着揭开，里面是一碗虾丸鸡皮汤，一碗酒酿清蒸鸭子，一碟腌的胭脂鹅脯，一碟四个奶油松瓤卷酥，并一大碗热腾腾碧荧荧蒸的绿畦香稻粳米饭。小燕去拿了小菜并碗箸过来，拨了一碗饭。芳官还说："油腻腻的，谁吃这些东西。"

——这段描写，让我看了真恨不得跳进书里说：你不吃我吃！才见了几天油星，就闹起这些幺蛾子来了。

从怡红夜宴众丫鬟随份子给宝玉治酒看来，袭人、晴雯、麝月、秋纹四大丫鬟每人五钱，芳官、碧痕、小燕、四儿每人三钱，她们以下的不算。

很显然，芳官名列二等丫头，和曾与宝玉洗过鸳鸯浴的碧痕、专门赐名的四儿、世代陈人的家生子小燕都是比肩的。可是这里的描写，分明是小燕在服侍芳官吃饭，还要吃芳官的剩饭，为什么呢？就仗着宝玉宠她，半是仗势欺人，半是倚小卖小。

因此宝玉过意不去，安慰小燕说："以后芳官全要你照看他，他或有不到的去处，你提他，袭人照顾不来这些人。"这是宝玉的厚道处，体贴处。

第六十三回里，晚上众人喝酒，袭人还在忙着安席斟酒，宝玉和芳官已经先划起拳来：

> 宝玉只穿着大红棉纱小袄子，下面绿绫弹墨袷裤，散着裤脚，倚着一个各色玫瑰芍药花瓣装的玉色夹纱新枕头，和芳官两个先划拳。当时芳官满口嚷热，只穿着一件玉色红青酡绒三色缎子斗的水田小夹袄，束着一条柳绿汗巾，底下是水红撒花夹裤，也散着裤腿。头上眉额编着一圈小辫，总归至顶心，结一根鹅卵粗细的总辫，拖在脑后。右耳眼内只塞着米粒大小的一个小玉塞子，左耳上单带着一个白果大小的硬红镶金大坠子，越显的面如满月犹白，眼如秋水还清。引的众人笑说："他两个倒像是双生的弟兄两个。"袭人等一一的斟了酒来，说："且等等再划拳，虽不安席，每人在手里吃我们一口罢了。"于是袭人为先，端在唇上吃了一口，余依次下去，一一吃过，大家方团圆坐定。

这里，芳官是多么任性、娇纵，不过是个新进园的二等小丫头，却和宝玉平起平坐地划拳，由着袭人等在底下侍候。而且打扮得又是这样出格，连耳饰都是一大一小故意不对称，这风格就是放在今天也会被赞一声有性格够时尚。

宝玉是红袄绿裤，一贯的"怡红快绿"的审美癖好；芳官也投其所好，红青黄三色水田衣，红裤子绿汗巾。一则两人服饰风格色调相仿，二则面目眉眼也相似。宝黛初见时书中有段对宝玉形象的描写："面若中秋之月，色如春晓之花。鬓若刀裁，眉如墨画，面如桃瓣，目若秋波。"而此时的芳官则是"面如满月犹白，眼如秋水还清"。

两段话中对于脸形、眼神的描写是一模一样的，可见两人确实长得像。而且宝玉面容俊美本就有点女儿相，芳官却天真率然偏有些男孩子气的，更是如花照水两相映了。难怪众人说“他两个倒像是双生的弟兄两个”。

这话听在袭人耳中能不嗔怒？虽不好发作，但是率领众人赶着上来排队敬酒之举，焉知不是故意岔开二人，提醒位次呢？

袭人为先，余次下去一一吃过，大家方团圆坐定——此时重新入座，自然是要讲究一番先后上下的。

然而芳官尚无知无觉，不但在席上唱曲儿出尽风头，让宝玉痴痴不语，还一味贪酒，连袭人占花名，说“同姓者陪一杯”，她也赶紧地说声“我也姓花”，蹭一杯酒喝。当时的袭人，大概颇有点视芳官如阿Q的怒意吧，恨不得骂一句：“你也配姓花？”

然而袭人是有城府的，她仍然隐忍不发作，却在酒阑人散之后，借机就势，狠狠地诬陷了芳官一回——因芳官醉酒，一边说“好姐姐，心跳的很”，一边便倒在袭人身上。袭人遂将她扶在宝玉之侧，自己却在对面榻上倒下。

这一段，作者用一贯白描手法，表面上替袭人遮掩是“见芳官醉的很，恐闹他唾酒”，似乎完全出自一片诚心；然而次日起来，却当着众人说：“不害羞，你吃醉了，怎么也不拣地方儿乱挺下了。”生怕众人不留心似的。

袭人惯于人际，非常明白煽风点火、借刀杀人的道理：小丫头芳官竟与宝玉同榻而眠，这样的奇事，她自己不说，也自会有人当新闻添油加醋地传出去，还怕上头将来不替她报仇？

后来王夫人撵芳官时，理由便是：“唱戏的女孩子，自然是狐狸精了！上次放你们，你们又懒怠出去，可就该安分守己才是。你就成精鼓捣起来，调唆着宝玉无所不为。”

这“无所不为”指的可不就有这次夜宴中事吗？

（二）

占花名行酒令，宝钗拈了一支牡丹签，因命芳官唱曲助兴，芳官唱了支《赏花时》，乃是《邯郸记》中开篇第一折的曲子；而元妃点戏时，曾有一出《仙缘》，正是《邯郸记》最后一出。这部戏在两次重要的场合出现，首尾相映，寓意重大，几可与《牡丹亭》《西厢记》相媲美。

元春省亲一回中已经注明,《邯郸记》中伏的乃是"甄宝玉送玉"的大关目。

"假作真时真亦假",书中所有的"甄"其实就是在写"贾",两者的故事是可以互代的, 所有"甄家"的故事,都喻示着"真实"的曹家故事,同时也为书中的"贾家"背面傅粉,是互为映照的关系,甚至某些时候,甄家故事比贾家故事更具有现实意义。

比如书中写甄家是"钦差金陵省体仁院总裁","独他家接驾四次"等,都是"真事"。而元春省亲,暗示的正是江宁接驾事。因此,"甄宝玉送玉",暗示的乃是关系人物命运的一件大事,也就是"宝玉出家"这个大结局。

且说回《邯郸记》,乃是关于吕洞宾度化卢生来天门做扫花使者的故事。吕洞宾下凡时,卢生正在桥头小店歇脚,两人一番畅谈后,吕洞宾送了他一只仙枕,卢生就此入梦,并在梦中娶得娇妻,考中状元,风光一时。

后却因权臣宇文融所陷,转瞬被贬。先是开通河道,后又上战场征伐,历尽艰辛却也创下赫赫战功,升为定西侯加太子太保兵部尚书同平章军国大事。正在位极人臣之际,又被宇文融再次陷害,蒙不白之冤,被绑至云阳斩首,幸而妻子携八个儿子去午门喊冤,皇上免他不死,发配广南鬼门关。

之后又经历了种种磨难,终于守得云开见月明,皇上查明真相,将宇文融问斩,取卢生回京,加封赵国公,崔氏封为夫人,四个儿子也都封了高官。

卢生又做了二十年丞相,八十有余,纵欲无度,虽荣显已极,还是命数已尽……

卢生自梦中醒来,自觉已经完整走过了春秋八十载,一回头,却见黄粱米饭尚未煮熟,原来悲欢离合繁华寥落不过是瞬间一梦,顿悟世事皆空,不过黄粱一梦,遂随吕洞宾去了。

这番经历,和贾宝玉本为神瑛侍者,特地来到凡间造缘历劫,最终还要回到警幻座前销号,是一样的轮回。难怪宝玉会听了曲子点头不语了。

值得一提的是《仙缘》结尾时,八仙点化卢生,每人一段,连唱了一套《浪淘沙》:

汉钟离:甚么大姻亲。太岁花神,粉骷髅门户一时新。那崔氏的人儿何处也。你个痴人！

曹国舅：甚么大关津。使着钱神，插宫花御酒笑生春。夺取的状元何处也。你个痴人！

李铁拐：甚么大功臣。掘断河津，为开疆展土害了人民。勒石的功名何处也。你个痴人！

蓝采和：甚么大冤亲。窜贬在烟尘，云阳市斩首泼鲜新。受过的凄惶何处也。你个痴人！

韩湘子：甚么大阶勋。宾客填门，猛金钗十二醉楼春。受用过家园何处也。你个痴人！

何仙姑：甚么大恩亲。才到八旬，还乞恩忍死护儿孙。闹喳喳孝堂何处也。你个痴人！

这几段歌，不正与《好了歌》的四难忘如出一辙么：世人都晓神仙好，唯有功名、金银、娇妻、儿孙忘不了。

巧的是，宝钗生日宴上，曾向宝玉推荐了一支《寄生草》，说的是鲁智深出家。彼时宝玉懵懂未开，只觉得曲美词好，喜得手舞足蹈；这次，又是宝钗命芳官唱曲，再次点明宝玉出家的大结局，而此时的宝玉年纪渐长，悟性渐开，再听到这些曲子时已经不像从前那般漠无所感，而是若有所悟，点头不语了。

更可叹的是，芳官自己，不久之后也将面临出家为尼的命运，到底像她唱的曲儿那般“翠凤毛翎扎帚叉，闲踏天门扫落花”，礼佛求仙去了。

（三）

寿宴之后，作者有段浓墨重彩的“改名”大戏，再次突出了宝玉对芳官的重视——

（宝玉）因又见芳官梳了头，挽起纂来，带了些花翠，忙命他改妆，又命将周围的短发剃了去，露出碧青头皮来，当中分大顶，又说：“冬天作大貂鼠卧兔儿带，脚上穿虎头盘云五彩小战靴，或散着裤腿，只用净袜厚底镶鞋。”又说：“芳官之名不好，竟改了男名才别致。”因又改作“雄奴”。芳官十分称心，又说：“既如此，你出门也带我出去。有人问，只说我和茗烟一样的小厮就是了。”宝玉笑道：“到底人看的出来。”芳官笑道：“我说你是无才的。咱家现有几家土番，你就说我是个小土番儿。况且人人说我打联垂好看，你想这话可妙？”宝玉听了，喜出意外，忙笑道：“这却很好。我亦常见官员人等多有跟从外国献俘之种，图其不畏风霜，鞍马便捷。既这等，再起个番名，叫作‘耶律雄奴’。‘雄奴’二音，又与匈奴相通，都是犬戎名姓。况且这两种人自尧舜时便为中华之患，晋唐诸朝，深受其害。幸得咱们有福，生在当今之世，大舜之正裔，圣虞之功德仁孝，赫赫格天，同天地日月亿兆不朽，所以凡历朝中跳梁猖獗之小丑，到了如今竟不用一干一戈，皆天使其拱手俛头缘远来降。我们正该作践他们，为君父生色。”……大家也学着叫这名字，又叫错了音韵，或忘了字眼，甚至于叫出“野驴子”来，引的合园中人凡听见无不笑倒。宝玉又见人人取笑，恐作践了他，忙又说：“海西福朗思牙，闻有金星玻璃宝石，他本国番语以金星玻璃名为‘温都里纳’。如今将你比作他，就改名唤叫‘温都里纳’可好？”芳官听了更喜，说：“就是这样罢。”因此又唤了这名。众人嫌拗口，仍翻汉名，就唤“玻璃”。

因了这一出宝玉的心血来潮，此后芳官便在诸版本中多了许多个不同称谓，有时是耶律雄奴，有时是金星玻璃，而多半是仍称作芳官。看得读者好不眼花缭乱。而“金星玻璃”的名字一出，便替芳官坐定了“金派”女儿的身份，与黛玉替身儿的“玉派”龄官遥遥一对了。

不过这一段的文字颇为奇怪，先是时间上不接榫：

宝玉生日在四月春暖花开时节，却对芳官说：“冬天作大貂鼠卧兔儿带，脚上穿虎头盘云五彩小战靴。”提前大半年就惦记冬天穿什么了？宝玉是不是有点虑得太长远了？而且这是生日第二天，宝玉先改名为雄奴，又改为耶律雄奴，因为大家学着叫，竟至于叫出“野驴子”来，宝玉又觉作践了芳官，遂改名“温都里纳”，但众人嫌拗口，只呼作“玻璃”。

连改了四次名字，从众人学着叫到叫错了韵，再到宝玉重改名众人再改，总得有个时间过渡，有个熟悉和拗口的过程吧？

然而当天下午就写道宝玉要推送佩凤、偕鸾打秋千，两人笑谑："罢了，别替我们闹乱子，倒是叫野驴子来送送使得。"

——这名儿是不是改得太快也传得太快了？

再则意思也自相矛盾。

宝玉说给芳官起番名是为了作践她们，那芳官成什么了？宝玉又如何肯这样对待芳官？事实上果然众人叫成了野驴子，芳官果然被作践了，这是宝玉的为人吗？

再说清朝对于中原来说就是匈奴，这段破口大骂边界异族对于晋唐诸朝的侵害，岂不犯忌？然后又欲盖弥彰地说"当今之世，大舜之正裔"，岂不违心？

而且宝玉无端议起朝廷大事来，还是跟一个小丫头在聊，说得冠冕堂皇，岂不可笑？给个小丫头取个贱名就叫作"替君父生色"了？宝玉有没有这样浅薄无聊？

这段话自相矛盾，语病甚多，且与曹氏文风颇不相符，很可能是补写者想表达自己的一些隐喻，又怕太明显故作遮掩，却因水平不足而生凑强辞，弄得顾此失彼，难以自圆。

占花名

群芳夜宴占花名，每句诗都含意深刻，与元宵灯谜一样，是对《金陵十二钗》命运预言的补充。

首先来看宝钗所拈诗句，"任是无情也动人"，出自唐代罗隐《牡丹花》：

似共东风别有因，绛罗高卷不胜春。
若教解语应倾国，任是无情也动人。
芍药与君为近侍，芙蓉何处避芳尘？
可怜韩令功成后，辜负秾华过此身。

这首诗，每一句都有所指，形容宝钗真是再合适不过了。

首联“东风”，向来代指权威势力，显然宝钗的成功是借助强权比如元春才成功的；颔联是宝钗的性格，沉默寡言，冷淡无情，同时解语花的典故是关于杨贵妃的，而杨妃正同时代表了元春与宝钗；颈联是未来的命运，芍药是麝月，宝钗又名蘅芜君，将来宝玉身边只剩下这两个人了，而芙蓉化身的黛玉和晴雯却都已香消玉殒，魂归离恨；尾联“韩令功成”又是一个典故，说的是唐朝时国人盛赏牡丹，追逐成风，京城令尹韩弘上任后，看到居第植有牡丹花，就令人砍去，表示不慕风尚的决心，喻示了婚后不久宝玉出家，斩断红尘，宝钗纵然嫁得好郎君，却辜负绮年玉貌，一生蹉跎，终究是辜负光阴了。

接着，探春拈了“瑶池仙品”，诗句出自唐代高蟾《下第后上永崇高侍郎》：

天上碧桃和露种，日边红杏倚云栽。
芙蓉生在秋江上，不向东风怨未开。

又是芙蓉，又是东风，而袭人很快就要抽到桃花签。诗中三种花仍然样样不落空，可见作者选这首诗的用心良苦。

此前，探春判词里写：

才自精明志自高，生于末世运偏消。
清明涕送江边望，千里东风一梦遥。

正是“东风”送走了探春！

而探春在元宵节所作的风筝灯谜是第二次暗示：

阶下儿童仰面时，清明妆点最堪宜。
游丝一断浑无力，莫向东风怨别离。

竟然处处都关“东风”的事！正是“东风”使得探春骨肉别离，而且是在清明节的时候远走他乡的，如此证而又证，可以无疑。

此回占花名，是探春第三次和“东风”过不去，而这“东风”的来历和远行的理由也点得更清楚了：“得此签者必得贵婿”。所以众人都说，探春将来是要做王妃的，暗示其远嫁藩王的命运。

书外读者与座中诸钗，看到这句“日边红杏倚云栽”，大抵都是会当成句吉祥话一笑而过的。然而人们往往忽略了，诗人高蟾作这首诗的初衷可不是为了颂圣，而是自叹身世，怀才不遇。

诗题写得很清楚，这是在他屡试不第后所作，投给高侍郎自抒胸臆。意思是说京城自有无数贵戚，考进士近水楼台，得傍皇恩，而我好比秋江上的芙蓉花，远离权贵之地，没有什么背景，自然名落孙山，但是我也不会抱怨，只投下这篇诗稿，等待垂青。

这里的“东风”，明明白白，指的是皇权的势力。而这自怜自傲待机飞升的心态，像足了探春，让探春拈中此签最为恰宜——后来可不是飞渡江风做凤凰了？

李纨抽到的老梅，出自宋代诗人王淇的《梅》：

不受尘埃半点侵，竹篱茅舍自甘心。
只因误识林和靖，惹得世人说到今。

林和靖，指宋代诗人林逋，隐居于孤山梅岭，放鹤湖中，不婚不宦，以梅为妻，以鹤为子，是位世外高人。

李纨在贾府败落后仍能不受牵连，独善其身，正如其把酒所言：“我只自吃一杯，不问你们的废与兴。”这既是因其甘于平淡的性格，也是因为未雨绸缪的心机，懂得早作打算，预留了后路。然而结果却未如所愿，“如冰水好空相妒，枉与他人作笑谈”。

湘云的花签出自宋代苏轼《海棠》：

东风袅袅泛崇光，香雾空蒙月转廊。
只恐夜深花睡去，故烧高烛照红妆。

从字面上，只是讨巧打趣湘云日间的“香梦沉酣”，然而联系她的将来，想到洞房之夜高烧红烛，她却孤独地睡去，极有可能她是守了“望门寡”，虽然得嫁才貌仙郎卫若兰，却连婚礼也未能举办就独守空房了。

而这首诗里，再次提到了“东风”，显然湘云的守寡，又是因为朝堂大事，才让她落得个“香雾空蒙月转廊”。难道是边疆战乱，卫若兰上了战场一去不归？

联系“因麒麟伏白首双星”的脂批来看，很可能是卫若兰音讯渺茫，两人参商永隔，直到白头未能相见。

一个“东风”，将宝钗、探春、黛玉、湘云的命运都绑在一起了，显然风势之险，群芳凋零，正可谓覆巢之下，焉得完卵？

东风过后，唯余荼蘼——将来群钗离散之后，只剩下麝月还留在宝玉身边，终于等到自己独自开放的时刻。

然而“韶华胜极”又怎样呢？春天已经过去了。

诗句出自宋代王淇的《春暮游小园》：

一从梅粉褪残妆，涂抹新红上海棠。
开到荼蘼花事了，丝丝天棘出莓墙。

梅花和海棠刚刚抽过了，是李纨与湘云，这两人一个隐居，一个下嫁，然后才轮到麝月的春天。但是不久，宝玉便遁世出家了，荼蘼花，也只有寂寞地凋零。

接着香菱掣了一根并蒂花，这和湘云抽海棠一样，也是巧合时事，正应了白天斗草时的佳话。

原诗出自宋代朱淑真《落花》：

连理枝头花正开，妒花风雨便相催。
愿教青帝常为主，莫遣纷纷点翠苔。

在大观园的日子，是香菱短短一生中最好的时光，刚开心了没几天，夏金桂这个夺命魔星就要来了。

这句诗表面上意思很好，然而紧接下句却令人唏嘘，是暗示风雨将至，香菱命不久矣。而这个“妒”性成灾的人，自然便是夏金桂了。

但是夏金桂来头太小，所以只能是“风雨”，不是“东风”。

作者或是恐怕读者起误会，所以赶紧又补了个“东风”出来——林黛玉拈的是一枝芙蓉，诗曰“莫怨东风当自嗟”，出自宋代欧阳修《明妃曲》，在后面关于黛玉《五美吟》咏明妃一文中会有详细介绍。

可见黛玉之死，也与“东风”有关，红颜薄命，与人无尤。

最后是袭人，拈了枝桃花，题着“武陵别景”，诗句出自宋代谢枋得《庆全庵桃花》：

寻得桃源好避秦，桃红又是一年春。
花飞莫遣随流水，怕有渔郎来问津。

虽然袭人也入了薄命司，但是注定她生命里还有另一个春天。比起晴雯来，可是幸福得多了，也远胜过“开到荼蘼花事了”的麝月。

贾敬之死

第六十三回的生日宴上，忽闻贾敬死讯，正是典型的热中冷、喜中悲。

而种种转折，先借岫烟转述妙玉的话已经预露端倪，点出两句醒世之文：“纵有千年铁门槛，终须一个土馒头。”寓意了荣华富贵与生死无常的紧密相依。

贾敬食丹而死，尤氏将其装殓，“命人先到玄真观将所有的道士都锁了起来”，又亲自出城处理，“一面看视这里窄狭，不能停放，横竖也不能进城的，忙装裹好了，用软轿抬至铁槛寺来停放……寿木已系早年备下寄在此庙的，甚是便宜。三日后便开丧破孝”。

不但尸体可以抬至铁槛寺停放，连活人的棺木也早早寄放在寺中，可见家庙作用不小。

《红楼梦》不涉政治，但在贾敬死后，贾珍等告假奔丧之后，极罕见地正写了一段朝廷对答——

> 且说贾珍闻了此信，即忙告假，并贾蓉是有职之员。礼部见当今隆敦孝弟，不敢自专，具本请旨。原来天子极是仁孝过天的，且更隆重功臣之裔，一见此本，便诏问贾敬何职。礼部代奏："系进士出身，祖职已荫其子贾珍。贾敬因年迈多疾，常养静于都城之外玄真观。今因疾殁于寺中，其子珍，其孙蓉，现因国丧随驾在此，故乞假归殓。"天子听了，忙下额外恩旨曰："贾敬虽白衣无功于国，念彼祖父之功，追赐五品之职。令其子孙扶柩由北下之门进都，入彼私第殡殓。任子孙尽丧礼毕扶柩回籍外，着光禄寺按上例赐祭。朝中由王公以下准其祭吊。钦此。"此旨一下，不但贾府中人谢恩，连朝中所有大臣皆嵩呼称颂不绝。

可见贾敬之死，是上达朝廷，直接得了皇上御旨的，所有的规矩礼数，都是有来历有御批的，是"过了明路"的。

两相对比，秦可卿的丧礼，则俭也罢，奢也罢，只是贾珍个人的无厘头。只不过因为是宁府第一件白事，为出脱贾珍之奢靡、凤姐之威凛、秦钟之风流，所以作者才会大书特书，详细描写；而贾敬之死既有皇旨，便不写也可知其隆重，便不作二次赘述了，是省笔之法。正如蒙府本第六十四回的回前批所云：

> 此一回紧接贾敬灵柩进城，原当铺叙宁府丧仪之盛，然上回秦氏病故凤姐理丧已描写殆尽，若仍极力写去，不过加倍热闹而已，故书中于迎灵送殡极忙乱处却只闲闲数笔带过。忽插入钗玉评诗、琏尤赠珮一段闲雅文字来，正所谓"急脉缓受"也。

况且贾敬出殡之笔墨虽俭，却不代表礼仪简陋，第六十四回开篇写得明白：“贾珍到了都门，先奔入铁槛寺，从大门外便跪爬进来，至棺前稽颡泣血，直哭到天亮喉咙都哑了方住，一边打发贾蓉回府打理停灵事宜。”

> 是日，丧仪焜耀，宾客如云，自铁槛寺至宁府，夹路看的何止数万人。内中有嗟叹的，也有羡慕的，又有一等半瓶醋的读书人，说是“丧礼与其奢易莫若俭戚”的，一路纷纷议论不一。至未申时方到，将灵柩停放在正堂之内。供奠举哀已毕，亲友渐次散回，只剩族中人分理迎宾送客等事。……近亲只有邢大舅相伴未去。贾珍贾蓉此时为礼法所拘，不免在灵旁藉草枕块，恨苦居丧。人散后，仍乘空寻他小姨子们厮混。宝玉亦每日在宁府穿孝，至晚人散，方回园里。凤姐身体未愈，虽不能时常在此，或遇开坛诵经亲友上祭之日，亦扎挣过来，相帮尤氏料理。……又过了数日，乃贾敬送殡之期，贾母犹未大愈，遂留宝玉在家侍奉。凤姐因未曾甚好，亦未去。其余贾赦、贾琏、邢夫人、王夫人等率领家人仆妇，都送至铁槛寺，至晚方回。贾珍尤氏并贾蓉仍在寺中守灵，等过百日后，方扶柩回籍。

这里写出，贾敬丧仪相当麻烦，尤氏先是把尸体装裹了，用软轿从玄真观弄到了铁槛寺装殓，等贾珍回来后，又大费周章地把棺材从铁槛寺弄回宁国府去停放，然后供奠举哀地折腾了好几天，再又送回铁槛寺来，百日后再想办法弄回原籍，并且作者特地通过旁人议论强调了奠仪奢华程度令人咋舌，而且说明凤姐虽然病体未愈，也仍然前往相帮，单这一条就比之秦可卿丧礼的操办要郑重多了——可卿之丧是因尤氏生病，委托凤姐代为协理；而此时尤氏是健健康康认认真真地操办着，还要再加上一个凤姐勉力相帮，可见态度隆重。

很有意思的是，第十二回是贾敬的生日，却暗伏了可卿之死；而第六十三回是宝玉生日，则接入了贾敬之死。两回对看，越发觉得热闹的益发热闹，惨凄的格外惨凄。

更为可叹的是，前八十回两次大丧事俱出于宁国府中，更因了可卿之丧，秦钟在馒头庵做下风流案，导致一命呜呼；而为了贾敬之丧，贾珍接了尤老娘和尤二、尤三姐妹俩来看家，于是越发演出“聚麀”闹剧来，直指二尤之死。而宁府的情孽，也越积越重了。不知到了太虚幻境，这位太公公见了孙媳妇秦可卿，于警幻仙子座前销号时，会不会反省一番？

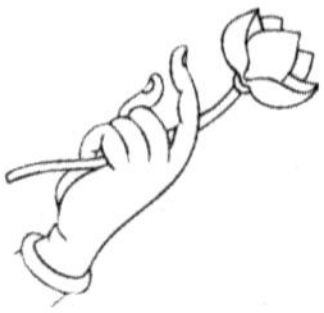

第六十四回
幽淑女悲题五美吟　浪荡子情遗九龙珮

《五美吟》解析

黛玉说："我曾见古史中有才色的女子，终身遭际令人可欣可羡可悲可叹者甚多。今日饭后无事，因欲择出数人，胡乱凑几首诗以寄感慨。"分别是西施、虞姬、明妃、绿珠、红拂，宝玉题之曰《五美吟》。

历史上的红颜传说不知凡几，而黛玉独独选了这五位，意义必定非凡。

有红学家认为西施是黛玉自己，其余四首则分指四人，比如昭君是探春，因为都是远嫁；虞姬是尤三姐，因为都是自刎而死。但是黛玉和尤三姐没半点交集，而且尤三姐也不是十二钗正册中人，由黛玉写诗预示其结局似乎荒诞，更何况根据文中种种分析，我们可以认定二尤故事本为《风月宝鉴》移花接木，除了王熙凤这个人物做连线外，与《金陵十二钗》正文其实无涉。所以我认为，五位美人的吟咏，写的都是黛玉自己的心态。

正如蒙府本在这一回末有总评诗云：

> 五首新诗何所居？颦儿应自日欷歔。
> 柔肠一段千般结，岂是寻常望雁鱼。

可见早在清朝时，已经有人断定这五首诗都是黛玉自叹身世，而且这位评诗人很可能看过红楼全稿，知道黛玉柔肠百结的真正原因不仅仅是因为相思。我们且一首首来分析。

第一首咏西施：

一代倾城逐浪花，吴宫空自忆儿家。
效颦莫笑东邻女，头白溪边尚浣纱。

说西施指黛玉，大概没有人反对。在第三回里林黛玉第一次出场，书中就借宝玉眼光评价其“心较比干多一窍，病比西子胜三分”；第三十回中宝玉见龄官画蔷时，误认作在葬花，暗想其“东施效颦”，用的正是黛玉咏西施的典；后文中兴儿对尤二姐说起黛玉时，形容是“一肚子文章，只是一身多病，这样的天，还穿夹的，出来风儿一吹就倒了。我们这起没王法的嘴都悄悄的叫他‘多病西施’”。王夫人骂黛玉的替身儿晴雯时，也说是“好个美人！真像病西施了”。

也正因为西施的典故，使一些红学家认为找到了黛玉沉湖的理据。但是第一，这五首诗里的美人命运各不相同，西施虽或投水而死，虞姬却是饮剑身亡，绿珠的跳楼更是闻名，若件件都隐黛玉之死，岂非黛玉要死上三次或更多？第二，西施的终局向来有争议，越王勾践灭楚之后，西施究竟是投水自沉，还是跟范蠡泛舟西湖去了，两种结局大相径庭，却各擅胜场。“一代倾城逐浪花”，两种解释都说得通，那到底该以何种为本呢？或者说，作者信服和选择的是哪一种呢？

本文中，我们只举梁辰鱼的《浣纱记》为例。梁辰鱼，江苏昆山人，那时候昆曲还被叫作昆腔，又叫水磨调，有曲无剧。是昆山梁辰鱼把明传奇《吴越春秋》改编成了《浣纱记》，第一次把昆腔搬上舞台，成为昆剧。所以这本讲述西施传奇的《浣纱记》，可以说是昆剧的祖宗，在明清时流传甚广。

今天的读者，多半借助电视剧来了解历史；清朝时也一样，流传最广的故事版本永远不是书籍中记载的那一个，而是戏剧中演绎的传奇。《红楼梦》中关于贾府人看戏、说戏的情节甚多，其中所有的戏，都指的是昆剧。所以我们有理由相信，黛玉诗中的西施故事，不妨按照《浣纱记》中记载为准。

《浣纱记》中，越大夫范蠡往诸暨山中游春，在苎萝溪边偶遇浣纱女西施，惊其美艳，当即许下婚约，并索取西施手中之纱为订。西施亦对范蠡一见钟情，信誓旦旦地表示会等他提亲，绝不另嫁。然后一等三年，思念成疾，所以常常捧着胸口说心痛，这便是西施捧心的缘由。

那范蠡因为吴越战发，勤劳王事，三年来一直顾不上再找西施。然而因为越王勾践想了个美人无间道的计划，使他又重新想起苎萝溪边的绝世美女来，遂重访故地，找到西施，劝她为国捐躯——这真是天大的悲剧。正如西施所叹："悬望三年，今得一见，意谓终身可了，岂料又起风波，好苦楚人也！"

接下来就是人们熟悉的越王勾践卧薪尝胆、终于复国的故事了。至于西施，梁辰鱼给了个光明的结尾，让范蠡在复国后功成身退，挂冠归隐，带着西施泛舟江湖去了。然而理由却不是因为爱："功成不受上将军，一艇归来笠泽云。载去西施岂无意，恐留倾国更迷君。"说他知道红颜是祸水，怕勾践迷恋西施的美貌也会像夫差一样色令智昏，连他自己也不安全："若少留滞，焉知今日之范蠡，不为昔日之伍胥也？"所以为了忠君把西施带走了。

但不管怎样，这总是个团圆的结局。虽然在别的版本中，西施没有这么幸运，然而也没有这个流传得广，这就是昆曲的魅力了——不知道是西施选择了昆曲，还是昆曲选择了西施。但昆腔是属于江苏人的，西施也是来自苏州，也许这是一段宿命，注定昆曲会自姑苏起源，流传千古。

而西施的同乡、姑苏林黛玉的《五美吟》中，第一首即咏西施，使得传奇益发传奇，香艳更加香艳。

西施与黛玉的相同点，我们一目了然，乃在于形容面貌，美而且弱。在命运上有什么共同点呢？排除"投水自沉"这个前文中一再论述的伪命题外，西施的命运与黛玉有何相似之处呢？西施这个人物的最大特点是被当成救国良计嫁到吴国，而且是情人范蠡亲自将她献了出去。黛玉会不会也这样呢？

宝玉是肯定不会主动献出黛玉的，但会不会是无心之失？且往后看。

第二首虞姬诗：

肠断乌骓夜啸风，虞兮幽恨对重瞳。
黥彭甘受他年醢，饮剑何如楚帐中？

要明白这首诗的意思，就得先了解虞姬的故事以及与这故事相关的几首更著名的诗句。

楚汉相争之际，西楚霸王项羽兵败，被汉王刘邦围于垓下。那刘邦为乱楚军之心，便让自己的手下唱起楚地的哀歌，所谓“四面楚歌”，就是从这里来的。项羽部下听了，都以为楚地皆降，民不聊生，故而哀歌，以致军心涣散。项羽心烦意乱之余，对着自己的爱妾虞姬作歌曰：

力拔山兮气盖世。时不利兮骓不逝。
骓不逝兮可奈何！虞兮虞兮奈若何！

这首诗史称《垓下歌》，全诗大意是：我空有拔山之力，无奈时不与我。如今大势已去，只可怜了我的乌骓马和虞美人。乌骓马也还好说，虞姬啊虞姬，我该拿你怎么办？

虞姬听了，便向楚王说：请大王再进一杯酒，让爱妾为您舞剑。遂一边舞剑一边歌曰：

汉兵已略地，四方楚歌声。
大王意气尽，贱妾何聊生。

这歌的意思是说：汉兵已经抢了我们的地方，如今四面楚歌，大王兵败。既然大王已经穷途末路，我又怎能苟且偷生？唱罢，虞姬横剑自刎，死于帐中。

后世关于《霸王别姬》的诗作与剧作都很多，最著名的莫过于李清照的五言绝句：“生当作人杰，死亦为鬼雄。至今思项羽，不肯过江东。”歌颂了楚霸王宁死不屈的精神。

而黛玉这首咏虞姬，堪与易安诗媲美。第一句“肠过乌骓夜啸风”，引用的是项羽的绝命词“骓不逝兮可奈何”，而“虞兮幽恨对重瞳”则是对应虞姬的绝命词“大王意气尽，贱妾何聊生”。传说里项羽的眼仁是双瞳，所以“重瞳”指项羽。

“黥彭”是指项羽手下的两位名将黥布、彭越，他们在乌江战败，投降了刘邦，后来还立下累累战功，但最后还是被刘邦处以醢刑，斩成肉酱。黛玉在这里嘲笑他们两位降汉苟活，却仍难逃一死，还不如虞美人的饮剑楚帐，以全清名。

这首诗写得傲骨峥嵘，剑气纵横，直逼后文宝玉的《姽婳词》，非常刚烈冷冽。乍看上去，虞姬的气质似乎与黛玉的柔弱婉转颇不相类，因此很多人都以虞姬自刎这一点，简单地将这首诗认定是尤三姐的写照。但是尤三姐乃死于柳湘莲毁婚，她又曾经失足不能自辩，因此以死明志——这与虞美人为项王而死，没半点相似之处。

可是黛玉呢？黛玉同虞姬又能有什么共同点呢？

我认为，这首诗表达的是一种困境中的选择：贾府势败，正如项羽对着四面楚歌，黛玉本来有机会嫁给北静王自保，但是她却耻于黥布、彭越的降敌自保，而宁可像忠于楚王的虞姬一样，以死明志，完成了“质本洁来还洁去”的心愿志向。

第三首咏明妃：

绝艳惊人出汉宫，红颜命薄古今同。
君王纵使轻颜色，予夺权何畀画工？

黛玉共写了五位“终身遭际令人可欣可羡可悲可叹”的才情女子，而宝钗独独拿出这首作评：“做诗不论何题，只要善翻古人之意。若要随人脚踪走去，纵使字句精工，已落第二义，究竟算不得好诗，即如前人所咏昭君之诗甚多，有悲挽昭君的，有怨恨延寿的，又有讥汉帝不能使画工图貌贤臣而画美人的，纷纷不一。后来王荆公复有‘意态由来画不成，当时枉杀毛延寿’；永叔有‘耳目所见尚如此，万里安能制夷狄’。二诗俱能各出已见，不与人同。今日林妹妹这五首诗，亦可谓命意新奇，别开生面了。”

海棠诗起社时，宝玉曾说稻香老农不擅作诗却擅评，然而宝钗这番话，却压过前文所有评语了，确是广识之见。同时，五美之中，宝钗单以昭君为评，可见这一首才是本回的关键，点睛之题。

因了昭君远嫁，所以红学家以往例行认为这首诗暗喻探春，然而诗中既说“红颜薄命古今同”，可见以古喻今，这首诗正是黛玉自己形容。

有个旁证：前回开夜宴、占花名，黛玉抽到的乃是芙蓉，诗为“莫怨东风当自嗟”。这句诗出自欧阳修的《明妃曲》，前一句乃是“红颜胜人多薄命”。

毫无异议的是，这一回占花名中每人抽的签都是自己的命运谶语，绝不会指别人。两回紧密相连，前曰“红颜胜人多薄命，莫怨东风当自嗟”，后曰“绝艳惊人出汉宫，红颜薄命古今同”。很明显这“红颜”指的是黛玉自己。

另外，薛宝钗评诗时提到的“耳目所见尚如此，万里安能制夷狄”，也是来自《明妃曲》中，且看原诗：

汉宫有佳人，天子初未识，一朝随汉使，远嫁单于国。
绝色天下无，一失难再得，虽能杀画工，于事竟何益？
耳目所及尚如此，万里安能制夷狄！
汉计诚已拙，女色难自夸。明妃去时泪，洒向枝上花。
狂风日暮起，飘泊落谁家。红颜胜人多薄命，莫怨东风当自嗟。

全诗内容明确，就是将明妃王昭君的故事讲了一遍：西汉宣帝时，匈奴中有呼韩邪单于向朝廷求婚，愿娶一位汉室公主为妻。皇上当然舍不得自己的亲生女儿远去僻疆，于是就想从宫女中挑一个认作义女。而王昭君便站出来说，愿意成为和亲之选。远嫁之日，汉宣帝为之饯行，见其容貌美丽，有勇有谋，十分心仪，很后悔之前竟然没有留意这个美人儿，回宫后遂翻出宫女画像来看。

原来，那时候皇帝选妃不是当面挑选，而是凭画像来定夺的。王昭君因为不肯贿赂画工毛延寿，就被他故意在脸上点了一颗痣，遂落选。皇上看到自己当面错失美人，龙颜大怒，遂下旨重办毛延寿；然而皇令如山，悔之晚矣，王昭君到底还是远嫁了。

昭君死后，葬于今呼和浩特市郊，背青山，傍黄河，其墓曰“青冢”——青与黛，岂非同为三生石畔旧精魂乎？

诗中说昭君“红颜胜人多薄命，莫怨东风当自嗟”。因明妃生得太美丽，注定了红颜薄命，只能自叹无运。

而黛玉自称“红颜薄命古今同”，与明妃同命，那该是什么样的命运呢？

第六十三回到第六十九回中间插入了“红楼二尤”的故事，把时间拉得很远；但是笔触一回到荣府事后，就立刻又以诗词开篇，黛玉咏絮词中更有“嫁与东风春不管，凭尔去，忍淹留”——再提“东风”，朔气凛然。显然因为君权而使命运发生逆转，谜底呼之欲出。

第四首咏绿珠：

瓦砾明珠一例抛，何曾石尉重娇娆。
都缘顽福前生造，更有同归慰寂寥。

绿珠的故事见于《乐史·绿珠传》：西晋洛阳巨富石崇，以十斛真珠购得歌妓绿珠为妾，藏于金谷园中，日则艳舞，夜则笙歌，还曾合作歌舞剧，堪称我国最早的词曲制作夫妻档。而两人最著名的作品就是《昭君曲》，正和黛玉《五美吟》中的王昭君相应。

且说绿珠艳名远播，石崇富可敌国，这两条理由都足以让别的男人嫉恨，尤其是比石崇更有势力却没有艳福的男人。赵王司马伦多次使人向石崇索要绿珠，石崇不允，且勃然说：“绿珠吾所爱者，不可得也！”后来赵王之亲信孙秀罗织罪名，兵围金谷园，石崇遂哭着对绿珠道：“我为你成了罪人了。”

这时候，绿珠原本有三种选择：一是把自己献给赵王，解了石崇燃眉之急；二是与石崇并肩顽抗到底，效法梁山伯祝英台做一对亡命蛱蝶；第三，就是干脆装聋作哑，守着弱女子本分，坐山观虎斗好了。然而，这也就正应了石崇的那句话：我为你而获罪。

结果，绿珠做了第四种选择：“落花犹似坠楼人”（杜甫句），以此来免石崇之祸。

可叹的是，绿珠跳楼了，石崇也仍未能逃脱被捕斩首的命运，临终之际，他说了真话：不是绿珠害我，是财富招祸——即使没有绿珠，赵王也会找其他的借口对石崇图财害命的。不是石崇为绿珠所牵累，恰恰相反，倒应该是绿珠为石崇而殉葬了。

明义《绿烟琐窗集》中收录《题红楼梦绝句二十首》，是后世红迷探佚结局的重要依据之一。比如其中有一首诗借金谷园典故云：

馔玉炊金未几春，王孙瘦损骨嶙峋。
青蛾红粉归何处？惭愧当年石季伦。

同样是用金谷园故事来照应红楼人物，绝非偶然。那么，这两首诗中的绿珠与石崇，又到底指的是书中的哪一对苦命鸳鸯呢？

想弄清绿珠身份，不妨先弄清石崇是谁——且看“痴公子杜撰芙蓉诔”一回，宝玉作了一篇长长的《芙蓉女儿诔》，其中有一段很重要的文字：

自为红绡帐里，公子情深；始信黄土垄中，女儿命薄！
汝南泪血，斑斑洒向西风；梓泽余衷，默默诉凭冷月。

诔文很长且深奥难懂，但是我说这几句是全文最重要的一段，应该没人反对。因为后文写了黛玉从花丛中走出，抛开长长悼文，单挑出“红绡帐里”“黄土垄中”一联评点；因此脂批特笔标注：“观此知虽诔晴雯，实乃诔黛玉也。”由此可见这一段话有多么重要。

但是作者这样郑重提醒读者注意的，真的只是“红绡帐”或者“茜纱窗”的区别吗？当然不会。所以这段描写的真正用意，是要大家注意后面这一句“汝南泪血”“梓泽余衷”。

历史上不同朝代有过很多位“汝南王”，我怀疑这里指的应该是为自己的宠妾碧玉写过《碧玉歌》的西晋汝南王司马义，也是“小家碧玉”典故的由来，传诵最盛。“碧玉”正可指“黛玉”，而歌中“芙蓉凌霜荣，秋容故尚好”又与“芙蓉女儿”相映。

而“梓泽”是金谷园的别名，所以这里是代指石崇。宝玉在这句诔文中，自比保不住绿珠的石崇，余恨难言。

既然石崇是宝玉，绿珠自然呼之欲出。书中晴雯被王夫人羞辱而死，但是并不存在有强权向宝玉争夺晴雯一说，脂批既然说“实诔黛玉”，可见宝玉要借这篇诔文表达的，其实是失去黛玉的悲感。黛玉，才是真正的绿珠。

“都缘顽福前生造，更有同归慰寂寥。”黛玉在诗中借绿珠典故，写出绿珠为石崇而死，都只为前生因果，如今同赴黄泉，也不算寂寞了。这正是脂批说的“万苦不怨”，黛玉对于自己和宝玉的感情，是至死不悔的。两人本是来自太虚幻境，为还泪而来，泪尽而逝，终究还要同归幻境，这不正是“前生缘造”吗？

而明义的诗则反过来说，那宝玉当年跟石崇一样，为了黛玉而得罪权贵，如今黛玉香消玉殒，宝玉却没有同归，理当惭愧，还不如当年的石崇呢。其中“王孙瘦损骨嶙峋”句，可与甄士隐所注《好了歌》中的“金满箱，银满箱，转眼乞丐人皆谤”之语对看，脂砚斋在这句后面原有“甄玉、贾玉一干人”的批语，可见宝玉此后曾经一度沦为乞丐；而“青蛾红粉归何处”指的当然是黛玉，也就是说宝玉瘦骨嶙峋之际，黛玉已死；“惭愧当年石季伦”，则暗示了黛玉之死正与石崇祸累绿珠一样，或为宝玉所累——当然，也可以反过来说是绿珠的美名替石崇招祸，宝玉是被黛玉所累。

将绿珠诗与明妃诗同看，再联系此前《都是扇子惹的祸》一文，黛玉的结局越来越清晰了：宝玉可能将黛玉之诗题写在扇子上流传出去，被强权看见，最终阴差阳错迫使黛玉离开宝玉，逼得黛玉以死明志，而宝玉却也因此招祸，未能幸免于难。

第五首咏红拂：

长揖雄谈态自殊，美人巨眼识穷途。
尸居余气杨公幕，岂得羁縻女丈夫。

红拂堪称是五美中最幸运的一个，是一出完美的喜剧。黛玉自称选这五位的原因是其“终身遭际令人可欣可羡可悲可叹”，而红拂作为压轴之作，显然是“可羡”的那位。

第一句“长揖雄谈态自殊”，说的是李靖拜访杨司空，只长揖不下跪，不卑不亢，谈吐不俗。“美人巨眼识穷途”，是说红拂独具慧眼，识英雄于末路，并不以李靖的人微运蹇为意，却一眼认定他是可以托付终身的真知己。后两句则引用的是红拂的原话，说尸居余气的棺材板儿杨素怎么可以困得住巾帼英雄张出尘呢？

为了“女丈夫”三个字，很多红学家认定这首诗指史湘云。但是就像我们前几篇所分析的，如果西施、虞姬、昭君、绿珠都指的是黛玉自己，那么没道理最后一首红拂却写别人。可是林黛玉，或者说曹雪芹为什么要选择红拂来压轴呢？难道只是为了照应“怡红快绿”四个字，所以就要写一位绿珠，再写一位红拂吗？

我最早看到这回觉得很惊讶，西施投水而死，虞姬是自刎而死，绿珠是跳楼而死，昭君是出塞之后抑郁而死，只有红拂成了一品夫人，而且是一个私奔的侍妾，非常勇敢，最早的自由恋爱主义者，追求个性解放，似乎和黛玉没半分相像，即便与红楼其他诸钗也格格不入。为何林黛玉会选择红拂入诗呢？

但是后来因为机缘巧合做了昆曲编剧，通过对昆曲资料的学习，无意中发现曹寅原来也是一位剧作家，著有昆剧角本《北红拂记》，真是豁然开朗，有如他乡遇故知一般的惊喜。

我们在看《红楼梦》的时候，因为人物实在太逼真太生动，以至于让我们常常忘记宝、黛、钗是虚构的人物，而当他们是真实的历史存在；然而红拂的出现让我们清楚地知道，小说就是小说，无论如何都会打下作者的烙印。曹雪芹饱读诗书又喜爱昆曲，祖父曹寅的剧作不可能不熟读，于是在撰写《五美吟》的时候，就会本能地选择了红拂压轴，也正符合了作者“为闺阁昭传”的初衷。

曹寅《柳山自识》云：

> 壬申九月入越，偶得凌初成填词三本，三人各为一出，文义虽属重复，而所论甚快。笔仿元人，但不可演戏耳。舟中无事，公之梅谷同好，因为之添减，得十出，命王景文杂以苏白，故非此无调侃也。庶几一洗积垢，为小说家生色，亦卒成初成苦心也。

凌初成，指的是明代才子凌濛初（1580—1644），字玄房，号初成，亦名凌波，别号空观主人。明朝浙江湖州人，著名文学家、小说家、剧作家和雕版印书家。一生著述极丰，有杂剧《虬髯翁》《颠倒姻缘》《北红拂》等十三种，传奇《衫襟记》《合剑记》《雪荷记》三种，经学和史学著作《圣门传诗嫡冢》《诗经人物考》《倪思史汉异同补评》《战国策概》等；文艺评论著作有《西厢记五本解证》《南音之籁》《燕筑讴》等，其他还有《赢腾三札》《荡栉后录》《国门集》《鸡讲斋诗文》《已编蠹涎》《惑溺供》等，而影响最大的文学作品，是他的拟话本小说《初刻拍案惊奇》与《二刻拍案惊奇》两书，与冯梦龙所著《喻世明言》《警世通言》《醒世恒言》合称“三言二拍”。

曹寅在康熙三十一年秋天进入浙江时，于途中船上深读凌濛初所作《北红拂》《虬髯翁》等，遂做了一番编辑删减功夫，将三人各传合成一本，并请王景文加上苏白科诨的部分，使其完整，脱离案头剧本而成为舞台作品。

昆曲讲究“无丑不成戏”，一定要有科诨的成分，曹寅或是不谙苏白，或是不擅俚语，于是命王景文做了这部分工作，追求演出效果。可见曹家也是养了家班的，“命王景文杂以苏白”，用了个“命”字，可能这王景文是他家中的伶工，或是班头之类。

黛玉《五美吟》以红拂压轴，显然就是曹雪芹向先人致敬的一种方式了。

红拂的故事发生在隋朝末年，她本是权臣杨素家中的一名歌伎，原名叫作张出尘，因为常常手执一柄红色拂尘而得名红拂女。杨素权倾天下，人人都要投奔他，争做他的门生。有一个叫李靖的人呢，有一天就来投奔他，对着他只作揖但是没有下跪，夸夸其谈，滔滔不绝，谈了很多天下形势和应变之法，希望能够得到重用或引荐。但是杨素本身是一个无能的人，他是瞧不起这种有志之士的，他在乎的是阿谀奉承，所以就对李靖很冷淡。

当晚，红拂女私下找到李靖借宿的客栈，说：“杨素是不可能欣赏你的，不如你带我走吧。我觉得你将来一定会成大器，我愿意扶持你，你带我私奔吧。”李靖吓坏了，他觉得这位杨大人的侍妾三更半夜投奔我，瓜田李下说不清啊，就问：“那大人知道了怎么办？”

红拂说：“彼尸居余气，不足畏。”意思就是说：“他比死人就多了一口气了，不用担心他。”还说，“我带了很多钱来，很多珠宝，可以帮助你。”李靖一想，有财有色啊，而且不走也说不清，那还不如走呢，就连夜带着红拂私奔了。

后来，他们又得到了虬髯客的资助，人称“风尘三侠”；再后来，李靖投奔李世民，屡建战功，助其完成大业，做了大唐的开国功臣，得封卫国公，红拂女张出尘也做了一品夫人。

通过后来的一些资料辅证，曹寅对自己改编的这部《北红拂记》是很得意的，每当有朋友来府坐宴，就会请伶人出而歌之，博得一个满堂彩。——这样的家史美事，曹雪芹怎么可能不知道、不熟悉呢？而当评选五位美人入诗时，又怎么会忘了这个祖父极为赞赏的红拂女呢？

更何况，她最能表达林黛玉柔弱的外表下坚强叛逆的一面，表现了她对自由的追求，她对个性解放的一种追求，她对当时整个世界的一种抗争，对尸居余气的管理层的一种叛逆，这是林黛玉的另外一个层面。“一年三百六十天，风刀霜剑严相逼”之下，她是有她的追求和渴望的，只是做不到，所以最后只能以死相抗。

所以，五美的故事其实讲述的是一个关于选择的话题：西施选择了殉国，林黛玉却认为她不如“头白溪边尚浣纱”的邻村东施，可以过自己的生活；虞姬选择了自刎，黛玉盛赞她的刚烈，以为比苟且偷生的黥布、彭越要强；明妃选择了远嫁，黛玉叹息是君王的疏忽误了她；绿珠选择了跳楼，黛玉感慨她能与至爱同生共死，也就不算寂寞了；而红拂选择了与李靖远走高飞，黛玉盛赞她不仅“美人巨眼识穷途”，而且是“女丈夫”，给予了最高的褒奖。

《五美吟》充分表现了林黛玉在伤春悲秋之外的另一个侧面——对于自由选择的渴望，可以说是她叛逆性格的集中反映。黛玉的挑剔、易感、犀利、不甘平庸，在这五首诗中得到了最淋漓的抒发，也将她的反抗精神提到了一个更高的层面，并真正表达了其“质本洁来还洁去”“随花飞到天尽头”的终极愿望。

所以说，《五美吟》的出现对于黛玉来说，不论是其性格的分析还是命运的暗示，都起着极为重要的作用，不可忽视。

蒙府本在此处有一条夹批说：“《五美吟》与后《十独吟》对照。”想来遗失的后文中，有人从史上选择了十位孤独寂寥的才色女子入诗。这十人固不可妄拟，即便是作诗人亦不知是谁。红学家们多有猜测宝钗或湘云的，而我则以为是妙玉。

妙玉之才，在黛玉和湘云中秋联句时已经崭露头角，却只是续诗，未能展才。而妙玉又正是书中最孤傲，最冷洁的一个女子，她自称“畸零之人”，岂非正适合做《十独吟》吗?

我在《宝玉传》里写了妙玉的《十独吟》，虽然写得不好，却不妨与红迷朋友们共同切磋，破闷解颐。

贾琏亦有真情爱

宁府二尤之“尤”，有两解：一是宝玉对柳湘莲说的，“真真一对尤物，他又姓尤”，喻其娇艳风流；二是尤三姐托梦给尤二姐时说的：“你我生前淫奔不才，使人家丧伦败行，故有此报。……你虽悔过自新，然已将人父子兄弟致于麀聚之乱，天怎容你安生。”

既说“淫奔不才”，可见尤家姐妹在择夫前都非贞女。麀，古书上指母鹿。“麀聚”，也有版本做“聚麀”，意思都一样，就是一群公鹿和母鹿交欢。“父子兄弟”，指的是贾珍贾蓉父子和贾珍贾琏兄弟，此三人俱与尤氏姐妹有染，致使内帏混乱，丧德败行，可谓淫乱之至。

然而鱼目之中，亦有真珠，若纯是滥情纵欲，也不值得这样大书特书了。尤三姐之于柳湘莲一段贞烈之情固然可悯可叹，即便贾琏之于尤二姐，也未尝没有真情。

贾琏虽然一生风流，艳事无数，然而难得见他动真心。凤姐自是不消说了，平儿也只是凤姐安排与他的通房丫头，好的时候固然也曾叫过几声“心肝儿”，脾气来了便拳打脚踢，没有一丝怜惜；鲍二家的、多姑娘之流，更是露水姻缘，皮肉之欢，当不得真的；秋桐是贾赦赏与他的，虽然新鲜，毕竟不是自己争取来的。

——通算下来，竟然只有尤二姐，算是自由恋爱，私订终身的。

他对尤二姐的动心，并不只限于勾引到手便罢，而是从一开始就动了婚姻之念。

第六十四回“浪荡子情遗九龙珮”中说：“贾琏素日既闻尤氏姐妹之名，恨无缘得见。”可见贾琏早知道尤二姐不洁，却仍愿意娶进来做二房。

在路叔侄闲话。贾琏有心，便提到尤二姐，因夸说如何标致，如何做人好，举止大方，言语温柔，无一处不令人可敬可爱，“人人都说你婶子好，据我看那里及你二姨一零儿呢。”贾蓉揣知其意，便笑道：“叔叔既这么爱他，我给叔叔作媒，说了做二房，何如？”贾琏笑道：“你这是顽话还是正经话？”贾蓉道：“我说的是当真的话。”贾琏又笑道：“敢自好呢。只是怕你婶子不依，再也怕你老娘不愿意。……”

所谓爱情，不过是在一个人眼中，看得另一个人与天下人都不同，比千万人都好。而贾琏看尤二姐，正是这样，相貌性情举止言语，“无一处不令人可敬可爱”，连凤姐也不及一零儿，可见是真心爱慕。

虽说旧时男人三妻四妾是平常事，然而娶二房毕竟也是大事，从后文中贾琏的一番周章与凤姐的满嘴客套便可以看出。这里贾琏八字尚无一撇，却已在筹划买房婚嫁等事，是动了真格儿的，绝不同于一般的偷情通奸，与贾珍、贾蓉父子的“聚麀之乱”更不能同日而语。

贾琏之前和多姑娘、鲍二家的，都是明码实价的皮肉交易，命小丫头送点赏钱就招了进来胡天胡地的，完全谈不上什么感情，连贾母都骂他品位恶俗，“成日家偷鸡戏狗，脏的臭的都拉了你屋里去”。

但是对于尤二姐，他却是有意在先，追求在后，而且从一开始就打了长久主意的。俗话说：不以结婚为目的的谈恋爱是耍流氓。那么贾琏这一开始就打定了要娶进门来的猎艳计划是否算得上认真的爱情了呢？

贾琏喜欢尤二姐，首先自是因为好色。但正如后文二姐所说：“我虽标致，却无品行。”“淫”是二尤的致命伤：“已经失了脚，有了一个‘淫’字，凭他有甚好处也不算了。”但贾琏偏偏不以为意，一则是因为他本人的道德底线低，二则是因为尤二姐“举止大方，言语温柔，无一处不令人可敬可爱”；后文更直书“二姐倒是个多情人，以为贾琏是终身之主了，凡事倒还知疼着痒。若论起温柔和顺，凡事必商必议，不敢恃才自专，实较凤姐高十倍；若论标致，言谈行事，也胜五分”。这便是尤二姐最吸引贾琏的地方了。

温柔大方四个字，压倒凤平二人，正是贾琏生平最稀缺的日常恩爱。他长期活在凤姐的强势和威力之下，最渴望的就是温柔的调情，娇羞的迎合，还有男性根深蒂固的求崇拜心理——而这一切，尤二姐都百倍地满足了他，这真是最理想的梦中情人。

贾琏借着讨槟榔向尤二姐调情，又掷九龙珮当作情订。尤二姐只是不理，装看不见，等尤老娘进来，她没事人一样起身招呼，却神不知鬼不觉已经将信物收了。这一番高手过招，完全是年轻男女欲迎还拒的恋爱把戏，很是吊人胃口，怎不让贾琏神魂颠倒？

爱她美貌，更爱她言语性情，还需要多少相爱的理由呢？

而尤二姐自然更是一片痴情："二姐又是水性的人，在先已和姐夫不妥，又常怨恨当时错许张华，致使后来终身失所，今见贾琏有情，况是姐夫将他聘嫁，有何不肯，也便点头依允。"

自此一心一意过起日子来，自嫁了贾琏后，虽然金屋藏娇，却也以礼自持。文中说：

> 那贾琏越看越爱，越瞧越喜，不知怎生奉承这二姐，乃命鲍二等人不许提三说二的，直以奶奶称之，自己也称奶奶，竟将凤姐一笔勾倒。……贾琏一月出五两银子做天天的供给。若不来时，他母女三人一处吃饭；若贾琏来了，他夫妻二人一处吃，他母女便回房自吃。贾琏又将自己积年所有的体己，一并搬了与二姐收着，又将凤姐素日之为人行事，枕边衾内尽情告诉了他，只等一死，便接他进去。二姐听了，自是愿意。当下十来个人，倒也过起日子来，十分丰足。

这大概是尤二姐人生中的极乐时期了，是一心一意要同贾琏做长久夫妻的。虽是独门另居，行事举止反比从前做姑娘时端庄持重了许多，贾琏不在时便是母女三人一同吃饭，贾琏来时，则夫妻同桌，而母亲与妹妹却回避开来——比起宁国府的漫无规矩，倒更讲究些体面，是认真做起正经门户的管家奶奶来。

人们总是肯相信那些自己愿意相信的话。尤二姐的轻信在于心有愿望：贾琏对她说尽甜言蜜语，说等凤姐死了会接她进府扶正，她信了；凤姐却提前说要接她进贾府，视她如姐妹，她信了——因为名正言顺嫁进贾府，一直都是她的理想。

在小花枝巷的日子，本来应该是她生命中最甜美的日子。她也心心念念地想着和贾琏白头偕老，无奈花容难弃，枝柯动摇，树欲静而风不止——每当贾琏不在家，贾珍就来鬼混厮缠，尤二姐因为心虚理亏在先，不能推拒，却也不肯盲从，只得回避了。这大概也是尤二姐急于进贾府的原因之一。

且看书中这段文字：

> 眼见已是两个月光景。这日贾珍在铁槛寺作完佛事，晚间回家时，因与他姨妹久别，竟要去探望探望。先命小厮去打听贾琏在与不在，小厮回来说不在。贾珍欢喜，将左右一概先遣回去，只留两个心腹小童牵马。一时，到了新房，已是掌灯时分，悄悄入去。两个小厮将马拴在圈内，自往下房去听候。贾珍进来，屋内才点灯，先看过了尤氏母女，然后二姐出见，贾珍仍唤二姨。大家吃茶，说了一回闲话。贾珍因笑说："我作的这保山如何？若错过了，打着灯笼还没处寻，过日你姐姐还备了礼来瞧你们呢。"说话之间，尤二姐已命人预备下酒馔，关起门来，都是一家人，原无避讳。……当下四人一处吃酒。尤二姐知局，便邀他母亲说："我怪怕的，妈同我到那边走走来。"尤老也会意，便真个同他出来，只剩小丫头们。

其后贾琏回来，尤二姐益发不安，先还只管用言语混乱，后来因贾琏搂着她赞标致，羞恶心发，反而滴下泪来，剖白道："我如今和你作了两个月夫妻，日子虽浅，我也知你不是愚人。我生是你的人，死是你的鬼，如今既作了夫妻，我终身靠你，岂敢瞒藏一字。"自己承认从前没有品行，毫无隐瞒。

然而贾琏说："谁人无错，知过必改就好。"不提以往之淫，只取今日之善，小两口儿遂"如胶授漆，似水如鱼，一心一计，誓同生死"，倒似乎是贾琏一生情史中最真情的一段了。

事实上，尤二姐虽非贾琏唯一的女人，却的确算得上是他最心爱的女人。

他娶进尤二姐后，也曾有过真心恩爱的日子。尤二姐病重，他是真着急，也陪着她流泪，还特地请了胡君荣来诊病，奈何庸医误人，竟将怀孕当成郁结，因此错害了未出世的婴儿。那贾琏气得“大骂胡君荣。一面再遣人去请医调治，一面命人去打告胡君荣”。及至听说胡庸医已卷包逃了，便将请医生的小厮打个半死。

至此，贾琏虽然花心，并无对尤二姐负心之处。他的缺陷，只在于贪多嚼不烂。尤二姐进了荣国府后，他已经失于照应了，后来更因贾赦赏了个秋桐，益发疏于照料，遂致尤二姐被众人的唇枪舌剑折磨而死。

而这时，他也是真的伤心，不仅搂尸大哭，且自愧说：“奶奶，你死的不明，都是我坑了你！”又说，“终久对出来，我替你报仇。”又向王夫人求了梨香院做停灵之所——

> 天文生回说：“奶奶卒于今日正卯时，五日出不得，或是三日，或是七日方可。明日寅时入殓大吉。”贾琏道：“三日断乎使不得，竟是七日。因家叔家兄皆在外，小丧不敢多停，等到外头，还放五七，做大道场才掩灵。明年往南去下葬。”……贾琏忙进去找凤姐，要银子治办棺椁丧礼。凤姐见抬了出去，推有病，回：“老太太、太太说我病着，忌三房，不许我去。”……恨的贾琏没话可说，只得开了尤氏箱柜，去拿自己的体己。及开了箱柜，一滴无存，只有些折簪烂花并几件半新不旧的绸绢衣裳，都是尤二姐素习所穿的，不禁又伤心哭了起来。自己用个包袱一齐包了，也不命小厮丫鬟来拿，便自己提着来烧。平儿又是伤心，又是好笑，忙将二百两一包的碎银子偷了出来，到厢房拉住贾琏，悄递与他说：“你只别作声才好，你要哭，外头多少哭不得，又跑了这里来点眼。”贾琏听说，便说：“你说的是。”接了银子，又将一条裙子递与平儿，说：“这是他家常穿的，你好生替我收着，作个念心儿。”平儿只得掩了，自己收去。贾琏拿了银子与众人，走来命人先去买板。好的又贵，中的又不要。贾琏骑马自去要瞧，至晚间果抬了一副好板进来，价银五百两赊着，连夜赶造。一面分派了人口穿孝守灵，晚来也不进去，只在这里伴宿。

这一段可与“秦可卿死封龙禁尉”对看，贾琏为尤二姐治丧虽与贾珍出殡秦可卿的排场没法比，心思并无二致，是尽了自己能力的。在整个贾府无人帮忙的前提下，贾琏独力支持，尽哀全礼，且在梨香院伴宿七日夜，天天僧道不断做佛事。又因贾母吩咐不许送往家庙中，只得在尤三姐之上点了一个穴，破土埋葬。其情其景，实有一种凄凉的境界。

前文原说过那贾琏“只离了凤姐便要寻事”的，因大姐儿出花儿，他搬出外书房独寝了两夜，寂寞难熬，便又是拿小厮“出火”，又是勾搭多姑娘，还惹出一场青丝案来。然而此次，他竟然心甘情愿自在梨香院伴宿七日夜，恨苦居丧，也可谓难得了。

然而尤二姐曾说过“我生是你的人，死是你的鬼”，谁承望身后却终究归不得贾家祖坟，亦如未出阁的亲妹子尤三姐一般，只落得孤坟野冢，无主游魂，岂非可怜可叹？

更可怜的是，尤三姐曾说过“咱们金玉一般的人”，可怜如今金玉同归，竟落得了一样的下场，孤坟无主，也着实令人扼腕了。

第六十五回
贾二舍偷娶尤二姨　尤三姐思嫁柳二郎

烈而不贞尤三姐

在程高本中，尤三姐所有的风月文字都被删改干净，把她塑造成了一个冰清玉洁的好女儿，并因此得到了许多读者的推崇，以为是千古第一贞节烈女。

小时候我最初看的也是这个版本（那时候也只有这一种版本），也很喜欢尤三姐这个人物，觉得她艳如桃李，凛若冰霜，是红楼诸女儿中最特别的一个。

后来看到庚辰本，看到那些恢复了尤三姐本来面目的文字，心中很不是滋味，便有意忽略她的不贞不洁。再后来慢慢大了，了解到人性的多重与无奈，才觉得曹雪芹刻画这样一个人物是有深意的，一个烈而不贞的尤三姐，其实比贞节烈女的尤三姐更有血有肉。

所有看过红楼的人都不会忘记尤三姐戏珍琏的一幕——

> 尤三姐站在炕上，指贾琏笑道："你不用和我花马吊嘴的，清水下杂面，你吃我看见。提着影戏人子上场，好歹别戳破这层纸儿。你别油蒙了心，打谅我们不知道你府上的事。这会子花了几个臭钱，你们哥儿俩拿着我们姐儿两个权当粉头来取乐儿，你们就打错了算盘了。我也知道你那老婆太难缠，如今把我姐姐拐了来做二房，偷的锣儿敲不得。我也要会会那凤奶奶去，看他是几个脑袋几只手。若大家好取和便罢；倘若有一点叫人过不去，我有本事先把你两个的牛黄狗宝掏了出来，再和那泼妇拼了这命，也不算是尤三姑奶奶！喝酒怕什么，咱们就喝！"说着，自己绰起壶来斟了一杯，自己先

喝了半杯，搂过贾琏的脖子来就灌，说："我和你哥哥已经吃过了，咱们来亲香亲香。"唬的贾琏酒都醒了。贾珍也不承望尤三姐这等无耻老辣。弟兄两个本是风月场中耍惯的，不想今日反被这闺女一席话说住。尤三姐一叠声又叫："将姐姐请来，要乐咱们四个一处同乐。俗语说'便宜不过当家'，他们是弟兄，咱们是姊妹，又不是外人，只管上来。"尤二姐反不好意思起来。贾珍得便就要一溜，尤三姐那里肯放。贾珍此时方后悔，不承望他是这种为人，与贾琏反不好轻薄起来。这尤三姐松松挽着头发，大红袄子半掩半开，露着葱绿抹胸，一痕雪脯。底下绿裤红鞋，一对金莲或翘或并，没半刻斯文。两个坠子却似打秋千一般，灯光之下，越显得柳眉笼翠雾，檀口点丹砂。本是一双秋水眼，再吃了酒，又添了饧涩淫浪，不独将他二姊压倒，据珍琏评去，所见过的上下贵贱若干女子，皆未有此绰约风流者。二人已酥麻如醉，不禁去招他一招，他那淫态风情，反将二人禁住。那尤三姐放出手眼来略试了一试，他弟兄两个竟全然无一点别识别见，连口中一句响亮话都没了，不过是酒色二字而已。自己高谈阔论，任意挥霍洒落一阵，拿他弟兄二人嘲笑取乐，竟真是他嫖了男人，并非男人淫了他。一时他的酒足兴尽，也不容他弟兄多坐，撵了出去，自己关门睡去了。

这一段描写，完全打破了前文的迂缓含蓄，何等痛快洒脱！而尤三姐风流潇洒，忽嗔忽喜的性格形象也就完全地突显出来了，一番慷慨陈词更是掷地有声。

然而细想想却有些色厉内荏，因为她虽不承认自己是粉头，但在贾琏进门之前，贾珍私自来访，尤二姐拉了母亲回避开去，房中只剩贾珍与尤三姐，"贾珍便和三姐挨肩擦脸，百般轻薄起来。小丫头子们看不过，也都躲了出去，凭他两个自在取乐，不知作些什么勾当"。这个时候，尤三姐是乐意的。是贾琏恃熟卖熟，挑破了窗户纸，说要和尤三姐喝一杯，尤三姐才破了脸，发作起来，要把他"两个的牛黄狗宝掏出来"，又搂过贾琏的脖子来强灌，弄得珍琏两个大为扫兴，手足无措。

然而她一个女孩儿家与两个姐夫醉闹通宵，已经是一件有失身份的事，虽说是“拿他弟兄二人嘲笑取乐，竟真是他嫖了男人，并非男人淫了他”——但谁嫖谁都好，终究不是什么淑女行径。

蒙府本这一回的回目题作《膏粱子惧内偷娶妾　淫奔女改行自择夫》，前者指贾琏，后者指尤三姐，明确定位“淫奔女”。

其实早在贾琏娶尤二姐之前，已经“素日既闻尤氏姐妹之名，恨无缘得见。近因贾敬停灵在家，每日与二姐儿、三姐儿相认已熟，不禁动了垂涎之意。况知与贾珍、贾蓉等素有聚麀之诮，因而乘机百般撩拨，眉目传情”。

可见二尤早已淫名远扬，与珍蓉父子不轨的事尽人皆知。这也是柳湘莲向宝玉问话时，宝玉也不能为尤三姐周全，因为“不干净”是事实。

那么二尤为什么会这般无耻呢？一则小家贫户，相貌出众，不甘寂寞，生性不大安分：“谁知这尤三姐天生脾气不堪，仗着自己风流标致，偏要打扮的出色，另式作出许多万人不及的淫情浪态来，哄的男子们垂涎落魄，欲近不能，欲远不舍，迷离颠倒，他以为乐。”

二则是因为吃人家嘴短。正如尤老娘向贾琏说的：“我们家里自从先夫去世，家计也着实艰难了，全亏了这里姑爷帮助。”她们寄人篱下，为了讨好贾珍父子以自保，不得已做了许多“丧伦败行”之举。

贾琏娶尤二姐后，贾珍寻机来厮混，尤二姐明知他是为尤三姐而来，特地拉老娘回避，“贾珍便和三姐挨肩擦脸，百般轻薄起来”，“不知作些什么勾当”。

此段描写，污秽之至。姐夫上门调戏小姨子，老娘和姐姐一个“会意”，一个“知己”，特地制造机会给二人行其秽乱之事，连小丫头都看不过眼，这哪里还是正经人家，岂不成了暗娼窝子？

因而贾琏归时，尤家母女“面上便有些讪讪的”，尤二姐更滴泪表白，且说：“我算是有靠，将来我妹子却如何结果？据我看来，这个形景恐非长策，要作长久之计方可。”

——说到底，尤氏姐妹如此行径，不过是求个终身有靠罢了。尤二姐自己嫁了贾琏，便想让妹妹也嫁与贾珍为妾，然而尤三姐却不愿意，撕破脸大闹起来，连贾珍也不承望她这等“无耻老辣”，反不好轻薄，以后亦不敢再来。尤三姐反而又命小厮去请，嬉笑怒骂，图个自己痛快。姐姐劝她，她反有一番道理：“趁如今我不拿他们取乐作践准折，到那时白落个臭名，后悔不及。”

后来尤二姐与她商议终身大事，尤三姐也说：“也不用絮絮叨叨提那从前丑事了，世人也尽知，说也无益。”

也就是说，尤三姐自己也知道臭名远扬，早已不在乎了。但是她们虽身处污秽之中，一直都渴望有一天能够上岸，抓住一根浮草重新过活。

尤二姐的浮草是贾琏，尤三姐的浮草是柳湘莲。尤三姐自择柳湘莲为夫后，决意痛改前非：“我如今改过守分，只要我拣一个素日可心如意的人方跟他去。若凭你们拣择，虽是富比石崇，才过子建，貌比潘安的，我心里进不去，也白过了一世。”

尤三姐的刚烈志气，至此才露出端倪。

择定柳湘莲后，那尤三姐“每日侍奉母姊之余，只安分守己，随分过活。虽是夜晚间孤衾独枕，不惯寂寞，奈一心丢了众人，只念柳湘莲早早回来完了终身大事”。

这段话透露出两个信息：一是此前她原是不惯“孤衾独枕”的，早非黄花闺女；二是从此开始洗心革面，做起贞节烈女来——可惜晚了。

柳湘莲向宝玉打听尤三姐，听说原在宁国府生存，顿足道：“你们东府里除了那两个石头狮子干净，只怕连猫儿狗儿都不干净。我不做这剩忘八。”而面对这样的指责，宝玉也无言可辩，只说：“你既深知，又来问我作甚么？连我也未必干净了。”

有人说贾宝玉一言死三姐，实实冤枉了宝玉。因为尤三姐之淫是事实，宝玉也不能代为遮瞒，何况柳湘莲是知己，难道他能罔顾事实么？

柳湘莲向尤三姐退婚，尤三姐“便知他在贾府中得了消息，自然是嫌自己淫奔无耻之流，不屑为妻”。她委屈，但并不冤枉，因为无可辩解，唯有一死以明心志。

这是《红楼梦》中相当惨烈凄艳的一幕，“揉碎桃花红满地，玉山倾倒再难扶”的意境绝美无匹。柳湘莲至此方知尤三姐“原来这样标致，又这等刚烈，自悔不及”。又因梦见尤三姐仗剑来辞，警醒顿悟，遂削发出家，跟随道士不知往哪里去了。

少年时，看至这一段，只觉无限委屈，号啕大哭。如今看到原文，也仍是无限感慨。尤氏姐妹身处污泥，虽然未能不染，但一心向着阳光。

然而两个人都未能如愿，姐姐被妒妇王熙凤害死，妹妹则被柳湘莲的拒婚羞愤自尽，她们都没能得到上岸的机会。

尤三姐之死，并非死于谣言，更不是死于宝玉的误导，而是死于自己的历史，死于“一失足成千古恨”。正如书中对尤二姐的评价：“若论起温柔和顺，凡事必商必议，不敢恃才自专，实较凤姐高十倍；若论标致，言谈行事，也胜五分。虽然如今改过，但已经失了脚，有了一个‘淫’字，凭他有甚好处也不算了。”——虽然悔过自新，终究天理不容，这岂非更加可悲?

这样的结局，比描写两个无辜清白女孩儿惨死更有悲剧意义。因为已经有了一个被谣言害死的晴雯，实在不必再添一个同样命运的尤三姐了。

第六十六回
情小妹耻情归地府　冷二郎一冷入空门

来自《风月宝鉴》的金玉姐妹

（一）

正如同曹寅的《北红拂记》是根据凌初成“风尘三侠”的脚本，将三部合成一部并进行增删编辑；《石头记》也是曹雪芹将多部小说合成一部，其中至少包括了《金陵十二钗》《风月宝鉴》《情僧录》等稿。

关于《风月宝鉴》的故事，可以猜得出的至少有“贾天祥正照风月鉴”和“苦尤娘赚入大观园”两段。前者不消说了，根本“风月宝鉴”的名字就是由此而来，全书八十回，那镜子也只出现在那回中，后来再未顾上照应，而“贾瑞戏熙凤”的故事也极其完整，几乎是干净利落地就把个大好青年给打发了，快快地送上了黄泉路。

“红楼二尤”的故事也是一样，从第六十三回“死金丹独艳理亲丧”二尤出场，到第六十六回“情小妹耻情归地府”，再到第六十九回“觉大限吞生金自逝”，两姐妹一个饮剑自刎，一个吞金自尽，脚跟脚儿地赶着死了，一气呵成，情节紧凑，人物集中，是相当独立而且完整的一部传奇小说。痛快淋漓，一点痕迹不留下，一点旁枝不掺杂，甚至都没提一下尤二姐进贾府之后，尤老娘去了哪里。

也正因为二尤的文字是从《风月宝鉴》强塞入正文中的，时间和人物关系非常混乱。

比如薛蟠称凤姐是“舍表妹”，但是薛蟠入府时只有十五岁，而凤姐已二十出头，这段文字要把二尤和贾府扯上关系，是后加的文字，细节上就失于照应了。而在奴仆的关系上，就更加颠三倒四了。

第一个是鲍二夫妻。第四十四回“变生不测凤姐泼醋”中，贾琏与家人鲍二的媳妇偷情，被凤姐捉奸在床，那鲍二家的羞愤难忍，上吊死了。很明显，那鲍二夫妻是荣府中人；然而到了第六十四回，说贾琏偷娶尤二姐，“贾珍又给了一房家人，名叫鲍二，夫妻两口，以备二姐过来时伏侍。那鲍二两口子听见这个巧宗儿，如何不来呢？”这鲍二竟又成了宁府的人了。后面又说：“这鲍二原因妻子发迹的，近日越发亏他。自己除赚钱吃酒之外，一概不管，贾琏等也不肯责备他，故他视妻如母，百依百随，且吃够了便去睡觉。”那鲍二家的已经吊死了，即便鲍二续娶，也算不得是“因妻发迹”。显然这两个鲍二并不是同一个人。看来作者在不同书中，都用过一个叫鲍二的下人，却在合成两书时忽略了这一点，弄成李逵对李鬼了。

第二个是王信夫妻。这个人在前文中从未出现，到了凤姐撮弄张华上告时，忽然出现一句“凤姐又差了庆儿暗中打听，告了起来，便忙将王信唤来，告诉他此事，命他托察院只虚张声势警唬而已，又拿了三百银子与他去打点”。似乎这王信是凤姐一个得力的心腹家人，如何前文从未见过？况且前文凤姐原有家兄王仁，从名字看倒跟这王信更像兄弟，这也是极不合理的地方。尤二姐死后，“那日送殡，只不过族中人与王信夫妇、尤氏婆媳而已”。王信既是凤姐亲信，如何又随同贾琏、尤氏等为尤二姐送殡？这是第二个不合理处。此后，王信之名再未出现过。显然，这王信也是二尤文稿中的一个人物。

旧时小说里，家奴随主人姓很正常，但是《红楼梦》人物众多，如果所有奴才都姓贾，就未免太乱了，于是各归各姓。然而王信作为旧稿中的人物，可知是王家奴才无疑。此人在原文中必然还有别的故事，但是合并之后，戏份大量被删减，几乎只剩了个名字。因此难免顾此失彼，前矛后盾，也就不足为奇了。

第三个人物则真的就只剩下名字了，乃是时觉：“贾琏无法，只得又和时觉说了，就在尤三姐之上点了一个穴，破土埋葬。”

时觉这名字在全文只出场这一次，连人物身份背景也无一字介绍，显然这是不合理的。贾琏葬尤二姐，为什么要跟“时觉”说？这时觉又是谁，干什么的？文中通通没有交代，显然也是合并删减的结果。

第四个是秋桐。这可是本段故事中的一个重要配角，而且做了贾琏之妾，成为荣府的二层主子。然而二尤故事收拾了结后，竟连秋桐的名字也不见了，就好像没有这个人一样。这也侧面证明了秋桐只是二尤旧稿中的一个人物，在旧稿里自然还有更多的戏份，便如《金瓶梅》中西门庆诸妻妾一样，要逐个交代结局。然而插补入《石头记》完整稿的时候，作者却把无关的后半部删掉了，于是秋桐便不了了之，不见踪影了。

（二）

二尤篇章，除了时间情节上的过分紧凑之外，更蹊跷的还是文法的不统一，非但故事离奇如唱本，和整部《石头记》惯用的“草蛇灰线，伏脉千里”大不相同，而且人物对白也极为爽利俚俗，举止行为更是大起大合， 连遣词造句也与别回有极大不同，宛如民间小调。且看第六十八回《苦尤娘赚入大观园　酸凤姐大闹宁国府》一段：

> 凤姐上座，尤二姐命丫鬟拿褥子来便行礼，说：“奴家年轻，一从到了这里之事，皆系家母和家姐商议主张。今日有幸相会，若姐姐不弃奴家寒微，凡事求姐姐的指示教训。奴亦倾心吐胆，只伏侍姐姐。”说着，便行下礼去。凤姐儿忙下座以礼相还，口内忙说：“皆因奴家妇人之见，一味劝夫慎重，不可在外眠花卧柳，恐惹父母担忧。此皆是你我之痴心，怎奈二爷错会奴意。眠花宿柳之事瞒奴或可，今娶姐姐二房之大事亦人家大礼，亦不曾对奴说。奴亦曾劝二爷早行此礼，以备生育。不想二爷反以奴为那等嫉妒之妇，私自行此大事，并不说知。使奴有冤难诉，惟天地可表。前于十日之先奴已风闻，恐二爷不乐，遂不敢先说。今可巧远行在外，故奴家亲自拜见过，还求姐姐下体奴心，起动大驾，挪至家中。你我姊妹同居同处，彼此合心谏劝二爷，慎重世务，保养身体，方是大礼。若姐姐在外，奴在内，虽愚贱不堪相伴，奴心又何安。再者，使外人闻知，亦甚不雅观。二爷之名也要紧，倒是谈论奴家，奴亦不怨。所以今生今世奴之名节全在姐姐身上。那起下人小人之言，未免见我素日持家太严，背后加减些言语，自是常情。姐姐乃何等样人物，

岂可信真。若我实有不好之处，上头三层公婆，中有无数姊妹妯娌，况贾府世代名家，岂容我到今日。今日二爷私娶姐姐在外，若别人则怒，我则以为幸。正是天地神佛不忍我被小人们诽谤，故生此事。我今来求姐姐进去和我一样同居同处，同分同例，同侍公婆，同谏丈夫。喜则同喜，悲则同悲；情似亲妹，和比骨肉。不但那起小人见了，自悔从前错认了我；就是二爷来家一见，他作丈夫之人，心中也未免暗悔。所以姐姐竟是我的大恩人，使我从前之名一洗无余了。若姐姐不随奴去，奴亦情愿在此相陪。奴愿作妹子，每日伏侍姐姐梳头洗面。只求姐姐在二爷跟前替我好言方便方便，容我一席之地安身，奴死也愿意。”

长篇大套，一口一个“奴”字。这固然是女子的自称，然全书八十回，于此仅见。其余时候，无论王熙凤也好，尤二尤三也好，都是自称“我”，连真正做奴才的袭人、平儿之流，也从来都是称“我”不称“奴”的。

这个“奴”，是《金瓶梅》的标准用语，潘金莲、李瓶儿等人自始至终都是自称“奴”的，这大概可以看作《红楼梦》或者说是《风月宝鉴》承袭《金瓶梅》之一斑。很明显是作者在对原稿进行编辑时一时疏忽，只得意这段话说得心机深沉，忽略了人称上的弊病，没有处理干净。

不过《红楼梦》在整理流传的过程中一改又改，后来曹雪芹大概也注意到这个毛病了，遂在新版本中改去了“奴”字，一律称“我”，这大概便是红楼诸版本关于这一段行文不同的真正原因吧。

（三）

红迷们将《红楼梦》视为天书，一听说将其与《金瓶梅》相提并论就觉得无法接受，但如果多看几部明清小说，就会意识到，在《金瓶梅》之后，闲酸文人们一度掀起了色情小说的高潮，便如《红楼梦》开篇第一回石头所言：“更有一种风月笔墨，其淫秽污臭、荼毒笔墨，坏人子弟又不可胜数。”

曹雪芹虽然这样说了，但估计他自己在写《红楼梦》之前也做过此类文章，就是《风月宝鉴》。此为练笔之作，不可能一开始就成浩帙之卷，必然从小品文开始，便如贾瑞夭逝，二尤之死，甚至多姑娘一类。

甲戌本第十三回“秦可卿死封龙禁尉”，贾珍欲以樯木为可卿解锯造棺，贾政因劝道：“此物恐非常人可享者，殓以上等杉木也就是了。”脂砚斋在此眉批：“写个个皆到，全无安逸之笔，深得《金瓶》壶奥！”

第二十八回“蒋玉菡情赠茜香罗”中，宝玉、薛蟠一行人往冯紫英家喝酒，行令做女儿歌，薛蟠云：“女儿悲，嫁了个男人是乌龟。”众人哄堂。脂砚斋眉批：“此段与《金瓶梅》内西门庆、应伯爵在李桂姐家饮酒一回对看，未知孰家生动活泼？”

第六十六回《情小妹耻情归地府 冷二郎一冷入空门》中，柳湘莲向宝玉问知尤三姐身份来头，跌足道：“这事不好，断乎做不得了。你们东府里除了那两个石头狮子干净，只怕连猫儿狗儿都不干净。我不做这剩忘八。”庚辰本在此亦有双行夹批：“奇极之文！趣极之文！《金瓶梅》中有云‘把忘八的脸打绿了’，已奇之至，此云‘剩忘八’，岂不更奇！”

——脂砚斋三次将《红楼梦》与《金瓶梅》情节描写相比较，可见深以“红楼”有“金瓶”之风为傲。

如此，曹雪芹曾模仿《金瓶梅》而作《风月宝鉴》，便不足为奇。贾琏这个人物的塑造，亦很可能师承西门庆，既淫荡无度，又精明能干。

《金瓶梅》书中，西门庆为了脱罪，请人将公文上“西门”二字下加添两笔，改成了一个“贾”字——此或可谓西门庆变身为贾琏的一个花絮？

除了文字风格上，故事情节和人物塑造上，红楼二尤的篇章也多有借鉴金瓶之嫌。比如凤姐和尤二姐的斗法，就与潘金莲毒害李瓶儿颇为相似。

那李瓶儿本来是花子虚的妻子，与西门庆勾搭成奸后，被潘金莲发现，初而怒不可遏，后又极为亲密，与瓶儿相处得如姐妹一般。后来瓶儿生下官哥儿，金莲醋妒成怒，训练雪狮子猫使官哥儿惊吓成病，竟至夭折。李瓶儿灰心之下，病弱恹恹，潘金莲每天扬声谩骂，朝夕相辱。李瓶儿明知是骂她，却忍气吞声，暗地里掉眼泪，却一声儿不敢言。及至西门庆来问，也只是哭得眼睛红肿，不敢言语。之后，瓶儿夜见花子虚托梦，之后一命呜呼，西门庆抚尸大哭……

如上情节与文字，都与尤二姐之死极为相似。这样的例子还有很多，不一一列举。

不过，红楼二尤的文字虽然独立成章，作者为了使其与全文合榫，必然会补缀照应使其与全书呼应，浑然一体，这表现在两大方面：一是将二尤收入金陵十二钗副册，使其也成为一对金玉姐妹；二是不仅让她们与主角有亲戚关系，更直接照应了宝黛爱情的大主题。

且看后文。

从二尤探佚宝黛结局

在前文中已多次谈到，红楼人物都是一对一对出现的，整部“千红一哭”“万艳同悲”的《红楼梦》，不过是“悲金悼玉”四个字，所有女孩儿大致都可以分为“金派”和“玉派”。

比如宝钗是金派的掌门人物，而黛玉则是玉派的形象代言；坐着黄金舆的元春是金，赠送碧玉珮的探春是玉；不问累金凤的迎春是金，做着青灯梦的惜春是玉；戴着金麒麟的湘云是金，住在栊翠庵的妙玉是玉；夏金桂是金，邢岫烟是玉；袭人是金，晴雯是玉；金钏儿是金，玉钏儿是玉；黄金莺是金，林红玉是玉；四儿是金，五儿是玉；宝珠是金，瑞珠是玉；偷金的坠儿是金，偷玉的良儿就是玉……

二尤故事既然要融入红楼人物，自然也会跟着分门归类，各投山门。所以尤三姐会说：“咱们金玉一般的人，白叫这两个现世宝沾污了去，也算无能。”明明白白地点出，二尤也是一对“金玉”。

那么，孰为金，孰为玉呢?

第六十六回开篇，小厮兴儿说：“咱们姑太太的女儿，姓林，小名儿叫什么黛玉，面庞身段和三姨不差什么。”

容貌相像正是玉派的一大印记，比如晴雯、龄官，都属此类。这就将尤三姐做了黛玉的一个影身儿，直接归入了玉派。

又因尤二姐说宝玉：“我们看他倒好，原来这样。可惜了一个好胎子。”尤三姐代为争辩，指出：“原来他在女孩子们前不管怎样都过的去，只不大合外人的式，所以他们不知道。”尤二姐听说，笑道：“依你说，你两个已是情投意合了。”写出尤三姐对宝玉的知己之情，也就是在宝玉面前“挂了号”。

三姐择柳湘莲为夫时，折断玉簪发誓：“从今日起，我吃斋念佛，只伏侍母亲，等他来了，嫁了他去，若一百年不来，我自己修行去了。”而她自刎身亡，更被形容成“揉碎桃花红满地，玉山倾倒再难扶”。

黛玉曾有《桃花行》之诗，并因此重建桃花社，因此“桃花”亦可指黛玉；而“玉山”更是直指其名。尤三姐之红颜薄命，亦正与林黛玉相同，确为玉派无疑了。

而那尤二姐，文中形容她是“花为肠肚、雪作肌肤的人”，可谓“冷香丸”矣。在受尽挫折之后，她又是选择了吞金自尽，更成全了自己的金派身份。

最明显的，还是她死后停灵梨香院，这正是宝钗初进贾府时的居住之地，也就如同金钏儿死后穿了宝钗的衣裳装裹一样，尤二姐死后停灵在宝钗住过的地方，都是照应金派身份。

尤三姐死后，曾一手捧着鸳鸯剑，一手捧着一卷册子，向柳湘莲流泪辞别道：“妾痴情待君五年矣，不期君果冷心冷面，妾以死报此痴情。妾今奉警幻之命，前往太虚幻境修注案中所有一干情鬼。妾不忍一别，故来一会，从此再不能相见矣。”

后来又向尤二姐托梦说：“你依我将此剑斩了那妒妇，一同归至警幻案下，听其发落。”是第二次陈明身份。可见二人都是在警幻座前挂了号的，同属薄命司人物，册子上必然有名，而且尤三姐在太虚幻境还是有职位的。

这与秦可卿托梦凤姐，乃有异曲同工之妙。那可卿虽然没有进过大观园，却因贵为警幻之妹，又与宝玉有一场梦中缘，遂得位于十二钗正册之末，且是十二钗中第一个香消玉殒的；这尤三姐也未能进来大观园，但亦和宝玉有知己之情，既在薄命司担当重任，又是副册中第一个夭逝之人，可见正该居于副册之末。

——这样，就把《风月宝鉴》的故事与《金陵十二钗》紧密结合了。

既然作者将二尤故事补入书中后，如此苦心地使二人身份与全书主题相符契，那么这二人的命运自然也不会游离于主题之外，必与书中主人公的命运相呼应。所以从二尤悲剧来推测宝黛结局，也是探佚的一种依据。

先看尤三姐之死。她一心要嫁柳湘莲，贾琏也已经为其定了亲，且取来鸳鸯剑为信物。孰料那湘莲进京探宝玉时，私下向其打听尤三姐为人，宝玉说："他是珍大嫂子的继母带来的两位小姨。我在那里和他们混了一个月，怎么不知？真真一对尤物，他又姓尤。"柳湘莲之前只知尤三姐是贾琏新娶二房之妹，只当是哪个清白人家的女孩儿，如今听说是宁国府的亲戚，而且已经在府中住了数月，便知大事不好，跌足叹息，决意退婚。尤三姐又是伤心又是羞愧，且无可辩驳，遂横剑自刎，一死明志。

那宝玉最是怜香惜玉的，如今竟是他一句话误了三姐，这真是悲剧中的悲剧了。

而尤二姐呢，竟然也是如此。她本与贾琏好好地住在府外头，却因平儿听见小厮议论，故而告诉了凤姐，走漏风声，这才惹出"苦尤娘赚入大观园酸凤姐大闹宁国府"一幕来，终于弄至吞金自尽的悲惨下场。尤二姐临死之前，曾与平儿有过一番极为恳切的诉衷肠之语。平儿流泪自悔："想来都是我坑了你。我原是一片痴心，从没瞒他的话。既听见你在外头，岂有不告诉他的。谁知生出这些个事来。"

——又是一个好心人的无心之失！

二尤出场之前的回目，原是"幽淑女悲题五美吟"；二尤相继惨死之后的转场，又是"林黛玉重建桃花社"；而在二尤故事进行中，除了尤二姐搬进大观园后提了一笔众人各自反应之外，唯一与正文有联系的文字就是"见土仪颦卿思故里"。显然，这二尤的命运是与黛玉紧密关联的，故而文中借兴儿之口介绍了宝、黛、钗诸人后，又说起宝玉的亲事来："只是他已有了，只未露形。将来准是林姑娘定了的。因林姑娘多病，二则都还小，故尚未及此。再过三二年，老太太便一开言，那是再无不准的了。"

然而我们都知道，这宗在府中小厮眼里都是天造地设"再无不准的"好姻缘，事实上却未能团圆收场，终究是"好事多魔"，心愿成空。那致使黛玉魂归离恨天的，究竟是什么原因？那好心办坏事，误了黛玉终身的，又是什么人呢？或许，就是一语死尤三的贾宝玉自己吧。

鸳鸯剑斩断鸳鸯侣，尤三姐与柳湘莲，一个夭逝，一个出家，这也预示了宝玉和黛玉的情缘结局。故而尤三姐之死，被形容成"揉碎桃花红满地，玉山倾倒再难扶"，亦影射了黛玉之死。

书中人物悲剧多半是“搬起石头砸自己的脚”，宝玉尤其不例外！可以想象，最终令宝黛心愿成空的人，固然可能是贾母，可能是元妃，可能是宝钗或凤姐，然而真正罪魁祸首，却必定是宝玉自己，是宝玉的无心之失自毁前程，断送了黛玉的性命。

而从尤三姐梦别柳湘莲的情形可知，当黛玉泪尽而逝、魂归离恨天之际，必然也有梦托宝玉，备述前尘情事一幕吧。只可惜不得见了。

第六十七回

见土仪颦卿思故里　闻秘事凤姐讯家童

姑苏林黛玉

红楼诸版本关于第六十七回的文字颇不相同，曹雪芹生前抄出的三个版本甲戌本、己卯本、庚辰本，都没有第六十四、六十七两回，现在通行的版本是从别本过录来的。第六十七回程高本名为《馈土物颦卿思故里　闻秘事凤姐讯家童》，列藏本名为《馈土物颦卿思故里　讯家童凤姐蓄阴谋》。

列藏本中，文字相对粗俗，但比别本多出许多内容。比如薛蟠从江南办货回来，给妹妹宝钗带了一箱子手信，无非是些“笔、墨、纸、砚、各色笺纸、香袋、香珠、扇子、扇坠、花粉、胭脂等物；外有虎丘带来的自行人、酒令儿，水银灌的打筋斗小小子，沙子灯，一出一出的泥人儿的戏，用青纱罩的匣子装着；又有在虎丘山上泥捏的薛蟠的小像，与薛蟠毫无相差”——的确都是苏州特产。苏州的香粉花扇、手工艺品，到今天也是很闻名的。

这一段中，梦稿本、程高本都只作“宝钗见了，别的都不理会，倒是薛蟠的小像，拿着细细看了一看，又看看他哥哥，不禁笑起来了”。

而戚序本中却作：“宝钗一见，满心欢喜，便叫自己使的丫头来吩咐：‘你将我的这个箱子，与我拿到园子里去，我好就近从那边送人。’说着，便站起身来，告辞母亲，往园子里来了。”

两相比较，后者显然不及前者多矣，那宝钗不是眼浅之人，岂会见了胭脂头油等物便“满心欢喜”？

宝钗很会做人，将礼物分成一份份地送给园里诸人，连赵姨娘、贾环母子也不落下，又特地给黛玉的加厚一倍。黛玉见了礼物，触景思乡，梦稿本作：“惟有林黛玉看见他家乡之物，反自触物伤情，想起父母双亡，又无兄弟，寄居亲戚家中，那里有人也给我带些土物？想到这里，不觉的又伤起心来了。”

戚序本作：“惟有林黛玉她见江南家乡之物，反自触物伤情，因想起她父母来了。便对着这些东西，挥泪自叹，暗想：我乃江南之人，父母双亡，又无兄弟，只身一人，可怜寄居外祖母家中，而且又多疾病，除外祖母以及舅母、姐妹看问外，哪里还有一个姓林的亲人来看问看问，给我带些土物，使我送送人，装装脸面也好？可见人若无至亲骨肉手足，是最寂寞，极冷清，极寒苦，无趣味的。想到这里，不觉就大伤起心来了。”

境界笔触，高下立见。那林黛玉虽敏感多愁，岂是喜欢送礼装脸面的虚荣之人？怎会发出这般小家子气的长篇大套来？

诸如此类絮叨，还有很多，看去倒像是后人续补红楼时仿曹氏文墨写出来的赝笔，又经再三删减编辑的。

宝玉来了看见，不免安慰再三，又约她往宝钗那里道谢。黛玉说：“自家姊妹，这倒不必。只是到他那边，薛大哥回来了，必然告诉他些南边的古迹儿，我去听听，只当回了家乡一趟的。”说着，眼圈儿又红了。

游子乡情，跃然纸上。正如王维诗中所写：“君自故乡来，应知故乡事。来日绮窗前，寒梅著花未？”

《红楼梦》多以诗词入文，黛玉又是一个诗性的少女，所思所想，俱有诗意。这一段原写得恰到好处。

然而戚序本上却偏偏没了这一句，倒换成：“黛玉原不愿意为送那些东西就特特的道谢去，不过一时见了，谢一声就完了。今被宝玉说得有理难以推托，无可奈何，同宝玉去了。”

林黛玉是苏州人，五岁时随父亲林如海来到扬州。次年母亲亡故，又随蒙师贾雨村投奔贾府，与三生石畔旧精魂的贾宝玉隔世重见，从而结下一段伤心缘。

苏州五年加上扬州一年，黛玉对于江南的记忆最多到六岁为止。这段文字特别强调黛玉的思乡之情，也是为了和《金陵十二钗》加深联系之意。

书中一直在强调“金陵”这个概念。但是金陵在这里是泛指，南京、姑苏、杭州乃至淮扬等地都属金陵。

清代笔记小说《姑妄言》开篇有一段对金陵的记录：

> 这金陵系江南之地，春秋属吴，战国属越，后属于楚。因楚威王埋金于此以镇之，故谓之金陵。嬴政改为秣陵，孙权更为建业，西晋曰建康，东晋曰丹阳，隋曰蒋州，唐曰升州，宋仍建康府，元时称集庆路，至明太祖建都于此，改为应天，今之江宁府是也。

从这段话可见，江南吴越之地都属金陵。

苏绣驰名天下，姑苏女子大都擅长女红，大家闺秀的林黛玉也不例外。尽管袭人背后讽刺黛玉说：“他可不作呢。饶这么着，老太太还怕他劳碌着了。大夫又说好生静养才好，谁还烦他做？旧年好一年的工夫，做了个香袋儿；今年半年，还没见拿针线呢。”

然而书中关于黛玉做针线的描写其实并不少，只不过黛玉是小姐不是女工，又生性高雅，加之身体柔弱，不以针线为意罢了。更何况活计在精不在多，“巧”才是第一位。

宝玉的香囊、荷包，乃至通灵宝玉上穿的穗子，都是黛玉所做。如果黛玉手工不巧，活计不精致细巧，哪敢到处招摇？老太太就第一个不答应。

第二十八回中连宝钗也说：“妹妹越发能干了，连裁剪都会了。”而且宝玉问她是谁让裁的，可见黛玉有时还要负责园里其他人的裁剪。

她在咏白海棠诗中曾有句“月窟仙人缝缟袂，秋闺怨女拭啼痕”，这正是她的自我写照。

但黛玉是嫦娥，不是织女，不会视纺绩为一等要事，却也是一样的精于缝缟，而这正是故乡苏州打在她身上的烙印啊。

第六十八回
苦尤娘赚入大观园　酸凤姐大闹宁国府

贾琏的妻妾排行

凤姐殚精竭虑，劳心劳力，第五十五回开篇便写凤姐因小产而病倒了，又产后失于调养，以致病了大半年。

第六十四回宝玉生日，贾敬发丧，还在四月下旬，所以凤姐仍在病中。众人都认为她已经好不了了。贾琏更是忙不迭地偷腥了。

但是贾琏对凤姐薄情，却对尤二姐多情，是打算要长相厮守，还想扶她做正室的。尤二姐嫁贾琏，是行了婚礼入了洞房，是正式的夫妻。

王熙凤接尤二姐入贾府时，平儿上来参见，尤二姐忙还礼说："妹子快休如此，你我是一样的人。"凤姐却说："折死他了！妹子只管受礼，他原是咱们的丫头。以后快别如此。"

可见尤二姐身份远较平儿为高，是宁国府内当家尤氏的妹子，贾府正经亲戚，如今嫁了贾琏，虽非原配正妻，却也是婚媒聘娶的正经二房；而平儿不过是王家的一个奴才，随凤姐陪嫁入贾府，被贾琏收了房的，连个"姨娘"都没挣上，仍是"平姑娘"。

关于"二房"的身份，开篇贾雨村娶娇杏，也是遣人去甄家，"送了两封银子、四匹锦缎，答谢甄家娘子，又寄一封密书与封肃，转托问甄家娘子要那娇杏作二房"。

这是提媒娶亲，正式二房，所以后来顺理成章扶了正。而贾琏娶尤二姐，打的也是一样的主意，只可惜尤二姐红颜薄命，到底未能"侥幸"。

古时男人三妻四妾，除正妻外，还可以再娶两个“平妻”；妻以下是妾，如赵姨娘、嫣红、秋桐、香菱的身份；再下才是收房丫头，如平儿、宝蟾、袭人等。当然，由于受宠的程度以及实权的关系，妾的名分虽有差别，尊卑却未必明显。比如赵姨娘地位明明比平儿高，但因为没有实权，见了平儿反要赔笑问好；而宝蟾地位虽不如香菱，但一则性子泼辣，二则仗着薛蟠新宠，所以反欺负起香菱来，正如后文秋桐之欺侮尤二姐一般。

凤姐同鸳鸯开玩笑时，说“你二爷看中了你，要娶你做二房”，其实是一种抬举。因为是玩笑，不妨把鸳鸯地位说得高些，也是表示对鸳鸯的一种奉承。

后文邢夫人撺掇鸳鸯嫁贾赦时，引诱说：“你知道你老爷跟前竟没有个可靠的人……意思要和老太太讨了你去，收在屋里。你比不得外头新买的，你这一进去了，进门就开了脸，就封你姨娘，又体面，又尊贵。”

这许诺的条件很高，明确了“收房丫头”和“开脸姨娘”的区别，说明是“又体面，又尊贵”。而这个区别，也就是平儿和香菱的不同，但也不可能达到二房的地位。

那什么是“开脸姨娘”呢？书中也有一位，就是香菱。

薛蟠娶香菱时，是薛姨妈品察多时，认真许可，这才摆酒请客地费事，开了脸明放在屋中的，这就是姨娘了；而薛蟠娶宝蟾，则不过跟夏金桂说了一声，晚上借了香菱的屋子洞房，显然草率得多，属于丫头收房。所以香菱自己另有小丫头臻儿，正如赵姨娘也有个丫头小鹊一样，算是半个主子；而平儿、宝蟾等再风光，也没有属于自己的使唤丫头，因为本身就是奴才。

所以周姨娘、赵姨娘等，也都是这等地位。

当香菱被人贩子拐卖时，曾经有一位多情种子冯渊要买她做妾的，对她一见钟情，且说三日后迎娶过门，此后也誓不再娶。有人问为什么那么麻烦，既然只娶这一个，为什么不直接娶做妻子而要娶妾呢？

因为妾是商品，是礼物，薛蟠可以买香菱做妾，贾赦可以赏了秋桐给贾琏做妾，都是把女人不当一回事儿的；但是妻却是有独立人格的，是正室夫人，有一定身份，不能买，只能娶。所以冯渊要先买了香菱做妾，日后再扶做正房；为示郑重，还特地声明三日后择吉迎娶。也就因为这郑重，才致使好事多磨，横生枝节。

而贾琏娶尤二姐的阵仗和排场，则要比这个还隆重得多，不但要选日子，还要买房赁屋，俨然置办第二个家；不但有酒席，还正式举行了仪式，“拜过天地，焚了纸马”，且“命家人直以奶奶称之，自己也称奶奶，竟将凤姐一笔勾倒”，是视尤二姐为正室一般，相当于“平妻”的身份。

而凤姐在迎进尤二姐之前，亦特地命人先将东厢房三间收拾出来，照依自己正室一样装饰陈设。又同尤二姐说：“今娶姐姐二房之大事亦人家大礼……我今来求姐姐进去和我一样同居同处，同分同例，同侍公婆，同谏丈夫。喜则同喜，悲则同悲；情似亲妹，和比骨肉。”是承认了尤二姐同自己一样的身份。后来将尤二姐接进府来，表面上姐妹相称，“和美非常，更比亲姊妹还胜十倍”，也远不同于王夫人之于赵姨娘的态度。便是调唆秋桐时，亦是说：“你年轻不知事。他现是二房奶奶，你爷心坎儿上的人，我还让他三分，你去硬碰他，岂不是自寻其死？”

可见“二房奶奶”同“姨奶奶”是不同的。丫鬟善姐虽不服管，也要称尤二姐为“二奶奶”，说起凤姐时，则改称“大奶奶”；贾母不喜欢尤二姐，也要承认她的地位，对贾琏说：“既是二房一场，也是夫妻之分，停五七日抬出来，或一烧或乱葬地上埋了完事。”——再潦草，停五七日的大格儿却也不能错了。

同样是贾琏的妻妾，凤姐不消说，四大家族正脉，王家闺女贾家正室，入选十二钗正册；而尤二姐家室虽贫，也是小家碧玉，正经的姑娘，初进荣国府时，曾在大观园李纨处住了几日，在玉兄面前挂了号，故而和香菱一样，列名副册。

平儿虽然也是贾琏之妾，却因没有名分，只是通房大丫头，便只能与袭人、晴雯一样，屈居又副册了。

至于秋桐，原是贾赦赏给贾琏的，是“妾”的身份，虽然得宠，毕竟是丫头提拔上来的，其身份在尤二姐之下，平儿之上，但因不是书中正经人物，又与宝玉无涉，便不在册录之中了。

同时，通过小厮兴儿对尤家姐妹细说贾琏房中事的一段描写，从平儿嫁给贾琏的因由与情形，让我们真切地了解到古时大户人家的妻妾原则与道德标准：少爷娶亲之前，先有两个通房丫头，便如袭人、晴雯之于宝玉一般。贾琏原也是有这么两个的，但是凤姐岂能容那比自己早占先机之人，因此嫁过来后都给打发了；而凤姐自己带来的四个陪嫁丫头，因为贾琏看着眼里起火，也都被凤姐逼死逼嫁，只留了平儿一个心腹。贾琏身为荣府管家爷们儿，连一个妾侍都没有太不成话，于是凤姐逼着平儿嫁了贾琏。

今天的读者，如果不了解这些情况，不能以那时候的生活习惯和思维方式来判断书中人物，是很难真正看懂书中情节的。

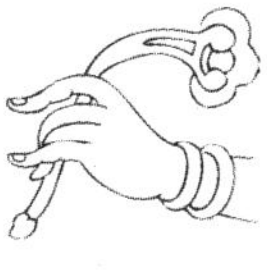

第六十九回
弄小巧用借剑杀人　觉大限吞生金自逝

王熙凤与贾珍父子斗法

凤姐为了拆散贾琏和尤二姐，费尽心思，使尽手段，明里热情贤惠，暗里心狠手辣，必置尤二姐死地而后矣。

她听说贾琏偷娶尤二姐一事后，一反常态地按捺性子且不发作，反让人装修起房间来，照着自己居处打点了个一模一样的面子工程，然后浑身缟素地来到小花枝巷登门拜访，刻意提醒“国孝家孝两重孝”这个大前提。

她瞒天过海花言巧语将尤二姐骗进了大观园，然后自己再大闹宁国府，捏了个满理，尽兴发挥。不仅让贾珍父子和尤氏面子扫地，还一步一个坑地把尤二姐越陷越深，终至丧命。

表面上她大获全胜，可是《红楼梦》里多是“搬起石头砸自己脚”的多事之人，王夫人如是，王善保家的如是，王熙凤亦如是。治死尤二姐的整个过程中，凤姐貌似占尽上风，其实“赔了夫人又折兵”，是舍了财又酿了祸，给自己留了无数后患的。

我们先算笔银钱账。

尤家向张华退婚，是“尤老娘与了二十两银子”。之后贾琏赁屋买家具，迎娶尤二姐过门，每月出五两银子做开销。虽然舍财纵欲，也还所费有限。

之后凤姐命旺儿找了张华来，又封了二十两银子，着他写张状子往有司衙门告去，罪名都替他想好了，告贾琏“国孝家孝之中，背旨瞒亲，仗财依势，强逼退亲，停妻再娶”，这几条哪一条都是大罪。连张华也知利害，不敢造次，是旺儿硬逼着他告的。凤姐还命旺儿如何配合，如何做供，如何举出贾蓉来。

待到真告了起来，再又向察院行贿，令其“虚张声势警唬而已”，且拿了三百两银子去打点——换言之，三百两请察院帮自己演了出戏。

察院依计行事，贾珍听了，只说：“我防了这一着，只亏他好大胆子。”之前也想过此事不妥，但不当一回事，现在出了事也不怕，即刻封了二百两银子着人去察院打点。

一来一去，察院白得了五百两银子，不过是上堂说几句台词，仍旧着他们各自过活去罢了，真是一笔轻闲生意。

官司平歇后，凤姐再又生事，使人暗中调唆张华，令他只要原妻，又再度许他银子安家。

贾蓉听说，打发人来对词说：“张华先退了亲。我们皆是亲戚。接到家里住着是真，并无娶嫁之说。皆因张华拖欠了我们的债务，追索不与，方诬赖小的主人那些个。”察院遂也不收状子，反将张华打了一顿。贾蓉扳回一局。

但凤姐并不了事，使人继续调唆张华：“亲原是你家定的，你只要亲事，官必还断给你。”于是又告。察院亦收了钱，批道：“张华所欠贾宅之银，令其限内按数交还；其所定之亲，仍令其有力时娶回。”张华父子便来贾家领人。凤姐又往贾母处巧舌砌词，贾母便命：“又没圆房，没的强占人家有夫之人，名声也不好，不如送给他去。”只交与凤姐料理。凤姐赢一局。

但是贾蓉深知凤姐之意，“若要使张华领回，成何体统”，便又去威胁利诱张华，许他路费，让他有多远走多远，勿再受凤姐唆摆。张华前后得了近百两银子，大清早逃之夭夭。贾蓉便来回贾母：“张华父子妄告不实，惧罪逃走，官府亦知此情，也不追究，大事完毕。”又扳回局面来，到底留住了尤二姐。

这一番宁荣两府斗法，各出机杼，来来回回打了个眼花缭乱，表面不相上下，然而打点察院，唆使张华，白花花六百两银子打了水漂儿。为的，不过是家人窝里斗的一出泼醋大戏罢了，且是两府当家擂台唱戏，自杀自戕。

当然，凤姐花了三百两，倒向宁国府报了五百两的账，里外里还赚了二百两。可是俗话说“一笔写不出两个贾字”，贾家人自己斗法，却弄得惊天动地，人仰马翻，是赔是赚，岂非一目了然？

这时候想起前文平儿说的：“大事化为小事，小事化为没事，方是兴旺之家。若得不了一点子小事，便扬铃打鼓的乱折腾起来，不成道理。”

再想想后文探春说的：“可知这样大族人家，若从外头杀来，一时是杀不死的，这是古人曾说的‘百足之虫，死而不僵’，必须先从家里自杀自灭起来，才能一败涂地！”

凤姐、贾珍之流，固不如探春多矣，便连平儿亦不如，贾府怎能不倒？

俗话说：家丑不可外扬。

王熙凤身为荣国府当家，非但家丑外扬，还故意闹起官司来，惊动了有司察院。以国家之力来满足自己泼醋之为，是大不智，表面上顺心如意，实际上暗埋危机，此为一不妥。

宁荣二府同气连枝，凤姐和尤氏是一般地位，平日里有说有笑，有商有量，虽然自恃才干，不把尤氏放在眼中，但不能抹杀尤氏得力处。就连她的生日宴，还是尤氏殚精竭虑给办得风风光光的，此时全不念旧情，将尤氏百般揉搓，连丫头也说：“奶奶们素日何等的好来，如今还求奶奶给留脸。”

如此不与尤氏留脸，其实也是不给自己留路，以后共事，怎么可能还同心同德？

这番争斗，王熙凤将整个宁国府得罪得狠了，于自己能有什么好果子吃呢？此为二不妥。

而且她几番泼醋闹事，从鲍二家的到尤二姐，上吊的上吊，吞金的吞金，闹出诸般手段，归根结底是为了吃醋，为了争宠，为了拴住丈夫的心。但是这般毒辣，还能留得住贾琏吗？

为专宠卷反失恩情，此为三不妥。

之前贾琏对凤姐已经越来越冷淡，远不是第七回“送宫花贾琏戏熙凤”时的如胶似漆，甚至大中午的都要不顾体统，“白昼宣淫”，而且还变着花样儿颠鸾倒凤。那贾琏仿如色中恶狼，性趣浓厚而低俗，而且男女通吃，荤腥不忌，只略离了凤姐就要有故事的。正如贾母所说，“什么腥的臭的都要拉到屋里来”。但他虽然色胆包天，对凤姐却是畏如母虎，心存忌惮，到底出不了大格儿。

偷娶了尤二姐，俨然有分庭抗礼之势，但也到底是做贼心虚，暗中行事。

倘若凤姐不察，过不了一年半载，以贾琏的性子，免不了色衰爱弛。那尤二姐被扔在府外头，如有似无，其实对凤姐是并没有什么威胁力的。

当然，如果她生下个儿子来，就很可能奉子夺宠，制造一些招式出来，但最大的阵仗也不过是抱着儿子名正言顺地进了贾府，做起二房夫人来，正如同凤姐现在提前为她做的一样。

既然如是，凤姐又何必费此周章呢？

书中说："尤氏心中早已要进去同住方好，今又见如此，岂有不允之理？"可见尤二姐之所以被骗，是因为她自己也担心名不正言不顺，巴不得要堂堂正正嫁入贾府。只是她没想到凤姐的不轨之心。

其实没有尤二姐，也会有秋桐，甚至将来还会有春桐夏桐冬桐。书中说那贾琏得了秋桐后，"在二姐身上之心也渐渐淡了，只有秋桐一人是命。凤姐虽恨秋桐，且喜借他先可发脱二姐，自己且抽头，用'借剑杀人'之法，'坐山观虎斗'，等秋桐杀了尤二姐，自己再杀秋桐"。

——然而杀了秋桐又如何呢？凤姐遇神杀神遇鬼杀鬼的方法根本是治标不治本，因为真正的症结在于她的丈夫贾琏本性难移，而根本不在那些过眼烟云前仆后继的野花鲜草。

如果放着尤二姐不理，贾琏得了秋桐后自然将小花枝巷丢在脑后，何劳凤姐大驾？管她尤二姐也罢，秋桐也罢，再得宠也越不过凤姐的次序去。即使凤姐不生育，只凭着她娘家的靠山，也足以一辈子在贾家呼风唤雨，有必要屈尊就驾地跟个侍妾计较吗？

在这一点上，凤姐实在不如她的姑妈王夫人多矣。

更何况，即使凤姐想对尤二姐下毒手，也完全没有必要大张旗鼓地迎尤二姐过门。既然得了消息，在小花枝巷安插个把眼线，随时做个耳报神，对她来说是最轻而易举惠而不费的事，真到了尤二姐怀孕请大夫那天，想安排狐庸医还是狼庸医那不是举手之劳的事吗？有什么必要专门把人接到自己家里正了名分再害死？

书中说："园中姊妹和李纨迎春惜春等人，皆为凤姐是好意，然宝黛一干人暗为二姐担心。虽都不便多事，惟见二姐可怜，常来了，倒还都悯恤他。"

可见凤姐的狼子野心，终究还是有人看得出来。宝黛能有所觉察，贾琏便不可能不为之疑惑。这是把戏演到了家门口来，真正多此一举，还坏了自己名声。连平儿都对她觉得心寒，有了二心，向贾琏靠近了。

尤二姐死后，贾琏指着墙发誓：终久对出来，我替你报仇。

这是恨透了凤姐。可见凤姐的演技并未能瞒天过海，众人眼中都看得清楚。要演戏却演到穿帮，要争宠却争出仇恨——如果说凤姐的一切作为都是为了捍卫自己的婚姻与爱情，为了霸占贾琏爱人这独一无二的地位，那么为斗小三，反伤连理，花了钱，也未能赢了丈夫，这不是赔了夫人又折兵是什么？

最关键的，是这番行事之险，凤姐自己并非不知，也虑到“张华此去不知何往，他倘或再将此事告诉了别人，或日后再寻出这由头来翻案，岂不是自己害了自己。原先不该如此将刀靶付与外人去的，因此悔之不迭”。于是又设一计，竟命旺儿设计将张华杀死，剪草除根。然旺儿阳奉阴违，并未行事，显然是留了余地给后文找补。那张华将来必要翻案，凤姐被休，“哭向金陵事更哀”，或许就因此案。

所谓“机关算尽太聪明，反算了卿卿性命”，凤姐，最终还是死在自己手上了。

第七十回
林黛玉重建桃花社　史湘云偶填柳絮词

各分东西柳絮词

《红楼梦》中诗词灯谜多半隐含着主人公不同的命运，第七十回“桃花诗”与“柳絮词”自然也不例外。

先看探春和宝玉的合作之词《南柯子》。

《南柯子》为唐朝教坊曲名，别名无数，有《春宵曲》《南歌子》《水晶帘》《风蝶令》《宴齐山》《碧窗梦》等，然而书中偏以《南柯子》为名，显然暗示“南柯一梦”的典故，说的仍是宝玉出家，故用宝玉续貂。

探春原词：

空挂纤纤缕，徒垂络络丝。也难绾系也难羁，一任东西南北各分离。

这段话简单明了，与她的判曲《分骨肉》说的是同一番意思：

一帆风雨路三千，把骨肉家园齐来抛闪。恐哭损残年，告爹娘，休把儿悬念。自古穷通皆有定，离合岂无缘？从今分两地，各自保平安。奴去也，莫牵连。

而宝玉续上的后半阕：

落去君休惜，飞来我自知。莺愁蝶倦晚芳时，纵是明春再见隔年期！

则说的是自己与探春的别离。

探春远嫁是为了解贾府于水火，正因为探春的远嫁，才有了家产的暂时发还，让宝玉有机会脱离狱神庙，重回大观园，“明春再见”。

脂批透露宝玉曾“对境悼颦儿”，彼时“落叶萧萧，寒烟漠漠”，那林黛玉早已“漂泊亦如人命薄”了。

所以紧接着第二首看的便是黛玉的词《唐多令》，开篇“粉堕百花洲，香残燕子楼”预言自己的离去，“嫁与东风春不管”则说的是宝玉和探春的离别。

通过宝玉续探春诗，黛玉放风筝，和全书中接二连三的“东风”，几个人的命运就这样纠缠在一起了。

再看宝琴的《西江月》：

汉苑零星有限，隋堤点缀无穷。三春事业付东风，明月梅花一梦。　几处落红庭院，谁家香雪帘栊？江南江北一般同，偏是离人恨重！

我们都知道宝琴本是要嫁与梅翰林之子的，可是女方赶着进了京，男方倒跑了，弄得婚事无着落，淹蹇在贾府。

对于一个闺秀而言，最大的事业不过是相夫教子，这里说的“三春事业付东风”，分明指希望成空，谋图终虚。而“明月梅花一梦”“谁家香雪帘栊”，既点了“梅”又点了“雪”，清楚说明梅家亲事终成一梦，宝琴到底未能嫁成梅公子，而原因还是“东风”作乱。

“东风”变色，贾府被抄，四大家族一损俱损，元、迎、探、惜各自飘零，梅翰林家避之不及，还会再娶宝琴过门吗？

“几处落红庭院”，让我们想起“春梦随云散，飞花逐水流”。整个大观园只为一座埋香冢，红楼女儿香消玉殒，没有一个能逃脱薄命之运，“香雪”又岂能独善其身？

于是，宝琴只能抱憾离去，“江南江北一般同，偏是离人恨重”。

而最令人称道的薛宝钗的《临江仙》也是表面威武，内含悲凄：

白玉堂前春解舞，东风卷得均匀。蜂团蝶阵乱纷纷。几曾随逝水，岂必委芳尘。　　万缕千丝终不改，任他随聚随分。韶华休笑本无根，好风频借力，送我上青云！

“东风”变色，让春花蜂蝶扰乱不休，花谢水流，众芳云散，而宝钗这个冷美人始终淡然以对，从容如昔，反而借着这场动乱得以嫁给了宝玉为妻。

但是那又怎么样呢？聚散离合，宝玉还是出家了，宝钗终究落一个独守空房，幸而生来无情，“万缕千丝终不改”，甘苦自若罢了。

风筝的故事

《红楼梦》有三处提到风筝。首次是第五回中，宝玉在《金陵十二钗》正册看到探春的判词，画的是两个人放风筝，一片大海，一只大船，船中有一女子掩面泣涕。

第二次是在第二十二回元宵节制灯谜，探春出了一个风筝的灯谜。

这两回都是暗出，到了第七十回《林黛玉重建桃花社　史湘云偶填柳絮词》，风筝正式登场，在诗社填词尾声，写了一大段详细生动的放风筝活动。风筝的种类有很多：蝴蝶、大鱼、螃蟹、美人、大红蝙蝠、凤凰、红喜字、大雁等，其中探春放的是凤凰，和另一只不知哪里来的凤凰缠在了一起，又遭到另一个“门扇大的玲珑喜字带响鞭”的风筝绞断了线，“飘飘摇摇去了”不知何方。

这段描写，除了预示出探春远嫁的前途外，也和书中关于昆曲、服饰的描写一样，深深打上了作者本身的生活烙印。

因为曹雪芹正是一位制作风筝的高手，他有一本关于风筝的专著，名为《南鹞北鸢考工志》。

史料记载，风筝最早发明于汉朝，由韩信首创。但是曹雪芹则认为风筝起源于春秋时期墨子所制的“木鸢”：“观夫史籍所载，风鸢之由来久矣，可征者实寡，非所详也。惟墨子作木鸢，三年而飞之说，或无疑焉。盖将用之负人载物，超险阻而飞达，越川泽而空递，所以辅舆马之不能，补舟楫之不逮者也。揆其初衷，殆欲利人，非以助暴。夫子非攻，故其法卒无所传。”

曹雪芹所制的风筝很有名，在乾隆年间曾被誉为京城“四大流派”风筝之一，与当时著名的哈氏风筝、金氏风筝、马氏风筝齐名。

在书的自序中有个小故事，说某年冬天，春节将近，有个叫于景廉的残疾朋友冒着风雪来探访曹雪芹。这个朋友在从军征战中受伤成了瘸子，生计艰难，家中儿女饿得直哭，无法，来向曹雪芹借钱。

曹雪芹也很窘迫，倾囊相赠后，还挽留朋友暂住，要帮他再想想办法。因为听于景廉说有王府贵公子花数十两银子购买风筝，就用上好的材料剔竹、裁纸、裱糊、打线，做了几个大风筝，还在上面精心画了画，让于景廉拿去卖。

除夕夜，于景廉高兴地二次登门，带了好酒好菜来谢他，说风筝全卖光了，赚了不少，不但还了曹雪芹的借银，还分他一份厚礼。

曹雪芹一想，这于景廉身有残疾，也做不了别的，卖风筝倒是件好差使，就将扎糊风筝的技艺悉数传授与他。曹氏风筝就这样不胫而走，红遍京城。

于是，曹雪芹花了两年的时间，“补定新样”，“旁搜远绍”，编定了《南鹞北鸢考工志》一书。在序中说：“以为今之有废疾而无告者，谋其有以自养之道也。”说明这是为残疾者自力更生而指的一条路，由此可见曹雪芹的菩萨心肠。

风筝，南为鹞，北为鸢。而曹雪芹所做的风筝集南北技艺于大成，因而取名《南鹞北鸢考工志》。书中详细介绍了四十三种风筝的扎、糊、绘、放等技法和工艺，每种配有一诗一画，充分显示了曹雪芹诗画双绝的特长。

因为画的是风筝的样式，所以他特别用深色勾线、浅色绘面。曹雪芹在“半瘦燕画诀”自注中说：“法以佛青为底，槐黄衬之，配以红、绿、湖、紫色等，宜力求鲜明夺目。”这和书中莺儿打络子的一段精彩评论相似，非常讲究配色。

这本书现在已经新版，不过内容是后人仿制的，也有人说整本书都是托名伪做的赝品。众说不一，录在这里，且作参考。

单纯就本书而言，这段描写中不仅预示了探春的未来结局，也写了黛玉的命运。

古人放风筝有个吉祥祝福，意思是“放晦气”。林黛玉多愁多病，众人都劝她借放风筝把晦气放了，将病根儿带走，病就好了。但是黛玉却说：“这一放虽有趣，只是不忍。”紫鹃笑说：“我们姑娘越发小气了。那一年不放几个子，今忽然又心疼了。”

这是暗示黛玉命不久长，眷恋春天之意。照作者最初的意思，这个春天应该是黛玉的最后华年，春残花落之际，便是黛玉魂归之时。然而书稿一改再改，前插后补，又将前文的“抄检大观园”“晴雯之死”等内容挪到了后面，便让黛玉又活了一年。

而黛玉的风筝放飞后，宝玉多情地说：“可惜不知落在哪里去了。若落在有人烟处，被小孩子得了还好；若落在荒郊野外无人烟处，我替他寂寞。想起来把我这个放去，教他两个作伴儿罢。”

这预示了黛玉逝后，宝玉出家的大结局。只是，他们终究无法为伴。

值得注意的是，桃花社为黛玉所建，偏赶上探春生日；放风筝因黛玉而起，但我们都知道，风筝是探春的象征。这样两个人的命运就连在一起了，而且都与“东风”有关。

这回中，黛玉填的柳絮词中说：“嫁与东风春不管，凭尔去，忍淹留。”放风筝时，她说“我却不忍”。不忍的是她，那么“嫁与东风”的到底是谁？

只能是“一任东西南北各分离”的探春吧？

黛玉的潇湘馆题名是“有凤来仪”，显然黛玉也是一只凤凰。

探春放的风筝是凤凰，却遇到另一只凤凰来绞，正在有趣，被一只很霸道的“门扇大的玲珑喜字带响鞭”的风筝给绞断了。

两只“凤凰”被个“喜”字搅在一起，显然是结亲。而那“门扇大的玲珑喜字带响鞭，在半天如钟鸣一般”的风筝气势偌般张扬，又是“逼近来”，又是“忒促狭了些”，竟是来者不善。可见是由战事而结的婚事。探春和亲的命运就这样一点点地显示出来了。

虽然背井离乡仍然属于悲剧范畴，遂列名“薄命司”，然而比起迎春、惜春等，探春已经算是求仁得仁，终于超越自己的出身，飞上枝头变凤凰了。

第七十一回

嫌隙人有心生嫌隙　鸳鸯女无意遇鸳鸯

王熙凤功高盖主渐失威

荣国府内当家王熙凤，在前五十五回中一直是呼风唤雨，春风得意，为所欲为的。第五十五回元宵节过后忽然小产，情况急转直下，权威渐失。一方面王夫人另提拔了心腹薛宝钗当家，心中早已暗定了凤姐接班人；另一方面邢夫人对凤姐的嫌隙越来越重，时时刻刻寻机给她没脸；再则一直跟她维持着表面和睦的尤氏也因为尤二姐之死而和凤姐貌合神离，结了很深的梁子。

于是，到了第七十一回，三位高层索性联起手来，一起当众下了凤姐面子，让她狠狠吃了个暗亏。

按理说荣国府家务应当由长房媳妇掌管。然而一则贾母偏心，不喜欢大儿子；二则贾赦原配死得早，邢夫人是填房，出身卑微，不堪重任。于是，这掌门人大权就落到了二儿媳王夫人的头上。但是王夫人能力平庸，虽有两个儿子，无奈长子早逝，未亡人李纨性情木讷，比王夫人更无能，而且一个寡妇处理内务，难免要与管外事的爷们儿打交道，深为不便；二子宝玉还小，尚未娶妻；探春更小，且在闺中，诸事不便。

这样子，王夫人只有借助自己的侄女王熙凤来帮忙料理家务，凤姐与贾琏夫妻两个男主外，女主内，里应外合，有商有量，非常省心便利。

本来这主意是极好的，王熙凤既是长房儿媳，又是二房侄女，由她来管家，正是平衡长房与二房关系的绝好策略。倘能处理得当，自可翻云覆雨，进退自如；然而一个不小心，就会两头不讨好，里外不是人。

而王熙凤，偏偏是最不懂得低调做人的一只“凡鸟”。即使搁在今天，也绝不会是个好领导。这并不是因为她待下严苛，重利盘剥，而是她机关算尽，却忽略了管理结构中相当重要的一环——董事会名誉成员：邢夫人、王夫人、尤氏等人。

尽管邢夫人无权，王夫人无能，但她们毕竟是贾府长辈，其身份在贾母之下，凤姐乃至众姑娘之上。如果凤姐是中层领导，首席执行官，那么邢、王二夫人便是公司高层，纵使不参与具体管理，却也是拥有议事权与投票权的。

那邢夫人禀性愚犟，贪得无厌，“儿女奴仆，一人不靠，一言不听的”，并不以儿媳能代任荣府管家为傲，反而妒恨不平，“嫌隙人有心生嫌隙”，时不时就要给凤姐找点麻烦。

书中邢夫人对王熙凤的嫌忌是明写的，曾亲口当着迎春的面说过：“总是你那好哥哥好嫂子，一对儿赫赫扬扬，琏二爷、凤奶奶，两口子遮天盖日，百事周到，通共这一个妹子，全不在意。”一言未了，人回：“琏二奶奶来了。”邢夫人冷笑两声，命人出去说：“请他自去养病，我这里不用他伺候。”嫌恶妒恨之情溢于言表。

听说贾琏当卖老太太古董，邢夫人立刻找上门来敲诈：“你没有钱就有地方迁挪。我白和你商量，你就搪塞我。你就说没地方。前儿一千银子的当是那里的？连老太太的东西你都有神通弄出来，这会子二百银子，你就这样。幸亏我没和别人说去。”逼得凤姐只得拿自己的金项圈当了二百两来交“封口费”。

小厮兴儿曾对尤氏姐妹说过：“提起我们奶奶来……合家大小除了老太太、太太两个人，没有不恨他的，只不过面子情儿怕他……连他正经婆婆大太太都嫌了他，说他‘雀儿拣着旺处飞，黑母鸡一窝儿，自家的事不管，倒替人家去瞎张罗’。若不是老太太在头里，早叫过他去了。”

旁观者清，兴儿虽是基层员工，却看得很明白，邢夫人疏离凤姐，因为两点：一是妒，二是恨。妒，是因为凤姐这个做儿媳妇的权势比自己这个做婆婆的长房长媳还大；恨，则是因为凤姐不肯向着自己这一房，只知道讨老太太的好，顺承王夫人。

然而王夫人是不是就对凤姐十分满意呢？未必。

正如平儿劝凤姐的话：“纵在这屋里操上一百分的心，终久咱们是那边屋里去的。”——平儿想得到，王夫人又怎会想不到、防不到？

王夫人虽然是亲姑妈，而且把管家大权交给了凤姐代理，但这并不代表她完全信任王熙凤。一边用着她，另一边也防着她，其心理同样出于妒恨。嫉妒凤姐本领比自己高，比自己更得贾母的宠，也更得众人的捧；恨她越俎代庖，恃宠生娇，并且随着她羽翼渐丰，锋芒毕露，气焰越来越嚣张，连自己也不放在眼里。

周瑞家的小子在凤姐生日里发酒疯，撒了一院子馒头，凤姐发火要撵他，且命赖大家的：“回去说给你老头子，两府里不许收留他小子，叫他各人去罢。”赖嬷嬷忙劝道：“奶奶听我说：他有不是，打他骂他，使他改过，撵了去断乎使不得。他又比不得是咱们家的家生子儿，他现是太太的陪房。奶奶只顾撵了他，太太脸上不好看。依我说，奶奶教导他几板子，以戒下次，仍旧留着才是。不看他娘，也看太太。”

赖嬷嬷是府里老人，精于世故，一眼便看到了这件事的实质：“打狗也要看主人”——连无知识的老嬷嬷都知道的避讳，凤姐居然不在意，独断专行，岂非僭越？

王夫人屋里失窃丢了玫瑰露，丫鬟们互不认账，混咬一番。凤姐便做主意：“依我的主意，把太太屋里的丫头都拿来，虽不便擅加拷打，只叫他们垫着磁瓦子跪在太阳地下，茶饭也别给吃。一日不说跪一日，便是铁打的，一日也管招了。”

——明知道太太的丫头不便擅加拷打，却还要自作主张严刑逼问，岂非明知故犯？

幸亏平儿看得清楚，忙劝阻说：“何苦来操这心！‘得放手时须放手’，什么大不了的事，乐得不施恩呢。”

这两次拿太太的人开刀虽然都未实施，然而一次又一次，总有众人不提防、阻止不及的事，被王熙凤无心做了出来，却被王夫人看在眼里，记在心里。而这些事，倘若王夫人知道，又会怎么想、怎么做呢？她是个爱听小话的，赵姨娘抱怨说短了一吊钱，王夫人就会冷不丁地查账；袭人背地里说宝玉大了要避嫌，她高兴地赶着喊“我的儿”。这样一个人，会乐意听到别人告诉她凤姐背地里策划整治她的陪房和丫鬟吗？

书中说邢夫人之所以厌恶凤姐，皆因为受到下人婆子们挑拨，“只因贾母近来不大作兴邢夫人，所以连这边的人也减了威势，凡贾政这边有些体面的人，那边各各皆虎视眈眈”。

> 这一干小人在侧，他们心内嫉妒挟怨之事不敢施展，便背地里造言生事，调拨主人。先不过是告那边的奴才，后来渐次告到凤姐“只哄着老太太喜欢了他好就中作威作福，辖治着琏二爷，调唆二太太，把这边的正经太太倒不放在心上。”后来又告到王夫人，说：“老太太不喜欢太太，都是二太太和琏二奶奶调唆的。”邢夫人纵是铁心铜胆的人，妇女家终不免生些嫌隙之心，近日因此着实恶绝凤姐。

这段白描，形象地画出了“刁奴蓄险心”的嘴脸，也是大家族常情。

然而邢夫人身边人如此，焉知王夫人身边人不也是这样呢？那周瑞家的身为太太陪房，儿子差点被凤姐撵出府，难道不会向主子报告？彩云、彩霞皆是王夫人贴身丫鬟，既与赵姨娘相契，自然同凤姐不睦，难道不会寻机离间？

王夫人身边既有这许多“耳报神”，也就难保对凤姐满意。况且她托凤姐替自己管家，本来就是权宜之计，原没打算让她长久大权独揽的，如今见她越来越猖狂，就更加抓紧准备，扶持新生力量来取代她。这从凤姐生病时，王夫人新委任的三位“镇山太岁”就知道了。

李纨、薛宝钗、探春。这三个人，一个是王夫人的长儿媳妇，一个是王夫人心目中的小儿子媳妇，还有一个是挂名女儿——虽不是自己亲生的，却一心一意长年巴结着自己的，而且终究要出嫁，不会夺权，因而王夫人暂时把家交给她管是放心的。

这三个人里，任何一个能够趁机成长起来，真正地取代凤姐，都远比凤姐容易控制。至少，这三个人和自己的关系都比王熙凤更加亲近。尤其宝钗，更是王夫人认定的准儿媳，最佳的荣府内当家人选。这是打定主意要夺凤姐的权了。

第七十一回“嫌隙人有心生嫌隙”里，贾母生日，凤姐因看门的婆子得罪了宁府当家尤氏，便命人将婆子捆了等尤氏处分。邢夫人听见了，故意当着众人的面给凤姐没脸，阴阳怪气地说："我听见昨儿晚上二奶奶生气，打发周管家的娘子捆了两个老婆子，可也不知犯了什么罪。论理我不该讨情，我想老太太好日子，发狠的还舍钱舍米，周贫济老，咱们家先倒折磨起人家来了。不看我的脸，权且看老太太，竟放了他们罢。"说完转身就走，全不给凤姐一个解释的机会。

王熙凤正在又羞又气，因王夫人在一旁问起，只得将缘故从头细说，又道："昨儿因为这里的人得罪了那府里的大嫂子，我怕大嫂子多心，所以尽让他发放，并不为得罪了我。"

谁知尤氏并不领情，只笑道："连我并不知道，你原也太多事了。"——这一"笑"，真是意味深长。前文里她因婆子说"各家门另家户"的话，分明气得又是冷笑又是查问这两个是什么人，还立时三刻就要找凤姐理论，是宝琴、湘云、袭人并两个姑子硬劝住了。如今凤姐真的替她料理了，她反而笑人家"多事"，简直落井下石，近乎陷害。

但这正是尤氏不动声色的报复之举：尤氏身为宁国府当家，无论在职称还是辈分上，都与凤姐平级。本来和凤姐的关系也颇好，可是因为尤二姐勾搭了贾琏，被凤姐打上门来，揉搓折磨，又吐又扯，脸对脸骂了半日，半点情面也不留。两人后来表面上还算和睦，然而心里怎能不恨？如今有了这个机会，还不趁机讨个大度名声，把嚼子给凤姐戴上吗？

但表现最特别的还是王夫人，此时她本应该对尤氏说：虽然节下，礼不可废，婆子先放了也可，但过后还是要重办的。这样既可以两不得罪，又可以替凤姐周旋了面子，而且不失当家人的体统。正如后来贾母说的："难道为我的生日由着奴才们把一族中的主子都得罪了也不管罢。"

然而王夫人分明也是想趁机杀一杀凤姐的威风，不愿意看她活得太得意，巴不得找个由头涮涮她的面子，而且最好这个由头不是自己找来的。如今借了邢夫人和尤氏的口给凤姐定个罪名，还不赶紧推波助澜吗？因此打蛇随棍上，道："你太太说的是。就是珍哥儿媳妇也不是外人，也不用这些虚礼。老太太的千秋要紧，放了他们为是。"说着，也不再听凤姐啰唆，自己亲自下令，回头命人去放了那两个婆子——这分明是当众教训凤姐：你连这点事都处理不好，让你太太当众说了那么难听的话。那好，我不用你处理了！

在这次事件中，邢夫人不用说了，摆明是要给凤姐难堪；尤氏更是趁机报复；但最悲哀的还是王夫人明知凤姐受了委屈，非但不维护，还借力打力地又给凤姐加添了一笔没趣——即使要放两个婆子，也该交由凤姐去放。她却自说自话地教训了凤姐几句，然后“回头便命人去放了那两个婆子”，简直当凤姐是透明。

这一段描写，怕是前八十回里凤姐最可怜的时候，比跟贾琏大闹一场，哭得“黄黄的脸儿”更可怜。因为彼时大发雌威，还可以撒娇哭闹，此回却唯有忍气吞声，暗自饮泣，连哭都不敢大声哭。老太太命人叫她来问话，她“忙擦干了泪，洗面另施了脂粉”过来，鸳鸯看见她眼睛肿了，问是受了谁的气，她还要佯笑掩饰：“谁敢给我气受，便受了气，老太太好日子，我也不敢哭的。”——连哭也不敢，还不可怜吗？

人人只道凤姐抓尖好强，岂知她身处中层夹心，受的气比谁都多。十个人里，纵然周旋了九个，一个照顾不到，闲话也会说到十分，终究是功不抵过。

这回明明是两位夫人使心眼，拿凤姐当了磨心，而她有冤无处诉，白受一场夹板气，还不能说一个“不”字。因为两边都是太太，是长辈，给她什么，都得忍着。

不过这还不算完。“放人”事件过去不久，邢、王二夫人又一次联手，对凤姐发难，是为“搜人”事件。后文再议。

抄检之后，王熙凤的心是彻底灰了，荣国府的聚宴中，她不再唱主角，而要渐次缺席了。

后来贾府被抄，宁国府的罪行明明比荣国府重，然而淹蹇在狱神庙的人却只是凤姐，为何？后四十回遗失，但原因可想而知，自然是船沉众人踩，登高必跌重。

凤姐的判词里说她“机关算尽太聪明，反算了卿卿性命”。然而细想起来，凤姐其实并不是很懂得算计，非但算不出天威难犯，命运多舛，且也没算到人心叵测，功高盖主，也就难怪她会死于非命了。

第七十二回
王熙凤恃强羞说病　来旺妇倚势霸成亲

王熙凤的不治之症

在凤姐讲完“聋子放炮仗——散了吧”的笑话不久，便因小产而病倒了，在家一月，不能理事，天天两三个太医用药。

书中虽只轻描淡写，然而小产无论在古时在今天都非小事，尤其凤姐这样的当家人，急需生个儿子出来接续香火，巩固地位，所以小产无论对身体还是心理都是极重的打击。

其实，这次小产并非没有前兆，而是早有层层铺垫的。

早在第十四回贾琏送黛玉回扬州的时候，书中写到凤姐连夜打点衣物交给昭儿，赶乱完了，天已四更将尽，才睡下又走了困，不觉天明鸡唱，忙又梳洗了来至宁国府，继续忙着发葬秦可卿的大事。庚辰本在这一段中间有条夹批：“此为病源伏线，后文方不突然。”明明白白写出了凤姐的病根乃在于操劳过度，精神衰弱。

到了第十九回元春省亲，人人力倦神疲，独凤姐“事多任重，别人或可偷安躲静，独她是不能脱得的；二则本性要强，不肯落人褒贬，只扎挣着与无事的人一样”。这“扎挣”二字已见艰难之状，凤姐长期劳累又失于调养，所伏恶果已渐次呈现，因此文后又有一条短批：“伏下病源。”

第四十四回凤姐泼醋，大闹一场后，贾母出面调停，命贾琏与凤姐赔罪。“贾琏听如此说，又见凤姐儿站在那边，也不盛妆，哭的眼睛肿着，也不施脂粉，黄黄脸儿，比往常更觉可怜可爱。”脂砚斋又特地在“黄黄脸儿”后面批了一句："大妙大奇之文，此一句便伏下病根了，草草看去便可惜了作者行文苦心。"

显然凤姐之病已渐成痼疾。出场时"粉面含春"的状态已成明日黄花，如今不过一夜伤心，便成了"黄黄脸儿"，显然贫血多思。

晴雯病时，宝玉向凤姐讨了膏药来贴鬓角，麝月说"二奶奶贴惯了倒不显"，显然凤姐是长年贴着膏药的。那为什么贴膏药呢？就因为她长期偏头疼——自然是劳心劳力所致。

积劳成疾，凤姐气血两亏。到了第五十五回，开篇便写凤姐小产，且病势汹汹，经久不愈，偏又"自恃强壮，虽不出门，然筹画计算，想起什么事来，便命平儿去回王夫人，任人谏劝，只是不听"。

如此逞强好胜，殚精竭虑，又如何养治得来呢？因此书中难得地正面描写了凤姐之病：

> 禀赋气血不足，兼年幼不知保养，平生争强斗智，心力更亏，故虽系小月，竟着实亏虚下来。一月之后，复添了下红之症。……自己也怕成了大症，遗笑于人，便想偷空调养，恨不得一时复旧如常。谁知一直服药，调养到八九月间，才渐渐的起复过来，下红也渐渐止了。

凤姐元宵小产，产后又不知保养，酿成下红之症，直调养到八九月才痊愈，这是整整病了半年之久，还不是大病吗？

关于这次怀孕，前文从无提及，倒是第六十一回有了一番补叙。见于平儿劝凤姐的一番话：

> 何苦来操这心！"得放手时须放手"，什么大不了的事，乐得不施恩呢。依我说，纵在这屋里操上一百分的心，终久咱们是那边屋里去的。没的结些小人仇恨，使人含怨。况且自己又三灾八难的，好容易怀了一个哥儿，到了六七个月还掉了，焉知不是素日操劳太过，

气恼伤着的。

原来凤姐已经怀孕六七个月了，胎儿早已成形，已经确知是个男孩儿，此时小产，岂能不伤？

这也直接导致了贾琏偷娶尤二姐。一则凤姐下红不止，肯定不能和贾琏同房的；二则这个病症渐成，子嗣无望，贾琏另娶的理由非常充分。

因此贾蓉在促成贾琏偷娶尤二姐时，劝服尤老娘，也是以此为诱：“目今凤姐身子有病，已是不能好的了，暂且买了房子在外面住着，过个一年半载，只等凤姐一死，便接了二姨进去做正室。”这是侧面写出凤姐病势已成，在众人眼中俨然已经注定早死，好不了的了。

贾琏娶了尤二姐后，将自己的体己全搬到小院来给尤二姐收着，“又将凤姐素日之为人行事，枕边衾内尽情告诉了他，只等一死，便接他进去”。

不仅贾蓉觉得凤姐命不久长，连身为丈夫的贾琏也认定发妻活不了多久，甚至一心等着她死，薄情之至，令人痛心！

而凤姐得知尤二姐的存在时，虽然怒火万丈，却也不敢明着反对，也是因为自己身患重症，既不能为贾琏添子，自然不敢阻他纳妾，担了嫉妒之名，因此只得笑里藏刀，行那暗箭伤人之计。

然而，害死了尤二姐，并未能改变自己的命运。

第七十二回时，书中借鸳鸯和平儿议论，第二次明写凤姐病重。从鸳鸯眼中评去，乃是“声色怠惰了好些，不似往日”。从平儿口中说出，则是“他这懒懒的也不止今日了，这有一月之前便是这样。又兼这几日忙乱了几天，又受了些闲气，从新又勾起来。这两日比先又添了些病，所以支持不住，便露出马脚来了”。写明病因乃是劳累太过，加上心力亏损。“别说请大夫来吃药。我看不过，白问了一声身上觉怎么样，他就动了气，反说我咒他病了。”——所以这般讳疾忌医，一则固是好强争胜，二则也是心虚，不愿落人话柄，说自己心强命不强，害人反害己。

平儿且说明症状，委实严重：“自从上月行了经之后，这一个月竟沥沥淅淅的没有止住。”吓得鸳鸯脱口而出：“这可不成了血山崩了。”且说先前自己姐姐就是害这个病死的。可见这是个可以直接致人丧命的重症。

说完病症，接着写贾琏借当，看出贾府每况愈下，已经到了捉襟见肘的地步；接着写孙绍祖求亲，官媒下帖等事，直指迎春、探春婚事；而凤姐梦见“夺锦”，则暗示了元春失宠——红楼女儿薄命之兆越逼越近，简直是加紧了步伐排山倒海而来，打头阵的，正是凤姐！

正是因为有这样的压力，才会让凤姐在潜意识中惶惶不可终日，遂做了一个关于“夺锦”的梦。

此前凤姐梦可卿，预言贾府不日将有件大喜事，直如鲜花着锦，烈火烹油一般——那件大喜事，便是元春被选中了贵妃；而如今凤姐梦人夺锦，岂不是说元春带给贾家的荣耀即将被人夺去吗？

另一方面，曹寅原为江宁织造，锦缎之事正是曹家的根基家业，有人夺锦，正暗示了现实生活中的曹家因为亏空而被抄家。

刚刚说完梦境，就有宫中来人敲诈，正是进一步暗示：“夺锦”喻示的乃是宫中之事。

已经这样了，王夫人还不省心，又闹出抄检大观园的幺蛾子来，更加直接导致了凤姐病情加重。

> 谁知夜里又连起来几次，下面淋血不止。至次日便觉身体十分软弱，起来发晕，遂撑不住。请太医来，诊脉毕，遂立药案云：“看得少奶奶系心气不足，虚火乘脾，皆由忧劳所伤，以致嗜卧好眠，胃虚土弱，不思饮食。今聊用升阳养荣之剂。”写毕，遂开了几样药名，不过是人参、当归、黄芪等类之剂。

第七十六回中秋赏月，凤姐第一次在家宴上缺席了——倘若不是病得十分严重，绝不会这样。大观园的最后一次盛会，冷冷清清，惹得贾母叹息：“偏又把凤丫头病了。有他一人来说说笑笑，还抵得十个人的空儿。可见天下事总难十全。”

想来，以后的家宴上，也都难得听到王熙凤的笑话了吧？

第七十三回
痴丫头误拾绣春囊　懦小姐不问累金凤

贾宝玉的学问与理想

曹雪芹写宝黛，总是惯用反笔，明贬实褒，尤其对宝玉更是如此，甚至在宝玉第一次出场时前有两首《西江月》贬之，说他："天下无能第一，古今不肖无双。寄言纨绔与膏粱：莫效此儿形状！"——完全是一个不学无术的反面典型。

而这使得读者也因此得出了一个错误结论，觉得宝玉不爱读书，满腹草莽。正如小厮兴儿说："他长了这么大，独他没有上过正经学堂。我们家从祖宗直到二爷，谁不是寒窗十载，偏他不喜读书。"

——然而当真这样想，我们岂不同兴儿一般见识，错会宝玉了？

宝玉当真不喜欢读书吗？他的学问又到底怎么样呢？

第三回宝玉初见黛玉时，第一个问题便是："妹妹可曾读书？"然后才问名字，又引经据典地举出什么《古今人物通考》来，给黛玉取字"颦颦"。

后来见了秦钟，感其人物俊美，也是先问他读什么书，而后才"二人你言我语，十来句后，越觉亲密起来"。

只从这两点，已经足可见出宝玉并不是不读书，而只是在意别人读的什么书，寻找合乎自己频道的知己而已。正所谓以文会友，道不同不相为谋。

书中正面描写宝玉认真上学的，只有第九回《恋风流情友入家塾　起嫌疑顽童闹学堂》。

清早起来，宝玉来给贾政请安说要上学去，遭到父亲一阵抢白。但贾政终究是在乎儿子的学业的，因此又特地叫了跟宝玉的李贵进来细问：“你们成日家跟他上学，他到底念了些什么书！”听李贵说是“哥儿已经念到第三本《诗经》”了，便又发话说：“那怕再念三十本《诗经》，也都是掩耳偷铃，哄人而已。你去请学里太爷的安，就说我说了：什么《诗经》古文，一概不用虚应故事，只是先把“四书”一气讲明背熟，是最要紧的。”

可见，在贾政这样的“正经人”眼中，“四书”才是真学问，《诗经》古文则都是哄人的虚应故事。因为古时考科举，“四书”是必考科目，更是八股依据。

然而宝玉偏偏在诗词上还有些悟性，对于八股文章却是深恶痛绝，遂给了人们一种不学无术的错误印象。

但也是在这第九回里，有一日贾代儒因有事回家了，留下一句七言对联，命学生对了，明日再交作业。可见“对对子”也是学堂里的正经功课。

而宝玉在这方面显然是强项，深得塾掌称赞的，这从“大观园试才题对额”一回中可以充分见证。宝玉吟诗作对的急才相当惊人，非但出口成章，亦且文采斐然，像“绕堤柳借三篙翠，隔岸花分一脉香”“宝鼎茶闲烟尚绿，幽窗棋罢指犹凉”“吟成豆蔻才犹艳，睡足酴醾梦亦香”等，真是余香满口，纸上生花，连饱学之士们也甘拜下风。虽然不免有恭维附和之嫌，但是贾政课子甚严，也忍不住点头微笑，可见十分满意。

游至蘅芜苑，许多异草珍卉，众人皆不认识，唯有宝玉指点说这是薜荔藤萝，那是青芷紫芸，引经据典，如数家珍，不负了宝钗曾说他“旁学杂收”。

后来大观园竣工，贾政就命人悬了那些对联出来，虽然书中解说此举是为了投元妃之好，使其知宝玉之长进；但同时也可以看出这些对联相当拿得出手，足以为园林增辉。

接着元春命众人各题一匾一诗，唯命宝玉独作四首。黛玉悄悄帮他作了一首让他打小抄。元春看后，喜之不尽，称赞说：“果然进益了！”又特别指出黛玉替作的那首“杏帘在望”为冠，并因此命名“稻香村”。

元春可是不用跟宝玉说客气话的，所以这里是真心称赞宝玉的长进，但同时也看出，黛玉的诗才还是要比宝玉高出一截子的，代作之诗一眼就能分出高下来。

后来贾宝玉搬入大观园，曾作四时即事诗，在王孙公子间广为传诵，一时上门倩画求题者众多。而此时，宝玉不过才十二三岁，已然能此，倘非生于豪门，纵在贫门薄宦之间，亦堪称少年仲永了。

至于后文海棠社、菊花社、柳絮社多次较量，宝玉始终落第，但一则是薛林二人的确超凡拔群，二则多半是李纨给众人面子，拿宝玉开涮罢了，不能当真。

第九回之后，书中很少再提宝玉上学的事，倒是专门写到宝玉收拾了外书房读夜书，但是因为没有秦钟做伴，多少有些扫兴，所以也没详写到底读的怎么样，又读些什么书。

第十九回“情切切良宵花解语”中，袭人曾劝他：“你真喜读书也罢，假喜也罢，只是在老爷跟前或在别人跟前，你别只管批驳诮谤，只作出个喜读书的样子来，也教老爷少生些气……而且背前背后乱说那些混话，凡读书上进的人，你就起个名字叫作‘禄蠹’；又说只除‘明明德’外无书，都是前人自己不能解圣人之书，便另出已意，混编纂出来的。”

此处略一点宝玉性情，侧面印证了宝玉不是不读书，而是对于“读书”有一套自己的选择标准和评判道理。

当时宝玉在袭人的柔情劝诫下千誓万肯，然而过后仍是照旧。第三十二回中湘云也曾劝他：“你就不愿读书去考举人进士的，也该常常的会会这些为官做宰的人们，谈谈讲讲些仕途经济的学问，也好将来应酬世务，日后也有个朋友。”

宝玉听了立刻道：“姑娘请别的姊妹屋里坐坐，我这里仔细污了你知经济学问的。”还说，“林姑娘从来说过这些混帐话不曾？若他也说过这些混帐话，我早和他生分了。”

可见宝钗、湘云所说的“仕途经济的学问”在他眼中，都是些“混帐话”。

第三十六回中，于宝玉的性情理论再次皴染总结，说他“本就懒与士大夫诸男人接谈，又最厌峨冠礼服贺吊往还等事”，“却每每甘心为诸丫鬟充役”。

此处“充役”，指的应是调制胭脂膏子等打打下手之事。每每宝钗等来劝，他反十分生气，有个理论说：“好好的一个清净洁白女儿，也学的钓名沽誉，入了国贼禄鬼之流。这总是前人无故生事，立言竖辞，原为导后世的须眉浊物。不想我生不幸，亦且琼闺绣阁中亦染此风，真真有负天地钟灵毓秀之德！”且将“四书”之外的书尽焚了。

此时距袭人之劝已过了三四年，可见宝玉越大反而越有了一番坚定的认识，誓要一条道走到黑了。甚至连古往今来的忠臣良将也非议起来，且有一番生死价值论：

> 那些个须眉浊物，只知道文死谏，武死战，这二死是大丈夫死名死节。竟何如不死的好！必定有昏君他方谏，他只顾邀名，猛拚一死，将来弃君于何地！必定有刀兵他方战，猛拚一死，他只顾图汗马之名，将来弃国于何地！所以这皆非正死。……那武将不过仗血气之勇，疏谋少略，他自己无能，送了性命，这难道也是不得已！那文官更不可比武官了，他念两句书汙在心里，若朝廷少有疵瑕，他就胡谈乱劝，只顾他邀忠烈之名，浊气一涌，即时拚死，这难道也是不得已！还要知道，那朝廷是受命于天，他不圣不仁，那天地断不把这万几重任与他了。可知那些死的都是沽名，并不知大义。比如我此时若果有造化，该死于此时的，趁你们在，我就死了，再能够你们哭我的眼泪流成大河，把我的尸首漂起来，送到那鸦雀不到的幽僻之处，随风化了，自此再不要托生为人，就是我死的得时了。

可见宝玉一生事业，只是任性自然，得情之所钟，也就不负此生了。正如杜丽娘在游园时所唱：“我一生儿爱好是天然。”

紧接此回，探春便发帖邀集，提出建诗社之议。宝玉最为兴奋：“这是一件正经大事，大家鼓舞起来。”

——原来这才是宝玉心中的正经大事。为众人取号时，宝钗说他“天下难得的是富贵，又难得的是闲散，这两样再不能兼有，不想你兼有了，就叫你‘富贵闲人’也罢了。”

果然能如此一生，又有何不可？

大多读者以为宝玉喜爱女孩子只是多情好色，实则在宝玉心目中，女孩子乃是“天地钟灵毓秀之德”，他爱的是女孩子身上最天然灵性的那部分。所以一旦女孩子们也满口功名利禄之辞，也就染了男人浊气，入了国贼禄蠹之流了。

但是美而可爱的女孩子，最好也还是要读书的。

香菱学诗如痴如魔，宝玉感叹：“这正是‘地灵人杰’，老天生人再不虚赋情性的。我们成日叹说可惜他这么个人竟俗了，谁知到底有今日。可见天地至公。”

在他的标准里，香菱是个品貌兼优的好女子，但如果不读书，就“虚赋情性”了，就“可惜”了，就“俗了”；如今到底开窍，要学诗了，就是“地灵人杰”“天地至公”了。可见他有多么在乎一个女子的学问。

因了他这话，宝钗笑道：“你能够像他这苦心就好了，学什么有个不成的。”宝玉便不高兴，没有接茬。因为宝钗说的跟他说的是两回事。宝钗的学问，指的是仕途经济，是理性的学问；而宝玉的学问，则说的是诗词歌赋，是灵性的学问。

也正是因为这一点，宝玉视诗人化身的林妹妹为知己，对满口礼法的宝姐姐则始终敬有加，爱不足。

宝玉虽焚了书，并不是从此不读了。第七十三回中，有一段关于宝玉功课的大盘点——书中说，赵姨娘的丫鬟小鹊来报信说赵姨娘在贾政面前吹了耳旁风，要他仔细明天问话。宝玉听了，顿时发起愁来，只好临时抱佛脚，理熟了功课，以备查考：

如今打算打算，肚子内现可背诵的，不过只有“学”“庸”“二论”是带注背得出的。至上本《孟子》，就有一半是夹生的，若凭空提一句，断不能接背的；至“下孟”，就有一大半忘了。算起“五经”来，因近来作诗，常把《诗经》读些，虽不甚精阐，还可塞责。别的虽不记得，素日贾政也幸未吩咐过读的，纵不知，也还不妨。至于古文，这是那几年所读过的几篇，连“左传”“国策”“公羊”“谷梁”汉唐等文，不过几十篇，这几年竟未曾温得半篇片语，虽闲时也曾遍阅，不过一时之兴，随看随忘，未下苦工夫，如何记得。这是断难塞责的。更有时文八股一道，因平素深恶此道，原非圣贤之制撰，焉能阐发圣贤之微奥，不过作后人饵名钓禄之阶。虽贾政当日起身时选了百十篇命他读的，不过偶因见其中或一二股内，或承起之中，有作的或精致、或流荡、或游戏、或悲感，稍能动性者，偶一读之，不过供一时之兴趣，究竟何曾成篇潜心玩索。

这段话明贬实褒，可见宝玉并非整天只读茗烟孝敬的那些“飞燕、合德、武则天、杨贵妃的外传与那传奇角本”，正经书看得也不少，不但“四书五经”乃至史书古文都是读过了的，连八股文也读了，只是因为他读书是为了兴趣而不是为功名，所以各书读得有深浅罢了。像《庄子》《离骚》等那是随手拈来，但是八股文章就没什么大研究了，且深恶其“不过作后人饵名钓禄之阶”，再次表现他对功名利禄的厌恶，颇有魏晋之风。

其实，作者对魏晋风流的向往在书中是再三皴染不言而喻的，到吟咏菊花诗时已经集中爆发了出来，“一从陶令平章后”“莫认东篱闲采掇”“彭泽先生是酒狂”“忆旧还寻陶令盟”，再三再四强调菊花与陶渊明的关系，可见作者有多么崇拜陶渊明。

我们可以理解陶渊明的“不为五斗米折腰”，为什么却不能容忍宝玉的性僻烟霞不慕功名呢？

海棠诗社，其实颇有点像魏晋时的“竹林七贤”，而林黛玉正是住在翠竹森森的潇湘馆，又“自幼不曾劝他去立身扬名等语”，所以宝玉深敬之，引以为知己。

综上所述，可见宝玉不仅才情过人，而且旁学杂收，学问渊博。如果读者仅从他“潦倒不通世务，愚顽怕读文章”，就以为他不读书没学问，“腹内原来草莽”，可就真是“混帐话”了。

以为宝玉无才者，只能说明，你不是宝玉的知己而已。

满盘皆输贾迎春

迎春是我在十二钗中最同情的女子。

贾府四艳，“元、迎、探、惜”四春中，元春贵为皇妃，探春才干出众，惜春虽小，却性情狷介，自有主张，虽然落得出家为尼，“缁衣乞食”，毕竟也是得偿所愿。而二小姐贾迎春呢，却性情懦弱，言语迟慢，才干口齿远不如众姐妹，一生与人无争，却偏偏命运不济，是四春中最短命也是最苦命的。

迎春在书中出场不少，镜头不多，永远只是做配角：

起诗社，她“本性懒于诗词”，只好管出题限韵，却又没什么主意，只知道抽签决定；

猜灯谜，只有她和贾环答错，贾环颇觉无趣，她却只当作“玩笑小事，并不介意”；

行酒令，一开口就错了韵；

螃蟹宴，大家赏花钓鱼，她只拿根针在花荫下穿茉莉花儿；

园中查赌，别人都无事，唯有她的乳母被查出是首家；

抄检大观园，绣春囊的罪魁又是她的丫鬟司棋……

——真是好事没她的份儿，倒霉事儿却一件不落。难怪连下人也轻视她，欺负她，背后叫她“二木头”，说她“戳一针也不知嗳哟一声”；赌牌输了钱，敢拿她的头钗去当，出了事，倒敢勒逼着她去向老太太求情。而她应付争吵的办法，就只是拿本《太上感应篇》充耳不闻。

且看第七十三回“懦小姐不问累金凤”中的这一段“赎凤案”：

平儿道：“若论此事，还不是大事，极好处置。但他现是姑娘的奶嫂，据姑娘怎么样为是？”当下迎春只和宝钗阅“感应篇”故事，究竟连探春之语亦不曾闻得，忽见平儿如此说，乃笑道：“问我，我也没什么法子。他们的不是，自作自受，我也不能讨情，我也不去苛责就是了。至于私自拿去的东西，送来我收下，不送来我也不要了。太太们要问，我可以隐瞒遮饰过去，是他的造化，若瞒不住，我也没法，没有个为他们反欺枉太太们的理，少不得直说。你们若说我好性儿，没个决断，竟有好主意可以八面周全，不使太太们生气，任凭你们处治，我总不知道。”众人听了，都好笑起来。黛玉笑道：“真是‘虎狼屯于阶陛，尚谈因果’。若使二姐姐是个男人，这一家上下若许人，又如何裁治他们。”迎春笑道：“正是。多少男人尚如此，何况我哉？”

庚辰本有夹批：“看他写迎春，虽稍劣，然亦大家千金之格也。”

——这评得不错。迎春虽无能，却不失大体，为人温柔谦让。她回应平儿的这番话，可谓是她人生原则的最集中体现——她做人处世的理想，就只是“八面周全，不使太太们生气”。若说她不闻不问，其实不公平，她想得其实很多，既考虑到奴才们的利益，“我可以隐瞒遮饰过去，是他的造化”；也考虑到太太的反应，“没有个为他们反欺枉太太们的理”；这其中，唯独没有考虑她自己的得失，“私自拿去的东西，送来我收下，不送来我也不要了”，宁可自己吃亏，但求息事宁人——不可谓不善良，不可谓不周全，不可谓不用心良苦。真真令人叹悯。

迎春的苦命，是从出身就注定了的。虽然是侯府千金，却自幼丧母，父亲贾赦与继母邢夫人又对她或是不闻不问，或是百般责难。这真是没娘的孩子没人疼啊。

关于迎春的出身，各本分歧不一：

甲戌本道：“二小姐乃赦老爹前妻所出。”

列藏本道：“二小姐乃赦老爹之妻所生。”

己卯本道：“二小姐乃赦老爹之女，政老爷养为己女。”

戚序本道：“二小姐乃赦老爹之妾所出。”

庚辰本作：“二小姐乃政老爹前妻所出，名迎春。”

曹雪芹对这个贾府二小姐真是不公平，连她的出身问题都弄得这样马马虎虎，莫衷一是。

可以肯定的是，庚辰本绝对是错的，怎么看，王夫人也是贾政的原配，不可能再另有一个“前妻”。迎春应该是大老爷贾赦的女儿无疑，要分辨的，只是正出还是庶出的问题。

在第七十三回“懦小姐不问累金凤”一节，邢夫人教训迎春时，有一段对话，是全书唯一一次涉及迎春的出身：

> 邢夫人见他这般，因冷笑道：“总是你那好哥哥好嫂子，一对儿赫赫扬扬，琏二爷、凤奶奶，两口子遮天盖日，百事周到，竟通共这一个妹子，全不在意。但凡是我身上掉下来的，又有一话说——只好凭他们罢了。况且你又不是我养的。你虽然不是同他一娘所生，到底是同出一父，也该彼此瞻顾些，也免别人笑话。我想，天下的事也难较定，你是大老爷跟前人养的，这里探丫头也是二老爷跟前人养的，出身一样。如今你娘死了，从前看来，你两个的娘，只有你娘比如今赵姨娘强十倍的，你该比探丫头强才是。怎么反不及他一半！谁知竟不然。这可不是异事。倒是我一生无儿无女的，一生干净，也不能惹人笑话议论为高。”

这里明明白白写出迎春乃是“大老爷跟前人养的”，也就是戚序本所言“二小姐乃赦老爹之妾所出”，同探春“出身一样”。

然而探春之母赵姨娘虽不堪，王夫人却肯疼惜她，同父异母的哥哥宝玉更对她视若亲妹，她又擅机变、肯巴结，因而在贾府里很吃得开，还一度坐上管家之位；迎春却错在出生于不得贾母欢心的长子贾赦房中，自小死了亲娘，嫡母邢夫人又是这么一个贪财薄情之人，同父异母的哥哥贾琏又全无体恤顾惜之心，嫂子王熙凤更是不关痛痒，也就难怪她的生命中那般缺乏温情、没有安全感了。

值得注意的是，邢夫人自称一生无儿无女，可见非但迎春不是她的女儿，就连贾琏也非她亲生之子。而从贾琏与凤姐的谈吐做派来看，贾琏怎么都不可能是庶出，所以唯一的可能性就是：贾赦原配正室也就是贾琏之母早亡，邢夫人乃为续弦。也正因如此，管家大权才会落到了二房里贾政之妻王夫人手上，这也正是邢夫人醋妒怀恨的因由。当然这些曲折，都是隐在正面描写后面的家事情由，却可以由蛛丝马迹合理推出。

不过最有可能的，还是作者最初写迎春这个人时，不及用心，只为了“原应叹息”四字而顺手起名，后来随着情节发展，又借邢夫人之口说她是“大老爷跟前的人养的”，把她派成侍妾之女了。而各本歧误也由此而生，不及统一。

真是不能不为迎春难过——连她在书中第一次露名的身世都出错，她这个人的一生，又怎能不满盘皆输呢？

值得特别注意的，是第七十三回末探春等来至迎春房中的一段表现。

探春隔窗听见仆婢吵闹，已经心知肚明个中原委，进房后却偏偏以退为进，捏着话柄儿问道：“谁和奴才要钱来着？难道姐姐和奴才要钱了不成？难道姐姐不是和我们一样有月钱的，一样有用度不成？”

这就直接切中关键，抓住重点，先派了王住儿媳妇一个罪名；待到住儿媳妇百般辩解，又不敢往凤姐处自首，探春一边笑着安慰：“我不听见便罢，既听见，少不得替你们分解分解。”一边早使眼色命待书请了平儿来。

要说这探春和迎春是姐妹，性情为人手段口才却相差天壤之别；即便是手下的丫鬟，也是高低立现。待书对探春的一颦一动心领神会，每每能给予完美配合；司棋却只会给迎春打脸，不是大闹厨房就是山洞偷情，真是越发让人感慨。

且说探春正在审问王住儿媳妇，平儿进来，宝琴拍手笑道：“三姐姐敢是有驱神召将的符术？”

这时候众人本来非常紧张，宝琴心无芥蒂，天真烂漫，却只知道拍手玩笑；而黛玉也跟着她卖弄小聪明，凑趣说：“这倒不是道家玄术，倒是用兵最精的，所谓‘守如处女，脱如狡兔’，出其不备之妙策也。”

两人只顾说笑，宝钗赶紧使眼色，命她二人噤声。因为探春这时候正在立威行权，替迎春伸张做主，不可取笑，在下人面前失了体统。此处宝琴的性格鲜明再现，虽然活泼机智，看人看事却不及黛玉深入，审时度势更不如宝钗深沉。

短短几十个字，探春、迎春、宝琴、黛玉、宝钗，五个人的性情城府分明立现：迎春是一贯的懦弱无为；探春是一贯的精明强悍，但永远忘不了自己的庶出身份，时时刻刻提着“主子”“奴才”的身份说话，虽然霸气却无自信；宝琴是天真烂漫无心机，黛玉是冰雪聪明无城府；唯有宝钗却是真正的识大体，有分寸，既能心中有数，又能处之泰然。相比之下，黛玉和宝琴，终究只是小孩儿心性罢了。

曹雪芹写人至此，可谓极矣！

晴雯的自陷

前面多次说过，红楼里的悲剧除了不可抗的外因大环境之外，内因多半是“搬起石头砸自己的脚”，晴雯之死，亦不例外。

第七十三回中，因宝玉担心贾政问书，连夜用功，却理了这个愁那个，焦躁非常。恰好芳官从后门跑进来说：“不好了，一个人从墙上跳下来了！”众人查了一回，遍无所获，都说她看错了。晴雯因见宝玉烦恼，正要想个主意让他脱身，便命他趁机装病，“只说唬着了”。遂传起上夜人等，打着灯笼各处搜寻，吵嚷得无人不知，又故意的小题大做，喝令上夜的说：“别放诌屁！你们查的不严，怕得不是，还拿这话来支吾。才刚并不是一个人见的，宝玉和我们出去有事，大家亲见的。如今宝玉唬的颜色都变了，满身发热，我如今还要上房里取安魂丸药去。太太问起来，是要回明白的，难道依你说就罢了不成。”

晴雯如此做张做势，弄得众人不敢则声，只得又到处去找。自己又和芳官两个亲自出去讨药，惊动了王夫人，又是命人来看，又是给药，又是吩咐各处上夜的人仔细搜查，又是叫查二门外花园墙外上夜的小厮们，满园里灯笼火把折腾了一夜。“至五更天，就传管家男女，命仔细查一查，拷问内外上夜男女等人。”

事情就这样越闹越大，终于传到了贾母耳中。贾母问起时，探春又说起园中上夜的人聚赌之事来。贾母遂说：“你姑娘家，如何知道这里头的利害。你自为耍钱常事，不过怕起争端。殊不知夜间既耍钱，就保不住不吃酒；既吃酒，就免不得门户任意开锁。或买东西，寻张觅李，其中夜静人稀，趋便藏贼引奸引盗，何等事作不出来。况且园内的姊妹们起居所伴者皆系丫头媳妇们，贤愚混杂，贼盗事小，再有别事，倘略沾带些，关系不小。这事岂可轻恕。”又命查了头家赌家来，有人出首者赏，隐情不告者罚。

——本来只是一件极小的事，不提也就完了，偏因晴雯自作聪明要替宝玉挡灾，竟然发展成了一件极大的事。扬铃打鼓，贻害匪浅。从芳官这种二等小丫头，一直吵到了贾母这样的两府头号主子耳中，亦可谓始料不及矣。

然而这还不算，更奇的是因为贾母生气，众人皆不敢各散回家。于是贾母歇晌时，邢夫人便只好就近往园中逛逛，这就遇到了傻大姐，拾得了绣春囊。

邢夫人若是个省事的，压下此事与凤姐密议暗访也就是了；然而她正是那个有心生嫌隙的嫌隙人，捏了这个满错儿，又岂肯息事宁人？遂密封了交与王夫人，有心出王夫人的丑。因为绣春囊事涉淫邪，这明白是指责王夫人："你是荣国府当家的，竟然当出这些个男盗女娼来，有何颜面？"

王夫人吃了瘪，便又向凤姐大兴问罪之师，加之邢夫人陪房王善保家的煽风点火，继续扬铃打鼓地火上浇油，到底闹出一场抄检大观园的惨剧来！而抄检之中，第一个获罪且又死得最惨的，正是晴雯！

此时再联想鸳鸯抗婚之举，就越发替晴雯难过：抄检大观园前，王夫人已有嫌己之意，抄检之日，王善保家的更是存心找茬。晴雯这时候应当已经知道有人给她设了陷阱，就该早早设法自保。

倘若她跟鸳鸯一样，赶紧找贾母去哭诉表白，誓志明心，结果必然不同。她原本是贾母赏给宝玉的，贾母又对她的相貌手艺十分赏识，如果她赌咒发誓地说明自己清白无私，倘若别人不信，宁可回来仍旧服侍老太太，至少可以先躲过抄检那关，将来的事再徐图后计。

可是她偏偏没有，而是一味赌气，顶风硬上，直到把自己逼上了死路。

想来，若不是晴雯出主意说宝玉被唬着了，便不会惊动贾母；若非贾母细问，便不会有查赌之事；若没有查赌的由头，纵然邢夫人拾到了绣春囊，王夫人和凤姐也不好为这个原因大行抄检——因为这件事是不可以张扬出来的，只能暗中进行。

所以寻根问源，罪魁竟在晴雯自己；而归根结底，获罪的也是晴雯。这不正是黛玉占花名时抽到的芙蓉签中所说的"莫怨东风当自嗟"么？

难怪宝玉会为晴雯作《芙蓉女儿诔》！

第七十四回
惑奸谗抄检大观园　矢孤介杜绝宁国府

王夫人抄检大观园

（一）

如果说第七十一回中的“放人”事件，是邢、王二夫人加上尤氏的一次完美联手，给了凤姐沉重一击，而接下来发生的“搜人”事件，则是两位董事的再次合作，更是将凤姐踩沉一层。这便是“抄检大观园”的真实起因。邢、王二夫人的嘴脸也更加难看了。

第七十三回，傻丫头在园里捡到一个锦囊，图案是一男一女赤条条搂抱在一起，一看就知是男女私赠之物。邢夫人发现了，居为奇货——可算是捉了二房里的短儿，于是立刻封起来打发人送给王夫人，大有幸灾乐祸之意。

而王夫人见了，又气又羞，立刻到凤姐这儿兴师问罪来了，分明有迁怒之意——为何迁怒？因为邢夫人是王熙凤的婆婆，如今她给王夫人没脸，王夫人可不要把罪过推在凤姐身上吗？且连贾琏也拉扯上：“自然是那琏儿不长进下流种子那里弄来。你们又和气，当作一件顽意儿，年轻人儿女闺房私意是有的，你还和我赖！”

贾琏是谁？长房嫡子呀。王夫人的心理活动是：你把东西给我看做什么？是你儿子媳妇做的好事，你还问我？

凤姐满心委屈，然而罪名太大也太难看，只得先跪下来含泪哭诉：“太太说的固然有理，我也不敢辩我并无这样的东西。但其中还要求太太细详其理：那香袋是外头雇工仿着内工绣的，带子穗子一概是市卖货。我便年轻不尊重些，也不要这劳什子，自然都是好的，此其一。二者这东西也不是常带着的，我纵有，也只好在家里，焉肯带在身上各处去？况且又在园里去，个个姊妹我们都肯拉拉扯扯，倘或露出来，不但在姊妹前，就是奴才看见，我有什么意思？我虽年轻不尊重，亦不能糊涂至此。三则论主子内我是年轻媳妇，算起奴才来，比我更年轻的又不止一个人了。况且他们也常进园，晚间各人家去，焉知不是他们身上的？四则除我常在园里之外，还有那边太太常带过几个小姨娘来，如嫣红翠云等人，皆系年轻侍妾，他们更该有这个了。还有那边珍大嫂子，他不算甚老外，他也常带过佩凤等人来，焉知又不是他们的？五则园内丫头太多，保的住个个都是正经的不成？也有年纪大些的知道了人事，或者一时半刻人查问不到偷着出去，或借着因由同二门上小幺儿们打牙犯嘴，外头得了来的，也未可知。如今不但我没此事，就连平儿我也可以下保的。太太请细想。"

这番话有理有据，娓娓道来。先从香囊的质地说明自己不可能有这样东西，再为自己的言行分辩不会这般轻狂，接着说明可疑人还有哪些主子奴才，最后收拢来说：此事与我家断然无关，非但不可能是我的，而且也不可能是平儿的，换言之，也不可能是贾琏有事。我们一家子都是清白的，太太你是冤枉好人了。

王夫人无言可对，遂遮掩说："我也知道你是大家小姐出身，焉得轻薄至此，不过我气急了，拿这话激你。"

——谁说王夫人愚钝没心机呢？狡辩的功夫比谁都强。且不管这春袋是不是凤姐的，也不论凤姐的表白有无道理，总之先发制人，先将凤姐的威风杀了下来再说话，然后又问："但如今却怎么处？"一点主意没有。

凤姐因道："太太快别生气。若被众人觉察了，保不定老太太不知道。且平心静气暗暗访察，才得确实；纵然访不着，外人也不能知道。这叫作'胳膊折在袖内'。如今唯有趁着赌钱的因由革了许多的人这空儿，把周瑞媳妇旺儿媳妇等四五个贴近不能走话的人安插在园里，以查赌为由。……"

"胳膊折在袖内"，这是凤姐行事的大前提，仍然是希望压下事端，安插眼线，暗中查访，不叫声张。

然而到了王夫人耳中，就变成立便令行："如今且叫人传了周瑞家的等人进来，就吩咐他们快快暗地访拿这事要紧。"

恰值邢夫人陪房王善保家的走来，听说这些事，更是唯恐天下不乱，煽风点火，不但趁机告倒了晴雯，且出馊主意说："如今要查这个主儿也极容易，等到晚上园门关了的时节，内外不通风，我们竟给他们个猛不防，带着人到各处丫头们房里搜寻。想来谁有这个，断不单只有这个，自然还有别的东西。那时翻出别的来，自然这个也是他的。”

——这分明就是“抄家”，然而王夫人非但不以为忤，反而点头称赞：“这话倒是。若不如此，断不能清的清白的白。”

身为荣府当家，竟与一个最恶劣的婆子同等见识，王夫人可谓愚矣！

且还回头问凤姐意下如何，凤姐察言观色，明知不妥，但因已经输了先机，无法再心平气和地出主意，只得顺从了，无可无不可地说：“太太说的是，就行罢了。”

王夫人益发得意，更引王善保家的为知己，夸赞道：“这主意很是，不然一年也查不出来。”竟把抄检大权交与心怀不轨之徒，真正愚不可及！

而一场摧花折柳的“抄检大观园”也就此展开。

（二）

在整个抄检过程中，凤姐是不情愿的：

晚饭后贾母安寝，是王善保家的先“请了凤姐一并入园”，且反客为主，“喝命将角门皆上锁”；也是王善保家的发号施令说：“这也是赃，不许动，等明儿回过太太再动。”如此独断专行，而凤姐竟听之任之，可见灰心之至。

第一站是怡红院，凤姐挨次搜过之后就说要走：“既如此咱们就走，再瞧别处去。”懒怠生事。

经过蘅芜院，又是凤姐拉着不叫搜，说：“要抄检只抄检咱们家的人，薛大姑娘屋里，断乎检抄不得的。”

待到了潇湘馆，王善保家的从紫鹃房中抄出许多宝玉旧用的东西，“自为得了意，遂忙请凤姐过来验视”，凤姐却笑道：“宝玉和他们从小儿在一处混了几年，这自然是宝玉的旧东西。这也不算什么罕事，撂下再往别处去是正经。”一片维护之心。

在秋爽斋中，探春的丫头待书嘲骂王善保家的，凤姐不怒反赞：“好丫头，真是有其主必有其仆。”

——如此种种，都可以看出凤姐对“抄检”的不以为然。倘若此时凤姐还做得了主，事情断不至于演变到这般丑陋残酷的地步，然而王夫人几年不理事，如今忽然“雷嗔电怒”起来，要做场好戏给众人看，展示自己的果决手段。

结果，无辜的丫鬟们做了邢、王二夫人钩心斗角的牺牲品，王善保家的“搬起石头砸自己的脚”，害了自己的外孙女司棋，入画、四儿等被驱逐，十二官风流云散，晴雯更是含恨惨死。

而王熙凤，也益发心灰意冷，事情没完就再一次病倒下来，血崩之症再发。“夜里又连起来几次，下面血淋不止。至次日，便觉身体十分软弱，起来发晕，遂撑不住。”之后，益发不堪，连中秋家宴也未能出席。

可见，王夫人抄检大观园之举，杀死的岂止晴雯，还有凤姐！真正罪魁，王夫人是矣！

（三）

整个抄检大观园的描写中，痛恨之余，也有一点小小的畅快，就是探春打王善保家的那一巴掌。

小时候，看到这一段只觉得痛快，却并不理解：探春哪来的那么大火气？又为什么打了人，自己反而流下泪来？

如今重看，才是百般感慨，真正理解了。

探春护着众丫鬟不叫搜检，并不单为恼怒，更是悲哀。如她所说：“你们别忙，自然连你们抄的日子有呢！你们今日早起不曾议论甄家，自己家里好好的抄家，果然今日真抄了。咱们也渐渐的来了。可知这样大族人家，若从外头杀来，一时是杀不死的，这是古人曾说的‘百足之虫，死而不僵’，必须先从家里自杀自灭起来，才能一败涂地！”

山雨欲来风满楼，探春以小见大，已经深知抄检乃是不祥之兆，断非兴旺之家所为。这般自相残杀，将世外桃源的一块大观园净土变作摧红折绿的修罗场，可知贾府之运休矣。

话中且一点甄家事，以远喻近，以甄寓贾，分明是透漏先机，预言贾府未来。因此一边叹怨，一边流下泪来。

然而，正所谓“知我者谓我心忧，不知我者谓我何求”！探春的心思，凤姐虽然感佩，未必了解；丫头们虽然配合，不能体会；而王善保家的等刁奴之辈，更是非但不能稍有省悟，反要趁机取笑，就更加令人悲哀。

更可恶的，还是王善保家的为了显示自己地位超然，竟然上前掀了探春衣襟一下，取笑说：“连姑娘身上我都翻了，果然没有什么。”

这个举动，表面上只是掀了一下衣襟，但是不论从探春眼中还是王善保家的口中，所代表的意思却都是一样的，意即“搜身”！

一个奴才竟然搜小姐的身！这不是真个把探春当贼办了，不是压着探春的头来逞威是什么？

书中说得明白，那王善保家的之所以敢如此，并非真个糊涂不知礼，而是“自恃是邢夫人陪房，连王夫人尚另眼相看，何况别个”？而且明欺探春只是个姑娘家，“况且又是庶出，他敢怎么”？可见王善保家的行为绝非无心之举，明是仗势欺人，而且是欺人太甚！

三小姐探春一向把尊严看得格外重，正是因为她是庶出之女，争胜要强，最恨的就是被人轻视，又岂能允许一个下人对自己动手动脚？因此拉着凤姐翻看自己身上，说：“省得叫奴才来翻我身上！”

这是三姑娘为自己的身份划定的一个界线，尊卑有别，岂容轻慢？

其实此前众人经过蘅芜苑而过门不入，理由是“岂有抄起亲戚家的人来”，然而进了潇湘馆却大行搜检，已经可以见出王善保家的为人。此人只是协助抄检，却每每自行其是，发号施令，事事冲在最前面，巴不得多事，因从紫鹃房中抄出两副宝玉换下来的寄名符并荷包扇子等物来与凤姐验视，便“以为得了意”，且质问：“这些东西从那里来的？”

宝钗是亲戚，难道黛玉不是么？何以对黛玉毫无避忌，还要认真捏紫鹃的错儿并擅自讯问？这分明就是欺侮黛玉无亲无靠。所以说王善保家的种种行为都是一贯的欺软怕硬，对孤女黛玉也好，对庶女探春也好，都是意存轻慢。

因此，探春才会毫不犹疑的，愤然给了她一巴掌，打得好！

惜春为什么撵入画

探春评价惜春：“这是他的僻性，孤介太过，我们再傲不过他的。”

一点不错。

看到第七十四回惜春撵入画一段，很多人都为入画叹息，觉得惜春孤介太过，冷漠无情。

遂到惜春房中来。因惜春年少，尚未识事，吓的不知当有什么事，故凤姐也少不得安慰他。谁知竟在入画箱中寻出一大包金银锞子来，约共三四十个，又有一副玉带板子并一包男人的靴袜等物。入画也黄了脸。因问是那里来的，入画只得跪下哭诉真情，说："这是珍大爷赏我哥哥的。因我们老子娘都在南方，如今只跟着叔叔过日子。我叔叔婶子只要吃酒赌钱，我哥哥怕交给他们又花了，所以每常得了，悄悄的烦了老妈妈带进来叫我收着的。"惜春胆小，见了这个也害怕，说："我竟不知道。这还了得！二嫂子，你要打他，好歹带他出去打罢，我听不惯的。"凤姐笑道："这话若果真呢，也倒可恕，只是不该私自传送进来。这个可以传递，什么不可以传递。这倒是传递人的不是了。若这话不真，倘是偷来的，你可就别想活了。"入画跪着哭道："我不敢扯谎。奶奶只管明日问我们奶奶和大爷去，若说不是赏的，就拿我和我哥哥一同打死无怨。"凤姐道："这个自然要问的，只是真赏的也有不是。谁许你私自传送东西的！你且说是谁作接应，我便饶你。下次万万不可。"惜春道："嫂子别饶他这次方可。这里人多，若不拿一个人作法，那些大的听见了，又不知怎样呢。嫂子若饶他，我也不依。"

抄检之际，凤姐从入画箱中搜出许多"贼赃"来时，惜春并未说话，及入画解释过"这是珍大爷赏我哥哥的"之后，惜春反而发话了，立逼着凤姐带走。连凤姐也不住求情："素日我看他还好，谁没一个错，只这一次。"

然而惜春却不为所动，隔日又令尤氏带走入画，任凭入画哭求，凤姐、尤氏、奶娘等又百般劝解，然而惜春是和入画从小一处长大的，竟然丝毫不为所动，"天生成一种百折不回的廉介孤独僻性，任人怎说，他只以为丢了他的体面，咬定牙断乎不肯"。不但咬定要撵出入画去，且说："不但不要入画，如今我也大了，连我也不便往你们那边去了。况且近日我每每风闻得有人背地里议论什么多少不堪的闲话，我若再去，连我也编派上了。""我清清白白的一个人，为什么教你们带累坏了我！"

这话说得好不奇怪。然而更奇怪的，是书中说"尤氏心内原有病，怕说这些话。听说有人议论，已是心中羞恼激射"——惜春听到的"不堪的闲话"

是什么？而尤氏心里的病又是什么呢？

想来不过是柳湘莲说的“你们东府里除了那两个石头狮子干净，只怕连猫儿狗儿都不干净”，以及焦大醉骂的“爬灰的爬灰，养小叔子的养小叔子”吧。

然而这些，又与惜春撵入画何干？

细想下来，只怕事情就出在入画箱中那一大包三四十个金银锞子上。

锞子，是从前富贵人家将金银灌铸在模型中，打造成各种吉利图案的摆饰，相当于小元宝之类，用于年节间赠赏之用。

比如凤姐初会秦钟，“平儿知道凤姐与秦氏厚密，虽是小后生家，亦不可太俭，遂自作主意，拿了一匹尺头，两个‘状元及第’的小金锞子，交付与来人送过去”。

再如元春听了龄官的戏，十分喜欢，“命‘不可难为了这女孩子，好生教习’，额外赏了两匹宫缎、两个荷包并金银锞子、食物之类”。

而鸳鸯替刘姥姥检点贾母赠送之物时，也是“掏出两个笔锭如意的锞子来给他瞧”。

以上三例，都可见贾府中人有赠赏金银锞子做礼物的习俗。然而平儿以为对秦钟“不可太俭”，才不过送了两个金锞子，而贾珍赏入画哥哥竟然一出手就是三四十个，何以如此厚待？这手笔可比元妃、老太太大方多了。

弄清了锞子的用途，再来理理锞子的价值吧。

第五十三回《宁国府除夕祭宗祠 荣国府元宵开夜宴》中有一段重要描写：

> 这日宁府中尤氏正起来同贾蓉之妻打点送贾母这边针线礼物，正值丫头捧了一茶盘押岁锞子进来，回说：“兴儿回奶奶，前儿那一包碎金子共是一百五十三两六钱七分，里头成色不等，共总倾了二百二十个锞子。”说着递上去。尤氏看了看，只见也有梅花式的，也有海棠式的，也有笔锭如意的，也有八宝联春的。尤氏命：“收起这个来，叫他把银锞子快快交了进来。”丫鬟答应去了。

一百五十三两六钱七分金子，总共倾了二百二十个锞子，这道题不难算，约莫每个锞子七钱重。入画哥哥的一大包金银锞子，约共三四十个，哪怕全是银的，也值二三十两，何况还有金的。

贾蓉说过：“纵赏银子，不过一百两金子，才值了一千两银子。”可见当时的比价是一比十。如果入画哥哥的锞子里有十个金锞子，就值七十多两银子。

换言之，入画哥哥那包锞子，价值百两。而入画这些大丫鬟的月钱，也不过是每月一吊钱，还不到一两银子。一百两银子，岂不要她们做足十年？

袭人做了宝玉的姨娘，王夫人加恩提拔，也不过是二两银子一吊钱。这贾珍待入画哥哥竟如此豪奢，是因为他有特别贡献，还是二人有特殊关系？

书中写贾琏在大姐儿“出花”的时候，“独寝了两夜，便十分难熬，便暂将小厮们内有清俊的选来出火”。

而从第七十五回尤氏偷窥宁国府夜赌的一场戏中可以看出，宁府里一直蓄有娈童，可见贾珍有“龙阳之癖”，是男女通吃的，且对情人出手大方，从其对秦可卿丧礼上的表现便尽可知。

而这些，都是尤氏深知也深忌的，故而说“心里有病”。惜春听到的闲言闲语虽不能确知是什么话，然而宁府夜夜聚赌，断袖成风，怕是多少也会听到一星半点。见到入画箱中的大包金银锞子并玉带板子这些贵重物品，明知不是普通小厮能够拥有，再听说是贾珍赏她哥哥的，立时心知肚明：入画那哥哥，与贾珍绝非寻常主仆关系。

而这件事，不能问，不能说，只能痛快利落地处理干净。

故而，惜春立即翻脸，凭人怎么劝，入画怎么求，只坚持着非要撵了入画出去，且说：“我一个姑娘家，只有躲是非的，我反去寻是非，成个什么人了！”

惜春此举，无非是为了躲是非，以示“清者自清，浊者自浊”罢了。

第七十五回

开夜宴异兆发悲音　赏中秋新词得佳谶

吃饭的规矩

第七十五回中先写了贾母房中日常吃饭情形，再写了中秋月夜阖府家宴盛事，对比来看，别有趣味，可以见出许多当时贵族家庭的规矩常情。

先是贾母房中用餐的人数不定，平时固定的有王夫人和凤姐服侍，众姐妹因在大观园用餐，多半不过来，只有宝琴住在贾母房中，陪同用餐。而今日因为探春一同前来，饭食便短了，以至于尤氏也加进来吃饭时，米饭竟然不够添，只得捧了碗下人吃的白粳米饭。因此鸳鸯令人将三姑娘的饭拿过来添上。

可见平时主子吃的不是白粳米，而应该是“御田胭脂米”或者“碧荧荧的御田香稻粳米”——然而怡红院二等小丫头芳官也曾经吃过的，不但自己吃，宝玉还陪着吃，剩下的又让小燕吃，可见厨房常有藏私之举，私下送礼时大手大脚，明面儿上做饭却丁是丁卯是卯的，“可着头做帽子”，多添一碗饭都不得。

同时，也见出贾府经济每况愈下，已经到了捉襟见肘的地步。因此王夫人怕贾母伤心，赶紧拿话岔开说：“这一二年旱涝不定，田里的米都不能按数交的。这几样细米更艰难了，所以都是可着吃的多少关去，生恐一时短了，买的不顺口。”把责任推给了老天爷。

而贾母其实也是深知底里的，不愿破坏气氛，故作轻松玩笑道：“这正是‘巧媳妇做不出没米的粥’来。”众人凑趣，忙都跟着笑起来。

贾母是府中老寿星，积福之人，因此贾母把自己的饭菜赏给谁，那是一种体面。

凤姐是贾母心头之人，如今又正在病中，因此贾母吃了半碗粥，第一个便想起凤姐来，吩咐说“将这粥送给凤哥儿吃去”，祈望以自己的福寿来压住凤姐的多病多灾，长辈怜恤之情跃然纸上。

再接着，便是她时刻在心的两个玉儿了，因此又指道：“这一碗笋和这一盘风腌果子狸给颦儿宝玉两个吃去。”

这两碗菜，不可看作是各分一半给双玉，而是笋给黛玉，暗喻一个“竹”字；果子狸给宝玉，因为宝玉是喜欢吃野味儿的，曾与湘云惦记过那块鹿肉的。

第三位，才是“这一碗肉给兰小子吃去”。也不知道是什么肉，显然只是尽情面应景之语。因为贾兰是荣国府中唯一的第四代子孙，本应该是贾母心头肉才对，不过脾性不合，罕见贾母提起。但是不提可以，礼数不能不尽，有宝玉、黛玉的，总也得想着点儿贾兰才好。

这是贾母的通人情处，读来特别亲切。

另则，贾母用餐时，乃是探春和宝琴作陪。因为贵族家中，未出阁的女儿为尊，嫁进来的媳妇反而要执奉养之礼，只能站着服侍。平日里因有凤姐当差，王夫人待众女孩儿坐定后才可以坐下，便如黛玉进贾府一回中所述那般；今日王夫人吃斋，另布斋席，不在这里用餐，却也要在旁服侍，等贾母吃完了才能回房用饭，这便是规矩。

贾母八月初三的生日刚过，而八月十五的中秋未至，所以今天既非初一也非十五，可见王夫人吃的不是常斋而另有故事，可惜书中未提；且说凤姐因病缺席，恰好尤氏来访，便顶了这个缺，担起服侍之务。

当贾母与探琴二人用餐时，尤氏只能看着，所以说是“宝琴一一的让了，方归坐”，“探春也都让过了，便和宝琴对面坐下”。两位小姑子坐着吃饭，做嫂子的尤氏只能站着看眼，所以二人必须得“让过”一番，但是坐还是要坐的，吃也是先吃的，这便是礼节。

吃过之后，贾母下地行食，王夫人仍然陪着说话儿；尤氏这才可以坐下吃饭，因不惯独自对着一大排桌菜，贾母遂令几个体面丫鬟做陪，而探琴二人则站起来笑说：“失陪，失陪。”因为贾母吃完了，两位姑娘如果继续坐着吃反而是无礼，所以只能“失陪”——这也是礼。

王夫人陪了一回，自去房中用饭；尤氏吃过了，也不好就走，不然成了专门来吃饭的了，因此“这里尤氏直陪贾母说话取笑”，直到“起更的时候”，贾母发话了，才好告辞出来。

上述种种，若不知大家礼节，轻轻放过，便可惜了；细细玩味，方知琐碎处最见趣味，宛如豪门行乐图般，别有风情。

造衅开端首在宁

秦可卿判词中说：“谩言不肖皆荣出，造衅开端首在宁。”明确指出贾府祸端在于宁国府中。

接着红楼梦十二支曲中，可卿之曲《好事终》里，又道是“箕裘颓堕皆从敬，家事消亡首罪宁”，说贾敬不理家务是第一罪人，而抄家的根本罪在宁府。

第七十五回“开夜宴异兆发悲音”又有回前批云：

> 贾珍居长，不能承先启后，丕震家风。兄弟问柳寻花，父子呼幺喝六，贾氏宗风，其坠地矣。安得不发先灵一叹！

再次点出箕裘颓堕之实，可知灭顶之灾近矣。

尤其这回开篇先写了甄家被抄之事，接着便写宗祠先灵哀叹消亡，可见此回中故事正蕴含了抄家大罪的根底。

且看这段详情：

> 原来贾珍近因居丧，每不得游顽旷荡，又不得观优闻乐作遣。无聊之极，便生了个破闷之法。日间以习射为由，请了各世家弟兄及诸富贵亲友来较射。因说：“白白的只管乱射，终无裨益，不但不能长进，而且坏了式样，必须立个罚约，赌个利物，大家才有勉力之心。”因此在天香楼下箭道内立了鹄子，皆约定每日早饭后来射鹄子。贾珍不肯出名，便命贾蓉作局家。这些来的皆系世袭公子，

人人家道丰富，且都在少年，正是斗鸡走狗、问柳评花的一干游荡纨裤。因此大家议定，每日轮流作晚饭之主——每日来射，不便独扰贾蓉一人之意。于是天天宰猪割羊，屠鹅戮鸭，好似临潼斗宝一般，都要卖弄自己家的好厨役好烹炮。……贾珍之志不在此，再过一二日便渐次以歇臂养力为由，晚间或抹抹骨牌，赌个酒东而已，至后渐次至钱。如今三四月的光景，竟一日一日赌胜于射了，公然斗叶掷骰，放头开局，夜赌起来。家下人借此各有些进益，巴不得的如此，所以竟成了势了。外人皆不知一字。

或许有人会说，纨绔子弟喝酒赌博算什么罪啊？

但这里贾珍并不是关起门来自家人赌，而是聚集了“各世家弟兄及诸富贵亲友”，“这些来的皆系世袭公子”，非富则贵，个个来头不小。聚赌已经是恶行，还要教唆宗室子弟，如“临潼斗宝”一般，无所不为，更该罪加一等了。这正是朝廷最恨之事，家败之时，自然也脱不了干系。

鹄子设在天香楼下，此正是秦可卿淫丧之地，也就是宁府罪孽之源，此处特地轻轻点破，发人深省；且说贾珍“志不在此”，那又在何处呢？只是聚赌，抑或有更大的谋图？与“平安州”可有干系？

“临潼斗宝”的典故，指的是春秋时期诸侯争霸，秦穆公邀请十七国诸侯王来临潼相聚，各自把国宝拿来评选。此处引此典故，分明喻示了贾珍聚赌有不轨之意。

书中特借“尤氏窥赌”的所闻所见，先写出宁府门前车马拥簇，并借尤氏之口说出：“你看坐车的是这样，骑马的还不知有几个呢。”

接着说她隔窗偷看，第一眼就看见“其中有两个十六七岁娈童以备奉酒的，都打扮的粉妆玉琢”。——第一次写明“娈童”这种特殊职业。

按理说尤氏看到这样混乱场面理应避之不迭才是，“非礼勿听，非礼勿视”，这样的情形原不是一位夫人应该面对的。然而尤氏非但不躲，还凑上去偷看，直到听见众人口中越说越脏，才不好意思转身回避了。

这说明了两件事：一、宁国府实在是没有规矩之极，宁府的女人也着实不知体统；二、若是贾珍调戏女人，大概尤氏纵不敢像王熙凤那般泼醋大闹，也是会理直气壮出面阻止的，但贾珍在府中招男妓，尤氏却看得津津有味，视若寻常，可见做夫人的都不把老公玩弄男妓当是一回事。

而这，也是脂批里说的尤氏明犯七出之罪：过于从夫。

所谓“妻贤夫祸少”，尤氏如此任其胡为，是为不贤。故而本回开篇借她之口说出甄府被抄事，再借她之眼写明宁府聚赌情，更由她之耳听闻祖宗叹息声，一气而下，写出“造衅开端首在宁”的种种祸端因由：一则贵戚密会乃是朝廷所忌；二则引诱世家子弟聚赌闹事是为重罪；三则薛蟠、邢大舅等在赌宴之际，狎昵娈童，争风吃醋，可想而知，将来这些口角闲情不知会引出多少大麻烦、大争执。这一段肯定不是赘笔，必然会酝酿一场是非祸害。全书开篇中薛大傻子曾因争抢香菱打过人命官司，此时宁府里又添了邢大舅这么个酒糟透了一无是处的人，谁知道又会惹出什么事故来？

第七十六回
凸碧堂品笛感凄清　凹晶馆联诗悲寂寞

空门内外的妙玉与黛玉

庚辰本在妙玉之名出现后，曾批“妙玉世外人也”；而妙玉在给宝玉祝寿的帖子上，又为自己下款“槛外人”——她非但僧不僧，俗不俗，尼不尼，道不道，甚至是人不人，仙不仙，男不男，女不女的，根本就不能拿世俗化的标准来衡量，来要求。

全书八十回，妙玉只有五次出场，三次暗出，两次正出。

第一次出场是暗出，见于第十八回“元春归省”。其时宝玉刚自大观园题额回来，因将随身佩件赏了小厮们，引起黛玉误会，以为他将自己送的荷包也送人了，便赌气铰了正替宝玉做着的一只香袋。两人口角一回，到底还是由宝玉百般赔情哄转回来，然后一同往王夫人房中来了，遇上林之孝家的来回事，引出了妙玉的来历：

又有林之孝家的来回：“……外有一个带发修行的，本是苏州人氏，祖上也是读书仕宦之家。因生了这位姑娘自小多病，买了许多替身儿皆不中用，到底这位姑娘亲自入了空门，方才好了，所以带发修行，今年才十八岁，法名妙玉。如今父母俱已亡故，身边只有两个老嬷嬷、一个小丫头伏侍。文墨也极通，经文也不用学了，模样儿又极好。因听见‘长安’都中有观音遗迹并贝叶遗文，去岁随了师父上来，现在西门外牟尼院住着。他师父极精演先天神数，于去冬圆寂了。妙玉本欲扶灵回乡的，他师父临寂遗言，说他‘衣食起居不宜回乡，在此静居，后来自有你的结果’。所以他竟未回乡。”王夫人不等回完，便说：“既这样，我们何不接了他来。”林之孝家的回道：“请他，他说‘侯门公府，必以贵势压人，我再不去的。’”王夫人道：“他既是官宦小姐，自然骄傲些，就下个帖子请他何妨。”林之孝家的答应了出去，命书启相公写请帖去请妙玉。

本是苏州人氏，读书仕宦之家，自小多病，父母双亡，孤身投在贾府，心性高洁骄傲，模样也极好，文墨又极通——凡此种种，像不像佛门里的林黛玉？

黛玉三岁时，有个癞头和尚要化她出家，倘若当时林如海允了，黛玉也就成了第二个妙玉。由此可见，妙玉与黛玉实为一个人，这也就是妙玉之所以名“玉”的真实用意。

庚辰本在妙玉之名出现后，有朱笔眉批：“妙玉世外人也，故笔笔带写，妙极妥极！畸笏。”“世外人”三字，为妙玉一言定评。

妙玉第二次出场是明出，第四十一回“栊翠庵茶品梅花雪”，是唯一一次以“栊翠庵”代替妙玉之名入回目，可见此回乃是“妙玉正传”。

她既讲究茶器，又区分煎茶之水，且因真正好茶须讲究火候水温，遂连煽火亦不用侍儿动手，而是亲自“向风炉上扇滚了水，另泡一壶茶”。可见这体己茶之尊贵。

同样一杯茶，刘姥姥是牛嚼牡丹，故而黛玉封其为“母蝗虫”；而宝玉则“赏赞不绝”，故妙玉会引为知己，恭祝芳辰。

后人解读妙玉时，往往拿她用自己的杯子给宝玉喝茶这件事津津乐道，却往往忽略了黛玉坐在妙玉的蒲团上——如果宝玉用了妙玉的杯子，就代表间接接吻；那黛玉坐了妙玉的蒲团，岂非成了直接上床？

退一万步说，即便妙玉真是暗恋着宝玉，作为一个清高的女尼，也决不会借着茶杯向宝玉当众调情这样低级。我倒认为这恰恰证明了妙玉对宝玉的感情是坦荡纯粹，毫无暧昧的。她与黛玉都是冰雪聪明的人，不会看不出黛玉与宝玉之间的情愫，绝不会当了钗黛二人的面泄露春心；同样的，黛玉不仅敏感，而且好妒，曾为了宝钗、湘云不止一次地同宝玉闹别扭，如果妙玉别有私心，她又岂会无知无闻？以她的性子，早就出言讽刺了，难道还会反过来被妙玉排揎了一句“大俗人”都要哑忍吗？

——这个“俗”，乃是对应“世外人”而言。

脂批曾有“钗黛一体”之说，而这回中，实可谓“三玉一体”。妙玉乃是“世外之黛玉”，黛玉则是那个“俗世的妙玉”罢了。

妙玉第三次出场仍是暗出，乃见于第四十九、五十回的“踏雪寻梅”。

这两回中从头到尾妙玉并没有现身，只是从李纨之口点出：“我才看见栊翠庵的红梅有趣，我要折一枝来插瓶。可厌妙玉为人，我不理他。如今罚你去取一枝来。”遥递一招，明白提起栊翠庵的妙玉与红梅来。

宝玉吃了杯酒，冒雪而去，李纨命人好好跟着，黛玉忙拦说：“不必，有了人反不得了。”

——不使人跟着，这从侧面补充了李纨所说“可厌妙玉为人”，另一面却也写出了黛玉对宝玉和妙玉的信任、相知与体贴——不仅体贴宝玉，也体贴妙玉，存心让他二人单独相处。

三个人都是玉，原不分彼此，相知相契。因此那么爱吃醋的黛玉却偏偏对妙玉最大方，最体贴；而那么孤傲冷僻的妙玉也独独对宝玉另眼相看，不但允其所请，且送了园中每人一枝梅花。

妙玉的第四次出场在第六十三回“寿怡红群芳开夜宴”，妙玉给宝玉送帖子，“槛外人妙玉恭肃遥叩芳辰”。宝玉拿到后，因不知回什么字样好，想去问黛玉，却半路遇见邢岫烟，被打断了。这次妙玉和黛玉两个都是暗出。

宝玉明知黛玉素向敏感多疑，却在接到妙玉拜帖的第一时间，只想到要拿去与黛玉商量如何回复，岂非也是知道妙玉的心无邪，黛玉的不设防？

因为妙玉身为出家人却记着宝玉的生日且递了拜寿帖子，这就又给了“暗恋”猜想的人以实证。但若联系全书来看，第六十三回《寿怡红群芳开夜宴 死金丹独艳理亲丧》是典型的分水岭，非但一生辰一死期，而且占花名全是谶语。当此之际，“槛外人”妙玉冷眼旁观，这句“遥叩芳辰”岂无暗示呢？这就像黛玉吟诗“冷月葬花魂”，妙玉现身打断一样，等于明明白白地点出：“寿怡红”之夜，乃是怡红院最后的欢会，从此良辰不再了。

岫烟说妙玉“竟是生成这等妄诞诡僻”，宝玉忙道：“他原不在这些人中算，他原是世人意外之人。”——真真是懂得妙玉之人！

此前宝玉悟禅机时，曾续了一段《庄子》；黛玉看后批诗道：“无端弄笔是何人？作践南华庄子因。”此处则借岫烟转述说妙玉“常赞文是庄子的好，故又或称为‘畸人’”。——三块玉从不曾就《庄子》讨论过一句，却遥遥相知，趣味相投。所谓知音者，莫过于此。

故而才会有宝玉看到帖子“直跳了起来”，郑重相待；之后又亲自投帖至栊翠庵，更见尊重。即便如此，也并没借机求机，只隔门缝儿投进去便回来了，可见坦荡。

偏偏局外人喜欢无事自扰，将一段人世间最纯洁的知己之情庸俗地理解作暧昧、暗恋、尼姑思凡，真真亵渎了妙玉。在她的心里，不但没有僧俗之别，甚至没有男女之分。你可以说她放诞诡僻，亦可以说她特立独行，却不能说她口是心非。她是槛外人，不受任何戒条限制，也不被任何情感羁绊的，这正是最高贵的知己情！

妙玉的第五次也是最后一次出场，是终于再一次正面现身，见于第七十六回“凹晶馆联诗悲寂寞”。中秋本是团圆佳节，然而大观园的这次中秋夜宴却写得不胜凄清，黛玉和湘云两个人更是走开去独自联诗。在黛玉刚说出“冷月葬花魂”这句谶语时，妙玉忽然现身出来，说：“好诗，好诗，果然太悲凉了。不必再往下联，若底下只这样去，反不显这两句了，倒觉得堆砌牵强。”

——偏偏在如此关键的时候打断，更加重了谶语的力量。这让我怀疑，黛玉“冷月葬花魂”之际，妙玉极可能会在场见证，并且，那就是黛玉与妙玉的下一次也是最后一次交集了。

接着，妙玉再次请黛玉去栊翠庵喝茶，这次的陪客，从宝钗变了湘云，而宝玉则缺席了。

三人遂一同来至栊翠庵中……（妙玉）自取了笔砚纸墨出来，将方才的诗命他二人念着，遂从头写出来。黛玉见他今日十分高兴，便笑道：“从来没见你这样高兴。我也不敢唐突请教，这还可以见教否？若不堪时，便就烧了；若或可政，即请改正改正。”妙玉笑道：“也不敢妄加评赞。只是这才有了二十二韵。我意思想着你二位警句已出，再若续时，恐后力不加。我竟要续貂，又恐有玷。”黛玉从没见妙玉作过诗，今见他高兴如此，忙说：“果然如此，我们的虽不好，亦可以带好了。”妙玉道：“如今收结，到底还该归到本来面目上去。若只管丢了真情真事且去搜奇捡怪，一则失了咱们的闺阁面目，二则也与题目无涉了。”二人皆道极是。妙玉遂提笔一挥而就，递与他二人道：“休要见笑。依我必须如此，方翻转过来，虽前头有凄楚之句，亦无甚碍了。”

黛玉向来是自恃诗才的，元春省亲宴上，因未能展才还十分郁闷，然而见了妙玉，却恭敬谦逊异常，竟说起客气话来了，又是“我也不敢唐突请教，这还可以见教否？若不堪时，便就烧了”，又是“果然如此，我们的虽不好，亦可以带好了”。见了诗，又与湘云两个连连称赏，说：“可见我们天天是舍近而求远。现有这样诗仙在此，却天天去纸上谈兵。”

——两玉竟相知相敬如此！

最令人感慨的是妙玉的心境。虽则少年出家，实非已愿，身在禅林而未能忘情，中秋月圆，家家团聚，她也忍不住独行独止，赏月叹玩。偶逢黛玉、湘云，便邀至自己庵中饮茶，小聚清欢，临行又送出大门，直望着走远了才关门。殷殷之情，令人动容。

再听她口口声声说着“咱们的闺阁面目”，可见内心中分明还当自己是和黛玉、湘云一样的侯门小姐，并没有真正接受出家人的身份。

树欲静而风不止，自是悲剧根源；而若树本身未曾静定，还要置身风雨飘摇之中，更当如何呢？

妙玉五次出场，有意无意，都和黛玉有所牵扯。两人一个在槛外，一个在门里，如花照水，如月投波。因此妙玉会笑黛玉是个“大俗人”，而黛玉反赞妙玉是位“诗仙”。

但是，入了空门的，是否就真的能空不见世，洁不染尘了呢？

妙玉的判词中说她“欲洁何曾洁，云空未必空”，可见枉自清高，却终是尘网难逃，“可怜金玉质，终陷淖泥中”。而她最喜欢的一句话原是：“纵有千年铁门槛，终须一个土馒头。”这是否意味着，将来有一天，她会与铁槛寺或馒头庵发生交集呢？

“王熙凤弄权铁槛寺”一回让我们知道，佛门绝非净地，一样布满了阴谋钻营，贪利忘义，枉断人命。将来贾家事败，栊翠庵自然不能独存，妙玉只是外请的尼姑，又是出家人，并非贾家亲友，或许可以不入官非，但也要被迫离开栊翠庵，那么最可能投身的地方是哪里呢？也许就是铁槛寺或水月庵了。

然而铁槛寺里曾有贾芹这样的败家子管月钱，水月庵又有净虚师太这样的黑心住持，后来智通还拐了芳官去做活，都不是什么良善之地。倘若妙玉沦落至此，那孤洁高傲的性情必定“世难容”，再若被净虚这个广结权贵唯利是图的老尼陷害，可就难逃污淖了。

可叹书中说林黛玉一向“清高自许，目无下尘”，而她最终的命运虽未见到，却可知是求仁得仁，泪尽而死，“质本洁来还洁去，不教污淖陷渠沟”；而那妙玉却“好高人愈妒，过洁世同嫌”，难逃灾劫，“风尘肮脏违心愿，好一似无瑕白玉遭泥陷”。

两个人的命运，再次颠倒了个过儿，互为投影了。

第七十七回
俏丫鬟抱屈夭风流　美优伶斩情归水月

换人参

第七十七回开篇写王夫人寻人参一节，提及：“这东西比别的不同，凭是怎样好的，只过一百年后，自己就成了灰了。如今这个（贾母所收藏之参）虽未成灰，然已成了朽糟烂木，也无性力的了。”

这段话明指贾府外强中干，“君子之泽，五世而斩”，便眼下未曾灰飞烟灭，也是没有多少实力了。

查阅江宁织造曹家档案，可知康雍乾时期，江南之地所收集人参，均交与三处织造官员售卖，售出后将银钱交与江南藩库，并由织造官员明白奏闻；同时该藩司亦著呈报户部，由户部按数送内库，彼此核查。

也就是说，曹寅这位江宁织造，不仅要管织务，还要负责人参售卖之事。这便是书中多处出现人参的缘故。

王夫人说：“‘卖油的娘子水梳头’，自来家里有好的，不知给了人多少。这会子轮到自己用，反倒各处求人去了。”略点从前曹府常情。

另有清朝名医徐大椿所作《医学源流论》，出版于乾隆二十二年（1757），其中有《人参论》一节，提到：“向日之人参不过一二换，多者三四换，今者其价十倍。”

十倍之价，就是三十换，正是本回中周瑞家的所言“如今就连三十换也不得这样的了”。这个“如今”，自然便是乾隆二十二年前后，这与曹雪芹生卒年月相吻合，可知本回便写于1757年前后。

而书中提及人参多用“换”字，其实也就是买，乃指用多少两银子去买来。

如王夫人所说“用起来得多少换才买的来还不中使呢”，又道“这可没法了，只好去买二两来罢”，遂命：“你就去说给外头人们，拣好的换二两来。”

可见这个“买二两来”和“换二两来”完全是一个意思，买就是换，换就是买。

那为什么要称之为“换”而不直接说“买”呢？

这就牵扯到民间的一些口头习惯、风俗人情了，就和各家各户对于财神像、关公像，不能说“买”而要说“请”一样，虽是拿银子买了来的，却只能说多少银子“请”的。

而人参既是尊贵之物，又是救命之药，用银子换参，用人参救命，这就是“换”的意义。所以买参，要说成是“换”参。这是对生命的一种敬畏。

只可惜，再多的银子和人参，最终也换不了凤姐的命！

王夫人的七宗罪

荣府内政，最高权威自然是养尊处优的董事长史老太君，第二阶梯便是邢、王二位夫人。邢夫人因为是续弦，名不正则言不顺，所以有地位无权势，只能靠找找凤姐的麻烦出气；王夫人本是事实上的总经理，但是因为治家无能，所以提拔了侄女王熙凤来管家，也就是执行经理。但是王夫人又不甘心把权力下放，而且对凤姐的功高盖主不无猜忌，所以并不是一味垂帘，而不时要亲政一番，以提醒众人注意谁才是荣国府真正的行政长官，同时也暗暗弹压凤姐的志气。

表面上，王夫人吃斋念佛，菩萨言行；实际上，荣府里最冷漠无情城府深沉的人莫过于她。细数下来，王夫人至少犯了七宗罪：逼死金钏儿，提拔袭人，重用宝钗，弹压凤姐，抄检大观园，撵群伶，杀晴雯。

1. 逼死金钏儿

王夫人掌掴金钏儿的理由是：“好好的爷们，都叫你教坏了。”

前面说过，金钏儿本来就是个轻浮可爱的丫头。宝玉被贾政召唤，刚到门前，金钏儿便拉住了玩笑：“我这嘴上是才擦的香浸胭脂，你这会子可吃不吃了？”此时乃是当着众人的面毫不掩饰的，可见是常有之事。宝玉同金钏儿这样熟络，显然不止一回玩笑，而是从小厮混惯了的。

一个是亲生的儿子，一个是贴身的丫鬟，这两个孩子在自己面前装神弄鬼不止一日，王夫人肯定早就知道了，只是一直装聋作哑，睁一只眼闭一只眼，不当一回事的。也因此宝玉看到金钏儿给王夫人捶腿，才敢放胆嬉笑，且说：“我跟太太讨了你罢。”

金钏儿同宝玉调情倒没什么，但是因提起“环哥儿同彩云”来，才犯了王夫人的忌，令她登时想起贾政和赵姨娘从前苟且之事来，“此乃平生最恨者”，故不念多年主仆之情，立即撵了金钏儿去。

其实，纵然金钏儿做错了，骂几句教训下就是了，因为毕竟是自己儿子的错，换言之是自己管教不严；再生气也就是打一顿罢了，毕竟两人并没有真正做过什么，不过白说了两句废话。正是“一点子小事便扬铃打鼓的乱折腾起来”，大吵大嚷地把金钏儿撵出去，枉杀了一条人命。后文贾政听说有丫鬟投井，十分震惊：“好端端的，谁去跳井？我家从无这样事情，自祖宗以来，皆是宽柔以待下人。大约我近年于家务疏懒，自然执事人操克夺之权，致使生出这暴殄轻生的祸患。若外人知道，祖宗颜面何在！”

由此可见王夫人的行为有多恶劣严重，简直是令祖宗蒙羞。

为什么王夫人也是名门闺秀，见识做派却是如此呢？一则是天赋禀性，二则就是见识经历了。王夫人没有能力，不管正事，却偏偏有权，就不免生出事端来。这也反衬出了为什么王夫人不管家的埋由。

第三十五回中贾母对宝钗说：“（凤姐）比你姨娘强远了。你姨娘可怜见的，不大说话，和木头似的，在公婆跟前就不大显好。凤儿嘴乖，怎么怨得人疼他。”这里透露出王夫人在公婆也就是贾母面前不显好，不得贾母之心。很可能王夫人刚嫁进贾府时也是管过家的，可是实在无能，贾母每每挑剔，王夫人因不得贾母之心，又怕失了权势，只得促成凤姐与贾琏婚事，好让侄女替自己执掌管家大权，把贾府的权势仍握在王家的手上，这是一种斗争。

王夫人不擅长管理，却不乏心机，表面上吃斋念佛，其实内里正如袭人本性，“素来争荣夸耀之心”不弱。其实不仅是王夫人，余及宝钗、李纨、袭人等金派女子，也都是一路心思。

但王夫人并不是一个坏人，逼死了花骨朵儿一样的女孩儿金钏儿之后，也是内疚的，因此会把金钏儿的月银子给了玉钏儿，让她吃双份儿。

2. 提拔袭人

袭人和晴雯都是贾母给了宝玉的，这两个人的身份本是平等的，起点是统一的。但因袭人先上了宝玉的床，两人情分非同一般。这本来应该是王夫人"平生最恨者"，然而因为宝玉挨打后，袭人有表忠心之功，遂令王夫人一片感激，赶着喊"我的儿"，且说从此把宝玉托付给她了，接着又从自己月银里每月拨出二两银子一吊钱给袭人，并吩咐凤姐：以后周、赵二位姨娘有的，袭人也都要有。

也就是说，在王夫人这里，已经正式认了袭人的姨娘地位了。可是给宝玉娶妾乃是大事，正如薛姨妈给薛蟠娶香菱，要"摆酒请客的费事，明堂正道的与他作了妾"。

晴雯同袭人拌嘴时也说过："明公正道，连个姑娘还没挣上去呢，也不过和我似的，那里就称上'我们'了！"

明堂正道，明公正道，都是一样的意思。娶妾大事，自然要"摆酒请客"，给个名分，才可谓名正言顺。

因此凤姐建议："既这么样，就开了脸，明放他在屋里岂不好？"

然而王夫人愚人偏有愚道理："那就不好了，一则都年轻，二则老爷也不许，三则那宝玉见袭人是个丫头，纵有放纵的事，倒能听他的劝，如今作了跟前人，那袭人该劝的也不敢十分劝了。如今且浑着，等再过二三年再说。"

既然明知道老爷不许，如何又私下行事？这不明摆着是说一套做一套么？而且袭人本是老太太的人，宝玉更是贾母的心肝儿，给宝玉纳妾的事，对贾母都不交代一声，就偷偷摸摸收在屋里了么？这算什么妈，什么管家？

王夫人此举，固然一片苦心，但是视体统颜面何在？上背着婆婆，此为不孝；中间瞒着丈夫，是谓不贤；下又纵着下人，可谓不智。这行为，与王熙凤私造文书有何异？

俗话说"名不正则言不顺"，袭人终究还是无名无分，虽然看在二两银子的份上从此对宝玉更加尽心，但是别的丫头们看着不明不白的成何体统？难怪晴雯又语出如刀地拆穿说："一样这屋里的人，难道谁又比谁高贵些？""你们别和我装神弄鬼的，什么事儿我不知道。”

从前晴雯形容宝玉和袭人的关系是“鬼鬼祟祟”，现在则形容袭人和王夫人的做派是“装神弄鬼”，话糙理不糙，虽语出刻薄，却一针见血，也就难怪王夫人同她势不两立，非要置之死地而后快了。

直到此时，王夫人才含含糊糊，把袭人已属宝玉和晴雯痨病而死的消息一并先斩后奏，贾母未必不知底里，却也不好再说什么了。

此时距二两银子的“装神弄鬼”已经足过了两年，袭人的事情不尴不尬的更不好再提起，便一直这么含糊着了。也正是因为袭人没有名分，后来遂有改嫁琪官之事，真是置祖宗颜面于无存了。

3. 重用宝钗

因为凤姐生病，府中内务交由李纨管理，探春协理。王夫人又特地请了宝钗来：“好孩子，你还是个妥当人，你兄弟妹妹们又小，我又没工夫，你替我辛苦两天，照看照看。凡有想不到的事，你来告诉我，别等老太太问出来，我没话回。那些人不好了，你只管说。他们不听，你来回我。别弄出大事来才好。”

——又一次先斩后奏，既怕“老太太问出来”，又怕“他们不听”，那又何必为难宝钗，请个亲戚来管家？

同时，王夫人虽然重用宝钗，抄检时却对李纨、宝钗、探春等也一丝未露，分明是对众人不放心。这就难怪宝钗坚决要避嫌搬出大观园了，临走之前，且说了一番大道理，驳得王夫人无话可说，连凤姐也笑道：竟别劝的好。

宝钗虽是王夫人最喜爱最看重的外甥女，然而以她之明晓理智，也深知王夫人行径荒唐；其迁出之举，也同探春打在王善保家的脸上那一巴掌相同，都是对王夫人的寒心与不满。

4. 弹压凤姐

或许因为有了宝钗这样的后备军，所谓有恃无恐，王夫人对凤姐的冷淡越来越明显起来，遂有了借邢夫人打压凤姐气势的言行，气得凤姐暗哭忍气，病情加重，却不肯向王夫人说明。一则固然是因为“恃强”，二则也可见两人关系越来越疏远，凤姐明知王夫人不会因为关心自己而体谅维护，也就懒得事事说明了。

而王夫人因为绣春囊事，不问情由，第一个就向凤姐大兴问罪之师，更可见其愚不可及，奸不可恕。抄检之议，更是让凤姐心力交瘁，当天夜里“淋血不止。至次日，便觉身体十分软弱，起来发晕，遂撑不住”，再次病倒下来。

换言之，如果凤姐从此一病不起，就是王夫人间接害死的。

5. 抄检大观园

探春说得好：“你们别忙，自然连你们抄的日子有呢！你们今日早起不曾议论甄家，自己家里好好的抄家，果然今日真抄了。咱们也渐渐的来了。可知这样大族人家，若从外头杀来，一时是杀不死的，这是古人曾说的‘百足之虫，死而不僵’，必须先从家里自杀自灭起来，才能一败涂地！”说着流下泪来——这真是为大观园提前流下的悼亡之泪。

王夫人是荣府当家人，竟然亲自下令抄检儿女们居住的乐园，其目的竟是为了搜查淫邪之物，所谓“捉奸”！这非但可笑可耻，而且可惊可怖，同自寻死路有什么区别?

所以书中在“探春也就猜着必有原故，所以引出这等丑态来”这句后面，庚辰本双行夹批：“实注一笔。”明确断言抄检之举乃是“丑态”。

而尤氏亦与李纨私下叹道：“咱们家下大小的人只会讲外面假礼假体面，究竟作出来的事都够使的了。”正说着，宝钗便进来辞行，亦足可见众人皆以为王夫人此举之大失体统。而凤姐更是因为这夜辛苦，病情益发沉重，从此心灰意冷，一蹶不振。

这之前，宝玉挨打也罢，二尤之死也罢，所有的惨事、祸事都发生在园外，而大观园里还是一片香风暖雾。然而抄检之举，却是将现实残酷带到大观园里来了。大观园悲风惨雾由此而始，却是出自当家人之手。当家人如此，荣国府的末日也就不远了。

6. 撵群伶

在梨香院解散时，王夫人亲自安排了十二官的去向，愿意回家的就各自回家，愿意留下的便拨给各屋使唤，还说：“这学戏的倒比不得使唤的，他们也是好人家的儿女，因无能卖了做这事，装丑弄鬼的几年。”似乎很体谅的样子。

然而抄检之时，却翻脸无情，不但把一干人撵出，且说：“唱戏的女孩子，自然是狐狸精了！”

这出尔反尔的嘴脸，这欲加之罪的指责，同赵姨娘骂芳官时有何区别？芳官说得不错，十二官又非生来的戏子，原是好人家女儿，被贾府买来学了戏的，又没往外面唱去，横竖只在园里服侍罢了，如何就成狐狸精了？

探春骂王善保家的背地里调唆主子，然而王夫人岂非也是最爱听是非受调唆之人？若非背地里有人告状吹风，她又如何知道芳官欺倒了干娘，以及四儿私下里说的调笑之语？

众干娘听得群官放出，喜得打伙儿来给王夫人磕头，可见此举实是“亲者痛，仇者快”。而芳官、蕊官、藕官三人以死相逼，哭着闹着要出家，可以想见众干娘对她们的安置有多卑劣，以至于誓死不从。其罪魁祸首，仍是王夫人！

7. 杀晴雯

王夫人在书中犯的至大罪状，莫过于抄检大观园。而在抄检之中，直接受害者包括了晴雯、四儿、芳官、入画、司棋以及贾兰的奶妈等人。

其中最惨的就是晴雯。

表面看来，晴雯受辱的直接原因是王善保家的在王夫人面前陷害了她：“太太不知道，一个宝玉屋里的晴雯，那丫头仗着他生的模样儿比别人标致些，又生了一张巧嘴，天天打扮的像个西施的样子，在人跟前能说惯道，掐尖要强。一句话不投机，他就立起两个骚眼睛来骂人，妖妖调调，大不成个体统。”

王善保家的是谁？乃邢夫人陪房也。邢夫人得了绣春囊，也就是抓住了王夫人的错，如今特地打发这个王善保家的来打听消息，趁机下药，着眼点自然是从宝玉房中开始。而王夫人居然轻易中计，真就依方抓药，给儿子来了致命一击，真正愚不可及矣。

林之孝家的因宝玉管袭人喊了一声名字而不是叫姐姐，都要义正辞严地劝：“别说是三五代的陈人，现从老太太、太太屋里拨过来的，便是老太太、太太屋里的猫儿狗儿，轻易也伤他不的。”林之孝家的懂得的道理，王夫人不懂？

晴雯是老太太给宝玉的人，王夫人也曾说过要回了老太太再撵她的，后来却仍是一意孤行，先斩后奏地把晴雯现打炕上拖下来架出去，连衣裳也不许带走。这非但是没有宽柔待下的祖宗遗风，而且是不懂尊老敬上的大家礼仪，连个下人都不如。更残忍的是，事后王夫人不但向贾母进谗言说晴雯离开是因为害了痨病，又懒又调歪；还吩咐多浑虫将其焚烧，连个全尸也不留。

难怪宝玉会在诔文中咒骂："钳诐奴之口，讨岂从宽；剖悍妇之心，忿犹未释！"把王夫人和王善保家的相提并论，直指王夫人是悍妇。

整个抄检过程是全书中最明显也是最彻底的一次"搬起石头砸自己的脚"：晴雯捏谎说宝玉被唬着了，从而引起贾母查赌，最后害死的却是自己；王善保家的直接献计查抄，结果发现罪魁竟是外孙女司棋；王夫人身为当家人却自抄自检，又怎能避免将来真正被抄的命运？

上述是书中已经写明的王夫人七宗罪，然而对于整本书来说，王夫人最大的罪过自然是阻碍宝黛的木石前盟，这却偏偏是书中没有明写的。

前八十回中，似乎从未见过王夫人对黛玉有什么明白的褒贬之词，更不见她有直接阻碍宝黛感情的举动，只是通过常理推论：王夫人不会喜欢黛玉。一则黛玉病弱，王夫人骂晴雯"病西施"，又特地点出她眉眼像黛玉，可见厌憎之情；二则自黛玉来了，宝玉便失魂落魄的，不止一次地砸玉、吵闹，甚至疯疯傻傻，哪个做娘的又能安心呢？书中惯以正笔写王夫人，所以每每宝黛吵架时便不提王夫人表现，正为藏其真意矣。

然而黛玉吃燕窝时，宝玉曾说："虽不便和太太要，我已经在老太太跟前略露了个风声，只怕老太太和凤姐姐说了。"为何不便跟王夫人要燕窝，而要通过贾母向凤姐说？只能是宝玉深知其母不喜欢黛玉矣。

抄检之时，凤姐因宝钗是亲戚，所以不抄，如何又抄潇湘馆呢？自是王夫人此前下了令，凤姐不敢违背。然而凤姐也是有心维护黛玉的，因此王善保家的在紫鹃箱中搜出宝玉之物时，凤姐拦住说："宝玉和他们从小儿在一处混了几年，这自然是宝玉的旧东西。这也不算什么罕事，撂下再往别处去是正经。"凤姐左右为难之心可知。

如若八十回后有下文，宝黛危机浮出水面，则王夫人阻挠之意自当明显出招，只可惜后文遗失，我们也只有凭借前面的草蛇灰线来揣测了。

唯一可以肯定的是：宝黛悲剧的原因不止一个，但王夫人的阻碍，绝对是其中非常致命的一击！

从芳官出家看惜春结局

在元宵节惜春的灯谜后，脂砚斋关于惜春结局有一句重要的批语：

公府千金至缁衣乞食，宁不悲夫！

这句批语不但点明惜春将来是出家了，而且境况窘困，竟落得个托钵行乞的地步。

在高鹗的续书中，惜春的出家是相当从容的，不但仍住在大观园栊翠庵中，而且还有紫鹃做服侍丫鬟，这显然与脂砚斋"缁衣乞食"的批语相悖，故不足取。

然而这也让我们知道了，倘若家境尚好时，即使惜春心冷意冷，一味倔强地要出家，就像探春说的："这是他的僻性，孤介太过，我们再傲不过他的。"贾府那么多家庙庵堂，总会为她安排个不错的去处，就如妙玉的家人一样，虽然舍了她，却仍让她带走大量古董宝贝，随身还有两个老嬷嬷、一个小丫头服侍，绝不至于看她托钵行乞去。

由此可知，惜春的出家，应是在事败之后。

第七十七回"美优伶斩情归水月"一节，写的是芳官、藕官、蕊官三人闹着出家，提到了详细的出家程序：

（王夫人）方欲过贾母这边来时，就有芳官等三个的干娘走来，回说："芳官自前日蒙太太的恩典赏了出去，他就疯了似的，茶也不吃，饭也不用，勾引上藕官蕊官，三个人寻死觅活，只要剪了头发做尼姑去。我只当是小孩子家一时出去不惯也是有的，不过隔两日就好了。谁知越闹越凶，打骂着也不怕。实在没法，所以来求太太，或者就依他们做尼姑去，或教导他们一顿，赏给别人作女儿去罢，我们也没这福。"王夫人听了道："胡说！那里由得他们起来，佛门也是轻易人进去的！每人打一顿给他们，看还闹不闹了！"当下因八月十五日各庙内上供去，皆有各庙内的尼姑来送供尖之例，王夫人曾于十五日就留下水月庵的智通与地藏庵的圆心住两日，至今日未回，听得此信，巴不得又拐两个女孩子去作活使唤，因都向王夫人道："咱们府上到底是善人家。因太太好善，所以感应得这些小姑娘们皆如此。虽说佛门轻易难入，也要知道佛法平等。我佛立愿，原是一切众生无论鸡犬皆要度他，无奈迷人不醒。若果有善根能醒悟，即可以超脱轮回。所以经上现有虎狼蛇虫得道者就不少。如今这两三个姑娘既然无父无母，家乡又远，他们既经了这富贵，又想从小儿命苦入了这风流行次，将来知道终身怎么样，所以苦海回头，出家修修来世，也是他们的高意。太太倒不要限了善念。"王夫人原是个好善的，先听彼等之语不肯听其自由者，因思芳官等不过皆系小儿女，一时不遂心，故有此意，但恐将来熬不得清净，反致获罪。今听这两个拐子的话大近情理；且近日家中多故，又有邢夫人遣人来知会，明日接迎春家去住两日，以备人家相看；且又有官媒婆来求说探春等事，心绪正烦，那里着意在这些小事上。既听此言，便笑答道："你两个既这等说，你们就带了作徒弟去如何？"两个姑子听了，念一声佛道："善哉！善哉！若如此，可是你老人家阴德不小。"说毕，便稽首拜谢。王夫人道："既这样，你们问他们去。若果真心，即上来当着我拜了师父去罢。"这三个女人听了出去，果然将他三人带来。王夫人问之再三，他三人已是立定主意，遂与两个姑子叩了头，又拜辞了王夫人。王夫人见他们意皆决断，知不可强了，反倒伤心可怜，忙命人取了些东西来赍赏了他们，又送了两个姑子些礼物。从此芳官跟了水月庵的智通，蕊官藕官二人跟了地藏庵的圆心，各自出家去了。

这里一步步写得相当清楚：首先芳官等想出家，并不是可以抬脚就走的，须得征求干娘同意；干娘也不敢做主，便又来求王夫人；征得同意后，才能在王夫人授命下给两个姑子叩了头，王夫人且又取东西来赏她们，又送姑子许多礼物。

我的朋友佛学专家陈琛曾经写过一本《和尚——出家人的日常生活》（以

下简称《和尚》)，其中有整整一章讨论出家的程序，这里，只引用一小部分：

> 首先，出家人必须是一个能够自主的自由人，比如为人子女的，出家前要得到父母的同意；身有官职的要辞去官职；身为奴仆的要解除主仆契约；已结婚的，要解除婚姻关系；如果信奉过其他宗教，要坚决破除，断绝一切来往等。总之，在出家前要摆脱尘世生活的一切拖累，所谓的“跳出红尘”……要受戒的人还得向寺庙交纳一定的戒金，以充戒堂的灯烛香花、戒牒、戒录等费用……

可见，俗家人并不是想出家就能出家的，要经过相当缜密烦琐的手续。“必须是一个能够自主的自由人”，芳官等并无人身自由，所以“出家前要得到父母的同意”，“身为奴仆的要解除主仆契约”。而王夫人的赠礼，则是替她们三人交纳戒金。

《水浒传》里鲁智深杀了人，并不是放下屠刀就可以立地成佛的，而是通过走后门，洗底换血，蒙混过关，遂有了宝玉为之赞叹不已的那段《山门》唱腔。

这让我们想到另一个问题，就是惜春出家时，贾府还有能力替她交戒金吗？她出家后竟要乞食为生，可见混得比芳官等被姑子“拐了去作活使唤”更加不如，这也足可再次佐证她的出家是在事败之后。

那么，她是怎么出家的呢？

出家既然有那么多的限制与程序，惜春作为犯官之女，遁入空门只怕没那么容易。不但没人替她交得起戒金，而且全家入狱，只怕她也没了自由身，不是想出家就可以出家的。

或者说，贾府虽然被抄，但后来还是有翻身的机会的，历史上的曹家就是有过一小段中兴时期，且发还了部分财产。这样，贾府就有可能为惜春交纳戒金，并有资格准许她正式出家了。

又或者说，贾府虽败，然“百足之虫，死而不僵”，曾经有过那么多家庙，认识那么多高僧名尼，这里有一两个念旧情的，帮助惜春出家原是轻而易举的事。

但如果是那样，惜春的身份就该跟她小时候的玩伴智能儿一样，还是可以活得挺从容的，至糟糕也不过像芳官、藕官、蕊官的境遇，给师父做活使唤，何至于“缁衣乞食”呢？

陈琛《和尚》一书中关于“乞食”有一段术语解释：

> 佛教对僧人吃的饭分为三种，一是“受请食”，即僧人受施主邀请，到施主家就食；二称“众僧食”，即僧人在僧众中共同进食；三称“常乞食”，即穿戴僧服，带着乞食的钵盂，到村落挨门挨户乞讨食物。在印度，在佛教创始初特别推崇乞食……但是，在中国，僧人只有在外出游方时才“化斋”（相当于乞食），而寺庙一般都自己有专门的厨房。

由此可见，惜春既然是托钵行乞，可以猜想她不是在“有专门厨房”的寺庙长住，只能做游方僧，四处流浪。

为什么会这样呢？

很有可能，惜春的出家另有隐情，是不合法的。最大的可能就是她是在抄家时逃出来的，没有跟家人一起关进狱神庙或别的地方，而是独自出走，做了尼姑。

这样，她就必须隐瞒身份，不能大大方方正正式式地出家；即使某庙住持或是出于报恩念旧，或是出于贪图小利，冒险帮她出了家，也不敢让她长期居留。因此她只能外出游方，四处“挂单”。

然而“挂单”也不是那么容易的。《和尚》中关于“僧人的户口档案”也有诸多规定：

> 自唐朝以后，建寺、度僧及度僧人数都要得到政府的批准……
>
> 政府批准的“官度”有两种情况。一是每家寺院每年有一定的度僧名额，在这一限额内度僧算是合法的；二是皇帝在重大庆典及其他特殊情况下，恩赐某地区或某寺院可以度一定数量的人为僧，这称为“恩度”或“赐度”。恩赐度僧的记载在唐宋时代极为普遍。凡是官度的僧尼都要有政府发放的证明文件，这就是度牒。
>
> 度牒的发放从唐宋开始，一直延续到清朝初年……除了度牒，

政府还有对僧人进行管理的僧籍制度。僧籍由祠部管理，每隔几年就要清查重造一次。僧籍的内容包括僧人的法名、俗姓、籍贯、所习经业、所在寺名、寺中定额的僧人人数等项。如果僧人身死或还俗，当天就要报送祠部，注销僧籍。

后来，明代对僧籍的管理更加严格。不但天下寺院要上报僧籍，而且在全国范围内编造“周知录”。也就是由京师的僧录司将天下僧寺尼庵及所有的僧人一一辑录。在每位僧人的僧名之下，记录着他的年龄、姓名、出家的时间及度牒的字号。这本“周知录”编成之后，颁发给所有的寺院。这样，凡有游方僧人前来寺院“挂单”，寺院就要查问这位僧人来自哪座寺庙，叫什么，多龄多大等，然后根据“周知录”核实。如果册子里没有这位僧人的名字，或者其他方面不符合，就认为是欺诈行为，可以把他缉拿，送到官府去。

上述可见，出家的名额相当严格，纵使惜春到处游方挂单，也必须有“度牒”，但是她的“度牒”从何而来呢？可以肯定不是正常颁发的，只能是伪造，或者冒认。比如《水浒传》里，武松就冒认了一个僧人的度牒做护身符。

可能某庙中有个尼姑死了，或是还俗了，住持没有及时向官府报告，“注销僧籍”，而是将度牒给了惜春，但又不敢长期收留她，只是让她有了一个游方的身份，得以苟活逃生。

这个帮助她的人，可能是随意的一个僧尼，也可能是前八十回中出现过的人。我有过两个猜想：一是妙玉来京时最初投宿的“西门外牟尼院”，另一个，可能干脆就是妙玉本人。

这就又牵扯出了下一个话题：妙玉和惜春是朋友吗？

妙玉和惜春是朋友吗

前八十回中，妙玉同惜春从未有过一言半语，但到了后四十回续书中，却突然亲近起来，有事没事地跑来下棋，还要见了宝玉便“不由得脸上一红”，这是续作者对妙玉的误解，更是对她的世俗化、表面化。

要知道，惜春的出家是自愿，妙玉的出家却是被迫，因为身体不好，百般医治无效，只得入了空门，所以才会“带发修行”。为何要“带发”呢？就是因为“六根不净”，随时可以“还俗”。所以在妙玉心里，从来没有把自己当出家人看待，为黛玉和湘云改诗时，曾说：“若只管丢了真情真事且去搜奇捡怪，一则失了咱们的闺阁面目，二则也与题目无涉了。”一句“咱们”，又一句“闺阁面目”，可见她在内心仍是把自己当成身在闺阁的小姐来看待的。

她的遗世独立，是因为性格，而非身份。

虽然惜春也“天生成一种百折不回的廉介孤独僻性”，与妙玉“天生成孤僻人皆罕”遥遥相对，但两人却不是同类，而是“特犯不犯”，一个是在家的姑子，一个是出家的姑娘。她们的生活轨迹是错位的，也是不交集的。

但是到了后四十回，她们的轨迹有没有交错呢？更大胆地想一想，会不会互换呢？也就是说，惜春出了家，妙玉却还了俗，她们的身份调了个过儿，可不可能呢？

可以确定的是，惜春的确是出家了；有争议的是，妙玉有没有还俗？

《金陵十二钗》册子中关于妙玉的判词说：“欲洁何曾洁，云空未必空。可怜金玉质，终陷淖泥中。”《红楼十二曲》中则说：“可叹这，青灯古殿人将老；辜负了，红粉朱楼春色阑。到头来，依旧是风尘肮脏违心愿。好一似，无瑕白玉遭泥陷；又何须，王孙公子叹无缘。”

既然说“洁”与“空”的夙愿都破灭了，自然是反出空门，陷入红尘了。况且左一句“终陷淖泥中”，右一句“风尘肮脏违心愿”，可见妙玉不但是还了俗，而且还极可能是进了风尘场所，勾栏行当。

这在喜爱妙玉的读者心中是很难被接受的，于是有红学家对“肮脏”一词做出百般考据，证明有时不作“污秽不洁”解释，而是“刚直不阿”的意思——就算是这样吧，那后面还有三个字“违心愿”呢，还有“遭泥陷”呢？可见“洁”是怎么都保不住的了。

第二回“冷子兴演说荣国府”时，贾雨村曾言：

使男女偶秉此气而生者，在上则不能成仁人君子，下亦不能为大凶大恶。置之于万万人中，其聪俊灵秀之气，则在万万人之上；

其乖僻邪谬不近人情之态，又在万万人之下。若生于公侯富贵之家，则为情痴情种；若生于诗书清贫之族，则为逸士高人；纵再偶生于薄祚寒门，断不能为走卒健仆，甘遭庸人驱制驾驭，必为奇优名倡。

书中“奇优”不少，蒋玉菡与十二官尽在此列，但“名倡”呢？倘若全书中竟无一才貌双全之名倡出现，《金陵十二钗》岂不缺典？

同薛蟠打情骂俏的云儿固然不够数，曾经“沦落在烟花巷”的巧姐儿时为雏妓，且很快就被刘姥姥赎身了，也还当不起“名倡”二字，于是，这个重要角色也就只能由妙玉来担任，只有她当得起，也只有让她落到这样的命运，才更能惹人痛惜，称得上是“无瑕白玉遭泥陷”。

那么，妙玉和惜春的生活轨迹是不是就这样永远都没有交叉了呢？这两个“特犯不犯”的出家人，是仅仅彼此做了一个身份对调、形成一种鲜明对比，还是有着什么更为巧妙而必要的联系呢？

除了上文分析的妙玉结局可能是陷在铁槛寺或水月庵，被贾芹、静虚、智空等人陷害之外，我还有另一个猜测：就是在贾府被抄时，惜春可能因为害怕而躲进了栊翠庵，妙玉为了掩护她，就让她扮做尼姑，把自己的度牒也就是身份证书给了惜春，让她以尼姑的身份随众僧尼离去，以此逃脱了牢狱之灾，但自己却因而被拖累入罪，当街变卖，沦为娼妓。

当初妙玉来京，原是冲着“因听见长安都中有观音遗迹并贝叶遗文”的，这让我不禁想起惜春判曲中的“闻说道，西方宝树唤婆娑，上结着长生果”，何其相像。会不会，是妙玉将自己的身份、度牒给了惜春，让她趁乱远走高飞，自己却因此被拖累为倡，以至于落得个“无瑕白玉遭泥陷”呢？

当然，这只是我的猜想，尚无更多的证据来支持。但是，这至少解决了一个疑问：就是妙玉虽然身在荣国府，但她是王夫人下帖子请来的，并不是贾府的什么亲戚内眷，就算贾府被抄，她的处境也最多是逐出府去，仍然回牟尼院挂单好了，却因何会受到株连呢？而倘若不是受贾府之累，她作为佛门子弟，又有些家私傍身，甚至还有两个贴身服侍的婆子，大不了带着银钱佣人回金陵去，又怎么会“可怜金玉质，终陷淖泥中”？除非，她失去了自己的尼姑身份，也就是失去了护身符。这样，她的命运才会与贾府息息相关，也才会有资格列入《金陵十二钗》正册中，且位置颇为靠前。

同时，妙玉与惜春这两个人的关系，也就更可令人玩味，并顿足再叹了。

但惜春也因名不正言不顺，虽然出了家，却没有安身庙宇，只能四处挂单，托钵乞食。

可叹世上到底没有净土，无论妙玉也好，惜春也好，终究都是“欲洁何曾洁，云空未必空”啊。

第七十八回
老学士闲征姽婳词　痴公子杜撰芙蓉诔

晴雯的痴心

晴雯居于十二钗又副册之首，画面上是水墨皴染的满纸乌云浊雾，诗道：

霁月难逢，彩云易散。心比天高，身为下贱。风流灵巧招人怨。寿夭多因毁谤生，多情公子空牵念。

甲戌本双行夹批：“恰极之至！‘病补雀金裘’回中与此合看。”意思说第五十二回“勇晴雯病补雀金裘”的内容是最能表现晴雯性情与命运的。这也侧面证明了我前面分析过的晴雯之死应在“雀金裘”事后第二年秋，中间多出来的一年是后补入的稿子——晴雯之病，因补裘而加重，之后虽略略恢复，却种下病根；至抄检时，犹未痊愈，遂一病而卒。否则，这病便来得不合理了，悲剧意义也减弱了很多。

奇的是，晴雯前面一路写来，并未细交代其出身历史，却是直到死前，才又回头补叙，脂批谓之“晴雯正传”：

这晴雯当日系赖大家用银子买的，那时晴雯才得十岁，尚未留头。因常跟赖嬷嬷进来，贾母见他生得伶俐标致，十分喜爱。故此赖嬷嬷就孝敬了贾母使唤，后来所以到了宝玉房里。这晴雯进来时，也不记得家乡父母。只知有个姑舅哥哥，专能庖宰，也沦落在外，故又求了赖家的收买进来吃工食。赖家的见晴雯虽到贾母跟前，千伶百俐，嘴尖性大，却倒还不忘旧，故又将他姑舅哥哥收买进来，把家里一个女孩子配了他……若问他夫妻姓甚名谁，便是上回贾琏所接见的多浑虫灯姑娘儿的便是了。目今晴雯只有这一门亲戚，所以出来就在他家。

这一小段晴雯传着实可怜，那晴雯父母双亡，虽不似香菱自幼被拐子拐去，却也同样不记得家乡父母，只念及并不亲近且对自己也毫无疼爱之心的姑舅哥哥多浑虫，央求了赖家的买进来做庖宰——越是缺失的，越是渴望。那晴雯最缺的是什么？亲情。于是就连一点点骨血之情也要牢牢抓住，好让自己觉得有个哥哥在身边，这一点卑微的情感，几近乎于自欺欺人了。

她十岁进府，十六岁过世，宝玉在诔文中说与她共度“五年八个月有畸”，可见在贾母处待了不到一年。她本是赖大家买的，也就是奴才的奴才，身份极卑微的，却偏偏“生得伶俐标致”，贾母一见了便喜欢；不但留在自己身边一阵子，还特地将她赏了宝玉，而且不是一般的赏，是有意要将她许给宝玉的，即后文对王夫人说的“我的意思这些丫头的模样爽利言谈针线多不及他，将来只他还可以给宝玉使唤得”。

模样、爽利、言谈、针线，正是德容言工件件包括，显然贾母将晴雯给宝玉是经过深思熟虑、有着长远打算的。或许有人会说，晴雯怎么能算有德呢，牙尖嘴利，又欺负小丫头。但这些都是小毛病，晴雯正直不阿，仗义忠勇，眼里揉不得沙子，这些才是贾母看重的品行；王夫人则一味只重视表面的“贤”字，审美标准是“性情和顺，举止沉重”，又最恨面貌娇美体态风流之人，所以最见不得晴雯骂小丫头的“浪样子”，也就是赖大家所谓“千伶百俐，嘴尖性大”。然而赖家也还懂得欣赏晴雯“不忘旧”的品格，应允其要求将多浑虫买进来，可见王夫人不如赖大家的远矣。

但是最能与王夫人形成鲜明对比的，还不是赖大家的，而是晴雯的嫂子灯姑娘儿。

宝玉同晴雯永诀一段对话，本令人肝肠寸断，谁知忽然接入灯姑娘儿挑帘进来，拉了宝玉去调笑——初看似觉秽乱，细想却令人感慨，尤其灯姑娘儿对宝晴二人的定评，竟是可悲可叹：“可知人的嘴一概听不得的。就比如方才我们姑娘下来，我也料定你们素日偷鸡盗狗的。我进来一会在窗下细听，屋内只你二人，若有偷鸡盗狗的事，岂有不谈及于此，谁知你两个竟还是各不相扰。可知天下委屈事也不少。如今我反后悔错怪了你们。”

宝玉和晴雯一对极清雅极俊秀的少年孩儿，却映对了多浑虫、灯姑娘儿这一对酒糟淫荡透了的世俗男女，这笔法的确曲折奇怪。但更让人触目惊心的，却是一向吃斋念佛的王夫人，咬定了晴雯是狐狸精，勾引宝玉；而素来妖矫放荡、人尽可夫的灯姑娘儿，却偏偏慧眼识珠，给二人平了反——这世道，究竟什么是真，什么是假；什么是对，什么是错；什么是正经，什么是淫邪呢？

第七十八回开篇，王夫人害死晴雯后，向贾母犯舌说：“宝玉屋里有个晴雯，那个丫头也大了，而且一年之间，病不离身；我常见他比别人分外淘气，也懒；前日又病倒了十几天，叫大夫瞧，说是女儿痨，所以我就赶着叫他下去了。”满口谎言，咒人生病，也不知她的吃斋求佛都念到哪里去了。

又说：“冷眼看去，他色色虽比人强，只是不大沉重。若说沉重知大礼，莫若袭人第一。虽说贤妻美妾，然也要性情和顺举止沉重的更好些。就是袭人模样虽比晴雯略次一等，然放在房里，也算得一二等的了。况且行事大方，心地老实，这几年来，从未逢迎着宝玉淘气，凡宝玉十分胡闹的事，他只有死劝的。”

真正愚也痴也！袭人“从未逢迎宝玉”？那“初试云雨”、勾引小爷的，可恰恰是袭人呀！倒是晴雯才真正纯洁烂漫，一派天真。

荣府里小厮兴儿曾同尤氏姐妹说过：“我们家的规矩，凡爷们大了，未娶亲之先都先放两个人伏侍的。”而宝玉身边早已备下的两个人，自然便是袭人和晴雯了。

袭人同宝玉初试云雨，便是因为“素知贾母已将自己与了宝玉的，今便如此，亦不为越礼”；而晴雯，贾母也说过“我的意思这些丫头的模样爽利言谈针线多不及他，将来只他还可以给宝玉使唤得”。可见在贾母心目中，晴雯的分量可能还比袭人重一些，为什么后来倒输给了袭人呢？

就是因为袭人胜在先下手为强，早在宝玉情窦初开时便与他初试云雨，抢占先机拔了头筹。男人总是忘不了自己的第一次，“自此宝玉视袭人更比别个不同”，而袭人也就建立了稳固的地位；又频吹枕头风，三天两头地借着由头逼宝玉发重誓，将宝玉耍得团团转。

她和晴雯一样，都是贾母指给宝玉的，属于上头派下来的。但她貌似低调，其实从来都是优越感爆棚，有着极强的主人翁独霸意识。看到宝玉大清早去黛玉房中探湘云固然不满，便议起黛玉生日，都要说声“就只不是咱们家的”，完全是女主人的心态。

说起宝玉来，更是一口一个“我们”，曾被晴雯捏了话把儿的；就连被宝玉踢了一脚，当众丢了颜面，也仍不忘自辩说：“我是个起头儿的人，不论大事小事，是好是歹，自然也该从我起。”当天晚上袭人因为见自己吐了血，“想着往日常听人说：‘少年吐血，年月不保，纵然命长，终是废人了。’想起此言，不觉将素日想着后来争荣夸耀之心尽皆灰了”——明白提出其素有“争荣夸耀之心”。然而只隔了一天，因见宝玉同晴雯口角，就又主人公意识发作，本能地冒出一句：“可是我说的，一时我不到，就有事故儿。”惹得晴雯忍不住再次出言讥讽。

抄检大观园后，宝玉对袭人不无猜疑，又深哀晴雯之不幸，且举出海棠之夭以喻晴雯，袭人羞恼之下，露了原形，大怒道：“那晴雯是个什么东西，就费这样心思，比出这些正经人来！还有一说，他纵好，也灭不过我的次序去。便是这海棠，也该先来比我，也还轮不到他。”

这才是花袭人的本来面目，真实心声。她貌似谦和，其实奢望，最是争强好胜头一个不安分的人——为了不让别人灭过自己的次序，就要先下手为强，灭了对手的机会。

可怜晴雯，自被老太太指与宝玉后，就从没有想过自己会离开的。她同宝玉吵嘴时，宝玉发脾气要撵她，她说：“我一头碰死了也不出这门儿。”同麝月开玩笑时，则说：“等你们都去尽了，我再动不迟。有你们一日，我且受用一日。”——她竟从没想过自己有一天会离开怡红院。

故而临死之前，才会说出痛定思痛之语：“今日既已担了虚名，而且临死，不是我说一句后悔的话，早知如此，我当日也另有个道理。不料痴心傻意，只说大家横竖是在一处。不想平空里生出这一节话来，有冤无处诉。”且将小衣与宝玉换过，又剪了指甲相赠，哭说：“回去他们看见了要问，不必撒谎，就说是我的。既担了虚名，越性如此，也不过是这样了。”竟是刚烈至死！

王夫人为什么那么恨晴雯

对于晴雯之死，我一直有个问题非常想不通，就是王夫人对晴雯的态度，怎么会恨得那么刻骨铭心的？

她之前对于晴雯素无了解，只是有一次同贾母走在园中时，看到晴雯骂小丫头，很看不上那个张狂样子；接着叫了晴雯来，对于她病西施的打扮更加反感，但是查问之下，也没挑到什么错处，而晴雯更是机智地把自己和宝玉的关系说得疏而又远；再接着就是抄检大观园了，但也没查出晴雯有什么藏私来。然而王夫人亲自来怡红院视察时，看见晴雯四五日水米不曾沾牙，恹恹弱息，还是雷霆万钧地立逼着人现从炕上拉下来，蓬头垢面地架出去了，且吩咐只许把她贴身衣服撂出去，余者好衣服留下给别的丫头们穿。

——有这么恨吗？用得着这么狠吗？

后文中宝玉叮嘱袭人：“你把他的东西，作瞒上不瞒下，悄悄的打发人送出去与了他。……也是你们姊妹好了一场。”袭人道：“你太把我们看的又小器又没人心了。这话还等你说，我才已……总打点下了……”

可见，王夫人此举实在是“又小器又没人心”，连袭人都瞧不上的。

以晴雯之病体，以晴雯之性情，一旦撵出去，自然非死无疑。按理说人死如灯灭，什么仇什么恨也该解了，谁知道这还不算完——晴雯死后，她哥嫂回进去讨发送银子，王夫人赏了十两烧埋银子，又命：“即刻送到外头焚化了罢。女儿痨死的，断不可留！”

——这得多大的怨恨啊！那可是古代，死无全尸是什么样的孽报？王夫人用得着恨晴雯如此，连死人都不放过吗？这跟挫骨扬灰有什么分别？

看了很多前辈同行的红学论述，综合各路诸侯的意见，答案不外乎以下几种：

1. 袭人告密

虽然晴雯口口声声说："我不大到宝玉房里去，又不常和宝玉在一处，好歹我不能知道，只问袭人麝月两个。"但是王夫人过后向袭人查问，自然会知道晴雯骗了她，只会更加生气。

可是这也仍然只能进一步坐实她撵晴雯的决心，却不至于谋了她的命还不放过她的尸。金钏儿跟宝玉调情，说"金簪子掉在井里头，有你的只是有你的"，是王夫人亲耳听见的，故打了一巴掌撵出去，然而事后听说金钏儿跳井死了，也曾愧悔难过，不但想着如何为其装裹，还给玉钏儿加了一两月银。

如今晴雯狐媚宝玉她并没看见，即便是听说，也只要撵出去就是了。何况芳官和四儿也都是因为伶俐被撵的，与撵晴雯的理由一样："难道我通共一个宝玉，就白放心凭你们勾引坏了不成！"但王夫人对于四儿的处罚，也只是命人把她家的人叫来，领出去配人；对芳官则是："唤他干娘来领去，就赏他外头自寻个女婿去吧。把他的东西一概给他。"独独晴雯是不但立刻撵了，且连衣裳都不许带走，王夫人小气到这地步，还是狠毒到这地步？无论是哪种答案，都似乎让人想不通。

2. 移情作用，撵晴雯是因为恨黛玉

王夫人形容晴雯时说过："水蛇腰，削肩膀，眉眼又有些像你林妹妹的。"起意撵晴雯时，本来说："既是老太太给宝玉的，我明儿回了老太太，再撵你。"然而后来还是食言而肥，先斩后奏了，撵了晴雯后才向贾母撒谎说晴雯病不离身，"比别人分外淘气，也懒"，且有女儿痨，所以赶下去了；又说"况且有本事的人，未免就有些调歪"，"他色色虽比人强，只是不大沉重"；又一力夸奖袭人："行事大方，心地老实，这几年来从未逢迎着宝玉淘气。凡宝玉十分胡闹的事，他只有死劝的。"

这里对晴雯的评语：病不离身，有本事，色色比人强，都可以用来形容黛玉；而对袭人的表彰：大方老实，从不和宝玉淘气，却只会劝谏，却恰合着宝钗。所以很多人认为王夫人撵晴升袭，其实是为了贬黛扬钗，这说法初看是成立的。但若说就为了这一点，便要将晴雯置之死地还焚尸灭迹，则仍然太过了些——王夫人固然不喜欢黛玉，但也没有那么恨吧？

值得一提的是，"黛玉和宝钗谁更漂亮"一直是三百年来红迷争执不休的一个议题，拥钗派与拥黛派各执己见。因为照书中正面描写的感觉，一直说只有宝钗配做牡丹，似乎合该是群芳之冠，胜于黛玉；然而无论贾母、凤姐、宝玉、袭人，都说过晴雯是所有丫鬟中最漂亮的一个，获罪的至大理由就是生得比别人好，而王夫人又说她眉眼有点像黛玉——只是眉眼略有几分像，就已经美得这么了不得了，那么本尊林黛玉又该美成啥样儿呢？

3. 出于对赵姨娘的憎恶

王夫人对贾母说："虽说贤妻美妾，然也要性情和顺举止沉重的更好些。"这让我们不禁揣想：贾政的妻妾标准是不是这样的呢？王夫人不用说，自然认为自己是贤妻了；那么赵姨娘岂非美妾乎？

连丫鬟们也"皆知王夫人最嫌趫妆艳饰语薄言轻者"，为什么这样嫌恨？多半是因为赵姨娘即属此道吧？

赵姨娘既有请马道婆施魇魔法之举，王夫人又岂没有害赵氏之心？只是她向来没甚主张，而赵姨娘又擅结党营群，八面玲珑，且是贾政之妾，贾环探春之母，府里的正经主子，等闲打发不得。如今遇着这个妖娇的晴雯，正戳了王夫人的肺，就趁机发泄向来的妒恨了。

这个说法从心理上分析倒是很成立的，因为妒妇做什么都是可以理解的。但是晴雯与赵姨娘？这两个人的境界判若云泥，从头至尾也没有过任何关系，非要借王夫人之心理扭在一起，似乎也太荼毒晴雯、抬举赵姨娘了吧？

4. 对贾母的不满

虽然王夫人对贾母一向唯唯诺诺，百依百顺，然而两人的审美情趣大异其志，于是难免就常干些阳奉阴违的事。尤其对于钗黛的选择上，两人的立场更是几成水火。贾母几次明里暗里表示出对黛玉的偏心，王夫人自然也不甘示弱，总要还以颜色；她虽然不敢明着对黛玉不利，却不妨撵逐晴雯以示威，仗着贾母不会为了个丫鬟跟她翻脸，借此向所有人宣告自己的权威。但这也最多可以解释王夫人为什么要撵晴雯，却到不了恨之入骨的地步。

5. 对贾敏的积怨

王夫人曾对凤姐说："你林妹妹的母亲，未出阁时，是何等的娇生惯养，是何等的金尊玉贵，那才像个千金小姐的体统。如今这几个姊妹，不过比人家的丫头略强些罢了。通共每人只有两三个丫头像个人样，余者纵有四五个小丫头子，竟是庙里的小鬼。如今还要裁革了去，不但于我心不忍，只怕老太太未必就依。虽然艰难，难不至此。我虽没受过大荣华富贵，比你们是强的。如今我宁可省些，别委曲了他们。”

持此意见的人认为这番话显露了王夫人初嫁贾府时，对于做小姑子的贾敏的娇贵很是妒恨，而且贾敏是贾母最宠爱的小女儿，这肯定也让王夫人不顺心。但我倒觉得这番话只是忆昔繁华，未见得有什么深意。王夫人虽愚，毕竟是知书识礼的千金小姐，大格儿是不会错的。李纨、凤姐尚且未对三春有任何防忌，王夫人当年怎又会如此不堪？况且因贾敏而及黛玉，因黛玉而及晴雯，这个弯儿也绕得太大了。

综上所述，似乎足可以解释王夫人为什么不喜欢晴雯，而且是非常地不喜欢，但仍然没到了寝皮饮血的地步。书中所写之王夫人对晴雯，可不止是撵走就算了，甚至不止是听说她死了也就安心了，而是下令让其家人立刻将其尸骨烧掉的。这可比王熙凤对尤二姐狠多了，即便把上述所有的理由都加起来，也还是不能解释的吧？

还记得晴雯与宝玉诀别时说的那个心愿吗？

她将自己贴身穿着的一件旧红绫袄脱下，同长指甲一起交与宝玉，嘱咐道：“这个你收了，以后就如见我一般。快把你的袄儿脱下来我穿。我将来在棺材内独自躺着，也就像还在怡红院的一样了。论理不该如此，只是担了虚名，我可也是无可如何了。”

——多么可怜的要求，多么绝望的心愿。然而王夫人竟连这点念想也不肯成全，竟令其兄速速焚化，连让她静静地独自躺在棺材里都不许！

宝玉在《芙蓉女儿诔》中有一段直诉其母之罪：

昨承严命，既趁车而远陟芳园；今犯慈威，复拄杖而遽抛孤匶。及闻槥棺被燹，惭违共穴之盟；石椁成灾，愧迨同灰之诮。尔乃西风古寺，淹滞青燐；落日荒丘，零星白骨。楸榆飒飒，蓬艾萧萧。

隔雾圹以啼猿，绕烟塍而泣鬼。自为红绡帐里，公子情深；始信黄土垄中，女儿命薄！汝南泪血，斑斑洒向西风；梓泽余衷，默默诉凭冷月。呜呼！固鬼蜮之为灾，岂神灵而亦妒。钳诐奴之口，讨岂从宽；剖悍妇之心，忿犹未释！

这前面数句说的便是毁尸灭迹，以至棺椁无存之痛；中间诉说思念之情；最后两句则抒发对诐奴悍妇的痛恨。

然而“诐奴”自然是指王善保家的之流，“悍妇”却是何人？袭人？王夫人？不论指谁，似乎都有些怨恨太过。宝玉会这样咒骂袭人吗？会这样痛恨生母吗？但如果说仍是园中仆妇，则似乎与“诐奴”重复了，行文排比，理应递进一步，似不当此。

因此我有一种怀疑，很可能这段故事是作者人生中的一段真实经历，曾经真有过一个那么天真可爱的小丫鬟，被那么一个严厉无情的老夫人给害死了。当然，那位夫人未必就是作者的母亲，所以作者在写王夫人时，固然笔下留情形容其天真烂漫，至少在表面上写成了一个好人；但是在诔文中时，便借助古文修辞痛抒其愤，直呼其为悍妇了。

更可能的是在现实原型里，金钏儿和晴雯是一个人，在故事中分身成了两个。前文提及金钏儿对宝玉时，脂批说“有是人，有是事”；金钏儿死后，宝玉感伤到恨不得此时也身亡命殒，脂批又道“真有此情，真有此理”；说到抄检时，又道“此亦是余旧日目睹亲闻，作者身历之现成文字，非搜造而成者”。

综其种种，可以想见晴雯确有原型，其惨死之情令作者切肤难忘，甚至在诔文中连两人相处的年岁都记得清清楚楚：“相与共处者，仅五年八月有畸。”如此言之凿凿，极可能是真情实感。

当然，这也仍是我一厢情愿的猜测罢了。权作对于“王夫人为什么那么狠毒”的第六种可能性解释吧。

《姽婳词》与《芙蓉女儿诔》

宝玉的长诗《姽婳词》是一首非常隽逸风流的歌行，其风格骨韵与他素往香奁体辞格颇为不同，无论是技巧还是用意都是一流的诗作。

但就是这首诗，却被某些“砖家”说成是抄家的根本，是宝玉反诗的证据，实在脑洞大开，自相矛盾。

首先书中贾政为人迂直，小心谨慎。他既能聚集众清客吟诗咏赞，自然绝无反清之意，且说：“他们那里已有原序。昨日因又奉恩旨，着察核前代以来应加褒奖而遗落未经请奏各项人等，无论僧尼乞丐与女妇人等，有一事可嘉，即行汇送履历至礼部备请恩奖。所以他这原序也送往礼部去了。大家听见这新闻，所以都要作一首《姽婳词》，以志其忠义。”

可见这“新闻”乃是从朝中听来的，而且朝中早有原序，已经送往礼部去了，此回作诗乃是“奉旨填词”，何“反”之有？况且宝玉诗中若有“反清复明”之意，以贾政和众清客这些闻风知味混迹官场的人听不出来，倒要百般赞扬等着别人来罗织罪名吗？这也把贾政等想得太蠢了。

事实上，康乾时期，虽然一方面清政府严打反军，另一面为了缓和矛盾，不断施行怀柔之策，曾经颁布一系列安抚政令，请出一些明朝遗臣名儒来做官，还下诏表彰抗清将士史可法，为其立庙树碑，奖其忠义。

贾政求诗，正是在这样的历史背景下发生的故事。朝廷连对史可法都可大加褒赞，难道会对林四娘纠缠不过吗？

然而在抄检大观园的悲剧之后，在宝玉祭奠晴雯的盛举之前，忽然插入这么一大段故事，作者必有深意。会是什么呢？

我以为最大的可能，就是借林四娘故事来说明贾府不久将面临的状况：盗贼蜂起已是实情，前文不断铺排，尚未殃及贾府；但是不久就风雨飘摇，大厦将倾，当男人们面临灭顶之灾时，站起来冲锋陷阵的乃是贾家的女孩儿们。

宝玉一直是对群芳怀着极深的悲悯之心的，正如同诗悼林四娘一样，他会眼看着群钗陷入烽烟战火中，香消玉殒，至死不屈。

边疆叛乱，祸及闺阁，第一个逃不过的，就是黛玉与探春。

所以接下来，宝玉就写了篇祭晴雯的诔文。晴雯乃是黛玉替身儿，正如脂批所言：虽诔晴雯而又实诔黛玉也。

《芙蓉女儿诔》中形容晴雯：“其为质则金玉不足喻其贵，其为性则冰雪不足喻其洁，其为神则星日不足喻其精，其为貌则花月不足喻其色。”有读者以为溢美太过，但若是用以形容黛玉，便算不得小题大做了。

之前袭人曾因妒生怒，说宝玉不过为一晴雯，何以竟举出那许多正经人来比喻。而这篇诔文中变本加厉，更是用了大量的名人典故，比喻晴雯之冤屈。包括贾谊、鲧、汝南王、石崇悲绿珠、嵇康、吕发、叶法善、李长吉等，可见将来黛玉之死，还是与强势力有关的。

晴雯之死，死于王夫人之手；黛玉之死，更死于何人？结合黛玉的《五美吟》，典故的隐喻不问而明。

除了典故外，诔文的恳切之处在于还有很多实事。

比如：“镜分鸾别，愁开麝月之奁；梳化龙飞，哀折檀云之齿。”以人名巧嵌其间，一语双关。

“楼空鳷鹊，徒悬七夕之针；带断鸳鸯，谁续五丝之缕？”强调晴雯针线功夫。

“芳名未泯，檐前鹦鹉犹呼；艳质将亡，槛外海棠预老。”实事与想象并在。“捉迷屏后，莲瓣无声；斗草庭前，兰芽枉待。抛残绣线，银笺彩缕谁裁？折断冰丝，金斗御香未熨。”件件都是怡红细事。

而且全文并非一味铺陈，而是夹叙夹议，有时候真实得近乎残酷。如：“昨承严命，既趋车而远陟芳园；今犯慈威，复拄杖而遽抛孤柩。”“始知上帝垂旌，花宫待诏，生侪兰蕙，死辖芙蓉。听小婢之言，似涉无稽；以浊玉之思，则深为有据。”

虽是铺陈华丽，其实直叙其事，文采斐然，而不失叙述之功，还告诉了我们一些关于晴雯的小细节。比如“捉迷屏后，莲瓣无声”一句，“莲瓣”通常特指女人小脚；虽然此处可能以典借代，然而联系前文写晴雯睡觉时穿着大红睡鞋，这是小脚女人独有的道具，两相对照，可见晴雯确实裹脚，这也是她性子慵懒，不肯做些提水洒扫粗活的缘故吧。

因此，无论从哪方面来说，这都是一篇值得一读再读的文赋。此回一首古风，一首文赋，曹氏文采风流，尽见于此。

第七十九回

薛文龙悔娶河东狮　贾迎春误嫁中山狼

迎春为何会嫁给孙绍祖

《红楼梦》现存八十回回目中，只有两条与迎春有关，一个是第七十三回“懦小姐不问累金凤”，再一个就是第七十九回“贾迎春误嫁中山狼”。“懦”是她的性格，“误”是她的命运。

一个“误”字，已经注明了迎春的悲剧。二小姐贾迎春这一生，实在是太窝囊，太懦弱，太倒霉了，故而一子错，满盘皆落索，又怎能不为命运所误呢？

都说“男怕入错行，女怕嫁错郎”，遇人不淑，大概是一个女子人生中最大的悲哀了。这一“误”字可谓痛矣。

迎春的判曲名曰《喜冤家》，是说婚姻本是喜事，却偏偏“冤家路窄”，同老太太说的“不是冤家不聚头”是一个道理。且看原文：

> 中山狼，无情兽，全不念当日根由。一味的骄奢淫荡贪还构。觑着那，侯门艳质同蒲柳；作践的，公府千金似下流。叹芳魂艳魄，一载荡悠悠。

但是，迎春再懦弱，毕竟也是“侯门艳质”“公府千金”，为什么会嫁给如此不堪的一个丈夫呢？这个“误”究竟由谁铸成？

且看第七十九回中对这门婚事的写法：

原来贾赦已将迎春许与孙家了。这孙家乃是大同府人氏，祖上系军官出身，乃当日宁荣府中之门生，算来亦系世交。如今孙家只有一人在京，现袭指挥之职，此人名唤孙绍祖，生得相貌魁梧，体格健壮，弓马娴熟，应酬权变，年纪未满三十，且又家资饶富，现在兵部候缺题升。因未有室，贾赦见是世交之孙，且人品家当都相称合，遂青目择为东床娇婿。亦曾回明贾母。贾母心中却不十分称意，想来拦阻亦恐不听，儿女之事自有天意前因，况且他是亲父主张，何必出头多事，为此只说“知道了”三字，余不多及。贾政又深恶孙家，虽是世交，当年不过是彼祖希慕荣宁之势，有不能了结之事才拜在门下的，并非诗礼名族之裔，因此倒劝谏过两次，无奈贾赦不听，也只得罢了。

这一段波澜突起，写得十分仓促。起笔一句“原来贾赦已将迎春许与孙家了”劈空而来，硬生生插入孙绍祖其人其事，前文毫无照应，这与雪芹一向“草蛇灰线，伏脉千里”的笔法极不协调，倒更像是一个剧本大纲，有骨无肉，更无精气神。

若是只从字面条件来看，贾赦发嫁迎春的理由似乎并没有什么大错，那孙家出身军门，有财有势，孙绍祖相貌、体格、功夫、交际手段，样样都好，既在兵部候缺，想必前程远大，作为庶出的迎春嫁得这样一个夫婿，“硬件”上是过得去的。

奇怪的是，孙绍祖已经快三十岁了，在那个年代算得上很“老”了，至少比贾琏大得多，又“家资饶富”，为何却没有老婆呢？书中说他“未有室”，这可能有两种解释，一是不曾娶亲，二是原配死了。其中又数后一种可能性更大，那么，迎春嫁过去等于是做“填房”，同邢夫人、尤氏的身份相似，显然是有“低就”“下嫁”的意味，贾母和贾政的不满意也就很容易理解了。

孙家行伍出身，虽是世袭军职，却非诗礼之家，与钟鸣鼎食的贾府还是不能同日而语的。贾赦贪其家资而下嫁女儿，显然不智。

而最有疑点的，还是贾政所指的“不能了结之事”。其深层含义就是，当年孙家有事求贾家帮忙，遂拜在门下以求庇护。换言之，贾家曾对其有恩。

但是孙绍祖显然不愿意承认这一点，非但不肯念恩，还要反咬一口。书中借迎春归宁时转述的一番话补出弦外之音：

> 孙绍祖……说老爷曾收着他五千银子，不该使了他的。如今他来要了两三次不得，他便指着我的脸说道："你别和我充夫人娘子，你老子使了我五千银子，把你准折卖给我的。好不好，打一顿撵在下房里睡去。当日有你爷爷在时，希图上我们的富贵，赶着相与的。论理我和你父亲是一辈，如今强压我的头，卖了一辈。又不该作了这门亲，倒没的叫人看着赶势利似的。"

孙绍祖的话中有几成可信？所透露出来的真正信息又是什么？

固然贾家如今已非当年之势，五千两银子也并非小数目。然而贾赦买个嫣红做妾，还出手八百两银子，何至于为五千两银子就卖女儿？那周太监来打秋风，张口就一千两银子，贾琏虽艰难，也还倒腾得出，可见"瘦死的骆驼比马大"，也决不至于为了五千两银子葬送亲妹子前程。

因此，孙绍祖的话绝对是欺心昧世之言。至于那五千两银子，大抵也并非完全是空穴来风，最大的可能，就是因那"不能了结之事"求贾家帮忙拆理时，拿来送礼的。如今事情了结，他又翻脸不认账，得了人不算，还想把钱也要回去。

这样的人，民间俗称为"白眼狼"，文人称之为"中山狼"，也就是我们熟知的"东郭先生"的故事：赵简子在中山打狼，狼中箭而逃，遇到东郭先生，向其求救。东郭先生动了恻隐之心，将狼藏在书囊中，骗过了赵简子。狼活命后，却反而要将救命恩人东郭先生吃掉。

因此迎春的判词中说"子系中山狼，得志便猖狂"。"子、系"合起来就是一个"孙"字，这姓孙的狼心狗肺，恩将仇报，将来必定还会做出许多对不起贾家的事，只怕除了虐待迎春之外，还有别的反噬行为，说不定贾赦后来获罪，就与孙绍祖有关。

倘或如此，他必定不会让迎春回家通风报信的，这就又牵涉到一个新的问题：迎春归宁，是曹雪芹写的吗？

如果说曹雪芹是故意要写迎春归宁，来与元春省亲做对应的话，那么必然会有更大篇幅的从容描写，以细节来体现生活。然而文中却粗疏简省，从迎春出嫁到归宁写得浮皮潦草。宝玉闻说迎春事，曾往蓼风轩感伤了半日，还写了一首并不工整的七言诗：

池塘一夜秋风冷，吹散芰荷红玉影。
蓼花菱叶不胜愁，重露繁霜压纤梗。
不闻永昼敲棋声，燕泥点点污棋枰。
古人惜别怜朋友，况我今当手足情！

此诗意境虽可取，然而非但对仗不工，连平仄粘对也欠妥，完全称不上格律诗；若说是古风，则又是七字八句，颇为奇怪；而且最后两句更是大白话，完全不像宝玉的香奁体笔风。且不说“四时即事诗”、《访菊》这些标准七律，即使是不讲格律的古风《姽婳词》，也远比这个来得工整香艳。

诗词是《红楼梦》的一大特色，虽非篇篇精品，却是首首有味，最难得的就是每首诗都要合乎其作者的身份，按头制帽，各如其人，既不能把黛玉的诗派给宝钗，更不能把贾环的诗塞给宝玉。前文黛玉作《桃花行》，宝琴骗宝玉说是自己写的，宝玉称“这声调口气，迥乎不像蘅芜之体”，便是一个强证。

然而这首《蓼风轩即景》，却浅疏直白，粗枝大叶，“迥乎不像怡红之体”。而且倘若此诗真是曹雪芹所写，那么宝玉可谓是提前为迎春之死作诔了。脂砚斋在此有一句“为对境悼颦儿做引”的批语，可见此诗原有悼念的意味。果真如此，那么后来的迎春归宁就是多余的了，更不可能再回蓼风轩住上几晚。

因此我怀疑这段文字与这首诗都不是出自曹雪芹原笔。况且吟诗之后，又突然现出香菱来，借香菱一段话仓促交代薛蟠亲事，分明文力不逮；而宝菱两人的对话更是蹊跷：

先是宝玉笑问：“我的姐姐，你这会子跑到这里来做什么？”完全是赵姨娘招呼林之孝家的口吻：“我的嫂子！这会子还不家去歇歇，还跑些什么？”

香菱也是奇怪，好端端说话，却无故“拍手笑嘻嘻的说道”，且问了一车子的话。然而既问晴雯之死，何以“拍手”，又如何“笑嘻嘻”？难道会有人笑嘻嘻地询问死信的吗？真正无理之至。

一番对话交代过薛蟠婚事后，宝玉接着便因种种胡思乱恨，大病一场，因此贾母嘱他百日不出门，就此避开了薛蟠娶亲、迎春出嫁等重头描写。如此写法，偷懒取巧，自是续书中文力不足之故。

最可疑的，还是画蛇添足地说宝玉“少不得潜心忍耐，暂同这些丫鬟们厮闹释闷，幸免贾政责备逼迫读书之难。这百日内，只不曾拆毁了怡红院，和这些丫头们无法无天，凡世上所无之事，都顽要出来”。

此时距王夫人抄检大观园不久，那般雷霆万钧地驱红逐翠，众丫鬟早已噤若寒蝉，此时岂敢胡闹？况且晴雯、芳官、四儿皆已离去，还有谁带头伙着宝玉无法无天？那些丫鬟竟是不要命了？袭人可会允许？且宝玉岂非无情？

这段文字前后矛盾，敷衍塞责，与书中前后情节失联，显然不是曹雪芹原文。事实上，整个第七十九、八十两回，都写得非常潦草仓促，迎春出嫁，薛蟠娶亲，金桂撒泼，香菱病危，迎春归宁，件件都是大事，却没有一个场面描写，只是平铺直叙，仿佛急急忙忙要把人物故事收结一样。

而孙绍祖辜恩行凶的一段文字，本应该在丫鬟仆妇的话中补出才对，让本性隐忍懦弱的迎春长篇大论地对着并非亲母的王夫人诉委屈，且语涉闺房之私，连“家中所有的媳妇丫头将及淫遍”这种话也端到台面上来说，对二小姐来说更几乎是种荼毒，且是蛇足之笔。

接着又写了句“迎春是夕仍在旧馆安歇。众姊妹等更加亲热异常。一连住了三日，才往邢夫人那边去”。草草一小段话，就算把迎春的故事收结了，哪里像曹雪芹一贯的文风？倒更像是近年来许多红迷尝试重续后四十回时常用的笔法，最省力的就是这两道板斧：一是用对话把所有的故事一气讲完，不用处理过渡，也不必理会情节是否连贯；二是站在旁观立场上简单介绍，三言两语交代过众人表现，几句评述就当过场了。而最欠缺的是场面描写和细节刻画。

整个第七十九、八十两回，除了夏金桂计赚苦香菱的几段戏外，就毫无精彩可言。而列藏本上，第七十九、八十回根本就没有分开，只是一回，可见还在草稿阶段，这就更加坐实了我的猜测：这最后两回，并非雪芹亲笔。而是他设想好了故事，或者写了部分手稿，后由脂砚斋等缀补代笔而成。

倘或如此，在曹雪芹原意中，可怜的迎春，从“误嫁中山狼”到“一载赴黄粱”间，只怕是没什么机会再回蓼风轩重温旧梦的。出嫁前的最后一瞥，就是她与大观园的永诀了。

第八十回
美香菱屈受贪夫棒　王道士胡诌妒妇方

夏金桂借刀杀人

夏金桂与其丫鬟宝蟾的名字，很明显是取自“蟾宫折桂”的典故。然而薛蟠这样一个不学无术的呆霸王，与考举中状元是全不搭界的，何以一妻一妾竟取了这样雅趣的名字呢？

解释只有一个，就是以“蟾宫折桂”来比喻广寒宫的嫦娥——夏金桂因不许人说“桂”字，便名桂花为“嫦娥花”，可为其证。

且看作者对夏金桂其人的形容简介——

原来这夏家小姐今年方十七岁，生得亦颇有姿色，亦颇识得几个字。若论心中的丘壑经纬，颇步熙凤之后尘。只吃亏了一件，从小时父亲去世的早，又无同胞弟兄，寡母独守此女，娇养溺爱，不啻珍宝，凡女儿一举一动，彼母皆百依百随，因此未免娇养太过，竟酿成个盗跖的性气。爱自己尊若菩萨，窥他人秽如粪土；外具花柳之姿，内秉风雷之性。在家中时常就和丫鬟们使性弄气，轻骂重打的。今日出了阁，自为要作当家的奶奶，比不得作女儿时腼腆温柔，须要拿出这威风来，才钤压得住人；况且见薛蟠气质刚硬，举止骄奢，若不趁热灶一气炮制熟烂，将来必不能自竖旗帜矣；又见有香菱这等一个才貌俱全的爱妾在室，越发添了“宋太祖灭南唐”之意，“卧榻之侧岂容他人酣睡”之心。因他家多桂花，他小名就唤做金桂。他在家时不许人口中带出金桂二字来，凡有不留心误道一字者，他便定要苦打重罚才罢。他因想桂花二字是禁止不住的，须另换一名，因想桂花曾有广寒嫦娥之说，便将桂花改为嫦娥花，又寓自己身分如此。

这是相当完整的一段夏金桂小传，生动地描写出了一个才貌双全、却品性不良的富家小姐形象。

在今人的眼光中，或许会觉得夏金桂那样一个悍妇，远不配用嫦娥来比喻，未免抬举了她。然而在曹雪芹笔下，往往正话反说，小题大做，借物喻人，剑走偏锋。比如用嫦娥比喻夏金桂，并不是为了形容她有多么美丽、高贵，而旨在突出她结局之清冷孤寂。

古人诗中有名句："嫦娥应悔偷灵药，碧海青天夜夜心。"凡说嫦娥，必含冷清之意。

夏金桂既然名字里有个"金"字，自然也是"金寡妇"一派了。她的将来，必定是在薛蟠伏刑之后，独守空房，如月里嫦娥一般，夜夜伤心的。

十二钗副册之首为香菱，这也是唯一点明的副册人物，其判词中说："自从两地生孤木，致使香魂返故乡。"

"两地生孤木"，为桂字；"香魂"则双关，既可泛指女子之魂，亦特指"香菱的冤魂"。香菱因金桂见妒而惨死的命运早已注定。两人相生相克，为一对金玉。

虽然夏金桂为人不堪，但她根基不浅，在薛家的地位更是远高于香菱，且书中特别有段文字描述宝玉对她的观感："举止形容也不怪厉，一般是鲜花嫩柳，与众姊妹不差上下的人，焉得这等样情性，可为奇之至极。"并特为此而向王道士求取"妒妇方"，这岂止是"挂号"，简直是问诊开方了。

故而，我猜测夏金桂在十二钗副册排名第二，仅次于香菱。两人的命运紧密相连，要推算金桂的将来，便要从香菱的踪迹中寻找。

除了判词之外，香菱的薄命还有多处暗示，且往往与金桂相关。

比如宝玉生日的大戏中，香菱因与众丫鬟斗草时曾说"我有夫妻蕙"，遭到小丫头们的一阵排揎，连石榴裙也污染了。而宝玉恰在此时寻了来，偏说："你有夫妻蕙，我这里倒有一枝并蒂菱。"

待到“寿怡红群芳开夜宴”时，香菱占花名偏就掣了一根并蒂花，题着一句诗：“连理枝头花正开。”

这诗表面上意思很好，然而若联系原诗却不然，那诗的下句原是“妒花风雨便相摧”，是说花开得正好，偏遇一阵狂风骤雨，辣手摧花，命不久矣。这个“妒”性成灾的人，自然便是夏金桂了。

夏金桂对付香菱的第一招，是为其改名，理由是“香菱”二字不通：“菱角花谁闻见香来着？若说菱角香了，正经那些香花放在那里？”

她口中的“正经香花”自然指自己的“桂花”，而香菱却不过是朵不起眼的菱角花。

偏香菱不解，侃侃而谈：“不独菱花，就连荷叶莲蓬，都是有一股清香的。但他那原不是花香可比，若静日静夜或清早半夜细领略了去，那一股香比是花儿都好闻呢。就连菱角、鸡头、苇叶、芦根得了风露，那一股清香，就令人心神爽快的。”

言如其人，香菱的这段话最能代表其心性品行，真正令人清新可喜。

夏金桂辩其不过，更强词夺理，暗下陷阱：“依你说，那兰花桂花倒香的不好了？”

香菱只说风露清愁之美，何尝贬低过兰桂之香？却被夏金桂偷换了概念，这真是双重陷害，欲加之罪，何患无辞。

香菱不防，果然中计，说：“兰花桂花的香，又非别花之香可比。”

宝蟾原是夏金桂心腹，对主子的圈套心领神会，立刻上前指着香菱的脸骂道：“要死，要死！你怎么叫起姑娘的名字来！”

其实香菱是薛蟠侍妾，又是先进门的；宝蟾不过是个丫头仆婢，如今却敢指着香菱叫骂，分明以下犯上。然而香菱生性柔和，反赶紧赔罪。而夏金桂就抓住这个时机强迫香菱改了名字，夺了她的“香”，只叫“秋菱”。一箭双雕，不仅贬辱香菱，也是向宝钗示威。

夏金桂对付香菱的第二招，是借刀杀人，舍宝蟾而辱香菱。

先是故意陷害香菱，让她给自己拿帕子，惹怒薛蟠；再令薛蟠在香菱房中与宝蟾成亲，却让香菱服侍自己，且命她睡在地下，整夜折磨。

第三招，则是装病，抖个纸人儿出来，却以退为进，故意说是宝蟾所为，明知薛蟠此时心头肉正是宝蟾，逼得薛蟠不问青红，抓起门闩屈打香菱，而且语语挟制，百般恶赖，连薛姨妈都骂在里头，逼得薛姨妈立时三刻带了香菱走，甚至要卖香菱。还是宝钗拦在里头，才把香菱留在了府中。

接连三招，其实说穿了都是“陷害”二字。然而诚如脂砚斋所批：“夏日何得有桂？又桂花时节焉得又有雪？三事原系风马牛，全若强凑合，故终不相符。运败之事大都如此，当事者自不解耳。”可见薛夏联姻，便是“运败金无彩”的开始了。

薄命的玄机，竟是早已暗藏在姓名之中，前生注定，只是当事者不自知。

故而，香菱咏月三首的最后一首最后一句便是：“博得嫦娥应借问，缘何不使永团圆！”

这里的嫦娥，亦是双关，既指月亮，也指金桂——那金桂自喻嫦娥，香菱既是问她“为什么打破人家夫妻团圆”，也是在问她“为什么让你自己也不得团圆呢”？

虽然全书到八十回末时香菱一息尚存，但我们都可以想知，她已经走到了生命的最后，“竟酿成干血之症，日渐羸瘦作烧，饮食懒进，请医诊视服药亦不效验”，次年元宵节后“便是烟消雪灭时”，是不可能有机会等到高鹗续写的什么夏金桂自食恶果，香菱被扶正后才被甄士隐接引了。

金桂的所作所为固然咎由自取，即使后景凄凉亦是不值得同情的，然而，她本也是花容月貌的好人家女儿，倘若丈夫争气些，未必不能夫唱妇随，过上好日子。然而她偏偏遇到了薛蟠，也算得上是不幸了，难怪要同被她欺凌至死的香菱一样，都逃不了薄命司的召唤。